FANTASY

Buch

Sie sind harte Männer, die ihre Söldnerdienste jedem anbieten, der sie bezahlt. Krieg ist ihr Geschäft – über Gut und Böse richten sie nicht. Und doch ist die Schwarze Schar die einzige Hoffnung im Kampf gegen die Lady, die mächtige Zauberin, die mit allen Mitteln die Weltherrschaft an sich zu reißen versucht. Einst in ihren Diensten, hat sich die Schar in die Schreckenssteppe zurückgezogen – einen Ort des Grauens, an den sich selbst die Zauberin nur ungern wagt. Hier versammeln sich die Söldner um die Weiße Rose, die wiedergeborene Erlöserin des Landes. Doch da wirft ein noch schlimmeres Übel seine Schatten voraus: Der seit Jahrhunderten totgeglaubte Dominator droht wieder zu erwachen, ein Dämon, vor dem sogar die Lady zurückschreckt. Nur in einer Vereinigung aller Kräfte liegt eine Chance gegen diese Gefahr, aber kann man der Lady und ihren Schergen diesmal trauen?

Autor

Glen Cook, geboren 1944 in New York, studierte an der Universität von Columbia, Missouri, bevor er freier Schriftsteller wurde. Sein umwerfend komischer Zyklus um die »Rätsel von Karenta« setzte neue Maßstäbe in der modernen Fantasy.

Bereits erschienen:

DIE SCHWARZE SCHAR: 1. Im Dienst der Seelenfänger (24894), 2. Nacht über Juniper (24895), 3. Die Rückkehr des Bösen (24896)

Außerdem von Glen Cook

DIE RÄTSEL VON KARENTA: 1. Zentaurengelichter (24681), 2. Fauler Zauber (24679), 3. Tempelhyänen (24680), 4. Geisterstunde (24712), 5. Schattentänzer (24711), 6. Heißes Eisen (24710), 7. Spitze Buben (24723), 8. Göttergetöse (24724)

Glen Cook

Die Rückkehr des Bösen

Die Schwarze Schar 3

Roman

Aus dem Amerikanischen
von Heiko Langhans

BLANVALET

Die amerikanische Originalausgabe erschien
unter dem Titel »The White Rose«
bei Tor Books, New York

Umwelthinweis:
Alle bedruckten Materialien dieses Taschenbuches
sind chlorfrei und umweltschonend.
Das Papier enthält Recycling-Anteile.

Blanvalet Taschenbücher erscheinen im Goldmann Verlag,
einem Unternehmen der Verlagsgruppe Bertelsmann.

Deutsche Erstveröffentlichung 12/99

Umschlaggestaltung: Design Team München
Satz: deutsch-türkischer fotosatz, Berlin
Druck: Elsnerdruck, Berlin
Verlagsnummer: 24896
Redaktion: Marie-Luise Bezzenberger
V. B. · Herstellung: Peter Papenbrok
Printed in Germany
ISBN 3-442-24896-5

1 3 5 7 9 10 8 6 4 2

WIDMUNG

Für Nancy Edwards –
deshalb.

ERSTES KAPITEL

Die Schreckenssteppe

Die unbewegte Wüstenluft wirkte wie eine Linse. Die Reiter machten den Eindruck, als seien sie in der Zeit erstarrt, daß sie sich bewegten und doch nicht näher kamen. Wir versuchten abwechselnd sie zu zählen. Ich kam keine zwei Mal nacheinander auf die gleiche Zahl.

Ein Lufthauch winselte durch die Korallen und berührte die Blätter von Altvater Baum. Wie das Lied von Windglocken klimperten sie aneinander. Im Norden säumte das Aufblitzen von Wechselblitzen den Horizont wie fernes Schlachtgewitter streitender Götter.

Sand knirschte unter einem Fuß. Ich wandte mich um. Schweiger gaffte einen sprechenden Menhir an. Er war während der letzten Sekunden aufgetaucht und hatte ihn erschreckt. Hinterlistige Felsen. Spielen gerne ihre Spielchen.

»Fremde sind auf der Steppe«, sagte der Stein.

Ich zuckte zusammen. Er lachte boshaft. Gemeineres Lachen als das der Menhire findet man nur noch in Märchen. Knurrend duckte ich mich in seinen Schatten. »Hier ist es schon ziemlich heiß.« Und: »Das sind sicher Einauge und Goblin aus Tanner.«

Er hatte recht, und ich irrte mich. Ich war zu engstirnig. Die Streife war einen Monat länger unterwegs gewesen als ursprünglich geplant. Wir machten uns Sorgen. In letzter Zeit hatten die Truppen der Lady entlang der Grenzen der Schreckenssteppe verstärkte Aktivitäten an den Tag gelegt.

Der Felsblock lachte wieder.

Viereinhalb Meter hoch ragte er über mir auf. Damit war er mittelgroß. Die, die über fünf Meter hoch sind, regen sich nur selten.

Die Reiter waren näher gekommen, schienen jedoch nicht näher zu sein. Schreibt das den Nerven zu. Für die Schwarze Schar herrschen schlechte Zeiten. Verluste können wir uns nicht leisten. Jeder verlorene Mann wäre ein langjähriger Freund – gewesen. Ich zählte noch einmal nach. Diesmal schien die Anzahl zu stimmen. Aber ein reiterloses Pferd war dabei. Trotz der Hitze erschauerte ich.

Die Reiter ritten einen Pfad zu einem Bach hinab, der dreihundert Meter von unserem Beobachtungsposten entfernt war. Neben der Furt regten sich die Wanderbäume, obwohl die Brise nicht mehr wehte.

Die Reiter trieben ihre Pferde zur Eile an. Die Tiere waren müde. Sie waren auch störrisch, obwohl sie wußten, daß sie schon beinahe zu Hause waren. In den Bach hinein. Wasser spritzte auf. Ich grinste und schlug Schweiger auf den Rücken. Alle waren da. Alle, und noch einer.

Schweiger legte seine übliche kalte Maske ab und erwiderte mein Lächeln. Elmo schob sich aus den Korallen hervor und ging hinunter, um unsere Brüder willkommen zu heißen. Otto, Schweiger und ich liefen hinterher.

Hinter uns stand die Morgensonne am Himmel wie eine brodelnde Kugel aus Blut.

Grinsend sprangen die Männer von den Pferden. Aber sie sahen schlimm aus. Goblin und Einauge ganz besonders. Allerdings waren sie auch in eine Gegend zurückgekehrt, wo ihre Zauberkräfte nutzlos waren.

Ich warf einen Blick zurück. Darling war im Tunneleingang erschienen und stand nun wie ein weißgekleidetes Phantom in seinem Schatten.

Männer umarmten sich; dann gewann die Gewohnheit wieder die Oberhand. Alle taten so, als ob es ein Tag wie alle anderen sei. »Schwierigkeiten gehabt?« fragte ich Einauge. Ich musterte den Mann in ihrer Begleitung. Ich kannte ihn nicht.

»Ja.« Der vertrocknete kleine Mann war schwerer angeschlagen, als ich auf den ersten Blick gedacht hatte.

»Mit dir alles in Ordnung?«

»Hab einen Pfeil abbekommen.« Er rieb sich die Seite.

»'ne Fleischwunde.«

Hinter Einauge krähte Goblin: »Sie hätten uns fast erwischt. Waren einen Monat lang hinter uns her. Wir konnten sie nicht abschütteln.«

»Wir beide gehen jetzt ins Loch«, sagte ich zu Einauge.

»Ist nicht infiziert. Ich habe sie saubergemacht.«

»Ich will sie mir trotzdem ansehen.« Seit ich als Feldscher zur Schar gekommen bin, ist er mein Assistent gewesen. Sein Urteil ist genau und zutreffend. Aber letztlich ist die Gesundheit der Männer meine Verantwortung.

»Die haben auf uns gewartet, Croaker.« Darling war aus dem Tunneleingang wieder in die Tiefen unserer unterirdischen Feste verschwunden. Im Osten blieb die Sonne blutrot, das deutliche Zeichen eines vorbeiziehenden Wechselsturmes. Etwas Großes trieb vor ihr vorbei.

Ein Windwal?

»Ein Hinterhalt?« Ich blickte wieder die Streife an.

»Nicht unbedingt für uns. Für irgendwelchen Ärger. Sie waren auf Zack.« Die Streife hatte einen Doppelauftrag erhalten. Erstens sollte sie Verbindung mit unseren Freunden in Tanner aufnehmen, um herauszufinden, ob die Leute der Lady nach einer langen Pause allmählich wieder munter wurden, und zweitens sollte sie die dortige Garnison überfallen, um zu beweisen, daß wir einem Reich schaden konnten, das die halbe Welt umspannte.

Als wir an dem Menhir vorbeigingen, sagte er: »Fremde sind auf der Steppe, Croaker.«

Warum muß das eigentlich immer mir passieren? Die großen Steine reden mit mir mehr als mit jedem anderen.

War die zweimalige Wiederholung bedeutsam? Ich spitzte die Ohren. Wenn ein Menhir seine Botschaft wiederholte, bedeutete das für gewöhnlich, daß er sie als lebenswichtig ansah. »Die Männer, die auf euch Jagd machen?« fragte ich Einauge.

Er zuckte die Achseln. »Sie wollten einfach nicht aufgeben.«

»Was tut sich dort draußen?« Hier im Versteck auf der Steppe könnte ich genausogut lebendig begraben sein.

Einauges Gesicht behielt seine ausdruckslose Miene bei. »Das wird Corder uns erzählen.«

»Corder? Ist das der Mann, den ihr mitgebracht habt?«

»Jawohl.«

»Sind keine guten Nachrichten, oder?«

»Nein.«

Wir stiegen in den Tunnel, der zu unserem Bau führt, unserer stinkenden, schimmeligen, feuchten, engen, kleinen Kaninchenbaufestung. Sie kann einen ankotzen, aber sie ist das Herz und die Seele der Rebellion der Neuen Weißen Rose. Die Neue Hoffnung, wie man sie raunend in den geknechteten Ländern nennt. Für uns, die wir hier leben, ist sie der Hoffnungswitz. Sie ist genauso schlimm wie ein rattenverseuchtes Verlies – obwohl man schon gehen kann, wenn man will. Allerdings nur, wenn es einem nichts ausmacht, in eine Welt hinauszutreten, in der die Macht eines ganzen Reiches hinter einem her ist.

ZWEITES KAPITEL

Die Schreckenssteppe

In Tanner war Corder unsere Augen und unsere Ohren. Er hatte überall Verbindungen. Seit Jahrzehnten arbeitet er schon gegen die Lady. Er gehört zu den wenigen, die bei Charm ihrem Zorn entkommen sind, als sie die alten Rebellen auslöschte. Zu einem großen Teil war die Schar dafür verantwortlich. Damals waren wir ihr starker rechter Arm. Wir führten ihre Feinde in die Falle.

Bei Charm starben eine Viertelmillion Menschen. Noch nie hatte es eine Schlacht gegeben, die so gewaltig, so erbittert oder im Ausgang so feststehend gewesen war. Selbst die blutige Niederlage des Dominators im Alten Wald hatte nur halb so viele Leben verschlungen.

Das Schicksal zwang uns, die Seiten zu wechseln, als es niemanden mehr gab, der uns in unserem Kampf beistand.

Einauges Verletzung war tatsächlich so sauber, wie er es behauptet hatte. Ich schickte ihn fort und trollte mich in meine Unterkunft. Angeblich wollte Darling die Streife ausruhen lassen, bevor sie ihren Bericht entgegennahm. Ich erschauerte unter einer Vorahnung und fürchtete mich vor den Neuigkeiten.

Ein alter, müder Mann. Nichts anderes bin ich. Was war aus dem alten Feuer, dem Antrieb, dem Ehrgeiz geworden? Früher einmal gab es Träume, Träume, die nunmehr fast vergessen waren. An düsteren Tagen staube ich sie ab, tätschele sie, denke an bessere Zeiten und wundere mich mit einem

Gefühl der Herablassung über die Naivität des Jünglings, der sie einst träumte.

Das Alter hat sich in meinem Quartier festgesetzt. Mein großes Projekt. Achtzig Pfund alter Dokumente, die wir der Feldherrin Wisper abgenommen haben, als wir noch der Lady dienten und sie auf der Seite der Rebellen stand. Angeblich enthalten sie den Schlüssel zum Sieg über die Lady und die Unterworfenen. Seit sechs Jahren sind sie nun schon in meinem Besitz. Und in diesen sechs Jahren habe ich nichts gefunden. So viele Fehlschläge sind deprimierend. In letzter Zeit stochere ich nur noch lustlos darin herum und wende mich dann den Annalen zu, die Ihr gerade in Händen haltet.

Seit unserer Flucht aus Juniper sind sie kaum mehr als ein persönliches Tagebuch gewesen. Was von der Schar noch übrig ist, erregt nur noch wenig Aufsehen. Die Nachrichten von der Außenwelt, die zu uns durchdringen, sind so dürftig und unzuverlässig, daß ich mir nur selten die Mühe mache, sie aufzuzeichnen. Außerdem scheint die Lady seit dem Sieg über ihren Gatten in Juniper noch mehr erstarrt zu sein als wir und läßt sich nur noch von ihrem Schwung vorantreiben.

Natürlich mag der Schein trügen. Und Illusion ist das, was das innerste Wesen der Lady ausmacht.

»Croaker.«

Ich blickte von einer Seite mit alter TelleKurre-Schrift auf, die ich schon hundertmal zuvor betrachtet hatte. Goblin stand im Eingang. Er sah aus wie eine vergreiste Kröte. »Ja?«

»Oben tut sich was. Nimm dein Schwert mit.«

Ich schnappte mir meinen Bogen und einen Lederharnisch. Für den Kampf Mann gegen Mann bin ich zu alt. Ich stehe lieber abseits und pflücke sie mir mit ein paar Pfeilen, wenn ich denn unbedingt kämpfen muß. Als ich Goblin folgte, fiel mein Blick auf den Bogen. Die Lady persönlich hatte ihn mir bei der Schlacht um Charm gegeben. Damit hatte ich geholfen,

Seelenfänger zu töten, jenen Unterworfenen, der die Schar in den Dienst der Lady gebracht hatte. Diese Tage erschienen mir jetzt beinahe wie altertümliche Geschichte.

Im Galopp stürmten wir ins Sonnenlicht hinaus. Andere begleiteten uns und verteilten sich zwischen den Kakteen und den Korallen. Der Reiter, der über den einzigen Pfad herankam, würde uns nicht sehen.

Er ritt allein auf einem mottenzerfressenen Maulesel. Er war unbewaffnet. »Der ganze Terz nur wegen eines alten Mannes auf einem Maulesel?« fragte ich. Durch die Korallen und zwischen den Kakteen wuselten Männer herum und machten einen Höllenkrach. Der Alte mußte doch wissen, daß wir hier waren. »Wir sollten uns mal etwas ausdenken, wie wir mit weniger Lärm hier herauskommen.«

»Ja.«

Erschrocken fuhr ich herum. Hinter mir hob Elmo eine Hand schützend über die Augen und spähte hinunter. Er sah ebenso alt und müde aus, wie ich mich fühlte. Jeder Tag erinnert mich aufs Neue daran, daß keiner von uns mehr der Jüngste ist. Verdammt, keiner von uns war mehr jung, als wir über das Meer der Qualen nach Norden kamen. »Wir brauchen frisches Blut, Elmo.«

Er feixte höhnisch.

Er hat ja recht. Bis das hier vorbei ist, werden wir alle sehr viel älter sein. Wenn wir durchhalten. Denn wir erkaufen Zeit. Jahrzehnte, wenn wir Glück haben.

Der Reiter durchquerte den Bach und hielt an. Er hob die Hände. Männer tauchten auf, hielten ihre Waffen eher lässig. Ein alter Mann, hier im Herzen von Darlings Nullfeld, stellte keine Gefahr dar.

Elmo, Goblin und ich schlenderten hinab. Unterwegs fragte ich Goblin: »Haben du und Einauge euch unterwegs gut amüsiert?« Sie liegen sich schon seit Urzeiten in den Haaren.

Aber hier, wo Darlings Anwesenheit es unmöglich macht, können sie keine Zaubertricks anwenden.

Goblin grinste. Wenn er grinst, erstreckt sich sein Mund von einem Ohr zum anderen. »Ich habe ihn kalt erwischt.«

Wir erreichten den Reiter. »Erzähl mir später davon.«

Goblin kicherte quieksend. Es klang wie Wasser, das in einem Teekessel brodelt. »Klar.«

»Wer bist du?« fragte Elmo den Eselsreiter.

»Pfänder.«

Das war kein Name. Es war das Kennwort für einen Kurier aus dem fernen Westen. Wir hatten es schon lange nicht mehr gehört. Boten aus dem Westen mußten auf dem Weg zur Steppe die Provinzen durchqueren, die von der Lady am gründlichsten gezähmt worden waren.

»Ach ja?« sagte Elmo. »Was mag das denn sein? Wie wäre es, wenn du absteigst?«

Der Alte rutschte von seinem Reittier und zeigte seine Beglaubigungen vor. Elmo fand sie zufriedenstellend. Dann verkündete er: »Ich habe hier zwanzig Pfund Zeugs.« Er klopfte auf eine Tasche, die hinter dem Sattel aufgeschnallt war. »Jeder verdammte Weiler hat was dazugetan.«

»Du hast die ganze Reise selbst gemacht?« fragte ich.

»Jeden einzelnen verdammten Fuß von Oar bis hierher.«

»Oar? Aber das ist …« Mehr als eintausend Meilen von hier entfernt. Ich hatte nicht gewußt, daß wir dort jemanden hatten. Aber es gibt vieles, was ich über die Organisation nicht weiß, die Darling aufgebaut hat. Ich verbringe meine Zeit hauptsächlich damit, diese verdammten Papiere dazu zu bringen, mir etwas zu verraten, das vielleicht gar nicht drinsteht.

Der alte Mann musterte mich, als ob er meine Seele auf die Waagschale legen wollte. »Bist du der Wundarzt? Croaker?«

»Ja. Wieso?«

»Hab was für dich. Für dich persönlich.« Er öffnete seine Kuriertasche. Einen Augenblick lang spannten sich alle an. Man kann nie wissen. Aber er zog nur ein in Wachstuch gewickeltes Paket hervor, das so aussah, als ob es das Ende der Welt überstehen sollte. »Da oben regnet es dauernd«, meinte er, als er mir das Paket übergab.

Ich wog es in der Hand. Wenn man die Ölhaut nicht mitrechnete, war es gar nicht so schwer. »Von wem ist das?«

Der alte Mann zuckte mit den Achseln.

»Woher hast du es?«

»Vom Leiter meiner Zelle.«

Natürlich. Darling hat ihre Organisation mit Sorgfalt so aufgebaut, daß es für die Lady nahezu unmöglich ist, mehr als nur einen Bruchteil davon zu knacken. Das Kind ist das reinste Genie.

Elmo nahm den Rest entgegen und sagte zu Otto: »Bring ihn nach unten und mach ihm eine Koje zurecht. Ruh dich etwas aus, Alter. Die Weiße Rose wird dich später noch befragen.«

Da stand uns vielleicht ein interessanter Nachmittag bevor, wenn dieser Mann und Corder ihre Berichte abgaben. Ich klemmte mir das geheimnisvolle Paket unter den Arm und sagte zu Elmo. »Ich sehe mir das hier mal an.« Wer konnte es mir geschickt haben? Außerhalb der Steppe kannte ich niemanden. Abgesehen von … Aber die Lady würde doch keinen Brief in den Untergrund einschleusen. Oder doch?

Leise Furcht durchzuckte mich. Es war schon einige Zeit her, aber sie hatte mir versprochen, daß sie in Verbindung bleiben würde.

Der sprechende Menhir, der uns den Boten angekündigt hatte, stand immer noch neben dem Pfad. Als ich vorbeiging, sagte er: »Es sind Fremde auf der Steppe, Croaker.«

Ich blieb stehen. »Was denn? Noch mehr?«

Seinem Charakter entsprechend verharrte er in bockigem Schweigen.

Diese alten Steine werde ich niemals begreifen. Verdammt, ich verstehe immer noch nicht, warum sie auf unserer Seite stehen. Sie lassen allen Außenseitern samt und sonders nur Haß zukommen. Was sie nicht von allen anderen unheimlichen Wesen hier draußen unterscheidet.

Ich zog mich in mein Quartier zurück, löste die Sehne meines Bogens und lehnte ihn an die Erdwand. Dann setzte ich mich an meinen Arbeitstisch und öffnete das Paket.

Die Schrift erkannte ich nicht. Am Ende fand ich kein Namenszeichen. Ich begann zu lesen.

DRITTES KAPITEL

Eine Mär aus alter Zeit

Croaker:

Die Frau war wieder am Zetern. Bomanz massierte sich die Schläfen. Das Pochen wurde dadurch nicht besser. Er hielt sich die Augen zu. »Saita, sayta, suta«, brummte er. Die Silben klangen zornig und unheilverkündend.

Er biß sich auf die Zunge. Man belegte die eigene Gattin nicht mit einem Zauberbann. Man erduldete stattdessen in stiller Würde die Konsequenzen jugendlichen Leichtsinns. Doch ach, welche Versuchung! Und welche Provokation!

Genug, Narr! Studiere die verdammte Tabelle.

Weder Jasmine noch die Kopfschmerzen gewährten ihm Ruhe.

»Verdammt noch mal!« Er fegte die Gewichte von den Rändern der Tabelle, rollte die dünne Seide um einen gläsernen Stab, schob den Stab in den falschen Schaft eines antiken Speers. Der Schaft glänzte vor Abnutzung. »Besand hätte das innerhalb einer Minute entdeckt«, murrte er.

Er biß die Zähne zusammen, als sein Magengeschwür einen weiteren Bissen aus seinen Eingeweiden nahm. Je näher das Ende rückte, desto größer wurde die Gefahr. Er war mit den Nerven fertig. Er hatte Angst, daß er an der letzten Barriere den Mut verlieren, daß die Feigheit ihn verschlingen und er vergebens gelebt haben würde.

Siebenunddreißig Jahre waren eine lange Zeit, um sie im Schatten der Henkersaxt zu verbringen.

»Jasmine«, brummte er. »Und nenn ein Schwein Schätzchen.« Er riß den Türvorhang beiseite und brüllte nach unten: »Was ist denn nun schon wieder?«

Es war dasselbe wie immer. Gezeter, das mit der Ursache ihrer Unzufriedenheit nichts zu tun hatte. Eine Unterbrechung seiner Studien als Vergeltung dafür, daß er ihrer Meinung nach ihrer beider Leben verschwendet hatte.

Er hätte in Oar ein bedeutender Mann werden können. Er hätte ihr ein großes Haus geben können, das zum Platzen mit buckelnden Bediensteten angefüllt gewesen wäre. Er hätte sie in goldene Kleider hüllen können. Er hätte ihr zu jeder Mahlzeit reichhaltiges Fleisch auftischen können. Stattdessen hatte er sich für das Leben eines Gelehrten entschieden, seinen Namen und seine Berufung verschwiegen und sie in diese elende unheimliche Lichtung im Alten Wald geschleppt. Er hatte ihr nichts gegeben außer Armut, eisigen Wintern und den Erniedrigungen, die die Ewige Garde ihnen zuteil werden ließ.

Bomanz stampfte die schmale, knarrende und nicht ganz stabile Treppe hinab. Er verfluchte die Frau, spuckte auf den Fußboden, drückte ihr Silberstücke in die verrunzelte Hand und jagte sie mit der flehentlichen Bitte aus dem Haus, daß es dieses eine Mal etwas Anständiges zum Abendbrot geben würde. Erniedrigung? dachte er bei sich. Ich werde dir schon was erzählen von wegen Erniedrigung. Ich werde dir schon sagen, wie es ist, mit einem alten Meckerweib zu leben, einer häßlichen alten Schachtel, die nichts hat als leere Träume aus ihrer Jugend …

»Laß es gut sein, Bomanz«, brummte er. »Sie ist die Mutter deines Sohnes. Alles, was recht ist. Sie hat dich nie betrogen.« Zumindest teilten sie die Hoffnung miteinander, die in der Seidenkarte lag. Für sie war es schwer, nur zu warten und nichts von seinen Fortschritten zu erfahren, und nur zu wissen, daß vier Jahrzehnte keinerlei greifbare Ergebnisse gezeitigt hatten.

Die Türglocke läutete. Bomanz schlüpfte in seine Krämerrolle. Er schlurfte als fetter kahlköpfiger kleiner Mann nach vorne, die blaugeäderten Hände vor der Brust gefaltet. »Tokar.« Er verneigte sich. »Ich hatte dich nicht so früh erwartet.«

Tokar war ein Händler aus Oar, der mit Bomanz' Sohn befreundet war. Er legte eine grobschlächtige, ehrliche, sorglose Art an den Tag, die Bomanz, wie er sich einredete, als die seinige aus früheren Tagen wiedererkannte.

»Ich hatte auch gar nicht vorgehabt, so rasch wieder zurück zu sein, Bo. Aber Antiquitäten sind im Moment der Renner. Absolut unbegreiflich.«

»Du möchtest eine weitere Lieferung? Jetzt schon? Du räumst mir noch das ganze Geschäft aus.« Ungesagt blieb die stumme Klage: Bomanz, das bedeutet, daß du aufstocken mußt. Zeit, die deiner Forschungsarbeit verloren geht.

»Dieses Jahr ist die Unterdrückung der letzte Schrei. Nun vergiß mal den Kleinkram, Bo. Geh doch mal richtig in die Vollen, wie man so sagt. Nächstes Jahr ist der Markt vielleicht so tot wie die Unterworfenen.«

»Sie sind nicht … Vielleicht werde ich zu alt dafür, Tokar. An dem Gekabbel mit Besand habe ich keinen Spaß mehr. Verflucht. Vor zehn Jahren habe ich es noch darauf angelegt. Ein anständiger Streit war gut gegen die Langeweile. Mich macht auch die Buddelei fertig. Ich bin ausgebrannt. Ich will nur noch auf der Türschwelle sitzen und zusehen, wie das Leben an mir vorbeizieht.« Während er so dahinplapperte, holte Bomanz seine besten antiken Schwerter hervor, Rüstungsteile, Soldatenamulette und einen fast vollständig erhaltenen Schild. Einen Kasten mit Pfeilspitzen, der mit Rosen verziert war. Zwei breitklingige Wurfspieße, deren alte Spitzen an imitierten Schäften befestigt worden waren.

»Ich kann dir ein paar Leute vorbeischicken. Zeig ihnen, wo sie graben sollen. Ich würde dir dafür eine Kommissionsgebühr zahlen. Du müßtest überhaupt nichts tun. Das ist eine wirklich feine Axt, Bo. Aus der TelleKurre-Zeit? Ich könnte ganze Wagenladungen von TelleKurre-Waffen loswerden.«

»Eigentlich UchiTelle.« Sein Magengeschwür begann ihn zu zwicken. »Nein. Ich brauche keine Hilfskräfte.« Das fehlte gerade noch. Eine Bande junger Hüpfer, die ihm auf der Pelle hockte, während er seine Geländeberechnungen anstellte.

»War nur ein Vorschlag.«

»Schon recht. Nimm's nicht persönlich. Jasmine hat mir heute im Nacken gesessen.«

Leise fragte Tokar: »Hast du irgendwas gefunden, das mit den Unterworfenen zusammenhängt?«

Mit gespieltem Schrecken und jahrzehntelanger Übung wehrte Bomanz den Vorstoß ab. »Den Unterworfenen? Sehe ich aus wie ein Narr? Selbst wenn ich es am Wachwart vorbeischaffen *könnte,* würde ich es nicht anrühren.«

Tokar setzte ein verschwörerisches Lächeln auf.»Sicher. Wir wollen doch die Ewige Garde nicht verärgern. Trotzdem … gibt es einen Mann in Oar, der für alles, was einem der Unterworfenen zugeordnet werden könnte, sehr gut bezahlen würde. Er würde seine Seele für etwas verkaufen, das der Lady gehört hat. Er ist in sie verliebt.«

»Dafür war sie wohlbekannt.« Bomanz wich dem Blick des jüngeren Mannes aus. Wieviel hatte Stance verraten? War dies hier eines von Besands Vorstößen? Je älter Bomanz wurde, desto weniger Spaß hatte er an diesem Spiel. Seine Nerven hielten dieses Doppelleben nicht mehr lange aus. Fast wollte er schon gestehen, nur um alles loszuwerden.

Verdammt noch mal, nein! Er hatte viel zu viel investiert. Siebenunddreißig Jahre. In jeder freien Minute gegraben und gewühlt. Geschlichen und betrogen. In der elendesten Armut verbracht. Nein. Er würde nicht aufgeben. Nicht jetzt. Nicht, wenn er so nahe dran war.

»Auf meine Art liebe ich sie auch«, räumte er ein. »Aber deshalb habe ich meinen Verstand nicht weggeworfen. Wenn ich etwas fände, würde ich nach Besand brüllen. Und zwar so laut, daß du es in Oar hören würdest.«

»Schon recht. Ganz wie du meinst.« Tokar grinste. »Genug der Spannung.« Er holte eine Ledertasche hervor. »Briefe von Stancil.«

Bomanz riß die Tasche an sich. »Seit du das letzte Mal hier warst, habe ich nichts mehr von ihm gehört.«

»Kann ich die Sachen aufladen, Bo?«

»Sicher. Mach nur.« Ohne genau hinzusehen holte Bomanz seine aktuelle Bestandsliste aus einem Fach. »Streich ab, was du mitnimmst.«

Tokar lachte gutmütig. »Diesmal alles, Bo. Nenn, mir einen Preis.«

»Alles? Die Hälfte davon ist Müll.«

»Ich sagte dir doch, daß die Unterdrückung im Moment ein heißes Thema ist.«

»Du hast Stance gesehen? Wie geht es ihm?« Den ersten Brief hatte er schon zur Hälfte durchgelesen. Sein Sohn hatte nichts Wesentliches zu berichten. Seine Briefe waren mit tagtäglichem Allerlei gefüllt. Pflichtbriefe. Briefe von einem Sohn an seine Eltern, die den zeitlosen Abgrund nicht zu überspannen vermochten.

»Er ist bei abscheulich guter Gesundheit. Die Universität langweilt ihn. Lies nur weiter. Da kommt noch eine Überraschung auf dich zu.«

»Tokar war hier«, sagte Bomanz. Er grinste und hüpfte von einem Fuß auf den anderen.

»Dieser Dieb?« Jasmine verzog das Gesicht. »Hast du daran gedacht, dich bezahlen zu lassen?« Ihre fetten, erschlafften Züge waren zu einer Miene dauerhafter Mißbilligung verzogen. Ihr Mund öffnete sich für gewöhnlich lediglich, um Worte von sich zu geben, die dieser Miene entsprachen.

»Er hat Briefe von Stance gebracht. Hier.« Er überreichte ihr das Paket. Er konnte sich nicht mehr zurückhalten. »Stance kommt nach Hause.«

»Nach Hause? Das geht doch nicht. Er hat doch seinen Posten an der Universität.«

»Er nimmt sich ein Urlaubssemester. Für den Sommer kommt er hierher.«

»Warum?«

»Um uns zu sehen. Um im Laden auszuhelfen. Um sich freizumachen, damit er eine Dissertation zu Ende schreiben kann.«

Jasmine schnaufte verächtlich. Die Briefe las sie nicht. Sie hatte es ihrem Sohn nicht verziehen, daß er das Interesse seines Vaters an der Unterdrückung teilte. »In Wirklichkeit kommt er doch hierher, um dir beim Herumstochern an Orten zu helfen, an denen du nichts zu suchen hast, oder?«

Bomanz warf einen verstohlenen Blick zu den Ladenfenstern. Sein Dasein wurde von berechtigter Paranoia bestimmt. »Wir haben das Jahr des Kometen. Die Geister der Unterworfenen werden sich erheben, um das Dahingehen der Unterdrückung zu beklagen.«

In diesem Sommer würde sich die zehnte Wiederkehr des Kometen ereignen, der sich in jener Stunde gezeigt hatte, als der Dominator fiel. Die Manifestationen der Zehn Unterworfenen würden diesmal stark sein.

In dem Sommer, als Bomanz zum Alten Wald gekommen war, lange vor Stances Geburt, hatte er eine Wiederkehr des Kometen gesehen. Das Gräberland hatte von Geistern nur so gewimmelt.

Die Aufregung zog ihm die Bauchdecke zusammen. Jasmine würde das nicht verstehen können, aber dies war der Sommer. Das Ende der langen Suche. Ihm fehlte nur noch ein einziger Schlüssel. Wenn er ihn fand, konnte er die Verbindung herstellen, konnte anfangen, den Gewinn einzustreichen anstatt immer nur einzuzahlen.

Jasmine grinste verbittert. »Wie bin ich bloß in diese Lage gekommen? Meine Mutter hat mich noch gewarnt.«

»Wir reden hier von Stancil, Weib. Unserem einzigen Kind.«

»Ach, Bo, als ob ich so grausam wäre. Natürlich werde ich ihn willkommen heißen. Habe ich ihn nicht auch lieb?«

»Es würde nicht schaden, wenn du das auch einmal zeigst.« Bomanz musterte die Überreste seines Warenbestandes. »Nichts mehr übrig, nur noch der letzte Müll. Wenn ich an die Buddelei denke, die mir bevorsteht, tun mir die Knochen jetzt schon weh.«

Seine Knochen schmerzten ihm vielleicht, aber sein Geist war rege. Die Aufstockung seiner Vorräte gab eine gute Entschuldigung ab, die Ränder des Gräberlandes zu durchstreifen.

»Na, dann fang doch gleich an.«

»Versuchst mich wohl aus dem Haus zu treiben?«

»Würde mich jedenfalls nicht unglücklich machen.«

Seufzend überflog Bomanz seinen Laden. Einige halbvermoderte Ausrüstungsgegenstände, zerbrochene Waffen, ein Schädel, den er nicht zuordnen konnte, weil ihm der dreiekkige Einsatz fehlte, der die Offiziere der Unterdrückung gekennzeichnet hatte. Die Sammler waren nicht an den Knochen des Fußvolks oder an denen der Gefolgsleute der Weißen Rose interessiert.

Sonderbar, sinnierte er. Warum fasziniert uns das Böse nur so sehr? Die Weiße Rose war heldenhafter als der Dominator oder die Unterworfenen. Bis auf die Männer des Wachwarts haben alle sie vergessen. Aber jeder Bauer kann mindestens die Hälfte der Unterworfenen mit Namen nennen. Das Gräberland, wo das Böse unruhig harrt, wird bewacht, und das Grab der Weißen Rose ist verschollen.

»Das führt zu nichts«, brummte Bomanz. »Dann wollen wir mal. Hier. Hier. Spaten. Wünschelrute. Beutel. Vielleicht hatte Tokar recht. Vielleicht sollte ich mir einen Helfer zulegen. Bürsten. Der mir beim Tragen von dem Zeugs hilft. Peilgerät. Landkarten. Die darf ich nicht vergessen. Was noch? Belegbänder. Natürlich. Dieser elende Men fu.«

Er stopfte Sachen in einen Sack und behängte sich mit seiner Ausrüstung. Er nahm den Spaten, die Harke und das Peilgerät auf. »Jasmine. Jasmine! Mach die verdammte Tür auf.«

Sie spähte durch die Vorhänge vor ihrem Wohnbereich. »Hättest sie zuerst aufmachen sollen, Schwachkopf.« Sie stapfte durch den Laden. »Eines Tages, Bo, wirst du dich organisieren müssen. Wahrscheinlich am Tag nach meiner Beerdigung.«

Er stolperte auf die Straße und nuschelte: »Ich werde mich am Tag deines Todes organisieren. Worauf du dich verdammt noch mal verlassen kannst. Ich will dich in der Erde sehen, bevor du es dir anders überlegst.«

VIERTES KAPITEL

Vor nicht allzu langer Zeit. Corbie

Das Gräberland liegt weit nördlich von Charm in jenem Alten Wald, den die Legenden um die Weiße Rose so ausführlich beschreiben. Im Sommer, nachdem der Dominator vergeblich versucht hatte, über Juniper seinem Grab zu entfliehen, traf Corbie in der Stadt ein. Er fand die Untergebenen der Lady in ausnehmend guter Stimmung vor. Das uralte Böse im großen Grab hatte seinen Schrecken verloren. Die letzten Rebellen waren ausgerottet worden. Das Reich hatte keine Feinde mehr, die von Bedeutung gewesen wären. Der Große Komet, Unheilsbote aller Katastrophen, würde erst in Jahrzehnten wiederkehren.

Ein einziger Brennpunkt des Widerstandes war noch übrig, ein Kind, das die Wiedergeburt der Weißen Rose sein sollte. Aber sie befand sich gemeinsam mit den Überresten der verräterischen Schwarzen Schar auf der Flucht. Aus jener Ecke war nichts zu befürchten. Die überwältigende Überlegenheit der Lady würde sie ersticken.

Allein mit einem Rucksack auf dem Rücken und einen Stab fest mit der Hand umklammert, kam Corbie die Straße von Oar heraufgehinkt. Er behauptete, daß er ein ausgemusterter Veteran sei, der bei den Feldzügen des Hinkers in Forsberg dabeigewesen war. Er suchte Arbeit. Für einen Mann, dessen Stolz nicht allzu groß war, gab es reichlich Arbeit. Die Ewige Garde wurde gut bezahlt. Viele Gardisten heuerten Leute für ihre Schmutzarbeit an.

Zu jener Zeit war ein Regiment im Gräberland stationiert. Zahllose Zivilisten umkreisten das Quartier der Soldaten. Corbie verlor sich unter ihnen. Als die Kompanien und die Bataillone abrückten, war er bereits ein fester Bestandteil der Landschaft geworden.

Er spülte Geschirr, striegelte Pferde, säuberte Ställe, verrichtete Botengänge, wischte Fußböden, schälte Gemüse, nahm jede Arbeit an, für die er ein paar Kupferstücke bekommen konnte. Er war ein stiller, hochgewachsener, dunkelhäutiger, düsterer Geselle, der sich keine besonderen Freunde, aber auch keine Feinde machte. Er mischte sich nur selten unter das Volk.

Nach ein paar Monaten erhielt er auf sein Bitten hin Erlaubnis, sich in einem heruntergekommenen Haus niederzulassen, das schon seit langem gemieden wurde, weil es einst einem Zauberer aus Oar gehört hatte. Wenn die Zeit und seine Mittel es ihm gestatteten, beschäftigte er sich damit, das Haus wieder auf Vordermann zu bringen. Und wie es der Zauberer vor ihm getan hatte, folgte auch er der Mission, die ihn in den Norden geführt hatte.

Zehn, zwölf, vierzehn Stunden am Tag arbeitete Corbie in der Stadt, dann ging er nach Hause und arbeitete noch ein wenig weiter. Die Leute fragten sich, wann er sich eigentlich ausruhte.

Falls es etwas Auffälliges an Corbie gab, so war es der Umstand, daß er sich weigerte, seine Rolle bis zur letzten Konsequenz auszuleben. Die meisten Hilfsarbeiter hatten einiges an Schikanen auszustehen. Corbie nahm so etwas nicht hin. Wenn man ihm zu nahe rückte, wurde sein Blick so kalt wie Stahl im Winter. Nur ein einziger Mann bedrängte Corbie noch weiter, nachdem er diesen Blick erhalten hatte. Corbie schlug ihn mit gnadenloser, rücksichtsloser Gründlichkeit zusammen.

Niemand argwöhnte, daß er ein Doppelleben führte. Außerhalb seines Heimes war er Corbie, der Ausputzer, nichts weiter. Diese Rolle lebte er von Herzen. Wenn er sich in den geschäftigeren Tagesstunden zu Hause aufhielt, war er Corbie, der Renovierer. Nur in den finstersten Nachtstunden, wenn außer der Nachtstreife alles schlief, wurde er zu Corbie, dem Mann mit einer Mission.

Corbie, der Renovierer, entdeckte in einer Wand der Küche des Zauberers einen Schatz. Er nahm ihn mit nach oben, und Corbie, der Getriebene, tauchte aus den Tiefen empor.

Auf dem Papierfetzen waren in zitteriger Schrift ein Dutzend Worte aufgeschrieben. Ein Kodierungsschlüssel.

Das hagere, dunkelhäutige Gesicht, das schon lange nicht mehr gelächelt hatte, verlor seine eisige Kälte. Dunkle Augen funkelten. Finger drehten einen Lampendocht höher. Corbie setzte sich hin und starrte eine Stunde lang ins Nichts. Dann ging er immer noch lächelnd nach unten und in die Nacht hinaus. Wenn er der Nachtstreife begegnete, hob er lässig die Hand zum Gruß.

Mittlerweile kannte man ihn. Niemand stellte sein Recht in Frage, umherzuhinken und dem Zug der Sternbilder zuzusehen.

Als seine Nerven sich wieder beruhigt hatten, ging er wieder heim. In dieser Nacht würde es keinen Schlaf für ihn geben. Er breitete Papiere aus, begann sich darin zu vertiefen, sie zu entziffern, zu übersetzen und dann einen Brief zu schreiben, der seinen Empfänger erst Jahre später erreichen sollte.

FÜNFTES KAPITEL

Die Schreckenssteppe

Einauge kam bei mir vorbei, um zu berichten, daß Darling Corder und den Boten befragen wollte. »Sie macht einen gereizten Eindruck, Croaker. Hast du sie beobachtet?«

»Ich beobachte sie. Ich gebe ihr Ratschläge. Sie achtet nicht darauf. Was kann ich sonst tun?«

»Wir haben noch zwanzig Jahre und ein paar zerquetschte, bis der Komet wieder auftaucht. Es hat wenig Sinn, daß sie sich zu Tode arbeitet, oder?«

»Sag *ihr* das doch. *Mir* sagt sie bloß, daß sich die ganze Sache lange vor dem nächsten Erscheinen des Kometen erledigt haben wird. Daß es ein Wettlauf gegen die Zeit werden wird.«

Das glaubt sie wirklich. Aber wir anderen schaffen es nicht, uns von ihrem Feuer anstecken zu lassen. Hier in der Isolation auf der Schreckenssteppe, abgeschnitten vom Rest der Welt, scheint der Kampf gegen die Lady irgendwie an Bedeutung zu verlieren. Die Steppe selbst ist es, die unsere Aufmerksamkeit nur allzuoft auf sich zieht.

Ich bemerkte, daß ich Einauge hinter mir gelassen hatte. Dieses vorzeitige Begräbnis hat ihm nicht gut getan. Ohne seine Fähigkeiten ist er körperlich schwächer geworden. Allmählich zeigt sich sein wahres Alter. Ich ließ ihn wieder aufholen.

»Hat dir und Goblin euer Abenteuer Spaß gemacht?«

Er wußte nicht, ob er nun feixen oder düster dreinschauen sollte.

»Er hat's dir wieder gezeigt, oder?« Ihr Streit dauert schon seit dem Anbeginn der Zeit. Einauge fängt ihn für gewöhnlich an. Und Goblin bringt ihn für gewöhnlich zu Ende.

Er knurrte etwas.

»Was?«

»Ho!« brüllte jemand. »Alle nach oben! Alarm! Alarm!«

Einauge spuckte angewidert aus. »Zweimal an einem Tag? Was soll das, verdammt noch mal?«

Ich wußte, was er meinte. In den gesamten zwei Jahren hier draußen hatten wir keine zwanzig Alarme gehabt. Und jetzt gleich zwei an einem Tag? Unwahrscheinlich.

Ich flitzte wieder hinein, um meinen Bogen zu holen.

Dieses Mal rückten wir mit weit weniger Geklapper aus. Elmo hatte in einigen intimen Unterhaltungen sein Mißfallen auf schmerzhafte Weise zum Ausdruck gebracht.

Wieder Sonnenlicht. Das auf uns regelrecht eindrosch. Der Ausgang des Lochs führte nach Westen. Als wir herauskamen, schien die Sonne uns in die Augen.

»Du verdammter Narr!« brüllte Elmo gerade. »Was zur Hölle machst du da eigentlich?« Ein junger Soldat stand im Freien und zeigte in die Höhe. Mein Blick folgte der angezeigten Richtung.

»Oh,verflucht«, hauchte ich. »Doppelt verflucht.«

Einauge hatte es auch gesehen. »Unterworfene.«

Der schwebende Punkt kam näher, umkreiste unser Versteck, kam in einer Spirale immer näher. Plötzlich wackelte er.

»Jawoll. Unterworfene. Wisper oder Journey?«

»Ist doch immer wieder schön, alte Freunde wiederzusehen«, sagte Goblin, als er zu uns aufschloß.

Seit unserer Ankunft auf der Steppe hatten wir die Unterworfenen nicht mehr zu Gesicht bekommen. Davor hatten sie uns im Nacken gehockt, hatten uns während der ganzen vier

Jahre gehetzt, die wir gebraucht hatten, um von Juniper hierherzukommen.

Sie sind die Satrapen der Lady, ihre Schüler in den Wissenschaften des Schreckens. Einst waren es zehn. Zur Zeit der Unterdrückung hatten die Lady und ihr Gatte ihre mächtigsten Zeitgenossen versklavt und sie zu ihren Werkzeugen, den Zehn Unterworfenen, gemacht. Als die Weiße Rose den Dominator vor vier Jahrhunderten besiegte, gingen die Unterworfenen mit ihren Herren unter die Erde. Und vor zwei Kometendurchgängen standen sie mit der Lady wieder auf. Und bei den Kämpfen, die sie untereinander führten – denn einige waren dem Dominator treu geblieben –, wurden die meisten vernichtet.

Aber die Lady holte sich neue Sklaven. Feder. Wisper. Journey. Feder und der letzte des alten Schlages, der Hinker, fielen bei Juniper, als wir den Wiederauferstehungsversuch des Dominators vereitelten. Zwei sind noch übrig. Wisper. Journey.

Der fliegende Teppich wackelte deshalb, weil er an den Rand jener Zone angekommen war, in der Darlings Null-Feld seinen Auftrieb aufzuheben vermochte. Der Unterworfene drehte ab, stürzte in die Außenbereiche und gewann genug Abstand, um die vollständige Herrschaft über sein Gefährt zurückzuerlangen. »Schade, daß er nicht direkt auf uns angeflogen ist«, sagte ich. »Dann wäre er wie ein Stein abgestürzt.«

»Die sind ja nicht blöde«, sagte Goblin. »Sie kundschaften uns nur ein wenig aus.« Er schüttelte den Kopf und erschauerte.

Er wußte etwas, das ich nicht wußte. Wahrscheinlich etwas, das er auf seinem Erkundungszug über die Steppe hinaus erfahren hatte.

»Kommt der Feldzug allmählich in Gang?« fragte ich.

»Ja. Was machst du da eigentlich, Fledermausgesicht?« fauchte er Einauge an. »Paß gefälligst auf.«

Der kleine Schwarze achtete gar nicht auf den Unterworfenen. Er starrte die verwitterten Klippen südlich von uns an.

»Unsere Aufgabe besteht darin, am Leben zu bleiben«, sagte Einauge so selbstgefällig, daß ich sofort wußte, daß er Goblin mit etwas ärgern wollte. »Und das bedeutet, daß man nicht von der ersten Volksschau abgelenkt wird, die einem vorgeführt wird.«

»Und was zur Hölle soll das nun wieder heißen?«

»Das heißt, während ihr anderen diesen Komiker dort oben angeglotzt habt, ist ein anderer hinter den Steilhängen gelandet und hat jemanden dort abgesetzt.«

Goblin und ich starrten zu den roten Klippen. Wir konnten nichts erkennen.

»Zu spät«, sagte Einauge. »Er ist schon wieder weg. Aber ich denke mal, daß jemand losziehen und sich diesen Spitzel greifen sollte.«

Ich glaubte Einauge. »Elmo! Komm mal her.« Ich erklärte die Lage.

»Jetzt kommen sie wieder in Bewegung«, murmelte er. »Und ich hatte schon gehofft, daß sie uns vergessen hätten.«

»Oh, das haben sie nicht«, sagte Goblin. »Das haben sie ganz entschieden nicht.« Und wieder hatte ich das Gefühl, daß er etwas auf dem Herzen hatte.

Elmo musterte das Gelände zwischen uns und den Klippen. Er kannte es gut. Wie wir alle. Eines Tages mochte vielleicht unser Leben davon abhängen, daß wir es besser kannten als diejenigen, die hinter uns her waren. »In Ordnung«, sagte er. »Ich sehe ihn. Ich nehme vier Mann mit. Aber zuerst sage ich dem Leutnant Bescheid.«

Der Leutnant kommt nicht nach oben, wenn Alarm gegeben wird. Er und zwei weitere Männer haben ihr Lager im

Eingang zu Darlings Unterkunft aufgeschlagen. Falls der Gegner jemals zu Darling durchkommt, wird das nur über ihre Leichen passieren.

Der fliegende Teppich zog nach Westen ab. Ich fragte mich, warum die Geschöpfe der Steppe ihn nicht angegriffen hatten. Ich ging zu dem Menhir, der mich vorher angesprochen hatte, und stellte ihm diese Frage. Anstatt zu antworten, sagte er: »Jetzt beginnt es, Croaker. Behalte diesen Tag im Gedächtnis.«

»Jawoll. In Ordnung.« Und ich nenne diesen Tag in der Tat den Anfang von allem, obgleich Teile davon schon Jahre zuvor begonnen hatten. Dies war der Tag, an dem der erste Brief eintraf, der Tag der Unterworfenen und der Tag von Tracker und Köter Krötenkiller.

Der Menhir hatte noch etwas zu sagen. »Fremde sind auf der Steppe.« Dazu, daß die verschiedenen Fluggeschöpfe den Unterworfenen keinen Widerstand geleistet hatten, wollte er nichts sagen.

Elmo kam zurück. Ich sagte: »Der Menhir meint, daß wir vielleicht noch mehr Besucher kriegen könnten.«

Elmo hob eine Augenbraue. »Du und Schweiger, ihr habt die nächsten beiden Wachen?«

»Ja.«

»Paßt gut auf. Goblin. Einauge. Kommt her.« Sie steckten die Köpfe zusammen. Dann suchte Elmo sich vier Jüngelchen zusammen und ging mit ihnen auf die Jagd.

SECHSTES KAPITEL

Die Schreckenssteppe

Ich ging nach oben, um meine Wache anzutreten. Von Elmo und seinen Leuten war nichts zu sehen. Die Sonne stand tief. Der Menhir war verschwunden. Bis auf das Geräusch des Windes war kein Laut zu hören.

Schweiger saß in einem Tausendkorallenriff im Schatten. Sonnenkleckse fielen in einem eigenartigen Muster durch die verschlungenen Zweige auf ihn. Korallen geben eine gute Deckung ab. Nur wenige Steppenbewohner nehmen es mit ihrem Gift auf. Die Wachposten schweben stets in größerer Gefahr durch das exotische einheimische Leben denn durch unsere Feinde.

Ich duckte und wand mich unter den todbringenden Nadeln hindurch und schloß zu Schweiger auf. Er ist ein schlaksiger, hagerer Mann, der allmählich alt wird. Seine dunklen Augen schienen auf gestorbene Träume gerichtet zu sein. Ich stellte meine Waffen in Reichweite. »Irgendwas los?«

Mit einer winzigen Geste der Verneinung schüttelte er den Kopf. Ich schob meine mitgebrachten Matten zurecht. Um uns ragten die gewundenen Zweige und Fächer der Korallen zwanzig Fuß in die Höhe. Wir sahen kaum etwas, nur die Furt über den Bach, ein paar tote Menhire und die Wanderbäume auf dem gegenüberliegenden Hang. Ein Baum stand neben dem Bach und hatte seine Zapfwurzel in das Wasser gesteckt. Als ob er spürte, daß ich ihn beobachtete, begann er einen langsamen Rückzug anzutreten.

Die sichtbare Steppe ist nahezu leblos. Die üblichen Lebensformen der Wüste – Moosflechten und kümmerliche Büsche, Schlangen und Eidechsen, Skorpione und Spinnen, Wildhunde und Erdhörnchen – sind zwar vorhanden, treten jedoch nur selten auf. Man trifft immer nur dann auf sie, wenn es einem gerade ungelegen kommt. Was im Wesentlichen auf das gesamte Leben auf der Steppe zutrifft. Die wirklich sonderbaren Sachen laufen einem immer nur dann über den Weg, wenn man sie wirklich gar nicht brauchen kann.

Der Leutnant behauptet, daß ein Mann, der hier Selbstmord zu begehen versucht, es jahrelang aushalten kann, ohne daß es ihm unbequem wird.

Die vorherrschenden Farben sind Rot und Braun, Rost, Ocker, es gibt auch blut- und weinfarbene Sandsteinformationen wie die Klippen, die ihrerseits gelegentlich die eine oder andere orangenfarbene Sedimentschicht aufweisen. Die Korallen legen hier und dort weiße und rosafarbene Riffe ab. Echtes Grün gibt es nicht. Die Wanderbäume und die Büsche haben staubig-graugrüne Blätter, in denen der Grünanteil eher eine Frage der Bezeichnung ist. Die lebenden und toten Menhire sind in strengem Graubraun gehalten, das sich völlig von den normalen Steinen der Steppe unterscheidet.

Über die Geröllhaufen am Klippenrand zog ein gewaltiger Schatten. Er deckte etliche Hektar ab, und für den Schatten einer Wolke war er zu groß. »Ein Windwal?«

Schweiger nickte.

Er durchzog die Luft zwischen uns und der Sonne, aber ich konnte ihn nicht ausmachen. Ich hatte schon jahrelang keinen mehr gesehen. Das letzte Mal, als Elmo und ich auf Geheiß der Lady mit Wisper die Steppe überflogen. War das schon so lange her? Die Zeit verfliegt, und man hat nur wenig Freude daran. »Ist schon viel seltsames Wasser unter der Brücke dahingeflossen, mein Freund. Reichlich seltsames Wasser.«

Er nickte, aber er sagte nichts. Er ist Schweiger.

In all den Jahren, seit ich ihn kenne, hat er kein Wort gesprochen. Auch nicht in all den Jahren, die er schon bei der Schar ist. Dennoch sagen Einauge und mein Vorgänger im Amt des Chronisten, daß er sehr wohl sprechen kann. Aus verschiedenen Hinweisen, die ich im Laufe der Jahre zusammengesammelt habe, bin ich zu der festen Überzeugung gelangt, daß er in seiner Jugend, bevor er sich in die Schar einschrieb, einen großen Schwur ablegte, niemals mehr zu sprechen. Da es das eiserne Gesetz der Schar verbietet, daß man im Leben eines Mannes vor seinem Eintritt herumbohrt, habe ich über die Umstände nichts erfahren können.

Ich habe erlebt, daß er kurz davor war, etwas zu sagen, wenn er ausreichend wütend oder erheitert war, aber stets hielt er sich im letzten Augenblick zurück. Lange Zeit machten die Männer sich einen Spaß daraus, ihn zu provozieren und zu versuchen ihn dazu zu bringen, daß er seinen Eid brach, aber die meisten gaben Bemühungen dieser Art rasch auf. Schweiger konnte einen Mann auf hundert verschiedene Arten entmutigen; Flöhe im Schlafsack war nur eine davon.

Die Schatten wurden länger. Dunkelheit breitete sich aus. Schließlich stand Schweiger auf, stieg über mich hinweg und ging wieder in das Loch hinab – ein dunkel gekleideter Schatten, der sich durch die Finsternis schlich.

Ein seltsamer Mensch ist Schweiger. Nicht nur, daß er nicht spricht; er unterhält sich auch nicht. Wie kommt man an so einen Burschen heran?

Trotzdem gehört er zu meinen ältesten und engsten Freunden. Verstehe das, wer will.

»Nun denn, Croaker.« Die Stimme klang so hohl wie die eines Gespenstes. Ich zuckte zusammen. Boshaftes Gelächter schepperte durch das Korallenriff. Ein Menhir hatte sich an mich herangeschlichen. Ich drehte mich leicht in seine Richtung. Da stand er mitten auf dem Pfad, den Schweiger eben noch beschritten hatte. Vier Meter hoch und stockhäßlich. Ein Zwerg unter seinesgleichen.

»Hallo, Felsen.«

Nachdem er auf meine Kosten seinen Spaß gehabt hatte, ignorierte er mich nun. Blieb so stumm wie ein Stein. Haha.

Die Menhire sind unsere Hauptverbündeten auf der Steppe. Sie vermitteln zwischen den anderen denkenden Lebensformen. Allerdings sagen sie uns eben nur dann, was vorgeht, wenn es ihnen paßt.

»Was ist mit Elmo?« fragte ich.

Schweigen im Korallenwalde.

Sind es Zauberwesen? Ich glaube nicht. Ansonsten würden sie innerhalb des Nullfeldes, das von Darling ausgeht, nicht überleben können. Aber was sind sie dann? Ein Rätsel. Wie die meisten bizarren Geschöpfe hier draußen.

»Fremde sind auf der Steppe.«

»Ich weiß. Ich weiß.«

Nachtgeschöpfe kamen hervor. Leuchtende Punkte flatterten und huschten über mir dahin. Der Windwal, dessen Schatten ich gesehen hatte, kam weit genug nach Osten, daß ich seine schimmernde Unterseite sehen konnte. Bald würde er niedergehen und mit seinen Schleppfäden alles einfangen, was ihm über den Weg lief. Eine leichte Brise erhob sich.

Salbeidüfte kitzelten meine Nase. In den Korallen kicherte und raunte und murmelte und pfiff die Luft. Aus der Ferne drangen die Windglockenklänge von Altvater Baum herüber.

Er ist einzigartig. Ich weiß nicht, ob er der erste oder der letzte seiner Art ist. Dort steht er, sieben Meter hoch und drei Meter dick, brütet neben dem Bach und strahlt etwas aus, das fast Grauen ist. Seine Wurzeln sind im geographischen Mittelpunkt der Steppe verhaftet. Schweiger, Goblin und Einauge haben nacheinander und gemeinsam versucht, seine Bedeutung herauszufinden. Sie haben nichts erfahren können. Die wenigen Stammeswilden der Steppe verehren ihn. Sie sagen, er sei seit Anbeginn der Dinge hier gewesen. Er strahlt auch tatsächlich dieses Gefühl von Zeitlosigkeit aus.

Der Mond ging auf. Als er sich träge und schwanger über den Horizont hinaufschob, glaubte ich, etwas vor ihm vorbeihuschen zu sehen. Unterworfene? Oder Geschöpfe der Steppe?

Am Eingang des Lochs erhob sich Gezeter. Ich stöhnte leise. Das konnte ich jetzt nicht gebrauchen. Goblin und Einauge. Eine halbe Minute lang hegte ich den unfreundlichen Wunsch, daß sie nicht zurückgekehrt wären. »Hört schon auf damit. Ich will diesen Mist nicht hören.«

Goblin flitzte zu den Korallen hinauf, grinste mich an und forderte mich stumm heraus, doch etwas dagegen zu tun. Er sah ausgeruht und erholt aus. Einauge fragte: »Hast du schlechte Laune, Croaker?«

»Worauf du einen lassen kannst. Was macht ihr denn hier draußen?«

»Brauchten etwas frische Luft.« Er legte den Kopf schief und spähte zum Klippenrand hinüber. Aha. Er machte sich Sorgen wegen Elmo.

»Er kommt schon klar«, sagte ich.

»Ich weiß.« Einauge ergänzte: »Ich habe gelogen. Darling hat uns geschickt. Sie hat gespürt, daß sich etwas am Westrand des Nullfeldes geregt hat.

»Ach ja?«

»Ich weiß nicht, was es war, Croaker.« Plötzlich war er abweisend. Und betrübt. Wenn Darling nicht gewesen wäre, hätte er es gewußt. Ihm ergeht es so, wie es mir ginge, wenn man mir sämtliche medizinischen Gerätschaften wegnehmen würde. Er konnte nicht das tun, wofür er ein Leben lang geübt hatte.

»Was werdet ihr also tun?«

»Wir machen ein Feuer.«

»Was?«

Das Feuer loderte und brüllte. Einauge steigerte sich in einen derartigen Eifer hinein, daß das tote Holz, das er heranschleppte, für eine halbe Legion gereicht hätte. Die Flammen trieben die Dunkelheit zurück, bis ich noch fünfzig Meter hinter den Bach sehen konnte. Die letzten Wanderbäume hatten sich zurückgezogen. Wahrscheinlich hatten sie Einauge am Geruch erkannt.

Er und Goblin schleppten einen umgestürzten Baum der gewöhnlichen Sorte herbei. Die Wandler lassen wir in Ruhe, außer daß wir Tolpatsche wieder aufrichten, die über ihre eigenen Wurzeln gestolpert sind. Das passiert allerdings nicht oft. Sie laufen nicht sonderlich viel umher.

Sie zankten sich gerade darüber, wer sich vor der Arbeit drückte. Sie ließen den Baum fallen. »Abgang«, sagte Goblin, und einen Augenblick später waren sie verschwunden. Verdutzt spähte ich in die Finsternis. Ich sah und hörte nichts.

Ich merkte, daß ich allmählich nur noch mühsam wachbleiben konnte. Ich nahm den toten Baum auseinander, damit ich etwas zu tun hatte. Dann spürte ich das Sonderbare.

Ich erstarrte mitten im Zweigerupfen. Wie lange hatten sich die Menhire schon versammelt? Vierzehn zählte ich am Rande des Feuerscheins. Sie warfen lange schwarze Schatten. »Was gibt es?« fragte ich. Meine Nerven waren ein wenig ausgefranst.

»Fremde sind auf der Steppe.«

Ein tolles Lied spielten sie mir da vor. Ich setzte mich mit dem Rücken nahe zum Feuer, warf Holz über die Schulter und ließ die Flammen auflodern. Der Lichtkreis wurde größer. Ich zählte zehn weitere Menhire. Eine Weile später sagte ich: »Das sind nicht unbedingt Neuigkeiten.«

»Einer kommt hierher.«

Das *war* eine Neuigkeit. Und sie wurde mit Nachdruck verkündet, was ich bisher noch nicht erlebt hatte. Ein- oder zweimal dachte ich, ich hätte eine huschende Bewegung wahrgenommen, aber ganz sicher war ich mir nicht. Feuerschein hat es in sich. Ich legte noch mehr Holz auf.

Diesmal eine deutliche Bewegung. Auf der anderen Bachseite. Eine menschliche Gestalt kam langsam auf mich zu. Mit müden Schritten. Ich machte es mir bequem und schützte Langeweile vor. Er kam näher. Über der rechten Schulter trug er einen Sattel, in der linken Hand hielt er eine Decke. In der rechten Hand trug er einen langen Holzkasten, dessen Politur im Flammenschein aufleuchtete. Sieben Fuß war er lang und vier mal acht Zoll in Höhe und Breite. Seltsam.

Der Hund fiel mir erst auf, als sie den Bach überquerten. Ein Mischling, zerzaust, verdreckt, hauptsächlich schmutzigweiß, aber mit einem schwarzen Kreis um ein Auge herum und ein paar schwarzen Tupfern auf den Flanken. Er hinkte, hielt eine Vorderpfote hoch. Das Feuer fing sich in seinen Augen. Sie glühten hellrot.

Der Mann ragte mehr als sechs Fuß auf, war um die Dreißig. Selbst im Nebel seiner Müdigkeit bewegte er sich geschmeidig. Er hatte Muskeln, die auf noch mehr Muskeln saßen. Sein zerfetztes Hemd gab den Blick auf Arme und Brust frei, die mit Narben übersät waren. Sein Gesicht zeigte keinerlei Ausdruck. Als er sich dem Feuer näherte, begegnete er meinem Blick. Weder lächelte er, noch tat er unfreundliche Absichten kund.

Ein leiser Kältehauch durchzog mich. Er sah aus wie ein harter Brocken, aber andererseits auch nicht hart genug, um die Schreckenssteppe im Alleingang anzugehen.

Zuallererst hieß es Zeit schinden. Otto sollte mich bald ablösen. Das Feuer würde ihn aufschrecken. Er würde den

Fremden entdecken, dann würde er wieder abtauchen und das Loch in Aufruhr versetzen.

»Hallo«, sagte ich.

Er blieb stehen und wechselte Blicke mit seinem Mischling. Der Hund kam langsam näher, schnupperte in der Luft, suchte die Nacht um uns ab. Einige Fuß entfernt blieb er stehen, schüttelte sich, als wäre er naß und ließ sich auf den Bauch nieder.

Der Fremde kam bis genau dorthin heran. »Leg doch ab«, sagte ich einladend.

Er schwang seinen Sattel ab, setzte seinen Kasten ab und ließ sich nieder. Er bewegte sich steif und konnte die Beine nur mit Mühe kreuzen.

»Pferd verloren?«

Er nickte. »Hat sich ein Bein gebrochen. Vielleicht fünf, sechs Meilen westlich von hier. Ich bin vom Pfad abgekommen.«

Es gibt *tatsächlich* Pfade durch die Steppe. Einige davon erkennt die Steppe als sicher an. Manchmal jedenfalls. Nach einer Formel, die nur ihren Bewohnern bekannt ist. Allerdings wagt sich nur jemand allein darauf, der verzeifelt oder dämlich ist. Dieser Bursche sah nicht wie ein Idiot aus.

Der Hund gab ein schnaufendes Geräusch von sich. Der Mann schubberte ihn hinter den Ohren.

»Wohin soll' s gehen?«

»Man nennt den Ort die Feste.«

So nennen wir das Loch in der Legende, in der Propaganda. Ein Hauch von kalkuliertem Glanz und Gloria für die Truppen weitab vom Schuß.

»Dein Name?«

»Tracker. Das ist Köter Krötenkiller.«

»Freut mich, euch kennenzulernen, Tracker. Krötenkiller.«

Der Hund knurrte. Tracker sagte: »Du mußt ihn schon mit vollem Namen nennen. Köter Krötenkiller.«

Ich verzog nur deshalb keine Miene, weil er ein so großer, finsterer, starker Mann war. »Was soll denn diese Feste sein?« fragte ich. »Ich habe noch nie davon gehört.«

Er hob seinen finsteren, harten Blick von der Töle und lächelte. »Ich habe gehört, daß sie in der Nähe von Pfändern liegen soll.«

Zweimal an einem Tag? War dies der Tag, an dem alles doppelt passierte? Nein. Eigentlich unwahrscheinlich. Mir gefiel auch das Aussehen dieses Mannes nicht. Er erinnerte mich allzusehr an unseren einstigen Bruder Raven. Eis und Eisen. Ich setzte mein verdutztes Gesicht auf. Es ist wirklich gut. »Pfändern? Das kenne ich noch nicht. Muß aber irgendwo verdammt weit östlich liegen. Was suchst du denn dort?«

Wieder lächelte er. Sein Hund öffnete ein Auge und sah mich mürrisch an. Sie glaubten mir beide nicht.

»Hab ein paar Botschaften.«

»Ich verstehe.«

»Eigentlich eher ein Paket. Geht an jemanden, der Croaker heißt.«

Ich sog Speichel zwischen den Zähnen ein und musterte langsam die Finsternis um uns herum. Der Lichtkreis war kleiner geworden, aber die Anzahl der Menhire hatte sich nicht verringert. Ich fragte mich, was Einauge und Goblin wohl vorhatten. »Den Namen habe ich allerdings schon mal gehört«, sagte ich. »Soll so 'ne Art Knochensäger sein.« Wieder sah mich der Hund mit diesem Blick an. Ich kam zu dem Schluß, daß er diesmal sarkastisch gemeint war.

Hinter Tracker trat Einauge aus der Dunkelheit hervor. Er hatte sein Schwert zum Stoß bereit. Verdammt, er war leise gewesen. Mit Hexerei oder ohne.

Mit meinem überraschten Blick verriet ich ihn. Tracker und sein Hund blickten sich um. Beide zuckten erschrocken zusammen, als sie merkten, daß hinter ihnen jemand stand.

Der Hund stand auf. Sein Nackenfell sträubte sich. Dann sank er nach einer leichten Drehung wieder zu Boden. Jetzt konnte er uns beide im Auge behalten.

Aber dann tauchte ebenso leise Goblin auf. Ich lächelte, Tracker sah rasch herüber. Seine Augen verengten sich. Er machte ein nachdenkliches Gesicht wie ein Mann, der gerade feststellt, daß er mit Schurken Karten spielt, die schlauer sind, als er angenommen hat. Goblin kicherte leise. »Er will rein, Croaker. Ich würde sagen, wir bringen ihn runter.«

Trackers Hand fuhr zu dem Kasten, den er bei sich getragen hatte. Sein Tier knurrte. Tracker schloß die Augen. Als er sie wieder öffnete, hatte er seine Beherrschung wiedergefunden. Sein Lächeln kehrte zurück. »Croaker, ja? Dann habe ich die Feste gefunden.«

»Du hast sie gefunden, Freund.«

Langsam, um niemanden zu verschrecken, holte Tracker ein in Ölhaut gewickeltes Paket aus seiner Satteltasche. Es sah genau so aus wie das andere Päckchen, das ich erst vor einem halben Tag erhalten hatte. Er reichte es mir. Ich schob es unter mein Hemd. »Woher hast du das?«

»Aus Oar.« Er erzählte die gleiche Geschichte wie der vorherige Bote.

Ich nickte. »So weit bist du also gewandert, ja?«

»Ja.«

»Dann solten wir ihn tatsächlich hineinbringen«, sagte ich zu Einauge. Er begriff, was ich meinte. Wir würden diesen Boten dem anderen gegenüberstellen. Und feststellen, ob ein Funke übersprang. Einauge grinste.

Ich blickte kurz zu Goblin hinüber. Er stimmte mir zu.

Keiner von uns hatte das Gefühl, daß mit Tracker alles in Ordnung war. Ich weiß nicht, warum.

»Auf geht's«, sagte ich. Ich schob mich mit Hilfe meines Bogens in die Höhe.

Tracker betrachtete den Schaft. Er wollte etwas sagen, hielt sich jedoch zurück. Als ob er ihn erkannt hatte. Ich lächelte, als ich mich abwandte. Vielleicht dachte er, daß er in eine Falle der Lady getappt war. »Folge mir.«

Was er auch tat. Und Goblin und Einauge folgten ihm. Keiner der beiden bot an, ihm beim Tragen seiner Sachen zu helfen. Sein Hund humpelte mit der Nase am Boden neben ihm her. Bevor wir hineingingen, blickte ich besorgt nach Süden. Wann würde Elmo wieder nach Hause kommen?

Tracker und die Töle sperrten wir in eine bewachte Zelle. Sie begehrten nicht dagegen auf. Nachdem ich Otto geweckt hatte, der die Wache schon längst hätte übernehmen sollen, ging ich in mein Quartier. Ich versuchte zu schlafen, aber das verdammte Paket lag auf dem Tisch und plärrte nach meiner Aufmerksamkeit.

Ich war mir nicht ganz sicher, ob ich wirklich lesen wollte, was darin stand.

Es gewann den Kampf.

SIEBTES KAPITEL

Der zweite Brief

Croaker:

Bomanz spähte durch sein Peilgerät auf den Vorderrand des Großen Grabes. Er trat zurück, notierte sich den Winkel, und schlug eine seiner groben Landkarten auf. An dieser Stelle hatte er die TelleKurre-Axt ausgegraben. »Wenn doch Occules Beschreibungen bloß nicht so ungenau wären. Das muß die Flanke ihrer Formation gewesen sein. Die Achse ihrer Reihe muß so parallel zu den anderen verlaufen sein. Wandler und die Reiterei hätten sich dann dort drüben zusammengerottet. Verdammt will ich sein.«

Dort stieg der Boden leicht an. Gut. Das bedeutet weniger Grundwasser, das vergrabenen Artefakten schaden konnte. Aber das Unterholz war dicht. Eichensträucher. Wilde Rosen. Giftsumach. Vor allem Giftsumach. Bomanz haßte dieses verflixte Unkraut. Schon bei dem Gedanken daran begann er sich zu kratzen.

»Bomanz.«

»Was ist?« Mit erhobener Harke wirbelte er herum.

»Holla! Ganz ruhig, Bo.«

»Was ist denn mit dir los? Schleichst dich einfach so heran. Das ist nicht komisch, Besand. Soll ich dir dein dämliches Grinsen aus dem Gesicht harken?«

»Ooh! Wir haben heute aber miese Laune.« Besand war ein hagerer alter Mann, ungefähr so alt wie Bomanz. Seine Schultern hingen herab und folgten der Linie, die sein vorgereckter Kopf vorgab, der so aussah, als schnüffele er ständig einer Spur hinterher. Dicke blaue Adern überzogen seine Handrücken. Leberflecke sprenkelten seine Haut.

»Was erwartest du denn, verdammt noch mal? Wenn du jemanden aus dem Gebüsch heraus anspringst.«

»Gebüsch? Welches Gebüsch? Macht dir dein Gewissen zu schaffen, Bo?«

»Besand, du hast schon versucht, mir etwas anzuhängen, als der Mond noch grün war. Warum gibst du es nicht auf? Erst macht Jasmine mir das Leben schwer, dann kauft Tokar mir den Laden leer, und ich muß frische Ware ausgraben, und jetzt soll ich auch noch mit dir einen Tanz aufführen? Hau ab. Ich bin nicht in Stimmung dafür.«

Besand grinste und entblößte Reihen fauliger Zähne. »Ich habe dich nicht erwischt, Bo, aber das heißt nicht, daß du unschuldig bist. Es heißt bloß, daß ich dich nie erwischt habe.«

»Wenn ich nicht unschuldig bin, dann mußt du verdammt blöd sein, daß du mich in vierzig Jahren nicht geschnappt hast. Verdammt noch mal, Mann, warum kannst du uns beiden das Leben nicht etwas leichter machen?«

Besand lachte. »Schon sehr bald bist du mich für immer los. Die schicken mich in den Ruhestand.«

Bomanz lehnte sich auf seine Harke und betrachtete den Gardisten. Besand verströmte einen sauren Leidensgeruch. »Wirklich? Das tut mir leid.«

»Ich wette, das tut es. Mein Nachfolger ist vielleicht schlau genug, um dich zu erwischen.«

»Laß es gut sein. Willst du wissen, was ich hier gerade mache? Ich versuche auszurechnen, wo die TelleKurre-Reiterei untergegangen ist. Tokar will spektakuläres Zeug haben.

Das ist das beste, was ich für ihn tun kann. Es sei denn, ich gehe dort hinüber und liefere dir einen Grund, mich aufhängen zu lassen. Reich mir mal die Rute.«

Besand gab ihm die Wünschelrute. »Gräber ausplündern, he? Hat Tokar das vorgeschlagen?«

Eisige Nadeln bohrten sich in Bomanz Rückgrat. Das war keine beiläufige Frage. »Müssen wir das denn immer wieder machen? Kennen wir uns nicht schon lange genug, daß wir dieses Katz-und-Maus-Spielchen nicht lassen können?«

»Mir macht es Spaß, Bo.« Besand folgte ihm zu dem überwucherten Buckel. »Das werden wir freijäten müssen. Wir kommen einfach nicht hinterher. Nicht genug Leute, nicht genug Geld.«

»Könntest du das sofort angehen lassen? Da will ich wahrscheinlich graben. Giftsumach.«

»Oh, achte auf des Sumachs Gift, Bo.« Besand kicherte leise. Jeden Sommer fluchte Bomanz über zahlreiche botanische Heimsuchungen. »Was Tokar angeht …«

»Ich handele nicht mit Leuten, die sich gegen das Gesetz vergehen. Das ist schon seit Urzeiten meine Regel gewesen. Niemand spricht mich noch darauf an.«

»Etwas schief, aber akzeptabel.«

Bomanz' Stab zuckte. »Da will ich doch in Stallmist tieftauchen. Genau in der Mitte.«

»Sicher?«

»Sieh doch nur, wie er ausschlägt. Sie müssen alle in einem riesigen Loch begraben worden sein.«

»Die Sache mit Tokar …«

»Was ist denn mit ihm, verdammt noch mal? Wenn du ihn aufhängen willst, nur zu. Gib mir nur etwas Zeit, mir jemand anderen zu suchen, der sich genausogut um meine Geschäfte kümmern kann.«

»Ich will niemanden aufhängen, Bo. Ich will dich nur warnen. Aus Oar kommt das Gerücht, daß er ein Neuersteher ist.«

Bomanz ließ seine Rute fallen. Er schnappte nach Luft. »Wirklich? Ein Neuersteher?«

Der Wachwart musterte ihn aufmerksam. »Ist nur ein Gerücht. Ich höre alles Mögliche. Dachte mir, daß du das vielleicht wissen willst. Wir stehen uns so nahe, wie es hier bei zwei Männern nur sein kann.«

Bomanz nahm den Olivenzweig an. »Ja. Ganz ehrlich, darüber hat er nie was gesagt. Puh! Das ist ein echter Hammer für einen Mann.« Und über diesen Hammer würde er gründlich nachdenken müssen. »Erzähl niemandem, was ich hier gefunden habe. Dieser Dieb Men fu…«

Besand lachte schon wieder. Seine Fröhlichkeit hatte etwas von Galgenhumor an sich.

»Deine Arbeit macht dir Spaß, nicht wahr? Ich meine, Leute zu piesacken, die sich nicht zurückzuschlagen trauen.«

»Paß bloß auf, Bo. Ich könnte dich zu einem Verhör abholen lassen.« Besand fuhr herum und stapfte davon.

Bomanz schnitt seinem Rücken eine Fratze. Natürlich hatte Besand Spaß an seinem Beruf. So hatte er die Möglichkeit, sich als Diktator aufzuspielen. Er konnte jedem alles Erdenkliche antun, ohne sich dafür verantworten zu müssen.

Nachdem der Dominator und seine Untergebenen besiegt und in ihren Hügelgräbern hinter Barrieren beerdigt worden waren, die von den herausragendsten Magiern ihrer Zeit errichtet worden waren, hatte die Weiße Rose befohlen, daß eine ewige Wache dort Posten beziehen solle. Eine Garde, die niemandem untertan war, und deren Aufgabe darin bestand, die Neuerstehung des untoten Übels unter den Grabhügeln zu verhindern. Die Weiße Rose wußte über die menschliche Natur gut Bescheid. Zu allen Zeiten würde es Menschen geben, die einen Gewinn darin sahen, den Dominator zu benutzen oder ihm zu folgen. Stets würde es Verehrer des Bösen geben, die ihren Helden in Freiheit sehen wollten.

Kaum war das Gras auf den Gräbern gesprossen, tauchten auch schon die ersten Neuersteher auf.

War Tokar ein Neuersteher? fragte sich Bomanz. Habe ich denn nicht schon genug Schwierigkeiten. Jetzt wird Besand sein Zelt in meiner Westentasche aufschlagen.

Bomanz hatte kein Interesse daran, das alte Böse aus den Gräbern zu holen. Er wollte lediglich mit einem der Dämonen Verbindung aufnehmen, um einige uralte Geheimnisse zu lüften.

Besand war schon außer Sichtweite. Wahrscheinlich stampfte er jetzt gerade in seine Unterkunft zurück. Es war noch Zeit für einige verbotene Beobachtungen. Bomanz richtete sein Peilgerät neu ein.

Das Gräberland sah nicht so aus, als ob es das Urübel enthielte. Es sah nur verkommen aus. Die einst prachtvolle Anlage war vier Jahrhunderte lang von wuchernder Vegetation und wechselnden Witterungen in Mitleidenschaft gezogen worden. Die Gräber und die mystische Landschaftsgestaltung verloren sich fast völlig zwischen den Büschen. Die Ewige Garde besaß nicht mehr die Mittel, um eine anständige Pflege aufrechtzuerhalten. Wachwart Besand kämpfte ein verzweifeltes Rückzugsgefecht gegen die Zeit selbst.

Im Gräberland wuchs nichts besonders gut. Die Vegetation war krumm und verkümmert. Trotzdem waren die Umrisse der Hügel und die Menhire und die Fetische, die die Unterworfenen gefesselt hielten, häufig unter dem Bewuchs verborgen.

Bomanz hatte ein ganzes Leben damit verbracht, herauszufinden, welcher Grabhügel zu wem gehörte, wer wo lag, und wo jeder Menhir und jeder Fetisch sich erhob. Seine Hauptkarte, sein Schatz auf Seide, war nahezu vollständig. Fast konnte er schon das Labyrinth durchschreiten. Er war so nahe dran, daß er versucht war, es zu wagen, bevor er wirklich bereit dazu war. Doch ein Narr war er nicht. Er beabsichtigte die allersüßeste Milch aus der allerschwärzesten Kuh zu saugen. Er wagte es nicht, einen Fehler zu machen. Er stand zwischen Besand auf der einen Seite und dem giftigen Übel aus alter Zeit auf der anderen Seite.

Doch wenn es ihm gelingen sollte ..., o ja, wenn es ihm gelingen sollte. Wenn er die Verbindung herstellte und die Geheimnisse abzapfte ... Das Wissen der Menschen würde dramatisch anwachsen. Er würde der mächtigste aller lebenden Zaubermeister werden. Sein Ruhm würde sich auf dem Wind verbreiten. Jasmine würde all das bekommen, was sie entbehrt zu haben glaubte. *Wenn* er die Verbindung herstellte.

Und das würde er, jawohl! Jetzt würden ihn weder Furcht noch Altersschwäche davon abhalten. Noch ein paar Monate, und er würde den letzten Schlüssel in seinem Besitz haben.

Bomanz hatte seine Lügen schon so lange gelebt, daß er sich oft selbst belog. Selbst in seinen ehrlichsten Augenblikken gestand er sich selbst niemals seinen mächtigsten Beweggrund ein, seine intellektuelle Liebesaffäre mit der Lady. Sie war es, die ihn von Anfang an fasziniert hatte, sie war es, mit der er in Verbindung treten wollte, sie war es, die die Literatur so unendlich faszinierend machte. Von allen Fürsten der Unterdrückung war sie die Geheimnisumwittertste, um sie rankten sich die meisten Legenden, über sie gab es die wenigsten historischen Tatsachen zu erfahren. Einige Gelehrte bezeichneten sie als die größte Schönheit, die je gelebt hatte, und behaupteten, daß allein ihr schierer Anblick schon ausreichte, um in ihren Bann zu geraten. Andere bezeichneten sie als die eigentlich treibende Kraft hinter der Unterdrückung. Einige wenige gaben zu, daß ihre Dokumentationen nicht viel mehr waren als romantische Phantastereien. Andere wiederum gaben nichts zu, während sie nachweisbar die spärlichen Fakten ausschmückten. Als Bomanz sich bereits zu seiner Lehrzeit damit befaßte, war all dies ihm ein Quell steter Verwunderung.

Wieder in seinem Speicher angekommen, rollte er seine Seidenkarte aus. Sein Arbeitstag war keine völlige Vergeudung gewesen. Er hatte einen Menhir gefunden, der ihm zuvor unbekannt gewesen war, und die Zaubersprüche identifiziert, die ihn an Ort und Stelle hielten. Und er hatte die TelleKurre-Stätte gefunden. Das war schon die halbe Miete.

Böse starrte er die Karte an, als ob der schiere Wille die benötigte Information hervorbringen würde.

Zwei Diagramme waren darauf. Das obere bestand aus einem fünfstrahligen Stern in einem etwas größeren Kreis. So hatte das Gräberland ausgesehen, als es neu errichtet worden war. Der von Kalksteinmauern umgebene Stern hatte sich knapp zwei Meter hoch über das umliegende Terrain erhoben. Der Kreis stellte den Außenrand eines Wassergrabens dar, aus dessen Aushub die Hügelgräber, der Stern und ein Fünfeck innerhalb des Sterns aufgeschüttet worden waren. Heutzutage war der Wassergraben kaum mehr als eine sumpfige Vertiefung. Besands Vorgänger hatten es nicht geschafft, mit der Natur Schritt zu halten.

Innerhalb des Sterns, ausgehend von den Stellen, wo sich die Strahlen trafen, ragte ein Fünfeck weitere zwei Meter in die Höhe. Es hatte ebenfalls seine Gestalt behalten, aber die Mauern waren eingestürzt und überwachsen. In der Mitte des Fünfecks lag, nordsüdlich ausgerichtet, das Große Hügelgrab, in dem der Dominator schlief.

An den Spitzen seiner Sternenzeichnung hatte Bomanz im Uhrzeigersinn die ungeraden Zahlen von Eins bis Neun eingetragen. Neben jeder Zahl stand ein Name: Seelenfänger, Formwandler, Nachtkriecher, Sturmbringer, Knochenknirscher. Die Bewohner der fünf äußeren Gräber waren damit festgelegt. Die fünf inneren Stellen waren mit den geraden

Zahlen versehen und setzten rechts von dem Strahl des Sterns an, der nach Norden zeigte. In der Vier lag der Heuler, in der Acht der Hinker. Die Gräber von dreien der Zehn Unterworfenen waren bisher noch namenlos geblieben.

»Wer ist in der verdammten Sechs?« knurrte Bomanz. Er drosch mit der Faust auf den Tisch. »Verflucht noch mal!« Vier Jahre, und er war der Lösung immer noch nicht näher gekommen. Das Aufdecken dieser einen Identität stellte das letzte bedeutsame Hindernis dar. Alles andere war nur noch reine Technik, eine Sache des Aufhebens der Bannsprüche und schließlich des Kontaktes mit dem Großen in der Mitte.

Die Zauberer der Weißen Rose hatten ganze Bände hinterlassen, in denen sie mit ihrem gewaltigen Zauber prahlten, hatten jedoch nicht ein Wort darüber verloren, wo ihre Opfer lagen. So war es eben mit den Menschen. Besand spielte sich wegen der Fische auf, die er fing, und erläuterte im Detail den jeweils verwendeten Köder; die Anglertrophäe selbst blieb er meist schuldig.

Unter seine Sternenzeichnung hatte Bomanz eine des zentralen Hügelgrabs gesetzt. Es war ein nordsüdlich ausgerichtetes Rechteck, das mit zahlreichen Symbolen ausgefüllt war. An jeder Ecke war ein Menhir dargestellt, der auf dem Gräberland selbst als Säule von zwei Metern Höhe aufragte, auf der ein doppelgesichtiger Eulenkopf aufgepflanzt war. Das eine Antlitz starrte nach innen, das andere nach außen. Die Menhire bildeten die Eckpfosten der ersten Bannreihe jener Zauber, die das Große Hügelgrab bewachten.

An den Seiten standen die Reihenpfosten, kleine Kreise, die hölzerne Stangenfetische darstellten. Die meisten waren verrottet und umgestürzt, und ihre Bannzauber waren mit ihnen gefallen. Die Ewige Garde hatte keinen Zauberer in ihren Reihen, der sie wiederherstellen oder ersetzen konnte.

Innerhalb des eigentlichen Hügels waren Symbole in drei

Rechtecken von abnehmender Größe untergebracht. Die äußeren erinnerten an Bauern, die nächsten an Reiterkämpfer und die innersten an Elefanten. Die Gruft des Dominators war von Männern umgeben, die ihr Leben gelassen hatten, um ihn in die Knie zu zwingen. Geister waren das Verbindungsstück zwischen dem Urbösen und einer Welt, die sich daran erinnern konnte. Bomanz erwartete keine Schwierigkeiten, an ihnen vorbeizukommen. Seiner Meinung nach waren die Gespenster da, um gewöhnliche Grabräuber abzuschrecken.

Innerhalb der drei Rechtecke hatte Bomanz einen Drachen gezeichnet, der seinen Schwanz im Maul hielt. Laut der Sage hatte sich ein gewaltiger Drache um die Gruft gerollt, der weitaus lebendiger war als die Lady oder der Dominator, die Jahrhunderte verdöste und darauf wartete, daß jemand versuchte, das gefangene Böse freizusetzen.

Bomanz sah keine Möglichkeit, mit dem Drachen fertigzuwerden, aber dafür sah er auch keine Notwendigkeit. Er wollte sich mit der Gruft verständigen, er wollte sie nicht öffnen.

Verdammt! Wenn er doch nur ein altes Amulett der Gardisten in die Finger bekommen könnte … Die frühen Wächter hatten Amulette besessen, mit denen sie in das Gräberland gehen konnten, um sich dort um dessen Instandhaltung zu kümmern. Die Amulette gab es immer noch, aber sie wurden nicht mehr verwendet. Besand trug eines. Die anderen hatte er irgendwo versteckt.

Besand. Dieser Wahnsinnige. Dieser Sadist.

Bomanz erachtete den Wachwart als seinen engsten Bekannten – aber nicht als seinen Freund. Nein, als Freund niemals. Es war schon ein trauriger Kommentar zu seinem Leben, daß der Mann, dem er am nächsten stand, mit Freuden die Gelegenheit ergriffen hätte, ihn aufs Rad zu flechten oder aufzuhängen.

Wie war das mit dem Ruhestand gewesen? Hatte sich jemand außerhalb dieses vergessenen Waldes an das Gräberland erinnert?

»Bomanz! Kommst du nun zum Essen oder nicht?«

Bomanz murmelte einige wüste Verwünschungen und rollte seine Karte wieder zusammen.

In dieser Nacht kam der Traum. Etwas lockte ihn sirenengleich. Wieder war er jung und unverheiratet, schlenderte über die Gasse, die an seinem Haus vorbeiführte. Eine Frau winkte. Wer war sie? Er wußte es nicht. Es war ihm auch gleich. Er liebte sie. Lachend lief er auf sie zu ... Mit schwebenden Schritten. Seine Anstrengungen brachten ihn ihr nicht näher. Ihr Gesicht verfiel. Sie verblaßte ... »Geh nicht!« rief er. »Bitte!« Aber sie verschwand und nahm seine Sonne mit sich fort.

Eine gewaltige sternenlose Nacht verschlang seinen Traum. Er schwebte in einer Lichtung, deren Rand nicht zu sehen war. Langsam, oh, so langsam ließ etwas undeutliches Silbriges die Bäume hervortreten. Ein gewaltiger Stern mit einer langen silbernen Mähne. Er sah, wie er anwuchs, bis sein Schweif den ganzen Himmel überzog.

Unsicherheit. Dann der Schatten der Angst. »Er kommt genau auf mich zu!« Er krümmte sich zusammen, riß die Arme hoch. Die silberne Kugel füllte den Himmel aus. Ein Gesicht war darauf zu sehen. Das Gesicht der Frau ...

»Bo! Hör auf damit!« Jasmine stieß ihn wieder an.

Er setzte sich auf. »Hrmmm? Was denn?«

»Du hast geschrien. War es wieder der Albtraum?«

Er lauschte auf seinen hämmernden Herzschlag, seufzte. Konnte es noch viel mehr aushalten? Er war ein alter Mann. »Derselbe.« Er stellte sich in unregelmäßigen Abständen ein. »Diesmal war er stärker.«

»Vielleicht solltest du mal zu einem Traumarzt gehen.«

»Hier draußen?« Er schnaubte verächtlich. »Und überhaupt brauche ich sowieso keinen Traumarzt.«

»Nein. Ist wahrscheinlich dein schlechtes Gewissen. Das dir zu schaffen macht, weil du Stancil aus Oar wieder hierhergelockt hast.«

»Ich habe niemanden hierhergelockt … Schlaf weiter.« Erstaunlicherweise rollte sie sich auf die Seite, wollte dieses eine Mal ihren Streit nicht fortsetzen.

Er starrte in die Dunkelheit. Es war so viel deutlicher gewesen. Fast zu klar und zu offensichtlich. War hinter der Warnung des Traumes vor weiterer Einmischung noch eine weitere Bedeutung verborgen?

Langsam und allmählich kehrte die Stimmung aus dem Anfang des Traumes wieder zurück. Die Stimmung des Gerufenseins, nur noch einen intuitiven Schritt von seinem Herzenswunsch entfernt zu sein. Es fühlte sich gut an. Seine Spannung verflüchtigte sich. Lächelnd schlief er wieder ein.

Besand und Bomanz sahen zu, während die Gardisten die Sträucher von Bomanz' Grabungsstätte rodeten. Plötzlich spuckte Bomanz angewidert aus. »Nicht verbrennen, du Idiot! Besand, halt ihn auf!«

Besand schüttelte den Kopf. Ein Gardist, der eine Fackel bei sich trug, trat von einem Sträucherhaufen zurück. »Junge, Giftsumach verbrennt man nicht. Der Rauch trägt das Gift überall hin.«

Bomanz kratzte sich. Und fragte sich, warum sein Begleiter auf einmal so vernünftig war. Besand feixte. »Da kriegst du schon das Jucken, wenn du nur daran denkst, nicht wahr?«

»Ja.«

»Dein anderer Juckreiz ist dort drüben.« Er hob den Finger. Bomanz sah seinen Konkurrenten Men fu, der sie aus sicherer Entfernung beobachtete. Er knurrte: »Ich habe noch nie jemanden gehaßt, aber der führt mich wirklich in Versuchung. Er hat keine ethischen Grundsätze, keine Skrupel und kein Gewissen. Er ist ein Dieb und ein Lügner.«

»Ich kenne ihn, Bo. Und daß ich ihn kenne, ist dein Glück.«

»Ich würde dich gern mal etwas fragen, Besand. *Wachwart* Besand. Wieso macht ihr ihm das Leben nicht so schwer wie mir? Was meinst du damit, es ist mein Glück?«

»Er bezichtigte dich neuersteherischer Neigungen. Ich beschatte ihn deshalb nicht, weil zu seinen mannigfaltigen Tugenden auch die Feigheit zählt. Er hat nicht den Mumm dazu, verbotene Artefakte auszugraben.«

»Und ich soll den haben? Diese kleine Warze hat mich verleumdet? Mir Kapitalverbrechen zugeschrieben? Wenn ich nicht schon ein alter Mann wäre ...«

»Er kommt auch noch an die Reihe, Bo. Und du hast den Mumm dazu. Ich habe dich nur noch nicht dabei erwischt, daß du es tatsächlich tun wolltest.«

Bomanz richtete den Blick gen Himmel. »Na prima, geht das also wieder los. Diese verkappten Anschuldigungen.«

»Eher unverhohlen, mein Freund. Du hast eine moralische Schlaffheit an dir, einen Widerwillen dagegen, die Existenz des Bösen anzuerkennen, der stinkt wie eine alte Leiche. Laß das die Oberhand gewinnen, und ich erwische dich, Bo. Die Bösewichte sind schlau, aber sie verraten sich am Ende doch selbst.«

Einen Augenblick lang glaubte Bomanz, daß seine Welt auseinander fiele. Dann begriff er, daß Besand nur im Trüben fischte. Der Wachwart war ein hingebungsvoller Angler. Bebend erwiderte er: »Ich habe die Nase voll von deiner Bosheit. Wenn du wirklich einen Verdacht hegtest, würdest du auf mich losgehen wie eine geölte Schlange. Gesetzliche Verfahren haben euch Gardisten doch noch nie etwas bedeutet. Du lügst wahrscheinlich auch, was Men fu angeht. Du würdest doch selbst deine eigene Mutter ins Loch werfen, wenn ein noch schäbigerer Schuft als er es dir flüstern würde. Du bist krank, Besand. Das weißt du doch? Verseucht. Hier oben.« Er tippte sich an die Schläfe. »Du kannst mit niemandem mehr reden, ohne irgendein Gift abzulassen.«

»Du strapazierst mal wieder meine Langmut, Bo.«

Bomanz zuckte zurück. Angst und aufwallender Zorn hatten aus ihm gesprochen. Auf seine eigene sonderbare Art hatte ihm Besand besondere Freiräume gelassen. Fast schien er ein Heilmittel für die Gefühlswelt des Wachwarts zu sein. Besand brauchte einen Menschen außerhalb der Garde, den er mit seiner Amtsgewalt unberührt ließ. Jemanden, dessen Immunität ihm selbst eine Art von Rechtfertigung verlieh ... Ich als Symbol für die Menschen, die er beschützt? Bomanz schnaubte. Das war ja wohl das Letzte.

Diese Sache mit dem Ruhestand. Hat er mehr gesagt, als ich gehört habe? Streicht er alle Wetten, weil er gehen muß? Vielleicht hat er doch einen sechsten Sinn für Gesetzesbrecher. Vielleicht will er sich mit einem Knall verabschieden.

Was ist mit dem neuen Mann? Noch ein Ungeheuer, dem der Sand, den ich Besand in die Augen gestreut habe, nichts ausmacht? Vielleicht jemand, der hier reingeprescht kommt wie ein Stier in die Arena? Und Tokar, der mutmaßliche Neuersteher ... Wo paßt der hinein?

»Was ist los mit dir?« fragte Besand. Sorge schwang in seiner Stimme mit.

»Mir macht mein Magengeschwür zu schaffen.« Bomanz massierte sich die Schläfen und hoffte, daß nicht auch noch der Kopfschmerz wiederkehren würde.

»Steck deine Belegpfähle ein. Men fu macht sich vielleicht auf deinem Gelände breit.«

»Jawoll.« Bomanz holte ein halbes Dutzend Stecken aus seinem Bündel. An jedem war ein gelbes Stoffband befestigt. Er stellte sie auf. Die Sitte schrieb vor, daß der so markierte Boden ihm zur Nutzung zugesprochen war.

Men fu konnte nächtliche Überfälle oder ähnliches durchführen, und Bomanz hatte dann trotzdem keine gesetzliche Absicherung. Bodenansprüche hatten keinerlei juristische Grundlage, sondern galten nur bei privaten Abmachungen. Die alten Schürfer übten ihre eigenen Strafmaßnahmen aus.

Men fu hatte schon alle Strafmaßnahmen erlebt, nur keine unmittelbare Gewalt. Nichts konnte sein diebisches Wesen ändern.

»Ich wünschte, Stancil wäre hier«, sagte Bomanz. »Er könnte die ganze Nacht Wache halten.«

»Ich fauche ihn mal ein bißchen an. Das hält immer ein paar Tage vor. Ich hab gehört, daß Stance nach Hause kommt.«

»Ja. Den ganzen Sommer lang. Wir freuen uns richtig darauf. Wir haben ihn seit vier Jahren nicht gesehen.«

»Er ist doch mit Tokar befreundet, oder?«

Bomanz fuhr herum. »Verdammt sollst du sein! Du läßt wohl niemals locker, nicht wahr?« Er sprach mit leiser Stimme und in echtem Zorn, ohne das Brüllen und die Flüche und die dramatischen Gesten seines gewohnheitsmäßigen Halbzorns.

»Schon recht, Bo. Ich werde nicht mehr davon sprechen.«

»Das solltest du besser auch. Das solltest du wirklich tun, verdammt sollst du sein. Ich werde nicht dulden, daß du ihm den ganzen Sommer auf dem Pelz hockst. Ich werde es nicht dulden, hast du mich verstanden?«

»Ich hab doch gesagt daß ich nicht mehr davon reden werde.«

ACHTES KAPITEL

Das Gräberland

Corbie konnte auf dem Gelände der Garde nach Belieben kommen und gehen. An den Wänden im Hauptgebäude hingen etliche Dutzend alter Gemälde, die das Gräberland darstellten. Wenn er putzte, betrachtete er sie oft und erschauerte. Mit dieser Reaktion stand er nicht allein da. Der Versuch des Dominators, über Juniper zu entkommen, hatte das Reich der Lady schwer erschüttert. In den Jahrhunderten, seit die Weiße Rose ihn niedergestreckt hatte, hatten sich die Geschichten über seine Grausamkeiten an sich selbst genährt und waren fett geworden.

Das Gräberland blieb ruhig. Die, die es beobachteten, entdeckten nichts Auffälliges. Die allgemeine Stimmung besserte sich. Das alte Übel hatte seinen Bolzen verschossen.

Aber es wartete.

Es würde nötigenfalls bis in alle Ewigkeit warten. Es konnte nicht sterben. Seine mutmaßlich letzte Hoffnung war keine Hoffnung. Auch die Lady war unsterblich. Sie würde nicht zulassen, daß irgendetwas das Grab ihres Gatten öffnete.

In den Bildern war der fortschreitende Verfall dargestellt. Das letzte datierte aus der Zeit kurz nach der Auferstehung der Lady. Damals war das Gräberland noch in weit besserem Zustand gewesen.

Manchmal ging Corbie zum Stadtrand, starrte auf das Große Hügelgrab und schüttelte den Kopf.

Damals hatte es Amulette gegeben, die es den Gardisten

ermöglichten, sich frei innerhalb der todbringenden Zauberbanne um das Grab zu bewegen und es instand zu halten. Aber sie waren verschwunden. Dieser Tage konnte die Garde nur zusehen und abwarten.

Die Zeit verstrich im Schlenderschritt. Der langsame, graue, humpelnde Corbie wurde zu einer festen Einrichtung in der Stadt. Er sprach nur selten, aber gelegentlich belebte er die Lügensitzungen im Blauen Schniedel mit finsteren Anekdoten aus den Forsberger Feldzügen. Dann stand das Feuer in seinen Augen. Daß er dort gewesen war, bezweifelte niemand, auch wenn er jene Tage ein wenig naiv in Erinnerung hatte.

Echte Freundschaften schloß er nicht. Gerüchteweise spielte er die eine oder andere Schachpartie mit dem Wachwart, Oberst Sweet, für den er einige kleine Sonderdienste erledigt hatte. Und natürlich gab es da noch den Rekruten Case, der ihm bei seinen Geschichten förmlich an den Lippen hing und ihn bei seinen humpelnden Spaziergängen begleitete. Angeblich konnte Corbie auch lesen. Case hoffte es von ihm zu lernen.

Kein Fremder setzte je einen Fuß in das obere Stockwerk von Corbies Haus. Dort entwirrte er nächtens allmählich das trügerische Gewirr einer Geschichte, die Zeit und Trug zu etwas verzerrt hatten, das mit der Wahrheit nichts mehr zu tun hatte.

Nur einige Teile waren verschlüsselt abgefaßt. Das meiste war hastig in TelleKurre hingekritzelt worden, der wichtigsten Sprache aus der Zeit der Unterdrückung. Aber einzelne Abschnitte waren in UchiTelle verfaßt, einem regionalen Vulgärdialekt des TelleKurre. Wenn er sich durch diese Abschnitte hindurchkämpfte, setzte Corbie ab und zu ein grimmiges Lächeln auf. Möglicherweise war er der einzige lebende Mensch, der vielleicht das Rätsel dieser gelegentlich nur bruchstückhaften Sätze lösen konnte. »Der Vorteil einer klassischen Bildung«, murmelte er manchmal mit einem gewissen Sarkasmus in der Stimme. Danach wurde er gewöhnlich nachdenklich und grüblerisch. Dann ging er mitten in der Nacht spazieren, um erwachende Erinnerungen abzuschütteln. Die Vergangenheit ist ein Gespenst, das nicht zur Ruhe kommen will. Der Tod ist dann der einzig mögliche Exorzismus.

Corbie – nun, er sah sich als Handwerker. Als Schmied. Als Waffenschmied, der behutsam ein tödliches Schwert anfertigte. Wie der Hausbewohner vor ihm hatte er sein Leben der Suche nach einem Wissensbruchstück geweiht.

Der Winter war erstaunlich. Nach einem frühen und ungewöhnlich feuchten Herbst fiel früh der erste Schnee. Es schneite oft und heftig. Der Frühling verspätete sich.

In den Wäldern nördlich des Gräberlandes, wo nur einzelne verstreute Klans hausten, war das Leben hart. Stammesmänner tauchten auf und brachten Pelze, die sie gegen Lebensmittel eintauschten. Die Agenten der Kürschner von Oar waren begeistert.

Die alten Leute nannten den Winter einen Vorboten von Schlimmerem. Aber die Alten halten das Wetter immer für schlimmer als jenes, das früher herrschte. Oder als milder. Niemals, niemals war es genauso wie früher.

Der Frühling brach aus. Ein warmes Tauwetter ließ die Bäche und Flüsse zu tosenden Gewässern anschwellen. Der Große Tragic, der drei Meilen vom Gräberland entfernt eine Schleife zog, breitete sich Meilen über seine Ufer hinaus. Zehntausende, Hunderttausende von Bäumen wurden von ihm entwurzelt. Die Flut war so gewaltig, daß die Leute aus der Stadt scharenweise auf die Hügel pilgerten, um sich das Drama anzusehen.

Für die meisten wich der Reiz des Neuen rasch. Doch Corbie humpelte jeden Tag hinaus, an dem Case ihn begleiten konnte. Case hatte immer noch Träume. Corbie ließ sie ihm.

»Warum interessiert dich der Fluß so sehr, Corbie?«

»Ich weiß nicht. Vielleicht wegen seiner großen Aussage.«

»Was?«

Corbie zeigte weit ausholend auf das Panorama. »Diese gewaltige Größe. Diese anhaltende Wut. Siehst du, wie unbedeutend wir dagegen sind?« Braunes Wasser nagte am Hügel und schleuderte wütend ganze Treibholzwälder umher. Weniger zornige Arme legten sich um den Hügel und zupften an den Wäldern dahinter.

Case nickte. »Ungefähr so ähnlich, wie wenn ich mir die Sterne betrachte.«

»Ja. Ja. Aber das hier ist persönlicher. Unmittelbarer. Oder nicht?«

»Ich denke schon.« Cases Stimme klang verdutzt. Corbie lächelte. Das Vermächtnis einer Jugend auf dem Bauernhof.

»Wir sollten wieder zurückgehen. Die Flut hat zwar den höchsten Stand erreicht. Aber ich traue den Wolken dahinten nicht.«

In der Tat drohte weiterer Regen. Wenn der Fluß noch weiter anstieg, würde der Hügel zur Insel werden.

Case half Corbie über die schlammigen Stellen und zum Hang der leichten Anhöhe, die die Flut davon abhielt, das gerodete Land zu erreichen. Davon war vieles schon Teil eines Sees, der flach genug war, daß ihn irgendein Narr, der das wagte, auch durchwaten konnte. Unter dem grauen Himmel ragte undeutlich das Große Hügelgrab auf. Im Wasser spiegelte es sich als dunkler Klumpen. Corbie erschauerte. »Case. Er ist immer noch da.«

Der Junge stützte sich auf seinen Speer. Er war nur deshalb interessiert, weil Corbie daran Interesse zeigte. Er wollte raus aus dem Nieselregen.

»Der Dominator, Junge. Und was sonst noch nicht entkommen ist. Sie warten. Und ihr Haß auf die Lebenden wächst und wächst.«

Case sah Corbie an. Der Ältere schien starr vor Angespanntheit. Er machte einen verängstigten Eindruck.

»Wenn er freikommt, dann sprich ein Gebet für die Welt.«

»Aber hat die Lady ihn nicht in Juniper erledigt?«

»Sie hat ihn aufgehalten. Sie hat ihn nicht vernichtet. Das ist vielleicht auch nicht möglich … Nun, es muß möglich sein. Irgendwie muß er doch verwundbar sein. Aber wenn die Weiße Rose ihm nichts tun konnte …«

»So stark war die Rose auch nicht, Corbie. Sie konnte nicht einmal den Unterworfenen beikommen. Oder auch nur *deren* Untergebenen. Sie konnte sie bloß in Fesseln legen und begraben. Dafür waren die Lady und die Rebellen nötig …«

»Die Rebellen? Das bezweifle ich. *Sie* hat das getan.« Corbie setzte sich in Bewegung und zwang sein Bein dazu weiterzulaufen. Er marschierte am Rand des Sees entlang. Sein Blick blieb starr auf das Große Hügelgrab gerichtet.

Case befürchtete, daß Corbie vom Gräberland besessen war. Als Gardist mußte er sich darüber Sorgen machen. Obwohl die Lady die Neuersteher noch zu Zeiten seines Großvaters ausradiert hatte, übte dieser Hügel immer noch seine finstere Anziehungskraft aus. Wachwart Sweet befürchtete immer noch, daß jemand diese Narrenbewegung wiederbeleben würde. Er wollte Corbie warnen und zerbrach sich vergeblich den Kopf darüber, wie er dies auf höfliche Weise tun könnte.

Ein Windstoß kräuselte die Oberfläche des Sees. Winzige Wellen huschten vom Grab aus in ihre Richtung. Beide erschauerten. »Ich wünschte, dieses Wetter würde endlich umschlagen«, brummte Corbie. »Hast du noch Zeit für einen Tee?«

»Ja.«

Das Wetter blieb kalt und naß. Der Sommer stellte sich spät ein. Dafür kam der Herbst früh. Als der Große Tragic sich schließlich zurückzog, hinterließ er eine Schlammebene, über die die Überreste großer Bäume verstreut lagen. Sein Bett hatte sich eine halbe Meile nach Westen verlagert.

Die Waldstämme verkauften immer noch Pelze.

Zufall heißt Zusammenfallen der Dinge. Corbie hatte seine Renovierungsarbeiten beinahe abgeschlossen. Er setzte gerade einen Schrank instand. Als er eine hölzerne Kleiderstange entfernte, rutschte sie ihm aus der Hand. Die Stange zerfiel in mehrere Teile, als sie auf dem Boden auftraf.

Er kniete. Er starrte. Sein Herz hämmerte in seiner Brust. Eine schmale weiße Seidenrolle war freigelegt worden ... Sachte und behutsam setzte er die Stange wieder zusammen und nahm sie mit nach oben.

Behutsam und sachte holte er die Seide hervor und rollte sie auf. Sein Magen krampfte sich zusammen.

Es war Bomanz' Zeichnung des Gräberlandes, komplett mit Anmerkungen, welcher Unterworfene an welcher Stelle lag, wo und warum Fetische aufgestellt worden waren und über die Stärke der Schutzzauber; verstreute Angaben über die bekannten Ruhestätten von Unterlingen der Unterworfenen, die ihren Anführern in die Grube gefolgt waren. Wirklich eine dicht bekritzelte Karte. Die meisten Anmerkungen waren in TelleKurre abgefaßt.

Auch Grabstätten, die außerhalb des eigentlichen Gräberlandes lagen. Die meisten Toten des Fußvolkes waren in Massengräbern beerdigt worden.

Die Schlacht beflügelte Corbies Phantasie. Einen Augenblick lang sah er die Truppen des Dominators, wie sie fest standen und bis auf den letzten Mann starben. Er sah, wie eine Angriffswelle der Weißen Rose nach der anderen sich opferte, um den Schatten in seiner Falle festzuhalten. Über ihnen versengte der Große Komet wie ein gewaltiger Flammensäbel den Himmel.

Aber er konnte es sich nur vorstellen. Verläßliche historische Berichte gab es nicht.

Er empfand Mitgefühl für Bomanz. Armer närrischer kleiner Mann, ein Träumer, der nach der Wahrheit suchte. Seine finstere Legende hatte er nicht verdient.

Corbie starrte die ganze Nacht lang auf die Karte und nahm sie in sein Mark und in seine Seele auf. Für seine Übersetzungen nützte sie ihm wenig, aber sie warf etwas Licht auf das Gräberland. Und mehr noch, sie gab Auskunft über einen Zauberer, der so sehr an seine Sache glaubte, daß er sein gesamtes Erwachsenenleben mit dem Studium des Gräberlandes verbracht hatte.

Das Licht der Morgenröte ließ Corbie hochschrecken. Einen Augenblick lang zweifelte er an sich selbst. War es möglich, daß er der gleichen tödlichen Leidenschaft zum Opfer fallen konnte?

NEUNTES KAPITEL

Die Schreckenssteppe

Der Leutnant warf mich höchstpersönlich aus den Federn. »Croaker, Elmo ist wieder da. Schnapp dir was zum Frühstück und melde dich dann im Besprechungsraum.« Er war ein mißmutiger Mann, der jeden Tag sauertöpferischer wurde. Manchmal bedaure ich, daß ich für ihn gestimmt hatte, nachdem der Hauptmann in Juniper gestorben war. Aber es war der Wunsch des Hauptmanns gewesen. Sein letzter Wunsch.

»Bin sofort da«, sagte ich und rappelte mich ohne mein übliches Geknurre in die Höhe. Ich warf meine Kleider über, schob einige Papiere hin und her und lachte mich insgeheim aus. Wie oft hatte ich nicht meine Wahl des Hauptmanns selbst bezweifelt? Aber als er abtreten wollte, ließen wir es nicht zu.

Meine Unterkunft sieht der Behausung eines Arztes überhaupt nicht ähnlich. Vom Boden bis zur Decke sind die Wände mit alten Büchern zugepflastert. Die meisten davon habe ich auch gelesen, nachdem ich die Sprachen studierte, in denen sie geschrieben waren. Einige sind so alt wie die Schar selbst und geben Geschichten aus alter Zeit wieder. Andere sind Adelsgenealogien, die aus weit verstreuten alten Tempeln und Ämtern zusammengestohlen wurden. Die seltensten und somit interessantesten befassen sich mit Aufstieg und Fall der Unterdrückung.

Und von diesen sind diejenigen am seltensten, die in Telle-Kurre geschrieben wurden. Die Gefolgsleute der Weißen

Rose waren keine sanftmütigen Sieger. Sie verbrannten Bücher und Städte, verschleppten Frauen und Kinder, schändeten uralte Kunstwerke und berühmte Schreine. Das übliche Nachglühen eines großen Steppenbrandes.

Und somit ist nur wenig übrig, um einen Forscher in die Sprachen, die Gedanken und die Geschichtsschreibung der Verlierer einzuführen. Unter den Dokumenten in meinem Besitz, die noch am einfachsten geschrieben sind, gibt es immer noch einige, die mir völlig unzugänglich sind.

Ich wünsche mir so sehr, daß Raven hier wäre, anstatt sich unter den Toten zu tummeln. Er war einigermaßen mit dem geschriebenen TelleKurre vertraut. Und das sind nur noch wenige außerhalb des Inneren Zirkels der Lady.

Goblin lugte um die Ecke. »Kommst du jetzt oder nicht?«

Ich heulte mich an seiner Schulter aus. Immer die alte Leier. Ich kam einfach nicht weiter. Und er lachte. »Flenn dich doch bei deiner Freundin aus. Vielleicht hilft sie dir ja.«

»Wann hört ihr endlich damit auf?« Fünfzehn Jahre war es her, seit ich meine letzte naive Romanze über die Lady geschrieben hatte. Das war vor dem langen Rückzug gewesen, der die Rebellen zu ihrem Untergang bei Charm geführt hatte. Die Jungens geben einfach keine Ruhe.

»Nie, Croaker. Niemals. Wer hat denn sonst die Nacht mit ihr verbracht? Wer fliegt sonst mit ihr auf Teppichen?«

Diese Zeit würde ich lieber vergessen. Es war eine Zeit des Schreckens, keine Zeit der Romantik.

Sie bemerkte meine chronistischen Bemühungen und bat mich darum, ihre Seite der Geschichte aufzuzeigen. Jedenfalls so ungefähr. Sie übte keine Zensur aus und schrieb mir auch nichts vor, aber sie bestand darauf, daß ich mich unparteiisch an die Tatsachen hielt. Ich glaube, damals dachte ich, daß sie mit einer Niederlage rechnete und irgendwo eine unvoreingenommene Historie niedergeschrieben wissen wollte.

Goblin warf einen kurzen Blick auf den Stapel Dokumente. »Kommst du damit nicht klar?«

»Ich glaube, damit kann man gar nicht klarkommen. Alles, was ich tatsächlich übersetze, erweist sich als ein großes Nichts. Eine Kostenabrechung. Ein Terminkalender. Eine Beförderungsaufstellung. Ein Brief von einem Offizier an einen Freund bei Hofe. Alles noch viel älter als das, wonach ich suche.«

Goblin hob eine Augenbraue.

»Ich versuch es jedenfalls weiter.« *Irgendetwas* war da drin. Wir hatten die Papiere Wisper abgenommen, als sie noch zu den Rebellen gehörte. Sie waren ihr sehr wichtig gewesen. Und unser damaliger Schutzherr Seelenfänger hielt sie für wichtig genug, um das ganze Reich zu erschüttern.

Nachdenklich sinnierte Goblin: »Manchmal ist das Ganze größer als die Summe seiner Teile. Vielleicht solltest du nach etwas suchen, was all das miteinander verbindet.«

Der Gedanke war mir auch schon gekommen. Ein Name hier oder dort oder anderswo, der im Zusammenhang mit der frühen Laufbahn einer anderen Person stand. Vielleicht würde ich etwas in dieser Art finden. Der Komet würde sich noch lange nicht zeigen.

Aber ich hegte so meine Zweifel.

Darling ist noch ein junges Ding, gerade Mitte Zwanzig. Aber die jugendliche Blüte ist an ihr vorbeigezogen. Ein schweres Jahr hat sich an das andere gereiht. An ihr ist wenig Feminines. Sie hatte sich nie in diese Richtung entwickeln können. Selbst nach zwei Jahren auf der Steppe denkt keiner von uns an sie als Frau.

Sie ist groß, vielleicht einsfünfundsiebzig. Ihre Augen sind von einem verwaschenen Blau, das manchmal leer erscheint, aber wenn man ihr in die Quere kommt, werden diese Augen zu Eisschwertern. Ihr Haar ist blond, als wäre sie zu oft in der

Sonne gewesen. Wenn sie nicht dauernd darauf achtet, hängt es strähnig herunter. Sie ist nicht eitel und trägt es daher kürzer, als es Mode sein mag. Auch was ihre Kleidung angeht, neigt sie eher zum Praktischen. Manche die uns zum ersten Mal besuchen, stellen die Stacheln auf, weil sie sich so maskulin kleidet. Aber sie läßt sie nicht im Zweifel darüber, daß sie weiß, worum es geht.

Ihre Rolle ist ihr zugefallen, ohne daß sie sie gewollt hätte, aber sie hat ihren Frieden damit gemacht und sie mit sturer Entschlossenheit angenommen. Für ihr Alter und für jemanden mit ihrer Behinderung zeigt sie bemerkenswerte Weisheit. In den Jahren, in denen er ihr Wächter war, hat Raven sie gut unterwiesen.

Als ich eintraf, lief sie auf und ab. Der Konferenzraum liegt zu ebener Erde; er ist verraucht und auch dann beengt, wenn niemand sich darin aufhält. Er riecht nach zu langer Benutzung durch zu viele ungewaschene Männer. Der alte Bote aus Oar war dort, ebenso Tracker und Corder und noch einige andere Außenseiter. Die meisten aus der Schar waren da. Ich begrüßte sie mit Fingerzeichen. Darling zog mich in eine schwesterliche Umarmung und fragte mich, ob ich etwas Neues zu berichten hätte.

Ich sprach laut für die Gruppe und machte gleichzeitig Zeichen für sie. »Ich bin mir sicher, daß wir nicht alle Dokumente haben, die wir damals im Wolkenwald gefunden haben. Nicht nur, weil ich nicht finden kann, wonach ich suche. Alles, was ich habe, ist auch noch zu alt.«

Darlings Gesichtszüge haben etwas Ebenmäßiges. Nichts Auffälliges liegt in ihnen. Dennoch kann man Charakter und Willensstärke spüren und daß diese Frau nicht zerbrochen werden kann. Sie ist bereits in der Hölle gewesen. Die hat sie schon als Kind nicht versengen können. Und jetzt erst recht nicht mehr.

Sie war nicht erfreut. Sie signalisierte: »Wir werden nicht soviel Zeit haben, wie wir geglaubt haben.«

Ich achtete nur halb auf sie. Ich hatte gehofft, daß zwischen Tracker und dem anderen Mann aus dem Westen Funken überspringen würden. Aus dem Bauch heraus hatte ich bei Tracker ein ungutes Gefühl gehabt. Ich stellte fest, daß ich unvernünftigerweise auf Beweise hoffte, die dieses Gefühl bestätigen würden.

Nichts.

Das ist nicht überraschend. Die Zellenstruktur der Bewegung hält unsere Anhänger voneinander isoliert.

Als nächstes wandte sich Darling an Goblin und Einauge.

Goblin sprach in seiner quieksigsten Stimme. »Alles, was wir gehört haben, stimmt. Sie verstärken ihre Garnisonen. Aber Corder kann euch das besser erzählen. Für uns war der Einsatz ein Riesenfiasko. Sie waren auf uns vorbereitet. Sie haben uns kreuz und quer über die Steppe gehetzt. Wir hatten Glück, daß wir ihnen entkommen sind. Wir haben auch keine Unterstützung gekriegt.«

Angeblich sind die Menhire und ihre unheimlichen Freunde auf unserer Seite. Manchmal frage ich mich, ob das auch wirklich stimmt. Sie sind unberechenbar. Sie gewähren uns Hilfe oder auch nicht nach einer Formel, die nur sie verstehen.

An den Einzelheiten des geplatzten Überfalls hatte Darling wenig Interesse. Sie wandte sich Corder zu. Er sagte: »Zu beiden Seiten der Steppe sammeln sich Armeen. Unter dem Befehl der Unterworfenen.«

»Der Unterworfenen?« fragte ich. Ich kannte nur die zwei. Er klang so, als ob er viele meinte.

Es überlief mich kalt. Seit langem schon geht das Gerücht um, daß sich die Lady nur deshalb so lange ruhig verhalten hat, weil sie sich eine neue Brut von Unterworfenen heranzieht. Ich hatte es nicht geglaubt. Dieses Zeitalter weist jämmerlich wenige Charaktere mit jener prachtvoll schurkischen Vitalität auf, die jenen zueigen war, die der Dominator in den alten Zeiten vereinnahmte: Seelenfänger, der Gehenkte, Nachtkriecher, Formwandler, der Hinker und die anderen. Das waren noch Scheusale erster Güte, fast so bösartig und gemein wie die Lady und der Dominator selbst. Dies ist die Zeit der Schwächlinge mit Ausnahme von Darling und Wisper.

Schüchtern erwiderte Corder: »Die Gerüchte sind wahr, Lord.«

Lord. Ich. Weil ich dem Zentrum des Traumes nahe stehe. Es geht mir auf die Nerven, aber es geht mir auch runter wie Öl. »Ja?«

»Diese neuen Unterworfenen sind vielleicht keine Sturmbringer oder Heuler.« Er lächelte schwach. »Sir Tucker meinte, daß die alten Unterworfenen wilde Teufel waren, so unberechenbar wie Blitze, und daß die neuen der vorhersehbare lahme Donner der Bürokratie sind. Wenn Ihr wißt, was ich meine.«

»Ich weiß schon. Erzähl weiter.«

»Man glaubt, daß es sechs neue gibt, Lord. Sir Tucker ist der Ansicht, daß sie bald ausgesandt werden sollen. Daher auch der große Aufmarsch rund um die Steppe. Sir Tucker meint, daß die Lady einen Wettbewerb um unsere Vernichtung ausgerufen hat.«

Tucker. Unser treuester Agent. Einer der wenigen Überlebenden der langen Belagerung von Rust. Sein Haß kennt keine Grenzen.

Corder machte ein sonderbares Gesicht. So als ob er grün um die Kiemen wäre. Ein Gesicht, das besagte, daß da noch mehr war, und daß wir nichts davon hören wollten. »Na?« sagte ich. »Spuck' s schon aus.«

»Die Namen der Unterworfenen sind auf Stelen eingraviert, die in ihren jeweiligen Domänen aufgestellt wurden. In Rust wird der Heeresführer Benefiz genannt. Seine Stele tauchte auf, nachdem nachts eine Teppich eingetroffen war. Ihn selbst hat man noch nicht zu Gesicht bekommen.«

Das war eine Überprüfung wert. Nur die Unterworfenen können mit einem Teppich umgehen. Aber kein Teppich kann Rust erreichen, ohne daß er zuvor die Schreckenssteppe überquert. Die Menhire hatten nichts von einem solchen Flug berichtet. »Benefiz? Interessanter Name. Die anderen?«

»Die Stele in Thud trägt den Namen Senger.«

Leises Lachen in der Runde. Ich sagte: »Mir haben die beschreibenden Namen besser gefallen. So wie Hinker, Mondbeißer, der Gesichtslose.«

»In Frost haben wir einen, der Kriecher genannt wird.«

»Das ist schon besser.« Darling warf mir einen warnenden Blick zu.

»In Rue ist einer, der Gelehrter heißt. Und in Hull einer namens Hohn.«

»Hohn. Der gefällt mir auch.«

»Die Westgrenzen der Steppe werden von Wisper und Journey gehalten; die beiden operieren von einem Dorf namens Spit aus.«

Als das geborene Rechengenie, das ich nun einmal bin, zählte ich zusammen und sagte: »Das sind fünf neue und zwei alte. Wo ist der letzte Neue?«

»Das weiß ich nicht. Dieser letzte ist der oberste Befehlshaber über alle anderen. Seine Stele steht auf dem Militärgelände außerhalb von Rust.«

Die Art und Weise, wie er das sagte, zerrte an meinen Nerven. Er war bleich. Er begann zu zittern. Eine Vorahnung überkam mich. Ich wußte, daß mir nicht gefallen würde, was er als nächstes sagte. Dennoch: »Und?«

»Diese Stele trägt das Zeichen des Hinkers.«

Ich hatte ja so recht. Es gefiel mir überhaupt nicht.

Das Gefühl wurde von allen geteilt.

»Oh!« kreischte Goblin auf.

Mit leiser ehrfurchtsvoller Stimme sagte Einauge: »Ach du dicke Scheiße!« Was wegen der Zurückhaltung darin nur noch bedeutsamer wirkte.

Ich setzte mich hin. Mitten auf den Boden. Ich barg den Kopf in den Händen. Ich wollte weinen. »Unmöglich!« sagte ich. »Ich habe ihn umgebracht. Mit meinen eigenen Händen.« Und während ich es noch aussprach, glaubte ich es schon nicht mehr, obwohl ich jahrelang an dieses Ereignis geglaubt hatte. »Aber wie denn bloß?«

»Ein guter Mann steht immer wieder auf«, flapste Elmo. Der muntere Spruch bewies das Ausmaß seiner Erschütterung. Elmo sagt nie etwas Überflüssiges.

Die Fehde zwischen dem Hinker und der Schar hatte kurz nach unserer Ankunft nach der Überfahrt gen Norden über das Meer der Qualen begonnen. Damals hatten wir Raven in unsere Reihen aufgenommen, einen geheimnisvollen Mann aus Opal, einen Mann von vormals hohem Rang, der von Untergebenen des Hinkers um Titel und Vermögen gebracht worden war. Raven war ein knallharter Bursche und vollkommen furchtlos. Ganz gleich, ob der Raub nun von einem Unterworfenen gutgeheißen worden war oder nicht: Er schlug zurück. Er tötete die Schufte, darunter die fähigsten Gefolgsleute des Hinkers. Danach kreuzte unser Weg immer wieder den des Hinkers. Und jedesmal geschah etwas, das das Klima zwischen uns verschlechterte.

In den Wirren nach der Affäre in Juniper wollte der Hinker die Rechnung mit uns ausgleichen. Ich legte ihm einen Hinterhalt. In den er Hals über Kopf hineinstürmte. »Ich hätte alles darauf verwettet, daß ich ihn umgebracht habe.« Ich sage euch, in jenem Augenblick war ich so erschüttert wie noch nie zuvor in meinem Leben. Ich stand kurz vor dem gähnenden Abgrund der Panik.

Einauge bemerkte es. »Nun werd mal nicht hysterisch, Croaker. Wir haben ihn schon vorher überlebt.«

»Er gehört zu den Alten, du Idiot! Er ist einer der wahren Unterworfenen. Aus der Zeit, als es noch echte Zauberer gab. Und bis jetzt durfte er noch nie mit allem, was er hatte, auf uns losgehen. Und jetzt hat er eine Menge Helfer.« Acht Unterworfene und fünf Heere, die zum Sturm auf die Schreckenssteppe bereitstanden. Wir hatten selten mehr als siebzig Leute im Loch.

Mein Kopf füllte sich mit Schreckensvisionen. Diese Unterworfenen mochten zweitklassig sein, aber es waren so viele. Ihre Wut würde die Steppe in Brand stecken. Wisper und der Hinker haben schon früher Heere hindurchgeführt. Die Gefahren der Steppe sind ihnen nicht unbekannt. Wisper hat sogar sowohl als Rebellin als auch als Unterworfene hier gekämpft. Die meisten der berühmtesten Schlachten des Ostkrieges hat sie gewonnen.

Die Vernunft meldete sich wieder zu Wort, trug aber wenig dazu bei, die Aussichten für das Morgen aufzuhellen. Einmal glaubte ich sogar, zu dem unumstößlichen Schluß gekommen zu sein, daß Wisper die Steppe nur zu gut kannte. Und hier vielleicht sogar Verbündete hatte.

Darling legte eine Hand auf meine Schulter. Das beruhigte mich mehr als jedes Wort meiner Freunde. Ihre Zuversicht ist ansteckend. Sie signalisierte »Jetzt wissen wir Bescheid« und lächelte.

Dennoch ist die Zeit zu einem gewaltigen Hammer geworden, der zum Zuschlagen bereit ist. Das lange Warten auf den Kometen ist unwichtig geworden. Um etwas Positives beizutragen, sagte ich: »Irgendwo in meiner Dokumentensammlung ist der wahre Name des Hinkers verborgen.«

Was mich allerdings auch wieder auf mein Problem brachte: »Darling, das eine Dokument, nach dem ich suche, ist nicht dabei.«

Sie hob eine Augenbraue. Da sie nicht sprechen kann, hat sie die ausdrucksstärkste Mimik entwickelt, die ich je gesehen habe.

»Wir müssen uns mal zusammensetzen. Wenn du die Zeit dafür hast. Wir müssen ganz genau durchgehen, was mit diesen Papieren geschehen ist, solange Raven sie hatte. Ein paar fehlen. Als ich sie Seelenfänger übergeben habe, waren sie noch da. Und sie waren auch noch da, als ich sie ihr wieder abnahm. Ich bin sicher, daß sie noch da waren, als Raven sie an sich genommen hat. Was ist danach mit ihnen passiert?«

»Heute abend«, gestikulierte sie. »Ich nehme mir die Zeit.« Plötzlich machte sie einen verstörten Eindruck. Weil ich Raven erwähnt hatte? Er bedeutete ihr viel, aber man hätte denken sollen, daß sie das Schlimmste mittlerweile überstanden hätte. Falls an der Geschichte nicht mehr dran war, als ich selbst wußte. Und das war durchaus möglich. Ich habe wirklich keine Ahnung, wie sich ihre Beziehung in den Jahren entwickelte, nachdem Raven sich von der Schar abgesetzt hatte. Sein Tod nagte sicher noch an ihr. Denn er war so sinnlos. Ich meine, nachdem er alles überstanden hatte, was der Schatten auf ihn losließ, ertrank er in einer öffentlichen Badeanstalt.

Der Leutnant sagt, daß sie sich in manchen Nächten immer noch in den Schlaf weint. Er weiß nicht warum, aber er vermutet, daß es wegen Raven ist.

Ich habe sie nach jenen Jahren gefragt, in denen sie allein auf sich gestellt waren, aber sie äußert sich nicht dazu. Der Gefühlseindruck, den ich daraus empfange, spricht von Kummer und schweren Enttäuschungen.

Jetzt schob sie ihre Sorgen von sich und wandte sich

Tracker und seinem Köter zu. Hinter ihnen wurden die Männer unruhig, die Elmo auf dem Hang erwischt hatte. Bald waren sie an der Reihe. Sie kannten den Ruf der Schwarzen Schar.

Aber dazu kamen wir nicht mehr. Wir kamen nicht einmal mehr zu Tracker und Köter Krötenkiller. Denn der Wachposten oben schrie einen weiteren Alarmruf hinunter.

Allmählich ging mir das auf die Nerven.

Als ich die Korallen betrat, durchquerte der Reiter den Bach. Wasser spritzte auf. Sein Pferd stolperte. Es war schaumbedeckt. Es würde nie wieder gut laufen können. Es tat mir weh, zu sehen, daß ein Tier so behandelt wurde. Aber sein Reiter hatte guten Grund dazu.

Gleich hinter der Grenze des Nullfeldes huschten zwei Unterworfene umher. Einer feuerte einen violetten Lichtbolzen ab. Er erlosch lange, bevor er uns erreichen konnte. Einauge gackerte boshaft und hob einen Mittelfinger. »Das habe ich schon immer mal tun wollen.«

»O Wunder über Wunder«, krähte Goblin und schaute in die andere Richtung. Zahlreiche große blauschwarze Rochen glitten von den roten Klippen hinunter und fädelten sich in den Aufwind ein. Es mußte ein gutes Dutzend gewesen sein, obwohl das bei den Manövern, mit denen sie einander auswichen, um sich nicht gegenseitig den Wind zu nehmen, schwer zu sagen war. Sie waren riesig. Ihre Schwingenweite betrug fast dreißig Meter. Als sie hoch genug waren, stießen sie paarweise auf die Unterworfenen herab.

Der Reiter kam zum Stehen und fiel vom Pferd. In seinem Rücken steckte ein Pfeil. Er blieb noch lange genug bei Bewußtsein, um das Wort »Pfänder!« auszustoßen.

Das erste Rochenpaar, das sich scheinbar mit langsamer Anmut bewegte, in Wirklichkeit jedoch zehnmal so schnell dahinschoß, wie ein Mensch zu rennen vermochte, fegte gerade innerhalb von Darlings Nullfeld an dem näheren Unterworfenen vorbei. Beide ließen einen gleißenden Blitz los. Blitze konnten dorthin zucken, wo die Hexerei der Unterworfenen nicht bestehen konnte.

Ein Strahl traf. Der Unterworfene und sein Teppich taumelten und leuchteten kurz auf. Rauch stieg auf. Der Teppich schwankte und wirbelte auf den Boden zu. Wir stießen rauhe Freudenschreie aus.

Der Unterworfene gewann die Herrschaft über sein Gefährt zurück, stieg schwerfällig wieder in die Höhe und zog sich zurück.

Ich kniete neben dem Boten nieder. Er war fast noch ein Junge. Er war noch am Leben. Und er hatte eine Chance, wenn ich mich gleich an die Arbeit machte. »Könntest du mir hier mal ein bißchen helfen, Einauge?«

Rochenpaare fegten die Innengrenze des Nullfeldes entlang und feuerten ihre Blitze auf den zweiten Unterworfenen ab. Dieser wich ihnen mühelos aus und machte keinerlei Anstalten, sich zu wehren. »Das ist Wisper«, sagte Elmo.

»Ja«, sagte ich. Sie kennt sich hier aus.

Einauge murrte: »Willst du dem Kleinen nun helfen oder nicht, Croaker?«

»Schon gut. Schon gut.« Ich verpaßte das Schauspiel nur ungern. Zum ersten Mal hatte ich so viele Rochen auf einmal gesehen, zum ersten Mal hatte ich gesehen, wie sie uns unterstützten. Ich wollte noch mehr davon sehen.

»Schau an«, sagte Elmo, während er das Pferd des Jungen beruhigte und seine Satteltaschen durchstöberte; »Eine weitere Sendung für unseren hochgeschätzten Chronisten.« Er reichte mir ein weiteres Wachstuchbündel. Verdutzt klemmte ich es mir unter einen Arm und half dann Einauge dabei, den Boten in das Loch hinabzutragen.

ZEHNTES KAPITEL

Bomanz' Geschichte

Croaker:

Jasmines Aufkreischen ließ Türen und Fenster erzittern. »Bomanz! Komm runter! Komm sofort hier runter, hörst du?«

Bomanz seufzte. Man konnte auch nicht fünf Minuten für sich selbst haben. Wieso, verdammt nochmal, hatte er eigentlich geheiratet? Wieso heiratete ein Mann überhaupt? Man verbrachte den Rest seines Lebens mit Zwangsarbeit und tat das, was andere Leute wollten, nicht das, was man selbst wollte.

»Bomanz!«

»Ich komme ja schon, verflixt und zugenäht! Wenn ich ihr nicht das Händchen halte, kann sich das blöde Weib noch nicht mal selbst die Nase putzen«, fügte er leise hinzu. Er sagte viele Dinge nur leise. Er mußte Dampf ablassen und Frieden bewahren. Er ging Kompromisse ein. Er ging immer Kompromisse ein.

Er stampfte die Treppe hinunter, und jeder Schritt verkündete seine Gereiztheit. Auf dem Weg verspottete er sich selbst: Du weißt, daß du alt wirst, wenn alles, aber auch alles, dir auf die Nerven geht.

»Was willst du? Wo steckst du?«

»Im Laden.« Ein sonderbarer Unterton schwang in ihrer Stimme. Klang nach unterdrückter Aufregung. Argwöhnisch betrat er den Laden.

»Überraschung!«

Seine Welt erwachte zum Leben. Der Mißmut verschwand. »Stance!« Er stürzte sich auf seinen Sohn. Kräftige Arme drückten ihn. »Du bist schon hier? Vor nächster Woche hatten wir dich nicht erwartet.«

»Ich konnte mich früher freimachen. Du legst allmählich zu, Papa.« Stancil schloß Jasmine in einer dreigliedrigen Umarmung ein.

»Das liegt an der Küche deiner Mutter. Es geht uns gut. Wir essen regelmäßig. Tokar hat ... « Ein schwacher häßlicher Schatten huschte durch sein Blickfeld. »Und wie geht es dir? Geh mal einen Schritt zurück. Laß dich ansehen. Du warst noch ein Junge, als du fortgegangen bist.«

Und Jasmine: »Sieht er nicht fabelhaft aus? So groß und so gesund. Und so hübsche Sachen.« In gespielter Sorge: »Du hast doch nicht irgendetwas angestellt, oder?«

»Mutter! Was könnte ein frischgebackener Dozent schon anstellen?« Er sah seinen Vater an, und sein Lächeln sagte: »Immer noch die gute alte Mama.«

Stancil war zehn Zentimeter größer als sein Vater, etwa Mitte Zwanzig und machte trotz seines Berufes einen durchtrainierten Eindruck. Mehr wie ein Abenteurer als ein angehender Lehrmeister, dachte Bomanz. Natürlich änderten sich die Zeiten. Ganze Zeitalter waren seit seiner Universitätszeit verstrichen. Vielleicht hatten sich die Regeln geändert.

Ihm fiel das Lachen wieder ein und die Streiche und die todernsten Debatten über den Sinn des Lebens, die die ganze Nacht dauerten und der Kobold der Nostalgie biß ihn. Was war aus dem munteren jungen Fuchs Bomanz geworden? Ein stummer, unsichtbarer Gardist des Verstandes hatte ihn in einem Hügelgrab im hintersten Winkel seines Gehirns eingesperrt, und dort schlief er träumend, derweil ein kahlköpfiger, dickbäuchiger Gnom mit Hängebacken allmählich von ihm Besitz ergriff ... Die Tage unserer Jugend werden uns gestohlen, und nichts bleibt uns an Jugend mehr als jene, die wir in unseren Kindern erblicken.

»Na, komm schon. Erzähle uns von deinen Studien.« Raus aus dieser selbstmitleidsvollen Stimmung, Bomanz, du alter Esel. »Vier Jahre, und in deinen Briefen geht es immer nur um Wäscheprobleme und Streitgespräche im Gestrandeten Delphin. In Oar ist der ganz sicher gestrandet. Bevor ich sterbe, will ich noch das Meer sehen. Ich war noch nie dort.« Alter Narr. Ist das das Beste, was du an Tagträumen zustande bringst? Würden sie dich denn wirklich auslachen, wenn du ihnen sagst, daß irgendwo hier drin die Jugend noch lebt?

»Sein Verstand geht manchmal auf Wanderschaft«, erklärte Jasmine.

»Willst du damit sagen, ich wäre senil?« blaffte Bomanz.

»Papa. Mama. Laßt mich erstmal Luft holen. Ich bin doch gerade erst angekommen.«

Bomanz holte tief Luft. »Da hat er recht. Frieden. Ruhe. Waffenstillstand. Mach du den Schiedsrichter, Stance. Zwei alte Schlachtrösser wie wir machen's halt, wie sie es gewohnt sind.«

Jasmine sagte: »Bevor du heruntergekommen bist, hatte Stance mir eine Überraschung versprochen.«

»Nun?« fragte Bomanz.

»Ich bin verlobt. Ich werde bald heiraten.«

Wie kann das sein? Das ist doch mein Sohn. Mein Kleiner. Letzte Woche habe ich ihm doch noch die Windeln gewechselt ... O Zeit, du ungeheurer Meuchler, ich spüre deinen kalten Hauch. Schon höre ich den Klang deiner eisenbeschlagenen Hufe ...

»Hrmphh. Junger Gimpel. Entschuldigung. Erzähl uns von ihr; von den anderen Dingen erzählst du uns ja sowieso nichts.«

»Das würde ich ja tun, wenn ich überhaupt mal etwas sagen könnte.«

»Bomanz, sei still. Erzähl uns von ihr, Stance.«

»Wahrscheinlich wißt ihr schon ein wenig Bescheid. Es ist Tokars Schwester Glory.«

Bomanz' Herz sackte ihm in die Kniekehlen. Tokars Schwester. Tokar, der vielleicht ein Neuersteher war.

»Was ist denn jetzt schon wieder, Papa?«

»Tokars Schwester, ja? Was weißt du von ihrer Familie?«

»Was stimmt denn mit ihnen nicht?«

»Ich hab nicht gesagt, daß etwas mit ihnen nicht stimmt. Ich hab dich gefragt, was du von ihnen weißt.«

»Genug, um zu wissen, daß ich Glory heiraten will. Genug, um zu wissen, daß Tokar mein bester Freund ist.«

»Genug, um zu wissen, ob sie Neuersteher sind?«

Schweigen schlug über dem Laden zusammen. Bomanz starrte seinen Sohn an. Stancil starrte zurück. Zweimal versuchte er eine Antwort und schluckte sie beide Male wieder herunter. Spannung sägte in der Luft. »Papa ...«

»Das denkt jedenfalls Besand. Die Garde hält Tokar unter Beobachtung. Mich mittlerweile auch. Es ist die Zeit des Kometen, Stance. Der zehnte Durchgang. Besand hat Wind von einer großen Verschwörung der Neuersteher bekommen. Er macht uns das Leben schwer. Diese Geschichte mit Tokar wird es noch schlimmer machen.«

Stancil sog scharf die Luft ein. Er seufzte. »Vielleicht war es ein Fehler, wieder nach Hause zu kommen. Hier kriege ich nichts geschafft, wenn ich meine Zeit damit verschwenden muß, Besand aus dem Weg zu gehen und mich mit dir zu streiten.«

»Nein, Stance«, sagte Jasmine. »Dein Vater wird keinen Streit anfangen. Bo, du hast doch bestimmt keinen Streit anfangen wollen. Und du wirst auch keinen anfangen.«

»Hrrm.« Mein Sohn ist mit einer Neuersteherin verlobt? Er wandte sich ab, holte tief Luft, schalt sich innerlich aus. Habe voreilige Schlüsse gezogen. Nur weil Besand etwas hat fallen lassen. »Junge, es tut mir leid. Er hat mir ziemlich im Nacken gesessen.« Er warf einen kurzen Blick auf Jasmine. Besand war nicht seine einzige Heimsuchung.

»Danke, Papa. Wie geht es mit deinen Forschungen voran?«

Jasmine knurrte und brummte. Bomanz sagte: »Diese Unterhaltung ist völlig daneben. Wir alle stellen Fragen, und niemand gibt Antworten.«

»Gib mir etwas Geld, Bo«, sagte Jasmine.

»Wozu?«

»Ihr beiden werdet euch nicht richtig begrüßen, bevor ihr eure Pläne schmiedet. Da kann ich genausogut einkaufen gehen.«

Bomanz wartete. Diesmal verzichtete sie darauf, ihr Arsenal an spitzen Bemerkungen über das Los der Frauen einzusetzen. Er zuckte die Achseln, ließ ein paar Münzen in ihre Handfläche fallen. »Wir gehen nach oben, Stance.«

»Sie ist ruhiger geworden«, sagte Stancil, als sie das Speicherzimmer betraten.

»Ist mir gar nicht aufgefallen.«

»Du übrigens auch. Aber das Haus hat sich nicht verändert.«

Bomanz entzündete die Lampe. »So vollgestopft wie eh und je«, räumte er ein. Er holte seine hohle Lanze hervor. »Ich muß wohl bald mal eine neue machen. Die hier ist schon ganz abgewetzt.« Er breitete seine Karte auf dem kleinen Tisch aus.

»Du bist nicht sehr viel weiter gekommen, Papa.«

»Schaff mir Besand vom Hals.« Er deutet auf das sechste Grab. »Genau dort. Das einzige, was mir noch im Wege steht.«

»Ist dieser Weg denn der einzige Papa? Könntest du nicht

die beiden obersten versuchen? Oder auch nur einen? Dann hättest du eine Chance von fünfzig zu fünfzig, daß du die anderen richtig rätst.«

»Bei so was rate ich nicht. Das ist kein Kartenspiel. Wenn du das erste Spiel vergeigst, bekommst du keine Gelegenheit mehr, ein zweites Blatt zu mischen.«

Stancil setzte sich auf den einzigen Stuhl und starrte auf die Karte. Er trommelte mit den Fingerspitzen auf die Tischplatte. Bomanz trat unruhig von einem Fuß auf den anderen.

Eine Woche verstrich. Die Familie paßte sich an neue Rhythmen an, auch die verstärkte Überwachung durch den Wachwart nahmen sie hin.

Bomanz säuberte eine Waffe aus der TelleKurre-Grabung. Sie war eine Schatzkammer. Eine wahre Schatzkammer. Ein Massengrab, in dem Waffen und Rüstungen fast vollkommen erhalten geblieben waren. Stancil betrat den Laden. Bomanz sah auf. »Schwere Nacht gehabt?«

»Nicht besonders. Er gibt bald auf. Er ist nur einmal vorbeigekommen.«

»Men fu oder Besand?«

»Men fu. Besand ist ein halbes Dutzend Mal aufgekreuzt.«

Sie arbeiteten in Schichten. Men fu war der offizielle Grund dafür. In Wirklichkeit hoffte Bomanz Besand zur Erschöpfung zu treiben, bevor der Komet wiederkehrte. Es funktionierte nicht.

»Deine Mutter hat das Frühstück für dich fertig.« Bomanz nahm seine Sachen auf.

»Warte auf mich, Papa. Ich komme mit.«

»Du mußt dich ausruhen.«

»Das ist schon in Ordnung. Ich freue mich auf das Graben.«

»In Ordnung.« Irgendetwas beunruhigte den Jungen. Vielleicht wollte er jetzt darüber reden.

Sie hatten nie viel miteinander geredet. Ihre Beziehung in der Zeit bevor Stance an die Universität ging, war auf Konfrontation ausgerichtet gewesen, und Stance war stets in der Defensive gewesen … In diesen vier Jahren war er erwachsen geworden, aber der Junge steckte immer noch in ihm. Er war immer noch nicht bereit, sich seinem Vater Mann gegen Mann zu stellen. Und Bomanz war nicht genug gewachsen, um zu vergessen, daß Stancil sein kleiner Junge war. Wachstum dieser Art stellt sich manchmal überhaupt nicht ein. Eines Tages blickt der Sohn sich nach seinem eigenem Sohn um und fragt sich, was eigentlich geschehen ist.

Bomanz machte sich wieder daran, Rostflecken von einer Streitkeule abzuschaben. Er feixte düster über sich selbst. Jetzt denkst du schon über Beziehungen nach. Das sieht dir gar nicht ähnlich, du altes Wasserhuhn.

»He, Papa«, rief Stance aus der Küche. »Das hätte ich beinahe vergessen. Letzte Nacht habe ich den Kometen gesehen.«

Eine kalte Kralle umklammerte Bomanz' Eingeweide. Der Komet! Das konnte nicht sein! Nicht jetzt schon. Er war noch nicht bereit.

»Frecher kleiner Schweinehund«, fauchte Bomanz. Er und Stancil knieten im Gebüsch und beobachteten, wie Men fu Artefakte aus ihrer Grabstätte herausschleuderte. »Ich sollte ihm die Beine brechen.«

»Warte nur eine Minute. Ich gehe auf die andere Seite und schneide ihm den Weg ab, wenn er abhaut.«

Bomanz schnaubte. »Das ist den Ärger nicht wert.«

»Mir ist es die Sache wert, Papa. Einfach, um den Ausgleich zu schaffen.«

»In Ordnung.« Bomanz sah, wie Men fu auftauchte und sich nervös umsah, während sein häßlicher kleiner Kopf wie der einer nervösen Taube herumruckte. Er tauchte wieder in die Grube hinab. Bomanz schlich langsam vor.

Er kam nahe genug heran, um den Dieb mit sich selbst sprechen zu hören. »Oh. Schön. Schön. Ein richtiges Vermögen. Reiche Beute. Dieser fette kleine Affe verdient das nicht. Kriecht die ganze Zeit Besand in den Hintern. Dieser Schleimer.«

»Fetter kleiner Affe? Du hast es so gewollt.« Bomanz warf seinen Rucksack und seine Werkzeuge ab und umklammerte seinen Spaten fester.

Mit vollen Armen kam Men fu aus der Grube heraus. Seine Augen wurden groß. Sein Mund klappte wortlos auf und zu.

Bomanz holte aus.

»Aber Bo, sei doch nicht …«

Bomanz drosch zu. Men fu hüpfte herum, bekam den Schlag auf die Hüfte, krähte auf, ließ seine Last fallen, ruderte mit den Armen und kippte in die Grube. Auf der anderen Seite krabbelte er wieder heraus und quiekte wie ein angestochenes Schwein. Bomanz schnaufte hinterdrein und landete einen mächtigen Schlag auf seinen Hintern. Men fu rannte davon. Mit erhobenem Spaten rannte Bomanz hinter ihm her und schrie: »Bleib stehen, du diebischer Hurensohn! Stell dich wie ein Mann.«

Er schlug einen letzten gewaltigen Streich. Der ging daneben. Und wirbelte ihn herum. Er stürzte hin, sprang wieder auf und setzte die Jagd ohne seinen rächenden Spaten fort. Stancil warf sich Men fu in den Weg. Der Dieb senkte den Kopf und rannte ihn über den Haufen. Bomanz krachte mit Stancil zusammen. Vater und Sohn gingen in einem Gewirr von Armen und Beinen zu Boden.

Bomanz keuchte: »Verdammt noch mal. Jetzt ist er weg.« Er ließ sich mit ausgebreiteten Armen auf den Rücken sinken und japste nach Luft. Stancil brach in Gelächter aus. »Was ist denn so verdammt komisch?«

»Sein dummes Gesicht.«

Bomanz kicherte. »Eine große Hilfe warst du ja nicht.« Sie brüllten vor Lachen. Schließlich japste Bomanz: »Ich sollte wohl besser meinen Spaten suchen.«

Stancil half seinem Vater beim Aufstehen. »Papa, ich wünschte, du hättest dich sehen können.«

»Bin froh, daß ich mich nicht gesehen habe. Hatte Glück, daß mich nicht der Schlag getroffen hat.« Er verfiel in einen Kicheranfall.

»Geht es dir gut, Papa?«

»Sicher. Ich kann bloß nicht lachen und gleichzeitig Luft holen. Puh. Oje. Wenn ich mich wieder hinsetze, werde ich mich nie wieder rühren können.«

»Wir graben noch ein wenig. Das lockert dich wieder auf. Du hast den Spaten irgendwo hier fallen lassen, oder?«

»Da ist er.«

Während des ganzen Morgens überkam Bomanz immer wieder das große Kichern. Jedesmal wenn ihm Men fus armrudernder Rückzug einfiel, verlor er völlig die Kontrolle über sich selbst.

»Papa?« Stancil arbeitete auf der anderen Seite der Grube. »Schau mal hier. Vielleicht hat er dich deshalb nicht herankommen sehen.«

Bomanz humpelte hinüber und sah zu, wie Stancil lose Erdkrumen von einem vollkommen erhaltenen Brustpanzer herunterfegte. Er war von dem schimmernden Schwarz polierten Ebenholzes. In der Mitte befand sich eine kunstvolle Verzierung aus gehämmertem Silber. »Holla.« Bomanz reckte den Kopf in die Höhe und spähte über den Grubenrand. »Niemand in der Nähe. Dieses Muster hier halb Mensch, halb Tier. Das ist Formwandler.«

»Er hat die TelleKurre angeführt.«

»Aber hier wird er nicht begraben sein.«

»Es ist sein Panzer, Papa.«

»Das sehe ich, verdammt.« Wie ein neugieriges Erdhörnchen kam er wieder in die Höhe. Niemand zu sehen. »Geh nach oben und halte Wache. Ich grabe das aus.«

»Setz du dich nach oben, Papa.«

»Du bist doch die ganze Nacht auf den Beinen gewesen.«

»Ich bin ja auch viel jünger als du.«

»Mir geht es prächtig, danke sehr.«

»Welche Farbe hat der Himmel, Papa?«

»Blau. Was soll die dumme Frage …?«

»Hipp, hipp, hurra. Wir sind uns über etwas einig. Du bist der widerspenstigste alte Bock, den ich je …«

»Stancil!«

»Tut mir leid, Papa. Wir wechseln uns ab. Wirf eine Münze, dann sehen wir, wer als erster nach oben geht.«

Bomanz verlor. Er ließ sich nieder und stopfte sich den Rucksack als Rückenstütze unter. »Wir müssen die Grube verbreitern. Wenn wir weiter senkrecht buddeln, rutscht sie beim ersten Regen in sich zusammen.«

»Ja. Das wäre eine Menge Schlamm. Vielleicht sollten wir mal über einen Abflußgraben nachdenken. He, Papa, in dem Ding ist niemand drin. Sieht so aus, als ob der Rest seiner Rüstung auch hier wäre.« Stancil hatte einen Handschuh ausgegraben und legte gerade eine Beinschiene frei.

»Ja? Fällt mir nicht leicht, das Ding abzugeben.«

»Abzugeben? Wieso denn das? Tokar könnte dafür ein Vermögen kriegen.«

»Mag schon sein. Aber was ist, wenn Freund Men fu es schon gesehen hat? Dann wird er es Besand aus reiner Gehässigkeit melden. Wir müssen ihn bei guter Laune halten. Dieses Zeug *brauchen* wir nicht unbedingt.«

»Mal ganz abgesehen davon, daß er das Zeug hier eingegraben haben könnte.«

»Was?«

»Es sollte doch eigentlich nicht hier sein, oder? Und in der Rüstung ist keine Leiche. Und die Erde ist locker.«

Bomanz schnaubte angewidert. Besand war ein solcher Trick zuzutrauen. »Laß alles so, wie es ist. Ich hole ihn.«

»Miesepetriger alter Mistkerl«, brummte Stancil, als der Wachwart wieder ging. »Ich möchte wetten, daß er uns das untergeschoben hat.«

»Schimpfen bringt nichts. Wir können nichts machen.« Bomanz lehnte sich wieder an seinen Rucksack.

»Was machst du jetzt?«

»Faulenzen. Zum Graben habe ich keine Lust mehr.« Ihm tat alles weh. Es war ein ereignisreicher unruhiger Morgen gewesen.

»Wir sollten herausholen, was wir können, solange das Wetter anhält.«

»Mach doch.«

»Papa ...« Stancil wechselte das Thema. »Wieso streiten Mama und du eigentlich ständig?«

Bomanz ließ seine Gedanken schweifen. Die Wahrheit war nicht leicht zu finden. An die guten Jahre würde sich Stance nicht mehr erinnern. »Ich glaube, weil die Menschen sich verändern und wir das nicht wollen.« Bessere Worte fielen ihm nicht ein. »Du kommst mit einer Frau zusammen, und sie ist zauberhaft und geheimnisvoll und wunderbar, wie in den alten Liedern. Dann lernt ihr euch näher kennen. Die Aufregung verblaßt. Es wird gemütlich. Dann verblaßt auch das. Sie wird fett und bekommt graue Haare, und du fühlst dich betrogen. Du erinnerst dich an das wundervolle schüchterne Mädchen, mit dem du dich getroffen und dich unterhalten hast, bis ihr Vater drohte, dir einen Tritt in den Hintern zu verpassen. Diese Fremde, die magst du nicht. Also fängst du an zu sticheln. Vermutlich ist es für deine Mutter dasselbe. Innendrin bin ich immer noch zwanzig, Stance. Nur wenn ich an einem Spiegel vorbeigehe, oder wenn mein Körper nicht das tut, was ich will, erst dann begreife ich, daß ich ein alter Mann bin. Den Bierbauch und die Krampfadern und die grauen Haare, die noch übrig sind, die sehe ich gar nicht. Sie muß damit leben.

Ich wundere mich immer wieder, wenn ich in einen Spiegel sehe. Dann denke ich darüber nach, wer mir da eigentlich sein Äußeres aufgezwungen hat. Ein widerlicher alter Bock, so wie es aussieht. Von der Art, die ich ausgelacht habe, als ich noch zwanzig war. Er macht mir Angst, Stance. Er sieht aus wie ein Mann, der im Sterben liegt. Ich bin in ihm gefangen, und ich bin noch nicht bereit, abzutreten.«

Stancil setzte sich. Sein Vater sprach sonst nie über seine Gefühle. »Muß es denn so sein?«

Vielleicht nicht, aber es ist immer so … »Denkst du an Glory, Stance? Ich weiß es nicht. Um das Altwerden kommst du nicht herum. Du kommst auch nicht darum herum, daß sich eine Beziehung verändert.«

»Vielleicht muß nichts davon passieren. Wenn wir das hier schaffen … «

»Komm mir nicht mit Vielleichts, Stance. Seit dreißig Jahren lebe ich von Vielleichts.« Sein Magengeschwür zwickte ihn sanft. »Vielleicht hat Besand ja recht. Aus den falschen Gründen.«

»Papa! Wovon redest du? Du hast doch dein ganzes Leben dafür geopfert.«

»Ich sage nur, Stance, daß ich Angst habe. Einem Traum hinterherzujagen ist eine Sache. Ihn einzuholen, ist eine andere. Man bekommt niemals das, was man erwartet. Ich habe eine Vorahnung, daß sich schreckliches Unheil ereignen wird. Der Traum ist vielleicht eine Totgeburt.«

Stancils Miene durchlief eine Reihe von Veränderungen. »Aber du mußt doch ...«

»Ich muß nichts anderes tun als Bomanz, der Antiquitätenhändler, zu sein. Deine Mutter und ich haben nicht mehr viel Zeit. Diese Ausgrabung sollte genug hergeben, daß wir über die Runden kommen.«

»Wenn du es durchziehen würdest, hättest du noch viele Jahre und sehr viel mehr als nur ...«

»Ich habe Angst, Stance. Vor beiden Möglichkeiten. Wenn du älter wirst, sind Veränderungen etwas Bedrohliches.«

»Papa ...«

»Ich rede jetzt vom Sterben der Träume, mein Sohn. Vom Verlust dieser großen, wilden Phantasien, die einen am Laufen halten. Von den unmöglichen Träumen. Diese Art fröhliche Täuschung ist gestorben. Für mich jedenfalls. Ich sehe nur noch die verfaulten Zähne im Antlitz eines Mörders.«

Stancil schwang sich aus der Grube. Er pflückte einen süßen Grashalm ab und kaute darauf herum, während er in den Himmel starrte. »Papa, wie hast du dich eigentlich gefühlt, kurz bevor du Mama geheiratet hast.«

»Wie betäubt.«

Stancil lachte. »Also gut, wie war es dann, als du ihren Vater um ihre Hand gebeten hast? Auf dem Weg zu ihm?«

»Ich hab gedacht, daß ich mir gleich in die Hosen mache. Du bist deinem Großvater nie begegnet. Nach seinem Vorbild haben sie die Trollgeschichten erfunden.«

»Fühlst du dich jetzt so ähnlich?«

»Ein bißchen. Ja. Aber es ist nicht das gleiche. Ich war jünger, und ich hatte eine Belohnung in Aussicht.«

»Und jetzt etwa nicht? Sind die Einsätze nicht sogar noch höher?«

»In beide Richtungen. Beim Gewinnen und beim Verlieren.«

»Weißt du was? Du hast nur das, was man eine Krise des Selbstvertrauens nennt. Das ist alles. In ein paar Tagen bist du wieder ganz heiß aufs Weitermachen.«

Als Stancil am Abend noch spazierengegangen war, sagte Bomanz zu Jasmine: »Wir haben da einen wirklich klugen Jungen. Wir haben uns heute unterhalten. Zum ersten Mal richtig unterhalten. Er hat mich überrascht.«

»Warum? Er ist doch dein Sohn, oder nicht?«

Der Traum kam, stärker und rascher als je zuvor. In einer Nacht weckte er Bomanz zweimal auf. Dann gab er es auf, weiterschlafen zu wollen. Er ging hinaus und setzte sich auf die vordere Eingangstreppe und ließ sich vom Mondlicht bescheinen. Die Nacht war hell. Er konnte die Umrisse der Gebäude entlang der schmutzigen Straße erkennen.

Das ist schon eine fabelhafte Stadt, dachte er, als er sich an die Pracht von Oar erinnerte. Die Garde, wir Antiquitätenhändler und ein paar Leute, die ihr Leben damit fristen, indem sie uns und den Pilgern zu Diensten sind. Von denen gibt es auch nicht mehr viele, auch wenn die Unterdrückung gerade wieder in Mode ist. Das Gräberland hat einen derart schlechten Ruf, daß es sich niemand ansehen mag.

Er hörte Schritte. Ein Schatten näherte sich. »Bo?«

»Besand?«

»Hmm.« Der Wachwart setzte sich auf die Stufe unter ihm. »Was machst du hier?«

»Konnte nicht schlafen. Ich habe gerade darüber nachgedacht, daß das Gräberland mittlerweile so schäbig geworden ist, daß nicht einmal anständige Neuersteher noch hierherkommen wollen. Und du? Du gehst doch wohl nicht selbst auf Nachtstreife, oder?«

»Ich konnte auch nicht schlafen. Dieser verdammte Komet.«

Bomanz musterte den Himmel.

»Von hier aus kann man ihn nicht sehen. Man muß auf die andere Seite gehen. Du hast recht. Niemand weiß noch, daß wir hier sind. Wir oder diese Wesen dahinten in der Erde. Ich weiß nicht, was schlimmer ist. Die Mißachtung oder die schiere Dummheit.«

»Hmm?« Irgendetwas plagte den Wachwart.

»Bo, die lösen mich nicht ab, weil ich alt bin oder unfähig, obwohl ich mal schätze, daß ich wohl beides bin. Man zieht mich ab, damit der Neffe vor irgendjemandem einen Posten bekommt. Ein Exil für ein schwarzes Schaf. Das tut weh, Bo. Das tut wirklich weh. Sie haben vergessen, was dieser Ort eigentlich ist. Die sagen mir, daß ich mein ganzes Leben damit verschwendet habe, eine Arbeit zu tun, die jeder Idiot im Schlaf machen könnte.«

»Die Welt ist voll von Narren.«

»Narren sterben.«

»Hä?«

»Die lachen über mich, wenn ich von dem Kometen spreche oder davon, daß die Neuersteher diesen Sommer zuschlagen werden. Sie können nicht fassen, daß ich daran glaube. Sie glauben nicht, daß unter diesen Hügelgräbern etwas ist. Jedenfalls nichts, was noch lebt.«

»Bring sie hier raus. Führ sie nach Einbruch der Dunkelheit durch das Gräberland.«

»Das habe ich versucht. Sie haben gesagt, ich solle aufhören zu winseln und lieber an meine Pension denken.«

»Dann hast du alles getan, was du tun konntest. Dann sind sie selbst schuld.«

»Ich habe einen Eid abgelegt, Bo. Ich habe ihn damals ernst gemeint, und jetzt meine ich es auch ernst. Diese Arbeit ist alles, was ich habe. Du hast Jasmine und Stance. Ich hätte genausogut ein Mönch sein können. Und jetzt schicken sie mich fort für irgendeinen jungen …« Er gab seltsame Geräusche von sich.

Schluchzen? dachte Bomanz. Vom Wachwart? Von diesem Mann mit dem Herzen aus Feuerstein und der Barmherzigkeit eines Hais? Er berührte Besand am Ellbogen. »Komm, wir schauen uns den Kometen an. Ich habe ihn noch nicht gesehen.«

Besand fand wieder zu sich. »Wirklich nicht? Das ist schwer zu glauben.«

»Warum denn? Ich bin in letzter Zeit nicht so spät aufgewesen. Stancil hat die Nachtarbeit gemacht.«

»Schon gut. War wohl wieder in meine widerspenstige Art verfallen. Du und ich, wir hätten Anwälte werden sollen. Wir haben die nötige streitbare Einstellung.«

»Da magst du recht haben. Ich hab viel Zeit damit verbracht, darüber nachzudenken, was ich hier eigentlich mache.«

»Und was machst du hier, Bo?«

»Ich wollte reich werden. Ich wollte die alten Bücher studieren, ein paar ergiebige Gräber öffnen, wieder nach Oar zurückgehen und mich in das Fuhrunternehmen meines Onkels einkaufen.« Müßig fragte sich Bomanz, wieviel von seiner falschen Vergangenheit Besand tatsächlich akzeptierte. Er hatte sie nun schon so lange gelebt, daß er jetzt selbst einige erlogene Anekdoten als Tatsachen ansah, wenn er nicht scharf nachdachte.

»Was ist passiert?«

»Faulheit. Simple altmodische Faulheit. Ich habe festgestellt, daß es ein großer Unterschied ist, ob man träumt oder ob man losgeht und tatsächlich etwas tut. Es war einfacher, gerade so viel auszugraben, daß man über die Runden kam, und den Rest der Zeit zu vertrödeln.« Bomanz machte ein saures Gesicht. Das war ziemlich dicht an der Wahrheit. Seine Forschungen waren tatsächlich zum Teil eine Entschuldigung, sich nicht auf den Wettbewerb einzulassen. Ihm fehlte einfach der Antrieb, der einem Tokar zu eigen war.

»Du hast kein allzu schlechtes Leben gehabt. Ein oder zwei harte Winter, als Stance noch klein war. Aber die haben wir alle durchgemacht. Hier und dort eine helfende Hand, und wir haben es alle überstanden. Da oben ist er.« Besand zeigte auf den Himmel über dem Gräberland.

Bomanz japste auf. Er war genauso, wie er ihn in seinen Träumen gesehen hatte. »Ein toller Anblick, nicht wahr?«

»Warte mal ab, wenn er näher herankommt. Dann füllt er den halben Himmel aus.«

»Irgendwie auch hübsch.«

»Schon sehr beeindruckend, meine ich. Aber auch ein Vorbote. Ein böses Omen. In den alten Schriften steht, daß er so lange wiederkehrt, bis der Dominator wieder in Freiheit ist.«

»Ich habe den größten Teil meines Lebens mit Sagen dieser Art verbracht, und selbst ich kann es nur schwer glauben, daß da etwas dran ist. Nun warte doch! In der Nähe des Gräberlandes kriege ich auch dieses unheimliche Gefühl. Aber ich kann einfach nicht glauben, daß diese Kreaturen nach vierhundert Jahren unter der Erde wieder auferstehen könnten.«

»Bo, vielleicht meinst du es ehrlich. Wenn das so ist, dann nimm einen Rat an. Wenn ich gehe, geh auch weg. Pack das TelleKurre-Zeug ein und gehe nach Oar.«

»Allmählich hörst du dich an wie Stance.«

»Ich meine es ernst. Wenn hier irgendein dummer Bengel den Laden übernimmt, der nicht an all dies glaubt, dann wird die Hölle losbrechen. Im wahrsten Sinne des Wortes. Verschwinde, solange du noch kannst.«

»Du könntest recht haben. Ich denke schon daran, wieder

zurückzugehen. Aber was sollte ich dort tun? Oar kenne ich schon gar nicht mehr. Nach allem, was Stance erzählt, würde ich mich dort hoffnungslos verirren. Verdammt noch mal, das hier ist jetzt mein Zuhause. Ich habe das niemals so wirklich begriffen. Dieses Kaff ist mein Zuhause.«

»Ich weiß, was du meinst.«

Bomanz blickte auf die große silberne Klinge am Himmel. Bald schon …

»Was ist da draußen los? Wer ist da?« ertönte es aus Bomanz' Hintertür. »Verschwindet bloß, hört ihr? Sonst schicke ich euch die Garde auf den Hals.«

»Ich bin es, Jasmine.«

Besand lachte. »Und der Wachwart, gnädige Frau. Die Garde ist schon hier.«

»Bo, was macht ihr dort?«

»Wir unterhalten uns. Sehen uns die Sterne an.«

»Ich mache mich dann mal auf den Weg«, sagte Besand. »Wir sehen uns morgen.« Seinem Ton konnte Bomanz entnehmen daß der morgige Tag von den üblichen Schikanen geprägt sein würde.

»Paß auf dich auf.« Er setzte sich auf die taufeuchte Hintertreppe und ließ sich von der Nachtkühle überschwemmen. Im Alten Wald riefen Vögel mit Stimmen, in denen Einsamkeit mitschwang. Eine Grille zirpte frohgemut. Die feuchte Luft rührte leise an seinem verbliebenen Haarschopf. Jasmine trat heraus und setzte sich neben ihn. »Ich konnte nicht schlafen«, sagte er zu ihr.

»Ich auch nicht.«

»Das geht wohl um.« Er sah kurz zu dem Kometen auf und zuckte zusammen, als ihn eine Erinnerung durchfuhr. »Erinnerst du dich an den Sommer, als wir hierherkamen? Als wir lange aufblieben, um den Kometen zu sehen? Es war eine Nacht wie diese.«

Sie ergriff seine Hand und verschränkte ihre Finger mit den seinen. »Du hast gerade meine Gedanken gelesen. Wir waren genau einen Monat verheiratet. Die beiden damals, das waren schon närrische Kinder.«

»Im Inneren sind sie das immer noch.«

ELFTES KAPITEL

Das Gräberland

Für Corbie löste sich das Rätsel immer rascher. Für gewöhnlich blieb er mit den Gedanken bei seiner Arbeit. Aber die alte Seidenkarte lenkte ihn mehr und mehr ab. Diese seltsamen alten Namen. Auf TelleKurre hatten sie einen ganz eigenen Klang, der in den modernen Sprachen fehlte. Seelenfänger. Sturmbringer. Mondbeißer. Der Gehenkte. In der alten Sprache klangen sie um so vieles machtvoller.

Aber sie waren tot. Die einzigen Großen, die noch existierten, waren die Lady und das Ungeheuer dort draußen unter der Erde, das alles begonnen hatte.

Oft trat er an ein kleines Fenster und starrte auf das Gräberland hinaus. Der Teufel in der Erde. Vielleicht rief er ihn. Von den Kämpen geringeren Ranges umgeben, von denen nur wenige in den Legenden erwähnt werden und von dem alten Zauberer identifiziert worden waren. Bomanz hatte sich nur für die Lady interessiert.

So viele Fetische. Und ein Drache. Und gefallene Krieger der Weißen Rose, deren Totenschatten auf ewig Wache hielten. Es schien so viel dramatischer als die Kämpfe dieser Tage.

Corbie lachte auf. Die Vergangenheit war stets interessanter als die Gegenwart. Jenen, die den ersten großen Kampf miterlebt hatten, mußte er auch sterbenslangweilig vorgekommen sein. Die Legenden und Vermächtnisse wurden erst in der letzten großen Schlacht erschaffen. Ein paar Tage von Jahrzehnten.

Mittlerweile arbeitete er weniger, nachdem er einen anständigen Platz zum Leben gefunden und sich etwas erspart hatte.

Er verbrachte mehr Zeit damit herumzustreifen, besonders nachts.

Eines Morgens kam Case vorbei, bevor Corbie noch richtig aufgestanden war. Er ließ den Jungen herein. »Einen Tee?«

»Gern.«

»Du bist nervös. Was ist los?«

»Oberst Sweet will dich sprechen.«

»Wieder ein Schachspiel? Oder Arbeit?«

»Weder noch. Er macht sich Sorgen, weil du nachts umherziehst. Ich hab ihm gesagt, daß ich dich begleite und daß du dir nur die Sterne anschaust und so. Vermutlich kriegt er allmählich Verfolgungswahn.«

Corbie setzte ein Lächeln auf, ohne daß ihm wirklich danach zumute war. »Er macht bloß seine Arbeit. Vermutlich macht mein Lebensstil auch einen seltsamen Eindruck. Allmählich komme ich in die Jahre. Bin auch ziemlich gedankenverloren. Mache ich manchmal einen senilen Eindruck? Hier. Zucker?«

»Bitte.« Zucker war etwas Besonderes. Die Garde konnte sich keinen leisten.

»Ist es sehr eilig? Ich habe noch nichts gegessen.«

»Davon hat er eigentlich nichts gesagt.«

»Gut.« Mehr Zeit, sich vorzubereiten. Narr. Er hätte sich doch denken können, daß seine Spaziergänge die Aufmerksamkeit auf sich ziehen würden. Die Garde war von Natur aus mißtrauisch.

Corbie bereitete Haferflocken und Schinken zu, den er mit Case teilte. Obwohl sie gut bezahlt wurde, war die Verpflegung der Garde unzureichend. Wegen des anhaltend schlechten Wetters war die Straße nach Oar so gut wie unpassierbar. Die Heeresquartiermeister taten ihr Bestes, kamen aber oft nicht mehr durch.

»Na, dann wollen wir den Boß mal besuchen«, sagte Corbie. »Das ist übrigens der letzte Schinken. Der Oberst sollte sich mal für den Fall der Fälle Gedanken darüber machen, hier Landwirtschaft zu betreiben«

»Darüber haben sie gesprochen.« Corbie hatte sich zum Teil deshalb mit Case angefreundet, weil er im Hauptquartier Dienst tat. Oberst Sweet spielte zwar Schach mit ihm und redete über alte Zeiten, aber er gab niemals irgendwelche Vorhaben preis.

»Und?«

»Nicht genug Land. Nicht genug Futter.«

»Schweine. Die fressen sich an Eicheln dick und rund.«

»Dafür brauchen wir Hirten. Sonst würden die Stämme sie stehlen.«

»Auch wieder wahr.«

Der Oberst führte Corbie in seine Privatunterkunft. Corbie fragte scherzhaft: »Arbeitet Ihr eigentlich nie? Sir?«

»Der Dienst läuft praktisch von allein. Wenn etwas seit vier Jahrhunderten klappt, schleift es sich ein. Ich habe ein Problem, Corbie.«

Corbie verzog das Gesicht. »Sir?«

»Äußerlichkeiten, Corbie. Diese Welt geht nach dem Äußeren. Du bietest kein korrektes Erscheinungsbild.«

»Letzten Monat hatten wir einen Besucher. Aus Charm.«

»Das wußte ich nicht.«

»Das wußte auch sonst niemand. Nur ich. Man könnte es eine verlängerte Überraschungsinspektion nennen. So etwas kommt ab und zu vor.« Sweet ließ sich hinter seinem Arbeitstisch nieder und schob das Schachbrett beiseite, über dem sie so oft miteinander in Wettstreit gelegen hatten. Er zog einen langen Bogen aus Südpapier aus einem kleinen Fach neben seinem rechten Knie hervor. Corbie erhaschte einen Blick auf eine krakelige Handschrift.

»Ein Unterworfener? Sir?«

Corbie nannte niemanden sofort Sir, immer nur kurz danach, als ob es ihm gerade eingefallen war. Diese Angewohnheit störte Sweet. »Ja. Mit allen Vollmachten der Lady. Er hat sie nicht ausgenutzt. Aber er hat Empfehlungen ausgesprochen. Und er hat ein paar Personen erwähnt, deren Verhalten er nicht akzeptabel fand. Dein Name stand ganz oben auf der Liste. Was zur Hölle machst du eigentlich, wenn du nachts so herumwanderst?«

»Ich denke nach. Ich schlafe schlecht. Der Krieg hat irgendetwas mit mir angestellt. Das, was ich gesehen habe. Die Freischärler. Man will nicht einschlafen, weil *sie* angreifen könnten. Und wenn man schläft, träumt man vom Blutvergießen. Häuser und Felder, die in Flammen stehen. Tiere und Kinder, die schreien. Das war das Schlimmste. Die weinenden Kinder. Ich höre immer noch die kleinen Kinder weinen.« Er übertrieb damit nur sehr wenig. Jedes Mal, wenn er sich schlafen legte, mußte er erst das Weinen der Kinder überwinden.

Er gab einen Großteil der Wahrheit preis und verwob sie zu einer phantasievollen Lüge. Weinende Kleinkinder. Die kleinen Kinder, die ihn heimsuchten, waren seine eigenen, Unschuldige, die er in einem Augenblick der Furcht vor der Verpflichtung im Stich gelassen hatte.

»Ich weiß«, erwiderte Sweet. »Ich weiß Bescheid. Bei Rust haben sie ihre Kinder lieber getötet, als sie von uns gefangen nehmen zu lassen. Die härtesten Männer des Regimentes haben geweint, als sie gesehen haben, wie die Mütter ihre Kleinen von den Mauern geworfen haben und ihnen dann hinterhergesprungen sind. Ich habe nie geheiratet. Ich habe keine Kinder. Aber ich weiß, wovon du redest. Hattest du welche?«

»Einen Sohn«, sagte Corbie mit einer Stimme, die leise und mühsam aus einem Körper drang, der vor Leid fast bebte. »Und eine Tochter. Zwillinge. Vor langer Zeit und weit weg von hier.«

»Und was ist aus ihnen geworden?«

»Ich weiß es nicht. Ich hoffe, daß sie noch leben. Sie wären jetzt etwa so alt wie Case.«

Sweet hob eine Augenbraue, erwiderte jedoch nichts auf die Bemerkung. »Und ihre Mutter?«

Corbies Augen wurden zu Eisen. Zum heißen Eisen eines Brandstabs. »Tot.«

»Das tut mir leid.«

Corbie antwortete darauf nicht. Seine Miene verriet, daß es ihm selbst nicht leid tat.

»Begreifst du, was ich sage, Corbie?« fragte Sweet. »Einer der Unterworfenen hat von dir Notiz genommen. Das ist nie sehr bekömmlich.«

» Hab schon verstanden. Welcher war es denn?«

»Das kann ich nicht sagen. Welche Unterworfenen sich wann und wo aufhalten, wäre eine Information, die für die Rebellen von Interesse sein könnte.«

Corbie schnaubte verächtlich. »Welche Rebellen? Wir haben sie bei Charm ausgelöscht.«

»Vielleicht. Aber da ist diese Weiße Rose.«

»Ich dachte, daß sie sie bald erwischen würden?«

»Ja, sicher. Solche Geschichten hört man dauernd. Daß sie sie vor Ende des Monats in Ketten legen würden. Das hat man schon gesagt als wir zum ersten Mal von ihr hörten. Sie ist gut im Hakenschlagen. Vielleicht ist sie gut genug.« Sweets Lächeln verblaßte. »Wenigstens werde ich nicht mehr hier sein, wenn der Komet das nächste Mal zurückkehrt. Einen Branntwein?«

»Ja.«

»Schach? Oder hast du gerade etwas zu tun?«

»Noch nicht gleich. Eine Runde spiele ich mit Euch.«

Mitten im Spiel sagte Sweet: »Denk daran, was ich dir gesagt habe. Ja? Der Unterworfene hat behauptet, daß er abreisen würde. Aber dafür gibt es keine Garantie. Vielleicht hockt er irgendwo im Gebüsch und späht uns aus.«

»Ich werde besser darauf achten, was ich tue.«

Das würde er. Daß ein Unterworfener an *ihm* Interesse hegte, war das Letzte, was er wollte. Er war zu weit vorgedrungen, um sich jetzt sinnlos zu opfern.

ZWÖLFTES KAPITEL

Die Schreckenssteppe

Ich hatte Wache. Mein Magen schmerzte und lag mir wie Blei im Bauch. Den ganzen Tag waren Punkte weit oben am Himmel umhergehuscht. Jetzt waren wieder zwei dort und flogen Streife. Die ständige Anwesenheit der Unterworfenen verhieß nichts Gutes.

In der Nähe zogen zwei Rochenpaare durch die Nachmittagsluft. Sie kreisten in den Aufwinden hinauf, zogen in langen Bögen wieder herunter, verhöhnten die Unterworfenen und versuchten sie über die Feldgrenze zu locken. Sie konnten Außenseiter nicht leiden. Diese hier sogar noch weniger als alle anderen, denn diese hätten sie zermalmt, wäre nicht Darling gewesen – und sie war ebenfalls eine Außenseiterin.

Auf der anderen Seite des Baches zogen einige Wanderbäume entlang. Die toten Menhire glänzten; normalerweise wirkten sie eher stumpf. Auf der Steppe braute sich etwas zusammen. Etwas, dessen Bedeutung kein Außenseiter ganz zu erfassen vermochte.

Ein großer Schatten zog über die Wüste. Weit oben schwebte ein Windwal und forderte die Unterworfenen heraus. Ab und zu war ein kaum vernehmbares tiefes Brüllen zu hören. Ich hatte noch nie einen von ihnen reden hören. Das tun sie nur, wenn sie zornig sind.

In den Korallen säuselte und wisperte eine Brise. Altvater Baum sang einen Chor für den Windwal.

Hinter mir sprach ein Menhir. »Bald kommen eure Feinde.« Ich erschauerte. Seine Worte erinnerten mich an einen Albtraum, der mich in letzter Zeit heimgesucht hat. Hinterher fallen mir die Einzelheiten nicht mehr ein, aber ich weiß, daß er voller Schrecken gewesen ist.

Ich lehnte es ab, mich von dem verschlagenen Stein durcheinanderbringen zu lassen. Jedenfalls nicht allzusehr.

Was sind sie? Woher sind sie gekommen? Warum unterscheiden sie sich von anderen Steinen? Und was das angeht, warum ist die Steppe als solche so lachhaft anders? Warum so kriegerisch? Wir werden hier nur geduldet und stehen im Bündnis gegen einen übermächtigen Feind. Wenn die Lady vernichtet wäre, würde man schon sehen, wie sich unsere Freundschaft entwickelt.

»Wie bald?«

»Wenn sie bereit sind.«

»Genial, alter Felsen. Wirklich erleuchtend.«

Mein Sarkasmus blieb nicht unbemerkt, lediglich unkommentiert. Die Menhire haben eine eigene Auffassung von Sarkasmus und scharfen Zungen.

»Fünf Heere«, sagte die Stimme. »Sie werden nicht lange warten.«

Ich zeigte zum Himmel hinauf. »Die Unterworfenen tummeln sich nach Belieben. Ohne daß ihnen Einhalt geboten wird.«

»Sie haben niemanden herausgefordert.« Richtig. Aber eine schwache Entschuldigung. Verbündete sollten auch Verbündete sein. Zudem erachten Windwale und Rochen das bloße Erscheinen über oder auf der Ebene als ausreichende Herausforderung. Mir kam der Gedanke, daß die Unterworfenen sie vielleicht bestochen hatten.

»Das nicht.« Der Menhir war vorgerückt. Sein Schatten fiel auf meine Fußspitzen. Endlich sah ich zu ihm auf. Dieser hier war nur drei Meter hoch. Ein richtiger Winzling.

Er hatte meine Gedanken erraten. Verdammt.

Er fuhr fort, mir zu sagen, was ich bereits wußte. »Aus einer Position der Stärke heraus zu handeln, ist nicht immer möglich. Gebt acht. Man hat die Völker aufgefordert, eure Duldung auf der Steppe zu überdenken.«

Ah ja. Dieser gesprächige Klotz war also ein Bote. Die Eingeborenen bekamen es mit der Angst zu tun. Einige dachten, daß sie sich Ärger ersparen könnten, wenn sie uns vor die Tür setzten.

»Ja.«

Der Ausdruck »Völker« beschreibt das Parlament der Spezies, das hier die Entscheidungen trifft, nicht so recht, aber mir fällt keine bessere Bezeichnung ein.

Wenn man den Menhiren Glauben schenken kann – und sie lügen nur durch Auslassung oder durch indirekte Andeutungen –, dann leben mehr als vierzig intelligente Spezies auf der Schreckenssteppe. Von diesen kenne ich die Menhire, die Wanderbäume, die Windwale und die Rochen, eine Handvoll Menschen (die sich in Primitive und in Eremiten aufteilen), zwei verschiedene Echsenarten, einen bussardähnlichen Vogel, eine weiße Riesenfledermaus und ein ausgesprochen seltenes Vieh, das wie ein umgekehrt zusammengesetzter Kamelzentaur aussieht. Damit meine ich, daß die menschliche Hälfte das Hinterteil bildet. Die Kreatur läuft mit dem Körperteil voran, den die meisten als ihren Hintern ansehen würden.

Zweifellos bin ich auch schon anderen begegnet, ohne sie zu erkennen.

Goblin sagt, daß es auch noch einen kleinen Felsenaffen gibt, der mitten in den großen Korallenriffen lebt. Er behauptet, daß er wie eine Kleinausgabe von Einauge aussieht. Goblin kann man aber nicht trauen, sofern es um Einauge geht.

»Ich habe den Auftrag, eine Warnung zu erteilen«, sagte der Menhir. »Fremde sind auf der Steppe.«

Ich fragte nach. Als er nicht antwortete, drehte ich mich gereizt um. Er war weg. »Verflixter Stein ...«

Am Eingang zum Loch standen Tracker und seine Töle und beobachteten die Unterworfenen.

Ich hatte erfahren, daß Darling Tracker einer gründlichen Befragung unterzogen hatte. Ich war nicht dabei gewesen. Sie zeigte sich zufrieden.

Ich hatte eine Auseinandersetzung mit Elmo. Elmo mochte Tracker. »Der erinnert mich an Raven«, sagte er. »Von Ravens Sorte könnten wir ein paar hundert gebrauchen.«

»Mich erinnert er auch an Raven. Und das gefällt mir eben nicht.« Aber was nützt schon ein Streit? Man kann eben nicht jeden mögen. Darling glaubt, daß er in Ordnung ist. Elmo glaubt es. Der Leutnant akzeptiert ihn. Warum sollte ich es anders halten? Verdammt, wenn er aus dem gleichen Holz geschnitzt ist wie Raven, dann kriegt die Lady ein Problem.

Er wird bald genug auf die Probe gestellt werden. Darling denkt sich gerade etwas aus. Einen Präventivschlag, wie ich vermute. Möglicherweise gegen Rust.

Rust. Wo der Hinker seine Stele errichtet hat.

Der Hinker. Zurückgekehrt von den Toten. Ich hatte alles getan, außer die Leiche zu verbrennen. Vermutlich hätte ich das tun sollen. Verdammt noch mal.

Was mir wirklich Angst einjagt, ist der Gedanke, daß er vielleicht nicht der einzige ist. Haben auch andere den anscheinend sicheren Tod überlebt? Warten sie irgendwo auf den rechten Augenblick, um die Welt in Erstaunen zu versetzen?

Ein Schatten fiel auf meine Füße. Ich kehrte zu den Lebenden zurück. Tracker stand neben mir. »Du siehst verstört aus«, sagte er. Ich muß zugeben, daß er sich wirklich um größte Höflichkeit bemühte.

Ich sah zu den umherstreifenden Erinnerungen an den Krieg hinauf. Ich sagte: »Ich bin ein Soldat, der alt wird, und müde und verwirrt ist. Ich habe schon gekämpft, bevor du geboren wurdest. Und ich habe noch nicht gesehen, daß dabei irgendetwas gewonnen worden wäre.«

Er setzte ein dünnes, fast verstohlenes Lächeln auf. Es beunruhigte mich. Mich beunruhigte alles, was er tat. Selbst sein verdammter Hund beunruhigte mich, und der tat nun wirklich nichts anderes als schlafen. Wie hatte er bei dieser Faulheit die Strecke von Oar bis hierher geschafft? Das wäre doch viel zu anstrengend gewesen. Ich könnte schwören, daß dieser Hund es noch nicht einmal beim Gang zum Freßnapf eilig hat.

»Sei standhaft, Croaker«, sagte Tracker. »Sie *wird* unterliegen.« Seine Worte erklangen mit absoluter Überzeugung. »Sie hat nicht die nötige Stärke, um die Welt zu zähmen.«

Da war es wieder, dieses Furchteinflößende. Ganz gleich, ob die Behauptung stimmte oder nicht, die Art und Weise, wie er sie aussprach, war erschreckend.

»Wir werden sie alle in die Knie zwingen.« Er zeigte auf die Unterworfenen. »Sie sind nicht vom gleichen Schlag wie die alten ihrer Art.«

Köter Krötenkiller nieste Tracker auf den Stiefel. Er sah nach unten. Ich dachte, daß er die Töle treten würde. Aber stattdessen bückte er sich und kraulte den Hund hinterm Ohr.

»Köter Krötenkiller. Was für ein Name soll das eigentlich sein?«

»Ach, das ist so eine Art Scherz aus alten Zeiten. Als wir beide noch viel jünger waren. Er hat ihm gefallen. Und jetzt besteht er darauf.«

Tracker schien nur halb anwesend zu sein. Sein Blick war leer und starrte in die Weite, obwohl er die Unterworfenen im Auge behielt. Unheimlich.

Wenigstens gab er zu, einst jung gewesen zu sein. Darin fand sich ein Hinweis auf menschliche Verwundbarkeit. Bei Typen wie Tracker und Raven ist es die scheinbare Unverwundbarkeit, die mich schlucken läßt.

DREIZEHNTES KAPITEL

Die Schreckenssteppe

»Hey! Croaker!« Der Leutnant war aufgetaucht.

»Was gibt's?«

»Laß dich von Tracker ablösen.« Meine Wache hätte nur noch Minuten gedauert. »Darling will dich sehen.«

Ich warf Tracker einen kurzen Blick zu. Er zuckte die Achseln. »Geh ruhig.« Er richtete seine Aufmerksamkeit gen Westen. Ich schwöre, es war so, als ob er die Wachsamkeit in sich freisetzte. Als ob er in diesem Augenblick zum perfekten Wächter wurde.

Sogar Köter Krötenkiller machte ein Auge auf und hielt Ausschau.

Ich fuhr dem Hund mit den Fingern über die Kopfschwarte, was ich für eine freundschaftliche Geste hielt. Er knurrte. »Dann eben nicht«, sagte ich und folgte dem Leutnant.

Er machte einen verstörten Eindruck. Im allgemeinen bewahrt er die Ruhe. »Worum geht's denn?«

»Sie hat eine ihrer Wahnsinnsideen.«

»O Mann. Was für eine?«

»Rust.«

»Ach ja! Großartig! Damit wir alles möglichst rasch erledigen! Ich dachte das wäre nur Gerede. Ich nehme mal an, du hast ihr davon abgeraten?«

Man sollte meinen, daß ein Mensch sich an Gestank gewöhnt, wenn er jahrelang darin gelebt hat. Aber als wir in das Loch hinunterstiegen, schlug meine Nase Falten und zog sich zusammen. Man kann einen Haufen Leute einfach nicht in einem unbelüfteten Loch zusammenpferchen. Frische Luft gibt es da nur wenig.

»Das habe ich versucht. Sie hat gesagt: Beladet ihr den Wagen. Überlaß mir die Sorgen um das blinde Maultier.«

»Die meiste Zeit hat sie ja recht.«

»Militärisch gesehen ist sie ein verflixtes Genie. Aber das heißt doch nicht, daß sie jeden hirnverbrannten Plan durchziehen kann, der ihr gerade in den Sinn kommt. Einige Träume sind Albträume. Verdammt, Croaker. Der Hinker ist dort draußen.«

Und mit diesem Argument legten wir auch los, als wir den Besprechungsraum erreichten. Schweiger und ich übernahmen die Vorreiterrolle, weil wir Darlings Lieblinge sind. Unter meinen Brüdern habe ich selten solche Eintracht gesehen. Sogar Goblin und Einauge waren sich einig, und die beiden werden sich bis aufs Blut darüber zanken, ob es Tag oder Nacht ist, wenn die Sonne gerade ihren Zenit erreicht hat.

Darling lief wie ein gefangenes Tier auf und ab. Sie hegte Zweifel. Sie nagten an ihr.

»In Rust sind zwei Unterworfene«, gab ich zu bedenken. »Das sagte jedenfalls Corder. Und einer davon ist unser ältester und gemeinster Feind.«

»Wenn wir ihre Macht brechen, wird das ihren gesamten Feldzugsplan zerschlagen«, erwiderte sie.

»Ihre Macht brechen? Mädchen, wir reden hier vom Hinker. Ich hab schon einmal bewiesen, daß er unbesiegbar ist.«

»Nein. Du hast den Beweis geliefert, daß er überlebt, wenn man nicht gründlich genug ist. Ihr hättet ihn verbrennen sollen.«

Na klar. Oder ihn in Stücke hacken und an die Fische verfüttern, oder ihm ein Säurebad verpassen, oder ihn in ungelöschten Kalk einlegen. Aber so etwas braucht eben Zeit.

Uns hatte die Lady selbst auf den Fersen gesessen. Wir waren auch so nur mit knapper Not entkommen.

»Selbst wenn wir einmal davon ausgehen, daß wir unbemerkt dort hineinkommen können – was ich nicht einen Augenblick lang glaube – und den Überraschungseffekt vollkommen auf unserer Seite haben, wie lange hätten wir wohl, bis sämtliche Unterworfenen über uns herfallen?« Meine Fingersprache war heftig mehr aus Ärger als aus Angst. Ich verweigere Darling nie etwas. Aber dieses Mal stemmte ich die Hacken ein.

Ihre Augen flammten auf. Zum ersten Mal sah ich, wie sie einen Wutanfall niederrang. Ihre Finger formten Zeichen. »Wenn du keine Befehle annehmen kannst, dann solltest du nicht hier sein. Ich bin nicht die Lady. Ich opfere kein Fußvolk für kleine Gewinne. Ich stimme darin überein, daß diese Operation ein großes Risiko in sich birgt. Aber es ist weit geringer, als du behauptest. Und die möglichen Auswirkungen sind weitaus größer, als du annimmst.«

»Überzeuge mich davon.«

»Das kann ich nicht. Wenn du gefangen genommen werden solltest, darfst du nichts davon wissen.«

Darauf war ich vorbereitet. »Daß du mir das überhaupt sagst, liefert den Unterworfenen schon eine Spur, der sie folgen können.« Vielleicht hatte ich mehr Angst, als ich zugeben konnte. Oder vielleicht hatte ich auch einen schweren Anfall von Bockigkeit.

»Nein«, signalisierte sie. Da war noch etwas, aber das behielt sie für sich.

Schweiger legte eine Hand auf meine Schulter. Er hatte aufgegeben. Der Leutnant schloß sich ihm an. »Du vergißt dich, Croaker.«

Darling wiederholte: »Wenn du keine Befehle annehmen kannst, Croaker, dann geh raus.«

Sie meinte es ernst! Wie vom Donner gerührt stand ich mit offenem Mund da.

»In Ordnung!« Ich stampfte hinaus. Ich ging in meine Unterkunft, durchwühlte die widerborstigen alten Dokumente und fand natürlich nicht die geringste neue Information.

Man ließ mich eine Zeitlang in Ruhe. Dann kam Elmo herein. Er meldete sich nicht an. Ich sah bloß auf und sah, daß er sich an den Türrahmen lehnte. Mittlerweile schämte ich mich bereits ein wenig für meinen Auftritt. »Ja?«

»Post für dich«, sagte er und warf mir ein weiteres Wachstuchpäckchen zu.

Ich fing es auf. Er verschwand, ohne mir zu sagen, woher das Paket diesmal gekommen war. Ich legte es auf meinen Arbeitstisch und dachte darüber nach. Von wem? In Oar kannte ich niemanden.

War das irgendein Trick?

Die Lady ist geduldig und schlau. Ich hätte es nicht für unmöglich gehalten, daß sie irgendein ausgeklügeltes Manöver abzog und mich dabei benutzte.

Ich schätze, daß ich wohl eine gute Stunde darüber nachdachte, bevor ich das Paket widerwillig öffnete.

VIERZEHNTES KAPITEL

Bomanz' Geschichte

Croaker:

Bomanz und Tokar standen in einem Winkel des Ladens. »Na, was meinst du?« fragte Bomanz. »Bringt das einen guten Preis?«

Tokar starrte das Kernstück von Bomanz' neuer TelleKurre-Sammlung an, ein Skelett in perfekt rekonstruierter Rüstung. »Das ist fabelhaft, Bo. Wie hast du das gemacht?«

»An den Gelenken zusammengedrahtet. Siehst du den Edelstein in der Stirn? Ich bin mit der Wappenkunde der Unterdrückung nicht so vertraut, aber kennzeichnet ein Rubin nicht jemanden von Bedeutung?«

»Einen König. Das ist vermutlich der Schädel von König Broke.«

»Auch seine Knochen. Und seine Rüstung.«

»Du bist ein reicher Mann. Das nehme ich nur in Kommission. Ein Hochzeitsgeschenk an die Familie. Du hast es wirklich ernst genommen, als ich gesagt habe, daß du etwas Gutes herbeischaffen solltest.«

»Das beste Stück hat der Wachwart beschlagnahmt. Wir hatten Formwandlers Rüstung.«

Auf dieser Reise hatte Tokar zwei hünenhafte Helfer mitgebracht. Sie trugen Antiquitäten zu den Wagen hinaus. Ihr Kommen und Gehen machte Bomanz nervös.

»Wirklich? Verdammt! Dafür würde ich meinen linken Arm hergeben.«

In einer entschuldigenden Geste breitete Bomanz die Arme aus. »Was hätte ich tun können? Besand hält mich an einer kurzen Leine. Jedenfalls, du kennst ja meine Geschäftsprinzipien. Ich beanspruche sie schon über Gebühr, weil ich Geschäfte mit dem Bruder meiner zukünftigen Schwiegertochter mache.«

»Wieso denn das?«

Fein verplappert, dachte Bomanz. Er ging zum Angriff über. »Besand hat gehört, daß du ein Neuersteher bist. Stance und mir wird das Leben schwer gemacht.«

»Na, das ist doch wohl die Höhe! Tut mir leid, Bo. Ich ein Neuersteher! Vor Jahren habe ich mal den Mund nicht halten können und gesagt, daß selbst der Dominator besser für Oar sei als unser Schwachkopf von Bürgermeister. Eine einzige blöde Bemerkung! Die lassen einen das nicht vergessen. Nicht genug, daß sie meinen Vater früh ins Grab getrieben haben. Jetzt müssen sie auch mich und meine Freunde quälen.«

Bomanz hatte keine Ahnung, wovon Tokar eigentlich redete. Er würde bei Stance nachfragen müssen. Aber es beruhigte ihn, und das war eigentlich alles, was er wollte.

»Tokar, behalt die Gewinne aus dieser Lieferung. Für Stance und Glory. Als mein Hochzeitsgeschenk. Haben sie schon ein Datum festgesetzt?«

»Noch nichts Bestimmtes. Nach seinem Urlaubssemester und seiner Dissertation. Im nächsten Winter, schätze ich. Willst du dann vorbeikommen?«

»Ich denke daran, wieder nach Oar zurückzugehen. Ich habe nicht mehr den Nerv, mir einen neuen Wachwart zuzureiten.«

Tokar schmunzelte. »Nach diesem Sommer wird der Markt für Unterdrückungsartefakte sowieso gesättigt sein. Ich schau mich mal um, ob ich für euch ein Haus finden kann.

Wenn du so was wie den König hier anfertigen kannst,

wirst du kaum Probleme haben, genug zum Leben zusammenzubekommen.«

»Er gefällt dir wirklich? Ich hab schon daran gedacht, mir auch sein Pferd vorzunehmen.« Bomanz spürte Stolz auf seine Handwerkskunst in sich aufsteigen.

»Sein Pferd? Wirklich? Sie haben sein Pferd mit ihm begraben?«

»Mit Panzer und allem Drum und Dran. Ich weiß nicht, wer die TelleKurre unter die Erde gebracht hat, aber sie haben sie nicht ausgeplündert. Wir haben eine ganze Kiste voll mit Münzen und Juwelen und Abzeichen.«

»Geld aus der Unterdrückung? Das ist brandheißes Zeug. Das meiste wurde eingeschmolzen. Eine guterhaltene Münze aus der Unterdrückungszeit kann ihren fünfzigfachen Metallwert einbringen.«

»Laß König Dingsda hier. Ich bastele ihm auch noch sein Pferd zusammen. Hol ihn beim nächsten Mal ab.«

»Das wird nicht lange dauern. Ich lade das Zeug nur ab und komm dann gleich wieder hierher. Wo ist Stance überhaupt? Ich wollte ihm noch Guten Tag sagen.« Tokar schwenkte einen ledernen Umschlag durch die Luft.

»Von Glory?«

»Von Glory. Sie sollte Liebesgeschichten schreiben. Bei dem, was ich an Papier für sie kaufen muß, werde ich noch pleite gehen.«

»Er ist an der Ausgrabungsstelle. Laß uns hingehen. Jasmine! Ich gehe mit Tokar zur Grabstelle.«

Auf dem Weg blickte Bomanz immer wieder über die Schulter. Der Komet war mittlerweile so hell, daß man ihn gerade eben bei Tage sehen konnte. »Wenn er ganz nahe herankommt, wird es ein toller Anblick sein«, orakelte er.

»Das denke ich auch.« Tokars Lächeln machte Bomanz nervös. Ich fange schon an zu phantasieren, sagte er sich.

Stancil stieß die Ladentür auf. Er ließ einen Armvoll Waffen fallen. »Da ist allmählich nicht mehr viel zu holen, Papa. Letzte Nacht habe ich eigentlich nur einfachen Schrott herausgeholt.«

Bomanz zwirbelte ein Stück Kupferdraht fest und zwängte sich aus dem Rahmen, der das Pferdeskelett zusammenhielt. »Dann laß Men fu doch weitermachen. Hier ist sowieso nicht mehr viel Platz.«

Im Laden konnte man sich mittlerweile kaum noch rühren. Wenn Bomanz danach gewesen wäre, hätte er jahrelang nicht mehr graben müssen.

»Das sieht gut aus«, sagte Stancil und blieb kurz vor dem Pferd stehen, bevor er hinausging und einen weiteren Armvoll von einem geliehenen Wagen ablud. »Du mußt mir noch zeigen, wie ich den König daraufkriege, damit ich sie zusammensetzen kann, wenn ich zurückgehe.«

»Das mache ich vielleicht selbst.«

»Dachte, du hättest dich zum Bleiben entschlossen.«

»Vielleicht. Ich weiß es noch nicht. Wann fangen wir mit deiner Dissertation an?«

»Ich arbeite schon daran. Ich sammele mir Notizen zusammen. Sobald ich sie geordnet habe, kann ich sie locker herunterschreiben.« Ein Fingerschnippen. »Mach dir keine Sorgen. Ich habe noch viel Zeit.« Er verließ den Laden.

Jasmine brachte Tee herein. »Ich dachte, ich hätte Stance gehört.«

Bomanz ruckte mit dem Kopf. »Ist draußen.«

Sie suchte nach einem Platz, wo sie die Teekanne und die Tassen abstellen konnte. »Du wirst diesen Kram irgendwann einmal aufräumen müssen.«

»Das sage ich mir auch schon die ganze Zeit.«

Stancil kam wieder zurück. »Hier sind genug Einzelteile, um eine ganze Rüstung zusammenzusetzen. Solange niemand versucht, sie anzulegen.«

»Tee?« fragte seine Mutter.

»Gern. Papa, ich bin am Hauptquartier vorbeigekommen. Der neue Wachwart ist da.«

»Jetzt schon?«

»Er wird dir gefallen. Er hat eine Kutsche und drei Wagen mit Klamotten für seine Mätresse. Und einen ganzen Dienerschwarm.«

»Was? Ha! Wenn Besand ihm seine Unterkünfte zeigt, fällt er tot um.« Der Wachwart wohnte in einer Zelle, die eher zu einem Mönch als zu dem mächtigsten Mann in der Provinz gepaßt hätte.

»Das verdient er auch.«

»Du kennst ihn?«

»Vom Hörensagen. Höfliche Menschen nennen ihn den Schakal. Wenn ich gewußt hätte, daß er es sein würde … Was hätte ich schon tun können? Gar nichts. Er hat Glück gehabt, daß seine Familie ihn hierher hat schicken lassen. Wenn er in der Stadt geblieben wäre, hätte ihn früher oder später jemand umgebracht.«

»Keiner von der beliebten Sorte, eh?«

»Das wirst du schon noch herausfinden, wenn du hierbleibst. Komm doch zurück, Papa.«

»Ich habe noch eine Aufgabe zu erledigen, Stance.«

»Wie lange noch?«

»Ein paar Tage. Oder auch ewig. Du weißt schon. Ich muß diesen Namen herausfinden.«

»Papa, wir könnten es jetzt versuchen. Solange noch alles in Aufruhr ist.«

»Keine Experimente, Stance. Ich will das glatt durchziehen. Mit den Zehn gehe ich kein Risiko ein.«

Stancil wollte widersprechen, nippte jedoch statt dessen an seinem Tee. Er ging wieder zum Wagen. Als er zurückkam, sagte er: »Tokar sollte mittlerweile schon wieder auf dem

Weg hierher sein. Vielleicht bringt er mehr als nur zwei Wagen mit.«

Bomanz lachte leise. »Du meinst, vielleicht bringt er mehr mit als nur Wagen, nicht wahr? Vielleicht eine Schwester, oder?«

»Daran hab ich gedacht, ja.«

»Wie willst du eigentlich eine Dissertation geschrieben bekommen?«

»Man kann sich immer etwas Zeit nehmen.«

Bomanz fuhr mit einem Lappen über den Edelstein in der Stirn des Pferdes, das der tote König geritten hatte. »Das reicht für heute, Junge. Ich gehe jetzt zur Grabstelle.«

»Schau dir ruhig einmal den Trubel an«, meinte Stancil.

»Den würde ich ums Leben nicht verpassen wollen.«

Am Nachmittag kam Besand zur Grabstelle, wo er Bomanz bei einem Nickerchen vorfand. »Was ist das denn?« wollte er wissen. »Wird hier während der Arbeit geschlafen?«

Bomanz setzte sich auf. »Du kennst mich doch. Ich halte mich nur ein wenig von zu Hause fern. Wie ich höre, ist der Neue eingetroffen.«

Besand spuckte aus. »Komm mir bloß nicht mit dem.«

»Schlimm?«

»Noch schlimmer, als ich erwartet hatte. Merk dir meine Worte, Bo. Der heutige Tag bedeutet das Ende einer Ära. Das werden diese Narren noch bereuen.«

»Hast du dir schon überlegt, was du tun wirst?«

»Angeln gehen. Einen verdammten Fischzug unternehmen. So weit wie möglich weg von hier. Ich weise ihn einen Tag lang ein, und dann geht's ab nach Süden.«

»Ich wollte mich schon immer in einer der Juwelenstädte zur Ruhe setzen. Ich habe noch nie das Meer gesehen. Du bist also schon so gut wie unterwegs, ja?«

»Du brauchst dich gar nicht darüber zu freuen. Du und deine verdammten Neuerstehungsfreunde, ihr habt gewonnen, aber ich werde mit dem Wissen abtreten, daß ihr mich nicht in meinem eigenen Revier geschlagen habt.«

»In letzter Zeit haben wir uns nicht viel gestritten. Das ist doch kein Grund, jetzt die verlorene Zeit aufholen zu wollen.«

»Ja. Stimmt. Das war überflüssig. Tut mir leid. Reine Frustration. Ich kann nichts machen, und alles geht den Bach runter.«

»So schlimm kann es doch nicht sein.«

»Doch, das kann es. Ich habe meine Quellen, Bo. Ich bin nicht nur ein einsamer Verrückter auf weiter Flur. In Oar gibt es gelehrte Männer, die das Gleiche befürchten wie ich. Sie sagen, daß die Neuersteher etwas versuchen wollen. Du wirst das auch bald merken. Falls du nicht fortgehst.«

»Das werde ich wohl auch tun. Stancil kennt diesen Kerl. Aber ich kann nicht weg, bevor wir nicht mit dieser Ausgrabung fertig sind.«

Besand sah ihn aus schmalen Augen an. »Bo, bevor ich gehe, sollte ich dich hier aufräumen lassen. Sieht aus, als ob die Hölle hier hingekotzt hätte.«

Bomanz war kein ordentlicher Arbeiter. Im Umkreis von dreißig Metern um sein Loch war der Boden mit alten Knochen, unbrauchbaren Rüstungsteilen und diversem anderen Schrott übersät. Ein grausiger Anblick. Er war Bomanz gar nicht aufgefallen.

»Wozu die Mühe? In einem Jahr ist eh wieder alles zugewachsen. Außerdem möchte ich Men fu doch nicht schwerer schuften lassen, als es unbedingt nötig ist.«

»Du bist der reinste Sonnenschein, Bo.«

»Ich gebe mir Mühe.«

»Wir sehen uns noch.«

»In Ordnung.« Und Bomanz versuchte zu ergründen, was

er falsch gemacht hatte, was Besand hier gesucht und nicht gefunden hatte. Er zuckte die Achseln, machte es sich im Gras bequem und schloß die Augen.

Die Frau winkte ihm. Noch nie war der Traum so deutlich gewesen. Und niemals so ergiebig. Er ging zu ihr und ergriff ihre Hand, und sie führte ihn über einen kühlen, von grünen Bäumen gesäumten Pfad. Dünne Sonnenstrahlen stachen durch das Laubwerk. Sie sprach, aber er konnte ihre Worte nicht verstehen. Das machte ihm nichts aus. Er war zufrieden.

Gold wurde zu Silber. Silber wurde zu einer großen stumpfen Klinge, die den Nachthimmel durchstieß und die schwächeren Sterne verdeckte. Der Komet kam herab und immer weiter herab ... und das gewaltige Gesicht einer Frau erschien auf ihm. Sie schrie. Schrie vor Wut. Und er konnte nichts hören.

Der Komet verschwand. Ein Vollmond glitt durch den diamantenbesetzten Himmel. Ein großer Schatten zog über die Sterne und verdeckte die Milchstraße. Ein Kopf, erkannte Bomanz. Ein Kopf aus Finsternis. Ein Wolfskopf, der nach dem Mond schnappte ... Dann war er fort. Wieder war er bei der Frau, wanderte über den Waldpfad, stolperte über Sonnenstrahlen. Sie versprach ihm etwas ...

Er erwachte. Jasmine schüttelte ihn. »Bo! Du träumst wieder. Wach auf.«

»Ist schon gut«, murmelte er. »So schlimm war es nicht.«

»Du solltest nicht mehr so viele Zwiebeln essen. In deinem Alter und mit einem Magengeschwür!«

Bomanz setzte sich auf und klopfte auf seinen Bauch. In letzter Zeit hatte ihm das Magengeschwür kaum zu schaffen gemacht. Vielleicht hatte er zu viel anderes im Sinn.

Er schwang die Beine auf den Boden und starrte in die Dunkelheit.

»Was machst du denn?«

»Ich überlege, ob ich mal nach draußen gehe und nach Stance sehe.«

»Du brauchst doch deine Ruhe.«

»Quatsch. So alt, wie ich bin? Alte Menschen brauchen keine Ruhe. Die können sie sich nicht leisten. Sie haben keine Zeit zu verschwenden.« Er suchte nach seinen Stiefeln.

Jasmine brummte etwas Typisches. Er achtete gar nicht auf sie. Das hatte er mittlerweile zur hohen Kunst entwickelt. Sie sagte noch: »Paß da draußen auf dich auf.«

»Hä?«

»Sei vorsichtig. Mir ist nicht wohl bei dem Gedanken, daß Besand jetzt weg ist.«

»Er ist doch erst heute morgen abgereist.«

»Ja, schon, aber ...«

Bomanz verließ das Haus und brummelte etwas über abergläubische alte Weiber, die sich mit Veränderungen nicht mehr zurechtfanden.

Er nahm einen ziellosen Umweg und blieb ab und zu stehen, um den Kometen anzustarren. Er war aufsehenerregend. Eine gewaltige Prachtmähne. Er fragte sich, ob sein Traum ihm etwas hatte sagen wollen. Ein Schatten, der den Mond auffraß. Er kam zu dem Schluß, daß es nichts zu bedeuten hatte.

Als er sich dem Stadtrand näherte, hörte er Stimmen. Er setzte seine Füße vorsichtiger. Normalerweise waren um diese Nachtzeit keine Menschen mehr auf der Straße.

Sie hielten sich in einem verlassenen Schuppen auf. Drinnen flackerte eine Kerze. Vermutlich Pilger. Er entdeckte ein Astloch, aber außer dem Rücken eines Mannes konnte er nichts erkennen. Irgendetwas an diesen hängenden Schultern ... Besand? Natürlich nicht. Zu breit. Mehr wie der eine von Tokars Affen ...

Die Stimmen, die meistens flüsterten, konnte er nicht identifizieren. Eine klang sehr nach Men fus üblichem Gewinsel. Die Worte waren allerdings deutlich genug.

»Hört mal, wir haben alles getan, damit er von hier verschwindet. Wenn man jemandem seine Arbeit und sein Heim wegnimmt, sollte er doch begreifen, daß er nicht erwünscht ist. Aber er will einfach nicht gehen.«

Eine weitere Stimme: »Dann muß man eben harte Maßnahmen ergreifen.«

Die Jammerstimme: »Das geht doch zu weit.«

Verächtliches Schnauben. »Feigling. Ich mache es. Wo ist er?«

»Hat sich im alten Stall verkrochen. Auf der Tenne. Hat sich ein Lager gebaut und sich wie ein alter Hund in die Ecke verkrochen.«

Jemand erhob sich mit einem Grunzen. Schritte ertönten. Bomanz hielt seinen Bauch fest, schlich sich sachte beiseite und verbarg sich im Schatten. Eine vierschrötige Gestalt marschierte über die Straße. Das Kometenlicht glitzerte auf einer blankgezogenen Klinge.

Bomanz verzog sich in einen weiter entfernten Schatten, blieb stehen und begann nachzudenken.

Was bedeutete das? Mord, soviel war sicher. Aber an wem? Und warum? Wer war in den verlassenen Stall eingezogen? Für gewöhnlich benutzten Pilger und Durchreisende die verlassenen Gebäude ... Wer waren diese Männer?

Möglichkeiten taten sich auf. Er verscheuchte sie. Sie waren zu finster. Als seine Nerven sich wieder erholt hatten, hastete er zur Grabungsstätte.

Stancils Laterne leuchtete am Rand der Grube, aber er selbst war nirgends zu sehen. »Stance?« Keine Antwort. »Stancil? Wo bist du?« Immer noch keine Antwort. Nahezu in Panik schrie er: »Stancil!«

»Bist du das, Papa?«

»Wo bist du denn?«

»Ich mußte mal kurz verschwinden.«

Bomanz seufzte auf und setzte sich auf den Boden. Kurz darauf erschien sein Sohn und wischte sich den Schweiß von der Stirn. Warum das? Die Nacht war doch kühl.

»Stance, hat Besand seine Meinung geändert? Ich hab ihn doch heute morgen abreisen sehen. Vor einer Weile habe ich Männer belauscht, die jemanden töten wollten. Es klang so, als ob sie ihn meinten.«

»Töten? Wer war das?«

»Ich weiß es nicht. Einer könnte Men fu gewesen sein. Es waren drei oder vier. Ist er wieder zurückgekommen?«

»Ich glaube nicht. Du hast dir das nicht zusammengeträumt? Was machst du überhaupt hier, mitten in der Nacht?«

»Es war wieder dieser Albtraum. Ich konnte nicht schlafen. Ich habe mir das nicht eingebildet. Diese Männer wollten jemanden umbringen, weil er nicht fortgehen wollte.«

»Das ergibt doch keinen Sinn, Papa.«

»Das ist mir doch egal …« Bomanz wirbelte herum. Wieder hörte er das seltsame Geräusch. Eine Gestalt taumelte in den Laternenschein. Sie machte drei Schritte und stürzte zu Boden.

»Besand! Das ist Besand. Was habe ich dir gesagt?«

Der ehemalige Wachwart hatte eine blutige Wunde quer über der Brust. »Mir geht es gut«, sagte er. »Das wird schon wieder. Ich bin nur etwas angeschlagen. Es ist nicht so schlimm, wie es aussieht.«

»Was ist passiert?«

»Haben versucht mich zu töten. Ich hab dir doch gesagt, daß hier die Hölle los sein wird. Hab dir doch gesagt, daß sie etwas versuchen würden. Aber diesmal hab ich sie noch erwischt. Ich hab ihren Meuchelmörder erledigt.«

»Ich dachte, du wärest schon weg. Ich hab dich doch abreisen sehen.«

»Ich habe es mir anders überlegt. Ich konnte nicht fortgehen. Ich habe einen Eid geschworen, Bo. Sie haben mir meine Arbeit fortgenommen, aber nicht mein Gewissen. Ich muß sie aufhalten.«

Bomanz sah seinen Sohn an. Stancil schüttelte den Kopf. »Papa, sieh nur, sein Handgelenk.«

Bomanz sah dorthin. »Ich sehe nichts.«

»Das ist es ja. Sein Amulett ist weg.«

»Das hat er doch abgegeben, als er fortgegangen ist, oder?«

»Nein«, sagte Besand. »Hab's beim Kampf verloren. Konnte es im Dunkeln nicht finden.« Er gab wieder dieses seltsame Geräusch von sich.

»Papa, er ist schwer verletzt. Ich gehe lieber zu den Baracken.«

»Stance«, keuchte Besand. »Sag ihm nichts davon. Hol Korporal Husky.«

»Alles klar.« Stancil eilte davon.

Das Licht des Kometen erfüllte die Nacht mit Geistern. Das Gräberland schien sich zu winden und zu wabern. Zwischen den Büschen schwebten flüchtige Umrisse. Bomanz erschauerte und versucht sich einzureden, daß seine Phantasie ihm Streiche spielte.

Der Morgen zog herauf. Besand hatte seinen Schock überwunden und nippte an der Brühe, die Jasmine vorbeigeschickt hatte. Korporal Husky meldete sich mit seinem Untersuchungsergebnis. »Konnte nichts finden, Sir. Keine Leiche nicht und kein Amulett. Nicht mal kein Anzeichen von irgendeinem Kampf nicht. Als ob es nie passiert wäre.«

»Ich habe verflucht noch mal nicht versucht, mich selbst umzubringen.«

Bomanz überlegte. Wenn er die Verschwörer nicht belauscht hätte, dann hätte er Zweifel an Besands Aussagen gehabt. Der Mann war dazu fähig, einen Hinterhalt auf sich selbst zu inszenieren, um Mitgefühl zu bekommen.

»Ich glaube Euch, Sir. Ich sage nur, was ich herausgefunden habe.«

»Ihre beste Gelegenheit haben sie verpatzt. Jetzt sind wir gewarnt. Bleibt auf der Hut.«

»Vergiß lieber nicht, wer jetzt hier das Sagen hat«, warf Bomanz ein. »Bring keinen bei dem neuen Chef in Schwierigkeiten.«

»Dieser Klotzkopf. Tu, was du kannst, Husky. Laß dich nicht unterkriegen.«

»Jawohl, Sir.« Der Korporal zog ab.

Stancil sagte: »Papa, du solltest wieder nach Hause gehen. Du siehst ganz grau aus.«

Bomanz stand auf. »Geht es dir gut?« fragte er.

»Ich komme schon klar«, gab Besand zur Antwort. »Macht euch um mich keine Sorgen. Die Sonne ist aufgegangen. Diese Sorte traut sich bei Tageslicht nicht heraus.« Da würde ich lieber nicht drauf wetten, dachte Bomanz. Nicht, wenn es sich um Anhänger der Unterdrückung handelt. Die lassen am hellichten Mittag die Finsternis hereinbrechen.

Außer Hörweite Besands sagte Stancil: »Ich habe letzte Nacht nachgedacht, Papa. Bevor das hier anfing. Über unser Problem mit dem Namen. Und da fiel es mir plötzlich ein. In Oar steht ein alter Stein. Ein großer, mit Runenzeichnungen und Bildern. Er steht schon seit Urzeiten dort. Niemand weiß, was er ist oder woher er kommt. Eigentlich interessiert es auch niemanden.«

»Na und?«

»Ich zeige dir mal, was darauf eingraviert ist.« Stancil hob einen Zweig auf und säuberte eine staubige Fläche vom

Schutt. Er begann zu zeichnen. »Oben ist ein einfacher Stern in einem Kreis. Dann kommen einige Runenzeilen, die niemand lesen kann. Ich kann mich nicht an sie erinnern. Dann kommen ein paar Bilder.« Er skizzierte sie rasch.

»Das ist aber ziemlich grob.«

»Genau wie der Stein selbst. Aber schau mal. Das hier. Ein Strichmännchen mit einem gebrochenen Bein. Hier. Ein Wurm? Hier. Ein Mann über einem Tier. Hier ein Mann mit einem Blitz. Siehst du? Der Hinker. Nachtkriecher. Wandler. Sturmbringer.«

»Vielleicht. Und vielleicht ziehst du voreilige Schlüsse.«

Stancil zeichnete weiter. »Also gut. So stehen sie auf dem Stein. Die vier, die ich benannt habe. In der gleichen Reihenfolge wie auf deiner Karte. Sieh mal hier. Bei deinen Leerstellen. Das könnten die Unterworfenen sein, deren Gräber wir nicht identifiziert haben.« Er tippte auf etwas, das wie ein simpler Kreis aussah, auf ein Strichmännchen mit schiefem Kopf und einen Tierkopf mit einem Kreis im Maul.

»Die Positionen stimmen überein«, gab Bomanz zu.

»Also?«

»Also was?«

»Jetzt stellst du dich absichtlich dumm, Papa. Ein Kreis ist vielleicht ein Zeichen für ein Nichts. Vielleicht ein Zeichen für den, den man den Gesichtslosen oder auch den Namenlosen nennt. Und hier der Gehenkte. Und hier Mondhund oder Mondbeißer?«

»Ich sehe es schon, Stance. Ich bin bloß nicht sicher, ob ich es auch sehen will.« Er erzählte Stance von dem Traum, in dem der riesige Kopf eines Wolfes nach dem Mond geschnappt hatte.

»Siehst du? Dein eigener Verstand versucht dich darauf hinzuweisen. Überprüf doch die Beweise. Schau nach, ob sie nicht genau darauf passen.«

»Das brauche ich nicht.«

»Wieso nicht?«

»Ich kenne sie auswendig. Sie passen.«

»Und was ist dann los?«

»Ich bin nicht so sicher, daß ich es noch tun will.«

»Papa ... Papa, wenn du es nicht tust, dann mache ich es. Das meine ich ernst. Ich werde dich nicht siebenunddreißig Jahre einfach wegwerfen lassen. Was hat sich denn geändert? Du hast eine fabelhafte Zukunft aufgegeben, um hierherzukommen. Kannst du das einfach so in den Wind schreiben?«

»Ich bin dieses Leben gewohnt. Es macht mir nichts aus.«

»Papa ... Ich habe mit Leuten gesprochen, die dich noch von früher kannten. Sie sagen alle, daß du ein großer Zauberer hättest werden können. Sie fragen sich, was aus dir geworden ist. Sie wissen, daß du einen großen, geheimen Plan hattest und losgezogen bist, um ihn zu verwirklichen. Sie meinen, daß du mittlerweile tot bist, denn von jemandem mit deiner Begabung hätte man irgendetwas gehört. Im Augenblick frage ich mich gerade, ob sie nicht recht haben.«

Bomanz seufzte. Stancil würde es nie verstehen. Nicht ohne im Schatten der Henkersschlinge alt geworden zu sein.

»Ich meine es ernst, Papa. Ich mache es auf eigene Faust.«

»Nein, das wirst du nicht tun. Du hast weder das Wissen noch die Fähigkeiten. Ich werde es machen. Ich schätze es ist mein Schicksal.«

»Dann los!«

»Nicht so eilig. Das ist doch kein Teekränzchen. Das wird gefährlich. Ich brauche Ruhe und Zeit, um den richtigen seelischen Zustand zu erreichen. Ich muß meine Ausrüstung zusammenstellen und die Bühne vorbereiten.«

»Papa ...«

»Stancil, wer ist hier der Experte? Wer wird die Geschichte durchziehen?«

»Das bist wohl du.«

»Dann halt den Mund und lasse ihn zu. Ich könnte es frühestens morgen nacht angehen. Vorausgesetzt, daß ich bei diesen Namen keine Bedenken kriege.«

Stancil machte ein unglückliches und ungeduldiges Gesicht. »Wieso hast du es so eilig? Was hast du davon?«

»Ich habe nur … Ich glaube, Tokar bringt Glory mit. Ich wollte alles erledigt haben, wenn sie hier eintrifft.«

Bomanz hob mit einem Anflug von Verzweiflung eine Augenbraue. »Laß uns ins Haus gehen. Ich bin erschöpft.« Er warf einen kurzen Blick zurück auf Besand, der auf das Gräberland hinausstarrte. Der Mann war steif vor Trotz. »Halt ihn mir vom Leib.«

»In der nächsten Zeit wird er nicht allzugut herumlaufen können.«

Später brummte Bomanz: »Ich frage mich sowieso, worum es bei alldem eigentlich ging? Waren das wirklich Neuersteher?«

Stancil sagte: »Die Neuersteher sind ein Märchen, das Besands Leute erzählen, um sich ihre Arbeitsstellen zu erhalten.«

Bomanz dachte an einige Bekannte aus seiner Universitätszeit. »Da sei dir mal nicht zu sicher.«

Als sie am Haus ankamen, stapfte Stance nach oben, um die Karte durchzugehen. Bomanz aß noch eine Kleinigkeit. Bevor er zu Bett ging, sagte er zu Jasmine: »Achte auf Stance. Er verhält sich eigenartig.«

»Eigenartig? Wie das?«

»Ich weiß nicht. Einfach nur eigenartig. Bedrängt mich wegen des Gräberlandes. Laß nicht zu, daß er meine Sachen findet. Vielleicht versucht er dann, den Weg selbst zu öffnen.«

»Das wird er nicht tun.«

»Das hoffe ich nicht. Aber paß auf ihn auf.«

FÜNFZEHNTES KAPITEL

Das Gräberland

Case erfuhr, daß Corbie endlich wieder zurückgekehrt war. Er lief zum Haus des alten Mannes. Corbie umarmte ihn zur Begrüßung. »Wie ist's dir ergangen, Junge?«

»Wir dachten schon, du wärest für immer weg.« Corbie war acht Monate fort gewesen.

»Ich hab versucht zurückzukommen. Es gibt fast gar keine Straßen mehr.«

»Ich weiß. Der Oberst hat die Unterworfenen gebeten, Versorgungsgüter einzufliegen.«

»Davon habe ich gehört. Die Militärregierung in Oar ist ruckartig aufgewacht, als sie davon erfahren haben. Schickte sofort ein ganzes Regiment aus, um eine neue Straße zu bauen. Sie ist etwa zu einem Drittel fertig. Einen Teil der Strecke bin ich darauf gereist.«

Case setzte sein ernsthaftes Gesicht auf. »War es wirklich deine Tochter?«

»Nein«, sagte Corbie. Bei seinem Aufbruch hatte er verkündet, daß er sich mit einer Frau treffen wollte, bei der es sich um seine Tochter handeln könnte. Er behauptete, seine Ersparnisse einem Mann gegeben zu haben, der seine Kinder aufspüren und sie nach Oar bringen sollte.

»Du klingst enttäuscht.«

Das war er auch. Er war mit seinen Nachforschungen nicht sonderlich vorangekommen. Zu viele Aufzeichnungen fehlten.

»Wie war euer Winter, Case?«

»Schlimm.«

»Dort war er auch schlimm. Ich habe mir Sorgen um euch gemacht.«

»Wir hatten Ärger mit den Stämmen. Das war das Schlimmste. Man kann ja immer drinnen bleiben und noch ein Holzscheit auflegen. Aber man kann nichts essen, wenn dir Diebe deine Vorräte stehlen.«

»Ich dachte mir schon, daß es dazu kommen würde.«

»Wir haben auf dein Haus aufgepaßt. In ein paar leerstehende Gebäude wurde eingebrochen.«

»Danke.« Corbies Augen verengten sich. Man hatte sein Haus betreten? Wie ernst war es gewesen? Wer sorgfältig genug gesucht hätte, hätte genug finden können, um ihn an den Galgen zu bringen. Er sah kurz zum Fenster hinaus. »Sieht nach Regen aus.«

»Es sieht immer nach Regen aus. Wenn es nicht gerade nach Schnee aussieht. Im letzten Winter lag er drei Meter hoch. Die Leute machen sich Sorgen. Was ist bloß mit dem Wetter los?«

»Die Alten sagen, daß es nach dem Großen Kometen immer so ist. Dann werden die Winter einige Jahre lang hart. In Oar war es nie so kalt. Aber eine Menge Schnee hatten wir.«

»So kalt war es hier auch nicht. Es hat nur so sehr geschneit, daß man nicht hinausgehen konnte. Ich bin beinahe durchgedreht. Das gesamte Gräberland sah aus wie ein zugefrorener See. Man konnte nicht mal mehr sagen, wo das Große Grab lag.«

»Hrm? Ich muß noch auspacken. Macht es dir etwas aus? Laß ruhig alle wissen, daß ich wieder da bin. Ich bin fast pleite. Ich brauche bald Arbeit.«

»Das mache ich, Corbie.«

Corbie beobachtete durch das Fenster wie Case zum Garde-Areal schlenderte. Er benutzte einen erhobenen Laufgang, der seit seiner Abreise erbaut worden war. Der Schlamm darunter erklärte seinen Zweck. Das und Oberst Sweets Neigung, seine Männer stets beschäftigt zu halten. Sobald Case außer Sicht war, stieg er in den zweiten Stock hinauf.

Alles war unberührt. Gut. Er spähte aus dem Fenster zum Gräberland hinüber.

Wie sehr hatte es sich doch in den wenigen Jahren verändert. Noch ein paar Jahre, und man würde es nicht mehr finden können.

Er schnaubte und starrte noch intensiver hinaus. Dann holte er die seidene Karte aus ihrem Versteck, musterte sie und sah wieder auf das Gräberland. Schließlich holte er schweißfleckige Papiere aus seinem Hemd hervor, worin er sie getragen hatte, seit er sie aus der Universität von Oar gestohlen hatte. Er breitete sie auf der Karte aus.

Später, am Nachmittag, stand er auf, zog sich einen Mantel an, nahm den Stock, den er inzwischen benutzte, und ging hinaus. Er hinkte durch Wasser, Schlamm und Nieselregen, bis er eine Stelle erreichte, von der aus er den Großen Tragic überblicken konnte.

Er führte wie immer Hochwasser. Das Flußbett hatte sich weiter verlagert. Nach einer Weile fluchte Corbie, drosch mit seinem Stock gegen eine alte Eiche und machte sich auf den Rückweg.

Der Tag war allmählich grau geworden. Bis er zu Hause ankam, würde es dunkel sein.

»Verdammte Komplikationen«, brummte er. »Damit habe ich nie gerechnet. Was zur Hölle soll ich jetzt machen?«

Das große Risiko eingehen. Das eine Risiko, das er am meisten zu vermeiden trachtete, obwohl es der wahre Grund gewesen war, aus dem er in Oar überwintert hatte.

Zum ersten Mal seit Jahren fragte er sich, ob das Spiel den Einsatz wert war.

Ganz gleich, wofür er sich entschied, ehe er nach Hause kam, würde es dunkel sein.

SECHZEHNTES KAPITEL

Die Schreckenssteppe

Wenn man sauer wird und Darling einfach stehen läßt, kann man eine Menge verpassen. Elmo, Einauge, Goblin und Otto führen mich gern an der Nase herum. Sie gaben mir nicht den geringsten Hinweis. Sie brachten alle anderen dazu, bei dem Spiel mitzumachen. Sogar Tracker, der offenbar etwas für mich übrig hatte und sich mehr mit mir unterhielt als mit allen anderen zusammen, ließ keine Andeutung fallen. Als also der bewußte Tag anbrach, begab ich mich in völliger Ahnungslosigkeit an die Oberfläche.

Ich hatte die übliche Feldausrüstung eingepackt. Unsere Tradition entspricht der der schweren Infanterie, obwohl wir in letzter Zeit eher beritten unterwegs sind. Wir sind allesamt zu alt, um achtzig Pfund Gepäck mit uns herumzuschleppen. Ich zerrte mein Zeug in die Höhle, die uns als Stall dient und wie der Urahne aller Ställe riecht – und stellte fest, daß nicht ein einziges Pferd gesattelt war. Nun, eins schon. Das von Darling.

Der Stalljunge grinste bloß, als ich ihn fragte, was hier vor sich ging. »Geht nach oben«, sagte er. »Sir.«

»Ach ja? Verfluchte Schweinehunde. Die wollen Spielchen spielen? Dafür ziehe ich ihnen die Ohren lang. Die sollten verdammt schnell wieder daran denken, wer hier eigentlich die Annalen führt.« Auf dem ganzen Weg zu den Schatten, die der gerade untergehende Mond in den Höhleneingang warf, murrte und zeterte ich herum. Dort traf ich den Rest der Truppe, die mit leichtem Gepäck angetreten war. Jeder trug seine Waffen und einen Beutel Trockenfutter bei sich.

»Was machst du denn, Croaker?« fragte Einauge zwischen unterdrücktem Gelächter. »Sieht aus, als ob du alles bei dir hast, was du besitzt. Spielst du Schildkröte? Trägst du dein Haus mit dir herum?«

Und Elmo sagte: »Wir ziehen nicht um, Junge. Wir machen bloß einen kleinen Überfall.«

»Ihr seid eine Bande von Sadisten, wißt ihr das?« Ich trat in das fahle Licht. In einer halben Stunde würde der Mond untergehen. In weiter Ferne schwebten Unterworfene durch die Nacht. Diese Hurensöhne wollten uns unbedingt im Auge behalten. Etwas näher hatte sich ein ganzer Trupp von Menhiren versammelt. Dort draußen auf der Wüste sahen sie wie ein Friedhof aus. Auch eine Menge Laufbäume war da.

Außerdem hörte ich Altvater Baum klimpern, obwohl sich kein Lüftchen regte. Zweifellos bedeutete das etwas. Ein Menhir hätte uns das vielleicht erklärt. Aber die Steine halten sich bedeckt, was sie selbst und ihre Mitspezies der Steppe betrifft. Besonders was Altvater Baum angeht. Die meisten geben nicht einmal zu, daß er existiert.

»Mach dir dein Gepäck lieber leichter, Croaker«, sagte der Leutnant. Er gab ebenfalls keine Erklärungen ab.

»Du kommst auch mit?« fragte ich überrascht.

»Jawoll. Beweg dich. Wir haben nicht viel Zeit. Waffe und Feldscherzeug sollten reichen. Los.«

Auf dem Weg nach unten traf ich Darling. Sie lächelte mich an. Trotz meiner miesen Laune lächelte ich zurück. Ich kann ihr nicht böse sein. Ich kenne sie schon, seit sie noch klein war. Seit Raven sie während der Forsberger Feldzüge vor den Männern des Hinkers gerettet hat. Jetzt kann ich die Frau von heute niemals ansehen, ohne daß mir auch das Kind von damals einfällt. Dann werde ich sentimental und weich.

Man behauptete, daß ich an einem schweren Fall von Romantik leide. Im Rückblick könnte ich dem beinahe zustimmen. Wenn ich an all die dummen Geschichten denke, die ich über die Lady geschrieben habe

Als ich wieder nach oben kam, kauerte der Mond am Rand der Welt. Aufgeregtes Raunen fuhr durch die Männer. Darling war oben, saß auf ihrer auffälligen weißen Stute, ritt hierhin und dorthin, gab jenen Männern Zeichen, die die Fingersprache verstanden. Über uns schwebten die leuchtenden Flecken, die charakteristisch für die Tentakelspitzen der Windwale sind, tiefer als ich es je erlebt oder gehört hatte. Abgesehen von den Schreckensgeschichten, in denen ausgehungerte Wale herabstürzen, ihre Tentakel über den Boden ziehen und jede Pflanze und jedes Tier auf ihrem Weg aufsammeln.

»He!« sagte ich. »Wir sollten besser aufpassen. Der Dicke will hier landen.« Ein gewaltiger Schatten verdeckte Tausende von Sternen. Und er wurde immer größer. Rochen schwärmten um ihn herum. Große, kleine, mittlere – mehr als ich je zuvor gesehen hatte.

Mein Ausruf rief Gelächter hervor. Ich wurde wieder sauer. Ich mischte mich unter die Männer und schikanierte sie wegen der Notausrüstung für die Wundversorgung, die sie bei einem Einsatz laut meinen Anweisungen mit sich führen sollen. Als ich damit fertig war, hatte sich meine Laune wieder gebessert. Jeder hatte sie dabei.

Der Windwal senkte sich immer tiefer herab.

Der Mond verschwand. Im selben Augenblick regten sich die Menhire. Wenige Augenblicke später begannen sie auf der uns zugewandten Seite zu leuchten. Auf der Seite, die von den Unterworfenen abgewandt war.

Darling ritt den von ihnen markierten Pfad entlang. Sobald sie an einem Menhir vorbeikam, erlosch sein Licht. Vermutlich ging er dann an das andere Ende der Reihe.

Ich hatte keine Zeit, das nachzuprüfen. Elmo und der Leutnant stellten uns in einer eigenen Reihe auf. Über uns füllte sich die Nacht mit dem Quieken und dem Geflatter von Rochen, die sich um freien Luftraum zankten.

Der Windwal ließ sich quer über dem Bach nieder.

Mein Gott, war er groß. Riesig! Ich hätte nie gedacht … Von den Korallen erstreckte er sich noch zweihundert Meter über den Bach hinüber. Alles in allem war er wohl vier-, fünfhundert Meter lang. Und siebzig bis einhundert Meter breit.

Ein Menhir sagte etwas. Die Worte konnte ich nicht verstehen. Aber die Männer setzten sich in Bewegung.

Eine Minute später wurden meine schlimmsten Befürchtungen wahr. Sie erkletterten die Flanke der Kreatur und erklommen ihren Rücken, auf dem normalerweise die Rochen nisteten.

Er roch. Roch nach etwas, das ich noch nie zuvor gerochen hatte, und das heftig. Reichhaltig, könnte man sagen. Nicht unbedingt schlecht, aber überwältigend. Und er fühlte sich seltsam an. Nicht haarig, schuppig oder hornig. Nicht unbedingt schleimig, aber immer noch schwammig und glatt wie ein freigelegter voller Darm. Es gab genügend Klettermöglichkeiten. Unsere Finger und unsere Stiefel störten ihn nicht.

Der Menhir murrte und knurrte wie ein alter Zugführer; er erteilte gleichzeitig Befehle und nahm die Beschwerden des Windwals entgegen. Ich hatte den Eindruck, daß der Windwal von Natur aus ein mürrischer Geselle war. Ihm gefiel die Geschichte nicht mehr als uns. Das konnte ich ihm nicht zum Vorwurf machen.

Auf ihm befanden sich weitere Menhire, die in prekärem Gleichgewicht aufragten. Als ich ankam, sagte mir ein Menhir, daß ich zu einem anderen von seiner Art gehen sollte. Der wiederum sagte mir, daß ich zwanzig Fuß weiter sitzen sollte. Augenblicke später kletterten die letzten Männer an Bord.

Die Menhire verschwanden.

Mich überkam ein seltsames Gefühl. Zuerst dachte ich errötend, daß es daran lag, daß der Wal sich in die Lüfte erhob. Wenn ich mit der Lady oder Wisper oder Seelenfänger geflogen war, hatte mein Magen den Daueraufstand geprobt. Aber dieses Unwohlsein war etwas anderes. Ich brauchte eine Weile, um es als eine Abwesenheit einordnen zu können.

Darlings Nullfeld war verschwunden. Es hatte mich schon so lange begleitet, daß es Teil meines Lebens geworden war.

Was ging hier vor?

Wir stiegen auf. Ich spürte, wie sich die Brise drehte. Die Sterne drehten sich behäbig. Dann flammte plötzlich der gesamte Norden auf.

Rochen fielen über die Unterworfenen her. Ein ganzer Schwarm. Der Schlag kam als vollkommene Überraschung, obgleich die Unterworfenen ihre Gegenwart gespürt haben mußten. Aber die Rochen taten so etwas doch nicht …

O verdammt, dachte ich. Sie drängen sie in unsere Richtung ab …

Dann grinste ich. Nicht in unsere Richtung. Zu Darling und ihrem Nullfeld, das sich an einem unerwarteten Ort befand.

Noch während mir der Gedanke kam, sah ich das Aufblitzen verpulverter Zaubererkraft, sah, wie ein Teppich taumelte und zu Boden kreiselte. Etwa zwanzig Rochen drangen auf ihn ein.

Vielleicht war Darling gar nicht so dumm, wie ich sie einschätzte. Vielleicht konnte man diese Unterworfenen erledigen. Das war ganz sicher ein Gewinn, selbst wenn sonst nichts anderes klappte.

Aber was machten wir hier? Die Blitze erleuchteten meine Umgebung. Mir am nächsten saßen Tracker und Köter Krötenkiller. Tracker schien sich zu langweilen. Aber Köter Krötenkiller war so munter, wie ich ihn noch nie gesehen hatte.

Er saß da und beobachtete aufmerksam das Schauspiel. Die einzige andere Gelegenheit, zu der ich ihn nicht auf dem Bauch liegen sah, war die Futterzeit.

Seine Zunge hing heraus. Er hechelte. Wenn er ein Mensch gewesen wäre, hätte ich schwören können, daß er grinste.

Der zweite Unterworfene versuchte die Rochen mit seiner Macht zu beeindrucken. Er hatte es mit einer gewaltigen Übermacht zu tun. Und unten wechselte Darling die Stellung.

Plötzlich geriet der zweite Unterworfene in ihr Nullfeld. Und ab ging er, in die Tiefe. Der Rochenschwarm nahm die Verfolgung auf.

Beide würden die Landung überleben. Aber dann würden sie sich zu Fuß auf der Steppe wiederfinden, die am heutigen Tag Stellung bezogen hatte. Ihre Chancen, sie lebend wieder zu verlassen, sahen düster aus.

Der Windwal hatte mittlerweile eine Höhe von etwa tausend Metern erreicht, ging auf nordöstlichen Kurs und nahm Fahrt auf. Wie weit war es zur Steppengrenze, die Rust am nächsten lag? Zweihundert Meilen? Gut und schön. Das konnten wir vor Tagesanbruch schaffen. Aber was war mit den letzten dreißig Meilen über den Steppenrand hinaus?

Tracker begann zu singen. Zuerst war seine Stimme leise. Das Lied, das er sang, war alt. Seit Generationen hatten es die Soldaten der Nordländer gesungen. Es war ein Kampflied, ein Gedenklied für jene, die bald sterben werden. Ich hatte es in Forsberg gehört; es war auf beiden Seiten gesungen worden. Ein weiterer Mann fiel ein. Dann noch einer und noch einer. Von etwa vierzig Mann kannten es vielleicht fünfzehn.

Der Windwal glitt gen Norden. Weit, weit unter uns glitt die Schreckenssteppe unsichtbar dahin.

Obgleich die Luft hier oben kalt war, brach mir der Schweiß aus.

SIEBZEHNTES KAPITEL

Rust

Meine erste falsche Annahme bestand darin, daß der Hinker zu Hause sein würde, wenn wir zu Besuch kamen. Darlings Vorstoß gegen die Unterworfenen entzog dieser Annahme die Grundlage. Ich hätte daran denken sollen, daß die Unterworfenen über weite Entfernungen von Bewußtsein zu Bewußtsein miteinander Verbindung aufnehmen können. Als wir gen Norden zogen, kamen der Hinker und Benefiz dicht an uns vorbei.

»Runter!« quiekte Goblin auf, als wir noch fünfzig Meilen vom Rand der Steppe entfernt waren. »Unterworfene. Niemand rührt sich.«

Wie immer sah der alte Croaker sich selbst als Ausnahme von der Regel. Natürlich nur für die Annalen. Ich schob mich näher an die Seite unseres Reitungeheuers und spähte in die Nacht hinaus. Weit unter uns rasten zwei Schatten in die Richtung, aus der wir gekommen waren. Als sie verschwunden waren, wurde ich von Elmo, dem Leutnant, Goblin, Einauge und jedem, der Lust dazu verspürte, zur Schnecke gemacht. Ich kauerte mich wieder neben Tracker. Er grinste nur und zuckte die Achseln.

Mit dem Näherrücken des Einsatzortes wurde er lebhafter.

Meine zweite falsche Annahme bestand darin, daß der Windwal uns am Steppenrand absetzen würde. Als er näher rückte, stand ich wieder auf, ohne auf die an mich gerichteten hämischen Bemerkungen zu achten. Aber der Windwal machte keine Anstalten zu landen. Darauf verzichtete er noch etliche Minuten lang. Als ich mich wieder neben Tracker setzte, redete ich nur noch dummes Zeug.

Er hatte seinen geheimnisvollen Kasten aufgeklappt. Darin befand sich ein kleines Arsenal. Er überprüfte seine Waffen. Ein Messer mit langer Klinge entsprach nicht seinen Vorstellungen. Er machte sich mit einem Wetzstein darüber her.

Wie oft hatte Raven das in dem einen kurzen Jahr getan, das er mit der Schar verbracht hatte?

Plötzlich senkte sich der Wal herab. Elmo und der Leutnant gingen zwischen uns hindurch und sagten, daß wir rasch absteigen sollten. Zu mir sagte Elmo: »Bleib in meiner Nähe, Croaker. Du auch, Tracker. Einauge. Kannst du dort unten irgendetwas spüren?«

»Nichts. Goblin hat seinen Schlafbann bereit. Wenn wir landen, schnarchen die Posten schon.«

»Oder auch nicht, und sie geben Alarm«, murmelte ich. Verdammt, war ich nicht der geborene Pessimist?

Es gab keine Probleme. Wir landeten. Männer quollen über die Seite. Sie schwärmten aus, als ob dieser Teil geprobt worden war. Teilweise mag das auch der Fall gewesen sein, während ich noch schmollte.

Ich konnte nichts tun, bis auf das, was Elmo mir sagte.

Der erste Teil erinnerte mich an einen anderen Überfall auf eine Baracke südlich des Meeres der Qualen, noch ehe wir in den Dienst der Lady traten. Wir hatten die Stadtkohorten der Juwelenstadt Beryll abgeschlachtet; unsere Zauberer ließen sie weiterschlafen, während wir sie ermordeten.

Solche Arbeit macht mir keinen Spaß, das kann ich euch sagen. Die meisten waren noch Kinder, die sich eingeschrieben hatten, weil es nichts Besseres zu tun gab. Aber sie waren der Feind, und wir vollführten eine große Geste. Eine größere Geste, als ich sie Darling an Befehl oder Planung zugetraut hätte.

Der Himmel hellte sich auf. Bis vielleicht auf einige wenige, die sich für die Nacht abgesetzt hatten, überlebte nicht ein Mann eines ganzen Regiments. Auf dem Hauptexerzierplatz des Geländes, das weit vor den Stadtmauern von Rust selbst lag, begannen Elmo und der Leutnant loszubrüllen. Los, los. Wir haben zu tun. Dieser Zug verwüstet die Stelen der Unterworfenen. Dieser Zug plündert das Hauptquartier des Regiments. Jener Zug macht Brandsätze für die Baracken fertig. Und ein weiterer durchsucht die Unterkünfte des Hinkers nach Dokumenten. Los, los. Wir müssen fertig sein, bevor die Unterworfenen zurückkommen. Darling kann sie nicht ewig ablenken.

Irgendjemand baute Mist. Natürlich. So etwas passiert immer. Jemand steckte eine Baracke zu früh in Brand. Rauch stieg auf.

Wie wir bald erfuhren, lag in Rust noch ein weiteres Regiment. Innerhalb von Minuten war eine berittene Schwadron im Galopp zu uns unterwegs. Und schon wieder hatte jemand Mist gebaut. Die Tore waren nicht gesichert. Die Reiter waren nahezu ohne Vorwarnung über uns.

Männer brüllten. Waffen klirrten. Pfeile flogen. Pferde schrien. Die Männer der Lady entkamen und ließen die Hälfte ihrer Mannschaften zurück.

Jetzt hatten Elmo und der Leutnant es richtig eilig. Diese Burschen würden Hilfe holen.

Während wir noch die Soldaten des Reiches auseinandertrieben, stieg der Windwal wieder auf. Etwa ein halbes Dutzend Männer schaffte es noch an Bord zu klettern. Er stieg gerade hoch genug, um über die Dächer zu segeln und zog dann nach Süden ab. Noch war es nicht hell genug, daß man ihn gesehen hätte.

Das Geschrei und Gefluche kann man sich vorstellen. Sogar Köter Krötenkiller brachte die Energie zu einem wütenden Knurren auf. Ich sackte erschöpft zusammen, ließ meinen Hintern auf ein Geländer sinken, schüttelte den Kopf. Einige Männer schossen mit Pfeilen auf das Ungetüm. Es bemerkte sie nicht.

Tracker lehnte sich neben mir an das Geländer. »Man sollte nicht glauben, daß etwas so Großes feige wäre«, murrte ich. Ich meine, ein Windwal könnte eine ganze Stadt in Schutt und Asche legen.

»Schreib einem Geschöpf, das du nicht verstehst, keine Eigenschaften zu. Du mußt seine Beweggründe begreifen.«

»Was?«

»Nicht gerade Beweggründe. Den richtigen Ausdruck kenne ich nicht.« Er erinnerte mich an einen Vierjährigen, der sich mit einem schwierigen Konzept herumschlägt. »Es befindet sich außerhalb des ihm bekannten Landes. Jenseits der Grenzen, die seine Feinde bisher als undurchdringlich für seinesgleichen erachteten. Es flieht aus Angst, daß man es sieht und ein Geheimnis ans Licht käme. Es hat noch nie mit Menschen zusammengearbeitet. Wie kann es in einem verzweifelten Augenblick an sie denken?«

Wahrscheinlich hatte er recht. Aber im Augenblick interessierte ich mich mehr für ihn als für seine Theorie. Auf die wäre ich schon selbst gekommen, nachdem ich mich beruhigt hatte. Er ließ es wie eine gewaltige und unglaublich schwierige Denkaufgabe erscheinen.

Ich fragte mich, wie es um seinen Verstand bestellt war. War er kaum mehr als ein Schwachkopf? War sein ravenähnliches Verhalten nicht das Produkt seiner Persönlichkeit, sondern das simpler Einfalt?

Der Leutnant stand mit den Fäusten auf den Hüften auf dem Paradeplatz und sah dem Windwal nach, wie er uns in der Hand des Feindes zurückließ. Nach einer Minute schrie er: »Offiziere! Sammeln!« Als wir zusammengekommen waren, sagte er: »Wir stecken bis zum Hals im Dreck. Meiner Meinung nach haben wir eine einzige Chance. Daß dieser dicke Schweinehund sich mit den Menhiren in Verbindung setzt, wenn er wieder dort ist. Und daß *die* zu dem Entschluß kommen, daß wir es wert sind, gerettet zu werden. Wir werden also zusehen, daß wir bis zum Einbruch der Nacht durchhalten. Und hoffen.«

Einauge gab ein obszönes Geräusch von sich. »Ich glaube, wir sollten besser die Beine in die Hand nehmen.«

»Ach ja? Damit uns die Reichstruppler folgen. Wie weit sind wir noch gleich von Zuhause weg? Glaubst du, daß wir es mit dem Hinker und seinen Kumpels am Hals schaffen werden?«

»Hier werden sie auch hinter uns her sein.«

»Vielleicht. Und vielleicht werden sie dort draußen auch noch in Atem gehalten. Wenigstens wird man wissen, wo man uns suchen muß, wenn wir hierbleiben. Elmo, sieh dir die Mauern an. Stell fest, ob wir sie halten können. Goblin, Schweiger, löscht die Brände. Der Rest von euch packt die Papiere der Unterworfenen zusammen. Elmo! Stell Posten auf. Einauge. Deine Aufgabe besteht darin, festzustellen, wie wir von Rust Hilfe bekommen können. Croaker, du hilfst ihm dabei. Du weißt, wen wir wo sitzen haben. Kommt schon. Bewegung.«

Ein guter Mann, der Leutnant. Er behielt auch dann noch einen klaren Kopf, wenn er, wie wir anderen alle, eigentlich nur im Kreis rennen und schreien wollte.

Eigentlich hatten wir gar keine Chance. Das hier war das Ende. Selbst wenn wir die Truppen aus der Stadt aufhalten konnten, gab es immer noch Benefiz und den Hinker. Goblin, Einauge und Schweiger waren gegen sie machtlos. Das wußte auch der Leutnant. Er ließ sie nicht ihre Köpfe zusammenstecken, um eine Überraschung auszuhecken.

Das Feuer bekamen wir nicht mehr unter Kontrolle. Die Baracken mußten abbrennen. Während ich mich um zwei Verletzte kümmerte, sicherten die anderen das Gelände so gut zur Verteidigung, wie es mit dreißig Mann eben möglich war. Als ich mit der Behandlung fertig war, durchstöberte ich die Papiere des Hinkers. Ich fand nichts, was mich sofort gefesselt hätte.

»Etwa hundert Mann kommen von Rust auf uns zu!« schrie jemand.

Der Leutnant schrie: »Dieser Ort muß verlassen aussehen!« Männer flitzten umher.

Ich spähte rasch über die Mauerkrone auf die Buschwälder nördlich von uns. Dort war Einauge und arbeitete sich auf die Stadt zu; er hoffte, dort Corders Freunde finden zu können.

Selbst nach dreimaliger Dezimierung während der großen Belagerungen und jahrelanger Besatzung blieb Rust eisern in seinem Haß auf die Lady.

Die Reichstruppler blieben vorsichtig. Sie sandten Kundschafter um die Mauer. Sie schickten einige Männer voraus, die das Feuer auf sich ziehen sollten. Erst nach einer Stunde vorsichtigen Taktierens stürmten sie auf das halboffene Tor zu.

Der Leutnant ließ fünfzehn Mann eindringen, bevor er das Fallgitter herunterdonnern ließ. Die fünfzehn gingen in einem Pfeilhagel zu Boden. Dann rasten wir zur Mauer und schossen auf die Truppen, die draußen herumwuselten. Ein weiteres Dutzend fiel. Die anderen zogen sich außer Bogenschußweite zurück. Dort wimmelten sie herum, maulten und versuchten sich über ihre nächsten Schritte klarzuwerden. Tracker blieb die ganze Zeit in meiner Nähe. Ich sah ihn nur vier Pfeile verschießen. Jeder durchbohrte einen Reichssoldaten. Vielleicht war er nicht besonders helle, aber er konnte mit einem Bogen umgehen.

»Wenn sie schlau sind«, sagte ich zu ihm, »werden sie eine Sperrkette errichten und auf den Hinker warten. Ist ja auch wenig sinnvoll, daß sie sich wehtun, wenn er uns erledigen kann.«

Tracker grunzte. Köter Krötenkiller öffnete ein Auge und knurrte tief in seiner Kehle. Weiter unten kauerten Goblin und Schweiger, steckten die Köpfe zusammen und spähten abwechselnd über die Mauer. Vermutlich brüteten sie irgendetwas aus.

Tracker stand auf und grunzte wieder. Ich schaute ebenfalls. Weitere Reichsmänner kamen aus Rust heran. Es waren Hunderte.

Eine Stunde lang tat sich nichts, außer daß immer mehr Truppen aufmarschierten. Sie umzingelten uns.

Goblin und Schweiger schickten ihren Zauber aus. Er hatte die Gestalt eines Mottenschwarms. Ich konnte nicht feststellen, woher sie kamen. Sie sammelten sich einfach nur um die beiden. Als es etwa tausend waren, flatterten sie los.

Eine Zeitlang erhob sich draußen eine Menge Geschrei. Als es erstarb, schlenderte ich zu dem grimmig dreinblickenden Goblin hinüber und fragte ihn: »Was ist passiert?«

»Jemand mit einem Hauch von Talent ist passiert«, quäkte er. »Fast so gut wie wir.«

»Haben wir Schwierigkeiten?«

»Schwierigkeiten? Wir? Wir haben alles im Sack, Croaker. Die sind schon so gut wie auf der Flucht. Sie wissen es nur noch nicht.«

»Ich meinte eigentlich …«

»Er wird nicht zurückschlagen. Er will sich nicht preisgeben. Wir sind zu zweit, und er ist nur einer.«

Die Reichsmänner fingen an, Geschütze zusammenzubauen. Die Kaserne war nicht erbaut worden, um einem Bombardement standzuhalten.

Die Zeit verstrich. Die Sonne stieg höher. Wie beobachteten den Himmel. Wann würde das Verderben auf einem Teppich über uns hereinbrechen?

In der Gewißheit, daß der Angriff der Reichssoldaten noch nicht sofort stattfinden würde, hatte der Leutnant einige von uns unser Beutegut auf dem Paradeplatz zusammentragen lassen, damit es rasch auf einen Windwal geschafft werden konnte. Ob er nun daran glaubte oder nicht, er bestand darauf, daß wir nach Sonnenuntergang evakuiert werden würden. Die Möglichkeit, daß die Unterworfenen zuerst eintreffen würden, nahm er gar nicht erst zur Kenntnis.

Er hielt die Moral wirklich hoch.

Eine Stunde nach Mittag fiel das erste Geschoß. Ein Feuerball krachte ein Dutzend Fuß vor der Mauer herunter. Ein weiterer kam gleich hinterher und landete auf dem Paradefeld, wo er spuckend erlosch.

»Die wollen uns ausbrennen«, murmelte ich zu Tracker. Ein dritter Feuerball kam herangesegelt. Er brannte fröhlich vor sich hin, ebenfalls auf dem Paradefeld.

Tracker und Köter Krötenkiller standen auf und spähten über die Brüstung, wobei der Hund sich auf die Hinterbeine aufrichtete. Nach einer Weile setzte sich Tracker wieder hin, klappte seinen Holzkasten auf und holte ein halbes Dutzend überlange Pfeile hervor. Er stand wieder auf, starrte auf die Belagerungsmaschinen und hatte einen Pfeil auf den Bogen gelegt.

Die Entfernung war groß, aber sogar mit meinem Bogen hätte ich sie noch überwunden. Allerdings hätte ich den ganzen Tag Pfeile verballern können und wäre noch nicht einmal in die Nähe gekommen.

Tracker versank in eine fast tranceähnliche Konzentration. Er hob seinen Bogen, spannte ihn, zog die Pfeilspitze fast bis an das Bogenholz heran, ließ los.

Ein Aufschrei hallte über den Hang. Die Bedienungsmannschaften der Geschütze scharten sich um einen aus ihren Reihen.

Leicht und rasch ließ Tracker die Pfeile fliegen. Ich glaube, er hatte gleichzeitig vier in der Luft. Jeder Schuß war ein Treffer. Dann setzte er sich wieder hin. »Das war's.«

»Was meinst du?«

»Hab keine guten Pfeile mehr.«

»Vielleicht genügt das, um sie zu entmutigen.«

Das tat es auch. Eine Weile. Etwa lange genug, damit sie sich zurückziehen und Schutzschilde anbringen konnten. Dann kamen wieder die Geschosse. Eines traf ein Gebäude. Die Hitze war mörderisch.

Ruhelos marschierte der Leutnant die Mauer auf und ab. Ich schloß mich seinem stummen Gebet an, daß die Reichsleute nicht in Fahrt kommen und uns überrennen würden. Es gab keine Möglichkeit, sie dann noch aufzuhalten.

ACHTZEHNTES KAPITEL

Unter Belagerung

Die Sonne ging allmählich unter. Wir waren immer noch am Leben. Kein Unterworfenenteppich war aus der Steppe auf uns herabgestoßen. Allmählich hatten wir begonnen, wieder zu glauben, daß wir eine Chance hatten.

Etwas drosch mit lautem Dröhnen gegen das Tor wie der Hammer des Weltuntergangs. Einauge zeterte: »Laßt mich rein, verdammt noch mal!«

Jemand flitzte nach unten und machte auf. Er stieg auf die Brüstung. »Und?« wollte Goblin wissen.

»Ich weiß es nicht. Zu viele Reichsleute. Nicht genug Rebellen. Sie wollten das erst einmal ausdiskutieren.«

»Wie bist du denn durchgekommen?« fragte ich.

»Zu Fuß«, fauchte er. Dann weniger kriegerisch: »Berufsgeheimnis, Croaker.«

Zauberei. Natürlich.

Der Leutnant blieb stehen, um Einauges Bericht anzuhören, und nahm dann wieder seine endlose Wanderung auf. Ich behielt die Reichstruppler im Auge. Es gab Anzeichen, daß ihnen die Geduld ausging.

Offenbar untermauerte Einauge meine Annahme mit unmittelbaren Hinweisen. Er, Goblin und Schweiger begannen etwas auszuhecken.

Ich weiß nicht genau, was sie taten. Keine Motten, aber die Ergebnisse waren ähnlich. Ein gewaltiger Aufschrei, der rasch erstickt wurde. Doch jetzt hatten wir drei Geisterbeschwörer, die aus dem Vollen schöpften. Der Extramann suchte nach dem Reichshexer, der den Zauber aufgehoben hatte.

Ein brennender Mann rannte auf die Stadt zu. Goblin und Einauge stießen Siegesgeheul aus. Keine zwei Minuten später ging ein Geschütz in Flammen auf. Dann ein weiteres. Ich behielt unsere Zauberer im Auge.

Schweiger blieb völlig nüchtern bei der Sache. Doch Goblin und Einauge steigerten sich hinein und hatten eine Menge Spaß. Ich befürchtete schon, daß sie zu weit gehen und daß die Reichstruppen angreifen würden in der Hoffnung, sie durch ihre schiere Überzahl zu überwältigen.

Sie kamen, aber später als ich erwartet hatte. Sie warteten bis zum Einbruch der Nacht. Und dann waren sie noch vorsichtiger, als es die Lage verlangte.

In der Zwischenzeit stieg Rauch über den zerstörten Mauern von Rust auf. Einauges Einsatz war geglückt. Jemand stellte dort etwas an. Einige Reichsleute setzten sich eilends zur Stadt ab, um das zu unterbinden.

Als die Sterne erschienen, sagte ich zu Tracker: »Ich schätze, wir werden bald wissen, ob der Leutnant recht hatte.«

Er machte nur ein verdutztes Gesicht.

Bei den Reichsmännern ertönten Signalhörner. Kompanien rückten gegen die Mauer vor. Er und ich standen mit den Bögen bereit und suchten nach Zielen, die in der Dunkelheit schwer auszumachen waren, obwohl der Mond schwach leuchtete. Aus heiterem Himmel fragte er mich: »Wie ist sie, Croaker?«

»Was? Wer?« Ich schoß einen Pfeil ab.

»Die Lady. Man sagt, du wärest ihr begegnet.«

»Stimmt. Schon lange her.«

»Und? Wie ist sie?« Er schoß. Ein Schrei lieferte den Kontrapunkt zum Surren seiner Bogensehne. Er machte einen vollkommen ruhigen Eindruck. Schien sich dessen nicht bewußt zu sein, daß er vielleicht schon in wenigen Minuten ein toter Mann sein würde. Das beunruhigte mich.

»In etwa so, wie man es erwarten kann«, erwiderte ich. Was konnte ich schon dazu sagen? Meine Kontakte mit ihr waren nur noch undeutliche Erinnerungen. »Hart und wunderschön.«

Die Antwort reichte ihm nicht. Sie reicht niemandem. Aber es ist die beste, die ich geben kann.

»Wie sah sie aus?«

»Das weiß ich nicht Tracker. Ich hab mir vor Angst fast in die Hosen gemacht. Und sie hat etwas mit meinem Verstand angestellt. Ich habe eine junge schöne Frau gesehen. Aber die kann man überall sehen.«

Sein Bogen surrte, und ein weiterer Schrei antwortete. Er zuckte die Achseln. »Ich hab nur darüber nachgedacht.« Jetzt schoß er schneller. Die Reichsmänner waren mittlerweile nahe heran.

Ich schwöre, er schoß nie daneben. Ich schoß, wenn ich ein Ziel sah, aber ... Er hatte Augen wie eine Eule. Ich sah nur Schatten zwischen anderen Schatten.

Goblin, Einauge und Schweiger taten, was sie konnten. Ihre Zauberkünste erhellten das Schußfeld mit kurzlebigen Stichflammen und Schreien. Was sie tun konnten, war jedoch nicht genug. Leitern krachten gegen die Mauer. Die meisten wurden gleich wieder zurückgekippt. Aber einige Männer gelangten hinauf. Dann war da auf einmal noch ein Dutzend. Ich verschoß meine Pfeile fast zufällig und so rasch, wie ich nur konnte, in die Finsternis; dann zog ich mein Schwert.

Die anderen Männer taten es mir nach.

Der Leutnant schrie: »Er ist da!«

Ich sah kurz zu den Sternen auf. Ja. Eine riesige Gestalt war über uns erschienen. Sie senkte sich nieder. Der Leutnant hatte richtig vermutet.

Jetzt mußten wir nur noch an Bord gelangen.

Einige der Jüngeren rannten auf das Paradefeld zu. Die Flüche des Leutnants beeindruckten sie nicht im Geringsten. Elmos Geknurre und Drohungen halfen ebenfalls nichts. Der Leutnant brüllte, daß wir anderen ihnen folgen sollten.

Goblin und Einauge ließen etwas Widerliches los. Einen Augenblick lang hielt ich es für einen grausamen Dämon. Fies genug sah es aus. Und es ließ die Reichsmänner erstarren. Aber wie so viele ihrer Zauberkunststücke war es Illusion ohne Substanz. Was der Gegner bald merkte.

Aber wir hatten einen Vorsprung gewonnen. Die Männer erreichten den Paradeplatz, bevor die Reichstruppler sich wieder berappelten. Sie brüllten auf und waren überzeugt, daß sie uns nun hätten.

Ich erreichte den Windwal, als er aufsetzte. Als ich an Bord klettern wollte, riß Schweiger mich am Arm zurück. Er deutete auf die Papiere, die wir zusammengesammelt hatten. »Oh, verdammt! Dafür haben wir keine Zeit.«

Während meiner kurzfristigen Unentschlossenheit hasteten Männer an mir vorbei. Dann warf ich mein Schwert und meinen Bogen hinauf und fing an, Schweiger Bündel zuzuwerfen, die er an jemanden zum Hinaufreichen weitergab.

Eine Gruppe Reichsleute rannte auf uns zu. Ich wollte nach einem liegengelassenen Schwert greifen, erkannte, daß ich es nicht mehr erreichen würde, dachte nur noch: O Scheiße – doch nicht jetzt, nicht hier.

Tracker trat zwischen die anderen und mich. Seine Klinge war wie etwas aus den Legenden. Innerhalb eines Augenzwinkerns tötete er drei Männer und verwundete zwei weitere, bevor die Reichmänner zu dem Schluß kamen, daß sie einer übernatürlichen Erscheinung gegenüberstanden. Obwohl er immer noch eine Übermacht vor sich hatte, ging er zum Angriff über. Noch nie habe ich jemanden gesehen, der sein Schwert mit solchem Geschick, Stil, solcher Effizienz und Anmut führte. Es war ein Teil von ihm, die Gestaltwerdung seines Willens. Nichts konnte davor bestehen. Einen Augenblick lang konnte ich an all die alten Geschichten über magische Schwerter glauben.

Schweiger trat mir in den Hintern und gestikulierte: »Hör mit dem Gaffen auf und beweg deinen Arsch.« Ich warf die letzten zwei Bündel hinauf und begann das Ungeheuer zu erklettern.

Trackers Gegner erhielten Verstärkung. Er wich zurück. Von oben verschoß jemand Pfeile. Aber ich glaubte nicht, daß er es schaffen würde. Ich trat nach einem Mann, der hinter ihn gelangt war. Ein anderer nahm seine Stelle ein, sprang mich an …

Köter Krötenkiller tauchte aus dem Nichts auf. Seine Kiefer schlossen sich um die Kehle meines Angreifers. Der Mann gurgelte auf, verhielt sich so, als ob ihn eine Sandviper gebissen hätte. Eine Sekunde später war er tot.

Köter Krötenkiller ließ ihn los. Ich kletterte einige Meter höher und versuchte dabei immer noch Tracker den Rücken freizuhalten. Er langte nach oben. Ich packte seine Hand und riß ihn in die Höhe.

Aus den Reihen der Reichsmänner erklang schreckliches Geschrei und Gekreisch. Vermutlich verdienten sich Einauge, Goblin und Schweiger ihre Brötchen.

Tracker schoß an mir vorbei, fand einen festen Griff, half mir in die Höhe. Ich kletterte etwas weiter hinauf, sah dann nach unten. Der Boden lag fünfzehn Meter unter mir. Der Windwal stieg rasch in die Höhe. Die Reichssoldaten starrten mit offenen Mündern in die Höhe. Ich mühte mich auf die Rückenfläche.

Als mich jemand in den sicheren Bereich zerrte, sah ich wieder hinunter. Die Feuer von Rust lagen unter uns.

Etliche hundert Meter unter uns. Wir stiegen wirklich rasch auf. Kein Wunder, daß ich kalte Hände hatte.

Allerdings war die Kälte nicht der Grund, weshalb ich mich zitternd setzte.

Als das vorbei war, fragte ich: »Ist jemand verletzt? Wo ist mein Arztzeug?«

Ich fragte mich, wo eigentlich die Unterworfenen waren. Wieso hatten wir den Tag überstanden, ohne daß uns unser geschätzter Feind, der Hinker, einen Besuch abgestattet hatte?

Auf dem Weg nach Hause bemerkte ich mehr als auf der Reise gen Norden. Ich spürte das Leben unter mir, das Rumpeln und Brummen in dem Ungeheuer. Ich bemerkte junge Rochen, die aus den Nistplätzen zwischen den Tentakeln hervorlugten, die büschelweise auf dem Rücken des Wales wuchsen. Und ich sah die Steppe in einem anderen Licht, da nun der Mond aufgegangen war.

Es war eine andere Welt, manchmal harsch und kristallin, mal leuchtend, funkelnd und stellenweise glühend. Etwas, das wie Lavateiche aussah, lag in westlicher Richtung. Dahinter erleuchtete das Blitzen und Wabern eines Wechselsturms den Horizont. Vermutlich kreuzten wir seine Fährte. Später, als wir tiefer in der Steppe waren, wurde die Wüste wieder gewöhnlicher.

Unser Reittier war nicht der feige Windwal. Der hier war kleiner und roch weniger streng. Er war auch lebhafter und in seinen Bewegungen weniger zögerlich.

Etwa zwanzig Meilen vor unserem Ziel quäkte Goblin: »Unterworfene!«, und alle warfen sich nieder. Der Wal stieg höher. Ich spähte über die Seite.

Ganz gewiß waren es Unterworfene, aber an uns hatten sie kein Interesse. Dort unten tobten Blitz und Donner sich reichlich aus. Einzelne Wüstenabschnitte standen in Flammen. Ich sah die langen, unheimlichen Schatten von daherstelzenden Wanderbäumen, die Umrisse von Rochen, die durch das Licht huschten. Die Unterworfenen selbst waren zu Fuß unterwegs, von einem Einzelkämpfer abgesehen, der es mit den Rochen aufnahm. Bei dem Flieger handelte es sich nicht um den Hinker. Seinen zerlumpten braunen Habitus hätte ich auch auf diese Entfernung wiedererkannt.

Ganz sicher Wisper. Sie versuchte die anderen aus dem Feindesland zu geleiten. Großartig. Damit würden sie einige Tage beschäftigt sein.

Der Windwal ging in den Sinkflug über. (Um dieser Annalen willen wünschte ich mir, daß ein Teil der Reise bei Tageslicht stattgefunden hätte, damit ich weitere Einzelheiten hätte verzeichnen können.) Kurz danach setzte er auf. Vom Boden rief ein Menhir herauf: »Runter. Beeilt euch.«

Der Abstieg war schwieriger als die Kletterei an Bord. Die Verwundeten hatten mittlerweile begriffen, daß sie verletzt waren. Alle waren müde und steif. Und Tracker wollte sich nicht rühren.

Er war völlig erstarrt. Nichts drang zu ihm durch. Er saß nur da und starrte in die Unendlichkeit. »Verdammt noch mal«, sagte Elmo gereizt. »Was ist denn mit ihm los?«

»Ich weiß nicht. Vielleicht hat er etwas abbekommen.« Ich war perplex. Was sich noch verstärkte, als wir ihn ins Licht brachten, damit ich ihn untersuchen konnte. Körperlich hatte er keinen Schaden erlitten. Er hatte nicht einen Kratzer davongetragen.

Darling kam heraus. Sie signalisierte: »Du hattest recht, Croaker. Es tut mir leid. Ich dachte, daß ein so kühner Schlag die ganze Welt anfeuern würde.« An Elmo richtete sie die Frage: »Wie viele haben wir verloren?«

»Vier Mann. Ich weiß nicht, ob sie getötet oder zurückgelassen wurden.« Er schien sich zu schämen. Die Schwarze Schar läßt ihre Brüder nicht zurück.

»Köter Krötenkiller«, sagte Tracker. »Wir haben Köter Krötenkiller zurückgelassen.«

Einauge tat die Töle verächtlich ab. Tracker erhob sich mit einer wütenden Geste. Er hatte nichts außer seinem Schwert gerettet. Sein prächtiger Kasten und sein Arsenal waren zusammen mit seiner Promenadenmischung in Rust geblieben.

»Schluß jetzt«, bellte der Leutnant. »Das gibt's hier nicht. Einauge, geh nach unten. Croaker, behalt diesen Mann im Auge. Frag Darling, ob die Jungens, die gestern ausgeflogen wurden, es wieder hierher geschafft haben.« Elmo und ich stellten die Frage gemeinsam.

Ihre Antwort war nicht gerade ermutigend. Der große feige Windwal hatte sie laut den Menhiren einhundert Meilen nördlich von hier abgesetzt. Wenigstens war er gelandet, bevor er sie abwarf.

Sie waren zu Fuß auf dem Weg hierher. Die Menhire versprachen, sie vor den natürlichen Bosheiten der Steppe zu schützen.

Zeternd verschwanden wir im Loch. Nichts ermuntert so sehr dazu, die Fetzen fliegen zu lassen, wie Versagen.

Natürlich kann Versagen relativ aufgefaßt werden. Wir hatten beträchtlichen Schaden angerichtet. Die Auswirkungen würden sich noch lange bemerkbar machen. Die Unterworfenen mußten schwer verstört sein. Daß wir so viele Dokumente eingesackt hatten, mußte sie dazu zwingen, ihren Feldzugplan zu ändern. Trotzdem war der Einsatz unbefriedigend verlaufen. Jetzt wußten die Unterworfenen, daß Windwale dazu fähig waren, sich über die traditionellen Grenzen hinauszubewegen. Jetzt wußten die Unterworfenen, daß wir über Mittel verfügten, die über den von ihnen vermuteten Umfang hinausgingen.

Bei einem Spiel zeigt man erst nach dem letzten Reizen alle Karten.

Ich wühlte ein wenig herum, entdeckte die erbeuteten Papiere und nahm sie mit in mein Quartier. Ich hatte keine Lust, an der Einsatzautopsie im Konferenzraum teilzunehmen. Sie würde scheußlich werden – selbst wenn sich alle einig waren.

Ich legte meine Waffen ab, zündete eine Lampe an, hob ein Dokumentenbündel auf und wollte mich an meinen Schreibtisch setzen. Und da lag wieder ein Päckchen aus dem Westen.

NEUNZEHNTES KAPITEL

Bomanz' Geschichte

Croaker:

Bomanz durchschritt seine Träume an der Seite einer Frau, die ihm ihre Worte nicht verständlich machen konnte. Der grüne Pfad der Verheißung führte an mondfressenden Hunden vorbei, an Gehenkten und an Wächtern, die keine Gesichter hatten. Durch Lücken im Blattwerk erhaschte er Blicke auf einen Kometen, der den Himmel überspannte.

Er schlief nicht mehr sehr gut. Jedesmal, wenn er eindöste, wartete der Traum auf ihn. Er wußte nicht, warum er nicht in Tiefschlaf fallen konnte. Und der Traum gehörte auch nicht zu den schlimmen Albträumen.

Die meisten Symbolismen lagen auf der Hand, und den meisten weigerte er sich nachzugeben.

Die Nacht war angebrochen, als Jasmine Tee brachte und fragte: »Willst du die ganze Woche hier herumliegen?«

»Vielleicht werde ich das.«

»Wie wirst du heute nacht schlafen?«

»Wahrscheinlich gar nicht, bis spät in die Nacht. Ich werde im Laden arbeiten. Was hat Stance inzwischen unternommen?«

»Er hat etwas geschlafen, ist aufgestanden und hat eine Ladung aus der Grabungsstätte geholt. Dann ist er im Laden herumgewuselt, hat etwas gegessen und ist wieder zurückgegangen, als ihm jemand gesagt hat, daß Men fu wieder dorthin unterwegs sei.«

»Was ist mit Besand?«

»Die Geschichte ist schon in der ganzen Stadt herum. Der neue Wachwart ist wütend, weil er nicht abgereist ist. Er sagt, daß er deswegen nichts unternehmen wird. Die Gardisten nennen ihn Pferdearsch. Sie gehorchen seinen Anordnungen nicht. Er wird immer wütender.«

»Vielleicht lernt er etwas daraus. Danke für den Tee. Gibt es etwas zu essen?«

»Den Rest vom Huhn. Hol's dir selbst. Ich gehe schlafen.«

Murrend aß Bomanz kalte, fettige Hühnerflügel und spülte sie mit schalem Bier hinunter. Er dachte über seinen Traum nach. Sein Magengeschwür zwickte ihn ein wenig. Sein Kopf fing an zu schmerzen. »Also, auf geht's«, murmelte er und schleppte sich nach oben.

Mehrere Stunden verbrachte er damit, die Rituale noch einmal durchzugehen, mittels derer er seinen Körper verlassen und durch die Fährnisse des Gräberlandes schlüpfen würde … Würde der Drache ein Problem sein? Allen Hinweisen nach sollte er sich nur körperlich vorhandenen Eindringlingen entgegenstellen. Schließlich: »Es wird klappen. Sofern das sechste Grab tatsächlich das vom Mondhund ist.« Er seufzte, lehnte sich zurück, schloß die Augen.

Der Traum begann. Und mitten in diesem Traum sah er sich grünen, undurchdringlichen Augen gegenüber. Weisen, grausamen, spöttischen Augen. Er schreckte auf.

»Papa? Bist du da oben?«

»Ja. Komm rauf.«

Stancil stürmte ins Zimmer. Er sah schrecklich aus.

»Was ist passiert?«

»Das Gräberland … Die Geister gehen um.«

»Das tun sie immer, wenn der Komet sich nähert. Ich hatte es nicht so früh erwartet. Diesmal werden sie wohl etwas unruhig. Das ist doch kein Grund, sich derart aufzuregen.«

»Das war es auch nicht. Das hatte ich erwartet. Und damit könnte ich auch umgehen. Nein, es geht um Besand und Men fu.«

»Was?«

»Men fu hat versucht, mit Besands Amulett ins Gräberland einzudringen.«

»Ich hatte also doch recht! Dieser kleine ... Weiter!«

»Er war an der Grabungsstätte. Mit dem Amulett. Er hatte Todesangst. Er hat mich kommen sehen und ist den Hügel hinabgelaufen. Als er in etwa dort ankam, wo früher der Wassergraben war, ist Besand wie aus dem Boden gewachsen vor ihm aufgetaucht, hat gebrüllt und mit einem Schwert herumgefuchtelt. Men fu fing an zu rennen. Besand blieb ihm auf den Fersen. Dort draußen ist es ziemlich hell, aber ich hab sie aus den Augen verloren, als sie um das Grab des Heulers rannten. Besand muß ihn erwischt haben. Ich hab gehört, wie sie sich angebrüllt haben und durch die Büsche gerollt sind. Dann haben sie angefangen zu schreien.«

Stancil stockte. Bomanz wartete ab.

»Ich weiß nicht, wie ich es beschreiben soll, Papa. Ich hab noch nie solche Geräusche gehört. Sämtliche Geister sind beim Grab des Heulers zusammengeströmt. Das ging ziemlich lange so. Dann sind die Schreie näher gekommen.«

Bomanz sah, daß Stancil schwer erschüttert war. Wie ein Mann, dessen Glaubensgrundsätze zunichte gemacht worden sind. Sonderbar. »Weiter.«

»Es war Besand. Er hatte das Amulett, aber es hat nichts geholfen. Er hat es nicht über den Graben geschafft. Er hat es fallen lassen, und die Geister haben ihn angefallen. Er ist tot, Papa. Die Gardisten waren alle draußen ... Sie konnten nichts machen außer zuzusehen. Der Wachwart wollte ihnen keine Amulette geben, um ihn zu holen.«

»Also haben wir jetzt zwei Tote. Drei, wenn man den von

gestern nacht mitzählt. Wie viele werden wir morgen nacht haben? Werde ich mich mit einem ganzen Bataillon neuer Geister herumschlagen müssen?«

»Du willst es morgen nacht tun?«

»Richtig. Wenn Besand nicht mehr da ist, gibt es keinen Grund, die Sache aufzuschieben. Oder?«

»Papa … Vielleicht solltest du es lieber nicht tun. Vielleicht sollte das Wissen dort draußen begraben bleiben.«

»Was denn? Mein Sohn plappert mir *meine* Bedenken nach?«

»Papa, laß uns nicht streiten. Vielleicht war ich zu voreilig. Vielleicht habe ich mich geirrt. Du weißt mehr über das Gräberland als ich.«

Bomanz starrte seinen Sohn an. Mit mehr Festigkeit, als er wirklich empfand, sagte er. »Ich mache es. Es ist an der Zeit, die Zweifel abzulegen und die Sache durchzuziehen. Da ist die Liste. Sieh nach, ob ich etwas vergessen habe.«

»Papa …«

»Keine Widerworte mehr, Junge.« Er hatte den ganzen Abend gebraucht, um die eingefleischte Bomanz-Persönlichkeit abzulegen und den Zauberer hervorzuholen, der so lange und so kunstvoll verborgen gewesen war. Aber jetzt war er frei.

Bomanz begab sich in eine Ecke, in der einige scheinbar harmlose Gegenstände aufgehäuft waren. Seine Haltung war aufrechter als sonst; seine Bewegungen waren rascher und präziser. Er stapelte einige Sachen auf dem Tisch auf. »Wenn du nach Oar zurückkehrst, kannst du meinen alten Klassenkameraden erzählen, was aus mir geworden ist.« Er lächelte leicht. Ihm fielen immer noch einige ein, die auch jetzt noch erzittern würden, wenn sie wüßten, daß er zu Füßen der Lady studiert hatte. Er hatte nichts vergessen, nichts vergeben. Und so gut kannten sie ihn.

Stancils Blässe war verschwunden. Jetzt war er unsicher. Diese Seite seines Vaters hatte sich seit einer Zeit, die noch vor seiner Geburt lag, nicht mehr gezeigt. Sie lag außerhalb seiner Erfahrungswelt. »Willst du hinausgehen, Papa?«

»Du hast mir die wesentlichen Einzelheiten berichtet. Besand ist tot. Men fu ist tot. Die Gardisten werden sich deshalb nicht aufregen.«

»Ich dachte, er war dein Freund.«

»Besand? Besand hatte keine Freunde. Er hatte einen Auftrag … Was schaust du mich so an?«

»Sehe ich einen Mann mit einem Auftrag vor mir?«

»Das könnte sein. Irgendetwas hat mich hier festgehalten. Bring das Zeug hier nach unten. Wir machen es im Laden.«

»Wo soll ich es hinlegen?«

»Das ist egal. Besand war der einzige, der es von dem normalen Kram hätte unterscheiden können.«

Stancil verließ den Raum. Später beendete Bomanz eine Reihe geistiger Exerzitien und fragte sich kurz, wo der Junge eigentlich geblieben war. Stance war nicht wiedergekommen. Er zuckte die Achseln und nahm seine Übungen wieder auf.

Er lächelte. Er war bereit. Es würde ganz einfach sein.

Die Stadt befand sich in Aufruhr. Ein Gardist hatte versucht, den neuen Wachwart zu ermorden. Der Wachwart war so verstört und verängstigt, daß er sich in seinem Quartier eingeschlossen hatte. Wilde Gerüchte schwirrten umher.

Bomanz durchschritt den Ort mit solcher Würde, daß er Leute erschreckte, die ihn schon jahrelang gekannt hatten. Er ging zum Rand des Gräberlandes und betrachtete seinen langjährigen Gegenspieler. Besand lag immer noch dort, wo er gefallen war. Die Fliegen wimmelten in dichten Schwärmen um ihn herum. Bomanz warf eine Handvoll Erde. Die Insekten schwirrten auseinander. Er nickte nachdenklich. Besands Amulett war wieder verschwunden.

Bomanz spürte Korporal Husky auf. »Wenn ihr nichts machen könnt, um Besand dort rauszuholen, dann werft Erde auf ihn. Neben meinem Loch liegt ein ganzer Haufen davon.«

»Jawohl, Sir«, sagte Husky und bemerkte erst später verdattert, wie selbstverständlich er eingewilligt hatte.

Bomanz wanderte um das Gräberland herum. Durch den Kometenschweif wirkte das Sonnenlicht etwas sonderbar. Die Farben schienen nicht ganz zu stimmen. Aber jetzt waren keine Geister unterwegs. Er sah keinen Grund, den Verständigungsversuch heute nicht zu unternehmen. Er kehrte zum Dorf zurück.

Vor dem Laden standen Wagen. Fuhrmänner beluden sie. Drinnen keifte Jasmine und schalt jemanden aus, der etwas genommen hatte, das er nicht hätte nehmen sollen. »Verdammt sollst du sein, Tokar«, murmelte Bomanz. »Warum heute? Du hättest warten können, bis es vorbei ist.« Er spürte einen Anflug von Sorge. Wenn Stance abgelenkt war, konnte er sich auf den Jungen nicht verlassen. Er stampfte in den Laden.

»Das ist großartig«, sagte Tokar und meinte das Pferd. »Absolut prachtvoll. Du bist ein Genie, Bo.«

»Und du gehst mir auf die Nerven. Was ist hier los? Wer zum Donner sind diese Leute?«

»Meine Fahrer. Mein Bruder Clete. Meine Schwester Glory. Und unsere kleine Schwester Snoopy. Wir haben sie so genannt, weil sie uns immer nachspioniert hat.«

»Freut mich, euch alle kennenzulernen. Wo ist Stance?«

Jasmine sagte: »Ich habe ihn losgeschickt, damit er etwas zum Abendessen holt. Bei dieser Menge muß ich früh mit dem Kochen anfangen.«

Bomanz seufzte. Genau das, was er für diese Nacht der

Nächte gebrauchen konnte. Ein Haus voller Gäste. »Du da. Stell das wieder dahin zurück, wo du es herhast. Du. Snoopy? Laß die Finger von den Sachen.«

Tokar fragte: »Was ist denn los mit dir, Bo?«

Bomanz hob eine Braue, erwiderte den Blick des anderen, beantwortete die Frage nicht. »Wo ist dein Fahrer, der mit den breiten Schultern?«

»Der arbeitet nicht mehr für mich.« Tokar runzelte die Stirn.

»Dachte ich mir schon. Falls etwas Wichtiges sein sollte, ich bin oben.« Er stampfte durch den Laden, ging nach oben, ließ sich in seinem Sessel nieder, zwang sich zu schlafen. Seine Träume waren leise und verstohlen. Es schien ihm, als ob er jetzt endlich etwas hörte, aber er konnte sich nicht daran erinnern, was es war …

Stancil betrat den Raum im Obergeschoß. Bomanz fragte: »Was machen wir jetzt? Diese Bande legt uns hier alles lahm.«

»Wie lange wirst du denn brauchen, Papa?«

»Das kann wochenlang jede Nacht dauern, wenn die Geschichte funktioniert.« Er freute sich. Stancil hatte seinen Mut wiedergefunden.

»Wir können sie wohl kaum rausschmeißen.«

»Und wir können auch sonst nirgends hin.« Die Stimmung der Gardisten war hart und verbittert geworden.

»Wieviel Krach wirst du denn machen, Papa? Könnten wir es hier machen, in aller Stille?«

»Das werden wir wohl versuchen müssen. Das wird aber ziemlich eng. Hol das Zeug aus dem Laden. Ich mache hier ein bißchen Platz.«

Als Stancil verschwand, ließ Bomanz die Schultern hängen. Er wurde allmählich nervös. Nicht wegen dem, dem er sich stellen wollte, sondern wegen seiner eigenen Umsicht.

Immer wieder kam ihm der Gedanke, daß er etwas vergessen hatte. Aber er hatte die Aufzeichnungen aus vier Jahrzehnten durchgesehen, ohne auch nur einen einzigen Fehler in seinem Ansatz zu entdecken. Jeder einigermaßen ausgebildete Lehrling würde seiner Formel folgen können. Er spuckte in eine Ecke. »Die Feigheit des Antiquars«, murmelte er. »Die uralte Furcht vor dem Unbekannten.«

Stancil kam zurück. »Mama hat sie zu einem Wurfspiel überredet.«

»Ich habe mich schon gefragt, warum Snoopy so herumquietscht. Hast du alles?«

»Ja.«

»Gut. Geh nach unten und paß auf. Ich komme auch gleich, wenn ich hier alles fertig habe. Wir legen los, sobald sie schlafen gegangen sind.«

»In Ordnung.«

»Stance? Bist du bereit?«

»Mir geht es gut, Papa. Letzte Nacht hatte ich nur ein bißchen kalte Füße. Ich sehe nicht gerade jeden Tag, wie ein Mann von Geistern getötet wird.«

»Dafür solltest du ein gewisses Gefühl entwickeln. So etwas kommt vor.«

Stancil sah ihn mit ausdrucksloser Miene an.

»Du studierst heimlich auf dem Schwarzen Campus, nicht wahr?« Der Schwarze Campus war die verborgene Fakultät der Universität, an der Zauberer ihre Kunst erlernten. Offiziell existierte er nicht. Von Gesetzes wegen war er verboten. Aber es gab ihn. Bomanz hatte dort mit Auszeichnung abgeschlossen.

Stancil nickte einmal heftig und ging hinaus.

»Das dachte ich mir«, hauchte Bomanz und stellte sich dabei die Frage: Wie schwarz bist du, mein Sohn?

Er stöberte umher, bis er alles dreimal überprüft hatte und

endlich begriff, daß die Vorsicht zu einer Entschuldigung geworden war, sich nicht unter seine Gäste zu mischen. »Du bist wirklich ein Prachtkerl«, murmelte er zu sich selbst.

Ein letzter Blick. Die ausgebreitete Karte. Kerzen. Eine Schüssel mit Quecksilber. Ein Silberdolch. Kräuter. Weihrauchtöpfchen ... Immer noch hatte er dieses ungute Gefühl. »Was zum Donner habe ich übersehen?«

Das Wurfspiel war praktisch eine Art Schach mit vier Spielern. Das Brett war viermal so groß wie die Standardversion. An jeder Brettseite saß ein Spieler. Ein Würfelrollen vor jedem Zug fügte dem Ganzen ein zufälliges Element hinzu. Wenn der Spieler eine Sechs warf, konnte er seine Figuren mit sechs Zügen beliebig verschieben. Im Wesentlichen galten die Schachregeln, mit der Ausnahme, daß ein Springerzug abgelehnt werden konnte.

Sobald Bomanz auftauchte, wandte sich Snoopy flehend an ihn: »Sie sind alle gegen mich!« Sie saß Jasmine gegenüber, Glory und Tokar saßen rechts und links von ihr. Bomanz sah ein paar Züge lang zu. Tokar und ihre ältere Schwester spielten nach Absprache. Die übliche Eliminierungstaktik.

Aus einem Impuls heraus lenkte Bomanz den Fall des Würfels, als Snoopy an der Reihe war. Sie warf eine Sechs, quiekte und ließ ihre Figuren zum Angriff übergehen. Bomanz fragte sich, ob er jemals soviel jugendliche Begeisterung und Optimismus besessen hatte. Er musterte das Mädchen. Wie alt? Vierzehn?

Er ließ Tokar eine Eins werfen, gewährte Jasmine und Glory das, was das Schicksal ihnen zugestand, dann gab er Snoopy eine weitere Sechs und Tokar noch eine Eins. Nach der dritten Runde murrte Tokar: »Das wird allmählich lachhaft.« Die Lage hatte sich geändert. Glory stand kurz davor, ihn im Stich zu lassen und sich mit ihrer Schwester gegen Jasmine zu verbünden.

Jasmine blickte mißtrauisch zu Bomanz auf, als Snoopy eine weitere Sechs warf. Er zwinkerte ihr zu und ließ Tokar ungehindert würfeln. Eine Zwei. Tokar knurrte: »Hurra, es geht wieder aufwärts.«

Bomanz ging in die Küche und goß sich einen Humpen Bier ein. Als er wiederkam, stellte er fest, daß Snoopy sich schon wieder am Rand der Katastrophe befand. Sie spielte derart kopflos, daß sie Vieren oder Besseres werfen mußte, nur um am Leben zu bleiben.

Andererseits spielte Tokar langweilig und konservativ, rückte in Reihen vor und versuchte die Königsreihen seiner Nebenspieler zu besetzen. Ein Mann, der ihm eigentlich recht ähnlich war, sinnierte Bomanz. Zuerst spielt er so, daß er sicherstellt, nicht zu verlieren; dann erst macht er sich Gedanken über den Gewinn.

Er sah, wie Tokar eine Sechs würfelte und eine Figur auf einen extravaganten Weg führte, auf dem er drei Figuren seiner nominellen Verbündeten Glory schlug.

Auch mit einer verräterischen Neigung, dachte Bomanz. Das sollte man sich merken. Er fragte Stancil: »Wo ist Clete?«

Tokar sagte: »Er hat gesagt, daß er bei den Fahrern schläft. Er dachte, daß wir euch hier zu sehr das Haus vollstopfen.«

»Ich verstehe.«

Jasmine gewann dieses Spiel, und Tokar entschied das folgende für sich; danach sagte er: »Das war's für mich.

Übernimm du doch für mich, Bo. Wir sehen uns dann morgen früh.«

Glory sagte: »Ich bin auch müde. Können wir noch ein bißchen spazierengehen, Stance?«

Stancil warf einen kurzen Blick auf seinen Vater. Bomanz nickte. »Lauft nicht zu weit weg. Die Gardisten haben furchtbar schlechte Laune.«

»Das werden wir schon nicht«, sagte Stance. Sein Vater

lächelte über seinen raschen Abgang. Vor langer Zeit war es für ihn und Jasmine genauso gewesen.

»Ein hübsches Mädchen«, stellte Jasmine fest. »Stance hat Glück gehabt mit ihr.«

»Danke«, sagte Tokar. »Wir glauben, daß sie ebenfalls Glück gehabt hat.«

Snoopy zog eine Flunsch. Bomanz gestattete sich ein säuerliches Lächeln. Da hatte wohl jemand ein Auge auf Stancil geworfen. »Ein Spiel zu dritt?« schlug er vor. »Wir spielen abwechselnd das Phantom, bis jemand ausscheidet?«

Er überließ die Würfe der Spieler dem Zufall, gab dem Phantom aber immer Fünfen und Sechsen. Snoopy schied aus und übernahm das Phantom. Jasmine schien sich zu amüsieren. Snoopy quietschte vergnügt, als sie gewann. »Glory, ich hab gewonnen!« krähte sie begeistert, als ihre Schwester und Stancil zurückkamen. »Ich habe sie geschlagen.«

Stance sah auf das Brett, dann auf seinen Vater. »Papa ...«

»Ich hab um mein Leben gekämpft. Sie hatte das ganze Glück auf ihrer Seite.«

Stancil lächelte ungläubig.

Glory sagte: »Das reicht jetzt, Snoopy. Schlafenszeit. Das hier ist nicht die Stadt. Hier gehen die Menschen früh zu Bett.«

»Ooch ...« Das Mädchen maulte, zog dann jedoch ab. Bomanz seufzte tief. Sich mit anderen Menschen abzugeben war anstrengend.

Sein Herzschlag beschleunigte sich, als er an die Arbeit dachte, die ihnen in dieser Nacht noch bevorstand.

Zum dritten Mal las Stancil seine schriftlichen Anweisungen. »Hast du es verstanden?« fragte Bomanz.

»Ich glaube schon.«

»Es geht nicht um die zeitliche Abstimmung – solange du

eher später dran bist als zu früh. Wenn wir einen verflixten Dämon beschwören würden, müßtest du deine Sätze eine Woche lang lernen.«

»Was für Sätze?« Stancil hatte nichts anderes zu tun als sich um die Kerzen zu kümmern und die Augen offenzuhalten. Er sollte einspringen, falls sein Vater in Schwierigkeiten kam.

Bomanz hatte die letzten zwei Stunden damit verbracht, entlang des Pfades, dem er folgen wollte, Zauberbanne aufzuheben. Mondhunds Name war ein Göttergeschenk gewesen.

»Ist er offen?« fragte Stancil.

»Weit offen. Er zieht mich fast hinein. Im Laufe der Woche lasse ich dich auch dorthin gehen.«

Bomanz holte tief Luft und atmete lange aus. Er durchmaß den Raum mit den Blicken. Immer noch hatte er das unbehagliche Gefühl, daß er etwas vergessen hatte. Er hatte nicht die leiseste Ahnung, was das sein konnte. »Also gut.«

Er ließ sich auf seinem Sessel nieder und schloß die Augen. »Dumni«, murmelte er. »Um muji dumni. Haikon. Dumni. Um muji dumni.«

Stancil warf Kräuter in eine kleine Kohlenpfanne. Stechender Rauch erfüllte den Raum. Bomanz entspannte sich, ließ sich von Lethargie überschwemmen. Er löste sich rasch, schwebte hinauf, verharrte kurz unter den Balken, sah auf Stancil hinunter. Der Junge zeigte gute Anlagen.

Bo überprüfte die Verbindungen zu seinem Körper. Gut. Ausgezeichnet! Er konnte sowohl mit seinen geistigen als auch mit seinen physischen Ohren hören. Als er nach unten schwebte, überprüfte er die Dualität erneut. Jedes Geräusch von Stance war deutlich vernehmbar.

Im Laden hielt er inne und starrte Glory und Snoopy an. Er beneidete sie um ihre Jugend und ihre Unschuld.

Draußen erfüllte das Leuchten des Kometen die Nacht. Bomanz spürte, wie seine Kraft auf die Erde prasselte. Um wieviel aufsehenerregender würde sie noch werden, wenn die Welt in den Schweif eintrat?

Plötzlich war sie da und winkte ihm drängend. Er überprüfte erneut seine Verbindungen zu seinem Körper. Ja. Immer noch in Trance. Kein Traum. Er fühlte sich etwas unbehaglich.

Sie führte ihn zum Gräberland, wobei sie dem Pfad folgte, den er geöffnet hatte. Unter der gewaltigen Macht, die dort begraben lag, taumelte er und schreckte vor der Kraft zurück, die von den Menhiren und Fetischen ausging. Aus seiner Geisterperspektive gesehen, hatten sie die Gestalt von grausamen scheußlichen Ungeheuern, die mit kurzen Ketten gefesselt waren.

Geister durchstreiften das Gräberland. An Bomanz' Seite heulten sie auf und versuchten seine Zauberbanne zu durchbrechen. Die Kraft des Kometen und die Macht der Schutzzauber verbanden sich zu einem Donner, der Bomanz' innerstes Wesen durchdrang. Wie mächtig waren doch die Altvorderen gewesen, dachte er, daß all dies nach so langer Zeit noch Bestand hatte.

Sie näherten sich den toten Streitern, die auf Bomanz' Karte mit Bauernsymbolen gekennzeichnet waren. Er meinte, hinter sich Schritte zu hören ... Er sah sich um, entdeckte nichts und begriff, daß er Stancil im Haus hörte.

Der Geist eines Reiterkämpfers stellte sich ihm in den Weg. Sein Haß war zeitlos und gnadenlos wie die hämmernde Brandung an einer kalten harten Küste. Er ging um ihn herum.

Große grüne Augen versenkten sich in seinen Blick. Alte, weise, gnadenlose Augen, arrogant, spöttisch und verächtlich. Der Drache grinste und entblößte die Zähne.

Das ist es, dachte Bomanz. Was ich übersehen habe ...

Aber nein. Der Drache konnte ihm nichts anhaben. Er spürte seine Gereiztheit, seine Gewißheit, daß er leibhaftig einen leckeren Happen abgeben würde. Er eilte der Frau hinterdrein.

Kein Zweifel. Es war die Lady. Auch sie hatte versucht ihn zu erreichen. Er sollte besser Vorsicht walten lassen. Sie wollte mehr als sich nur bedanken.

Sie betraten die Gruft. Sie war gewaltig, geräumig, mit all jenen Dingen angefüllt, die dem Dominator zu seinen Lebzeiten gehört hatten. Und dieses Leben war offensichtlich nicht von Anspruchslosigkeit geprägt gewesen.

Er folgte der Frau um einen Möbelstapel herum – und sie war verschwunden. »Wo …?«

Dann sah er sie. Seite an Seite, jeder auf einer eigenen Steinplatte. Von knisternden summenden Energien umgeben. Keiner der beiden atmete, aber auch das Grau des Todes war bei beiden nicht zu sehen. Sie wirkten erstarrt, warteten.

Die Sage übertrieb nur geringfügig. Selbst in diesem Zustand war die Ausstrahlung der Lady gewaltig. »Bo, du hast einen erwachsenen Sohn.« Ein Teil von ihm wollte sich auf die Hinterbeine stellen und den Mond anheulen.

Wieder hörte er Schritte. Verflixter Stancil. Konnte er nicht ruhig stehen bleiben? Er machte ja Krach genug für drei.

Die Augen der Frau öffneten sich. Ihre Lippen verzogen sich zu einem strahlenden Lächeln. Bomanz vergaß Stancil.

Willkommen, sagte eine Stimme in seinem Geist. *Wir haben lange gewartet, nicht wahr?*

Er brachte kein Wort heraus. Er konnte nur nicken.

Ich habe dich beobachtet. Ja, ich sehe alles in dieser verlassenen Wüstenei. Ich habe versucht, dir behilflich zu sein. Die Barrieren waren zu zahlreich und zu gewaltig. Diese verfluchte Weiße Rose. Sie war nicht dumm.

Bomanz warf einen Blick auf den Dominator. Der gewaltige Kriegerfürst schlief immer noch. Bomanz beneidete ihn um seine körperliche Vollkommenheit.

Er schläft einen tieferen Schlaf.

Hörte er Spott in dieser Stimme? Ihrem Gesicht konnte er nichts entnehmen. Ihr Glanz war zu stark für ihn. Er hegte den Verdacht, daß dies auf viele Männer zugetroffen hatte, und daß es auch stimmte, daß sie die treibende Kraft hinter der Unterdrückung gewesen war.

Das war ich. Und beim nächsten Mal …

»Beim nächsten Mal?«

Heiterkeit umhüllte ihn wie das Klingen der Windglocken in einer sanften Brise. *Du bist hierhergekommen, um zu lernen, o Zauberer. Wie willst du deine Lehrerin entlohnen?*

Dies war der Augenblick, für den er gelebt hatte. Sein Triumph lag greifbar vor ihm. Nur noch ein Teil blieb zu tun …

Du warst raffiniert. Du warst so vorsichtig, hast dir so viel Zeit genommen, daß selbst der Wachwart dich nicht mehr beachtete. Meinen Beifall, Zauberer.

Der schwere Teil. Diese Kreatur an seinen Willen zu fesseln.

Gelächter wie von Windglöckchen. *Du willst nicht verhandeln? Du willst Zwang ausüben?*

»Wenn ich das muß.«

Du willst mir gar nichts geben?

»Ich kann dir nicht geben, was du haben willst.«

Erneut Heiterkeit. Heiterkeit in Silberglöckchen. *Du kannst mich nicht zwingen.*

Bomanz zuckte imaginäre Achseln. Darin irrte sie. Er hatte ein Druckmittel. Als junger Mann war er darüber gestolpert, hatte seine Bedeutung sofort erkannt und seine Schritte auf den langen Pfad gelenkt, der zu diesem Augenblick geführt hatte.

Er hatte ein Zeichen gefunden. Er hatte es entschlüsselt,

und es hatte ihm den Familiennamen der Lady enthüllt, einen Namen, der in den Geschichtsschreibungen aus der Zeit vor der Unterdrückung durchaus häufig gewesen war. Die Umstände deuteten darauf hin, daß eine von mehreren Töchtern aus dieser Familie mit der Lady identisch war. Ein wenig historische Ermittlungsarbeit hatte das bestätigt.

Und somit hatte er ein Geheimnis entschlüsselt, das Tausende seit Jahrhunderten vor ein Rätsel gestellt hatte.

Daß er ihren wahren Namen kannte, verlieh ihm die Macht, die Lady zu zwingen. In der Welt des Zauberei ist der wahre Name identisch mit dem Ding an sich …

Ich hätte loskreischen mögen. Offenbar hatte mein Korrespondent seine Botschaft vor genau jener Enthüllung beendet, nach der ich während all dieser Jahre gesucht hatte. Verdammt sollte sein schwarzes Herz sein.

Diesmal war eine Nachschrift angefügt, die ein wenig über die Erzählung hinausging. Der Briefeschreiber hatte etwas darunter geschrieben, das wie die Kritzeleien von Hühnerfüßen aussah. Ich hegte keinen Zweifel daran, daß sie etwas zu bedeuten hatten. Aber ich vermochte ihnen nichts zu entnehmen.

Wie immer fehlten sowohl Unterschrift als auch Siegel.

ZWANZIGSTES KAPITEL

Das Gräberland

Der Regen hörte nie auf. Meistens war er kaum mehr als ein Nieseln. An besonders guten Tagen ließ er zu einem herabfallenden Nebel nach. Aber Niederschlag war immer da. Corbie ging trotzdem hinaus, auch wenn er über Schmerzen in seinem Bein klagte.

»Wenn dir das Wetter solche Schwierigkeiten macht, warum bleibst du dann noch hier?« fragte Case. »Du hast doch gesagt, du glaubst, daß deine Kinder wahrscheinlich in Opal leben. Warum gehst du nicht selbst dorthin und suchst nach ihnen?«

Das war eine schwierige Frage. Corbie mußte sich darauf noch eine überzeugende Antwort ausdenken. In einem anderen Leben, als ein anderer Mann, hatte er furchtlos die Höllenfürsten selbst herausgefordert. Schwerter und Zauberei und Tod konnten ihn nicht schrecken. Nur Menschen und Liebe machten ihm Angst.

»Wahrscheinlich Gewohnheit«, sagte er. Leise. »Vielleicht könnte ich in Oar leben. Vielleicht. Ich komme mit Menschen nicht besonders gut aus, Case. Ich mag sie nicht sonderlich. Die Juwelenstädte konnte ich nicht ertragen. Habe ich dir schon erzählt, daß ich schon einmal dort war?«

Case hatte die Geschichte schon mehrere Male gehört. Er vermutete, daß Corbie mehr als nur einmal dort gewesen war. Er glaubte, daß Corbie aus einer der Juwelenstädte stammte. »Ja. Als die Rebellen ihren Vorstoß durch Forsberg begannen. Du hast mir erzählt, daß du auf dem Weg dahinauf den Turm gesehen hast.«

»Das stimmt. Das habe ich tatsächlich. Mein Gedächtnis läßt nach. Städte. Ich mag sie nicht. Junge. Kann sie nicht leiden. Zu viele Menschen. Manchmal sind sogar hier zu viele davon. So war es, als ich zum ersten Mal hierherkam. Jetzt ist es in etwa erträglich. In etwa. Vielleicht etwas zuviel Gejammer und Gezeter wegen der Untoten da drüben.« Er reckte das Kinn zum Großen Hügelgrab. »Aber ansonsten erträglich. Ein oder zwei von euch Jungens, mit denen ich reden kann. Und niemand, der mir sonst auf die Nerven fällt.«

Case nickte. Er dachte, daß er verstand. Er hatte schon andere alte Kämpfer gekannt. Die meisten hatten ihre Eigenarten gehabt. »He! Corbie. Hast du eigentlich jemals mit der Schwarzen Schar zu tun gehabt, als du da oben warst?«

Corbie erstarrte und sah ihn mit einem so durchdringenden Blick an, daß der junge Soldat errötete. »Äh! Stimmt was nicht, Corbie? Habe ich etwas Falsches gesagt?«

Corbie nahm seinen Weg wieder auf, und sein wütend beschleunigter Schritt wurde von seinem Hinken nicht verlangsamt. »Das war eigenartig. Als ob du meine Gedanken gelesen hättest. Ja. Ich bin mit den Burschen zusammengetroffen. Schlimme Kerle. Ganz schlimme Kerle.«

»Mein Vater hat uns Geschichten über sie erzählt. Er war während des langen Rückzugs nach Charm bei ihnen. Bei Lords, im Windland, auf der Zährenstiege, bei allen Kämpfen. Als er nach der Schlacht von Charm Urlaub bekam, ist er nach Hause gekommen. Hat furchtbare Geschichten von diesen Leuten erzählt.«

»Den Teil habe ich verpaßt. Ich wurde bei Rosen zurückgelassen, als Wandler und der Hinker die Schlacht verloren haben. Bei wem war dein Vater? Du hast nie viel von ihm gesprochen.«

»Bei Nachtkriecher. Ich rede nicht von ihm, weil wir nie miteinander ausgekommen sind.«

Corbie lächelte. »Söhne kommen nur selten mit ihren Vätern aus. Und hier spricht die Stimme der Erfahrung.«

»Was hat dein Vater gemacht?«

Corbie lachte. »Er hatte einen Bauernhof. In gewisser Hinsicht. Aber ich will lieber nicht über ihn reden.«

»Was machen wir hier eigentlich, Corbie?«

Bomanz' Vermessungen überprüfen. Aber das konnte Corbie dem Jungen nicht sagen. Eine angemessene Lüge fiel ihm auch nicht ein. »Wir gehen im Regen spazieren.«

»Corbie ...«

»Können wir mal eine Zeitlang die Ruhe genießen, Case? Bitte.«

»Klar.«

Corbie hinkte einmal um das gesamte Gräberland herum, hielt stets respektvollen Abstand und benahm sich angemessen unauffällig. Er verwendete keine Hilfsmittel. Das hätte Oberst Sweet Hals über Kopf über ihn gebracht. Statt dessen zog er die Karte des Zauberers aus dem Gedächtnis zu Rate. Das Ding hatte dort ein eigenes glühendes Leben angenommen, und die alten TelleKurre-Symbole leuchteten mit einer wilden und gefährlichen Lebendigkeit. Als er die Überreste des Gräberlandes betrachtete, konnte er von den Bezugspunkten auf der Karte nur noch ein Drittel erkennen. Der Rest war von der Zeit und der Witterung ausgelöscht worden.

Corbie war kein Mann, dem die Nerven durchgingen. Doch jetzt hatte er Angst. Kurz vor dem Ende ihres Spazierganges sagte er: »Case, ich möchte, daß du mir einen Gefallen tust. Vielleicht einen zweifachen Gefallen.«

»Sir?«

»Sir? Nenn mich ruhig Corbie.«

»Du hast dich so ernst angehört.«

»Es ist auch eine ernste Angelegenheit.«

»Dann sag schon.«

»Kann man sich darauf verlassen, daß du deinen Mund hältst?«

»Wenn es nötig ist.«

»Ich will dir ein bedingtes Schweigegelübde auferlegen.«

»Das verstehe ich nicht.«

»Case, ich will dir etwas sagen. Für den Fall, daß mir etwas zustößt.«

»Corbie!«

»Ich bin nicht mehr jung, Case. Und meine Gesundheit ist mächtig angeschlagen. Ich habe eine Menge durchgemacht. Und ich spüre, daß mich das langsam einholt. Ich *erwarte* nicht, daß ich bald abtrete. Aber man kann nie wissen. Falls etwas passiert, gibt es etwas, das nicht mit mir sterben soll.«

»In Ordnung, Corbie.«

»Wenn ich etwas vorschlage, kannst du es dann für dich behalten? Selbst wenn du glaubst, daß du das vielleicht nicht tun solltest? Kannst du etwas für mich tun?«

»Daß du es mir nicht sagst, macht die Sache ziemlich schwierig.«

»Ich weiß. Es ist nicht fair. Der einzige, dem ich sonst noch vertraue, ist Oberst Sweet. Und seine Stellung läßt es nicht zu, daß er ein solches Versprechen abgibt.«

»Es ist nichts Verbotenes?«

»Strenggenommen nicht.«

»Ich glaube schon.«

»Nicht glauben, Case.«

»In Ordnung. Du hast mein Wort.«

»Gut. Danke. Ich weiß das wirklich zu schätzen, das darfst du nicht bezweifeln. Zwei Dinge. Erstens. Falls mir etwas zustößt, geh in das Obergeschoß meines Hauses. Wenn ich dort auf dem Tisch ein in Wachstuch gewickeltes Päckchen hinterlassen habe, sorge dafür, daß es zu einem Schmied namens Sand in Oar gelangt.«

Case machte ein entsprechend zweifelndes und verdutztes Gesicht.

»Zweitens, nachdem du das getan hast – und nur dann –, sage dem Oberst, daß die Untoten sich regen.«

Case blieb stehen.

»Case.« In Corbies Stimme lag ein Befehlston, den der junge Mann noch nicht gehört hatte.

»Ja. In Ordnung.«

»Das wäre alles.«

»Corbie ...«

»Keine Fragen jetzt. In ein paar Wochen kann ich vielleicht alles erklären. In Ordnung?«

»Ja, gut.«

»Jetzt noch zu niemandem ein Wort. Und denk daran. Das Päckchen an Sand, den Schmied. Und dann sag dem Oberst Bescheid. Ich sag dir was. Wenn ich kann, hinterlasse ich dem Oberst auch einen Brief.«

Case nickte bloß.

Corbie holte tief Luft. Es war zwanzig Jahre her, daß er auch nur den simpelsten Aufspürzauber versucht hatte. Noch nie hatte er etwas in der Größenordnung dessen unternommen, was ihm jetzt bevorstand. In jenen längst vergangenen Zeiten, als er ein anderer Mann oder Junge gewesen war, war Zauberei ein Zeitvertreib für reiche Söhne aus gutem Hause gewesen, die lieber Hexer spielten, als ihre Zeit anständigen Studien zu widmen.

Alles lag bereit. Die magischen Gerätschaften, die für dieses Unterfangen nötig waren, lagen auf dem Tisch im Obergeschoß des Hauses, das Bomanz erbaut hatte. Es war nur angemessen, daß er dem Alten folgte.

Er berührte das Wachstuchpäckchen für Case, den zusammengerollten Brief für Sweet und betete, daß keiner der beiden in die Hände des jungen Mannes geraten würde. Doch wenn sich sein Verdacht bestätigte, war es besser, daß der Feind Bescheid wußte, als daß die Welt überrascht wurde.

Außer der Tat selbst blieb nichts mehr zu tun. Er stürzte einen halben Becher kalten Tees herunter und setzte sich. Er schloß die Augen und begann einen Zaubersang, den er gelernt hatte, als er noch jünger als Case gewesen war. Seine Methode war nicht die gleiche, die Bomanz verwendet hatte, aber sie war ebenso wirksam.

Sein Körper wollte sich nicht entspannen, lenkte ihn immer wieder ab. Doch schließlich setzte die Lethargie ein. Sein Ka löste die zehntausend Verankerungen zu seinem Fleisch.

Ein Teil von ihm beharrte darauf, daß er ein Narr war, diesen Versuch zu unternehmen, ohne über die Fähigkeiten eines Meisters zu verfügen. Aber er hatte nicht die Zeit für die Ausbildung gehabt, die nötig gewesen wäre, um wie Bomanz zu werden. Das, was er bewirken konnte, hatte er während seiner Abwesenheit vom Alten Wald gelernt.

Frei von seinem Körper und dennoch mit unsichtbaren Banden damit verbunden, die ihn zurückführen würden. Wenn sein Glück anhielt. Vorsichtig entfernte er sich. Er benutzte die Treppe, die Tür und die Laufstege, die die Wache errichtet hatte. Wenn man immer noch so tat, als ob man sich leibhaftig bewegte, würde man den Körper nicht so rasch vergessen.

Die Welt sah anders aus. Jeder Gegenstand hatte seine eigene Aura. Es fiel ihm schwer, sich auf die große Aufgabe zu konzentrieren.

Er begab sich zur Grenze des Gräberlandes. Unter der Gewalt der dröhnenden alten Zauberbanne, die den Dominator und etliche seiner Untertanen geringeren Ranges fesselten, erschauerte er. Was für eine Kraft! Vorsichtig folgte er der Grenze, bis er den immer noch nicht zur Gänze verheilten Pfad gefunden hatte, den Bomanz einst geöffnet hatte.

Er trat über die Grenzlinie.

Sofort richtete sich die Aufmerksamkeit eines jeden im Gräberland gefangenen Geistes auf ihn, mochten sie nun guter oder böser Natur sein. Es waren viel mehr, als er erwartet hatte. Viel mehr, als die Karte des Zauberers angezeigt hatte. Jene Soldatensymbole, die das Große Hügelgrab umgaben … Das waren keine Statuen. Es waren Menschen, Soldaten der Weißen Rose, die als Geisterwachen aufgestellt worden waren, um auf ewig zwischen der Welt und dem Ungeheuer, das sie verschlingen wollte, auszuharren. Wie getrieben mußten sie gewesen sein. Welche Hingabe hatten sie ihrer Sache entgegengebracht.

Der Pfad wand sich um die früheren Ruheplätze von alten Unterworfenen, schlängelte sich durch den äußeren Kreis, dann durch den inneren. Im inneren Kreis sah er die wahren Gestalten von einigen Ungeheuern geringeren Ranges, die in den Diensten der Unterdrückung gestanden hatten. Der Pfad erstreckte sich wie eine Spur aus silbrigem Nebel. Hinter ihm wurde dieser Nebel dichter, weil sein Durchgang dem Weg neue Kraft gab.

Vor ihm lagen stärkere Zauberkräfte. Und all jene Männer, die unter die Erde gegangen waren, um den Dominator zu umringen. Und dahinter die größere Furcht. Das Drachenwesen, das sich auf Bomanz' Karte um die Gruft mitten im Großen Hügelgrab geringelt hatte.

Geister kreischten ihm Worte in TelleKurre entgegen, in UchiTelle, in Sprachen, die er nicht kannte, und anderen Zungen, die ihn undeutlich an Dialekte erinnerten, die noch in Gebrauch waren.

Der Drache. Oh, bei allen Göttern, die es nie gegeben hatte, der Drache war Wirklichkeit. Wirklich, lebendig, leibhaftig, dennoch spürte und sah er ihn. Die Silberspur führte an seinen Kiefern vorüber, durch die Lücke zwischen Zähnen und Schwanz. Mit körperlich spürbarer Willenskraft schlug er auf ihn ein. Aber er ließ sich nicht aufhalten.

Keine weiteren Wächter mehr. Nur noch die Gruft. Und das menschliche Ungeheuer darin lag in Fesseln. Das Schlimmste hatte er überstanden …

Der alte Teufel sollte eigentlich schlafen. Hatte die Lady nicht seinen Versuch zunichte gemacht, über Juniper zu entkommen? Hatte sie ihn nicht wieder zur Ruhe gelegt?

Es war eine Gruft, wie es sie vielfach in der Welt gab. Vielleicht etwas prachtvoller ausgestattet. Die Weiße Rose hatte ihre Gegner stilvoll bestattet. Allerdings nicht in Sarkophagen. Dort. Auf jener leeren Steinplatte hatte die Lady einst gelegen.

Auf der anderen lag ein schlafender Mann. Ein hochgewachsener Mann, stattlich anzusehen, aber selbst im Schlaf mit dem Zeichen der Bestie auf ihm. Mit einem Gesicht, das von glühendem Haß erfüllt war, vom Zorn über seine Niederlage.

Dann waren seine Befürchtungen also grundlos. Das Ungeheuer schlief tatsächlich noch …

Der Dominator setzte sich auf. Und lächelte. Es war das bösartigste Lächeln, das Corbie je gesehen hatte. Dann streckte der Untote eine Hand zur Begrüßung aus. Corbie floh.

Spöttisches Gelächter folgte ihm.

Panik war ein Gefühl, mit dem er vollkommen unvertraut war. Er hatte sie selten empfunden, er konnte sie nicht beherrschen. Nur undeutlich war ihm bewußt, daß er an dem Drachen und den haßerfüllten Gespenstern der Soldaten der Weißen Rose vorbeirannte. Kaum spürte er die Kreaturen des Dominators, die vor Entzücken kreischten.

Selbst in seiner Panik blieb er auf dem Nebelpfad. Er tat nur einen einzigen Fehltritt …

Doch das war genug.

Über dem Gräberland brach das Unwetter los. Es war der gewaltigste Sturm seit Menschengedenken. Blitze zuckten mit der rasenden Gewalt aufeinanderprallender Heere, Hämmer, Speere und Schwerter aus Feuer droschen auf die Erde ein. Der Wolkenbruch war vernichtend und undurchdringlich.

Ein gewaltiger Blitz schlug im Gräberland ein. Erde und Gestrüpp flogen hundert Fuß weit durch die Luft. Die Erde wankte. Die Ewige Garde bewaffnete sich hastig, entsetzt und überzeugt, daß das Böse seine Ketten gesprengt hatte.

Auf dem Gräberland formten sich zwei große Gestalten aus dem Nachglühen des Blitzeinschlags, eine auf vier, die andere auf zwei Beinen. Einen Augenblick später stürmten sie auf einem gewundenen Pfad davon, ohne dabei auf Wasser oder Schlamm Spuren zu hinterlassen. Sie überschritten die Grenze des Gräberlandes und flohen zum Wald.

Niemand bekam sie zu Gesicht. Als die Wache mit Waffen, Laternen und bleischwerer Angst das Gräberland erreichte, hatte der Sturm nachgelassen. Die Blitze hatten ihr prahlerisches Gefecht aufgegeben. Der Regen hatte wieder sein normales Maß erreicht.

Oberst Sweet und seine Männer suchten stundenlang die Grenzen des Gräberlandes ab. Sie konnte nicht das geringste entdecken.

Die Ewige Wache kehrte unter Flüchen auf das Wetter und die Götter in ihre Kaserne zurück.

Im Obergeschoß von Corbies Haus holte Corbies Körper weiterhin alle fünf Minuten Atem. Sein Herz regte sich kaum. Ohne seinen Geist würde er sehr lange brauchen, um zu sterben.

EINUNDZWANZIGSTES KAPITEL

Die Schreckenssteppe

Ich bat um ein Gespräch mit Darling und wurde sofort vorgelassen. Sie erwartete, daß ich hereinstürmte und ihr die Hölle heiß machte wegen schlecht durchdachter Militäraktionen, die von Truppen durchgeführt wurden, die sich keine Verluste leisten konnten. Sie erwartete Vorträge über die Wichtigkeit, Kader und stehende Heere aufrechtzuerhalten. Ich überraschte sie, indem ich nichts dergleichen zur Sprache brachte. Da war sie also, hatte sich gegen das Schlimmste gewappnet, damit sie es hinter sich bringen und sich wieder ihren Aufgaben widmen konnte, und ich enttäuschte sie.

Stattdessen legte ich ihr die Briefe aus Oar vor, die ich zuvor noch niemandem gezeigt hatte. Sie machte das Zeichen für Neugier. Ich signalisierte: »Lies sie.«

Dafür brauchte sie eine Weile. Ab und zu steckte der Leutnant seinen Kopf herein und war jedes Mal ungeduldiger. Sie beendete die Lektüre und sah zu mir auf. »Und?« fragte sie in der Zeichensprache.

»Dies stammt aus dem Kern der Papiere, die mir fehlen. Zuzüglich einiger anderer Dinge ist diese Geschichte genau das, wonach ich suche. Seelenfänger hat mir zu verstehen gegeben, daß das, wonach wir suchen, in dieser Geschichte verborgen ist.«

»Sie ist nicht vollständig.«

»Nein. Aber bringt dich das nicht zum Nachdenken?«

»Du weißt wirklich nicht, wer der Verfasser ist?«

»Nein. Und ich habe auch keine Vorstellung davon, wie ich das herausfinden könnte, es sei denn, ich suche ihn oder sie vor Ort auf.« Eigentlich hatte ich eine oder zwei Vermutungen, aber eine war ebenso unwahrscheinlich wie die andere.

»Sie sind ziemlich rasch nacheinander hier eingetroffen«, stellte Darling fest. »Nach so langer Zeit.« Dem entnahm ich, daß sie eine meiner Vermutungen teilte. Dieses ›nach so langer Zeit‹.

»Die Kuriere sind der Ansicht, daß sie über eine längere Zeitspanne auf den Weg gebracht wurden.«

»Das ist interessant, bringt uns aber nicht weiter. Wir müssen noch weitere Sendungen abwarten.«

»Es schadet jedenfalls nicht, über ihre Bedeutung nachzudenken. Hier der letzte Teil der letzten Botschaft. Den kapiere ich nicht. Das muß ich mir noch näher ansehen. Vielleicht ist es wichtig. Falls es nicht bloß jemanden durcheinanderbringen soll, der dieses Fragment abfängt.«

Sie kramte das letzte Blatt hervor und starrte darauf. Plötzlich erhellte sich ihr Gesicht. »Das ist die Fingersprache, Croaker«, signalisierte sie eben damit. »Die Buchstaben. Siehst du? Die sprechende Hand, die die Zeichen bildet.«

Ich kam zu ihr herum. Jetzt sah ich es auch und kam mir abgrundtief dämlich vor, weil ich es nicht bemerkt hatte. Sobald man erst einmal darauf kam, war es leicht zu lesen. Die Nachricht lautete:

Vielleicht ist dies die letzte Nachricht, Croaker. Ich muß noch etwas erledigen. Die Risiken sind hoch. Die Chancen stehen gegen mich, aber ich muß weitermachen. Wenn du die letzte Folge über Bomanz' letzte Tage nicht erhältst, wirst du hierherkommen und sie abholen müssen. Eine Abschrift werde ich im Hause des Zauberers verbergen, wie es aus der Geschichte zu entnehmen ist. Eine weitere wirst du in Oar finden. Frage dort nach Sand, dem Schmied.

Wünsche mir Glück. Mittlerweile mußt du einen Zufluchtsort gefunden haben. Ich würde nicht auf dich zurückkommen, wenn *nicht das Schicksal der Welt davon abhinge.*

Auch hier war keine Unterschrift.

Darling und ich schauten uns an. Ich fragte: »Was meinst du? Was soll ich tun?«

»Warte ab.«

»Und wenn keine weiteren Folgen hier eintreffen?«

»Dann mußt du danach suchen.«

»Ja.« Angst. Die Welt war gegen uns aufmarschiert. Der Überfall auf Rust hatte die Unterworfenen wahrscheinlich zu rachsüchtiger Raserei getrieben.

»Das könnte die große Hoffnung sein.«

»Es geht um das Gräberland, Darling. Nur der Turm selbst könnte noch gefährlicher sein.«

»Vielleicht sollte ich dich begleiten.«

»Nein! Du darfst nicht aufs Spiel gesetzt werden. Unter keinen Umständen. Die Bewegung kann den Verlust eines ausgebrannten alten Wundarztes verkraften. Aber nicht den der Weißen Rose.«

Sie umarmte mich kraftvoll, trat zurück und gestikulierte: »Ich bin nicht die Weiße Rose. Sie ist seit vier Jahrhunderten tot. Ich bin Darling.«

»Unsere Feinde nennen dich die Weiße Rose. Unsere Freunde nennen dich so. In einem Namen liegt Macht.« Ich schwenkte die Briefe in der Luft. »Darum geht es hier. Um einen Namen. Du mußt das sein, als das du benannt worden bist.«

»Ich bin Darling«, beharrte sie.

»Vielleicht für mich. Und für Schweiger. Auch für ein paar andere. Aber für die Welt bist du die Weiße Rose, die Hoffnung und die Erlösung.« Dabei fiel mir ein, daß hier ein Name fehlte. Der Name, den Darling getragen hatte, bevor sie ein Mündel der Schar wurde. Sie war immer Darling gewesen, denn Raven hatte sie so genannt. Hatte er ihren Geburtsnamen gekannt? Wenn das so war, dann war es nicht mehr wichtig. Sie war in Sicherheit. Sie war die letzte lebende Person, die ihn noch kannte, selbst wenn er ihr überhaupt noch einfiel. Ihr Dorf, das von den Truppen des Hinkers verheert worden war und in dem wir sie aufgelesen hatten, gehörte nicht zu Orten, wo solche Dinge schriftlich festgehalten wurden.

»Geh«, signalisierte sie. »Lies. Denk nach. Sei guten Mutes. Bald wirst du irgendwann den roten Faden finden.«

ZWEIUNDZWANZIGSTES KAPITEL

Die Schreckenssteppe

Die Männer, die mit dem feigen Windwal aus Rust geflogen waren, tauchten schließlich wieder auf. Wir erfuhren, daß die Unterworfenen der Steppe stocksauer entkommen waren, weil nur ein einziger Teppich die Sache überstanden hatte. Ihre Offensive würde sich solange verzögern, bis die Teppiche ersetzt worden waren. Und Teppiche gehören zu den größten und aufwendigsten Zauberwerken. Vermutlich würde der Hinker der Lady eine Menge erklären müssen.

Ich zog Einauge, Goblin und Schweiger zu einem Großprojekt heran. Ich übersetzte. Sie suchten Namen heraus und stellten sie in Tabellen zusammen. Mein Quartier wurde uneinnehmbar. Und war kam noch zu ertragen, denn Goblin und Einauge hatten vom Leben außerhalb Darlings Nullfeld gekostet. Sie gingen sich dauernd gegenseitig an den Kragen.

Und ich begann Albträume zu haben.

Eines Abends stellte ich ihnen eine Aufgabe, zum einen, weil kein weiterer Kurier eingetroffen war, zum anderen, um Goblin und Einauge zu beschäftigen, ehe sie mich in den Wahnsinn trieben. Ich sagte: »Vielleicht muß ich die Steppe verlassen. Könnt ihr etwas anstellen, damit ich keine unliebsame Aufmerksamkeit auf mich ziehe?«

Sie hatten Fragen. Ich beantwortete die meisten davon offen und ehrlich. Sie wollten mitkommen, als wäre es eine ausgemachte Sache, daß ich eine Reise nach Westen antreten würde. Worauf ich sagte: »Ihr kommt auf gar keinen Fall mit. Eintausend Meilen von eurem Bockmist? Ich würde Selbstmord begehen, bevor wir von der Steppe runter wären. Oder einen von euch umbringen. Was ich sowieso schon in Erwägung ziehe.«

Goblin quiekte auf und markierte Todesangst. Einauge sagte: »Komm mir näher als zwei Meter, und ich verwandele dich in eine Eidechse.«

Ich gab ein unanständiges Geräusch von mir. »Du kannst doch kaum Essen in Scheiße verwandeln.«

Goblin kicherte boshaft. »Hühner und Kühe können das sowieso besser. Mit deren Gülle kann man wenigstens düngen.«

»Du mußt dich gerade melden, Zwerg«, fauchte ich.

»Der wird ja im Alter richtig empfindlich«, stellte Einauge fest. »Muß wohl Rheuma sein. Hast du Rheuma, Croaker?«

»Wenn er so weitermacht, wird er sich noch wünschen, daß Rheumatismus sein einziges Problem wäre«, gelobte Goblin. »Schlimm genug, daß ich dich ertragen muß. Aber du bist wenigstens berechenbar.«

»Berechenbar?«

»Wie die Jahreszeiten?«

Und schon waren sie wieder dabei. Ich warf Schweiger einen flehentlichen Blick zu. Der Schweinehund ignorierte mich.

Am Tag darauf kam Goblin mit einem Schlaubergergrinsen hereingeschlendert. »Wir haben uns etwas ausgedacht, Croaker. Falls du spazierengehen willst.«

»Und das wäre?«

»Dafür brauchen wir deine Amulette.«

Davon hatte ich zwei, die sie mir vor langer Zeit gegeben hatten. Das eine sollte mich vor Unterworfenen warnen. Es funktionierte recht gut. Das andere sollte schützende Wirkung haben, aber damit könnten sie mich auch aus weiter Entfernung aufspüren. Schweiger hatte es aufgespürt, als Fänger Raven und mich in den Wolkenwald geschickt hatte, um Hinker und Wisper aufzulauern, als Hinker zu den Rebellen überlaufen wollte.

Vor langer Zeit und weit weg. Erinnerungen eines jüngeren Croaker.

»Wir werden ein paar Änderungen vornehmen. Damit man dich nicht mit Magie finden kann. Gib sie mir. Später werden wir hinausgehen müssen, um sie zu prüfen.«

Ich starrte ihn aus schmalen Augen an.

Er sagte: »Du mußt mitkommen. Wir testen sie, indem wir dich zu finden versuchen.«

»Ach ja? Kommt mir vor wie eine billige Ausrede, das Nullfeld zu verlassen.«

»Schon möglich.« Er grinste.

Jedenfalls gefiel Darling der Plan. Am Abend darauf gingen wir den Bach hinauf und an Altvater Baum vorbei. »Er sieht ein wenig vergrätzt aus«, sagte ich.

»Er hat bei dem Tohuwabohu die Ausläufer eines Zauberbannes der Unterworfenen abgekriegt«, erklärte Einauge. »Ich glaube nicht, daß ihm das gefallen hat.«

Der alte Baum klimperte. Ich blieb stehen und betrachtete ihn. Er mußte Jahrtausende alt sein. Auf der Steppe wachsen die Bäume nur sehr langsam. Was für Geschichten er wohl erzählen konnte?

»Komm schon, Croaker«, rief Goblin. »Altvater wird dir nichts sagen.« Er setzte sein Froschgrinsen auf.

Sie kennen mich nur zu gut. Sie wissen genau, daß ich, wenn ich etwas Altes sehe, mich immer wieder frage, was es wohl gesehen hat. Sie können mir den Buckel runterrutschen.

Fünf Meilen vom Loch entfernt verließen wir den Wasserlauf und gingen nach Westen in die Wüste, wo die Korallen besonders dicht und giftig wuchsen. Meiner Schätzung nach gab es etwa fünfhundert Spezies, die in so dichten Riffen wuchsen, daß fast kein Durchkommen war. Die Farben liefen Amok. Finger, Fächer, Zweige aus Korallen ragten dreißig Fuß in die Höhe. Es erstaunt mich immer wieder, daß der Wind sie nicht umlegt.

Einauge blieb an einem kleinen von Korallen umstandenen Sandfleck stehen. »Das ist weit genug. Hier sind wir sicher.«

Da war ich mir nicht so sicher. Unsere Reise war von Rochen und den Bussardwesen verfolgt worden. Solchen Biestern werde ich niemals ganz vertrauen.

Vor langer, langer Zeit, nach der Schlacht von Charm, hatte die Schar die Steppe zu Einsätzen im Osten durchquert. Ich hatte schreckliche Dinge gesehen. Und die Erinnerung daran wurde ich niemals los.

Goblin und Einauge machten ein paar Spielchen, kümmerten sich aber auch um ihre Aufgaben. Sie erinnern mich an lebhafte Kinder. Sie haben immer etwas vor, nur um etwas zu tun. Ich streckte mich aus und beobachtete die Wolken. Bald schlief ich ein.

Goblin weckte mich. Er gab mir mein Amulett zurück. »Wir werden jetzt Verstecken spielen«, sagte er. »Wir geben dir einen Vorsprung. Wenn wir alles richtig gemacht haben, werden wir dich nicht finden können.«

»Na, das ist doch wunderbar«, erwiderte ich. »Ich darf hier draußen ganz alleine umherirren.« Ich maulte bloß aus Spaß. Das Loch konnte ich immer finden. Ich war versucht, ihnen einen bösen Streich zu spielen und direkt dorthin zu gehen.

Aber hier ging es um ernste Dinge.

Ich ging nach Südwesten zu den Hügelausläufern; überquerte den Westpfad und versteckte mich zwischen stillen Wanderbäumen. Das Warten gab ich erst nach Einbruch der Dunkelheit auf. Ich ging wieder zum Loch, wobei ich mich fragte, was aus meinen Kameraden geworden war. Meine Ankunft erschreckte den Wachtposten.

»Sind Goblin und Einauge schon wieder da.«

»Nein. Ich dachte, die wären bei dir.«

»Das waren sie auch.« Besorgt ging ich nach unten und fragte den Leutnant um Rat.

»Such sie«, befahl er mir.

»Wie denn?«

Er sah mich an, als hätte er es mit einem Schwachkopf zu tun. »Laß deine dämlichen Amulette hier, geh aus dem Nullfeld raus und warte ab.«

»Oh. In Ordnung.«

Also ging ich wieder hinaus und lief murrend den Bach hinauf. Mir taten die Füße weh. Dieses viele Herumgelatsche war ich nicht gewohnt. Das tut mir gut, sagte ich mir. Ich mußte schließlich in Form sein, wenn ein Ausflug nach Oar anstand.

Ich erreichte den Rand der Korallenriffe. »Einauge! Goblin! Jungens, seid ihr hier irgendwo?«

Keine Antwort. Ich wollte aber auch nicht weiter nach ihnen suchen. Die Korallen hätten mich umgebracht. Ich umging sie in nördliche Richtung, weil ich annahm, daß sie sich vom Loch entfernt hatten. Alle paar Minuten ging ich in die Knie, um nach dem Umriß eines Menhirs Ausschau zu halten. Die Menhire würden wissen, was aus ihnen geworden war.

Einmal sah ich aus dem Augenwinkel Blitze und Wabern und rannte ohne nachzudenken in die entsprechende Richtung, in der Annahme, daß Goblin und Einauge sich kabbelten. Doch ein unmittelbarer Blick zeigte mir das ferne Wüten eines Wechselsturmes.

Sofort blieb ich stehen. Verspätet fiel mir ein, daß es nachts nur der Tod auf der Steppe eilig hat.

Ich hatte Glück. Nur wenige Schritte vor mir wurde der

Sand schwammig und locker. Ich hockte mich hin und nahm eine Handvoll auf. Der Geruch nach altem Tod haftete daran. Vorsichtig trat ich zurück. Wer weiß schon, was unter dem Sand auf der Lauer liegen mochte?

»Ich krieche besser unter und warte auf den Sonnenaufgang«, brummte ich. Ich war mir nicht mehr sicher, wo ich mich eigentlich befand.

Ich entdeckte ein paar Felsen, die den Wind von mir abhielten und einige Büsche für Feuerholz und schlug mein Lager auf. Das Feuer war eher dafür gedacht, mich den Bestien zu erkennen zu geben, als mir Wärme zu liefern. Die Nacht war nicht kalt.

Hier draußen war das Entzünden eines Feuers ein symbolischer Akt.

Sobald die Flammen sich erhoben, stellte ich fest, daß diese Stelle schon zuvor benutzt worden war. Rauch hatte die Felsen geschwärzt. Wahrscheinlich Eingeborene. Sie wandern in kleinen Gruppen umher. Wir haben wenig Umgang mit ihnen. Am Kampf um die Welt haben sie kein Interesse.

Nach der zweiten Stunde verließ mich die Willenskraft. Ich schlief ein.

Der Albtraum fand mich ungeschützt von Amuletten oder dem Nullfeld.

Sie kam zu mir.

Es war schon Jahre her seit dem letzten Mal. Damals hatte sie mir von der endgültigen Niederlage ihres Gatten bei der Geschichte in Juniper berichtet.

Eine goldene Wolke wie Staubkörner, die im Sonnenlicht tanzen. Das Gefühl, im Schlaf wach zu sein. Ruhe und Angst miteinander vermengt. Die Unfähigkeit, sich regen zu können. All die alten Symptome.

Ein wunderschöne Frau bildete sich in der Wolke, eine Frau wie aus Tagträumen. Von jener Art, der man eines Tages zu begegnen hofft und doch weiß, daß dies niemals geschehen wird. Ich kann nicht sagen, was sie anhatte, ob sie überhaupt etwas anhatte. Mein Universum bestand aus ihrem Gesicht und dem Schrecken, den ihre Gegenwart auslöste.

Ihr Lächeln war nicht völlig kalt. Vor langer Zeit hatte sie aus irgendeinem Grund Interesse an mir entwickelt. Ich vermutete, daß sie noch einen Rest der alten Zuneigung verspürte, wie für ein Schoßhündchen, das schon lange tot ist.

»Leibarzt.« Ein Lufthauch im Schilf neben dem Wasser der Ewigkeit. Das Flüstern der Engel. Aber sie konnte mich niemals die Wirklichkeit vergessen lassen, der diese Stimme entsprang.

Sie war auch nie so ungeschickt, mich mit Versprechungen oder sich selbst in Versuchung führen zu wollen. Vielleicht ist das der Grund, weshalb ich glaube, daß sie immer noch eine gewisse Sympathie für mich empfindet. Wenn sie mich benutzte, sagte sie es mir geradeheraus.

Ich konnte nichts erwidern.

»Du bist in Sicherheit. Vor langer Zeit, wie sie nach deinen Begriffen gemessen wird, sagte ich dir, daß ich mit dir in Verbindung bleiben würde. Das habe ich nicht gekonnt. Du hast mich von dir ferngehalten. Ich habe es schon seit Wochen versucht.«

Was die Alpträume erklärte.

»Was?« Ich quiekte wie Goblin.

»Komm zu mir nach Charm. Sei mein Historiker.«

Wie immer, wenn sie mich berührte, war ich auch diesmal verblüfft. Sie schien mich als außerhalb des Kampfes stehend anzusehen, während ich dennoch daran teilnahm. Am Vorabend der wütendsten Zauberschlacht, die ich je erlebt hatte, versprach sie mir auf der Zährenstiege, daß mir nichts zustoßen würde. Meine kleine Rolle als Historiker der Schar schien sie zu faszinieren. Damals bestand sie darauf, daß ich alles so verzeichnete, wie es sich abspiele. Ohne jemandem schmeicheln zu wollen. Innerhalb der Grenzen meiner eigenen Vorurteile hatte ich das auch getan.

»Die Hitze im Schmelztiegel nimmt zu, Leibarzt. Eure Weiße Rose ist schlau. Ihr Angriff im Rücken des Hinkers war ein guter Schlag. Aber vor dem Hintergrund des Gesamtbildes unwichtig. Siehst du das nicht auch so?«

Wie konnte ich ihr widersprechen? Ich stimmte ihr zu.

»Wie eure Spitzel zweifellos berichtet haben, stehen fünf Heere bereit, die Schreckenssteppe auszuräuchern. Die Steppe ist ein seltsames und unberechenbares Land. Aber sie wird den zusammengezogenen Kräften nicht widerstehen können.«

Und wieder konnte ich ihr nicht widersprechen, denn ich glaubte ihr. Ich konnte nur das tun, von dem Darling so häufig sprach: Zeit erkaufen. »Da könntet Ihr eine Überraschung erleben.«

»Vielleicht. Überraschungen sind in meine Pläne mit einbezogen worden. Verlaß diese kalte Einöde, Croaker. Komm zum Turm. Werde mein Historiker.«

Sie war so nahe daran, mich ernsthaft in Versuchung zu führen. Das kam einer Versuchung so nahe, wie sie es nur je vermocht hatte. Sie sprach einen Teil von mir an, den ich nicht verstehe, einen Teil, der beinahe dazu bereit ist, die Kameraden zu verraten, die ich seit Jahrzehnten kenne. Wenn ich dorthin ging, gab es da so viel, das ich *wissen* würde. So viele erhellende Antworten. So viele gelöste Rätsel.

»Ihr seid uns bei der Königinnenbrücke entkommen.«

Hitze stieg meinen Nacken empor. Während unserer jahrelangen Flucht hatten die Truppen der Lady uns mehrere Male eingeholt. Und am schlimmsten war es bei der Königinnenbrücke gewesen. Einhundert Brüder waren dort gefallen. Und zu meiner Schande hatte ich die Annalen am Flußufer vergraben zurückgelassen. Vierhundert Jahre Geschichte der Schar aufgegeben.

Wir hatten nicht alles mitnehmen können. Die Papiere im Loch waren für unsere Zukunft lebenswichtig. Ich hatte sie anstelle der Annalen mitgenommen. Aber oft überkommen mich Schuldgefühle. Ich muß den Geistern der Brüder, die vor uns abgetreten sind, Rechenschaft ablegen. Diese Annalen sind die Schwarze Schar selbst. Solange sie existieren, lebt auch die Schar weiter.

»Wir sind entkommen und wieder entkommen, und das werden wir auch weiter tun. So ist es bestimmt.«

Sie lächelte erheitert. »Ich habe deine Annalen gelesen, Croaker. Die neuen und die alten.«

Ich warf Holz auf die Glutreste meines Feuers. Also träumte ich nicht. »Du hast sie?« Bis zu diesem Augenblick hatte ich die Schuldgefühle dadurch besänftigt, daß ich mir vornahm, sie irgendwann wieder zurückzuholen.

»Man hat sie nach der Schlacht gefunden und mir übergeben. Ich war erfreut. Für einen Historiker bist du ehrlich.«

»Danke. Ich gebe mir Mühe.«

»Komm nach Charm. Im Turm ist ein Platz für dich. Von dort aus kannst du das Gesamtbild sehen.«

»Ich kann nicht.«

»Dort kann ich dich nicht beschützen. Du wirst das gleiche Schicksal erleiden müssen, das deinen Rebellenfreunden bevorsteht. Dieser Feldzug steht unter dem Befehl des Hinkers. Ich werde mich nicht einmischen. Er ist nicht mehr das, was er einst war. Du hast ihm Schmerz zugefügt. Und er mußte noch schlimmere Schmerzen erleiden, damit er gerettet werden konnte. Das hat er dir nicht verziehen, Croaker.«

»Ich weiß.« Wie oft hatte sie meinen Namen genannt? In all unseren Kontakten über die Jahre hatte sie ihn nur einmal in den Mund genommen.

»Fall ihm nicht in die Hände.«

Irgendwo aus meinen Tiefen stieg ein leiser, verbitterter Humor auf. »Ihr seid eine Versagerin, Lady.«

Das erwischte sie kalt.

»Als der Narr, der ich nun einmal bin, habe ich meine romantischen Geschichten in den Annalen festgehalten. Ihr habt sie gelesen. Ihr wißt, daß ich Euch niemals als finster charakterisiert habe. Nicht so, wie ich vermutlich Euren Gatten beschreiben würde. Ich vermute, daß unter der Dummheit jener Geschichten eine unbewußt erspürte Wahrheit liegt.«

»Ach ja?«

»Ich glaube nicht, daß Ihr tatsächlich finster seid. Ich glaube, Ihr versucht bloß es zu sein. Ich glaube, daß trotz all Eurer bösen Taten ein Teil des Kindes, das ihr einst wart, unbefleckt geblieben ist. Ein Funke verbleibt, und Ihr könnt ihn nicht auslöschen.«

Da sie mir nicht widersprach, wurde ich kühner.

»Ich denke, Ihr habt mich als symbolischen Zunder für diesen Funken auserwählt. Ich bin ein Rettungsprojekt, das auf die gleiche Weise einen verborgenen Zug an Anstand zufriedenstellen soll, wie mein Freund Raven einst ein Kind gerettet hat, das zur Weißen Rose wurde. Ihr habt die Annalen gelesen. Ihr wißt, wie tief Raven gesunken ist, nachdem er all seinen Anstand in einem einzigen Becher gesammelt hatte. Vielleicht wäre es besser gewesen, wenn er gar keinen gehabt hätte. Dann würde Juniper noch existieren. Und vielleicht auch er.«

»Juniper war ein Geschwür, das schon längst hätte aufgestochen werden sollen. Ich bin nicht hierhergekommen, um mich verspotten zu lassen, Leibarzt. Ich werde mich nicht als schwach hinstellen lassen, nicht einmal vor einem Mann.«

Ich wollte aufbegehren.

»Denn ich weiß, daß auch dies in deinen Annalen verzeichnet werden wird.«

Sie kannte mich gut. Nun ja, sie hatte mich ja auch unter dem Auge verhört.

»Komm zum Turm, Croaker. Ich verlange keinen Eid von dir.«

»Lady …«

»Selbst die Unterworfenen binden sich mit tödlichen Eiden an mich. Du darfst frei bleiben. Tu nur, was dein Beruf ist. Heile und schreibe die Wahrheit nieder. Was du auch überall tun würdest. Dir ist ein Wert zueigen, der dort draußen nicht verschwendet werden soll.«

Das war doch mal eine Ansicht, der ich aus ganzem Herzen zustimmen konnte. Ich würde sie mit mir nehmen und sie gewissen Leuten um die Ohren hauen. »Was denn?«

Sie wollte etwas sagen. Ich hob eine Hand zur Warnung. Ich hatte nicht mit ihr, sondern mit mir selbst gesprochen.

Waren das Schritte? Ja. Etwas Großes näherte sich. Etwas, das sich langsam und müde fortbewegte.

Sie spürte es auch. Innerhalb eines Wimpernschlages war sie fort, und ihr Verschwinden saugte etwas aus meinem Bewußtsein, so daß ich wieder einmal nicht sicher war, ob ich nicht alles nur geträumt hatte, obwohl jedes einzelne Wort im Gestein meines Verstandes auf ewig eingemeißelt war.

Ich schob Buschholz auf mein Feuer und zog mich in eine Felsspalte hinter meinen Dolch zurück, der einzigen Waffe, die ich in einem Anflug von Verstand mitgebracht hatte.

Es kam näher. Hielt dann inne. Kam heran. Mein Herz schlug schneller. Etwas tauchte im Feuerschein auf.

»Köter Krötenkiller! He, verdammt noch mal! Was machst du denn hier? Komm ins Warme, Junge.« Ich sprudelte die Worte nur so hervor und schwemmte damit die Angst fort. »Junge, Tracker wird echt froh sein, dich wiederzusehen. Was ist mit dir passiert?«

Vorsichtig kam er näher. Er sah doppelt so räudig aus wie

zuvor. Er legte sich flach auf den Boden, legte sein Kinn auf die Vorderpfoten und schloß ein Auge

»Ich habe nichts zu essen hier. Ich habe mich selbst ein bißchen verlaufen. Du hast verdammtes Glück, weißt du das? Daß du es überhaupt bis hier geschafft hast. Die Steppe ist ein schlimmer Ort, wenn man allein unterwegs ist.«

Im Moment sah die alte Promenadenmischung so aus, als ob er damit völlig übereinstimmte. Körpersprache, wenn man so will. Er hatte überlebt, aber es war nicht leicht gewesen.

Ich sagte zu ihm: »Wenn die Sonne aufgeht, machen wir uns auf den Heimweg. Goblin und Einauge haben sich verlaufen; haben eben Pech gehabt.«

Nach der Ankunft von Köter Krötenkiller schlief ich besser. Das alte Bündnis ist wohl auch in den Menschen eingebrannt. Ich war ganz sicher, daß er mich warnen würde, wenn Gefahr drohte.

Am Morgen entdeckten wir den Bach und folgten ihm zum Loch. Wie ich es oft tat, blieb ich bei Altvater Baum stehen und führte eine kleine einseitige Unterhaltung mit ihm über das, was er während seiner langen Wacht alles gesehen hatte. Der Hund traute sich nicht in seine Nähe. Sonderbar.

Aber auf der Steppe steht Sonderbar jeden Tag auf der Karte.

Ich stellte fest, daß Einauge und Goblin sich schnarchend ausschliefen. Sie waren nur wenige Minuten nachdem ich das Loch verlassen hatte, um nach ihnen zu suchen, zurückgekehrt. Schweinehunde. Bei der nächsten Gelegenheit würde ich es ihnen heimzahlen.

Ich trieb sie fast in den Wahnsinn, indem ich meinen Nachtausflug mit keinem Wort erwähnte.

»Hat es funktioniert?« wollte ich wissen. Weiter unten im Tunnel feierte Tracker ein lärmendes Wiedersehen mit seiner Töle.

»Irgendwie schon«, sagte Goblin. Er war wenig begeistert.

»Irgendwie schon? Was soll das heißen, irgendwie schon? Funktioniert das nun oder nicht?«

»Nun, wir haben da ein Problem. Im Wesentlichen können wir die Unterworfenen daran hindern, dich zu orten. Dich sozusagen anzupeilen.«

Wenn dieser Bursche drumherum redet, gibt es todsicher Probleme. »Aber? Nun rück schon raus mit dem Aber, Goblin.«

»Wenn du das Nullfeld verläßt, kann man nicht verbergen, daß du draußen bist.«

»Prima. Wirklich ganz prima. Wozu seid ihr Jungens eigentlich nütze?«

»So schlimm ist es auch wieder nicht«, sagte Einauge. »Du würdest keinerlei Aufmerksamkeit auf dich ziehen, solange sie nicht aus einer anderen Quelle erfahren, daß du draußen bist. Ich meine, sie würden ja nicht nach dir Ausschau halten, oder? Dafür gibt es keinen Grund. Das ist also genausogut, als wenn wir alles erreicht hätten, was wir uns vorgenommen hatten.«

»Käse! Fangt lieber an zu beten, daß der nächste Brief durchkommt. Denn wenn ich da rausgehe und mir den Hintern wegschießen lasse, ratet mal, wessen Gespenst wen dann wohl bis in alle Ewigkeit heimsuchen wird?«

»Darling wird dich nicht rausschicken.«

»Wollen wir wetten? Sie wird sich drei oder vier Tage lang das Hirn zermartern. Aber sie wird mich losschicken. Weil dieser letzte Brief uns den Schlüssel liefern wird.«

Aufwallende Furcht. Hatte die Lady meine Gedanken erforscht?

»Was ist los, Croaker?«

Daß Tracker auftauchte, ersparte mir eine Lüge. Er kam herangestürmt und schüttelte mir wie ein Verrückter die

Hand. »Danke, Croaker. Danke, daß du ihn zurückgebracht hast.« Und weg war er.

»Was zur Hölle war das denn?« fragte Goblin.

»Ich habe seinen Hund mitgebracht.«

»Sonderbar.«

Einauge prustete los. »Schilt da ein Esel den anderen Langohr?«

»Ach ja? Echsenmaul. Soll ich dir mal was über sonderbar erzählen?«

»Laß es stecken«, sagte ich. »Wenn ich losgeschickt werde, will ich, daß dieser Raum tipptopp in Ordnung ist. Ich wünschte mir nur, daß wir Leute hätten, die diesen Müll lesen können.«

»Vielleicht kann ich dir helfen.« Tracker war wieder da. Der große dumme Trampel. Der reinste Teufel mit dem Schwert, aber wahrscheinlich unfähig, seinen eigenen Namen zu schreiben.

»Und wie das?«

»Ich könnte etwas von dem Zeug lesen. Ich verstehe ein bißchen was von der alten Sprache. Das hat mir mein Vater beigebracht.« Er grinste, suchte ein Blatt hervor, das mit TelleKurre beschrieben war und las laut vor. Die alte Sprache ging ihm so natürlich von der Zunge, wie ich sie in Unterhaltungen zwischen den alten Unterworfenen gehört hatte. Dann übersetzte er den Inhalt. Es ging um eine Anweisung an das Küchenpersonal eines Schlosses, welche Speisen für durchreisende Würdenträger zubereitet werden sollten. Ich ging den Text Wort für Wort durch. Seine Übersetzung war makellos. Besser, als ich sie hätte vornehmen können. Ein Drittel der Worte kannte ich überhaupt nicht.

»Fein. Willkommen im Team. Ich sage Darling Bescheid.« Ich schob mich an ihm vorbei und tauschte hinter Trackers Rücken einen verdutzten Blick mit Einauge.

Seltsam und immer seltsamer. Was war dieser Mann? Von sonderbar einmal abgesehen. Bei unserer ersten Begegnung erinnerte er mich an Raven und füllte diese Rolle auch aus. Wenn ich an ihn als einen großen langsamen und schwerfälligen Mann dachte, füllte er auch diese Rolle aus. War er eine Reflektion jedes beliebigen Bildes, das sein Betrachter von ihm hatte?

Allerdings war er ein guter Kämpfer, und dafür hatte er unseren Segen. Er war zehn andere Männer unserer Truppe wert.

DREIUNDZWANZIGSTES KAPITEL

Die Schreckenssteppe

Das Große Monatstreffen wurde abgehalten. Das allgemeine Blabla, bei dem eigentlich nichts beschlossen wird. Jedermann läßt sich über das eine oder andere Lieblingsprojekt aus. Nach sechs oder acht Stunden beendet Darling dann die Debatte, indem sie uns sagt, was wir zu tun haben.

Die üblichen Karten waren aufgehängt worden. Eine zeigte, wo unsere Agenten die Unterworfenen vermuteten. Eine weitere zeigte Vorstöße auf das Gebiet der Steppe, die uns von den Menhiren gemeldet worden waren. Auf beiden gab es große weiße Flecken, Steppengebiete, die uns unbekannt waren. Eine dritte Karte zeigte die Wechselstürme dieses Monats, ein Lieblingsprojekt des Leutnants. Er suchte nach etwas. Wie immer waren die meisten am Steppenrand aufgetreten. Aber die Karte zeigte auch eine ungewöhnlich hohe Anzahl im Inneren der Steppe. Jahreszeitlich bedingt? Eine echte Verlagerung? Wer wußte das schon? Wir hatten sie noch nicht lange genug beobachtet. Die Menhire geben sich nicht mit Erklärungen solcher Kleinigkeiten ab.

Darling übernahm sofort das Kommando. Sie gestikulierte: »Die Operation in Rust hatte die von mir erhoffte Wirkung. Unsere Agenten haben von fast überall her Aufstände gegen das Reich gemeldet. Dadurch ist einiges an Aufmerksamkeit von uns abgezogen worden. Doch die Heere der Unterworfenen werden immer noch verstärkt. Wisper ist bei ihren Vorstößen besonders aggressiv vorgegangen.«

Fast jeden Tag drangen Truppen des Reiches in die Steppe vor, testeten die Reaktionen der Bewohner und bereiteten ihre Männer auf die Gefahren der Steppe vor. Wie immer liefen Wispers Operationen sehr professionell ab. Militärisch gesehen muß man sich vor ihr stärker in Acht nehmen als vor dem Hinker.

Hinker ist ein Verlierer. Das ist nicht allein seine Schuld, aber das Stigma haftet ihm nun einmal an. Ganz gleich jedoch, ob er ein Gewinner oder ein Verlierer ist, er hat den Befehl über die andere Seite.

»Heute morgen kam die Nachricht, daß Wisper einen Tagesmarsch von der Grenze eine Garnison im Steppeninneren eingerichtet hat. Sie errichtet Befestigungen und fordert uns heraus, etwas dagegen zu unternehmen.«

Ihre Strategie lag auf der Hand. Ein Netzwerk von sich gegenseitig unterstützenden Festungen sollte eingerichtet und dann langsam ausgebaut werden, bis es sich über die gesamte Steppe erstreckte. Diese Frau war schon eine echte Gefahr. Besonders wenn sie diese Idee dem Hinker verkaufen und sämtliche Heere in die Aktion einschließen konnte.

Diese Strategie gibt es schon seit Urzeiten; sie wird immer dann angewendet, wenn reguläre Armeen es in unwegsamem Gelände mit Partisanen zu tun hatten. Es ist eine Geduldsstrategie, die vom Durchhaltewillen des Eroberers abhängig ist. Wenn dieser Wille besteht, ist sie erfolgreich; ist er nicht vorhanden, versagt sie.

Hier wird sie funktionieren. Der Feind hat noch mehr als zwanzig Jahre Zeit, um uns auszuheben. Und er braucht die Steppe nicht zu halten, sobald er mit uns fertig ist.

Mit *uns*? Sagen wir lieber, mit Darling. Der Rest von uns zählt nicht. Wenn Darling fällt, gibt es keine Rebellion mehr.

»Sie nehmen uns die Zeit weg«, signalisierte Darling. »Wir brauchen noch Jahrzehnte. Wir müssen etwas unternehmen.«

Jetzt kommt es, dachte ich. Sie hat wieder diesen Blick. Sie wollte das Ergebnis langer Grübelei verkünden. Und so lag ich keinesfalls vor Erstaunen am Boden, als sie in der Fingersprache sagte: »Ich werde Croaker ausschicken, um den Rest der Geschichte unseres Briefeschreibers zu holen.« Die Sache mit den Briefen hatte sich mittlerweile herumgesprochen. Darling hält auch mal einen Schwatz. »Goblin und Einauge werden ihn zur Unterstützung begleiten.«

»Was? Auf gar keinen Fall ...«

»Croaker.«

»Das mache ich nicht. Schau mich doch an. Ich bin ein unscheinbarer Typ. Wem falle ich schon auf? Ein alter Knabe auf Wanderschaft. Die Welt ist voll von so was. Aber drei? Einer von ihnen schwarz? Einer von ihnen ein Zwerg mit ...«

Goblin und Einauge warfen mir Blicke zu, bei denen einer Kuh die Milch sauer geworden wäre.

Ich feixte. Mein Ausbruch hatte sie in die Klemme gebracht. Obwohl sie genauso wenig mitkommen wollten, wie ich sie dabeihaben wollte, wagten sie es jetzt nicht, mir öffentlich zuzustimmen. Schlimmer noch, sie mußten jetzt untereinander einig sein. Aus schierer Eitelkeit!

Aber mein Argument stand noch. Goblin und Einauge sind bekannt. Was das angeht, das bin ich auch, aber wie ich schon anmerkte, bin ich äußerlich nicht gerade besonders auffällig.

Darling signalisierte: »Wenn Gefahr besteht, werden sie zusammenarbeiten.«

Ich zog mich auf mein letztes Bollwerk zurück. »Als ich neulich nachts draußen in der Wüste war, hat die Lady mich aufgesucht, Darling. *Sie* hält nach mir Ausschau.«

Darling dachte kurz nach und signalisierte dann: »Das ändert nichts. Wir müssen diesen letzten Teil der Geschichte haben, bevor die Unterworfenen angreifen.«

Damit hatte sie recht. Aber dennoch ...

Sie gestikulierte: »Ihr drei werdet gehen. Seid vorsichtig.«

Mit Ottos Hilfe folgte Tracker der Debatte. Er sagte: »Ich komme mit. Ich kenne mich im Norden aus. Besonders im Großen Wald. Daher habe ich auch meinen Namen.« Hinter ihm gähnte Köter Krötenkiller.

»Croaker?« fragte Darling.

Noch hatte ich mich nicht damit abgefunden. Also gab ich den Ball an sie zurück. »Es liegt bei dir.«

»Du könntest einen Kämpfer gebrauchen«, gestikulierte sie. »Sag ihm, daß du einverstanden bist.«

Ich grummelte und brummte, dann sah ich Tracker an. »Sie sagt, daß du mitkommst.«

Er machte ein erfreutes Gesicht.

Soweit es Darling betraf, war es das. Die Sache war erledigt. Die Tagesordnung wurde auf einen Bericht von Corder verkürzt, in dem vorgeschlagen wurde, daß Tanner für einen ähnlichen Überfall wie den auf Rust bereit war.

Ich zeterte und schäumte, und niemand achtete auf mich. Mit Ausnahme von Goblin und Einauge, deren Blicke besagten, daß ich meine Beleidigungen noch bedauern würde.

Keine großen Umstände. Vierzehn Stunden später rückten wir aus. Alles war für uns vorbereitet. Kurz nach Mitternacht wurde ich aus dem Bett gezerrt und fand mich rasch an der Oberfläche neben den Korallenfächern. Ich beobachtete wie sich ein kleiner Windwal herabsenkte. Neben mir plapperte ein Menhir auf mich ein und erteilte mir Anweisungen, wie ich der Eitelkeit des Windwals schmeicheln konnte. Ich achtete nicht auf ihn. Das war zu schnell gegangen. Ich wurde in den Sattel gehoben, noch bevor ich mich zur Abreise entschieden hatte. Ich lebte hinter den Ereignissen her.

Ich hatte meine Waffen, meine Amulette, Geld, Proviant. Alles, was ich brauchen könnte. Das gleiche galt für Goblin und Einauge, die sich allerdings mit einem kompletten Arsenal thaumaturischen Krimskrams ausgestattet hatten. Laut Plan würden wir uns einen Wagen beschaffen, nachdem der Windwal uns hinter den feindlichen Linien abgesetzt hatte. Bei all dem Zeug, das sie dabei hatten, maulte ich, würden wir zwei Wagen brauchen.

Tracker reiste dagegen mit leichtem Gepäck. Proviant, ein paar Waffen aus unserem Bestand und seine Töle.

Der Windwal stieg auf. Nacht umfing uns. Ich fühlte mich verloren. Ich hatte noch nicht einmal eine Umarmung zum Abschied bekommen.

Der Windwal stieg in dünne und kühle Luftschichten empor. Gen Osten, Süden und Nordwesten erspähte ich das Leuchten von Wechselstürmen. Sie wurden also doch häufiger.

Vermutlich sah ich das Reiten auf einem Windwal nicht mehr als etwas Besonderes an. Ich zitterte, kauerte mich zusammen achtete nicht auf Tracker, der einen wahren Schwall an Phrasen hervorplapperte, und schlief ein. Ich erwachte, weil mich jemand rüttelte. Trackers Gesicht schwebte nur wenige Zoll vor meinem.

»Wach auf, Croaker«, sagte er immer wieder. »Wach auf. Einauge sagt, daß wir Ärger bekommen.«

Ich stand auf und erwartete schon, daß uns Unterworfene umkreisten.

Stattdessen waren wir von vier Windwalen und etwa zwanzig Rochen umgeben. »Wo kommen die denn her?«

»Sind aufgetaucht, als du geschlafen hast.«

»Und was ist das Problem?«

Tracker zeigte in eine Richtung, die ich mal als Steuerbord bezeichnen möchte.

Ein Wechselsturm. Der sich gerade aufbaute.

»Ist wie aus dem Nichts aufgetaucht«, sagte Goblin. Er

schloß zu uns auf und war zu nervös, um daran zu denken, daß er ja eigentlich sauer auf mich war. »So schnell wie der anwächst, wird er schlimm.«

Der Wechselsturm hatte im Augenblick erst einen Durchmesser von vierhundert Metern, aber die fahlen Blitze, die in seinem Inneren wütend zuckten, verrieten uns, daß er rasch und auf furchtbare Weise größer werden würde. Seine Berührung würde das übliche dramatische Maß übersteigen. Bunte Leuchterscheinungen verliehen unseren Gesichtern und dem Windwal bizarre Färbungen. Unser Zug änderte den Kurs. Die Windwale sind von den Auswirkungen nicht so sehr betroffen wie wir Menschen, aber sie ziehen es vor, Ärger möglichst aus dem Weg zu gehen. Allerdings war es offensichtlich, daß wir von Ausläufern dieses Monsters gestreift werden würden.

Während ich ihn betrachtete und darüber nachdachte, wurde der Sturm größer. Sechshundert Meter Durchmesser. Achthundert. Stumme Blitzschlangen schnappten und zischten sich lautlos an.

Das untere Ende des Wechselsturms berührte den Boden.

Sämtliche Blitze fanden ihre Stimmen. Und der Sturm wurde sogar noch größer und drückte das Wachstum in die Höhe, das eigentlich bodenwärts hätte gehen sollen. Dieser Sturm war furchtbar in seiner Kraft.

Wechselstürme kommen selten näher als acht Meilen an das Loch heran. Selbst auf diese Entfernung sind sie beeindruckend, wenn man nur einen Hauch von ihnen erahnt, der in den Haaren knistert und die Nerven bloßlegt.

In den alten Zeiten, als wir noch der Lady dienten, hatte ich mit den Veteranen von Wispers Feldzügen gesprochen, die solche Stürme durchlitten hatten. Ihren Geschichten hatte ich niemals völlig Glauben geschenkt.

Jetzt, als die Sturmgrenze zu uns aufschloß, tat ich es.

Ein Rochen wurde davon erfaßt. Man konnte durch ihn hindurchsehen; seine Knochen hoben sich weiß vor der plötzlich hereinbrechenden Finsternis ab. Dann *verwandelte* er sich …

Alles verwandelte sich. Felsen und Bäume verformten sich. Kleine Wesen, die uns gefolgt und auf die Nerven gegangen waren, wechselten die Gestalt.

Eine Hypothese behauptet, daß die seltsamen Spezies der Steppe das Resultat der Wechselstürme sind. Es wird auch vermutet, daß die Wechselstürme für die Steppe an sich verantwortlich sind. Und daß jeder Sturm ein Stückchen aus unserer normalen Welt herausnagt.

Die Wale gaben die Flucht vor dem Sturm auf und stießen unter der Krümmung des sich aufblähenden Sturms zur Erde hinab. Weiter unten würde der Sturz kürzer sein, falls sie sich in etwas verwandelten, das nicht flugfähig war. Das übliche Vorgehen für alle, die von einem Wechselsturm erwischt werden. Unten bleiben und nicht rühren.

Wispers Veteranen sprachen von Eidechsen, die auf Elefantengröße anwuchsen, von ungeheuren Spinnen, von Giftschlangen, denen Flügel wuchsen, von intelligenten Kreaturen, die wahnsinnig wurden und alles um sie herum umzubringen versuchten.

Ich hatte Angst.

Jedoch nicht soviel Angst, daß ich meine Beobachtungen eingestellt hätte. Nachdem der Rochen uns sein Skelett gezeigt hatte, nahm er wieder seine normale Gestalt an, wurde jedoch größer. Ebenso ein zweiter, als die Sturmgrenze ihn einholte. Bedeutete das eine allgemeine Tendenz zum Größerwerden am äußeren Puls eines Sturms?

Der Sturm erfaßte unseren Windwal, der sich als letzter hinabgesenkt hatte. Er war zwar jung, achtete aber auf seine Fracht. Das Knistern in meinen Haaren nahm zu. Ich glaubte schon, daß meine Nerven völlig versagen würden. Ein Blick auf Tracker überzeugte mich, daß wir gleich ziemlich durchdrehen würden.

Einer der beiden, Goblin oder Einauge, beschloß ein Held zu sein und sich dem Sturm entgegenzustellen. Genausogut hätte er dem Meer einen Gezeitenwechsel befehlen können. Im Wüten des Sturms ging das dumpfe Krachen eines hochrangigen Zaubers völlig unter.

Als die Sturmgrenze mich erreichte, herrschte einen Moment lang völlige Stille. Dann brüllte die Hölle auf. Der Wind im Inneren war gewaltig. Ich konnte nur daran denken, mich zu ducken und irgendwo festzuhalten. Ausrüstungsstücke flogen um mich herum, einige verformten sich im Flug. Dann sah ich Goblin. Und übergab mich fast.

Allerdings ein Goblin. Sein Kopf war auf die zehnfache Größe angeschwollen. Der Rest seines Körpers sah aus wie umgekrempelt. Um ihn herum wimmelte ein Schwarm der Parasiten, die auf dem Rücken eines Windwales leben; einige waren so groß wie Tauben.

Tracker und Köter Krötenkiller waren noch schlimmer. Die Töle war zu etwas geworden, das halb so groß war wie ein Elefant, Fangzähne und die bösartigsten Augen hatte, die ich je gesehen hatte. Er starrte mich mit einer hungrigen Lust an, die mir die Seele erstarren ließ. Und Tracker war zu etwas Dämonischem von vage affenähnlicher Gestalt geworden, das dennoch viel mehr zu sein schien. Beide wirkten wie Gestalten aus dem Albtraum eines Künstlers oder eines Hexers.

Einauge war am wenigsten von der Verwandlung betroffen. Er schwoll an, blieb aber Einauge. Vielleicht ist er stark verwurzelt in der Welt, weil er so verdammt alt ist. Soweit ich es sagen kann, geht er auf die hundertfünfzig zu.

Das Wesen, das Köter Krötenkiller geworden war, kroch mit gebleckten Fängen auf mich zu. Der Windwal setzte auf.

Der Stoß ließ uns umherkollern. Um uns heulte der Wind. Die seltsamen Blitze droschen auf Erde und Luft ein.

Die Landezone selbst brodelte. Felsen krabbelten herum. Bäume veränderten ihre Form. Die Tiere dieses Steppengebietes tobten in vertauschter Gestalt umher, und die früheren Beutetiere fielen über die ehemaligen Räuber her. Das ganze Schreckenspanorama wurde von einem flackernden scheußlichen Licht erhellt.

Dann umfing uns das Vakuum im Herzen des Sturms. Alles erstarrte in der Gestalt, die es im Augenblick zuvor aufgewiesen hatte. Nichts regte sich. Tracker und Köter Krötenkiller waren durch den Aufprall zu Boden geschleudert worden. Einauge und Goblin standen einander gegenüber und waren kurz davor, ihre Fehde über ihre übliche Spielerei hinauswachsen zu lassen. Die anderen Windwale lagen in der Nähe und wiesen keine sichtbaren Veränderungen auf. Aus dem Farbensturm über uns stürzte ein Rochen zu Boden.

Die Starre hielt etwa drei Minuten lang an. In der Stille kehrte die Vernunft wieder zurück. Dann begann der Wechselsturm allmählich nachzulassen.

Das Abflammen des Sturmes ging langsamer vonstatten als sein Anwachsen. Aber es war auch nicht ganz so irrwitzig. Wir ertrugen es mehrere Stunden lang. Dann war es zu Ende. Und unser einziger Verlust war der abgestürzte Rochen. Aber verdammt noch mal, dieses Erlebnis ließ uns die Knie zittern.

»Wir haben verdammtes Glück gehabt«, sagte ich zu den anderen, als wir unsere Besitztümer zusammenklaubten. »Wir haben Glück gehabt, daß wir nicht alle umgekommen sind.«

»Glück hat nichts damit zu tun, Croaker«, gab Einauge zur Antwort. »Sobald diese Untiere den Sturm kommen sahen, haben sie sicheren Boden angesteuert. Einen Ort, wo es nichts gab, das uns töten konnte. Oder sie.«

Goblin nickte. In letzter Zeit sind sie erstaunlich häufig einer Meinung. Aber wir erinnerten uns alle gut daran, wie nahe sie daran gewesen waren, sich gegenseitig umzubringen.

Ich fragte: »Wie habe ich eigentlich ausgesehen? Bis auf ein ziemliches Nervenflattern habe ich keine Veränderung gespürt. Irgendwie wie gleichzeitig betrunken, unter Drogen und ständig halbverrückt.«

»Für mich hast du wie der übliche Croaker ausgesehen«, sagte Einauge. »Nur doppelt so häßlich.«

»Und langweilig«, ergänzte Goblin. »Du hast eine sehr inspirierende Ansprache gehalten, über den Ruhm, den die Schwarze Schar auf dem Feldzug gegen Chew errungen hat.«

Ich lachte. »Hör schon auf.«

»Wirklich. Du warst einfach nur Croaker. Vielleicht sind diese Amulette doch zu etwas gut.«

Tracker überprüfte seine Waffen. Köter Krötenkiller döste zu seinen Füßen. Ich zeigte auf sie. Einauge signalisierte: »Ich habe nichts gesehen.«

Goblin gestikulierte: »Er wurde größer, und ihm sind Klauen gewachsen.«

Sie schienen sich keine Sorgen zu machen. Also beschloß ich, daß ich mir auch keine zu machen brauchte. Nach der Töle waren schließlich die Walläuse das Fieseste.

Die Windwale blieben am Boden, denn die Sonne ging gerade auf. Ihre Rücken nahmen die bräunliche Bodenfärbung einschließlich salbeifarbener Flecken an, und wir warteten auf die Nacht. Die Rochen nisteten auf den anderen vier Walen. In unsere Nähe kam keiner von ihnen. Man könnte glauben, daß Menschen ihnen Unbehagen bereiten.

VIERUNDZWANZIGSTES KAPITEL

In der weiten Welt

Niemand sagt mir etwas. Aber soll ich mich darüber beschweren? Geheimhaltung ist unser Panzer. Jeder erfährt nur das Nötigste. All dieser Mist. In unserer Truppe ist er eine eiserne Überlebensregel.

Unsere Eskorte war nicht nur dazu da, um uns beim Ausbruch aus der Schreckenssteppe zu helfen. Sie hatte ihren eigenen Auftrag. Man hatte mir nicht gesagt, daß Wispers Hauptquartier angegriffen werden sollte.

Wisper erhielt keinerlei Warnung. Als der Steppenrand näher kam, glitten unsere Windwalbegleiter langsam tiefer. Ihre Rochen schlossen sich ihnen an. Sie fanden günstige Winde und zogen vor. Wir stiegen höher, in die Kälte und die Atemnot hinein.

Die Rochen schlugen zuerst zu. Zu zweit und zu dritt überflogen sie die Stadt und feuerten ihre Blitze auf Wispers Unterkünfte ab. Wie Staub um stampfende Hufe flogen Steine und Balken durch die Luft. Feuer brach aus.

Die Ungeheuer der oberen Luftschichten walzten heran, als Zivilisten und Soldaten auf die Straßen strömten. Auch sie schossen Strahlen ab. Aber ihre Tentakel waren das größere Grauen.

Die Windwale verschlangen Mensch und Tier gleichermaßen. Sie fetzten Häuser und Festungsbauten auseinander. Sie rissen Bäume mit den Wurzeln aus. Und mit ihren Strahlen droschen sie auf Wisper ein.

Die Rochen stiegen derweil auf dreihundert Meter in die Höhe und stießen in Paaren und zu dritt wieder herab, um Wisper zuzusetzen, während sie den Beschuß erwiderte.

Ihr Gegenfeuer ließ zwar eine große Stelle auf der Flanke eines Windwales gräßlich aufleuchten, lieferte aber auch den Rochen ein deutliches Ziel. Sie setzten ihr ordentlich zu, allerdings holte sie einen von ihnen herunter.

Wir zogen über die Verheerung hinweg, und die Blitze und Brände beleuchteten den Bauch unseres Ungeheuers. Falls uns irgendjemand in diesem Höllenofen bemerkte, bezweifele ich, daß sie vermuteten, wir würden weiterziehen. Goblin und Einauge spürten nichts außer dem Überlebenswillen der Angegriffenen.

Auch als wir die Stadt aus den Augen verloren, ging es noch weiter. Goblin sagte, daß Wisper in die Flucht geschlagen wurde und zu sehr damit beschäftig war, ihre eigene Haut zu retten, als daß sie noch ihren Männern helfen wollte.

»Bin echt froh, daß sie uns nie mit diesem Mist gekommen sind«, sagte ich.

»Das klappt nur einmal«, erwiderte Goblin. »Beim nächsten Mal werden sie vorbereitet sein.«

»Ich hätte gedacht, daß sie wegen Rust jetzt schon vorbereitet wären.«

»Vielleicht hat Wisper ein Problem mit ihrer Eitelkeit.«

In dieser Hinsicht gab es kein Vielleicht. Ich hatte schon mit ihr zu tun gehabt. Es war ihr Schwachpunkt. Sie hatte deshalb keine Vorbereitungen getroffen, weil sie glaubte, daß wir sie zu sehr fürchteten. Schließlich war sie die Genialste unter den Unterworfenen.

Unser mächtiges Reittier durchpflügte die Nacht, sein Rücken streifte die Sterne, der Körper gurgelte, klopfte, summte. Allmählich wurde ich wieder munter.

Mit der Morgendämmerung gingen wir in einen Canyon im Windland nieder, einer weiteren großen Wüste. Im Unterschied zur Steppe ist sie jedoch ganz gewöhnlich. Eine große Leere, in der ständig der Wind weht. Wir aßen und schliefen. Als die Nacht hereinbrach, nahmen wir unsere Reise wieder auf.

Südlich von Lords kamen wir aus der Wüste heraus, wandten uns nach Norden über den Wolkenwald und vermieden dabei die Siedlungen. Hinter dem Wolkenwald ging der Windwal allerdings nieder. Und wir waren fortan auf uns allein gestellt.

Ich wünschte mir, wir hätten die gesamte Strecke auf dem Luftweg zurücklegen können. Aber dies war die größte Entfernung, die Darling und die Windwale riskieren wollten. Dahinter war das Land dicht besiedelt. Wir konnten nicht darauf hoffen, zu landen und während des Tages unentdeckt zu warten. Also mußten wir von hier aus auf die übliche Art und Weise reisen.

Die Freistadt Rosen lag etwa fünfzehn Meilen entfernt.

Rosen, eine republikanische Plutokratie, ist während ihrer gesamten Geschichte frei gewesen. Selbst die Lady hatte es nicht für nötig gehalten mit dieser Tradition zu brechen. Während der Nordfeldzüge hatte eine große Schlacht in der Nähe stattgefunden, aber das Schlachtfeld war von den Rebellen ausgesucht worden, nicht von uns. Wir unterlagen. Für einige Monate verlor Rosen seine Unabhängigkeit. Dann beendete der Sieg der Lady bei Charm die Rebellenherrschaft. Alles in allem ist Rosen, obgleich neutral, der Lady freundlich gesonnen.

Schlaues Biest.

Wir latschten also los. Unsere Reise nahm den ganzen Tag in Anspruch. Weder ich noch Goblin oder Einauge waren gut in Form. Zuviel Faulenzerei. Zuviel an Jahren.

»Besonders schlau ist das nicht«, sagte ich, als wir uns gegen Abend einem Tor in Rosens blaßroten Mauern näherten. »Wir alle sind schon einmal hier gewesen. An euch beide sollte man sich eigentlich recht gut erinnern, nachdem ihr die halbe Bürgerschaft ausgeraubt habt.«

»Ausgeraubt?« begehrte Einauge auf. »Wer hat ...?«

»Ihr beiden Komiker. Ihr habt diese gottverdammten Amulette mit Funktionsgarantie verscheuert, als wir Raker gejagt haben.«

Raker war ein General der Rebellen gewesen. Er hatte dem Hinker weiter im Norden das Fell über die Ohren gezogen, dann hatte die Schar ihn mit etwas Hilfe von Seelenfänger in Rosen in eine Falle gelockt. Goblin und Einauge hatten die Bevölkerung ausgenommen. Auf diesem Gebiet war Einauge ein alter Hase. Als wir uns noch im Süden aufhielten, auf der anderen Seite des Meeres, war er in jedes krumme Geschäft verwickelt gewesen, in das er seine Finger hatte stecken können. Den größten Teil seines unrechtmäßigen Profits verlor er schon bald darauf beim Kartenspiel. Er ist der schlechteste Zocker der Welt.

Man sollte ja glauben, daß er mit hundertfünfzig Jahren gelernt haben müßte, die Karten mitzuzählen.

Laut Plan sollten wir uns in einer finsteren Spelunke einnisten, in der keine Fragen gestellt wurden. Tracker und ich würden am nächsten Tag losziehen und einen Wagen mit Gespann kaufen. Dann würden wir auf demselben Weg zurückfahren, den wir gekommen waren, jene Sachen zusammensammeln, die wir nicht hatten tragen können und die Stadt in Richtung Norden umfahren.

So jedenfalls lautete der Plan. Goblin und Einauge hielten sich nicht daran.

Soldatenregel Nummer Eins: Halte dich an deinen Auftrag. Der Auftrag ist das Allerwichtigste.

Für Goblin und Einauge sind alle Regeln dazu da, daß sie gebrochen werden. Als Tracker und ich mit Köter Krötenkiller im Schlepptau zurückkamen, war es schon spät am Nachmittag. Wir stellten den Wagen ab. Tracker blieb bei ihm, während ich nach oben ging.

Kein Goblin. Kein Einauge.

Der Wirt sagte mir, daß sie kurz nach meinem Aufbruch losgezogen wären; sie hätten etwas davon geplappert, daß sie ein paar Frauen aufreißen wollten.

Meine Schuld. Ich hatte das Kommando. Ich hätte es vorhersehen müssen. Es war schon sehr, sehr, sehr lange her. Für den Fall der Fälle bezahlte ich noch für zwei weitere Nächte. Dann gab ich die Pferde und den Wagen beim Stalljungen ab, aß mit einem schweigsamen Tracker zu Abend und zog mich mit etlichen Quarten Bier in unsere Unterkunft zurück. Tracker, Köter Krötenkiller und ich teilten es uns.

»Willst du nach ihnen suchen?« fragte Tracker.

»Nein. Wenn sie in zwei Tagen nicht wieder hier sind oder uns haben auffliegen lassen, dann reisen wir ohne sie weiter. Ich will nicht in ihrer Nähe gesehen werden. Hier gibt es wahrscheinlich Leute, die sich an sie erinnern werden.«

Wir tranken uns einen angenehmen Rausch an. Köter Krötenkiller schien durchaus in der Lage zu sein, Menschen unter den Tisch zu trinken. Dieser Hund mochte Bier wirklich gern. Er stand sogar auf und bewegte sich, wenn keine Notwendigkeit bestand.

Am nächsten Morgen: Kein Goblin. Kein Einauge. Aber eine Menge Gerüchte. Wir begaben uns erst spät in den Schankraum, nach der Morgenmenge und vor dem Mittagsansturm. Der Schankwirt hatte sonst niemanden, dem er die Ohren vollschwatzen konnte.

»Habt ihr Jungs was von dem Krawall letzte Nacht im Ostviertel gehört?«

Noch bevor er genüßlich die Geschichte ausbreitete, stöhnte ich auf. Ich wußte schon Bescheid.

»Jawoll. 'n echter Volksaufstand. Feuer. Magie. Blutrünstige Menschenmengen. So'n Rabatz ha'm wir in unserer alten Stadt nich' mehr gesehn, seit se hinter dies'm General Dingsda herwar'n, den die Lady erwischen wollt'.«

Als er sich einem neuen Kunden aufdrängte, sagte ich zu Tracker: »Wir sollten besser verschwinden.«

»Was ist mit Goblin und Einauge?«

»Die können auf sich selbst aufpassen. Wenn sie sich einem blutrünstigen Mob ausliefern, ist das ihr Pech. Ich werde nicht herumschnüffeln und mir auch einen langen Hals einhandeln. Wenn sie entkommen sind, dann wissen sie über den Plan Bescheid. Sie können uns ja einholen.«

»Ich dachte, die Schwarze Schar läßt ihre Toten nicht zurück.«

»Das tun wir auch nicht.« Das waren meine Worte, aber ich beharrte auch auf meinem Entschluß, die Zauberer in ihrer eigenen Soße schmoren zu lassen. Ich zweifelte nicht daran, daß sie überlebt hatten. Sie waren schon tausendmal zuvor in Schwierigkeiten geraten. Ein ausgedehnter Fußmarsch würde sich vielleicht wohltuend auf ihre Einstellung zur Einsatzdisziplin auswirken.

Als ich aufgegessen hatte, gab ich dem Gastwirt Bescheid, daß Tracker und ich abreisten, unsere Gefährten aber das Zimmer behalten würden. Dann führte ich den protestierenden Tracker zum Wagen, setzte ihn auf den Bock, und als der Junge das Gespann angeschirrt hatte, fuhr ich zum Westtor.

Es war ein Umweg durch viel zu enge Straßen und über ein Dutzend Brücken, die die Kanäle überspannten, aber er entfernte uns von der Stätte der gestrigen Dummheit. Unterwegs erzählte ich Tracker, wie wir Raker die Schlinge um den Hals gelegt hatten. Die Geschichte gefiel ihm.

»Das war das Markenzeichen der Schwarzen Schar«, sagte ich abschließend. »Den Feind dazu zu bringen, daß er etwas Dummes tut. Wenn es ums Kämpfen ging, waren wir die Besten, aber wir haben erst dann gekämpft, wenn nichts anderes mehr funktioniert hat.«

»Aber ihr wurdet doch für das Kämpfen bezahlt.« Für Tracker waren die Dinge entweder schwarz oder weiß. Manchmal kam es mir so vor, als ob er zuviel Zeit in den Wäldern verbracht hätte.

»Wir wurden dafür bezahlt, daß wir Ergebnisse erzielten. Wenn wir den Auftrag ohne Kämpfe erledigen konnten, umso besser. Man muß den Feind studieren. Erst findet man eine Schwäche, dann macht man sie sich zunutze. Darling ist darin sehr gut. Allerdings ist es auch leichter, als man annehmen sollte, die Unterworfenen zu piesacken. Wegen ihrer Eitelkeit sind sie verwundbar.«

»Was ist mit der Lady?«

»Kann ich nicht sagen. Sie scheint keinen wunden Punkt zu haben. Vielleicht einen Hauch von Selbstgefälligkeit, aber ich weiß nicht, wie man sich den zunutze machen könnte. Vielleicht ist ihr Wille zu herrschen ihr schwacher Punkt. Indem man sie dazu bringt, daß sie sich übernimmt. Ich weiß nicht. Sie ist vorsichtig. Und schlau.

Als sie damals beispielsweise die Rebellen bei Charm in die Falle gelockt hat, hat sie drei Fliegen mit einer Klappe geschlagen. Nicht nur, daß die Rebellen ausgelöscht wurden, sie hat auch die ungetreuen Unterworfenen entlarvt und den Versuch des Dominators vereitelt, mit ihrer Hilfe zu entkommen.«

»Und was ist mit ihm?«

»Er stellt kein Problem dar. Wahrscheinlich ist er noch verletzlicher als die Lady. Er scheint nicht nachzudenken. Er ist wie ein Stier. So verdammt stark, daß er nichts anderes braucht. Oh, sicher, etwas Hinterlist wie damals in Juniper, aber größtenteils eher der Hau-Drauf Typ.«

Tracker nickte nachdenklich. »An dem, was du sagst, könnte etwas dran sein.«

FÜNFUNDZWANZIGSTES KAPITEL

Das Gräberland

Corbie hatte sich verrechnet. Er hatte vergessen, daß außer Case auch noch andere an seinem Schicksal interessiert waren.

Als er zu einigen Arbeiten nicht erschien, begann man nach ihm zu suchen. Man klopfte an die Türen, pochte an die Fenster und erhielt keine Antwort. Jemand versuchte die Vordertür zu öffnen. Sie war verschlossen.

Einige meinten, daß man die Möglichkeit eines Einbruchs eher die Kommandokette hinaufreichen sollte, andere plädierten für sofortige Maßnahmen. Die zweite Meinung setzte sich durch. Das Schloß wurde aufgebrochen, und Männer schwärmten im Hausinneren aus.

Sie fanden ein fast zwanghaft ordentliches und spärlich möbliertes Haus vor. Der erste Mann, der nach oben ging, rief: »Hier ist er. Vom Schlag getroffen oder so.«

Die Meute drängte sich in dem kleinen Zimmer im Obergeschoß zusammen. Corbie saß an einem Tisch, auf dem ein in Wachstuch gewickeltes Paket und ein Buch lagen. »Ein Buch!« sagte einer. »Er war ja noch seltsamer, als wir gedacht haben.«

Jemand berührte Corbies Hals, spürte einen schwachen Puls und bemerkte, daß Corbies flach atmete, in Abständen, die noch größer waren als bei einem Schlafenden. »Er hat wohl tatsächlich einen Schlaganfall gehabt. Als ob er hier gelesen hat und dabei erwischt worden ist.«

»Ein Onkel von mir ist so abgetreten«, sagte ein anderer. »Als ich noch klein war. Eben noch hat er uns eine Geschichte erzählt, im nächsten Augenblick wird er weiß im Gesicht und kippt um.«

»Noch lebt er. Wir sollten besser etwas tun. Vielleicht erholt er sich wieder.«

Hals über Kopf stürzten die Männer die Treppe hinunter.

Als die Gruppe ins Hauptquartier stürmte, erfuhr Case von der Sache. Er hatte gerade Dienst. Die Neuigkeit brachte ihn in eine Zwickmühle. Er hatte Corbie ein Versprechen gegeben... Aber er konnte sich nicht so einfach absetzen.

Sweets persönliches Interesse an Corbie sorgte dafür, daß sich die Neuigkeit rasch bis in die höheren Ränge verbreitete. Der Oberst trat aus seinem Büro. Er bemerkte Cases erschütterte Miene. »Du weißt es also schon. Komm mit. Wir sehen uns das mal an. Ihr da. Holt den Barbier. Und den Tierarzt.«

Es ließ einen über den Wert der Menschen nachdenken, wenn die Armee einen Tierarzt stellte, aber keinen Feldscher.

Der Tag hatte mit verheißungsvoll klarem Himmel begonnen. Was selten vorkam. Inzwischen war er bedeckt. Vereinzelte Regentropfen sprenkelten die Holzplanken. Während Case Sweet folgte und ein Dutzend Männer ihnen hinterhertrabten, nahm er die Bemerkungen des Obersts über notwendige Verbesserungen kaum zur Kenntnis.

Corbies Haus war von einer Menschenmenge umstellt. »Schlechte Nachrichten verbreiten sich rasch«, sagte Case. »Sir.«

»Nicht wahr? Macht mal Platz da, Leute. Den Weg frei.« Drinnen blieb er stehen. »War er immer so ordentlich?«

»Ja, Sir. Von Ordnung und davon, alle Dinge in der richtigen Reihenfolge zu erledigen, war er regelrecht besessen.«

»Da war ich mir nicht ganz sicher. Mit seinen nächtlichen

Spaziergängen bewegte er sich etwas am Rande der Vorschriften.«

Case benagte seine Unterlippe und fragte sich, ob er dem Oberst Corbies Nachricht übermitteln sollte. Er kam zu dem Schluß, daß es noch nicht soweit war.

»Oben?« fragte der Oberst einen der Mäner, die Corbie gefunden hatten.

»Jawohl, Sir.«

Case lief schon die Treppe hinauf. Er entdeckte Corbies Wachstuchpaket und wollte es sich, ohne nachzudenken, in seine Jacke schieben.

»Junge.«

Case drehte sich um. Sweet stand in der Tür und runzelte die Stirn.

»Was machst du da?«

Der Oberst war der einschüchterndste Mensch, den Case sich vorstellen konnte. Mehr noch als sein Vater, der ein strenger und fordernder Mann gewesen war. Er wußte nicht, was er sagen sollte. Zitternd stand er da.

Der Oberst streckte eine Hand aus. Case übergab das Paket. »Was soll das, Junge?«

»Äh … Sir … Eines Tages …«

»Nun?« Sweet musterte Case, ohne ihn anzurühren. »Also. Heraus damit.«

»Er hat mich gebeten, einen Brief für ihn abzugeben, falls ihm etwas zustoßen sollte. Als ob er gedacht hätte, daß seine Zeit abläuft. Er sagte, daß der Brief in einem Wachstuchpaket sein würde. Wegen des Regens und so. Sir.«

»Ich verstehe.« Der Oberst legte die Finger unter Corbies Kinn und hob es an. Er legte das Päckchen wieder auf den Tisch und hob eines von Corbies Augenlidern. Die Pupille war nur nadelstichgroß. »Hmmm.« Er bearbeitete einige Reflexstellen mit dem Finger oder mit der Faust. Corbie rührte sich nicht. »Komisch. Das sieht nicht wie ein Schlaganfall aus.«

»Was könnte es denn sonst sein, Sir?«

Oberst Sweet richtete sich wieder auf. »Vielleicht weißt du das besser als ich.«

»Sir?«

»Du sagst, daß Corbie mit etwas gerechnet hat?«

»Nicht ganz. Er hat befürchtet, daß etwas geschehen würde. Er klang so, als ob er alt würde und seine Zeit abliefe. Vielleicht gab es etwas Schlimmes in seiner Vergangenheit, über das er mit niemandem redete.«

»Vielleicht. Ah ja. Holts.« Der Pferdedoktor war eingetroffen. Er nahm die gleichen Untersuchungen vor wie der Oberst, richtete sich auf und zuckte die Achseln.

»Da weiß ich auch nicht weiter, Oberst.«

»Wir sollten ihn besser irgendwohin verlegen, wo wir ihn im Auge behalten können. Deine Aufgabe, Junge«, sagte er zu Case. »Wenn er nicht bald wieder klar wird, werden wir ihn zwangsernähren müssen.« Er stöberte im Zimmer herum und überflog die Titel des annähernden Dutzend Bücher. »Ein gelehrter Mann, dieser Corbie. Das dachte ich mir. Ein Paradebeispiel für Widersprüchlichkeiten. Ich habe mich oft gefragt, was er wirklich war.«

Case begann sich jetzt Sorgen um Corbie zu machen. »Sir, ich glaube, daß er früher einen hohen Rang in den Juwelenstädten hatte, aber daß er Pech hatte und zur Armee gegangen ist.«

»Darüber reden wir noch, wenn wir ihn verlegt haben. Komm mit.«

Case folgte ihm. Der Oberst machte einen sehr nachdenklichen Eindruck. Vielleicht sollte er ihm *doch* Corbies Nachricht geben.

SECHSUNDZWANZIGSTES KAPITEL

Unterwegs

Nach drei Tagen, in denen Tracker und ich zu unserer Landestelle gefahren waren, den Wagen beladen und uns nach Norden auf die Straße in den Salient gewandt hatten, fragte ich mich allmählich, ob ich mich nicht doch geirrt hatte. Immer noch kein Goblin oder Einauge.

Ich hätte mir keine Sorgen zu machen brauchen. Sie holten uns in der Nähe von Meystrikt ein, einer Festung im Salient, die die Schar einst im Dienste der Lady besetzt gehalten hatte. Wir hatten abseits der Straße in einem Waldstück haltgemacht und bereiteten ein Mittagessen vor. Von der Straße her hörten wir den Krawall.

Eine Stimme, bei der es sich zweifellos um die von Goblin handelte, krähte: »Und ich *bleibe* dabei, daß es deine Schuld ist, du madenlippiger Angelköderverschnitt. Ich würde dir ja das Gehirn in Pudding verwandeln, weil du mich da hineingeritten hast, wenn du nur eins hättest.«

»Meine Schuld. Meine Schuld. Ihr Götter! Er belügt sich sogar selbst. Ich mußte ihn zu seinem eigenen Einfall überreden? Hör mal zu, Dungfresser. Hinter dem Hügel da liegt Meystrikt. Dort haben sie uns noch besser in Erinnerung als die Leute in Rosen. Und jetzt frage ich dich ein einziges Mal: Wie kommen wir da durch, ohne daß man uns die Kehlen durchschneidet?«

Nach anfänglicher Erleichterung bremste ich meinen Lauf zur Straße. Ich sagte zu Tracker: »Sie sind beritten. Wo haben sie wohl die Pferde her?« Ich versuchte die Sache positiv zu sehen. »Vielleicht sind sie in ein Spiel geraten und mit Schummeln durchgekommen. Wenn Einauge das Goblin überlassen hat.« Einauge ist im Schummeln genauso dämlich wie bei Glücksspielen überhaupt. Manchmal glaube ich, er hat einen echten Todeswunsch.

»Du und dein verdammtes Amulett«, quiekte Goblin. »Die Lady kann ihn zwar nicht aufspüren. Na prima. Aber wir auch nicht.«

»*Mein* Amulett? *Mein* Amulett? Wer zur Hölle hat es ihm denn überhaupt gegeben?«

»Wer hat denn den Zauber entworfen, der jetzt darauf liegt?«

»Wer hat ihn gewirkt? Sag mir das, Krötenmaul. Sag mir das.«

Ich ging bis zum Waldrand. Sie waren schon vorbeigeritten. Tracker schloß zu mir auf. Sogar Köter Krötenkiller kam mit und guckte zu.

»Stehenbleiben, Rebellen!« brüllte ich. »Wer sich rührt, ist Hackfleisch.«

Nicht gerade schlau, Croaker. Gar nicht schlau. Ihre Reaktion kam rasch und spektakulär. Und brachte mich beinahe um.

Sie verschwanden in leuchtenden Wolken. Um Tracker und mich ballten sich Insekten zusammen. Mehr verschiedene, als ich mir je vorgestellt hätte, und jede einzelne war nur darauf aus, mich zum Mittagessen zu verspeisen.

Köter Krötenkiller knurrte und schnappte.

»Laßt das, ihr Komiker«, schrie ich. »Ich bin' s, Croaker.«

»Wer ist Croaker?« fragte Einauge Goblin. »Kennst du jemanden, der Croaker heißt?«

»Ja. Aber ich finde nicht, daß wir aufhören sollten«, erwiderte Goblin, nachdem er den Kopf aus dem Leuchten gereckt hatte, um nachzusehen. »Er hat es verdient.«

»Stimmt«, pflichtete Einauge ihm bei. »Aber Tracker ist unschuldig. Ich kann es nicht genau genug abstimmen, daß es nur Croaker erwischt.«

Die Insekten kehrten zu dem zurück, was Insekten eben so treiben. Vermutlich einander auffressen. Ich hielt meinen Ärger im Zaum und begrüßte Einauge und Goblin, die unschuldige und zerknirschte Gesichter aufgesetzt hatten. »Was habt ihr mir zu sagen, Jungs? Hübsche Pferde. Meint ihr nicht, daß die Leute, denen sie gehören, nach ihnen suchen werden?«

»Warte mal«, krähte Goblin. »Jetzt beschuldige uns nicht, daß wir …«

»Ich kenne euch beide. Kommt von den Pferden runter und eßt etwas. Morgen entscheiden wir, was wir mit ihnen machen.«

Ich drehte ihnen den Rücken zu. Tracker war schon zu unserem Kochfeuer zurückgegangen. Er verteilte das Essen. Mit immer noch ausgefransten Nerven hieb ich ein. Pferde klauen, der reinste Schwachsinn. Bei dem Rabatz, den sie bereits veranstaltet hatten… Die Lady hat ihre Leute überall. Vielleicht sind wir keine Feinde der Sonderklasse, aber wir sind alles, was sie an Feinden hat. Irgendjemand mußte früher oder später zu dem Schluß kommen, daß die Schwarze Schar sich wieder im Norden herumtrieb.

Während ich noch darüber nachdachte, ob wir umkehren sollten, schlief ich ein. Wenn man uns jagte, würde man am allerwenigsten auf den Straßen suchen, die zur Schreckenssteppe führten. Aber ich brachte es nicht über mich, den Befehl zu geben. Von uns hing zuviel ab. Allerdings stand mein vorheriger Optimismus nun ziemlich auf der Kippe.

Diese verdammten, verantwortungslosen Tolpatsche.

Vor langer Zeit mußte der Hauptmann, der bei Juniper gefallen war, das Gleiche empfunden haben. Wir alle hatten ihm Grund dazu gegeben.

Ich wappnete mich gegen einen goldenen Traum. Ich schlief unruhig. Kein Traum erschien mir. Am nächsten Morgen packte ich Goblin und Einauge in den Wagen unter die Klamotten, die wir für unsere Expedition als wichtig erachtet hatten, ließ die Pferde zurück und zog mit dem Wagen an Meystrikt vorbei. Köter Krötenkiller lief uns voraus. Tracker hielt zu Fuß Schritt. Ich kutschierte. Einauge und Goblin murrten und maulten unter der Plane. Die Garnisonsbesatzung am Fort fragte uns bloß, wohin wir unterwegs waren, und das auf derart gelangweilte Weise, daß mir klar war, daß es sie nicht kümmerte.

Seit ich das letzte Mal durch diese Gegend gezogen war, waren diese Landstriche gezähmt worden. Diese Garnison konnte sich nicht einmal vorstellen, daß Probleme ihre häßlichen Häupter erheben könnten.

Erleichtert bog ich auf die Straße ein, die nach Elm und Oar führte. Und in den Großen Wald, der dahinter lag.

SIEBENUNDZWANZIGSTES KAPITEL

Oar

»Hört denn dieses Wetter niemals auf?« winselte Einauge. Seit einer Woche waren wir nach Norden gestapft und jeden Tag von Regenschauern gepiesackt worden. Die Straßen waren schlecht und versprachen nur noch schlechter zu werden. Ich übte mein Forsbergisch an den Bauern auf dem Weg und erfuhr, daß dieses Wetter schon seit Jahren nichts Neues mehr war. Es erschwerte den Getreidetransport in die Dörfer und Städte und machte, was noch schlimmer war, das Korn anfällig für Krankheitsbefall. In Oar hatte es bereits einen Fall von Feuertanz gegeben, eine Krankheit, die auf verseuchten Roggen zurückzuführen war. Es gab auch viele Insekten. Besonders Stechfliegen.

Die Winter brachten zwar ungewöhnlich viel Schnee und Regen, waren jedoch milder als zu der Zeit, während der wir hier stationiert gewesen waren. Milde Winter verheißen nichts Gutes für die Schädlingsbekämpfung. Andererseits ging auch der Wildbestand zurück, weil die Tiere unter dem tiefen Schnee kein Futter fanden.

Wetterzyklen. Bloß Wetterzyklen, versicherten mir die Alten. Jedesmal wenn der große Komet vorbeizieht, kommen üble Winter vor. Aber sogar sie hielten dies für einen ungewöhnlichen Zyklus.

Das Wetter von heute ist immer das beeindruckendste seit Menschengedenken.

»Deal«, sagte Goblin, und damit meinte er nicht den Ausdruck in der alten Sprache für das Verteilen der Spielkarten. Vor uns ragte die gleichnamige Festung auf, die die Schar vor Jahren den Rebellen abgenommen hatte. Unter den finsteren Mauern schlängelte sich die Straße entlang. Wie stets, wenn unser Weg an einer Befestigung des Reiches vorbeiführte, war ich unruhig. Aber dazu bestand diesmal kein Anlaß. Die Lady war sich der Provinz Forsberg so sicher, daß die große Festung leerstand. Aus der Nähe sah sie sogar ziemlich heruntergekommen aus. Ihre Nachbarn eigneten sie sich nach dem alten Brauch der Pächter auf der ganzen Welt Stück für Stück an. Ich nehme an, daß das die einzige Steuerrückzahlung ist, die sie jemals bekommen werden, obgleich sie auf eine solche Gelegenheit generationenlang warten müssen.

»Morgen sind wir in Oar«, sagte ich, als wir den Wagen vor einem Gasthof ein paar Meilen hinter Deal abstellten. »Und diesmal gibt es keine Patzer. Kapiert?«

Einauge hatte wenigstens den Anstand, zerknirscht auszusehen. Aber Einauge war streitlustig.

»Mach nur so weiter«, sagte ich. »Ich lasse dich von Tracker versohlen und zusammenschnüren. Wir treiben hier keine Spielchen.«

»Das Leben ist ein einziges Spiel, Croaker«, sagte Einauge. »Du nimmst es viel zu ernst, verdammt.« Aber er benahm sich, sowohl in dieser Nacht als auch am nächsten Tag, als wir Oar betraten.

Ich fand eine Unterkunft weit ab von den Orten, die wir zuvor besucht hatten. Die Gästeschaft bestand aus Kleinkrämern und Reisenden. Wir zogen keine besondere Aufmerksamkeit auf uns. Tracker und ich behielten Einauge und Goblin scharf im Auge. Sie schienen jedoch kein Bedürfnis zu haben, sich wieder wie Trottel anzustellen.

Am folgenden Tag machte ich mich auf die Suche nach einem Schmied namens Sand. Tracker begleitete mich. Goblin und Einauge blieben zurück; die furchtbarsten Drohungen, die ich mir hatte ausdenken können, hielten sie an Ort und Stelle.

Sands Schmiede war leicht zu finden. Er war schon lange im Geschäft und bei seinesgleichen wohlbekannt. Wir folgten den Wegbeschreibungen, die uns durch vertraute Straßen führten. Hier hatte die Schar einige Abenteuer erlebt.

Auf dem Weg erzählte ich Tracker davon und bemerkte: »Seitdem ist etliches wieder aufgebaut worden. Wir hatten den Laden ganz schön auseinandergenommen.«

Wie in letzter Zeit häufig lief uns Köter Krötenkiller auch diesmal voraus. Plötzlich blieb er stehen, sah sich argwöhnisch um, machte ein paar vorsichtige Schritte, ließ sich auf den Bauch sinken. »Ärger«, sagte Tracker.

»Was für Ärger?« Es war nichts Auffälliges zu sehen.

»Das weiß ich nicht. Reden kann er nicht. Er macht bloß seine Faxen: Paßt auf, hier gibt's Ärger.«

»In Ordnung. Aufpassen kostet ja nichts.« Wir betraten einen Laden, der Rüstungen und Schnallen verkaufte und reparierte. Tracker plapperte irgendetwas von einem Sattel für die Jagd auf Großwild. Ich blieb im Eingang stehen und behielt die Straße im Auge.

Ich entdeckte nichts Ungewöhnliches. Ganz normale Leute kümmerten sich um ihre ganz normalen Angelegenheiten. Aber nach einer Weile bemerkte ich, daß Sands Schmiede keine Kundschaft hatte. Daß auch keine Schmiedegeräusche zu hören waren. Angeblich befehligte er einen ganzen Zug von Lehrlingen und Gesellen.

»He! Händler. Was ist denn mit dem Schmied da drüben passiert? Als wir das letzte Mal hier waren, hatte er für uns ein paar Sachen angefertigt. Der Laden sieht leer aus.«

»Die grauen Jungs sind ihm passiert.« Er machte ein unbehagliches Gesicht. Graue Jungs sind Reichstruppen. Die Soldaten im Norden sind grau gekleidet. »Der Idiot, hat damals nichts gelernt. War bei der Rebellion dabei.«

»Schade. War ein guter Schmied. Was bringt die Leute bloß dazu, sich in die Politik einzumischen? Leute wie wir haben schon Ärger genug damit, über die Runden zu kommen.«

»Das kannst du laut sagen, Bruder.« Der Schnallenmacher schüttelte den Kopf. »Eins sage ich dir. Wenn du Schmiedearbeiten erledigt haben willst, dann geh damit lieber woanders hin. Die grauen Jungs treiben sich hier herum und nehmen jeden mit, der dort hingeht.«

Gerade bog ein Reichssoldat um die Ecke der Schmiede und schlenderte zu einem Kuchenstand hinüber. »Verdammt ungeschickt«, sagte ich. »Und wenig raffiniert.«

Der Schnallenmacher warf mir einen schiefen Blick zu. Tracker sprang gewandt ein und verwickelte ihn wieder in ein Gespräch über die Ware. Gar nicht so dumm, wie er aussah, fiel mir auf. Vielleicht einfach nur wenig gesellschaftlicher Schliff.

Später verlieh Tracker seinem Wunsch Ausdruck, über das Angebot des Schnallenmachers nachdenken zu wollen, und wir setzten uns ab. Tracker fragte: »Was machen wir jetzt?«

»Wir könnten nach Einbruch der Dunkelheit Goblin und Einauge holen, ihren Schlafbann anwenden, reingehen und nachsehen, was es dort zu sehen gibt. Aber es ist nicht sehr warhrscheinlich, daß die Reichstruppen irgendetwas Interessantes zurückgelassen haben. Wir könnten herausfinden, was sie mit Sand angestellt haben, und versuchen, ihn zu erreichen. Oder wir könnten zum Gräberland weiterziehen.«

»Das scheint mir das Sicherste zu sein.«

»Andererseits wissen wir nicht, in was wir da hineinstolpern könnten. Daß man Sand verhaftet hat, kann alles mögliche bedeuten. Wir besprechen das besser mit den anderen und stellen eine Liste unserer Mittel und Möglichkeiten zusammen.«

Tracker grunzte. »Wie lange wird es dauern, bis der Sattler mißtrauisch wird? Je länger er darüber nachdenkt, desto eher wird er begreifen, daß wir an dem Schmied interessiert waren.«

»Vielleicht. Darüber zerbreche ich mir nicht den Kopf.«

Oar ist eine Stadt wie fast jede andere ihrer Größe auch. Voll mit Menschen. Angefüllt mit Ablenkungen. Ich begriff, wie Goblin und Einauge von Rosen verführt worden waren. Die letzte größere Stadt, die die Schar aufzusuchen gewagt hatte, war Schornrohr gewesen. Vor sechs Jahren. Seitdem waren es schwere Zeiten und sämtliche kleinen Städte gewesen, die man sich nur vorstellen konnte. Ich rang einige eigene Versuchungen nieder. In Oar kannte ich einige interessante Orte.

Tracker hielt mich auf dem schmalen Pfad der Tugend. Ich habe noch nie einen Mann gesehen, der weniger Interesse an den Fallen hat, in die Männer geraten können.

Goblin war der Ansicht, daß wir die Reichssoldaten einschläfern und verhören sollten. Einauge wollte aus der Stadt verschwinden. Ihre Einstimmigkeit hatte sich aufgelöst wie Rauhreif in der Sonne.

»Logischerweise«, sagte ich, »werden sie nach Einbruch der Dunkelheit eine stärkere Wache aufstellen. Aber wenn wir euch jetzt dorthin schleifen, wird euch ganz sicher jemand wiedererkennen.«

»Dann such doch nach dem alten Knaben, der den ersten Brief abgegeben hat«, sagte Goblin

»Gute Idee. Aber denkt mal darüber nach. Selbst wenn bei ihm alles vollkommen glattgegangen ist, ist er immer noch weit weg von hier. Er hatte Transportmittel, wie wir es hatten. Das läuft nicht. Wir hauen ab. Oar macht mich nervös.«

Zu viele Verlockungen, zu viele Möglichkeiten, erkannt zu werden. Und einfach zu viele Menschen. Auf der Steppe hatte ich mich allmählich an die Einsamkeit gewöhnt.

Goblin wollte sich sperren. Er hatte gehört, daß die Straßen Richtung Norden furchtbar seien.

»Das weiß ich«, entgegnete ich. »Ich weiß auch, daß die Armee eine neue Straße in das Gräberland baut. Und das Nordende ist weit genug fortgeschritten, daß es mittlerweile von Händlern benutzt werden kann.«

Es gab keine weiteren Widerworte. Sie wollten ebenso dringend aus der Stadt verschwinden wie ich. Nur Tracker schien sich jetzt dagegen zu sträuben. Dabei war er doch derjenige gewesen, der es für das beste gehalten hatte, zu verschwinden.

ACHTUNDZWANZIGSTES KAPITEL

Auf dem Weg zum Gräberland

Oars Wetter war nun wirklich nicht berückend. Weiter im Norden wurde es zu einer elenden Suppe, aber die Reichsbaumeister hatten ihr Bestes getan, um die Waldstraße passierbar zu machen. Weite Strecken bestanden aus Knüppeldämmen, die aus zurechtgeschnittenen, geteerten und nebeneinandergelegten Bohlen gelegt worden waren. In den Gegenden, die unter schwerem Schneefall litten, waren Rahmenkonstruktionen errichtet worden, die mit Leinwandplanen überdacht waren.

»Ganz schön aufwendig«, sagte Einauge.

»Hmmm.« Seit dem Triumph der Lady über den Dominator in Juniper gab es angeblich keinen Grund zur Sorge mehr. Das hier kam mir wie ein gewaltiger Aufwand vor, nur um eine Straße offenzuhalten.

Die neue Straße zog sich viele Meilen westlich der alten Straße durch das Land, weil der große Tragic-Fluß seinen Lauf verändert hatte und das auch immer noch tat. Die Reise von Oar zum Gräberland verlängerte sich dadurch um fünfzehn Meilen. Die letzten fünfundvierzig Meilen waren noch nicht fertig. Wir hatten einige üble Wegstrecken auszustehen.

Gelegentlich begegneten wir einem Händler, der sich auf dem Weg nach Süden befand. Alle schüttelten ihre Köpfe und sagten uns, daß wir unsere Zeit verschwendeten. Die Reichtümer hatten sich in Luft aufgelöst. Die Stämme hatten die Pelztiere bis zur Ausrottung gejagt.

Tracker war seit unserer Abreise aus Oar in sich gekehrt gewesen. Ich bekam nicht heraus, woran das lag. Vielleicht Aberglaube. Das Gräberland ist für Forsbergs Unterschichten immer noch ein Ort des Grauens. Mit Geschichten über den Dominator erschrecken die Mütter immer noch ihre Kinder. Obwohl er schon seit vierhundert Jahren fort ist, bleibt sein Zeichen doch unauslöschlich.

Für die letzten fünfundvierzig Meilen brauchten wir eine ganze Woche. Allmählich begann ich mir um die Zeit Sorgen zu machen. Vielleicht würden wir es vor dem Winter nicht schaffen und nicht mehr nach Hause kommen.

Wir waren kaum aus dem Wald heraus und auf der Lichtung am Gräberland, als ich anhielt. »Es hat sich verändert.«

Goblin und Einauge kamen vorsichtig hinter meinem Rükken hoch. »Igitt«, quiekte Goblin. »Das kann man laut sagen.«

Es wirkte fast verlassen. Ein Sumpf, in dem nur die höchsten Punkte des Gräberlandes an sich noch erkennbar waren. Bei unserem letzten Besuch waren ganze Horden von Reichssoldaten unter unaufhörlichem Geklapper und Getöse mit Roden, Reparieren und Erforschen beschäftigt gewesen.

Hier herrschte fast völlige Stille. Das beunruhigte mich mehr als der Verfall des Gräberlandes. Langsamer, steter Nieselregen unter grau verhangenem Himmel. Es war kalt. Und kein Laut war zu hören.

Der Knüppeldamm war hier fertiggestellt. Wir rollten weiter. Erst als wir in die Stadt kamen, deren Häuser zum größten Teil ungestrichen und heruntergekommen waren, bekamen wir überhaupt jemanden zu Gesicht. Eine Stimme rief: »Stehenbleiben. Was habt ihr hier zu suchen?«

Ich hielt an. »Wo steckst du?«

Köter Krötenkiller, der umtriebiger war als gewöhnlich, rannte zu einem verlassenen Haus und schnüffelte. Ein mürrischer Gardist trat in den Nieselregen hinaus. »Hier.«

»Oh. Du hast mich erschreckt. Ich heiße Kerzner. Von Kerzner, Schmidt, Schmidt, Schneider & Söhne. Händler.«

»Ach ja? Die anderen heißen wie?«

»Schmidt und Schneider sind da drinnen. Der hier heißt Tracker. Er arbeitet für uns. Wir kommen aus Rosen. Wir haben gehört, daß die Straße nach Norden wieder offen ist.«

»Jetzt wißt ihr es besser.« Er schmunzelte. Später erfuhr ich, daß er wegen des Wetters gute Laune hatte. Für das Gräberland war es ein schöner Tag.

»Wie geht's jetzt weiter?« fragte ich. »Wo können wir unterkommen?«

»Der Blaue Schniedel ist der einzige Gasthof. Die werden sich über die Kundschaft freuen. Richtet euch dort ein. Meldet euch morgen im Hauptquartier.«

»Alles klar. Wo ist der Blaue Schniedel?«

Er gab mir eine Wegbeschreibung. Ich schnalzte mit den Zügeln. Der Wagen fuhr an. »Kommt mir hier ziemlich lasch vor.«

»Wohin sollte man auch fliehen?« erwiderte Einauge. »Die wissen, daß wir hier sind. Es gibt nur einen Ausgang. Wenn wir uns nicht an ihre Regeln halten, stopfen sie den Korken in die Flasche.«

Der Ort vermittelte einem wirklich dieses Gefühl.

Der Eindruck paßte auch zum Wetter. Niedergedrückt. Deprimierend. Selten sah man ein Lächeln, und das war dann meist geschäftsmäßig.

Der Wirt im Blauen Schniedel fragte nicht nach unseren Namen, nur nach einer Vorauszahlung. Andere Händler beachteten uns gar nicht, obwohl der Pelzhandel traditionsgemäß ein Monopol von Oar ist.

Am nächsten Tag kamen einige Bewohner des Orts vorbei, um sich unsere Waren anzusehen. Ich hatte Güter aufgeladen, die sich angeblich gut verkaufen ließen, aber man nahm uns nur wenig ab. Lediglich der Schnaps erzielte einige Angebote. Ich fragte, wie ich mit den Stämmen in Verbindung treten konnte.

»Du wartest ab. Wenn sie kommen, kommen sie.«

Danach marschierte ich zum Hauptquartier der Garde. Es schien sich nicht verändert zu haben, obwohl die umliegende Kaserne einen schäbigeren Eindruck machte.

Der erste Mann, dem ich über den Weg lief, gehörte zu denen, an die ich mich erinnerte. Er war derjenige, mit dem ich zu tun haben würde. »Kerzner der Name«, sagte ich. »Von Kerzner, Schmidt, Schmidt, Schneider & Söhne, aus Rosen. Händler. Ich sollte mich hier melden.«

Er warf mir einen eigenartigen Blick zu, als ob ihn etwas störte. Er erinnerte sich an etwas. Ich wollte ihn nicht daran herumpulen lassen wie an einem Loch im Zahn. Vielleicht würde ihm etwas einfallen. »Hier hat sich einiges verändert seit meiner Zeit in der Armee.«

»Geht vor die Hunde hier«, murrte er, »vor die Hunde. Wird jeden Tag schlimmer. Und glaubst du, daß es irgendjemanden kümmert? Wir werden hier vergammeln. Wie viele sind in deiner Truppe?«

»Vier. Und ein Hund.«

Er verzog mürrisch das Gesicht. Keinen Sinn für Humor, der Mann. »Namen?« »Kerzner. Ein Schmidt. Schneider. Tracker. Er arbeitet für uns. Und Köter Krötenkiller. Man muß ihn mit dem vollen Namen rufen, sonst regt er sich auf.«

»Bist'n Witzbold, ja?«

»Hey. Reg dich nicht auf. Aber dieser Ort kann ein bißchen Sonnenschein vertragen.«

»Klar doch. Kannst du lesen?«

Ich nickte.

»Die Vorschriften sind da drüben angeschlagen. Ihr habt zwei Möglichkeiten. Entweder ihr befolgt sie. Oder ihr seid tot. Case!«

Aus dem Hinterzimmer kam ein Soldat. »Ja, Feldwebel?«

»'n neuer Händler. Überprüf ihn. Seid ihr im Blauen Schniedel, Kerzner?«

»Ja.« Die Liste mit den Vorschriften hatte sich nicht geändert. Es war sogar dasselbe Papier, mittlerweile so verblaßt, daß man es kaum lesen konnte. Im Wesentlichen stand darin: Baut im Gräberland keinen Mist. Wenn ihr es doch versucht und *das Ding* euch nicht umbringt, tun wir es.

»Sir?« sagte der Soldat. »Wenn Ihr dann soweit seid?«

»Ich bin soweit.«

Wir gingen wieder zum Blauen Schniedel zurück. Der Soldat musterte unsere Ausrüstung. Das einzige, was ihm auffiel, war mein Bogen und die Tatsache, daß wir so gut bewaffnet waren. »Warum habt ihr so viele Waffen?«

»Da gab's Gerede, daß die Stämme Ärger machen.«

»Das war sicher übertrieben. Die stehlen nur.« Goblin und Einauge zogen keine besondere Aufmerksamkeit auf sich. Was mir gefiel. »Ihr habt die Vorschriften gelesen. Haltet euch daran.«

»Ich kenne sie noch von früher«, sagte ich. »Ich war hier stationiert, als ich noch in der Armee war.«

Er sah mich aus schmalen Augen an, nickte und zog ab.

Wir seufzten erleichtert auf. Goblin nahm den Versteckzauber von den Gerätschaften, die er und Einauge mitgebracht hatten. Die leere Ecke hinter Tracker füllte sich mit Gerümpel.

»Vielleicht kommt er gleich wieder«, begehrte ich auf.

»Wir wollen keinen Zauberbann länger als unbedingt nötig aufrechterhalten«, sagte Einauge. »Vielleicht gibt es hier jemanden, der ihn aufspüren könnte.«

»Stimmt.« Ich öffnete die Läden unseres einzigen Fensters. Die Scharniere knarrten. »Da muß Öl drauf«, meinte ich. Wir befanden uns im zweiten Obergeschoß des höchsten Gebäudes außerhalb der Gardekaserne. Ich konnte Bomanz' Haus sehen. »Jungs. Seht euch das an.«

Sie sahen es sich an.

»Ist in verflixt gutem Zustand, nicht wahr?« Als wir es das letzte Mal gesehen hatten, war es eine Bruchbude gewesen. Abergläubische Furcht hatte verhindert, daß es weiter genutzt wurde. Mir fiel wieder ein, daß ich mich ein paarmal darin umgesehen hatte. »Hast du Lust auf einen Spaziergang, Tracker?«

»Nein.«

»Ganz wie du meinst« – ich fragte mich, ob er hier Feinde hatte –, »aber ich würde mich wohler fühlen, wenn du mitkämst.«

Er schnallte sich sein Schwert um. Wir gingen hinunter, aus dem Haus und auf die Straße – wenn man den Schlammstreifen so nennen konnte. Der Knüppeldamm erstreckte sich nur bis zur Kaserne, und eine Abzweigung führte zum Blauen Schniedel. Ansonsten gab es nur Laufstege.

Wir taten so, als ob wir die Gegend besichtigen würden. Ich erzählte Tracker Geschichten von meinem letzten Aufenthalt, und die meisten davon kamen der Wahrheit sogar recht nahe. Ich versuchte eine andere Persönlichkeit anzunehmen, leutselig und fröhlich. Ich fragte mich, ob ich damit nicht meine Zeit verschwendete. Ich sah niemanden, den interessiert hätte, was ich zu sagen hatte.

Bomanz' Haus war liebevoll wiederhergerichtet worden. Es sah allerdings nicht bewohnt aus. Auch nicht bewacht. Oder wie ein Denkmal. Sonderbar. Beim Essen befragte ich unseren Wirt. Er hatte mich sowieso schon als nostalgischen Trottel eingestuft und sagte: »Vor etwa fünf Jahren ist so ein alter Knabe dort eingezogen. 'n Krüppel. Hat Gelegenheitsarbeiten für die Garde gemacht. Das Haus hat er in seiner Freizeit auf Vordermann gebracht.«

»Was ist aus ihm geworden?«

»Vor einiger Zeit, ich schätze mal so vor vier Monaten, hat er einen Schlaganfall oder so was gehabt. Als man ihn gefunden hat, hat er noch gelebt, war aber völlig hilflos. Sie haben ihn in die Kaserne gebracht. Soweit ich weiß, ist er immer noch dort. Die füttern ihn wie ein Kleinkind. Der Junge, der euch hier überprüft hat, an den müßt ihr euch wenden. Er und Corbie waren Freunde.«

»Corbie, ja? Danke. Und noch einen für mich.«

»Komm schon, Croaker«, sagte Einauge leise. »Laß das Bier stehen. Der Kerl braut es selbst. Es schmeckt furchtbar.«

Da hatte er recht. Aber ich richtete mich gerade auf schwere Gedankenarbeit ein.

Wir mußten in das Haus gelangen. Das bedeutete Nachtarbeit und Zaubertricks. Es bedeutete außerdem unser größtes Risiko, seit Goblin und Einauge in Rosen ihre Kapriolen gedreht hatten.

Einauge fragte Goblin: »Glaubst du, daß wir es mit einem Spuk zu tun haben?«

Goblin kaute auf seiner Lippe. »Das muß ich mir erst ansehen.«

»Worum geht's?« fragte ich.

»Ich müßte mir den Mann ansehen, um es genau zu wissen, Croaker, aber was diesem Corbie passiert ist, hört sich nicht wie ein Schlaganfall an.«

Goblin nickte. »Klingt, als ob jemand seinen Körper verlassen hat und nicht wieder reingekommen ist.«

»Vielleicht können wir es einrichten, daß wir ihn zu Gesicht bekommen. Was ist mit dem Haus?«

»Zuerst müssen wir sichergehen, daß es kein größerer Spuk ist. Wie zum Beispiel Bomanz' Geist.«

Solche Gespräche machen mich nervös. Ich glaube nicht an Geister. Jedenfalls will ich nicht daran glauben.

»Wenn er draußen gefangen oder hinausgezogen wurde, muß man sich die Frage stellen, wie und warum das passiert ist. Man muß dabei in Betracht ziehen, daß das Bomanz' Wohnort gewesen ist. Vielleicht hat etwas, das noch aus seiner Zeit stammt, sich diesen Corbie geschnappt. Das könnte auch uns erwischen, wenn wir nicht aufpassen.«

»Komplikationen«, grummelte ich. »Immer wieder Komplikationen …«

Goblin feixte.

»Halt dich bloß zurück«, sagte ich. »Oder ich verscheure dich an den Meistbietenden.«

Eine Stunde später fiel ein heftiger Sturm über uns her. Er heulte und drosch auf das Gasthaus ein. Unter dem Wolkenbruch wurde das Dach leck. Als ich das meldete, ging unser Wirt in die Luft; sein Wutanfall richtete sich jedoch nicht gegen uns. Offenbar waren Reparaturen unter den gegenwärtigen Bedingungen nicht gerade einfach, mußten jedoch gemacht werden, damit ein Haus nicht völlig verkam.

»Das Schlimmste ist das verdammte Feuerholz für den Winter«, beschwerte er sich. »Man kann es nicht draußen lassen. Entweder wird es unter dem Schnee vergraben, oder es zieht soviel Wasser, daß man es nicht mehr trocken kriegt. In einem Monat wird dieses Haus vom Boden bis zur Decke vollgestapelt sein. Wenn wir es vollstopfen, ist es wenigstens leichter zu heizen.«

Gegen Mitternacht, als die Wachablösung genug Zeit gehabt hatte, um Langeweile und Schlafbedürfnis zu entwickeln, schlüpften wir hinaus. Goblin hatte sichergestellt, daß im Gasthaus alles schlief.

Köter Krötenkiller trottete voraus und suchte nach Zuschauern. Er fand nur einen. Goblin kümmerte sich ebenfalls um ihn. In einer Nacht wie dieser ging niemand vor die Tür. Ich wünschte, ich auch nicht.

»Paßt auf, daß niemand Licht sieht«, sagte ich, nachdem wir hineingeschlichen waren. »Ich würde mal sagen, daß wir oben anfangen.«

»Ich würde mal sagen«, konterte Einauge, »daß wir erst einmal herausfinden, ob es hier Gespenster oder Falltüren gibt.«

Ich blickte zur Tür. Daran hatte ich nicht gedacht, bevor ich sie aufgestoßen hatte.

NEUNUNDZWANZIGSTES KAPITEL

Das Gräberland. Damals

Der Oberst rief Case zu sich. Zitternd stand er vor Sweets Schreibtisch. »Es gibt da ein paar Fragen, die beantwortet werden müssen, Junge«, sagte Sweet. »Fang mal mit dem an, was du über Corbie weißt.«

Case schluckte. »Jawohl, Sir.« Er erzählte. Und erzählte noch mehr, als Sweet darauf beharrte, daß jedes Wort, das sie gewechselt hatten, noch einmal durchgekaut wurde. Er berichtete alles, nur nicht den Teil mit der Botschaft und dem Wachstuchpaket.

»Seltsam«, sagte Sweet. »Sehr seltsam. Ist das alles?«

Case trat nervös von einem Fuß auf den anderen. »Worum geht es hier eigentlich, Sir?«

»Sagen wir mal, es war schon interessant, was wir in dem Wachstuch gefunden haben.«

»Sir?«

»Offenbar handelt es sich um einen langen Brief, allerdings konnte ihn niemand lesen. Er war in einer Sprache geschrieben, die hier niemand kennt. Es könnte die Sprache der Juwelenstädte sein. Jetzt würde ich gern wissen, für wen er bestimmt war, hmm? War es ein einzelner Brief oder Teil einer Serie? Unser Freund steckt in Schwierigkeiten, Junge. Wenn er sich wieder erholt, wird ihm das Wasser bis zum Hals stehen. Und noch höher. Echte Herumtreiber schreiben niemandem lange Briefe.«

»Nun, Sir, wie ich schon sagte, er hat versucht seine Kinder aufzuspüren. Und er kann sehr wohl aus Opal stammen …«

»Ich weiß. Einige Umstände sprechen für ihn. Vielleicht kann er mich zufriedenstellen, wenn er sich wieder erholt. Da dies jedoch und andererseits das Gräberland ist, wird alles Auffällige auch gleich suspekt. Frage an dich, mein Sohn. Und deine Antwort sollte mich ebenfalls zufriedenstellen, oder das Wasser steht auch dir bis zum Hals. Warum hast du versucht, das Paket zu verstecken?«

Der Scheideweg. Der Augenblick, vor dem es kein Entrinnen gab. Er hatte gebetet, daß er nicht eintreffen möge. Als Case sich ihm nun stellen mußte, wußte er, daß seine Loyalität zu Corbie diese Probe nicht bestehen würde.

»Er hat mich gebeten, einen Brief nach Oar zu schicken, wenn ihm etwas zustoßen sollte. Einen in Wachstuch eingeschlagenen Brief.«

»Er hat also mit Ärger gerechnet?«

»Das weiß ich nicht. Ich weiß nicht, was in dem Brief stand, oder warum er ihn abgeschickt haben wollte. Er hat mir bloß einen Namen genannt. Und dann sagte er mir, daß ich Euch etwas sagen sollte, nachdem der Brief verschickt worden sei.«

»Ah ja?«

»An seine genauen Worte erinnere ich mich nicht mehr. Er sagte, ich sollte Euch sagen, daß das Wesen im Großen Hügelgrab nicht mehr schläft.«

Sweet fuhr wie angestochen aus seinem Sessel auf. »Tatsächlich? Und woher wußte er das? Unwichtig. Den Namen. Sofort! An wen sollte das Päckchen gehen?«

»An einen Schmied in Oar. Er heißt Sand. Mehr weiß ich nicht, Sir. Ich schwöre es.«

»Schon gut.« Sweet schien gar nicht mehr auf ihn zu achten. »Kümmere dich wieder um deine Pflichten, Junge. Gib Major Klief Bescheid, daß ich ihn sprechen will.«

»Jawohl, Sir.«

Am Morgen danach sah Case Major Klief mit einer Truppe losreiten; sie hatten den Befehl, den Schmied Sand zu verhaften. Er empfand ein schreckliches Schuldgefühl. Aber welchen Verrat hatte er denn begangen? Vielleicht war er selbst verraten, wenn Corbie ein Spion war.

Er beschwichtigte sein Schuldgefühl dadurch, daß er Corbie mit religiöser Hingabe pflegte, ihn säuberte und fütterte.

DREISSIGSTES KAPITEL

Nachts im Gräberland

Goblin und Einauge brauchten nur Minuten, um das Haus zu untersuchen. »Keine Fallen«, verkündete Einauge. »Auch keine Gespenster. Ein paar alte magische Schwingungen, von neueren überlagert. Oben.«

Ich förderte einen Zettel zutage. Darauf standen meine Notizen aus den Bomanz-Briefen. Wir gingen hinauf. Goblin und Einauge zeigten sich zwar zuversichtlich, ließen mich aber trotzdem vorangehen. Schöne Freunde.

Zuerst überprüfte ich, ob die Fensterläden verriegelt waren, bevor ich ein Licht ansteckte. Dann sagte ich: »Macht euren Kram. Ich sehe mich hier mal um.« Tracker und Köter Krötenkiller blieben in der Tür stehen. Es war kein besonders großes Zimmer.

Ich musterte die Titel der Bücher, bevor ich ernsthaft mit der Suche begann. Der Mann hatte einen eklektischen Geschmack gehabt. Oder er hatte vielleicht das zusammengesammelt, was am billigsten gewesen war.

Ich fand keine Papiere.

Das Zimmer sah nicht aus, als wäre es ausgeplündert worden. »Einauge. Kannst du mir sagen, ob das Haus durchsucht worden ist?«

»Wahrscheinlich nicht. Warum?«

»Die Papiere sind nicht hier.«

»Hast du dort nachgesehen, wo er das Zeug versteckt hat? Wie es in den Briefen stand?«

»In allen Verstecken bis auf eins.« In einer Ecke lehnte ein Speer an der Wand. Und siehe da, als ich daran drehte, löste sich die Spitze. Der Schaft war hohl. Darin die Karte, die in der Geschichte erwähnt worden war. Wir breiteten sie auf dem Tisch aus.

Schauer krochen mir über den Rücken.

Dies war wahrhaftige Geschichte. Diese Karte hatte die heutige Welt mitgestaltet. Trotz meines begrenzten Verständnises des TelleKurre und meiner noch schwächeren Kenntnisse magischer Symbole spürte ich die Macht, die hier verzeichnet worden war. Für mich strahlte sie etwas aus, das an der Grenze zwischen Unbehagen und echtem Grauen lag.

Goblin und Einauge spürten das nicht. Oder sie waren viel zu fasziniert. Sie steckten die Köpfe zusammen und betrachteten den Weg, den Bomanz eingeschlagen hatte, um zur Lady zu gelangen.

»Siebenunddreißig Jahre Arbeit«, sagte ich.

»Was?«

»Er hat siebenunddreißig Jahre gebraucht, um all diese Informationen zusammenzutragen.« Etwas fiel mir auf. »Was ist das?« Da stand etwas, das eigentlich nicht dort hätte stehen sollen, soweit ich mich an die Geschichte erinnerte. »Ich verstehe. Unser Briefeschreiber hat noch eigene Anmerkungen hinzugefügt.«

Einauge sah mich an. Dann sah er auf die Karte. Dann sah er mich wieder an. Dann beugte er sich vor und musterte noch einmal den Weg auf der Karte. »Das muß es sein. Etwas anderes ist nicht möglich.«

»Was?«

»Ich weiß, was passiert ist.«

Tracker regte sich unbehaglich.

»Und?«

»Er hat versucht hineinzugelangen. Auf die einzig mögliche Art und Weise. Und er ist nicht mehr rausgekommen.«

In seinem Brief an mich hatte er geschrieben, daß es etwas gäbe, was er tun müsse, etwas, das mit großen Risiken verbunden sei. Hatte Einauge recht?

Ein tapferer Mann.

Keine Papiere. Falls sie nicht besser vesteckt waren, als ich annahm. Ich würde Goblin und Einauge danach suchen lassen. Ich ließ sie die Karte wieder zusammenrollen und in den Speerschaft stecken, dann sagte ich: »Ich bin für Vorschläge offen.«

»Was für Vorschläge?« quiekte Goblin.

»Wie wir diesen Burschen aus den Fängen der Ewigen Garde herausbekommen. Und wie wir seine Seele wieder zurückpacken, damit wir ihm Fragen stellen können. Solche Vorschläge etwa.«

Sie machten keinen sonderlich begeisterten Eindruck. Einauge sagte: »Jemand muß hineingehen und nachsehen, was schiefgelaufen ist. Dann muß er befreit und hinausgeleitet werden.«

»Ich verstehe.« Nur zu gut. Bevor wir das in Angriff nehmen konnten, mußten wir den lebendigen Körper an uns bringen. »Durchsucht das Haus. Seht zu, ob ihr irgendetwas Verstecktes findet.«

Sie brauchten eine halbe Stunde dafür. In der Zwischenzeit wurde ich zum Nervenwrack. »Das dauert zu lange, viel zu lange«, sagte ich immer wieder. Sie beachteten mich nicht.

Die Suche förderte einen sehr alten Papierfetzen zutage, auf dem ein Codeschlüssel stand. Eigentlich war er gar nicht richtig versteckt gewesen, sondern in einem der Bücher zusammengefaltet. Ich nahm ihn an mich. Vielleicht konnte ich ihn für die Dokumente im Loch verwenden.

Wir setzten uns ab. Ohne entdeckt zu werden, erreichten

wir den Blauen Schniedel. Wir alle stießen Seufzer der Erleichterung aus, als wir in unser Zimmer traten.

»Und was jetzt?« fragte Goblin.

»Wir schlafen darüber. Morgen können wir uns immer noch Sorgen machen.« Natürlich hatte ich damit unrecht. Ich machte mir jetzt schon Sorgen.

Mit jedem weiteren Schritt wurde die Geschichte komplizierter.

EINUNDDREISSIGSTES KAPITEL

Nacht im Gräberland

Blitze und Donner wechselten sich auch weiterhin treu und brav ab. Das Licht und der Krach durchdrangen die Wände, als wären sie aus Papier. Ich schlief unruhig, und meine Nerven waren zerfranster, als sie es hätten sein sollen. Die anderen lagen im Tiefschlaf. Warum konnte ich das nicht?

Es begann als nadelgroßes Licht in einer Ecke, als goldener Lichtfunke. Der Funke verfielfältigte sich. Ich wollte mich schon mit geballten Fäusten auf Goblin und Einauge stürzen und ihnen das Wort Lügner einbleuen. Das Amulett sollte mich doch unsichtbar machen …

Ein ganz leises, geisterhaftes Flüstern wie das Klagen eines Gespenstes in einer tiefen kalten Höhle. »Leibarzt. Wo bist du?«

Ich antwortete nicht. Ich wollte mir die Decke über den Kopf ziehen, aber ich konnte mich nicht rühren.

Sie blieb schemenhaft, flackernd, unbestimmt. Vielleicht hatte sie tatsächlich Schwierigkeiten, mich aufzuspüren. Als ihr Antlitz sich für einen Augenblick verfestigte, blickte sie nicht in meine Richtung. Ihre Augen schienen nichts zu sehen.

»Du hast dich von der Schreckenssteppe entfernt«, rief sie mit jener wie aus weiter Entfernung klingenden Stimme. »Du bist irgendwo im Norden. Du hast eine breite Spur hinterlassen. Du bist ein Narr, mein Freund. Ich werde dich finden. Weißt du das nicht? Du kannst dich nicht verbergen. Man kann auch eine Leere sehen.«

Sie hatte keine Ahnung, wo ich war. Indem ich nicht antwortete, tat ich genau das Richtige. Sie wollte, daß ich mich selbst verriet.

»Meine Geduld ist nicht grenzenlos, Croaker. Aber du darfst immer noch zum Turm kommen. Aber tue es bald. Deine Weiße Rose hat nicht mehr viel Zeit.«

Ich schaffte es endlich, mir die Decke bis ans Kinn zu ziehen. Ich muß einen netten Anblick geboten haben. Im Nachhinein sicherlich erheiternd. Wie ein kleiner Junge, der Angst vor Gespenstern hat.

Langsam erstarb das Leuchten. Die Nervosität, die mich seit unserer Rückkehr von Bomanz' Haus gepeinigt hatte, verschwand mit ihm.

Als ich mich wieder zurechtlegte, sah ich kurz zu Köter Krötenkiller hinüber. Licht wurde von einem offenstehenden Auge reflektiert.

Zum ersten Mal hatte ich also einen Zeugen für meine Heimsuchungen. Aber nur einen Hund.

Ich denke nicht, daß mir jemals jemand meine Erzählungen glaubte, obwohl das, was ich berichtete, sich später immer als wahr herausstellte.

Ich schlief.

Goblin weckte mich. »Frühstück.«

Wir aßen. Dann machten wir ein großes Trara um unsere Suche nach Märkten für unsere Waren, um langfristige Verbindungen für unsere Anfahrten zu etablieren. Das Geschäft lief schlecht, aber unser Wirt bot uns an, regelmäßig Spirituosen abzunehmen. Innerhalb der Ewigen Garde bestand dafür Bedarf. Die Soldaten hatten wenig zu tun, also tranken sie.

Mittagessen. Und während wir noch dasaßen und unsere Gedanken für die anschließende Planungssitzung sammelten, betraten Soldaten den Gasthof. Sie fragten den Wirt, ob in der letzten Nacht irgendwelche Gäste unterwegs gewesen seien. Der gute alte Wirt stritt allein schon die Möglichkeit rundheraus ab. Er bezeichnete sich selbst als Mann mit dem allerleichtesten Schlaf der Welt. Er wußte immer, ob jemand kam oder ging.

Für die Soldaten war das gut genug. Sie zogen wieder ab.

»Worum ging es denn?« fragte ich den Wirt, als er wieder in unsere Richtung kam.

»Jemand ist letzte Nacht in Corbies Haus eingebrochen«, sagte er. Dann wurden seine Augen kleiner. Andere Fragen fielen ihm ein. Meine Fragen.

»Seltsam«, sagte ich. »Warum sollte jemand das wohl tun?«

»Ja. Warum?« Er machte sich wieder an seine Arbeit, blieb aber nachdenklich.

Ich blieb ebenfalls nachdenklich. Wie hatte man unseren Besuch bemerkt? Wir hatten darauf geachtet, keine Spuren zu hinterlassen.

Auch Goblin und Einauge waren verstört. Nur Tracker schien es nicht zu kümmern. Ihm paßte es bloß nicht, daß wir uns in der Nähe des Gräberlandes aufhielten.

»Was können wir machen?« fragte ich. »Wir sind umzingelt, wir sind in der Minderzahl, und vielleicht stehen wir auch unter Verdacht. Wie bekommen wir diesen Corbie in die Finger?«

»Das ist eigentlich kein Problem«, sagte Einauge. »Die wirkliche Schwierigkeit liegt darin, wie wir hier wieder wegkommen können, nachdem wir ihn einkassiert haben. Wenn wir zur rechten Zeit einen Windwal heranrufen könnten …«

»Jetzt sag mir doch mal, warum das eigentlich kein Problem ist.«

»Wir gehen mitten in der Nacht in die Kaserne der Garde, wenden den Schlafzauber an, holen unseren Mann und seine

Papiere raus, rufen seine Seele wieder zurück und schaffen ihn raus. Aber was dann? Na, Croaker? Was dann?«

»Wohin können wir fliehen?« sinnierte ich. »Und wie kommen wir dorthin?«

»Es gibt eine Möglichkeit«, sagte Tracker. »Der Wald. Im Wald könnte die Garde uns nicht finden. Wenn wir den Großen Tragic überqueren könnten, wären wir in Sicherheit. Für eine Jagd haben sie nicht genug Leute.«

Ich kaute an einem Fingernagel. An Trackers Worten war etwas dran. Ich wußte, daß er die Wälder und die Stämme gut genug kannte, daß wir auch mit der Last eines kranken Mannes durchkommen konnten. Aber das führte nur zu weiteren Problemen. Um die Schreckenssteppe zu erreichen, mußten noch eintausend Meilen überwunden werden. Und das Reich würde wachsam sein. »Wartet hier«, befahl ich und verließ das Zimmer.

Ich hastete zur Reichskaserne, betrat das Büro, wo ich schon zuvor gewesen war, schüttelte mich trocken und musterte eine Landkarte an der Wand. Der Junge, der uns auf Schmuggelware überprüft hatte, kam herüber »Kann ich Euch irgendwie helfen?«

»Ich glaube nicht. Wollte mir nur mal die Landkarte ansehen. Ist sie einigermaßen genau?«

»Nicht mehr. Der Fluß hat sich mehr als eine Meile in diese Richtung verlagert. Und der größte Teil der Schwemmebene hat keinen Waldbestand mehr. Alles weggespült.«

»Hmmm.« Ich legte Fingerspannen an und nahm einige Schätzungen vor.

»Wieso wollt Ihr das wissen?«

»Geschäftliche Gründe«, log ich. »Ich hatte gehört, daß wir vielleicht mit einem der größeren Stämme an einem Ort namens Adlerfelsen Verbindung aufnehmen können.«

»Das liegt fünfundvierzig Meilen entfernt. Das würdet Ihr

nicht schaffen. Sie würden euch umbringen und euch alles abnehmen. Der einzige Grund, warum sie die Garde und die Straße in Ruhe lassen, ist der, daß die unter dem Schutz der Lady stehen. Falls der nächste Winter aber so schlimm wird wie die letzten, dann wird sie das auch nicht aufhalten.«

»Hm. Nun ja, war nur ein Gedanke. Bist du Case?«

»Ja.« Seine Augen verengten sich argwöhnisch.

»Ich hab gehört, daß du dich um einen Burschen kümmerst …« Ich ließ es dabei bewenden. Seine Reaktion war nicht das, was ich erwartet hatte. »Na ja, das erzählt man sich jedenfalls in der Stadt. Danke für den Ratschlag.« Ich trat den Rückzug an. Aber ich befürchtete, daß ich es verpatzt hatte.

Schon bald wußte ich, daß ich es verpatzt hatte.

Nur wenige Minuten nach meiner Rückkehr tauchte ein Trupp unter Führung eines Majors im Gasthof auf. Sie hatten uns unter Arrest, noch bevor wir überhaupt begriffen, was los war. Goblin und Einauge hatten gerade noch Zeit, ihre Geräte mit einem Tarnzauber zu belegen.

Wir stellten uns dumm. Wir schimpften und murrten und winselten. Es nützte nichts. Unsere Häscher wußten noch weniger als wir, warum wir einkassiert worden waren. Sie folgten bloß ihren Befehlen.

Das Gesicht des Gastwirtes verriet mir deutlich, daß er uns als verdächtig gemeldet hatte. Ich nehme an, daß Case etwas über meinen Besuch erwähnt hatte, das irgendwo eine Waage ausschlagen ließ. Jedenfalls wurden wir in die Gefängniszellen verfrachtet.

Zehn Minuten nachdem sich die Türen dröhnend geschlossen hatten, erschien der Befehlshaber der Ewigen Garde höchstpersönlich auf der Bildfläche. Ich seufzte erleichtert. Er war damals noch nicht hier gewesen. Zumindest war es niemand, den wir kannten. Also sollte er uns auch nicht kennen.

Mittels der Taubstummensprache hatten wir Zeit gehabt,

unsere Geschichte abzusprechen. Wir alle bis auf Tracker. Aber Tracker hatte sich offenbar in sich selbst zurückgezogen. Man hatte ihm nicht erlaubt, seinen Köter bei sich zu behalten. Deswegen war er zornig geworden. Und hatte den Leuten, die uns verhaftet hatten, eine Heidenangst eingejagt. Einen Moment lang hatten sie geglaubt, daß sie ihn überwältigen müßten.

Der Kommandant musterte uns, dann stellte er sich vor. »Ich bin Oberst Sweet. Ich habe den Befehl über die Ewige Garde.« Case trat neben ihm von einem Fuß auf den anderen. »Ich habe euch Männer hierhergebeten, weil einiges an eurem Verhalten ungewöhnlich gewesen ist.«

»Haben wir unwissentlich eine Vorschrift verletzt, die nicht öffentlich ausgehängt ist?« fragte ich.

»Keineswegs. Keineswegs. Es geht einzig und allein um die Umstände. Man könnte es eine Frage der unerklärten Absicht nennen.«

»Jetzt komme ich nicht mehr mit, Sir.«

Er begann auf dem Gang vor unserer Zelle auf und ab zu schreiten. Auf und ab. »Ein altes Sprichwort besagt, daß Taten lauter sprechen als Worte. Aus mehreren Quellen sind mir Berichte über euch zugegangen. Über eure übermäßige Neugier Dinge betreffend, die mit euren Geschäften nichts zu tun haben.«

Ich versuchte mein bestes verdattertes Gesicht aufzusetzen. »Was ist so ungewöhnlich daran, wenn man auf neuem Territorium Fragen stellt? Meine Partner sind noch nie hier gewesen. Es ist Jahre her, seit ich das letzte Mal hier war. Es hat sich einiges geändert. Jedenfalls ist das auch einer der interessantesten Orte im gesamten Reich.«

»Auch einer der gefährlichsten, Händler. Kerzner, nicht wahr? Meister Kerzner, Ihr wart während Eurer Dienstzeit hier stationiert. Bei welcher Einheit?«

Darauf konnte ich ohne zu zögern antworten. »Erpelkamm. Oberst Lot. Zweites Bataillon.« Schließlich war ich *tatsächlich* hier gewesen.

»Ja. Die Söldnerbrigade aus Rosen. Was war das Lieblingsgetränk des Oberst?«

O Mann. »Ich war ein Piqueur, Sir. Ich habe nicht mit dem Brigadier getrunken.«

»Ach ja.« Er lief weiter auf und ab. Ich konnte nicht sagen, ob die Antwort anschlug oder nicht. Erpelkamm war keine auffällige Einheit wie die Schwarze Schar gewesen, um die sich Geschichten gerankt hätten. Wer sollte sich denn noch an sie erinnern, verdammt noch mal? Nach einer Weile sagte er: »Ihr müßt meine Position verstehen. Bei dem Wesen, das dort begraben liegt, wird Paranoia zur Berufskrankheit.« Er zeigte in die Richtung des Großen Hügelgrabes. Dann stapfte er von dannen.

»Was sollte das denn, verdammt?« fragte Goblin.

»Ich weiß es nicht. Und ich bin mir nicht sicher, daß ich es herausfinden will. Irgendwie haben wir uns heftig in die Nesseln gesetzt.« Die Worte waren für eventuelle Lauscher bestimmt.

Goblin nahm den Ball auf. »Verflixt noch mal, Kerzner, ich hab dir doch gesagt, daß wir nicht hier rauffahren sollten. Ich habe dir doch gesagt, daß die Leute aus Oar ein Abkommen mit der Garde haben.«

Dann fing auch Einauge an. Sie zerrissen mich förmlich in der Luft. Währenddessen besprachen wir die Sache mit den Fingerzeichen und kamen zu dem Schluß, auf den nächsten Zug des Obersten zu warten.

Uns blieb auch kaum eine andere Wahl, wenn wir uns nicht vollständig verraten wollten.

ZWEIUNDDREISSIGSTES KAPITEL

Gefangen im Gräberland

Es war schlimm. Viel schlimmer, als wir befürchtet hatten. Diese Burschen von der Garde waren mehr als paranoid. Ich meine, sie hatten keine Ahnung, wer wir eigentlich waren. Aber davon ließen sie sich keineswegs aufhalten.

Plötzlich tauchte ein halber Zug auf. Geklapper und Geschepper an der Tür. Kein Wort. Grimmige Gesichter. Wir steckten in Schwierigkeiten.

»Ich glaube nicht, daß man uns freilassen will«, sagte Goblin.

»Raus«, sagte ein Feldwebel zu uns.

Wir traten hinaus. Alle bis auf Tracker. Tracker saß einfach nur da. Ich versuchte einen Scherz. »Er vermißt seinen Hund.«

Niemand lachte.

Ein Gardist stieß mit der Faust nach Trackers Arm. Tracker wandte sich ihm ganz langsam zu und sah den Mann mit ausdrucksloser Miene an.

»Das hättest du nicht tun sollen«, sagte ich.

»Maul halten«, blaffte der Feldwebel. »Macht ihm Beine.«

Der Mann, der Tracker geknufft hatte, wollte ihn wieder schlagen.

Es hätte genausogut ein zärtliches, langsames Streicheln sein können. Tracker griff um die nahende Faust herum, packte das Handgelenk und brach es. Der Gardist kreischte auf. Tracker schleuderte ihn beiseite. Seine Miene blieb ausdruckslos. Sein Blick folgte dem Mann mit einiger Verspätung. Er schien sich allmählich zu fragen, was hier eigentlich vor sich ging.

Die anderen Gardisten starrten ihn mit offenem Mund an. Dann sprangen zwei mit blankgezogenen Waffen vor.

»Hey! Immer mit der Ruhe!« schrie ich. »Tracker ...«

Tracker, immer noch im geistigen Niemandsland, nahm ihnen die Waffen weg, schleuderte sie in eine Ecke und schlug die beiden zusammen. Der Feldwebel war zwischen Ehrfurcht und Empörung hin und her gerissen.

Ich versuchte ihn zu besänftigen. »Er ist nicht besonders helle. So kann man nicht mit ihm umgehen. Man muß ihm die Dinge langsam erklären. Zwei- oder dreimal.«

»Ich werde ihm gleich was erklären!« Er wollte schon seine restlichen Männer in die Zelle schicken.

»Wenn du ihn wütend machst, wird noch jemand dabei umkommen.« Ich redete rasch und fragte mich gleichzeitig, was zur Hölle mit Tracker und seinem verdammte Mistköter eigentlich los war. Wenn die Töle nicht in seiner Nähe war, wurde Tracker zum Schwachkopf. Mit mörderischen Neigungen.

Der Feldwebel ließ seinen Zorn vom Verstand übermannen. »Bring ihn zur Räson.«

Ich machte mich ans Werk. An der Haltung der Soldaten erkannte ich, daß die nähere Zukunft für uns keine guten Aussichten bot, aber darüber machte ich mir keine übermäßigen Sorgen. Goblin und Einauge wurden mit jedem Ärger fertig, der sich uns entgegenstellen mochte. Im Augenblick ging es nur darum, daß wir unsere Köpfe und unser Leben behielten.

Ich wollte mich um die drei verletzten Soldaten kümmern, aber ich wagte es nicht. Wenn die andere Seite sich Goblin und Einauge auch nur näher ansah, würde sie genug Hinweise finden, um schließlich herauszubekommen, wer wir waren. Es war nicht sinnvoll, ihnen noch weitere Anhaltspunkte zu geben. Ich konzentrierte mich auf Tracker. Sobald ich ihn erst einmal dazu gebracht hatte, daß er mich bemerkte, war es nicht mehr schwer zu ihm durchzudringen, ihn zu beruhigen und ihm zu erklären, daß wir mit den Soldaten gehen würden.

Er sagte: »Das hätten die nicht mit mir machen sollen, Croaker.« Er klang wie ein Kind, dessen Gefühle verletzt worden waren. Ich verzog das Gesicht. Aber die Gardisten reagierten nicht auf den Namen.

Sie umringten uns mit den Händen an den Waffen, mit Ausnahme jener Männer, die ihre verwundeten Kameraden zu dem Pferdedoktor zu schaffen versuchten, der der Garde als Wundarzt diente. Einige von ihnen brannten darauf, das Konto auszugleichen. Ich mühte mich sehr, Tracker auch weiter ruhig zu halten.

Der Ort, an den man uns brachte, munterte mich nicht unbedingt auf. Es war ein feuchter Keller unterhalb des Hauptquartiers. Er sah wie die Karikatur einer Folterkammer aus. Da ich schon echte Folter und echte Folterwerkzeuge gesehen hatte, erkannte ich die Hälfte der Ausstattung als Schaugegenstände oder als ziemlich veraltet. Aber es gab auch einige brauchbare Gerätschaften. Ich wechselte Blicke mit Goblin und Einauge.

Tracker sagte: »Mir gefällt es hier nicht. Ich will wieder nach draußen. Ich will zu Köter Krötenkiller.«

»Ganz ruhig. Wir sind bald wieder draußen.«

Goblin setzte sein berühmtes Grinsen auf, obgleich es ein wenig schief rüberkam. O ja. Wir würden bald wieder draußen sein. Vielleicht mit den Füßen voran, aber draußen.

Oberst Sweet war da. Unsere Reaktion auf seine Bühne schien ihm nicht zu gefallen. Er sagte: »Ich will mit euch reden. Beim letzten Mal schient ihr nicht zum Schwatzen aufgelegt zu sein. Ist diese Umgebung vielleicht zuträglicher?«

»Nicht so recht. Sie bringt einen allerdings zum Nachdenken. Ist das die Strafe dafür, daß man den geschätzten Händlern von Oar in die Quere kommt. Mir war nicht klar, daß ihr Monopol über den Segen der Garde verfügte.«

»Spielchen. Keine Spielchen mehr, Meister Kerzner. Nur simple Antworten. Auf der Stelle. Oder meine Männer werden eure nächsten Stunden außerordentlich unangenehm gestalten.«

»Fragt. Aber ich habe das finstere Gefühl, daß wir nicht die Antworten haben, die Ihr hören wollt.«

»Das wäre dann euer Pech.«

Ich sah kurz zu Goblin. Er hatte sich in eine Art Trance versetzt.

Der Oberst sagte: »Ich glaube euch nicht, daß ihr bloß Händler seid. Das Muster eurer Fragen deutet auf ein ungebührliches Interesse an einem Mann namens Corbie und seinem Haus hin. Es sei angemerkt, daß Corbie unter dem Verdacht steht, entweder zu den Rebellen oder zu den Neuerstehern zu gehören. Erzählt mir von ihm.«

Was ich fast vollständig und wahrheitsgemäß auch tat: »Bevor wir hierherkamen, hatte ich noch nie etwas von ihm gehört.«

Ich denke, daß er mir glaubte. Aber er schüttelte langsam den Kopf.

»Seht Ihr. Ihr wollt mir ja nicht einmal glauben, wenn Ihr wißt, daß ich die Wahrheit sage.«

»Aber wieviel von der Wahrheit sagt Ihr mir? Das ist doch die Frage. Die Weiße Rose unterteilt ihre Organisation. Ihr hättet keine Ahnung haben können, wer Corbie eigentlich ist, und hättet dennoch nach ihm suchen können. Ist er eine Zeitlang untergetaucht gewesen?«

Der Bursche war schlau.

Meine ausdruckslose Miene war offenbar zu gut eingeübt. Er nickte zu sich selbst, musterte uns vier und schaute dann

Einauge an. »Der schwarze Mann da. Er ist ziemlich alt, nicht wahr?«

Es überraschte mich, daß er aus Einauges Hautfarbe nicht noch mehr ableitete. Nördlich des Meeres der Qualen sind schwarze Männer außerordentlich selten. Wahrscheinlich hatte der Oberst noch nie einen gesehen. Daß ein schwarzer und sehr alter Mann zu den wichtigsten Mitgliedern der Schwarzen Schar zählt, ist nicht gerade ein Geheimnis.

Ich antwortete nicht.

»Mit ihm fangen wir an. Er sieht so aus, als ob er am wenigsten aushalten würde.«

Tracker fragte: »Willst du, daß ich sie töte, Croaker?«

»Ich will, daß du die Klappe hältst und ruhig stehenbleibst, genau das will ich.« Verdammt noch mal. Aber Sweet überhörte den Namen. Entweder das, oder aber ich war weniger berühmt, als ich angenommen hatte und mußte dringend mein Selbstbewußtsein einschrumpfen lassen.

Sweet schien jedoch erstaunt zu sein, daß Tracker sich seiner so sicher war.

»Legt ihn auf die Streckbank.« Er zeigte auf Einauge.

Einauge schmunzelte und streckte seine Hände den Männern entgegen, die auf ihn zukamen. Goblin feixte. Ihre Erheiterung sorgte für allgemeine Verstörung. Wovon ich ebenfalls und nicht gerade am wenigsten betroffen war, denn ich kannte ihren Sinn für Humor.

Sweet sah mich an. »Sie finden das komisch? Warum?«

»Wenn Ihr nicht plötzlich einem Drang zu zivilisiertem Benehmen nachgebt, werdet Ihr es schon noch erfahren.«

Er erwog kurz, die Sache fallenzulassen, kam jedoch zu dem Schluß, daß wir ihn nur ganz gewaltig aufs Glatteis führen wollten.

Sie brachten Einauge zur Streckbank. Er grinste und kletterte selbst hinauf. Goblin krähte: »Ich habe seit dreißig Jahren darauf gewartet, daß ich dich mal auf einem dieser Dinger sehe. Verdammtes Pech, daß die Gelegenheit jetzt da ist und jemand anderer die Winde bedient.«

»Wir werden noch sehen, wer hier wem die Winde anzieht, Pferdeapfel«, erwiderte Einauge.

Sie kabbelten sich weiter. Tracker und ich standen da wie die Pfosten. Die Reichstruppler wurden immer unruhiger. Sweet überlegte sich offensichtlich, ob er Einauge nicht lieber herunternehmen und dafür mich bearbeiten sollte.

Sie schnallten Einauge fest. Goblin lachte gackernd und legte einen kleinen Freudentanz aufs Parkett. »Streckt ihn, bis er drei Meter lang ist, Jungs«, sagte er. »Geistig wird er trotzdem ein Zwerg bleiben.«

Jemand wollte Goblin ein Schlag mit dem Handrücken verpassen. Er lehnte sich ein wenig zurück. Als der Mann seine Hand zurückzog, nachdem er ihn vollkommen verfehlt hatte und nur leicht von einer abwehrenden Hand gestreift worden war, starrte er erstaunt auf seine Pranke.

Zehntausend winzige blutige Stellen waren darauf zu sehen. Sie bildeten ein Muster. Beinahe eine Tätowierung.

Und diese Tätowierung zeigte zwei ineinander verschlungene Schlangen, die ihre Fänge jeweils im Hals der anderen Schlange vergraben hatten. Wenn das Hälse sind, was Schlangen hinter ihren Köpfen haben.

Eine Ablenkung. Natürlich erkannte ich sie als solche. Nach dem ersten Schrecken richtete ich meine Aufmerksamkeit auf Einauge. Er grinste bloß.

Die Männer, die ihn strecken sollten, wandten sich, angetrieben durch das Bellen ihres Obersten, wieder ihrer Aufgabe zu. Sweet war mittlerweile verdammt unbehaglich zumute. In ihm keimte allmählich der Verdacht, daß er es mit etwas Außergewöhnlichem zu tun hatte, aber er weigerte sich, sich davon einschüchtern zu lassen.

Als die Folterknechte wieder zu Einauge traten, wölbte sein nackter Bauch sich auf. Und eine große eklige Spinne kroch aus seinem Nabel. Sie kam zusammengeballt heraus, zog sich mit zwei Beinen voran und entfaltete die anderen von einem Leib, der halb so groß war wie mein Daumen. Sie machte Platz, und eine weitere kam hervorgekrochen. Die erste krabbelte an Einauges Bein herunter und auf den Mann zu, der die Winde bediente, an der Einauges Beine festgeschnallt waren. Die Augen des Burschen wurden immer größer. Er wandte sich seinem befehlshabenden Offizier zu.

Völliges Schweigen senkte sich auf den Kellerraum. Ich glaube, die Reichsmänner vergaßen sogar das Atmen.

Eine weitere Spinne kroch aus Einauges pulsierendem Bauch hervor. Und noch eine. Und jedes Mal schien er etwas schmaler geworden zu sein. Sein Gesicht verwandelte sich langsam in etwas, das wie das Gesicht einer Spinne aussehen mochte, wenn man ganz dicht herangeht. Die meisten haben dafür nicht den Nerv.

Goblin kicherte.

»Dreht die Winde!« brüllte Sweet.

Der Mann zu Einauges Füßen versuchte es. Die erste Spinne krabbelte über den Hebel seine Hand hinauf. Er kreischte auf, schüttelte heftig die Hand, schleuderte das Spinnentier in den Schatten.

»Oberst«, sagte ich so gelassen, wie ich es nur fertigbrachte, »das ist weit genug gegangen. Wir wollen doch nicht, daß jemand verletzt wird.«

Sie waren ein ganzer Haufen, und wir waren nur zu viert, und Sweet wollte sich unbedingt darauf verlassen. Einige Männer begannen sich jedoch schon zum Ausgang zu schieben. Die meisten wichen vor uns zurück. Alle starrten Sweet an.

Der verdammte Goblin. Seine Begeisterung ging mit ihm

durch. Er quiekte: »Warte doch, Croaker. Das ist eine einmalige Gelegenheit. Laß sie doch Einauge ein bißchen strecken.«

Ich sah, wie Sweet ein Licht aufging, und wie er es zu verbergen versuchte. »Verdammt, Goblin. Jetzt hast du's geschafft. Wir unterhalten uns noch, wenn das hier vorbei ist. Oberst. Wie soll es weitergehen? Ich habe hier die Oberhand. Und Ihr wißt das.«

Er entschied sich für den besseren Teil der Tapferkeit. »Binde ihn los«, sagte er zu dem Mann, der Einauge am nächsten stand.

Einauge war völlig mit Spinnen bedeckt. Mittlerweile schlüpften sie ihm aus Augen und Ohren. Er hatte sich regelrecht hineingesteigert und hatte sie so farbenprächtig wie nur möglich gestaltet, Jagdspinnen, Netzbauer, Springer. Alle groß und ekelhaft. Sweets Männer weigerten sich, in seine Nähe zu gehen.

Ich sagte zu Tracker: »Stell dich in der Tür auf. Laß keinen raus.« Das verstand er problemlos. Ich machte Einauge los. Ich mußte mich immer wieder daran erinnern, daß die Spinnentiere nur Illusionen waren.

Und was für Illusionen. Ich konnte die kleinen Krabbelviecher *berühren* … Verspätet begriff ich, daß Einauges Legionen direkt auf Goblin zumarschierten. »Verdammt, Einauge! Werd endlich erwachsen!« Der Mistkerl war nicht zufrieden damit, die Reichssoldaten zu foppen. Nein, er mußte auch noch Spielchen mit Goblin treiben. Ich wirbelte zu Goblin herum. »Wenn du auch nur einen Finger rührst und dich auf ihn einläßt, sorge ich dafür, daß du nie wieder aus dem Loch herauskommst. Oberst Sweet. Ich kann leider nicht sagen, daß ich Eure Gastlichkeit genossen hätte. Wenn Ihr und Eure Leute mal hierherkommen wollt? Wir machen uns dann auf den Weg.«

Widerwillig winkte Sweet. Die Hälfte seiner Männer weigerte sich, den Spinnen zu nahe zu kommen. »Einauge. Die Spiel-und-Spaß-Stunde ist vorbei. Jetzt haben wir die Wir-wollen-hier-lebend-raus-Stunde. Wenn ich also bitten darf?«

Einauge machte eine Geste. Seine achtbeinigen Truppen flitzten in den Schatten hinter der Streckbank und lösten sich dann in jenem wahnwitzigen Vergessen auf, dem solche Dinge entspringen. Einauge stolzierte zu Tracker hinüber. Jetzt hatte er Oberwasser. Wochenlang würden wir zu hören kriegen, wie er unsere Haut gerettet hatte. Falls wir heute nacht lebend hier herauskamen.

Ich scheuchte Goblin zu ihnen, dann schloß ich selbst auf. Ich sagte zu Goblin und Einauge: »Ich will, daß kein Laut aus diesem Raum dringt. Und ich will diese Tür so versiegelt haben, als sei sie ein Teil der Mauer. Danach will ich wissen, wo wir diesen Corbie finden.«

»Alles klar«, sagte Einauge. Mit einem Augenzwinkern ergänzte er: »Lebt wohl, Oberst. Es hat Spaß gemacht.«

Sweet verzichtete darauf Drohungen auszustoßen. Ein vernünftiger Mann.

Für den Raum brauchten die Zauberer etwa zehn Minuten, was ich für ungewöhnlich lang hielt. Allmählich wurde ich leicht argwöhnisch, aber das verging mir, als sie sagten, daß sie fertig seien und daß der Mann, den wir sehen wollten, sich in einem anderen Gebäude in der Nähe aufhielt.

Ich hätte auf meinen Argwohn hören sollen.

Fünf Minuten später standen wir im Eingang des Gebäudes, in dem sich Corbie befinden sollte. Auf dem Weg hatten wir keinerlei Schwierigkeiten gehabt. »Eine Sekunde, Croaker«, sagte Einauge. Er sah das Haus an, das wir gerade verlassen hatten und schnippte mit den Fingern.

Das ganze verdammte Gebäude stürzte ein.

»Du Mistkerl«, flüsterte ich. »Warum hast du das getan?«

»Jetzt weiß niemand mehr, wer wir sind.«

»Wessen Schuld war es denn, daß sie es erfahren haben?«

»Das hat der Schlange auch den Kopf abgeschlagen. Jetzt herrscht soviel Verwirrung, daß wir mit dem Schmuck der Lady durchbrennen könnten, falls wir es wollten.«

»Ach ja?« Es gab Menschen, die wußten, daß man uns verhaftet hatte. Sie würden sich wundern, wenn sie uns frei durch die Gegend laufen sahen. »Dann sag mir doch, o großes Genie. Hast du die Dokumente, die ich haben will, ausfindig gemacht, bevor du den Laden hast zusammenkrachen lassen? Denn wenn sie da drin sind, bist du der brave Junge, der sie ausbuddelt.«

Sein Gesicht verfiel.

Ja. Das hatte ich mir schon gedacht. Das ist eben meine Glückssträhne. Und das ist auch Einauges Art. Er denkt eine Sache niemals bis zum Ende durch.

»Zuerst kümmern wir uns um Corbie«, sagte ich. »Rein mit euch.«

Als wir die Tür aufstießen, kam uns Case entgegen, der wissen wollte, was der Krach bedeutete.

DREIUNDDREISSIGSTES KAPITEL

Der Vermisste

»Hallo, Freundchen«, sagte Einauge, stach dem Soldaten einen Finger in die Brust und stieß ihn zurück. »Ganz recht. Wir sind's, deine alten Kumpels.«

Hinter mir starrte Tracker über das Kasernengelände. Das Hauptquartiergebäude war vollständig zusammengebrochen. Drinnen prasselten und knisterten die Flammen. Köter Krötenkiller kam um die Ecke der Ruine gelaufen.

»Sieh dir das an.« Ich knuffte Goblin am Arm. »Der kann rennen.« Ich sah zu Case. »Zeig uns deinen Freund Corbie.«

Das wollte er nicht.

»Du willst dich doch bestimmt nicht mit uns streiten. Wir sind nicht in der Stimmung dafür. Beweg dich, oder wir machen dich platt.«

Das Gelände füllte sich allmählich mit wild durcheinanderredenden Soldaten, die uns nicht bemerkten. Köter Krötenkiller kam herangelaufen, schnupperte an Trackers Waden, gab ein tiefes Kehlgeräusch von sich. Tracker strahlte.

Wir schoben uns hinter Case durch die Tür. »Zu Corbie«, ermahnte ich ihn.

Er führte uns in ein Zimmer, das von einer einzelnen Öllampe beleuchtet wurde, in deren Schein ein ordentlich zugedeckter Mann in einem Bett lag. Case drehte die Lampe höher.

»Ach du Scheiße«, murmelte ich. Ich ließ mich auf den Bettrand fallen. »Das ist doch nicht möglich. Einauge?« Aber

Einauge befand sich in einer anderen Welt. Er stand bloß mit offenem Mund da. Genau wie Goblin.

Schließlich quiekte Goblin: »Aber er ist doch tot. Er ist vor sechs Jahren umgekommen.«

Corbie war jener Raven, der eine so wichtige Rolle in der Vergangenheit der Schar gespielt hatte. Jener Raven, der Darling auf ihren heutigen Weg gebracht hatte.

Sogar ich war davon überzeugt gewesen, daß er tot war, und ich war Raven gegenüber von Natur aus mißtrauisch. Eine solche Nummer hatte er schon einmal abgezogen.

»Neun Leben«, kommentierte Goblin.

»Das hätte ich mir denken sollen, als ich den Namen Corbie hörte«, sagte ich.

»Wieso?«

»Das ist ein Scherz. Seine Art von Scherz. Corbie. Crow. Rook. Raven. Alles so ziemlich das gleiche. Nicht wahr? Er hat es uns praktisch unter die Nase gerieben.«

Daß ich ihn hier sah, löste Rätsel für mich, die mich seit Jahren gequält hatten. Jetzt wußte ich, warum die Papiere, die ich gerettet hatte, nicht zusammenpaßten. Er hatte die wichtigsten Dokumente entfernt, bevor er seinen letzten Tod inszeniert hatte.

»Diesmal hat nicht einmal Darling etwas davon gewußt«, sinnierte ich. Allmählich ließ der Schock nach. Ich dachte darüber nach, daß ich mehrmals nach dem Eintreffen der Briefe den Verdacht gehegt hatte, daß er noch am Leben sein könnte.

Ein ganzes Bündel von Fragen drängte sich auf. Darling hatte es nicht gewußt. Warum nicht? Das sah Raven nicht ähnlich. Und mehr noch, warum ließ er sie in unserer Obhut zurück, wo er doch so lange versucht hatte, sie von uns fernzuhalten?

Hier ging es um mehr als nur das Offensichtliche. Um mehr

als bloß Ravens Flucht, damit er im Gräberland herumstöbern konnte. Leider konnte ich keinen meiner beiden Zeugen befragen.

»Wie lange ist er schon in diesem Zustand?« fragte Einauge Case. Die Augen des Soldaten waren weit aufgerissen. Jetzt wußte er, wer wir waren. Vielleicht mußte ich mein Selbstbewußtsein doch nicht schrumpfen lassen.

»Monate.«

»Da gab es einen Brief«, sagte ich. »Und Dokumente. Was ist aus denen geworden?«

»Der Oberst hat sie.«

»Und was hat der Oberst getan? Hat er die Unterworfenen in Kenntnis gesetzt? Hat er Verbindung mit der Lady aufgenommen?«

Jetzt wollte der Reichsmann sich stur stellen. »Junge, du bist in echten Schwierigkeiten. Wir wollen dir nichts antun. Du hast dich um unseren Freund verdient gemacht. Also mach den Mund auf.«

»Er hat nichts dergleichen getan. Jedenfalls soweit ich weiß. Er konnte nichts von dem Zeug lesen. Er hat darauf gewartet, daß Corbie wieder aufwacht.«

»Da hätte er lange warten können«, sagte Einauge. »Mach mal Platz hier, Croaker. Zuerst müssen wir Raven finden.«

»Ist um diese Zeit noch jemand im Haus?« fragte ich Case.

»Erst, wenn die Bäcker sich Mehl holen. Aber das wird im Keller am anderen Ende gelagert. Hierher kommen sie nicht.«

»In Ordnung.« Ich fragte mich, wie weit wir diesen Informationen vertrauen konnten. »Tracker. Du und Köter Krötenkiller, ihr schiebt Wache.«

»Da wäre noch ein Problem«, sagte Einauge. »Bevor wir irgendetwas unternehmen können, brauchen wir Bomanz' Karte.«

»O Mann.« Ich schlich mich durch den Vorraum zum Ausgang und spähte hinaus. Das Hauptquartier stand in Flammen, und das Feuer flackerte halbherzig im Regen. Die meisten Gardisten waren mit Löschen beschäftigt. Ich erschauerte. Unsere Dokumente waren da drin. Wenn die Lady weiterhin Glück hatte, würden sie in Flammen aufgehen. Ich ging wieder in das Zimmer zurück. »Einauge, du hast ein noch brennenderes Problem. Meine Dokumente. Kümmere dich besser darum. Ich versuche die Karte heranzuschaffen.

Tracker, du paßt auf die Tür auf. Laß den Jungen nicht raus und keinen anderen rein. Alles klar?« Er nickte. Wenn Köter Krötenkiller in der Nähe war, brauchte er keine Sonderanweisungen.

Ich stahl mich in das Tohuwabohu hinaus. Niemand achtete auf mich. Ich fragte mich, ob dies nicht ein günstiger Zeitpunkt war, um Raven abzutransportieren. Ohne daß man mich anhielt, verließ ich das Kasernengelände und rannte zum Blauen Schniedel. Bei meinem Erscheinen zeigte sich der Gastwirt verwundert. Ich blieb nicht stehen, um ihn darüber zu informieren, was ich von seiner Gastfreundschaft hielt, sondern ging nur nach oben und tastete in dem Tarnbann herum, bis ich den Speer mit dem hohlen Schaft fand. Wieder nach unten. Einen giftigen Blick für den Wirt, dann wieder raus in den Regen.

Als ich zurückkam, war das Feuer bereits unter Kontrolle. Soldaten zerrten gerade erste Schuttbrocken auseinander. Mich hielt immer noch niemand an. Ich schlüpfte in das Haus, in dem Raven lag, und reichte Einauge den Speer. »Hast du schon was wegen der Papiere unternommen?«

»Noch nicht.«

»Verdammt noch mal …«

»Sie sind in einem Kasten im Büro des Obersten, Croaker. Was willst du eigentlich?«

»Na gut. Tracker, bring den Jungen in den Vorraum. Jungs.

Ich will einen Zauber, unter dem er tut, was man ihm sagt, ob er nun will oder nicht.«

»Was?« fragte Einauge.

»Er soll mir die Papiere holen. Bekommt ihr das hin, daß er das tun muß und dann wieder zurückkommt?«

Case stand im Eingang und lauschte wie vom Donner gerührt.

»Sicher. Kein Problem.«

»Dann los. Junge, hast du verstanden? Einauge wird einen Zauberbann auf dich legen. Du hilfst solange beim Aufräumen mit, bis du an die Kiste rankommst. Bring sie hierher, und wir nehmen den Zauber wieder von dir.«

Er sah aus, als ob er wieder bockig werden wollte.

»Natürlich hast du eine Wahl. Du kannst auch auf unangenehme Weise sterben.«

»Ich glaube nicht, daß er dir das abnimmt, Croaker. Vielleicht sollte ich ihm einen Vorgeschmack verpassen.«

Cases Gesichtsausdruck sagte mir, daß er mir lieber doch glaubte. Je länger er darüber nachdachte, wer wir waren, desto verängstigter wurde er.

Wie waren wir nur zu diesem schrecklichen Ruf gekommen? Wahrscheinlich werden die Geschichten beim Weitererzählen mehr und mehr aufgebauscht. »Ich glaube, er wird mit uns kooperieren. Nicht wahr, mein Sohn?«

Er nickte; die Bockigkeit war ihm vergangen.

Er sah aus wie ein guter Junge. Zu schade, daß er sich der anderen Seite verpflichtet hatte.

»Mach schon, Einauge. Bringen wir es hinter uns.«

Während Einauge sich an die Arbeit machte, fragte Goblin: »Was machen wir, wenn wir hier fertig sind, Croaker?«

»Verdammt, das weiß ich nicht. Wir nehmen es, wie es kommt. Um die Maulesel kümmern wir uns später, erst wird der Wagen beladen. Ein Schritt nach dem anderen.«

»Fertig«, sagte Einauge.

Ich winkte den Jungen heran und öffnete die Außentür. »Raus mit dir, Junge. Tu es.« Ich klopfte ihm auf den Hintern. Er zog ab, aber er warf mir einen Blick zu, bei dem Milch sauer geworden wäre.

»Er ist nicht sonderlich begeistert von dir, Croaker.«

»Das ist mir so egal. Geh zu Raven. Tu, was du tun mußt. Uns läuft die Zeit davon. Bei Tagesanbruch wird sich hier einiges tun.«

Ich behielt Case im Auge. Tracker bewachte die Tür zum Zimmer. Schließlich fand Case, was er suchte, und setzte sich vom Arbeitstrupp ab. »Gut gemacht, Sohnemann«, sagte ich zu ihm, als ich den Kasten entgegennahm. »Ins Zimmer mit dir, zu deinem Freund.«

Wir traten ein, und nur Augenblicke später tauchte Einauge aus seiner Trance auf. »Und?« fragte ich.

Er brauchte einen Moment, um sich wieder zurechtzufinden. »Das wird schwerer, als ich dachte. Aber ich glaube, wir können ihn herausholen.« Er zeigte auf die Karte, die Goblin auf Ravens Bauch ausgebreitet hatte. »Er ist etwa hier gefangen, gerade innerhalb des inneren Kreises.« Er schüttelte den Kopf. »Hat er dir mal irgendetwas gesagt, daß er sich mit Zauberei befaßt hätte?«

»Nein. Aber manchmal hab ich schon daran gedacht. Zum Beispiel in Rosen, als er Raker durch einen Schneesturm verfolgt hat.«

»Irgendwo hat er sich etwas angeeignet. Was er da gemacht hat, war kein Budenzauber. Aber für seine Fähigkeiten war es eine Nummer zu groß.« Einen Augenblick lang war er sehr nachdenklich. »Da drinnen ist es seltsam, Croaker. Wirklich seltsam. Er ist dort bei weitem nicht allein. Genaueres können wir dir nicht sagen, bevor wir selbst reingehen, aber …«

»Was? Wartet mal. Selbst reingehen? Wovon redest du?«

»Ich dachte, du hättest kapiert. Goblin und ich müssen ihm folgen. Wenn wir ihn wieder herausholen wollen.«

»Warum denn ihr beide?«

»Einer übernimmt die Deckung, falls der Vordermann in Schwierigkeiten gerät.«

Goblin nickte. Sie waren jetzt ganz bei der Sache. Was bedeutet, daß beiden die Ärsche auf Grundeis gingen.

»Wie lange wird das dauern?«

»Kann man nicht sagen. Eine ganze Weile. Wir sollten zuerst von hier verschwinden. In die Wälder.«

Ich wollte widersprechen, verzichtete jedoch darauf. Stattdessen ging ich hinaus und peilte die Lage.

Man hatte begonnen die Leichen zu bergen. Ich sah eine Zeitlang zu, dann kam mir eine Idee. Fünf Minuten später traten Case und ich mit einer Bahre hinaus. Eine Decke lag über einer großen entstellten Leiche. Goblins Gesicht lag frei. Er gab einen prachtvollen Kadaver ab. Am anderen Ende ragten Einauges Füße hervor. Tracker trug Raven.

Die Dokumente waren bei Goblin und Einauge unter der Decke.

Ich erwartete nicht, daß wir damit durchkamen. Aber die grausigen Vorgänge um das eingestürzte Gebäude lenkten die Garde ab. Man war mittlerweile zu den Kellerräumen vorgedrungen.

Am Kasernentor wurde ich angehalten. Goblin wandte einen Schlafzauber an. Ich bezweifelte, daß man sich an uns erinnern würde. Überall liefen Zivilisten umher, die die Rettungsarbeiten unterstützten und behinderten.

Das waren die schlechten Nachrichten. Im Keller waren einige noch am Leben.

»Goblin, du und Einauge, ihr holt unser Zeug. Nehmt den Jungen mit. Tracker und ich holen den Wagen.«

Alles lief glatt. Zu glatt, dachte ich in meinem natürlichen

Pessimismus, nachdem bisher alles so erbärmlich schiefgegangen war. Wir packten Raven in den Wagen und machten uns auf den Weg nach Süden.

Sobald wir den Wald erreicht hatten, sagte Einauge: »Also, wir sind jetzt draußen. Was machen wir jetzt mit Raven?«

Ich hatte nicht die leiseste Ahnung. »Das liegt bei euch. Wie nahe müßt ihr dran sein?«

»Sehr nahe.« Er erkannte, daß ich daran dachte, zuerst aus dieser Gegend zu verschwinden. »Und Darling?«

Die Gedächtnisstütze war unnötig.

Ich würde nicht sagen, daß Raven der Mittelpunkt ihres Lebens war. Abgesehen von ein paar ganz allgemeinen Bemerkungen, spricht sie nicht über ihn. Aber manchmal weint sie sich in den Schlaf, weil sie sich an etwas erinnert. Wenn es Raven ist, um den sie weint, dann konnten wir ihn so nicht mit nach Hause nehmen. Das hätte ihr das Herz gebrochen.

Außerdem brauchten wir ihn jetzt. Er wußte besser als wir, was zur Hölle hier eigentlich vor sich ging.

Ich bat Tracker um Vorschläge. Er hatte keine. Er schien auch von unserem Vorhaben nicht begeistert zu sein. Als ob er glaubte, daß Raven eine Art Konkurrenz für ihn werden würde.

»Wir haben ihn«, sagte Einauge und zeigte auf Case, den wir lieber mitgeschleift hatten, als ihn tot zurückzulassen. »Also sollten wir ihn auch nutzen.«

Gute Idee.

Zwanzig Minuten später hatten wir den Wagen weit von der Straße geschafft und auf Steinen aufgebockt, damit er nicht im feuchten Boden einsackte. Einauge und Goblin woben Tarnzauber über ihm und deckten Sträucher darüber.

Wir stopften unser Zeug in Bündel und legten Raven auf die Trage. Case und ich trugen ihn. Tracker und Köter Krötenkiller führten uns durch die Wälder.

Es konnten kaum mehr als drei Meilen gewesen sein, aber als wir anhielten, tat mir alles weh. Zu alt. Nicht mehr in Form. Und das Wetter war ein einziges Elend. Ich hatte mittlerweile genug Regen erlebt, daß ich den Rest meines Lebens ohne auskommen konnte. Tracker führte uns an eine Stelle, die östlich direkt beim Gräberland lag. Ich konnte einhundert Meter hügelabwärts laufen und von dort aus seine Überreste sehen. Ich konnte einhundert Meter in die andere Richtung laufen und den Großen Tragic sehen. Nur der schmale Hochlandstreifen hielt ihn davon ab, das Gräberland zu erreichen.

Wir errichteten die Zelte und legten sie mit Zweigen aus, damit wir nicht auf der nassen Erde sitzen mußten. Goblin und Einauge nahmen das kleinere Zelt. Wir anderen drängten uns im großen zusammen. Sobald ich den Regen einigermaßen los war, machte ich es mir bequem, um die geretteten Dokumente durchzusehen. Als erstes fiel mir ein Wachstuchpaket ins Auge. »Case. Ist das der Brief, den du für Raven abgeben solltest?«

Er nickte mürrisch. Zum Reden war er nicht aufgelegt.

Der arme Junge. Er glaubte, daß er sich des Verrats schuldig gemacht hatte. Ich hoffte, daß er keinen Anfall von plötzlichem Heldentum bekommen würde.

Nun, solange Goblin und Einauge ihre Aufgabe erledigten, konnte ich mich genausogut auch beschäftigen. Den leichten Teil nahm ich mir als erstes vor.

VIERUNDDREISSIGSTES KAPITEL

Bomanz' Geschichte

Croaker:

Bomanz trat in einem anderen Winkel vor die Lady. Er sah, wie ein Hauch von Angst über ihre unvergleichlichen Züge glitt. »Ardath«, sagte er und sah, wie aus der Angst Resignation wurde.

Ardath war meine Schwester.

»Du hattest eine Zwillingsschwester. Du hast sie umgebracht und ihren Namen angenommen. Dein wahrer Name lautet Ardath.«

Das wirst du bereuen. Ich werde deinen Namen herausfinden …

»Warum drohst du mir? Ich will dir nicht schaden.«

Indem du dich mir widersetzt, schadest du mir. Befreie mich.

»Komm, komm. Sei nicht kindisch. Warum willst du mich dazu zwingen? Das kostet uns beide nur Kraft und Leid. Ich will nur das Wissen wiederentdecken, das in dir vergraben ist. Es wird dich nichts kosten, wenn du es mich lehrst. Es wird dir nicht schaden. Es könnte sogar die Welt auf deine Rückkehr vorbereiten.«

Die Welt bereitet sich schon vor. Bomanz!

Er schmunzelte. »Das ist nur eine Maske wie auch der Antiquitätenhändler. So heiße ich nicht. Ardath. Müssen wir miteinander streiten?«

Die Weisen sagen, daß man das Unausweichliche mit An-

mut hinnehmen soll. Wenn ich es tun muß, dann muß ich eben. Ich werde versuchen, mich anmutig zu zeigen.

Und Schweine lernen das Fliegen, dachte Bomanz.

Die Lady lächelte spöttisch. Sie sandte etwas aus. Er verstand es nicht. Andere Stimmen erfüllten seinen Geist. Einen Augenblick lang dachte er, daß der Dominator erwachte. Aber die Stimmen erklangen in seinen körperlichen Ohren im Haus. »O verdammt!«

Erheiterung wie ein Windspiel.

»Clete steht bereit.« Die Stimme gehörte Tokar. Seine Anwesenheit auf dem Speicher versetzte Bomanz in Wut. Er rannte los.

»Hilf mir, ihn aus dem Sessel zu schaffen.« Stancil.

»Willst du ihn denn nicht aufwecken?« Glory.

»Sein Geist ist draußen im Gräberland. Er wird nichts erfahren, es sei denn, daß wir einander dort über den Weg laufen.«

Falsch, dachte Bomanz. Falsch, du heimtückische, undankbare Warze. Dein alter Herr ist ja nicht blöde. Er reagiert sogar auf Anzeichen, wenn er sie gar nicht sehen will.

Als er daran vorbeilief, schwang der Kopf des Drachen herum. Spott folgte ihm. Während er weiterrannte, drosch der Haß der toten Kämpen auf ihn ein.

»Schafft ihn dort in die Ecke. Tokar, das Amulett liegt unter dem Herdstein im Schuppen. Dieser verfluchte Men fu! Er hätte es beinahe vermasselt. Den Schwachkopf möchte ich in die Finger kriegen, der den hierhergeschickt hat. Dieser gierige Idiot war doch nur an sich selbst interessiert.«

»Wenigstens hat er den Wachwart mitgenommen.« Glory.

»Reiner Zufall. Schieres Glück.«

»Die Zeit. Die Zeit«, sagte Tokar. »Cletes Leute gehen jetzt gegen die Baracken vor.«

»Dann verschwindet von hier. Glory, tust du vielleicht auch mal etwas, außer den Alten anzustarren? Ich muß hinein bevor Tokar das Gräberland erreicht. Die Erhabenen müssen erfahren, was wir hier tun.«

Bomanz kam an Mondhunds Hügelgrab vorbei. Er spürte die Unruhe darin. Er rannte weiter.

Neben ihm tanzte ein Gespenst. Ein Gespenst mit hängenden Schultern und boshaftem Gesicht, das ihn tausendfach verfluchte. »Ich hab jetzt keine Zeit, Besand. Aber du hattest recht.« Er überquerte den alten Graben, lief an seiner Ausgrabungsstätte vorbei. Das Gelände war von Fremden übersät. Fremden Neuerstehern. Wo waren die hergekommen. Aus Verstecken im Alten Wald?

Schneller. Muß schneller laufen dachte er. Stance, dieser Idiot, versucht mir hierher zu folgen.

Er raste wie in einem Albtraum voran und schwebte über scheinbar endlose Stufen hinauf. Der Komet starrte herunter. Sein Licht schien stark genug, um Schatten zu werfen.

»Lies noch mal die Anweisungen, um sicherzugehen«, sagte Stancil. »Du brauchst dich nicht zu beeilen, es darf nur nicht zu früh passieren.«

»Sollten wir ihn nicht fesseln oder so? Für alle Fälle.«

»Dafür haben wir keine Zeit. Mach dir um ihn keine Sorgen. Er kommt nicht wieder, bis es zu spät ist.«

»Er macht mich nervös.«

»Dann wirf ihm einen Teppich über und beeil dich. Und rede nicht so laut. Du willst doch nicht, daß Mutter wach wird.«

Bomanz rannte auf die Lichter der Stadt zu … Ihm fiel ein, daß er in diesem Zustand kein kurzbeiniger dicker Mann sein mußte, dem die Puste ausging. Er veränderte seine Wahrnehmung, und seine Geschwindigkeit nahm zu. Kurz darauf begegnete er Tokar, der mit Besands Amulett auf das Gräberland zutrabte. Bomanz verglich sein eigenes beachtliches Tempo mit Tokars scheinbarer Trägheit. Er war wirklich sehr schnell.

Das Hauptquartier brannte. Um die Baracken herum waren schwere Kämpfe ausgebrochen. Tokars Fuhrmänner führten die Angreifer an. Einige Gardisten waren aus der Falle ausgebrochen. Die Unruhen breiteten sich bis in die Stadt aus.

Bomanz erreichte seinen Laden. Oben sagte Stancil zu Glory: »Fang jetzt an.« Als Bomanz die Treppe hinaufraste, begann Stancil: »Dumni. Um muji dumni.« Bomanz krachte in seinen Körper zurück. Er brachte seine Muskeln in seine Gewalt und kam vom Boden hoch.

Glory kreischte auf. Bomanz schleuderte sie gegen eine Wand. Unbezahlbare Antiquitäten gingen bei ihrem Sturz zu Bruch.

Bomanz stöhnte gequält auf, als sämtliche Schmerzen eines alten Körpers sein Bewußtsein trafen. Verdammt! Sein Magengeschwür riß ihm die Gedärme auseinander!

Als sein Sohn sich umdrehte, packte er ihn an der Kehle und brachte ihn zum Schweigen. Der Spruch blieb unvollendet.

Stancil war jünger, stärker. Er erhob sich. Und Glory warf sich auf Bomanz. Bomanz fuhr zurück. »Keiner bewegt sich«, blaffte er.

Stancil rieb sich den Hals und krächzte etwas. »Glaubst du, ich bringe es nicht fertig? Versuch's doch. Es ist mir gleich, wer du bist. Du wirst dieses Ding da draußen nicht befreien.«

»Woher hast du es gewußt?« krächzte Stancil.

»Du hast dich seltsam verhalten. Du hast seltsame Freunde. Ich habe gehofft, daß ich mich irre, aber ich gehe keine Risiken ein. Daran hättest du denken sollen.«

Stancil zog ein Messer. Sein Blick verhärtete sich. »Es tut mir leid, Papa. Manche Dinge sind wichtiger als Menschen.«

Bomanz' Schläfen pochten. »Benimm dich. Ich habe keine Zeit für so etwas. Ich muß Tokar aufhalten.«

Glory zog ebenfalls ein Messer. Sie glitt einen Schritt näher.

»Ihr strapaziert meine Geduld, Junge.«

Das Mädchen sprang. Bomanz sprach ein Wort der Macht. Sie krachte kopfüber gegen den Tisch und glitt zu Boden, fast unmenschlich schlaff. Sekunden später war sie noch schlaffer. Sie wimmerte wie ein verletztes Kätzchen.

Stancil sank auf ein Knie. »Es tut mir leid, Glory. Es tut mir leid.«

Bomanz achtete nicht auf seine eigenen Seelenqualen. Er barg das Quecksilber, das aus der Schüssel auf den Tisch geflossen war und raunte Worte, die seine Oberfläche in einen Fernspiegel verwandelten.

Tokar hatte bereits zwei Drittel des Weges zum Gräberland zurückgelegt.

»Du hast sie getötet«, sagte Stancil. »Du hast sie getötet.«

»Ich habe dich gewarnt: Das hier ist ein unbarmherziges Geschäft.« Und: »Du hast gewettet und verloren. Schieb deinen Hintern in die Ecke und benimm dich.«

»Du hast sie umgebracht.«

Reue überflutete ihn, noch bevor sein Sohn ihn zum Handeln zwang. Er versuchte den Schlag zu mildern, aber das Knochenschmelzen ging entweder ganz oder gar nicht.

Stancil fiel über seine Geliebte.

Sein Vater sank neben ihm auf die Knie. »Warum habt ihr mich dazu gezwungen? Ihr Narren. Ihr verdammten Narren! Ihr habt mich benutzt. Ihr hattet nicht einmal genug Verstand, mich auszuschalten, und ihr wollt mit so etwas wie der Lady fertig werden? Ich weiß nicht. Ich weiß nicht. Was sage ich nur Jasmine? Wie kann ich ihr das erklären?« Er schaute mit wildem Blick um sich wie ein gepeinigtes Tier. »Mich umbringen. Das ist alles, was ich machen kann. Ihr das Leid ersparen, daß sie erfährt, was ihr Sohn war … Kann nicht. Muß Tokar aufhalten.«

Auf der Straße wurde gekämpft. Bomanz achtete nicht darauf. Er suchte weiteres Quecksilber zusammen. Tokar stand am Rande des Grabens und starrte in das Gräberland. Bomanz erkannte die Angst und die Unsicherheit in ihm.

Tokar raffte seinen Mut zusammen. Er umklammerte das Amulett und überquerte die Linie.

Bomanz begann eine Todessendung aufzubauen.

Sein Blick huschte über die Türöffnung. Er sah eine verängstigte Snoopy, die aus dem dunklen Treppenabsatz hereinspähte. »Oh, Kind. Kind, verschwinde von hier.«

»Ich hab Angst. Da draußen bringen sie sich gegenseitig um.«

Hier drin bringen wir uns auch gegenseitig um, dachte er. Bitte geh weg. »Geh zu Jasmine.«

Aus dem Laden ertönte ein gewaltiges Krachen. Männer fluchten. Stahl traf auf Stahl. Bomanz hörte die Stimme von einem von Tokars Fahrern. Der Mann organisierte die Verteidigung des Hauses.

Die Garde hatte sich neu formiert.

Snoopy wimmerte.

»Bleib draußen, Kind. Bleib draußen. Geh zu Jasmine hinunter.«

»Ich hab Angst.«

»Ich auch. Und ich werde dir nicht helfen können, wenn du mir hier im Weg bist. Bitte geh nach unten.«

Sie knirschte mit den Zähnen und rannte fort. Bomanz seufzte. Das war knapp gewesen. Wenn sie Stance und Glory gesehen hätte …

Der Lärm verdoppelte sich. Männer schrien. Bomanz hörte, wie Korporal Husky Befehle bellte. Er wandte sich wieder

der Schüssel zu. Tokar war verschwunden. Er konnte den Mann nicht wiederfinden. Er überflog das Gelände zwischen der Stadt und dem Gräberland. Einige Neuersteher rannten auf die Kämpfer zu und wollten offenbar ihren Genossen beistehen. Andere flohen in blinder Hast. Versprengte Gardisten verfolgten sie.

Stiefel donnerten die Treppe herauf. Wieder unterbrach Bomanz die Vorbereitungen seiner Sendung. Husky tauchte im Eingang auf. Bomanz wollte ihn hinausschicken. Aber der Korporal war nicht in der Stimmung für Diskussionen. Er schwang ein großes blutiges Schwert …

Bomanz wandte das Wort der Macht an. Wieder wurden die Knochen eines Menschen zu Gelee. Dann noch einmal und noch einmal, als Huskys Soldaten ihn rächen wollten. Vier von ihnen streckte Bomanz nieder, bevor der Ansturm abgebrochen wurde.

Er versuchte sich wieder auf seine Sendung zu konzentrieren …

Dieses Mal war die Unterbrechung nicht real. Es war ein Beben auf dem Pfad, den er zur Gruft der Lady geöffnet hatte. Tokar stand auf dem großen Grab und hatte Verbindung mit der Kreatur darin aufgenommen.

»Zu spät«, murmelte er. »Verdammt zu spät.« Aber er stieß die Sendung trotzdem aus. Vielleicht würde Tokar sterben, bevor er diese Ungeheuer freisetzte.

Jasmine keifte. Snoopy schrie auf. Bomanz stürzte über die gefallenen Gardisten und die Treppe hinunter. Wieder schrie Snoopy auf.

Bo betrat sein Schlafzimmer. Einer von Tokars Männern hielt Jasmine ein Messer an die Kehle. Zwei Gardisten warteten auf eine Gelegenheit anzugreifen.

Bomanz hatte keine Geduld mehr. Er tötete alle drei.

Das Haus bebte. In der Küche klirrten Teetassen. Das Beben war nur sanft, aber es war ein Vorbote, der Bomanz vor Schlimmerem warnte.

Seine Sendung war nicht rechtzeitig angekommen.

Resigniert sagte er: »Verlaßt das Haus. Es wird ein Erdbeben geben.«

Jasmine warf ihm einen schiefen Blick zu. Sie hielt das hysterische Mädchen im Arm.

»Ich werde es später erklären. Wenn wir das hier überleben. Verlaßt bloß das Haus.« Er fuhr herum, stürzte auf die Straße und rannte zum Gräberland.

Sich selbst groß und schlank und schnell zu denken, nützte ihm jetzt gar nichts. Er war der leibhaftige Bomanz, ein kleiner dicker alter Mann, dem rasch die Luft wegblieb. Zweimal stolperte er und fiel zu Boden, als Beben das Land erschütterten. Jedes war stärker als das vorangehende.

Die Brände loderten immer noch, aber die Kämpfe waren zum Erliegen gekommen. Auf beiden Seiten hatten die Überlebenden erkannt, daß Schwerter hier nichts mehr zu entscheiden vermochten. Sie starrten zum Gräberland und warteten auf das, was geschehen würde.

Bomanz schloß zu den Beobachtern auf.

Der Komet brannte so strahlend, daß das Gräberland hell erleuchtet war.

Ein gewaltiger Schlag ließ die Erde beben. Bomanz taumelte. Im Gräberland barst das Hügelgrab auseinander, das Seelenfänger gefangen hielt. Ein unheilvolles Glosen schien daraus hervor. Aus dem Schutt erhob sich eine Gestalt, und das Glühen zeichnete ihre Umrisse nach.

Die Menschen beteten oder fluchten, je nach Neigung.

Die Beben setzten sich fort. Nacheinander öffneten sich die Hügelgräber. Nacheinander erhoben sich die Zehn Unterworfenen vor dem Antlitz der Nacht. »Tokar«, sagte Bomanz leise. »Ich hoffe, du verfaulst in der Hölle.«

Es gab nur noch eine Chance. Eine unmöglich winzige Chance. Sie ruhte auf den altersgebeugten Schultern eines untersetzten kleinen Mannes, der nicht auf dem Höhepunkt seiner Kräfte war.

Er sammelte seine mächtigsten Bannsprüche, seine gewaltigsten Magien, sämtliche mystischen Kunststücke, die er sich in siebenunddreißigjähriger einsamer Nachtarbeit angeeignet hatte. Und er ging langsam auf das Gräberland zu.

Hände griffen nach ihm, um ihn zurückzuhalten. Sie fanden keinen Halt. Aus der Menge rief eine alte Frau: »Bo, nein! Bitte!«

Er ging weiter.

Das Gräberland brodelte. Zwischen den Trümmern heulten Gespenster. Das Große Grab bäumte sich auf. Flammende Erde spritzte auf. Eine mächtige geflügelte Schlange erhob sich vor der Nacht. Ein gewaltiger Schrei drang aus ihrem Maul. Ströme von Drachenfeuer überfluteten das Gräberland.

Weise grüne Augen beobachteten Bomanz' Vorrücken.

Der dicke kleine Mann schritt in den Weltuntergang und setzte sein Zauberarsenal frei. Feuer hüllte ihn ein.

FÜNFUNDDREISSIGSTES KAPITEL

Das Gräberland. Vom Regen in die Traufe

Ich steckte Ravens Brief wieder in das Wachstuch zurück, lehnte mich auf mein Lager aus Zweigen zurück und ließ meinen Geist wandern. Wie Raven es erzählte, wirkte es so dramatisch. Allerdings wunderte ich mich über seine Quellen. Bomanz' Frau? Jemand mußte das Ende der Geschichte festgehalten und das verborgen haben, was später gefunden wurde. Was war überhaupt aus seiner Frau geworden? In der Sage wurde sie nicht erwähnt. Der Sohn übrigens auch nicht. Die volkstümlichen Geschichten erwähnen nur Bomanz selbst.

Allerdings war da noch etwas. Etwas, das ich übersehen hatte. Ach. Ja. Ein Zusammentreffen mit meinen eigenen Erlebnissen. Der Name, auf den Bomanz sich verlassen hatte. Jener Name, der sich offenbar als nicht hinreichend machtvoll erwies.

Ich hatte ihn schon einmal gehört. Unter ähnlich verheerenden Umständen.

Als sich in Juniper der Wettstreit zwischen der Lady und dem Dominator seinem Höhepunkt näherte, und sie sich in einer Burg auf der einen Talseite aufhielt, während er aus einer zweiten Burg auf der anderen Seite des Tals zu entkommen versuchte, entdeckten wir, daß die Unterworfenen der Schwarzen Schar Übles antun wollten, sobald die Krise vorbei wäre. Auf den Befehl des Hauptmannns hin desertierten wir. Wir kaperten ein Schiff. Als wir davonsegelten und Gatte und Ehefrau über der brennenden Stadt kämpften, erreichte das Ringen seinen Gipfel. Die Lady erwies sich als die stärkere.

Die Stimme des Dominators ließ die Welt erzittern, als er seiner Wut ein letztes Mal Luft machte. Er hatte sie bei jenem Namen genannt, den Bomanz für machtvoll gehalten hatte. Offenbar war selbst der Dominator nicht gegen Irrtümer gefeit.

Eine Schwester brachte die andere um und nahm vielleicht oder vielleicht auch nicht ihre Stelle ein. Seelenfänger, unsere ehemalige Patronin und, wie sich in der Schlacht um Charm herausstellte, Verschwörerin gegen die Lady, war eine weitere Schwester. Also drei Schwestern. Mindestens. Eine hieß Ardath, aber offenbar war es nicht jene, die später zur Lady wurde.

Vielleicht lag hier der Anfang einer Spur. All die Listen daheim im Loch. Und die Genealogien. Ich mußte eine Frau finden, die Ardath hieß. Und dann herausfinden, wer ihre Schwestern waren.

»Es ist ein Anfang«, murmelte ich. »Nicht viel, aber ein Anfang.«

»Was?«

Ich hatte Case völlig vergessen. Er hatte es sich nicht zunutze gemacht. Vermutlich hatte er zuviel Angst dafür.

»Nichts.« Draußen war es dunkel geworden. Der Nieselregen hielt immer noch an. Drüben im Gräberland gingen geisterhafte Lichter um. Ich erschauerte. Das kam mir irgendwie nicht richtig vor. Ich fragte mich, wie Goblin und Einauge vorankamen. Ich wagte es nicht, hinüberzugehen und nachzufragen. Tracker schnarchte leise in einer Ecke. Köter Krötenkiller hatte sich an seinen Bauch gelegt und machte die Geräusche eines schlafenden Hundes, aber ich erspähte das Glitzern eines offenen Auges, das mir sagte, daß er durchaus auf dem Posten war.

Ich richtete etwas mehr Aufmerksamkeit auf Case. Er zitterte, und das lag nicht allein an der Kälte. Er war sicher, daß wir ihn umbringen würden. Ich streckte den Arm aus und legte ihm eine Hand auf die Schulter. »Ist schon gut, mein Sohn. Wir tun dir nichts. Wir schulden dir was dafür, daß du auf Raven aufgepaßt hast.«

»Er ist wirklich Raven? *Der* Raven, der Vater der Weißen Rose?«

Der Junge kannte sich in den Geschichten aus. »Jawoll. Allerdings nur ihr Pflegevater.«

»Dann hat er doch nicht alles erlogen. Er war tatsächlich bei den Forsberger Feldzügen dabei.«

Das fand ich lustig. Ich schmunzelte und sagte dann: »So wie ich Raven kenne, hat er nicht viel erlogen. Er hat nur die Wahrheit etwas umgestellt.«

»Ihr wollt mich wirklich laufen lassen?«

»Wenn wir in Sicherheit sind.«

»Oh.« Er machte keinen sehr beruhigten Eindruck.

»Sagen wir mal, wenn wir am Rand der Schreckenssteppe angekommen sind. Da draußen findest du bestimmt viele Freunde.«

Er wollte ein Art politische Diskussion anfangen, warum wir der Lady unbedingt Widerstand leisten wollten. Da machte ich aber nicht mit. Ich bin kein Prediger. Ich kann die Leute nicht bekehren. Ich habe ja selbst schon genug Schwierigkeiten damit, mich selbst zu verstehen und meine Beweggründe aufzuschlüsseln. Vielleicht konnte Raven es ihm erklären, wenn Goblin und Einauge ihn erst einmal zurückgebracht hatten.

Die Nacht kam mir endlos vor, aber nach drei Ewigkeiten, die etwa bis Mitternacht dauerten, hörte ich unsichere Schritte. »Croaker?«

»Hier drin«, sagte ich. Es war Goblin. Ohne Licht konnte

ich sein Gesicht nicht besonders gut erkennen, aber ich hatte den Eindruck, daß seine Neuigkeiten nicht die besten waren. »Schwierigkeiten?«

»Ja. Wir bekommen ihn nicht heraus.«

»Wovon redest du, zur Hölle? Was meinst du damit?«

»Damit meine ich, daß wir dafür nicht die Fähigkeiten haben. Wir haben nicht die Begabung. Dafür braucht man jemanden von größerem Kaliber, als wir es sind. Wir sind nichts Besonderes, Croaker. Bühnenzauberer. Mit ein paar brauchbaren Taschenspielertricks. Vielleicht kann Schweiger etwas ausrichten. Seine Magie unterscheidet sich von unsriger.«

»Vielleicht solltet ihr euch Verstärkung holen. Wo ist Einauge?«

»Er ruht sich aus. Für ihn war es hart. Was er da drin gesehen hat, hat ihn ziemlich mitgenommen.«

»Und was war das?«

»Das weiß ich nicht. Ich war nur seine Rettungsleine. Und ich mußte ihn herausziehen, bevor er ebenfalls in die Falle geraten konnte. Ich weiß bloß, daß wir Raven ohne Hilfe nicht freibekommen.«

»Scheiße«, sagte ich. »Doppeltverdammter Schwebeschafscheiß. Goblin, das hier können wir nicht gewinnen, wenn Raven uns nicht dabei hilft. Ich habe auch nicht das, was wir benötigen. Die Hälfte dieser Papiere werde ich im Leben nicht übersetzen können.«

»Nicht einmal mit Trackers Hilfe?«

»Er kann TelleKurre lesen. Das kann ich auch, ich brauche bloß länger. Raven muß die Dialekte kennen. Einiges von dem Zeug, das er übersetzt hat, war darin geschrieben. Außerdem ist da noch die Frage, was er hier überhaupt gemacht hat. Warum er wieder einmal seinen Tod vorgetäuscht und sich abgesetzt hat. Ohne Darling.«

Vielleicht zog ich voreilige Schlußfolgerungen. Ich neige

dazu. Vielleicht gab ich auch dem menschlichen Drang nach, die Dinge zu vereinfachen und dachte, wenn wir nur Raven zurückhätten, würden unsere Schwierigkeiten schon von allein verschwinden. »Was machen wir jetzt?« fragte ich mich laut.

Goblin stand auf. »Ich weiß es nicht, Croaker. Lassen wir erst einmal Einauge wieder auf die Beine kommen und herausfinden, womit wir es überhaupt zu tun haben. Danach können wir dann weitersehen.«

»In Ordnung.«

Er schlüpfte hinaus. Ich legte mich hin und versuchte zu schlafen. Immer wenn ich einschlief, bekam ich Albträume von dem Ding, das im Schlamm und Schleim dessen lag, was aus dem Gräberland geworden war.

SECHSUNDDREISSIGSTES KAPITEL

Schwere Zeiten

Einauge sah scheußlich aus. »Es war hart«, sagte er. »Hol die Karte raus, Croaker.« Ich tat wie mir geheißen. Er zeigte auf eine Stelle. »Er ist hier. Und er steckt fest. Sieht so aus, als ob er Bomanz‘ Pfad bis zum Zentrum gefolgt und dann auf dem Rückweg in Schwierigkeiten geraten ist.«

»Wie? Ich begreife nicht, was dort vor sich geht.«

»Ich wünschte, du könntest selbst dort hineingehen. Ein Reich der schrecklichen Schatten … Vermutlich sollte ich froh sein, daß du es nicht kannst. Du würdest es glatt versuchen.«

»Und was soll das nun wieder heißen?«

»Das soll heißen, daß du zu neugierig bist, als daß es gesund für dich sein könnte. Genau wie der alte Bomanz. Nein. Sei still.« Er hielt kurz inne.

»Croaker, da war etwas gefangen, ein Diener der Unterworfenen, und das hat in der Nähe von Bomanz' Pfad gelauert. Er war zu stark dafür. Aber Raven war ein Amateur. Ich glaube, Goblin, Schweiger und ich zusammen würden mit diesem Ding Schwierigkeiten haben, und wir haben größere Fähigkeiten, als Raven sie haben konnte. Er hat die Gefahren unter- und sich selbst überschätzt. Als er hinauswollte, hat das Wesen seine Stelle eingenommen und ihn in seinem Gefängnis zurückgelassen.«

Ich runzelte die Stirn. Noch hatte ich es nicht ganz begriffen.

Einauge erklärte es mir. »Jemand hat ihn benutzt, um das Gleichgewicht der alten Bannsprüche zu bewahren. Er steckt also in einem Netz aus alter Zauberkunst fest. Und das Wesen ist draußen.«

Ein Gefühl, als ob ich aus großer Höhe stürzte. Ein Gefühl, das der Verzweiflung nahe kam. »Draußen? Und ihr wißt nicht …?«

»Nichts. Auf der Karte steht nichts. Bomanz muß die niederen Dämonen als unwichtig abgetan haben. Er hat kaum ein Dutzend davon eingetragen. Und es hätten mehrere Dutzend sein sollen.«

In der Literatur fanden sich Hinweise, die das bestätigten. »Was hat er dir gesagt? Habt ihr miteinander reden können?«

»Nein. Er hat bemerkt, das jemand da war. Aber er steckt in einem Sumpf von Bannsprüchen. Ich konnte ihn nicht befreien, ohne selbst darin steckenzubleiben. Es gibt ein geringfügiges Ungleichgewicht, so als ob das, was entkommen ist, etwas mehr war, als das, was steckengeblieben ist. Ich habe versucht dichter an ihn heranzukommen. Da hat mich Goblin dann herausholen müssen. Ich habe eine große Furcht gespürt, die mit seiner Lage nichts zu tun hatte. In der Hinsicht war da nur Zorn. Ich glaube, er ist nur deshalb in die Falle geraten, weil er sich so sehr beeilt hat, daß er nicht mehr auf seine Umgebung achtete.«

Das kapierte ich. Er war im Zentrum gewesen und dann geflohen. Was lag im Zentrum? »Glaubst du, daß das, was entflohen ist, versuchen könnte, das Große Grab zu öffnen?«

»Es könnte so etwas in die Wege leiten wollen.«

Ein Geistesblitz überkam mich. »Warum holen wir nicht Darling hierher? Sie könnte doch …«

Einauge warf mir einen seiner Nun-sei-doch-nicht-blöder-als-nötig-Blicke zu. Stimmte ja auch. Raven war noch das harmloseste, was ein Nullfeld freisetzen konnte.

»Das würde dem Dicken gefallen«, höhnte Goblin. »Sehr gefallen.«

»Hier können wir nichts für Raven tun«, sagte Einauge. »Vielleicht finden wir irgendwann einen Zauberer, der etwas unternehmen kann. Und bis dahin?« Er zuckte die Achseln. »Vielleicht sollten wir einander ein Schweigegelübde ablegen. Wenn Darling von ihm erfährt, könnte sie ihren Auftrag vergessen.«

»Einverstanden«, sagte ich, und dann: »Aber …«

»Aber was?«

»Ich habe über Darling und Raven nachgedacht. Ich glaube, da gibt es etwas, das wir übersehen. Ich meine, wenn ich so an seine Art denke, warum hat er sich abgesetzt und ist hierher gekommen? Allem Anschein nach, um die Lady und ihre Bande auszuspionieren. Aber warum sollte er Darling darüber im unklaren lassen? Begreift ihr, was ich sagen will? Vielleicht regt sie sich gar nicht so sehr auf, wie wir es befürchten. Oder vielleicht regt sie sich aus anderen Gründen auf.«

Einauge sah zweifelnd drein. Goblin nickte. Tracker sah verblüfft aus. Wie immer.

»Was ist mit seinem Körper?« fragte ich.

»Eine echte Belastung«, entgegnete Einauge. »Und ich kann nicht sagen, ob die Verbindung zwischen Fleisch und Seele nicht vielleicht zerreißen wird, wenn wir ihn auf die Steppe bringen.«

»Moment mal.« Ich sah Case an. Er sah mich an. Hier hatten wir eine weitere Zwickmühle.

Ich wußte einen sicheren Weg, um Ravens Körperproblem zu lösen. Und ihn herausholen zu lassen. Ihn an die Lady zu verraten. Womit vielleicht auch etliche andere Probleme gelöst werden konnten. Wie das Problem des entflohenen Irgendetwas und die drohende Gefahr eines weiteren Fluchtversuchs ihres Gatten. Vielleicht erkaufte es auch Darling Zeit, denn die Aufmerksamkeit der Lady würde eine dramatische Richtungsänderung erfahren.

Aber was würde dann aus Raven werden?

Er war möglicherweise die Schlüsselfigur zu unserem Versagen oder unserem Erfolg. Ihn preisgeben, um ihn zu retten? Sich auf die hauchdünne Wahrscheinlichkeit verlassen, daß wir ihn schon irgendwie wieder in die Finger bekommen würden, bevor sein Wissen uns schaden konnte? Ein Dilemma. Immer wieder ein großes Dilemma.

Goblin meinte: »Wir sehen uns die Geschichte noch einmal an. Dieses Mal übernehme ich die Vorhut. Einauge sorgt für die Deckung.«

Einauges säuerlicher Blick zeigte, daß sie sich in dieser Sache schon auf Leben und Tod in den Haaren gelegen hatten. Ich hielt die Klappe. Schließlich war es ihr Spezialgebiet.

»Nun?« wollte Goblin wissen.

»Wenn du meinst, daß es die Mühe wert ist.«

»Das meine ich. Jedenfalls gibt es nichts zu verlieren. Ein anderer Blickwinkel könnte auch hilfreich sein. Vielleicht finde ich etwas, das er übersehen hat.«

»Daß ich nur noch ein Auge habe, macht mich doch nicht zum Blinden«, fauchte Einauge. Goblin starrte ihn finster an. Auch das war schon besprochen worden.

»Verschwendet keine Zeit«, sagte ich. »Wir können nicht ewig hier bleiben.«

Manchmal werden einem die Entscheidungen aus der Hand genommen.

Tiefe Nacht. Wind in den Bäumen. Kälte kriecht in den Unterschlupf und läßt mich aufschrecken, bis ich erschauernd wieder einschlafe. Ständig prasselt Regen, ohne daß mich das Geräusch beruhigt. Ihr Götter, ich hatte den Regen so satt. Wie konnte die Ewige Garde dabei auch nur halbwegs bei Verstand bleiben.

Eine Hand schüttelte mich wach. Tracker raunte: »Wir

kriegen Gesellschaft. Ärger.« Köter Krötenkiller stand mit gesträubten Nackenhaaren am Zelteingang.

Ich lauschte. Nichts. Aber es war wenig sinnvoll, ihm nicht zu glauben. Lieber in Sicherheit als tot. »Was ist mit Goblin und Einauge?«

»Die sind noch nicht fertig.«

»Au weia.« Ich suchte hastig nach Kleidungsstücken, nach Waffen. Tracker sagte: »Ich gehe raus, kundschafte sie aus und versuche, sie entweder zu verscheuchen oder sie abzulenken. Warne du die anderen. Macht euch bereit zur Flucht.« Er schlüpfte hinter Köter Krötenkiller aus dem Zelt. Das verflixte Vieh zeigte jetzt tatsächlich ein paar Lebenszeichen!

Unser Geflüster weckte Case. Keiner sagte ein Wort. Ich fragte mich, was er riskieren würde. Ich zog mir die Decke über den Kopf und ging hinaus. Für diesen Tag genug des Übels.

Im anderen Zelt fand ich die beiden in Trance vor. »Mist. Und jetzt?« Wagte ich es, Einauge aufzuwecken? Leise: »Einauge. Ich bin' s Croaker. Wir haben Ärger.«

Ah ja. Sein heiles Auge öffnete sich. Einen Augenblick lang schien er orientierungelos zu sein. Dann: »Was machst du denn hier?«

»Schwierigkeiten. Tracker sagt, daß sich jemand im Wald herumtreibt.«

Ein Schrei drang durch den Regen. Einauge setzte sich bolzengerade auf. »Die Macht!« stieß er hervor. »Was zur Hölle?«

»Was ist denn?«

»Gerade hat jemand einen Zauber losgelassen, fast wie einer der Unterworfenen.«

»Kannst du Goblin rausholen? Schnell?«

»Ich kann…« Ein zweiter Schrei zerriß die Wälder. Dieser

wollte einfach nicht aufhören, voller Verzweiflung und Agonie. »Ich hole ihn.«

Er klang, als ob alle Hoffnung verloren sei.

Unterworfene. Ganz bestimmt. Auf unserer Fährte. Und sie kamen näher. Aber diese Schreie... War der erste von einem, dem Tracker aufgelauert hatte? Hatte der zweite Tracker erwischt? Es hatte nicht nach ihm geklungen.

Einauge legte sich hin und schloß sein Auge. Augenblicke später war er wieder in der Trance, obgleich seine Miene die Angst widerspiegelte, die in seinem Oberflächenbewußtsein vorherrschte. Es war gut, wenn er unter dieser Anspannung wieder abtauchen konnte.

Aus dem Wald erklang ein dritter Schrei. Verdutzt wandte ich mich um und spähte in den Regen hinaus. Ich sah nichts. Kurz darauf regte sich Goblin.

Er sah furchtbar aus. Aber an seiner Entschlossenheit sah man, daß er gewarnt worden war. Er zwang sich in eine aufrechte Haltung, obgleich man sehen konnte, daß er dafür noch nicht bereit war. Sein Mund ging immer wieder auf und zu. Ich hatte das Gefühl, daß er mir etwas sagen wollte.

Einauge kam erst nach ihm in die Höhe, aber er erholte sich schneller. »Was tut sich dort draußen?« fragte er.

»Ein dritter Schrei.«

»Alles liegenlassen? Und loslaufen?«

»Das können wir nicht. Zumindest etwas von dem Zeug müssen wir in der Steppe abliefern. Sonst könnten wir genausogut hier aufgeben.«

»Stimmt. Pack es zusammen. Ich kümmere mich um den Kram hier.«

Das Zusammenpacken nahm nicht viel Zeit in Anspruch. Ich hatte nur sehr wenig ausgepackt ... Etwas brüllte in den Wäldern auf. Ich erstarrte. »Was ist das, verdammt?« Es klang wie etwas, das größer war als vier Löwen zusammen.

Einen Augenblick später erklangen Schreie.

Als ich das Zelt abbaute, tauchten Goblin und Einauge auf. Goblin sah immer noch schlimm aus. Einauge trug die Hälfte von seinem Zeug mit. »Wo ist der Junge?« fragte er.

Auf seine Abwesenheit hatte ich gar nicht geachtet. Sie hatte mich nicht sonderlich überrascht. »Weg. Wie sollen wir Raven tragen?«

Die Antwort darauf trat aus dem Unterholz hervor. Tracker. Er sah ein wenig zerzaust aus, aber immer noch ganz gesund. Köter Krötenkiller war mit Blut bedeckt. Er wirkte lebhafter, als ich ihn je gesehen hatte. »Kommt, wir schaffen ihn von hier fort«, sagte Tracker und ging zum einen Ende der Trage.

»Was ist mit deinem Zeug?«

»Keine Zeit.«

»Was ist mit dem Wagen?« Ich hob das andere Ende an.

»Nichts mehr zu machen. Sie haben ihn schon gefunden. Los geht's.«

Wir marschierten los und ließen ihn die Führung übernehmen. Ich fragte: »Was war das für ein Krach?«

»Hab' sie überrascht.«

»Aber ...«

»Selbst die Unterworfenen können überrascht werden. Spar dir deine Puste. Er ist nicht tot.«

Einige Stunden lang hieß es nur einen Fuß vor den anderen zu setzen und nicht zurückzuschauen. Tracker legte ein rasches Tempo vor. In jener Ecke meines Verstandes, in der immer noch der Beobachter kauerte, bemerkte ich, daß Köter Krötenkiller mit Leichtigkeit Schritt hielt.

Goblin brach als erster zusammen. Ein oder zweimal hatte er zu mir aufschließen und mir etwas sagen wollen, aber dafür hatte er einfach nicht die Kraft. Als er zusammensackte, blieb Tracker stehen und warf einen gereizten Blick über die Schulter. Knurrend legte sich Köter Krötenkiller in das nasse Laub. Tracker zuckte die Achseln und setzte sein Ende der Trage ab.

Daraufhin ließ ich mich ebenfalls fallen. Wie ein Stein. Und der Regen und der Matsch konnten mich mal. Nasser konnte ich nicht mehr werden.

O ihr Götter, taten mir die Schultern und die Arme weh. An der Stelle, wo die Muskeln in den Hals hinaufziehen, stachen feurige Nadeln auf mich ein. »Das wird nichts«, sagte ich, als ich wieder Luft bekam. »Wir sind zu alt und zu schwach.«

Tracker musterte den Wald. Köter Krötenkiller stand auf und schnüffelte im feuchten Wind. Ich rappelte mich lange genug auf, um den Weg zurückzublicken, den wir gekommen waren und versuchte zu schätzen, in welche Richtung wir flohen.

Natürlich gen Süden. Norden ergab keinen Sinn, und Osten oder Westen hätten uns entweder ins Gräberland oder in den Fluß geführt. Aber wenn wir uns weiter in Richtung Süden hielten, würden wir auf die alte Straße nach Oar kommen, wo sie zum Großen Tragic hinführte. Auf diesem Abschnitt würden ganz sicher Patrouillen unterwegs sein.

Als ich wieder einigermaßen Luft bekam und mein Atem mir nicht mehr in den Ohren donnerte, konnte ich den Fluß hören. Er war keine hundert Meter entfernt und rauschte und gluckste wie stets.

Tracker tauchte aus seiner nachdenklichen Stimmung auf. »Dann eben mit List und Tücke«, sagte er. »Mit List und Tücke.«

»Ich habe Hunger«, sagte Einauge, und da bemerkte ich, daß ich ebenfalls ziemlich hungrig war. »Allerdings schätze ich, daß wir noch viel hungriger werden.« Er lächelte schwach. Mittlerweile hatte er genug Kraft, um sich um Goblin kümmern zu können. »Croaker. Kommst du mal her und siehst ihn dir an?«

Komisch. Wenn es hart auf hart geht, sind sie plötzlich nicht mehr verfeindet.

SIEBENUNDDREISSIGSTES KAPITEL

Im Wald und dahinter

Bevor wir dank Trackers Geschick bei der Jagd etwas zu essen bekamen, verstrichen zwei Tage. Zwei Tage lang gingen wir den Patrouillen aus dem Weg. Tracker kannte sich in diesen Wäldern gut aus. Wir tauchten in ihrem Dickicht unter und liefen in etwas entspannterem Tempo weiter nach Süden. Nach den zwei Tagen fühlte sich Tracker sicher genug, daß er uns ein Feuer gestattete. Allerdings war es kein besonders großes Feuer, denn es war schwer, brennbares Holz zu finden. Sein Nutzen war eher psychologischer Art.

Unser Elend wurde durch wachsende Hoffnung ausgeglichen. Darum ging es jedenfalls während unserer zwei Wochen im Alten Wald. Verdammt, querfeldein und abseits der Straße zu reisen, ging ebenso schnell oder sogar noch schneller, als wenn wir die Straße selbst benutzt hätten. Als wir uns dem südlichen Waldesrand näherten, hatten wir schon wieder einigermaßen optimistische Gedanken.

Ich bin versucht, nur über dem Elend und den Streitereien wegen Raven zu brüten. Einauge und Goblin waren der Überzeugung, daß wir ihm nichts Gutes taten. Andererseits fiel ihnen auch keine andere Möglichkeit ein, als ihn mit uns herumzuschleppen.

Ich schleppte ein Gewicht anderer Art mit mir herum wie einen großen Stein in meinem Bauch.

In jener zweiten Nacht, als Tracker und Köter Krötenkiller auf der Jagd waren, kam Goblin zu mir. Er flüsterte: »Ich bin weiter vorgedrungen als Einauge. Fast bis zum Zentrum. Jetzt weiß ich, warum Raven nicht wieder rausgekommen ist.«

»Ach ja?«

»Er hat zuviel gesehen. Wahrscheinlich das, weswegen er überhaupt hineingegangen ist. Der Dominator schläft nicht mehr. Ich…« Er erbebte. Er brauchte einen Moment, um sich wieder in den Griff zu bekommen. »Ich hab ihn gesehen, Croaker. Er hat mich angesehen. Und er hat gelacht. Wenn Einauge nicht gewesen wäre … dann würde ich genauso festsitzen wie Raven.«

»O verdammt«, sagte ich leise, während mein Verstand die möglichen Folgen durchraste. »Wach? Und aktiv?«

»Ja. Sag nichts. Niemandem, bis du es Darling sagen kannst.«

In seiner Stimme lag jetzt etwas Schicksalergebenes. Er hatte Zweifel daran, daß er noch lange unter uns weilen würde. Beängstigend. »Weiß Einauge Bescheid?«

»Ich sage es ihm noch. Ich muß sichergehen, daß die Nachricht zu Hause ankommt.«

»Warum sagst du es nicht uns allen?«

»Nicht Tracker. Mit Tracker stimmt etwas nicht … Croaker. Noch etwas. Der alte Zauberer. Er ist auch dort drin.«

»Bomanz?«

»Ja. Er lebt. Wie eingefroren oder so. Nicht tot, aber er kann auch nicht das geringste tun … Der Drache …« Er schwieg.

Tracker kam zurück und brachte ein Bündel Eichhörnchen mit. Wir ließen sie kaum heiß werden, bevor wir über sie herfielen.

Wir ruhten uns einen Tag lang aus, bevor wir uns auf das offene Land hinauswagten. Ab jetzt würden wir wie die Mäuschen nachts von einer Deckung zur nächsten huschen müssen. Ich fragte mich, wozu das alles gut sein sollte. Die Schreckenssteppe hätte sich genausogut auch in einer anderen Welt befinden können.

In dieser Nacht hatte ich einen goldenen Traum.

Ich erinnere mich nicht mehr daran, nur daß sie mich berührte und mich irgendwie zu warnen versuchte. Ich glaube, daß eher die Erschöpfung als das Amulett dafür verantwortlich waren, daß die Botschaft nicht durchkam. Nichts davon blieb hängen. Ich wachte auf und behielt nur das vage Gefühl zurück, daß mir etwas Lebenswichtiges entgangen war.

Ende der Fahnenstange. Ende des Spiels. Zwei Stunden nachdem wir den Großen Wald verlassen hatten, wußte ich, daß unsere letzte Stunde unerbittlich näher rückte. Die Dunkelheit bot nur unzulänglichen Schutz. Und meine Amulette reichten ebenfalls nicht aus.

Die Unterworfenen durchkreuzten die Lüfte. Als es zu spät war, um noch umzukehren, spürte ich sie umherstreifen. Und sie wußten, daß ihre Beute zu Fuß unterwegs war. Wir konnten in der Ferne das Getöse der Bataillone hören, die uns den Rückzug in den Wald versperrten.

Wiederholt warnte mich mein Amulett vor dem nahen Vorbeiziehen von Unterworfenen. Wenn es nicht anschlug, was es nicht immer zu tun schien – wahrscheinlich, weil es nicht auf die neuen Unterworfenen ansprach –, warnte uns Köter Krötenkiller. Er konnte die Mistkerle auf eine Wegstunde entfernt riechen.

Das andere Amulett half. Das und Trackers geniale Fähigkeit, falsche Fährten zu legen.

Aber der Kreis wurde enger. Und immer enger. Und wir wußten, daß es nicht mehr lange dauern konnte, bis es keine Schlupflöcher mehr für uns gab.

»Was machen wir jetzt, Croaker?« fragte Einauge. Seine Stimme zitterte. Er wußte es. Aber er wollte es ausgesprochen hören. Und ich konnte weder den Befehl geben noch es selbst tun.

Diese Männer waren meine Freunde. Wir waren mein ganzes Erwachsenenleben zusammengewesen. Ich konnte ihnen nicht befehlen, sich selbst umzubringen. Ich konnte sie auch nicht niedermetzeln.

Aber ich konnte auch nicht zulassen, daß sie gefangen genommen wurden.

Eine undeutliche Idee bildete sich. Eigentlich war sie wirklich dämlich. Zuerst hielt ich sie für Dummheit, die der schieren Verzweiflung entsprang. Was sollte das schon nützen?

Dann berührte mich etwas. Ich japste auf. Auch die anderen fühlten es. Sogar Tracker und seine Töle. Sie zuckten wie von der Tarantel gestochen zusammen. Wieder keuchte ich auf. »Das ist sie. *Sie* ist hier. O verdammt.« Aber das brachte mir die Entscheidung. *Ich* konnte ihnen vielleicht Zeit erkaufen.

Bevor ich noch darüber nachdenken und es mir vielleicht feigerweise anders überlegen konnte, riß ich mir die Amulette herunter, drückte sie Goblin in die Hand und lud Einauge unsere kostbaren Dokumente auf. »Danke, Jungs. Paßt auf euch auf. Vielleicht sehen wir uns wieder.«

»Was machst du da, verdammt?«

Mit dem Bogen in der Hand – jenem Bogen, den sie mir vor so langer Zeit geschenkt hatte – sprang ich in die Finsternis. Gedämpfte Proteste folgten mir. Ich hörte gerade noch, wie Tracker fragte, was denn los sei. Dann war ich verschwunden.

Nicht weit entfernt verlief eine Straße und über mir schien eine schmale Mondsichel. Ich betrat die Straße und trabte im Schein des Mondes weiter, trieb meinen müden alten Leib bis an seine Grenze und versuchte einen so großen Abstand wie möglich aufzubauen, bevor mir das Unausweichliche zustieß.

Sie würde mich eine Zeitlang beschützen. Das hoffte ich jedenfalls. Und wenn man mich einfing, konnte ich für die anderen vielleicht noch Zeit schinden.

Allerdings taten sie mir leid. Weder Einauge noch Goblin waren stark genug, um Raven zu tragen. Und allein schaffte Tracker es nicht. Wenn sie die Schreckenssteppe erreichten, würden sie nicht um die bedauerliche Pflicht herumkommen, alles Darling erklären zu müssen.

Ich fragte mich, ob es einer von ihnen fertigbringen würde Raven zu töten … Die Galle kam mir hoch. Meine Beine wurden schwach. Ich versuchte meinen Verstand mit Leere zu füllen, starrte auf die Straße drei Schritte vor mir, keuchte laut und lief weiter. Ich zählte meine Schritte. Von eins bis hundert, wieder und wieder.

Ein Pferd. Ich konnte mir ein Pferd stehlen. Ich sagte mir das immer wieder, konzentrierte mich darauf, verfluchte mein Seitenstechen, bis vor mir Schatten aufragten, Reichssoldaten losbrüllten und ich in ein Weizenfeld türmte, während die Hunde der Lady hinter mir bellten. Beinahe wäre ich ihnen entkommen. Beinahe. Aber dann stieß der Schatten aus dem Himmel herab. Luft rauschte an einem Teppich entlang. Und einen Augenblick später verschlang mich die Finsternis.

Ich hieß sie als das Ende meines Elends willkommen und hoffte nur noch, daß sie von Dauer war.

Als ich wieder zu mir kam, war es hell. Ich befand mich an einem kalten Ort, aber in den Nordländern sind alle Orte kalt. Ich war trocken. Zum ersten Mal seit Wochen war ich trocken. Ich dachte an meine Flucht zurück, und die Mondsichel fiel mir wieder ein. Ein Himmel, der klar genug für einen Mond war. Erstaunlich.

Ich öffnete ein Auge einen Spalt weit. Ich befand mich in einem Raum mit steinernen Wänden. Er sah wie eine Zelle aus. Ich lag auf etwas, das weder hart noch naß war. Wie lange hatte ich schon in keinem trockenen Bett mehr gelegen? Seit dem Blauen Schniedel.

Ein Geruch drang in mein Bewußtsein. Essen! Warmes Essen auf einem Tablett, nur wenige Zoll neben meinem Kopf auf einem kleinen Tischchen. Irgendetwas, das wie zerkochtes Gulasch aussah. Götter, es roch so gut!

Ich erhob mich so rasch, daß mir der Kopf schwirrte. Beinahe wurde ich ohnmächtig. Essen! Zur Hölle mit allem anderen. Ich aß wie ein ausgehungertes Tier, und das war ich ja auch.

Ich war noch nicht ganz fertig, als die Tür aufgestoßen wurde. Sie explodierte krachend in den Raum hinein und prallte donnernd von der Wand zurück. Eine riesige Gestalt stapfte herein. Einen Augenblick lang saß ich mit dem Löffel auf halbem Weg zwischen Schüssel und Mund erstarrt da. Das Ding war menschlich? Es trat mit gezogener Waffe beiseite.

Vier Reichssoldaten folgten ihm, aber ich bemerkte sie kaum, so sehr war ich von dem Riesen fasziniert. Eindeutig ein Mensch, aber größer als jeder andere, den ich je gesehen hatte. Und trotz seiner Größe bewegte er sich so leichtfüßig und gewandt wie ein Elf.

Die Reichsmänner stellten sich zu beiden Seiten des Eingangs auf und präsentierten ihre Waffen.

»Na, was denn?« fragte ich, entschlossen, mit einem trotzigen Grinsen abzutreten. »Kein Trommelwirbel? Keine Posaunen?«

Ich nahm an, daß ich meiner Häscherin begegnen würde.

Wenn ich richtig liege, dann immer auf unverhoffte Weise. Wisper erschien im Eingang.

Ihr unerwartetes Auftreten erschreckte mich mehr als der

dramatische Eintritt ihres riesigen Schlägers. Sie sollte doch die Westgrenze der Steppe besetzen. Falls sie nicht … Ich konnte es nicht zu Ende denken. Aber der Wurm des Zweifels nagte dennoch in mir. Ich war schon lange nicht mehr auf dem Laufenden.

»Wo sind die Dokumente?« fragte sie ohne Umschweife.

Ein Grinsen breitete sich auf meinem Gesicht aus. Ich hatte es geschafft. Die anderen hatte man nicht erwischt … Aber die Erleichterung verging rasch. Hinter Wisper erschienen weitere Reichsmänner; sie hatten eine Trage dabei. Raven. Unsanft warfen sie ihn auf eine Pritsche gegenüber der meinen.

Ihre Gastfreundschaft hatte nichts Knickeriges. Es war eine große Zelle. Der Gefangene hatte viel Platz, um seine Beine auszustrecken.

Ich fand mein Grinsen wieder. »Na, aber du sollst so was doch nicht fragen. Mama mag das nicht. Weißt du noch, wie böse sie letztes Mal war?«

Wisper war stets kaltblütig gewesen. Auch als sie noch die Rebellen anführte, hatte sie sich niemals von Gefühlen beirren lassen. Sie meinte: »Dein Tod kann sich unangenehm gestalten, Wundarzt.«

»Tot ist tot.«

Über ihre farblosen Lippen breitete sich ein träges Lächeln aus. Sie war keine schöne Frau. Das böse Lächeln machte ihre Züge keineswegs hübscher.

Ich begriff. Irgendwo in den finsteren Tiefen meines Selbst heulte und keckerte etwas wie ein Affe am Spieß. Ich widerstand dem Aufruf zur Panik. Jetzt war wie zu keiner anderen Zeit geboten, sich wie ein Bruder der Schwarzen Schar zu verhalten. Ich mußte Zeit schinden. Mußte den anderen den größtmöglichen Vorsprung verschaffen.

Während sie mich lächelnd anstarrte, mochte sie meine

Gedanken gelesen haben. »Sie werden nicht weit kommen. Sie können sich vor Zauberei verbergen, aber nicht vor den Hunden.«

Mir sank das Herz in die Hose.

Wie auf Bestellung tauchte ein Bote auf. Er flüsterte Wisper etwas zu. Sie nickte. Dann wandte sie sich wieder mir zu. »Ich werde sie jetzt einsammeln. Denk während meiner Abwesenheit über den Hinker nach. Wenn ich alles aus dir herausgeholt habe, was du weißt, werde ich dich ihm überlassen.« Wieder dieses Lächeln.

»Du warst noch niemals besonders nett«, sagte ich, aber es kam nur schwach heraus und prallte an ihrem sich entfernenden Rücken ab. Ihre Tierschau verschwand mit ihr.

Ich untersuchte Raven. Sein Zustand schien unverändert.

Ich legte mich wieder auf meine Pritsche, schloß die Augen und versuchte alles aus meinem Geist zu verbannen. Es hatte schon einmal funktioniert, als ich eine Verbindung mit der Lady benötigte.

Wo war sie? Letzte Nacht wußte ich, daß sie nahe genug war, um mich zu spüren. Aber jetzt? Spielte sie irgendein Spiel?

Aber sie hatte auch gesagt, daß mir keine gesonderte Aufmerksamkeit zuteil werden würde ... Trotzdem. Es gibt verschiedene Arten von Aufmerksamkeit.

ACHTUNDDREISSIGSTES KAPITEL

Die Festung bei Deal

Bamm! Und wieder der Trick mit der Tür. Dieses Mal hatte ich den Menschenberg durch den Saal stampfen hören, also reagierte ich nicht, sondern fragte nur: »Klopfst du eigentlich nie an, Bruno?«

Keine Antwort. Dann trat Wisper ein. »Steh auf, Wundarzt.«

Ich hätte ja eine unflätige Bemerkung gemacht, aber etwas in ihrer Stimme ließ mich über jene Kälte hinaus erschauern, die meiner Lage angemessen war. Ich erhob mich.

Sie sah entsetzlich aus. Nicht, daß sie sich äußerlich groß verändert hätte. Aber in ihr war etwas abgestorben, erkaltet und verängstigt. »Was war das für ein Ding?« wollte sie wissen.

Verdattert fragte ich: »Welches Ding?«

»Das Ding, in deren Begleitung ihr gereist seid. Sprich.«

Das konnte ich nicht, denn ich hatte nicht die geringste Ahnung, was sie da eigentlich zusammenschwafelte.

»Wir haben sie eingeholt. Oder wenigstens haben meine Männer sie eingeholt. Ich kam gerade noch rechtzeitig, um die Leichen zu zählen. Was kann zwanzig Hunde und einhundert gepanzerte Männer zerfetzen und dann spurlos verschwinden?«

Ihr Götter, Einauge und Goblin mußten sich selbst übertroffen haben.

Ich sagte immer noch nichts.

»Ihr seid vom Gräberland gekommen. Wo ihr irgendetwas angestellt hattet. Habt ihr etwas hervorgerufen?« Sie klang, als ob sie jetzt laut dachte. »Es ist an der Zeit, daß wir das erfahren. Es ist an der Zeit, daß wir herausfinden, wie hart du wirklich bist, Soldat.«

Sie wandte sich an den Riesen. »Bring ihn mit.« Ich gab mein Bestes, griff in die Kiste mit den wirklich miesen Tricks. Ich stellte mich lange genug furchtsam, damit er sich entspannte. Dann stampfte ich ihm auf den Fuß, wobei ich mit der Kante meines Stiefels an seinem Schienbein hinunterschabte. Dann wirbelte ich herum und trat ihm zwischen die Beine.

Vermutlich werde ich alt und langsam. Natürlich war er viel schneller, als es jemand von seiner Größe sein sollte. Er neigte sich zurück, bekam meinen Fuß zu fassen und warf mich quer durch den Raum. Zwei Reichsmänner zerrten mich in die Höhe und schleiften mich hinaus. Ich ging mit der Befriedigung, daß der große Mann zumindest humpelte.

Ich versuchte noch ein paar Tricks, um die Sache hinauszuzögern. Sie bewirkten nicht viel mehr, als daß ich herumgeprügelt wurde. Die Reichsmänner schnallten mich an einem hochlehnigen Holzsessel in einem Zimmer fest, das Wisper zur Erprobung ihrer Zauberkünste eingerichtet hatte. Mir fiel nichts besonders Schurkenhaftes auf. Das machte das Warten nur noch schlimmer.

Man entlockte mir zwei oder drei anständige Schreie und machte sich gerade für die richtig unangenehmen Sachen warm, als die Szene sich plötzlich auflöste. Die Reichsleute zerrten mich aus dem Sessel in die Höhe und hasteten mit mir zu meiner Zelle. Ich war zu benebelt, um mich darüber zu wundern.

Bis wir in einem Durchgang kurz vor meiner Zelle auf die Lady trafen.

Nun ja. Also. Meine Botschaft war durchgekommen. Ich hatte die kurze Berührung, die mir gelungen war, seinerzeit für Wunschdenken gehalten. Aber sie war hier.

Die Reichstruppen stürzten davon. Ist sie für ihre eigenen Leute so schrecklich?

Wisper hielt ihr stand.

Was auch immer zwischen ihnen vorging, blieb unausgesprochen. Wisper half mir auf die Beine und stieß mich in meine Zelle. Ihr Gesicht war wie aus Stein, aber ihre Augen brannten.

»Verflucht noch eins. Schon wieder nichts«, krächzte ich und ließ mich auf die Pritsche fallen.

Als die Tür sich schloß, war es hellichter Tag. Als ich erwachte, war es Nacht, und sie stand in ihrer schönen Gestalt neben meinem Lager. Sie sagte: »Ich hatte dich gewarnt.«

»Ja.« Ich versuchte mich aufzurichten. Mir tat alles weh, einerseits wegen der Mißhandlungen und andererseits, weil mein alter Körper vor meiner Gefangenschaft über seine Grenzen hinaus angetrieben worden war.

»Bleib liegen. Ich wäre nicht hergekommen, wenn meine eigenen Interessen es nicht verlangt hätten.«

»Ich hätte auch sonst keinen Ruf ausgesandt.«

»Und wieder erweist du mir einen Gefallen.«

»Nur im Interesse meiner Selbsterhaltung.«

»Wie man so sagt, könntest du vom Regen in die Traufe geraten sein. Wisper hat heute viele Männer verloren. An was?«

»Ich weiß es nicht. Goblin und Einauge ...« Ich klappte den Mund zu. Mein verdammter wabernder Schädel. Ihre verdammte mitfühlende Stimme. Ich hatte schon zuviel gesagt.

»Das waren sie nicht. Sie sind nicht fähig, etwas dieser Art herbeizurufen. Ich habe die Leichen gesehen.«

»Dann weiß ich es auch nicht.«

»Ich glaube dir. Dennoch ... Wunden wie diese habe ich schon früher gesehen. Ich werde sie dir zeigen, bevor wir zum Turm aufbrechen.« Hatte daran denn je Zweifel bestanden? »Wenn du deine Untersuchungen vornimmst, denk über den Umstand nach, daß mein Gatte die Welt beherrschte, als das letzte Mal auf diese Weise Menschen starben.«

Nichts davon paßte zusammen. Aber darüber machte ich mir keine Sorgen. Ich sorgte mich um meine eigene Zukunft.

»Er hat sich bereits zu regen begonnen. Lange bevor ich es erwartet habe. Wird er denn niemals ruhig liegen bleiben und mich meine Arbeit tun lassen?«

Einige Dinge begannen ineinander zu passen. Einauge hatte gesagt, daß etwas entkommen war. Raven war deshalb eingefangen worden. »Raven, du dummer Arsch, du hast es mal wieder geschafft.« Während er versuchte, auf Darling achtzugeben, hätte er beinahe eigenhändig dafür gesorgt, daß der Dominator bei Juniper in unsere Welt einbrach. »Was hast du diesmal angestellt?«

Warum sollte es Einauge und den anderen folgen und sie beschützen?

»Das ist also Raven?«

Patzer Nummer Zwei für Croaker. Warum kann ich nicht mein verdammtes Großmaul halten?

Sie beugte sich über ihn und legte eine Hand auf seine Stirn. Ich sah mit verschwommenem Blick unter meinen Brauen hervor. Direkt konnte ich sie nicht ansehen. Sie hatte die Macht, einen Stein zu erweichen.

»Ich bin bald zurück«, sagte sie, als sie zur Tür ging. »Hab keine Furcht. Während meiner Abwesenheit wirst du sicher sein.«

Die Tür schloß sich.

»Na klar«, murmelte ich. »Vielleicht in Sicherheit vor Wisper. Aber wie sicher bin ich vor dir?« Ich ließ meinen Blick durch den Raum schweifen und überlegte, ob ich meinem Leben ein Ende setzen sollte.

Wisper nahm mich zu dem Schlachtfeld mit, auf dem die Hunde und die Reichstruppen Einauge und Goblin eingeholt hatten. Das war nicht lustig, soviel kann ich euch sagen. Das letzte Mal, als ich etwas Derartiges gesehen hatte, waren wir gegen die Forvelaka vorgerückt, damals, bevor wir uns der Lady anschlossen. Ich fragte mich, ob jenes Ungeheuer zurückgekehrt und jetzt wieder hinter Einauge her war. Aber er hatte es bei der Schlacht um Charm getötet. Oder doch nicht?

Aber der Hinker hatte überlebt …

Verflucht, ja, er hatte überlebt. Und zwei Tage nach der Abreise der Lady – mittlerweile hatte ich erfahren, daß ich in der alten Festung bei Deal gefangen war – hatte er seinen Auftritt. Einen kleinen Freundschaftsbesuch, um der alten Zeiten willen.

Ich spürte seine Anwesenheit, bevor ich ihn leibhaftig zu Gesicht bekam. Und das Grauen gab mir fast den Rest.

Wie hatte er es erfahren? … Wisper. Mit Sicherheit Wisper.

Er schwebte auf einem Miniaturteppich in meine Zelle hinein. Sein Name wurde seiner Erscheinung eigentlich nicht mehr gerecht. Ohne diesen Teppich konnte er sich nicht mehr fortbewegen. Er war nur noch der Schatten eines Wesens, eine menschliche Ruine, die lediglich noch von Zauberei und einem wahnwitzigen brennenden Willen zusammengehalten wurde.

Er glitt in meine Zelle, verharrte in der Luft und musterte mich. Ich tat mein Bestes, furchtlos auszusehen, was mir kläglich mißlang.

Eine gespenstische Stimme wühlte die Luft auf. »Deine Zeit ist gekommen. Deine Geschichte wird ein ausgedehntes und qualvolles Ende finden. Und ich werde jeden Augenblick davon genießen.«

»Das bezweifle ich.« Mußte den Schein bewahren. »Mama wird das nicht gefallen, wenn du mit ihrem Gefangenen herumspielst.«

»Sie ist nicht hier, Wundarzt.« Er schwebte zurück. »Bald werden wir beginnen. Nach einer angemessenen Frist zum Nachdenken.« Das Echo eines wahnwitzigen Kicherns quoll aus seiner Richtung. Ich weiß nicht genau, ob es von ihm oder von Wisper stammte. Sie stand in der Halle und sah uns zu.

Eine Stimme sagte: »Aber sie ist *doch* hier.«

Sie erstarrten. Wisper wurde aschfahl. Hinker klappte gewissermaßen in sich zusammen.

Zuerst erschien die Lady als goldener Funkenschwarm und dann als ihr Ebenbild. Sie sagte nichts weiter. Auch die Unterworfenen schwiegen, denn es gab nichts, was sie hätten sagen können.

Ich wollte eine meiner charakteristischen witzigen Bemerkungen einwerfen, aber der bessere Teil meiner Tapferkeit setzte sich durch. Stattdessen versuchte ich mich klein zu machen. Wie eine Küchenschabe. Gar nicht wert, daß man mich beachtete.

Aber Küchenschaben werden auch schon mal unter achtlosen Füßen zertreten …

Schließlich ergriff die Lady das Wort. »Hinker, du hattest einen Auftrag. In deiner Anweisung ist keineswegs davon die Rede, daß du deinen Kommandoposten verlassen darfst. Dennoch hast du das getan. Wieder einmal. Und die Ergebnisse sind dieselben wie damals, als du dich nach Rosen abgesetzt hast, um Seelenfängers Aktionen zu durchkreuzen.«

Hinker sackte sogar noch weiter in sich zusammen.

Das war schon verdammt lang her. Einer unserer fiesen Tricks gegen die Rebellen von damals. Damals hatten die Rebellen Hinkers Hauptquartier angegriffen, als er seine Domäne verließ und den Versuch unternahm, Seelenfänger den Boden unter den Füßen wegzuziehen.

Darling gab ihnen also auf der Steppe Zunder.

Meine Stimmung hob sich. Hiermit war mir bestätigt worden, daß die Bewegung noch nicht zusammengebrochen war.

»Geht«, sagte die Lady. »Und wisset dies. Von jetzt ab gibt es keinerlei Verständnis mehr. Fortan leben wir unter den ehernen Regeln, die unter meinem Gatten galten. Das nächste Mal wird das letzte Mal sein. Für euch oder für jeden anderen, der mir dient. Habt ihr das verstanden? Wisper? Hinker?«

Sie hatten es verstanden. Sie waren sehr beflissen, das auch wortreich zu vermitteln.

Hier fand eine Verständigung jenseits der gesprochenen Worte statt, die mir nicht zugänglich war, denn sie zogen sich in der vollkommenen Überzeugung zurück, daß ihre weitere Existenz vom vorbehaltlosen und unbeirrten Gehorsam nicht nur dem Buchstaben, sondern auch dem Geist ihrer Befehle abhing. Sie zogen sozusagen unterwürfig ab.

Sobald sich meine Zellentür schloß, verwehte das Abbild der Lady.

Leibhaftig traf sie kurz vor dem Anbruch der Nacht ein. Ihr Zorn brodelte immer noch. Ich hatte die Wachen belauscht und mitbekommen, daß auch Wisper wieder auf die Steppe befohlen worden war. Die Unterworfenen vor Ort wurden mit der Lage nicht fertig.

»Mach ihnen die Hölle heiß, Darling«, murmelte ich. »Mach ihnen die Hölle heiß.« Ich arbeitete beharrlich daran, mich auf alles einzustellen, was der Schreckensladen des Schicksals für mich bereit hielt.

Kurz nach Einbruch der Nacht holten mich die Wachen aus der Zelle. Sie holten auch Raven heraus. Ich stellte keine Fragen. Sie hätten mir doch nicht geantwortet.

Im Haupthof der Festung lag der Teppich der Lady. Die Soldaten setzten Raven darauf ab, zurrten ihn fest. Ein mürrischer Diener winkte mir, aufzusteigen. Was ich auch tat. Für ihn kam es überraschend, daß ich wußte, was zu tun war.

Mein Herz hing mir irgendwo unterhalb der Kniekehlen. Ich kannte unser Ziel.

Der Turm.

Ich wartete eine halbe Stunde lang. Schließlich kam auch sie. Sie sah nachdenklich aus. Sogar ein wenig verstört und unsicher. Sie setzte sich auf den vorderen Rand des Teppichs. Wie stiegen auf.

Der Flug mit einem Windwal ist bequemer und weniger anstrengend für das Nervenkostüm. Ein Windwal vermittelt einem das Gefühl von Substanz, von Größe.

Wir stiegen zu einer Höhe von etwa dreihundert Metern auf und schlugen dann den Weg nach Süden ein. Ich denke nicht, daß wir mehr als dreißig Meilen pro Stunde machten. Wenn sie nichts dagegen unternahm, würde es also ein langer Flug werden.

Nach einer Stunde wandte sie sich mir zu. Ich konnte kaum ihre Gesichtszüge ausmachen. Sie sagte: »Ich war im Gräberland, Croaker.«

Darauf antwortete ich nicht; ich wußte nicht, was von mir erwartet wurde.

»Was habt ihr getan? Was habt ihr dort freigesetzt?«

»Nichts.«

Sie sah zu Raven hinüber. »Vielleicht gibt es eine Möglichkeit.« Und später: »Ich kenne das Wesen, das jetzt entfesselt ist … Schlaf, Wundarzt. Wir unterhalten uns später.« Und dann schlief ich ein. Und als ich erwachte, befand ich mich in einer anderen Zelle. Und an den Uniformen erkannte ich, daß mein neues Gefängnis der Turm zu Charm war.

NEUNUNDDREISSIGSTES KAPITEL

Zu Gast in Charm

Ein Oberst der Hausstreitmacht der Lady holte mich ab. Er war beinahe höflich. Schon damals waren ihre Truppen bezüglich meiner Stellung unsicher gewesen. Die armen Kleinen. In ihrer geordneten und hierarchischen Welt nahm ich keine der bekannten Nischen ein.

Der Oberst sagte: »Sie will dich sofort sprechen.« Ein Dutzend Männer begleiteten ihn. Wie eine Ehrenwache sahen sie nicht aus. Sie benahmen sich aber auch nicht wie Henkersknechte.

Was ohnehin keine Rolle spielte. Ich würde mitkommen, und wenn sie mich tragen mußten.

Ich verließ den Raum und warf einen kurzen Blick über die Schulter. Raven hielt immer noch aus.

Der Oberst führte mich zu einer Pforte in den inneren Turm, den Turm im Turm, den nur wenige betreten, von denen nicht alle wieder zurückkehren. »Los«, sagte er. »Ich habe gehört, daß du das schon einmal gemacht hast. Du weißt also, wie es läuft.«

Ich trat durch die Pforte. Als ich zurückblickte, sah ich nur eine steinerne Wand. Einen Augenblick lang fühlte ich mich desorientiert. Das ging vorbei, und dann befand ich mich an einem anderen Ort. Und sie war ebenfalls da und stand vor etwas, das wie ein Fenster aussah, obgleich ihr Teil des Turmes vollkommen vom äußeren Turm eingeschlossen ist.

»Komm zu mir.«

Ich ging zu ihr. Sie zeigte auf das Nichtfenster und ich sah auf eine brennende Stadt. Über ihr glitten Unterworfene durch die Luft und schleuderten magische Energien, die noch im Flug verpufften. Ihr Ziel war eine Windwalstaffel, die die Stadt in Schutt und Asche legte.

Darling ritt auf einem der Wale. Sie blieben in ihrem Nullfeld, wo sie unverwundbar waren.

»Das sind sie eben nicht«, sagte die Lady, als sie meine Gedanken las. »Weltliche Waffen können sie erreichen. Und deine Banditengöre auch. Aber das ist nicht mehr wichtig. Ich habe beschlossen, die Operationen einzustellen.«

Ich lachte auf. »Dann haben wir gewonnen.«

Ich glaube wirklich, daß ich zum ersten Mal sah, daß sie tatsächlich ärgerlich auf mich war. Sie zu verspotten war ein Fehler. Er mochte sie dazu veranlassen, eine strategische Entscheidung aus emotionalen Gründen umzuwerfen.

»Ihr habt gar nichts gewonnen. Wenn das der Eindruck ist, den ihr aus einer Verlagerung der Konzentrationen gewinnt, dann werde ich nicht aufhören. Sondern statt dessen den Feldzug erneut ausrichten.«

Verdammt, Croaker. Lern doch endlich einmal, bei Leuten dieser Art dein verflixtes Großmaul geschlossen zu halten. Du plapperst dich noch direkt in den Fleischwolf.

Als sie ihre Selbstbeherrschung wiedergewonnen hatte, sah sie mich an. Die Lady. Aus weniger als einem Meter Entfernung. »In deinen Schriften kannst du dich gern sarkastisch geben. Aber wenn du dich zu Wort meldest, dann sei bereit, dafür auch einen Preis zu zahlen.«

»Ich verstehe.«

»Das habe ich auch erwartet.« Sie wandte sich wieder dem Bild zu. Über der fernen Stadt – ich glaube, es war Frost – stürzte ein brennender Windwal ab, nachdem ihn ein Bolzenhagel aus gewaltigeren Geschützen getroffen hatte, als ich sie je gesehen hatte. Dieses Fallenspiel konnten auch zwei spielen. »Wie bist du mit deinen Übersetzungen vorangekommen?«

»Was?«

»Die Dokumente, die du im Wolkenwald gefunden hast. Die du meiner verstorbenen Schwester Seelenfänger übergeben, ihr dann wieder genommen hast, deinem Freund Raven gegeben hast, dem du sie dann wieder abgenommen hast. Jene Papiere, von denen du annahmst, daß sie euch die Waffe zum Sieg liefern würden.«

»Ach, *die* Dokumente. Ha. Eigentlich nicht.«

»Das konntest du auch nicht. Was du gesucht hast, steht nicht darin.«

»Aber ...«

»Ihr seid getäuscht worden. Ja, ich weiß. Bomanz hat sie zusammengestellt, also mußten sie meinen wahren Namen enthalten. Nicht wahr? Aber der ist ausgelöscht worden – vom Gedächtnis meines Gatten vielleicht abgesehen.« Plötzlich war sie abwesend. »Der Sieg zu Juniper wurde teuer erkauft.«

»Er hat die Lektion gelernt, die Bomanz gelernt hat.«

»Das hast du also bemerkt. Er hat genug Informationen, um sich aus dem, was passiert ist, eine Antwort zusammenreimen zu können ... Nein. Mein Name steht nicht darin. Aber *seiner. Das* hat meine Schwester so erregt. Sie hat darin eine Gelegenheit gesehen, uns beide abzusetzen. Sie kannte mich gut. Schließlich haben wir unsere Kindheit gemeinsam verbracht. Und nur die allerverwickeltsten Netze haben uns voreinander geschützt. Als sie euch in Beryll in ihre Dienste genommen hat, hat sie keinen größeren Ehrgeiz gehegt, als meine Macht zu untergraben. Aber als ihr jene Dokumente übergeben habt...«

Es war lautes Denken und Erklären zugleich.

Eine plötzliche Erkenntnis traf mich wie ein Hieb. »Ihr kennt seinen Namen auch nicht!«

»Es war nie eine Liebesehe, Wundarzt. Es war ein äußerst zerbrechliches Bündnis. Sagt es mir. Wie komme ich an diese Papiere heran?«

»Gar nicht.«

»Dann verlieren wir alle. Das ist die Wahrheit, Croaker. Während wir streiten und unsere jeweiligen Verbündeten einander die Kehlen durchzuschneiden trachten, wirft unser aller Feind seine Ketten ab. All das Sterben wird umsonst gewesen sein, wenn der Dominator die Freiheit erlangt.«

»Vernichtet ihn doch.«

»Das ist unmöglich.«

»In der Stadt, in der ich geboren wurde, erzählen die Leute sich eine Geschichte von einem Mann, der so mächtig war, daß er es wagte, die Götter zu verspotten. Am Ende erwies sich seine Macht als reiner Hochmut, denn es gibt eine Macht, gegen die selbst die Götter nichts ausrichten.«

»Worum geht es dabei?«

»Um ein altes Klischee zu verwenden: Der Tod ist der endgültige Eroberer. Nicht einmal der Dominator kann den Tod in jedem Ringen zu Boden werfen.«

»Es gibt Möglichkeiten«, räumte sie ein. »Aber nicht ohne diese Papiere. Du wirst jetzt in dein Quartier zurückgehen und nachdenken. Ich werde wieder mit dir sprechen.«

Und so abrupt wurde ich entlassen. Sie wandte sich wieder der sterbenden Stadt zu. Auf einmal kannte ich den Weg nach draußen. Ein mächtiger Schub beförderte mich zur Tür. Ein Augenblick des Schwindels, und ich stand wieder draußen. Schnaufend kam der Oberst durch den Flur herbeigelaufen. Er brachte mich wieder in meine Zelle.

Wie befohlen, hockte ich mich auf meine Pritsche und dachte nach.

Es gab ausreichend Hinweise, daß der Dominator sich wieder regte, aber … Was mich am meisten schockierte, war, daß die Dokumente nicht jenes Druckmittel enthielten, auf das wir gezählt hatten. Das mußte ich entweder schlucken oder von mir weisen, und meine Entscheidung mochte lebenswichtige Auswirkungen haben.

Sie benutzte mich für ihre eigenen Zwecke. Natürlich. Zahlreiche Möglichkeiten fielen mir ein; alle waren unangenehm, ergaben aber auch allesamt einen gewissen Sinn …

Wie sie schon sagte. Wenn der Dominator ausbrach, steckten wir alle in der Klemme, die Guten und die Bösen.

Ich schlief ein. Ich träumte, aber ich kann mich nicht mehr daran erinnern. Ich erwachte und stellte fest, daß auf einem Schreibtisch, der zuvor nicht dort gestanden hatte, eine warme Mahlzeit für mich bereitstand. Auf dem Schreibtisch lagen zudem auch eine Menge Schreibutensilien.

Sie wollte, daß ich meine Arbeit an den Annalen wieder aufnahm.

Ich hatte schon die Hälfte aufgegessen, als ich Ravens Abwesenheit bemerkte. Meine Nerven begannen wieder zu flattern. Wieso war er fort? Wo war er? Welchen Nutzen versprach sie sich von ihm? Ein Druckmittel?

Im Turm verläuft die Zeit in seltsamen Bahnen.

Als ich aufgegessen hatte, tauchte der gewohnte Oberst wieder auf. Die üblichen Soldaten begleiteten ihn. Er verkündete: »Sie will dich wieder sprechen.«

»Schon wieder? Ich bin doch gerade eben erst dort gewesen.«

»Das war vor vier Tagen.«

Ich berührte meine Wange. In letzter Zeit habe ich meinen Bart teilweise gestutzt gehalten. Mein Gesicht war völlig zugewachsen. Also. Ziemlich lange geschlafen. »Könnte ich vielleicht ein Rasiermesser haben?«

Der Oberst lächelte schwach. »Was glaubst du denn. Ein Barbier steht zur Verfügung. Kommst du jetzt mit?«

Hatte ich etwas zu sagen? Natürlich nicht. Ich folgte ihnen lieber als von ihnen geschleift zu werden.

Der Ablauf war der gleiche wie zuvor. Wieder stand sie vor einem Fenster. Es zeigte eine Gegend in der Steppe, wo eine von Wispers Festungen unter Belagerung stand. Sie verfügte über keine schweren Geschütze. Ein Windwal schwebte darüber, und die Garnisonstruppe versteckte sich vor ihm. Wanderbäume nahmen die Außenmauer auseinander, indem sie ihr mit schierem Wachstum beikamen. So wie ein Dschungel eine aufgegegebene Stadt zerstört, nur taten sie es zehntausendmal schneller als ein normaler Wald.

»Die gesamte Wüste hat sich gegen mich erhoben«, sagte sie. »Wispers Vorposten haben eine entnervende Vielfalt von Angriffen über sich ergehen lassen müssen.«

»Vermutlich stört man sich an Euren Vorstößen. Ich dachte, ihr wolltet Euch zurückziehen.«

»Das habe ich auch versucht. Euer taubstummes Bauernmädchen macht dabei aber nicht mit. Hast du es dir überlegt?«

»Wie ihr sehr wohl wißt, habe ich geschlafen.«

»Ja. Nun gut. Es gab ein paar Angelegenheiten, die meine Aufmerksamkeit verlangt haben. Jetzt kann ich mich dem anstehenden Problem widmen.« Ihr Blick erweckte in mir den Drang mich umzudrehen und davonzulaufen. ... Sie machte eine Handbewegung. Ich erstarrte. Sie befahl mir zurückzutreten und mich in einen nahen Sessel zu setzen. Ich setzte mich, ohne den Zauberbann abschütteln zu können, obgleich ich wußte, was jetzt auf mich zukam.

Mit einem geschlossenen Auge stellte sie sich vor mir auf. Das geöffnete Auge wurde größer und größer, griff nach mir, verschlang mich...

Ich glaube, ich schrie.

Dieser Augenblick war seit meiner Gefangennahme unausweichlich gewesen, und doch hatte ich närrischerweise gehofft, es würde anders kommen. Jetzt würde sie meinen Verstand aussaugen wie eine Spinne die Fliege in ihrem Netz …

In meiner Zelle kam ich mit dem Gefühl zu mir, eine Rundreise in der Hölle hinter mir zu haben. Mein Kopf pochte. Ich unternahm eine gewaltige Anstrengung, aufzustehen und zu meiner Arzttasche zu taumeln, die man mir wiedergegeben hatte, nachdem sämtliche Gifte entfernt worden waren. Ich bereitete einen Trunk aus inneren Weidenrinden. Das dauerte ewig, weil ich kein Feuer zum Wasserkochen hatte.

Während ich noch die erste schwache und bittere Tasse in den Händen hielt und darauf schimpfte, kam jemand herein. Ich erkannte ihn nicht. Er schien überrascht zu sein, daß ich wach war. »Hallo«, sagte er. »Schnell erholt.«

»Wer zur Hölle bist du denn?«

»Ein Arzt. Ich soll dich jede Stunde untersuchen. Eigentlich war nicht zu erwarten, daß du dich so schnell wieder berappeln würdest. Kopfschmerzen?«

»Das kannst du verdammt laut sagen.«

»Miese Laune. Gut.« Er stellte seine Tasche neben meine, die er rasch musterte, während er seine öffnete. »Was hast du eingenommen?«

Ich sagte es ihm und fragte: »Was meinst du mit miese Laune – gut ?«

»Manchmal kommen sie völlig teilnahmslos aus der Behandlung. Und erholen sich nicht mehr.«

»Ach ja?« Ich dachte daran, ihm bloß einfach so eine runterzuhauen. Nur um Dampf abzulassen. Aber was würde das nutzen? Ein Wachmann würde hereinstürzen und meine Schmerzen nur noch verschlimmern. Es roch auch viel zu sehr nach Arbeit.

»Bist du irgendwas Besonderes?«

»*Ich* denke schon.«

Ein Lächeln huschte über sein Gesicht. »Trink das hier. Das ist besser als der Rindentee.« Ich stürzte das dargereichte Getränk hinunter. »Sie macht sich die größten Sorgen. Ich habe es noch nie erlebt, daß es sie kümmert, was nach der Tiefensondierung aus jemandem wird.«

»Na, ist das nicht reizend?« Ich konnte meine miese Laune nicht mehr so ganz mühelos aufrechterhalten. Das Zeug, das er mir gegeben hatte, war gut und wirkte schnell. »Was ist das für ein Gebräu? Das könnte ich fässerweise brauchen.«

»Es macht süchtig. Wird aus dem Saft der obersten vier Blätter der Parsifal-Pflanze gemacht.«

»Noch nie davon gehört.«

»Ist auch ziemlich selten.« Mittlerweile untersuchte er mich. »Wächst an einem Ort namens Leere Hägel. Die Eingeborenen benutzen es als Betäubungsmittel.«

Die Schar hatte diese schrecklichen Hügel einst durchwandern müssen. »Ich wußte nicht, daß es dort Eingeborene gibt.«

»Die sind genau so selten wie die Pflanze. Im Rat überlegt man sich, ob man sie nach dem Ende der Kämpfe nicht im großen Stil anbauen sollte. Zu medizinischen Zwecken.« Er schnalzte mit der Zunge, was mich an den zahnlosen alten Mann erinnerte, der mich die Medizin gelehrt hatte. Komisch. Ich hatte schon seit Urzeiten nicht mehr an ihn gedacht.

Seltsamer noch war der Umstand, daß jede Menge alter Erinnerungen an die Oberfläche kamen, wie Tiefseefische, die zum Licht gescheucht wurden. Die Lady hatte mir den Verstand gut durchgequirlt.

Seiner Bemerkung, daß das Kraut im großen Stil angebaut werden sollte, ging ich nicht weiter nach, obgleich es eigentlich meiner Ansicht über die Lady widersprach. Diese Finsterlinge kümmern sich nicht darum, Schmerzen zu lindern.

»Wie denkst du über sie?«

»Über die Lady? Jetzt gerade? Nicht eben freundlich. Und du?«

Er überging die Frage. »Sobald du dich erholt hast, will sie dich sprechen.«

»Scheißt ein Bär in den Wald?« entgegnete ich. »Ich habe so das Gefühl, daß ich nicht unbedingt als Gefangener hier bin. Kann ich mal auf dem Dach etwas frische Luft schnappen? Von dort kann ich ja wohl kaum weglaufen.«

»Ich werde nachfragen, ob das gestattet ist. In der Zwischenzeit solltest du ein paar Übungen machen, damit du wieder fit wirst.«

Ha-ha. Die einzige sportliche Betätigung, die ich betreibe, ist das Hochgeschwindigkeitsziehen falscher Schlußfolgerungen. Ich wollte einfach nur aus allem raus, was vier Wände hatte. »Na, lebe ich noch?« fragte ich, als er mit seiner Untersuchung fertig war.

»Vorerst ja. Allerdings erstaunt es mich, daß du mit deiner Einstellung in einer Truppe wie deiner noch am Leben bist.«

»Die lieben mich. Verehren mich. Sie würden mir kein Haar krümmen.« Daß er meine Truppe erwähnte, verpaßte meiner Laune wieder einen Dämpfer. Ich fragte: »Weißt du, wie lange ich schon hier gefangen bin?«

»Nein. Ich glaube, du bist seit mehr als einer Woche hier. Vielleicht auch länger.«

Also. Schätzen wir mal mindestens zehn Tage seit meiner Gefangennahme. Wenn ich den Jungens einiges zugestand, daß sie beispielsweise rasch und mit leichtem Gepäck reisten, dann hatten sie vielleicht vierhundert Meilen hinter sich gebracht. Nur ein Riesenschritt von vielen. Mist.

Zeitschinden war sinnlos geworden. Die Lady wußte jetzt

alles, was ich wußte. Ich fragte mich, ob ihr irgendetwas davon von großem Nutzen gewesen war. Oder sie auch nur überrascht hatte.

»Wie geht es meinem Freund?« fragte ich aus einem plötzlichen Schuldgefühl heraus.

»Das weiß ich nicht. Er ist nach Norden verlegt, weil seine Verbindung zu seinem Geist schwächer wurde. Ich glaube, daß dieses Thema bei deinem nächsten Treffen mit der Lady zur Sprache kommen wird. Ich bin hier fertig. Einen schönen Tag noch.«

»Kaltschnäuziger Mistkerl.«

Er grinste, als er ging.

Liegt wohl am Beruf.

Einige Minuten danach trat der Oberst ein. »Wie ich höre, willst du aufs Dach.«

»Jawoll.«

»Gib dem Wächter Bescheid, wenn du hinaufgehen willst.« Ihm lag noch etwas anderes auf der Seele. Nach kurzem Schweigen fragte er: »Gibt es in deiner Truppe eigentlich überhaupt keine militärische Disziplin?«

Er war sauer, weil ich ihn nicht Sir genannt hatte. Etliche schlaue Bemerkungen drängten sich mir auf. Ich unterdrückte sie. Meine Stellung blieb vielleicht nicht mehr lange ein Rätsel. »Doch. Aber nicht mehr so viel wie früher. Seit Juniper sind wir nicht mehr zahlreich genug, daß sich die Mühe noch lohnen würde.«

Sehr schlau, Croaker. Treib sie in die Enge. Sag ihnen, daß die Schar ihr gegenwärtiges klägliches Niveau in den Diensten der Lady erreicht hatte. Erinnere sie daran, daß es die Satrapen des Reiches gewesen waren, die den ersten Verrat begingen. Das mußte sich mittlerweile im gesamten Offizierskorps herumgesprochen haben. Vielleicht war das etwas, über das sie ab und zu nachdenken sollten.

»Eigentlich schade«, sagte der Oberst.

»Bist du mein persönlicher Aufpasser?«

»Ja. Aus irgendeinem Grund hält sie dich für sehr wichtig.«

»Ich habe mal ein Gedicht für sie geschrieben«, log ich. »Und außerdem weiß ich, was für Leichen sie im Keller hat.«

Er runzelte die Stirn und kam zu dem Schluß, daß ich ihn verarschte.

»Danke«, sagte ich, gewissermaßen als Überreichen eines symbolischen Olivenzweiges. »Ich werde noch etwas schreiben, bevor ich hinaufgehe.« Ich war schwer im Verzug. Seit dem Verlassen der Steppe hatte ich bis auf einen kurzen Abschnitt im Blauen Schniedel nur die eine oder andere Notiz abgefaßt.

Ich schrieb, bis mich Krämpfe zum Innehalten zwangen. Dann aß ich, denn ein Wächter brachte mir eine Mahlzeit, als ich das letzte Blatt mit Sand bestreute. Als ich mit dem Futtern fertig war, ging ich zur Tür und gab dem Jungen Bescheid, daß ich nun nach oben gehen wollte. Als er mir die Tür öffnete, stellte ich fest, daß sie nicht verschlossen gewesen war.

Aber wohin sollte ich denn auch gehen, wenn ich rauskam? Selbst der Gedanke an Flucht war idiotisch.

Ich hatte das Gefühl, daß ich doch noch den Posten des offiziellen Geschichtsschreibers übernehmen würde. Ob es mir nun gefiel oder nicht, aber das war noch das geringste von zahlreichen Übeln.

Mir standen einige schwierige Entscheidungen bevor. Ich wollte Zeit haben, um darüber nachzudenken. Die Lady verstand das. Sicher hatte sie die Macht und die Begabung, sich weitsichtiger zu zeigen als ein Wundarzt, der sechs Jahre lang nichts von der Welt mitbekommen hatte.

Sonnenuntergang. Feuer im Westen, flammendurchtoste Wolken. Der Himmel ein Meer ungewöhnlicher Farben. Eine kühle Brise aus dem Norden, die zum Erschauern und zum Frischwerden ausreichte. Mein Wachposten hielt Abstand und ließ mir so die Illusion der Freiheit. Ich ging zur nördlichen Brüstung.

Unten zeugte nur wenig von der großen Schlacht, die dort ausgetragen worden war. Wo einst Gräben, Palisaden, Erdwälle und Belagerungsmaschinen gestanden und gebrannt hatten und wo Zehntausende gestorben waren, breitete sich jetzt eine Parklandschaft aus. Fünfhundert Meter vom Turm entfernt markierte eine einzelne Stele aus schwarzem Stein den Ort der Schlacht.

Wieder überkam mich das Getöse und Gebrüll. Ich sah wieder die Horden der Rebellen vor mir, die so gnadenlos wie das Meer Welle um Welle auf die unerschütterlichen Klippen der Verteidiger eindroschen. Ich dachte wieder an die Unterworfenen, die miteinander stritten und seltsame und unheimliche Tode starben, an wilde und schreckliche Zauberei …

»Das war eine grandiose Schlacht, nicht wahr?«

Ich wandte mich nicht um, als sie neben mir stehenblieb. »O ja. Ich bin ihr in meinen Schriften nie gerecht geworden.«

»Man wird Lieder über sie singen.« Sie sah gen Himmel. Die ersten Sterne tauchten auf. Im Dämmerlicht wirkte ihr Gesicht blaß und angestrengt. Noch nie hatte ich sie anders gesehen als unerschütterlich selbstbewußt.

»Was ist los?« Nun drehte ich mich doch zu ihr um. In einiger Entfernung sah ich mehrere Soldaten, die uns entweder ehrfürchtig oder erschrocken anstarrten.

»Ich habe eine Zukunftslesung durchgeführt. Tatsächlich sogar mehrere, denn ich habe keine zufriedenstellenden Ergebnisse erzielt.«

»Und?«

»Vielleicht habe ich überhaupt keine Ergebnisse bekommen.«

Ich wartete ab. Man drängt das mächtigste Wesen der Welt nicht so ohne weiteres. Daß sie kurz davorstand, sich einem bloßen Sterblichen anzuvertrauen, war schon erschütternd genug.

»Alles ist im Fluß. Ich habe drei mögliche Zukünfte ermittelt. Wie steuern einer Krise entgegen, einer Stunde, in der die Geschichte gestaltet werden wird.«

Ich wandte mich leicht in ihre Richtung. Violettes Licht verschattete ihr Gesicht. Dunkles Haar fiel über eine Wange. Dieses eine Mal war es keine Verstellung, und der Drang, sie zu berühren, zu halten und zu trösten war stark.

»Drei Zukünfte?«

»Drei. In keiner davon konnte ich einen Platz für mich finden.«

Was soll man in einem solchen Augenblick sagen? Daß es vielleicht einen Irrtum gegeben hatte? Sagt Ihr doch der Lady, daß sie Mist gebaut hat.

»In einer triumphiert euer taubes Kind. Aber das ist die am wenigsten wahrscheinliche Vision, und in der Stunde ihres Sieges stirbt sie mit all ihren Getreuen. In einer anderen sprengt mein Gatte die Fesseln seines Grabes und errichtet seine Schreckensherrschaft aufs Neue. Diese Finsternis hält zehntausend Jahre lang an. In der dritten Vision wird er ein für allemal vernichtet. Das *ist* die stärkste, die forderndste Vision. Doch der Preis ist hoch… Gibt es Götter, Croaker? Ich habe nie an Götter geglaubt.«

»Ich weiß es nicht, Lady. Keine Religion, die mir je über den Weg gelaufen ist, ergibt irgendeinen Sinn. Nicht eine ist in sich schlüssig. Die meisten Götter sind laut ihren Anbetern durchgedrehte Wahnsinnige mit Verfolgungswahn. Mir ist nicht klar, wie sie ihren eigenen Wahnsinn überleben könnten. Aber es ist nicht auszuschließen, daß Menschen eine Macht, die so viel größer ist als sie selbst, nicht deuten können. Vielleicht sind Religionen verdrehte und abwegige Schatten der Wahrheit. Vielleicht gibt es tatsächlich Mächte, die die Welt gestalten. Ich habe selbst niemals verstehen können, warum eine Gottheit in einem so gewaltigen Weltall sich um etwas so Geringes wie Verehrung oder das menschliche Schicksal bekümmern sollte.«

»Als ich noch ein Kind war … hatten meine Schwestern und ich einen Lehrer.«

Ob ich jetzt aufpaßte? Worauf Ihr Euer Fell verwetten könnt: Ich paßte auf wie ein Luchs. Von den Zehennägeln bis zum Schädeldach war ich ganz Ohr. »Einen Lehrer?«

»Ja. Er hat behauptet, daß wir die Götter sind, daß wir unser eigenes Schicksal erschaffen. Das, was wir sind, bestimmt, was aus uns wird. Grob gesagt, bringen wir uns selbst in Situationen, aus denen es kein Entkommen gibt, weil wir einfach nur sind, was wir sind, und mit anderen unseresgleichen in Wechselwirkung treten.«

»Interessant.«

»Nun ja. Es gibt eine Art Gott, Croaker. Weißt du das? Allerdings keinen, der Ereignisse formt und beeinflußt. Nur einen Vernichter. Einen Beschließer der Geschichten. Sein Hunger kann nie gestillt werden. Das Universum selbst wird von ihm verschlungen werden.«

»Der Tod?«

»Ich will nicht sterben, Croaker. Mein ganzes Wesen begehrt kreischend gegen die Ungerechtigkeit des Todes auf. Alles, was ich bin, war und wahrscheinlich sein werde, wird von meinem Verlangen gestaltet, meinem Ende zu entgehen.« Sie lachte leise auf, aber darunter lag ein Hauch von Hysterie. Mit einer Handbewegung umschrieb sie das im Schatten liegende Schlachtfeld unter uns. »Ich hätte eine Welt errichtet, in der ich mich in Sicherheit befinde. Und der Eckstein meiner Zitadelle wäre der Tod gewesen.«

Das Ende des Traumes rückte näher. Auch ich konnte mir eine Welt, in der es mich nicht gab, nicht vorstellen. Und mein inneres Selbst war empört. Ist empört. Es bereitet mir keine Schwierigkeiten, mir jemanden vorzustellen, der davon besessen ist, dem Tod entkommen zu wollen. »Das verstehe ich.«

»Vielleicht. Vor dem dunklen Tor sind wir alle gleich, oder? Für uns alle rieselt der Sand im Glas. Das Leben ist nur ein Aufflackern, das trotzig in die Kiefer der Ewigkeit hineinbrüllt. Aber es kommt mir so verflucht ungerecht vor!«

Altvater Baum erschien in meinen Gedanken. Auch er würde irgendwann dahingehen. Ja. Der Tod ist unersättlich und grausam.

»Hast du nachgedacht?« fragte sie mich.

»Ich denke schon. Ich bin kein Totenbeschwörer. Aber ich habe Wege gesehen, die ich nicht beschreiten will.«

»Ja. Es steht dir frei zu gehen, Croaker.«

Schock. Selbst meine Fersen kribbelten vor Ungläubigkeit. »Was?«

»Du bist frei. Das Tor des Turmes steht dir offen. Du mußt es nur durchschreiten. Aber du kannst genauso gut auch bleiben und dich wieder in den Kampf einschreiben, der uns alle umgibt.«

Bis auf einen Rest Sonnenlicht, das einige hohe Wolken beschien, war es fast völlig dunkel. Ein Geschwader aus hellen Punkten kam aus dem Osten in westliche Richtung und offenbar auf den Turm zu.

Ich stotterte etwas, das keinen Sinn ergab.

»Ob sie es nun will oder nicht, die Lady von Charm liegt wieder einmal im Krieg mit ihrem Gatten«, sagte sie. »Und bis dieser Kampf gewonnen oder verloren ist, gibt es keinen anderen. Du siehst, daß die Unterworfenen zurückkehren. Die Heere des Ostens marschieren auf das Gräberland. Jene jenseits der Steppe haben den Befehl erhalten, sich in Garnisonen weiter östlich zurückzuziehen. Dein taubes Kind ist nicht in Gefahr, wenn sie nicht danach sucht. Es herrscht Waffenstillstand. Vielleicht auf ewig.« Ein schwaches Lächeln. »Wenn es keine Lady gibt, dann gibt es auch keinen Gegner für die Weiße Rose.«

Sie ließ mich in völliger Verwirrung stehen und entfernte sich, um ihre Kämpen willkommen zu heißen. Wie Herbstblätter kamen die Teppiche aus der Dunkelheit herangeschwebt und setzten auf. Ich rückte etwas näher, bis mein persönlicher Aufpasser die Ansicht vertrat, daß meine Beziehung zur Lady nicht eng genug war, um unbefugtes Lauschen gestatten zu können.

Der Wind aus dem Norden wurde noch kühler. Und ich fragte mich, ob der Herbst nicht für uns alle angebrochen war.

VIERZIGSTES KAPITEL

Mein Entschluß

Sie verlangte kein einziges Mal etwas von mir. Selbst ihre Hinweise kamen aus derart unverhofften Richtungen, daß sie mir den größtmöglichen Freiraum ließen. Zwei Tage nach unserem Abend auf dem Dach fragte ich den Oberst, ob ich sie sprechen könnte. Er sagte, daß er nachfragen würde. Vermutlich hatte er seine Anweisungen. Ansonsten hätte es deswegen Streit gegeben.

Ein weiterer Tag verstrich, bevor er mir Bescheid gab, daß die Lady mich sehen wollte.

Ich verschloß mein Tintenfaß, reinigte meine Feder und stand auf. »Danke.« Er warf mir einen seltsamen Blick zu. »Stimmt etwas nicht?«

»Nein. Es ist nur …«

Ich begriff. »Ich weiß es auch nicht. Ich bin sicher, daß sie mich für eine besondere Verwendung vorgesehen hat.«

Das machte den Tag für den Oberst ein bißchen schöner. Das war etwas, das er verstehen konnte.

Der übliche Ablauf. Dieses Mal betrat ich ihre Domäne, während sie an einem Fenster stand, das eine Welt nasser Düsternis zeigte. Grauer Regen, kabbliges braunes Wasser und zur Linken kaum erkennbare Umrisse, Bäume, die sich mit letzter Kraft an ein unterspültes Flußufer klammerten. Kälte und Elend sickerten aus dieser Darstellung. Sie hatte einen nur allzu vertrauten Geruch.

»Der Große Tragic«, sagte sie. »Hochwasser. Aber er führt

ja immer Hochwasser, nicht wahr?« Sie winkte. Ich folgte. Seit meinem letzten Besuch war noch ein großer Tisch aufgestellt worden. Darauf stand eine Kleindarstellung des Gräberlandes, die derart detailgetreu war, daß es schon wieder unheimlich war. Man hielt förmlich nach kleinen Gardisten Ausschau, die über das Kasernengelände flitzten.

»Siehst du es?«

»Nein. Ich bin zwar schon zweimal dort gewesen, aber außer der Stadt und der Kaserne kenne ich mich dort kaum aus. Was soll mir denn auffallen?«

»Der Fluß. Offenbar hat dein Freund Raven seine Bedeutung erkannt.« Mit einem schlanken Finger zog sie eine gekrümmte Linie weit östlich des Flußlaufes nach, der sich in jenen Grat hineinkrümmte, auf dem wir unser Lager aufgeschlagen hatten.

»Als ich meinen Triumph in Juniper errungen habe, lag das Flußbett hier. Ein Jahr später hat sich das Wetter geändert. Der Fluß führte ständig Hochwasser. Und kroch immer weiter hierher. Und heute frißt er sich in diesen Grat. Ich habe ihn selbst überprüft. Der Grat besteht ausschließlich aus Erde, er hatte keinerlei Grundgestein. Er wird nicht standhalten. Sobald er weggeschwemmt ist, wird der Fluß in das Gräberland hineinschneiden. Sämtliche Zauberbanne der Weißen Rose werden ihn nicht davon abhalten, das Große Grab zu öffnen. Jeder Fetisch, der fortgespült wird, macht es meinem Gatten leichter, sich aus dem Grab zu erheben.«

Ich schnaubte. »Gegen die Natur gibt es keine Gegenwehr.«

»Doch. Wenn man es vorhersieht. Die Weiße Rose hat es nicht vorhergesehen. Auch ich habe es nicht vorhergesehen, als ich versucht habe, ihn in noch stärkere Fesseln zu schlagen. Und jetzt ist es zu spät. Also. Du wolltest mich sprechen?«

»Ja. Ich muß den Turm verlassen.«

»Ach ja. Deshalb mußtest du nicht zu mir kommen. Es steht dir frei, zu gehen oder zu bleiben.«

»Ich gehe deshalb, weil es Dinge gibt, die ich erledigen muß. Wie Ihr sehr wohl wißt. Wenn ich zu Fuß gehe, werde ich mich ihnen nicht zeitig genug widmen können. Bis zur Steppe ist es ein weiter Weg. Außerdem ist er gefährlich. Ich bitte um eine Transportmöglichkeit.«

Sie lächelte, und dieses Lächeln war echt, strahlend und auf subtile Weise anders als frühere Lächeln »Gut. Ich dachte mir schon, daß du erkennen würdest, wo die Zukunft liegt. Wann kannst du reisefertig sein?«

»In fünf Minuten. Eine Frage ist noch offen. Raven.«

»Raven ist in das Kasernenspital im Gräberland gebracht worden. Im Augenblick kann man nichts für ihn tun. Sobald sich eine Gelegenheit ergibt, wird alles für ihn getan werden. Ist das ausreichend?«

Dagegen hatte ich natürlich kein Argument.

»Gut. Es wird ein Transport bereitstehen. Du wirst einen einzigartigen Fahrer bekommen. Die Lady selbst.«

»Ich …«

»Auch ich habe nachgedacht. Mein nächster und bester Schritt besteht darin, mich mit der Weißen Rose zu treffen. Ich komme mit dir.«

Nachdem ich mehrmals geschluckt hatte, brachte ich hervor: »Sie würden alle über Euch herfallen.«

»Nicht, wenn sie mich nicht erkennen. Und das werden sie nicht, wenn man es ihnen nicht sagt.«

Nun ja, erkennen würde sie wohl niemand. Ich bin ihr als einziger begegnet und habe die Begegnung überlebt, um damit zu prahlen. Aber … oh, ihr Götter, die Mengen und Haufen jener Aber. »Wenn Ihr das Nullfeld betretet, würden Eure sämtlichen Zauber sich auflösen.«

»Nein. Neue Zauber würden nicht wirken. Zauber, die bereits bestehen, wären nicht betroffen.«

Das begriff ich nicht und sagte es auch.

»Eine einfache Illusion wird beim Eintritt in das Nullfeld erlöschen. Sie wird aktiv aufrechterhalten. Ein Wandelzauber, der von Dauer ist, aber während des Eintritts in das Nullfeld nicht mehr tätig ist, würde davon nicht beeinträchtigt werden.«

Irgendetwas klingelte im Rattenviertel meines Verstandes. Ich konnte es nicht einordnen. »Wenn Ihr Euch in einen Frosch verwandelt und dort hineinhüpft, würdet Ihr also ein Frosch bleiben?«

»Falls die Verwandlung eine tatsächlich bestehende wäre und nicht nur eine Illusion.«

»Ich verstehe.« Ich setzte mir eine geistige Markierung und verschob die Sache auf später.

»Ich werde eine Gefährtin sein, die du dir während deiner Reise zugelegt hast. Sagen wir mal, jemand, der dir bei deinen Dokumenten behilflich ist.«

Da mußte es doch verborgene Heimtücke geben. Oder etwas in der Art. Ich konnte mir nicht vorstellen, daß sie ihr Leben in meine Hände legte. Ich glaube allerdings, daß ich sie mit offenem Mund anstarrte.

Sie nickte. »Allmählich begreifst du.«

»Ihr vertraut mir zu sehr.«

»Ich kenne dich besser als du dich selbst. Nach deinem eigenen Ermessen bist du ein ehrenhafter Mann, der über genug Zynismus verfügt, um den Glauben zu hegen, daß es ein geringeres von zwei Übeln geben kann. Du warst schließlich unter dem Auge.«

Ich erschauerte.

Sie entschuldigte sich nicht dafür. Wir wußten beide, daß eine Entschuldigung unaufrichtig gewesen wäre.

»Nun?« fragte sie.

»Ich weiß nicht genau, warum Ihr das tun wollt. Es ergibt keinen Sinn.«

»In der Welt hat sich eine neue Lage ergeben. Einst gab es nur zwei Pole, dein Bauernmädchen und mich, und zwischen uns war eine Konfliktlinie gezogen. Aber das, was sich im Norden regt, fügt einen weiteren Punkt hinzu. Er kann als Verlängerung der Linie gesehen werden, bei der mein Punkt in der Mitte liegt, oder als Dreieck. Es geht darum, daß mein Gatte vorhat, sowohl eure Weiße Rose als auch mich zu vernichten. Ich schlage vor, daß sie und ich die größere Gefahr auslöschen sollten, bevor …«

»Schon recht. Ich verstehe. Aber ich kann mir nicht vorstellen, daß Darling sich als gleichermaßen pragmatisch erweist. In ihr liegt eine Menge Haß.«

»Vielleicht. Aber einen Versuch ist es wert. Wirst du dabei helfen?«

Nachdem ich näher als einen Steinwurf bei der alten Finsternis gewesen war und die Geister im Gräberland hatte umgehen sehen, würde ich, o ja, so ziemlich alles tun, damit das grauenhafte Schreckgespenst sein Grab nicht sprengen konnte. Aber wie, wie, wie sollte ich ihr vertrauen?

Wieder vollführte sie das Kunststück, das ihnen allen zueigen zu sein scheint, nämlich meine Gedanken zu lesen. »Du hättest mich innerhalb des Nullfeldes.«

»Das ist wahr. Ich muß noch einmal darüber nachdenken.«

»Laß dir Zeit. Ich kann eine Zeitlang sowieso noch nicht weg.« Ich vermute, daß sie noch einige Vorkehrungen gegen eine Palastrevolte treffen wollte.

EINUNDVIERZIGSTES KAPITEL

In einer Stadt namens Kleppersheim

Vierzehn Tage verstrichen, bevor wir nach Kleppersheim flogen, einer kleinen Stadt, die zwischen dem Windland und der Schreckenssteppe lag, etwa einhundert Meilen westlich vom Land der Steppe entfernt. Kleppersheim ist ein Karawanenposten für jene Händler, die verrückt genug sind, diese beiden Wüsteneien durchreisen zu wollen. In letzter Zeit war die Stadt das logistische Hauptquartier für Wispers Operationen gewesen. Alles an Truppen, was sich nicht auf dem Weg zum Gräberland befand, war hier kaserniert.

Die verdammten Narren, die nach Norden reisten, würden sich nasse Füße holen.

Nach einer ereignislosen Reise schwebten wir ein, und ich sperrte Mund und Augen auf. Trotz des Abzugs der Hauptstreitkräfte war Wispers Stützpunkt der reinste Ameisenhaufen, der um neuerschaffene Teppiche herumwimmelte.

Die gab es in einem Dutzend verschiedener Ausführungen. Auf einem Feld sah ich eine W-Formation von fünf Ungeheuern, jedes davon war hundert Meter lang und vierzig Meter breit. Auf jedem erhob sich ein Dschungel von Holz und Metall. Anderswo lagen andere Teppiche in ungewöhnlichen Formen auf dem Boden, der aussah, als wäre er plattgewalzt worden. Die meisten waren weitaus länger als breit und größer als die üblichen Modelle. Alle waren mit einer Vielzahl von Zusatzaufbauten versehen und mit leichten Kupferkäfigen umgeben.

»Was ist das hier?« fragte ich.

»Anpassung an Feindestaktiken. Dein Bauernmädchen ist nicht die einzige, die andere Kampfmethoden anwenden kann.« Sie saß ab und streckte sich. Ich tat es ihr gleich. Diese stundenlangen Luftreisen können einen ganz schön versteifen lassen. »Obwohl ich mich aus der Steppe zurückgezogen habe, bekommen wir vielleicht die Gelegenheit, sie auszuprobieren.«

»Was?«

»Eine große Rebellenstreitmacht rückt auf Kleppersheim vor. Etliche tausend Mann und alles, was die Steppe aufzubieten hat.«

Etliche tausend Mann? Wo kamen die denn her. Hatten sich die Dinge so sehr verändert?

»Das haben sie.« Schon wieder dieser verdammte Gedankenlesetrick. »Die Städte, die ich aufgegeben habe, haben die Truppen der Weißen Rose ganz erheblich aufgestockt.«

»Was meint ihr mit ausprobieren?«

»Ich bin bereit, die Kämpfe einzustellen. Aber ich laufe auch nicht vor einem Kampf davon. Wenn sie darauf beharrt, gen Westen vorzustoßen, werde ich ihr zeigen, daß sie zermalmt werden kann, ob sie nun über ein Nullfeld verfügt oder nicht.«

Wir standen in der Nähe eines der neuen Teppiche. Ich schlenderte noch etwas näher. Er war geformt wie ein etwa fünfzig Fuß langes Boot. Er hatte richtige Sitze. Zwei zeigten nach vorn, einer nach achtern. Vorn war ein kleines Onagergeschütz angebracht. Achtern war ein viel schwereres Geschütz befestigt. An den Seiten und unter dem Teppich waren acht zehn Meter lange Speere angeflanscht. Jeder davon hatte anderthalb Meter hinter seiner Spitze einen Wulst von der Größe eines Nagelfäßchens. Alles war schwärzer gestrichen als das Herz des Dominators. Der Bootsteppich hatte fischähnliche Finnen. Irgendein Witzbold hatte vorn Augen und Reißzähne aufgemalt.

Andere wiesen ähnliche Muster auf, obgleich verschiedene Künstler beim Entwurf der Flugboote verschiedenen Musen gefolgt waren. Statt Fischfinnen war eines mit etwas bemalt, das wie runde, durchscheinende, hauchdünne getrocknete Samenkörner aussah, mit einem Durchmessser von drei Metern.

Die Lady hatte nicht die Zeit, mich ihre Ausrüstung untersuchen zu lassen, und sie war auch nicht geneigt, mir ohne Begleitung Freilauf zu gewähren. Was keine Frage des Vertrauens, sondern eine des Schutzes war. Wenn ich mich aus ihrem Windschatten entfernte, riskierte ich einen tödlichen Unfall.

Sämtliche Unterworfenen befanden sich in Kleppersheim. Sogar meine allerältesten Freunde.

Tapfere, tapfere Darling. Kühnheit wurde zu ihrem Markenzeichen. Sie hatte die gesamte Macht der Steppe zwanzig Meilen vor Kleppersheim aufmarschieren lassen, und sie rückte näher. Allerdings war ihr Vorrücken schwerfällig, weil es auf die Geschwindigkeit der Wanderbäume begrenzt war.

Wir gingen auf das Feld mit den Teppichen, die sich in strenger Formation um die Ungeheuer gruppiert hatten, die mir zuerst aufgefallen waren. Die Lady sagte: »Eigentlich hatte ich einen kleinen demonstrativen Überfall auf euer Hauptquartier geplant. Aber ich glaube, das hier wird sich als überzeugender erweisen.«

Um die Teppiche wuselten geschäftige Menschen. Die großen wurden mit riesigen irdenen Töpfen beladen, die wie diese großen Urnenvasen aussahen, die mit den kleinen Ausbuchtungen für kürzere Pflanzen am oberen Ende. Sie waren fünf Meter hoch, die Pflanzenöffnungen waren mit Paraffin versiegelt, und am Boden befand sich ein zwanzig Fuß langer Stab mit einer Querstrebe. Sie wurden zu Dutzenden in Gestellen verladen.

Ich zählte rasch durch. Mehr Teppiche als Unterworfene. »Die steigen alle auf? Wie?«

»Benefiz wird sich um die großen Teppiche kümmern. Wie schon der Heuler vor ihm, hat er ein überragendes Talent, mit einem großen Teppich umzugehen. Die anderen vier großen werden an seinen angekoppelt. Komm jetzt. Das hier ist unserer.«

Ich sagte etwas Scharfsinniges wie: »Urk?«

»Ich will, daß du es mitansiehst.«

»Man wird uns erkennen.«

Unterworfene umkreisten die langen schmalen Bootteppiche. Auf den zweiten und dritten Plätzen saßen Soldaten. Die Männer auf den Achterplätzen überprüften ihre Onager, die Munition, drehten an einem federbetriebenen Gerät, das offenbar nach Abschuß der Bolzen die Sehnen wieder spannen sollte. Ich konnte nicht erkennen, welche Aufgabe die Männer in den mittleren Sitzen hatten. »Wozu sind die Käfige?«

»Das erfährst du noch früh genug.«

»Aber …«

»Sieh es dir direkt an, Croaker. Ohne Vorurteile.«

Ich folgte ihr, als sie um den Teppich herumging. Ich wußte nicht, was sie überprüfte, aber sie schien zufrieden zu sein. Die Männer, die ihn vorbereitet hatten, waren erfreut, als sie nickte.

»Rauf mit dir, Croaker. Auf den zweiten Sitz. Schnall dich gut an. Bevor das hier vorbei ist, wird es noch spannend werden.«

O ja.

»Wir sind die Pfadfinder«, sagte sie, als sie sich am Vordersitz festschnallte. Ein rauhbeiniger alter Feldwebel nahm den hinteren Platz ein. Er sah mich zweifelnd an, schwieg jedoch. Die Unterworfenen nahmen jeweils auf den Vordersitzen Platz. Die Großen, wie die Lady sie nannte, hatten eine vier Mann starke Besatzung. Benefiz flog den Teppich in der mittleren Spitze des W.

»Bereit?« rief die Lady.

»Jawoll.«

»Aye«, sagte der Feldwebel.

Unser Teppich setzte sich in Bewegung.

Die ersten paar Sekunden können nur als schwerfällig beschrieben werden. Der Teppich war schwer, und ehe er nicht eine gewisse Vorwärtsbewegung erzielt hatte, wollte er nicht in die Höhe steigen.

Als die Erde unter uns wegsackte, blickte die Lady über die Schulter und grinste uns an. Ihr machte das Ganze Spaß. Sie brüllte Anweisungen, die die verwirrende Vielfalt von Pedalen und Hebeln um mich herum erklärte.

Wenn man hier und dort entweder zog oder schob, begann der Teppich eine Drehung um die lange Achse. Wenn man dort und da zerrte, wandte er sich nach links oder nach rechts. Es ging darum, mittels dieser Kombinationen das Fahrzeug irgendwie zu lenken.

»Und wozu das?« brüllte ich in den Wind. Die Worte wurden mir buchstäblich vom Mund gerissen. Wir hatten Brillen angelegt, die zwar unsere Augen schützten, dem Rest unserer Gesichter jedoch nichts nützten. Bevor das hier sein Ende fand, rechnete ich mit einem deftigen Windbrand.

Wir waren siebenhundert Meter hoch, fünf Meilen von Kleppersheim entfernt und den Unterworfenen weit voraus. Ich konnte Staubfahnen sehen, die von Darlings Heer aufgewirbelt wurden. Wieder schrie ich: »Und wozu das?«

Der Boden stürzte unter uns weg.

Die Lady hatte die Zauberbanne ausgelöscht, die den Teppich fliegen ließen. »Deshalb. Du wirst das Boot fliegen, wenn wir das Nullfeld durchstoßen.«

Oh, verdammt.

Sie ließ es mich ein halbes Dutzend Mal versuchen, bis ich den Dreh herausbekam und die Theorie begriff; dann raste sie auf das Rebellenheer zu.

Wir umkreisten es einmal außerhalb des Nullfeldes, mit wahnwitziger Geschwindigkeit. Es erstaunte mich, was Darling auf die Beine gestellt hatte. Etwa fünfzig Windwale, unter denen sich einige dreihundert Meter lange Ungeheuer befanden. Hunderte von Rochen. Ein großer Keil von Wanderbäumen. Bataillone menschlicher Soldaten. Hunderte von Menhiren, die um die Wanderbäume herumhuschten und sie abschirmten. Tausende von Wesen, die sprangen und hüpften und schlängelten und flatterten und flogen. Ein ungeheuerlicher, ein wundersamer Anblick.

Im Westabschnitt unseres Kreises erspähte ich das Reichsheer, eine Phalanx von zweitausend Mann am Hang einer Anhöhe, eine Meile vor den Rebellen. Daß sie gegen Darling standhalten sollten, war ein Witz.

Einige kühne Rochen kreisten am Rande des Nullfeldes und feuerten Bolzen ab, die nicht weit genug reichten oder einfach daneben gingen. Ich nahm an, daß Darling selbst sich auf einem Windwal in etwa dreihundert Meter Höhe aufhielt. Sie war stärker geworden, ihr Nullfeld hatte sich seit meiner Abreise von der Steppe ausgedehnt. Die gesamte seltsame Rebellenarmee marschierte unter ihrem Schutz.

Die Lady hatte uns Pfadfinder genannt. Unser Teppich war nicht ausgerüstet wie die anderen, aber ich wußte nicht, was sie meinte. Bis sie ihr Vorhaben ausführte.

Wir stiegen steil in die Höhe. Kleine schwarze Kugeln, die rote oder blaue Rauchfahnen ausstießen, wurden hastig von dem alten Feldwebel über Bord geworfen und verteilten sich hinter uns. Es mußten etwa dreihundert sein. Die Rauchbälle verteilten sich und schwebten nur wenige Fuß vor dem Nullfeld. Aha. Es waren Navigationsbojen für die Unterworfenen.

Und da kamen sie auch schon heran. Weit oben umschwärmten die Kleineren die W-Formation der Großen.

Auf den Großen begannen die Männer die Riesentöpfe abzuwerfen. Zwanzig Stück stürzten tiefer ab. Wir folgten ihnen, hielten uns aber aus ihrer Bahn. Im Sturz drehten sich die Blumentöpfe, bis die Stangen nach unten zeigten. Rochen und Wale wichen ihnen aus.

Wenn die Stange auftraf, trieb sie einen Kolben in den Topf hinein. Die Paraffinsiegel platzten auf. Flüssigkeit spritzte.

Der Kolben traf auf eine Zündkapsel. Die Flüssigkeit entzündete sich. Feuerstrahlen stiegen auf. Und wenn das Feuer noch etwas anderes im Topfinneren erreichte, explodierten sie. Scherben streckten Menschen und Monster zu Boden.

Entsetzt sah ich dem Aufblühen dieser Feuerblumen zu. Über uns drehten die Unterworfenen zu einem zweiten Anflug ab. Dabei war keine Magie im Spiel. Das Nullfeld war nutzlos geworden.

Der zweite Anflug zog Blitze von Walen und Rochen auf sich. Ihre ersten Erfolge hielten sie allerdings auch gleich davon ab, denn die getroffenen Töpfe explodierten in der Luft. Einige Rochen stürzten ab. Einer der Wale kam in echte Schwierigkeiten, bis sich einige andere über ihn schoben und ihn mit Ballastwasser übergossen.

Die Unterworfenen starteten einen dritten Anflug und warfen wieder Töpfe ab. Wenn Darling nicht bald etwas unternahm, würden ihre Truppen zu blutigem Schleim zerdroschen werden.

Sie stieg gegen die Unterworfenen auf.

Die Rauchtöpfe glitten am Nullfeld entlang. Sie markierten es ganz deutlich.

Die Lady stieg in einem Höllentempo höher.

Das W der Großen setzte sich ab. Die Kleineren stiegen in größere Höhen. Die Lady brachte uns hinter Wisper und dem Hinker in Position. Offenbar hatte sie Darlings Gegenzug vorhergesehen.

Meine Gefühle waren recht gemischt, um es mal vorsichtig auszudrücken.

Wispers Teppich neigte sich abwärts. Dann folgte der Hinker. Dann die Lady. Andere Unterworfene folgten uns.

Wisper stieß auf einen besonders riesigen Windwal hinab. Sie flog schneller und immer schneller. Hundert Meter vom Nullfeld entfernt, fetzten zwei Zehnmeterspeere, von Zauberei angetrieben, los. Als sie das Nullfeld erreichten, folgten sie einer gewöhnlichen ballistischen Flugbahn.

Wisper machte keinerlei Anstalten, dem Nullfeld auszuweichen. Sie stieß hinein, und der Mann im zweiten Sitz kontrollierte den Sturz des Teppichs mit den Fischflossen.

Wispers Speere schlugen hinter dem Kopf des Windwals ein. Beide gingen in Flammen auf.

Feuer ist für diese Untiere tödlich, denn das Gas, das sie schweben läßt, ist äußerst explosiv.

Der Hinker folgte Wisper mit Schwung nach. Er feuerte zwei Speere außerhalb des Nullfeldes ab und zwei drinnen, die er einfach abwarf, als sein Mann auf dem zweiten Sitz den Teppich nur wenige Zoll an dem Windwal vorbeirasen ließ.

Nur eine Lanze verfehlte ihr Ziel.

Jetzt brannten fünf Feuer auf dem Rücken des Wals.

Blitzgewitter tobten um Wisper und Hinker.

Dann trafen wir auf das Nullfeld. Unsere Schwebezauber versagten. Panik ergriff mich. War es jetzt an mir?

Wir rasten auf den brennenden Wal zu. Ich riß und stieß und trat Hebel hinunter.

»Nicht so heftig!« schrie die Lady. »Sachte. Vorsichtig.«

Blitze flammten auf. Wir glitten zwischen zwei kleineren Walen hindurch. Sie verfehlten uns. Die Lady feuerte ihr kleines Geschütz ab. Sein Bolzen traf eines der Ungeheuer.

Und was sollte das, verdammt? fragte ich mich. Das störte sie doch weniger als ein Bienenstich.

Aber dieser Bolzen hing an einem Draht, der sich von einer Rolle abspulte …

Brrraaamm!

Kurzfristig war ich geblendet. Direkter Treffer durch einen Mantastrahl … Wir sind tot, dachte ich.

Der Metallkäfig um uns nahm die Energie des Blitzes auf und leitete sie durch den sich abspulenden Draht weiter.

Nur wenige Meter hinter uns war uns ein Rochen auf den Fersen. Der Feldwebel feuerte einen Bolzen ab. Er traf unseren Verfolger unter der Schwinge. Das Biest begann zu flattern und zu torkeln wie ein einflügeliger Schmetterling.

»Paß auf, wo wir hinfliegen!« brüllte die Lady. Ich drehte mich um. Ein Windwal raste auf uns zu. Rochenjunge flitzten in Panik auseinander. Bogenschützen der Rebellen schossen einen Pfeilhagel auf uns ab.

Ich drosch und zerrte an jedem verdammtem Hebel und jedem Pedal und machte mir in die Hosen. Vielleicht gab das den Ausschlag. Wir schrammten dem Biest über die Flanke, aber wir stürzten nicht ab.

Jetzt begann der verfluchte Teppich sich zu drehen und zu torkeln. Erde, Himmel und Windwale wirbelten um uns. Ich erhaschte eine Szene weit über uns, wie die Seite eines Windwals explodierte, wie er zusammenklappte und Feuerschwaden aus ihm herausquollen. Zwei weitere Wale zogen Rauch hinter sich her … Aber das war nur ein einziges flüchtiges Bild, das sofort wieder verschwunden war. Als sich der Teppich wieder so um die eigene Achse rollte, daß ich den Himmel sehen konnte, war nichts mehr davon zu sehen.

Unser Absturz hatte hinreichend hoch begonnen, daß ich Zeit hatte, mich wieder zu beruhigen. Ich fummelte mit den Hebeln und Pedalen herum, verlangsamte das wahnwitzige Trudeln …

Und dann war es nicht mehr wichtig. Wir waren aus dem Nullfeld heraus, und der Teppich befand sich wieder unter der Kontrolle der Lady.

Ich sah mich über die Schulter nach dem Feldwebel um. Er warf mir einen finsteren Blick zu und schüttelte mitleidig den Kopf.

Der Blick, den die Lady mir widmete, hatte ebenfalls nichts Aufmunterndes.

Wir stiegen wieder auf und flogen gen Westen. Die Unterworfenen sammelten sich und begutachteten die Ergebnisse ihres Angriffs.

Nur der eine Windwal war vernichtet worden. Die anderen hatten es unter ihre Freunde geschafft, die Ballastwasser auf sie ausschütteten. Trotzdem waren die Überlebenden demoralisiert. Sie hatten den Unterworfenen nicht den geringsten Schaden zugefügt.

Dennoch rückten sie weiter vor.

Dieses Mal gingen die Unterworfenen zur Oberfläche nieder und griffen von unten an, indem sie aus mehreren Meilen Entfernung Fahrt aufnahmen und durch das Nullfeld hinaufstießen. Ich manövrierte mit sichererer Hand zwischen den Walen hindurch, aber ich hatte immer noch das Gefühl, mich gefährlich nahe am Boden zu befinden.

»Warum machen wir das eigentlich?« brüllte ich. Wir griffen nicht an; wir flogen bloß Wisper und Hinker hinterher.

»Einfach so. Nur einfach so. Und damit du darüber schreiben kannst.«

»Ich werde so tun, als sei ich dabeigewesen.«

Sie lachte.

Wir stiegen wieder auf und kreisten.

Darling zog die Wale zurück. Die zweite Angriffswelle hatte zwei weitere getötet. Von unten konnten die Unterworfenen sich nicht durch das gesamte Nullfeld schleudern. Jedenfalls keiner außer Hinker. Der spielte den tollkühnen Flieger auf seinem fliegenden Teppich. Er nahm fünf Meilen Anlauf und gewann gewaltige Geschwindigkeit, bevor er in das Nullfeld eindrang.

Diesen Angriff flog er, als die Großen ihre letzten Töpfe abwarfen.

Ich habe nie gehört, daß man Darling dumm genannt hätte. Auch diesmal tat sie nichts Dummes.

Trotz all der Blitze und des Donners war es doch offensichtlich, daß sie nach Kleppersheim vorstoßen konnte, wenn sie das wollte. Die Unterworfenen hatten den Großteil ihrer Munition verfeuert. Hinker und die Großen drehten ab, um sich wieder zu bewaffnen. Die anderen kreisten weiter. Wenn Darling den Preis bezahlen wollte, dann gehörte Kleppersheim ihr.

Sie kam zu dem Entschluß, daß es zu teuer war.

Eine kluge Entscheidung. Nach meiner Schätzung hätte es sie ihr halbes Heer gekostet. Und Windwale sind zu selten, um für einen so unbedeutenden Gewinn aufgegeben zu werden.

Sie zog sich zurück.

Die Lady setzte sich ab und ließ sie ziehen, obwohl sie die Angriffe fast unbegrenzt hätte durchhalten können.

Wir landeten. Ich krabbelte noch vor der Lady hinunter und küßte in einer kalkulierten melodramatischen Geste den Boden. Sie lachte.

Ihr hatte die ganze Sache einen Riesenspaß gemacht.

»Ihr habt sie laufen lassen.«

»Ich habe meine Haltung deutlich gemacht.«

»Sie wird ihre Taktik ändern.«

»Natürlich wird sie das. Aber im Augenblick halte ich den Hammer in der Hand. Daß ich nicht damit zugeschlagen habe, müßte ihr etwas sagen. Bis wir dort eintreffen, wird sie darüber nachgedacht haben.«

»Das nehme ich an.«

»Für einen Anfänger hast du dich nicht schlecht geschlagen. Geh und betrinke dich oder so etwas. Und bleibe von Hinker weg.«

»Jawoll.«

Stattdessen zog ich mich in die mir zugewiesene Unterkunft zurück und versuchte mit dem Zittern aufzuhören.

ZWEIUNDVIERZIGSTES KAPITEL

Heimkehr

Zwölf Tage nach dem Luftgefecht bei Kleppersheim drangen die Lady und ich in die Schreckenssteppe vor. Wir ritten auf zweitklassigen Gäulen über den alten Handelspfad, auf dem die Bewohner der Steppe die meiste Zeit freies Geleit gewähren. In ihren abgetragenen Reisekleidern war die Lady keine Schönheit mehr. Nichts, was man angewidert aus dem Bett geworfen hätte, aber auch nicht gerade eine Augenweide.

Wir betraten die Steppe mit dem Wissen, daß wir bei pessimistischer Schätzung etwa drei Monate Zeit hatten, bis der Große Tragic das Große Grab öffnen würde.

Die Menhire bemerkten unsere Anwesenheit fast sofort. Ich spürte, wie sie uns beobachteten. Ich mußte sie darauf hinweisen. Für dieses Unterfangen hatte die Lady sich gezwungen, nur auf die unmittelbarsten und gröbsten Sinneseindrücke zurückzugreifen. Während unseres Rittes würde sie sich auf die Lebensweise der Sterblichen einstellen, damit sie nach unserem Eintreffen beim Loch keinen Fehler machte.

Die Frau hat Mut.

Ich schätze, daß den wohl jeder haben muß, der sich mit dem Dominator auf ein Ringen um die Macht über alles einläßt.

Ich ignorierte die herumlungernden Menhire und konzentrierte mich darauf, ihr die Sitten der Steppe zu erklären, jene tausend kleinen Fallen, die sie zumindest als die Lady enttarnen konnten. Das hätte jeder Mann getan, wenn er einen Frischling in dieses Land brachte. Es würde nicht weiter auffallen.

An unserem dritten Tag auf der Steppe entgingen wir nur knapp einem Wechselsturm. Sie war fasziniert. »Was war das?« fragte sie.

Ich erklärte es, so gut ich konnte. Einschließlich aller Spekulationen. Natürlich hatte sie das alles schon gehört. Aber wie man so schön sagt, man glaubt nur, was man sieht.

Nicht lange danach erblickten wir die ersten Korallenriffe, was bedeutete, daß wir nunmehr die Innere Steppe mit all ihren großen Sonderlichkeiten erreicht hatten. »Was für einen Namen wirst du benutzen?« fragte ich. »Ich sollte mich besser daran gewöhnen.«

»Ich glaube, Ardath.« Sie grinste.

»Du hast einen grausamen Sinn für Humor.«

»Vielleicht.«

Ich glaube wirklich, daß sie Spaß daran hatte, einen ganz normalen Menschen zu spielen. Als ob eine edle Dame sich in die Elendsviertel wagt. Sie nahm sogar ihre Pflichten als Koch wahr, wenn sie an der Reihe war. Zum Entsetzen meines Magens.

Ich fragte mich, wie die Menhire unserer Beziehung wohl einordneten. Ungeachtet der Maskerade herrschte eine spröde Förmlichkeit, die nur schwer zu überwinden war. Und wir konnten bestenfalls eine Partnerschaft vorschützen, die sie ganz sicher für sonderbar halten mußten. Wann reisten Mann und Frau schon so zusammen, ohne sich einen Schlafsack zu teilen und dergleichen mehr?

Die Frage, unseren Mummenschanz mit dieser Art von Realismus auszuschmücken, stellte sich nicht. Was auch ganz gut war. Bei dieser Vorstellung wären meine Panik und mein

Entsetzen so groß gewesen, daß sich auch nichts anderes gestellt hätte.

Zehn Meilen vor dem Loch stießen wir auf einen Menhir. Als bizarre Steinsäule von sieben Metern Höhe ragte er neben dem Pfad auf und tat gar nichts. Die Lady fragte wie eine Touristin: »Ist das einer der sprechenden Steine?«

»Jawoll. Hey, Felsen. Ich bin wieder da.«

Der alte Felsen hatte uns nichts zu sagen. Wir ritten weiter. Als ich zurückschaute, war er verschwunden. Die Gegend hatte sich nur wenig verändert. Als wir allerdings die letzte Anhöhe überwanden, sahen wir einen Wald von Wanderbäumen am Bach stehen. Ein Trupp lebender und toter Menhire bewachte den Übergang. Dazwischen wuselten die umgekehrten Kamelzentauren. Altvater Baum stand allein da und klimperte, obwohl sich kein Lüftchen regte. Weit über uns kreiste ein bussardähnliches Vogelwesen zwischen vereinzelten Wolken und beobachtete uns. Wesen dieser Art waren uns schon seit Tagen gefolgt. Menschen waren nicht zu sehen.

Was hatte Darling mit ihrer Armee gemacht? Sie konnte diese Menschenmassen doch nicht im Loch unterbringen.

Einen Augenblick lang erfaßte mich die Angst, daß ich zu einer unbewohnten Festung zurückgekehrt war. Als wir durch den Bach plantschten, traten Elmo und Schweiger aus den Korallen hervor.

Ich stürzte mich von meinem Tier und umarmte sie gleichzeitig. Sie erwiderten die Umarmung und stellten in der besten Tradition der Schwarzen Schar keine einzige Frage.

»Gottverdammt«, sagte ich. »Gottverdammt, es tut gut, euch zu sehen. Ich hab gehört, daß ihr irgendwo im Westen ausgelöscht worden wärt.«

Mit dem leisesten Hauch von Neugier blickte Elmo zur Lady.

»Oh. Elmo. Schweiger. Das ist Ardath.«

Sie lächelte. »Nett, euch kennenzulernen. Croaker hat viel von euch erzählt.«

Kein Wort hatte ich gesagt. Aber sie hatte ja auch die Annalen gelesen. Sie stieg ab und streckte die Hand aus. Verdutzt nahmen sie sie an, denn ihrer Erfahrung nach erwartete nur Darling eine gleichberechtigte Behandlung.

»Also, laßt uns runtergehen«, sagte ich. »Laßt uns runtergehen. Ich habe tausend Dinge zu erzählen.«

»Ach ja?« sagte Elmo. Und das besagte eine Menge, denn dabei sah er in die Richtung, aus der wir gekommen waren.

Ein paar der Leute, die mit mir auszogen, waren nicht zurückgekehrt.

»Ich weiß es nicht. Die Hälfte der Unterworfenen war hinter uns her. Wir sind getrennt worden. Ich konnte sie nicht wiederfinden. Aber ich habe auch nichts davon gehört, daß man sie gefangengenommen hätte. Laßt uns runtergehen. Wir müssen Darling sprechen. Ich habe unglaubliche Neuigkeiten. Und besorgt mir was zu essen. Wir haben seit Ewigkeiten nur unsere jeweiligen Kochkünste genossen, und sie kocht noch schlechter als ich.«

»Pfui Deibel«, sagte Elmo und schlug mir auf den Rücken. »Und du lebst noch?«

»Ich bin ein zäher alter Vogel, Elmo. Das solltest du doch wissen. Verflixt, Mann, ich...« Mir wurde klar, daß ich wie ein Schwachkopf daherplapperte. Ich grinste.

Schweiger gestikulierte. »Willkommen daheim, Croaker. Willkommen daheim.«

»Komm«, sagte ich zur Lady, als wir den Eingang zum Loch erreichten, und nahm sie an der Hand. »Es wird dir stockdunkel vorkommen, bis du dich daran gewöhnt hast. Und stell dich auf den Geruch ein.«

Ihr Götter, dieser Gestank! Jede Made mit Selbstachtung hätte Erstickungsanfälle gekriegt.

Unten breitete sich Aufregung aus. Sie verblaßte zu einstudierter Gleichgültigkeit und erhob sich wieder, nachdem wir vorbeigegangen waren. Schweiger führte uns direkt zum Konferenzraum. Elmo verschwand, um uns etwas zu essen zu beschaffen.

Als wir eintraten, merkte ich, daß ich immer noch die Hand der Lady hielt. Sie widmete mir ein schwaches Lächeln, das mit ziemlich viel Nervosität unterlegt war.

Der sprichwörtliche Gang in die Drachenhöhle. Der wackere alte Croaker drückte ihr aufmunternd die Hand.

Darling sah überanstrengt aus. Genau wie der Leutnant. Ein Dutzend weitere Männer waren anwesend, von denen ich nur wenige kannte. Sie mußten zu uns gestoßen sein, nachdem die Reichstruppen den Rand der Steppe evakuiert hatten.

Darling umarmte mich lange. So lange, daß ich rot wurde. Sie und ich sind eigentlich keine Menschen, die zu übermäßigen Gefühlsäußerungen neigen. Schließlich trat sie zurück und warf der Lady einen Blick zu, in dem ein Hauch von Eifersucht lag.

Ich machte Handzeichen. »Das ist Ardath. Sie wird mir beim Übersetzen helfen. Sie kennt die alten Sprachen gut.«

Darling nickte. Sie stellte keine Fragen. Soweit vertraute man mir also.

Das Essen wurde hereingebracht. Elmo zog einen Tisch heran und scheuchte alle hinaus bis auf mich, den Leutnant, sich selbst, Darling, Schweiger und die Lady. Vielleicht hätte er sie auch fortgeschickt, aber er war sich noch nicht sicher, welche Stellung sie bei mir einnahm.

Wir aßen, und während des Essens erzählte ich meine Geschichte sozusagen stückweise, wenn meine Hände und mein Mund nicht gerade voll waren. Es gab einige schwere Momente, besonders als ich Darling sagte, daß Raven noch am Leben sei.

Rückblickend denke ich, daß es für mich schwerer war als für sie. Ich befürchtete, daß sie sich aufregen und hysterisch werden würde. Sie tat nichts dergleichen.

Zuerst weigerte sie sich rundherum, mir das abzunehmen. Und das konnte ich verstehen, denn bis zu seinem Verschwinden war Raven der emotionelle Grundpfeiler ihrer Welt gewesen. Sie konnte nicht begreifen, daß er sie nicht in seine größte Lüge einweihte, nur damit er sich absetzen und im Gräberland herumstöbern konnte. Für sie ergab das keinen Sinn. Raven hatte sie noch nie zuvor angelogen.

Für mich ergab das ebenfalls keinen Sinn. Aber wie ich schon zuvor bemerkt habe, hegte ich den Verdacht, daß hier mehr in der Luft lag, als irgendjemand zugeben wollte. Mich beschlich die leise Ahnung, daß Raven nicht zu etwas, sondern vielmehr vor etwas geflohen war.

Darlings Weigerung hielt nicht lange an. Sie gehört nicht zu den Leuten, die die Wahrheit auf Dauer von sich weisen, nur weil sie ihr nicht paßte. Sie ging mit ihrem Schmerz weit besser um, als ich es erwartet hatte, und das legte nahe, daß sie vielleicht die Gelegenheit gehabt hatte, schon früher das Schlimmste davon abzulegen.

Allerdings tat Ravens gegenwärtiger Zustand auch nichts für Darlings Gefühlslage, die nach ihrer Niederlage bei Kleppersheim bereits im Keller war. Nach jenem Vorgeschmack schlimmerer künftiger Niederlagen. Mittlerweile vermutete sie auch schon, daß sie sich den Soldaten des Reiches ohne die Informationen stellen mußte, die zu beschaffen sie mich ausgesandt hatte.

Ich beschwor allgemeine Verzweiflung herauf, als ich mein Versagen verkündete und hinzufügte: »Ich habe es aus berufenem Munde, daß das, wonach wir suchen, sich sowieso nicht in diesen Papieren befindet. Allerdings kann ich dessen nicht sicher sein, ehe Ardath und ich nicht das Material durchgesehen haben, das wir hier haben.« Kurz umriß ich, was ich aus Ravens Dokumenten erfahren hatte, bevor ich sie wieder verlor.

Ich erzählte keine direkten Lügen. Die wären mir später nie verziehen worden, sobald die Wahrheit ans Licht kam. Was unweigerlich geschehen mußte. Ich ließ bloß ein paar Einzelheiten aus. Ich gab sogar zu, daß man mich gefangen genommen, verhört und eingesperrt hätte.

»Und was machst du dann hier, verdammt?« wollte Elmo wissen. »Wie kommt es, daß du überhaupt am Leben bist?«

»Sie haben Ardath und mich freigelassen. Nach der Geschichte bei Kleppersheim. Das war die eine Botschaft. Ich soll noch eine weitere überbringen.«

»Und die wäre?«

»Sofern ihr nicht blind und blöde seid, werdet ihr bemerkt haben, daß ihr nicht mehr angegriffen werdet. Die Lady hat befohlen, daß alle Einsätze gegen die Rebellion eingestellt werden.«

»Warum?«

»Ihr habt nicht zugehört. Weil der Dominator sich wieder regt.«

»Komm schon, Croaker. Das haben wir doch in Juniper erledigt.«

»Ich bin im Gräberland gewesen. Ich habe es selbst gesehen, Leutnant. Dieses Wesen wird ausbrechen. Eine seiner Kreaturen ist bereits draußen und vielleicht Einauge und den anderen auf den Fersen. Ich bin mir ganz sicher. Der Dominator ist kurz vor dem Ausbrechen, und zwar nicht so halbherzig wie in Juniper.« Ich wandte mich der Lady zu. »Ardath. Was hatte ich ausgerechnet? Auf der Steppe habe ich den Überblick verloren, wie lange wir unterwegs waren. Als wir sie betreten haben, waren es noch etwa neunzig Tage.«

»Ihr habt acht Tage bis hierher gebraucht«, sagte Elmo.

Ich hob eine Braue.

»Die Menhire.«

»Natürlich. Also acht Tage. Abgezogen von neunzig für das schlimmstmögliche Szenario. Zweiundachtzig Tage, bis das Große Grab sich öffnet.« Ich verbreitete mich über das Hochwasser des Großen Tragic.

Der Leutnant war nicht überzeugt. Ebensowenig wie Elmo. Und das kann man ihnen nicht zum Vorwurf machen. Die Lady webt schlaue und komplizierte Schliche. Und sie waren verschlagene Kerle, die andere nach ihren eigenen Maßstäben beurteilten. Ich versuchte sie nicht zu bekehren. Ich glaubte ja selbst nicht ganz und gar daran.

Es war sowieso nicht besonders wichtig, ob mir die beiden nun glaubten. Letztendlich trifft Darling die Entscheidungen.

Sie signalisierte, daß bis auf mich alle gehen sollten. Ich bat Elmo, Ardath herumzuführen und ihr einen Schlafplatz zu besorgen. Er sah mich mit einem merkwürdigen Gesichtsausdruck an. Wie alle anderen hatte auch er gedacht, daß ich mir eine Freundin mitgebracht hatte.

Es fiel mir schwer, ein unbeteiligtes Gesicht zu machen. Seit Jahren haben sie mir im Nacken gesessen, weil ich zu Anfang unserer Dienstzeit bei der Lady ein paar romantische Geschichten verfaßt habe. Und jetzt hatte ich sie mit nach Hause gebracht.

Ich dachte, daß Darling mit mir über Raven sprechen wollte. Das war zwar richtig, aber sie überraschte mich, indem sie mich in der Fingersprache fragte: »Sie hat euch geschickt, um mir ein Bündnis vorzuschlagen, ist es nicht so?«

Schlaue kleine Teufelin. »Nicht ganz. Obgleich es in der Praxis wohl darauf hinauslaufen würde.« Ich erläuterte alle Einzelheiten der Lage, die ich wußte oder mir ausrechnete. Die Zeichensprache geht nicht gerade rasch vonstatten. Aber

Darling zeigte sich aufmerksam und geduldig, und das, was in ihr vorging, schien sie nicht im Geringsten abzulenken. Sie ging mit mir noch einmal den Wert – oder den Mangel an Wert – meines Dokumentenlagers durch. Sie fragte kein einziges Mal nach Raven. Sie fragte auch nicht nach Ardath, obwohl sie auch über meine Freundin nachdachte.

Sie gestikulierte. »Sie hat insofern recht, daß unsere Fehde bedeutungslos wird, sollte der Dominator auferstehen. Ich muß mir die Frage stellen, ob diese Bedrohung echt ist oder eine List. Wir wissen, wie verwickelt ihre Pläne sein können.«

»Ich bin mir sicher«, fingerte ich zurück. »Weil Raven sich sicher war. Bevor die Leute der Lady Verdacht schöpften, war er schon zu seinem Entschluß gekommen. Soweit ich es sagen kann, hat er tatsächlich die Beweiskette entwickelt, die sie davon überzeugt hat.«

»Goblin und Einauge. Sind sie in Sicherheit?«

»Soweit ich weiß, ja. Ich hab nichts davon gehört, daß man sie gefangengenommen hätte.«

»Dann sollten sie bald wieder zurück sein. Diese Dokumente. Die sind immer noch der Schlüssel.«

»Selbst wenn sie nicht das Geheimnis ihres Namens enthalten, sondern nur den ihres Gatten?«

»Sie will Zugang dazu haben?«

»Davon gehe ich aus. Aus irgendeinem Grund hat man mich freigelassen, aber ich weiß nicht, was der Grund hinter diesem Grund ist.«

Darling nickte. »Das dachte ich mir.«

»Trotzdem bin ich überzeugt, daß sie es in dieser Hinsicht ehrlich meint. Daß wir den Dominator als die größere und unmittelbarere Gefahr ansehen müssen. Es sollte nicht allzu schwer sein, die meisten Methoden vorherzusehen durch die sie Verrat begehen könnte.«

»Und dann ist da noch Raven.«

Jetzt kommt es, dachte ich. »Ja.«

»Ich werde darüber nachdenken, Croaker«

»Viel Zeit haben wir nicht.«

»In gewisser Hinsicht haben wir alle Zeit der Welt. Ich werde darüber nachdenken. Du und deine Freundin, ihr macht euch an die Übersetzungen.«

Ich spürte, daß ich entlassen wurde, noch bevor wir auf das Thema kamen, weswegen sie mich allein hatte sprechen wollen. Diese Frau hat ein Gesicht wie aus Stein gehauen. Man kann nicht viel darin lesen. Langsam bewegte ich mich zur Tür.

»Croaker«, signalisierte sie. »Warte.«

Ich blieb stehen. Das war es.

»Was ist sie, Croaker?«

Verdammt. Schon wieder daneben. Kalte Schauer meinerseits. Schuldgefühle. Ich wollte nicht rundheraus lügen. »Nur eine Frau.«

»Keine besondere Frau? Eine besondere Freundin?«

»Ich denke mal, sie ist schon etwas Besonderes. Auf ihre Weise.«

»Ich verstehe. Sag Schweiger, er soll hereinkommen.«

Wieder nickte ich und setzte mich langsam in Bewegung. Aber erst als ich schon die Tür öffnete, winkte sie mich wieder zurück.

Ich setzte mich wie befohlen. Im Gegensatz zu ihr. Sie lief auf und ab. Sie signalisierte: »Du denkst, daß ich große Neuigkeiten kaltschnäuzig aufnehme. Du denkst schlecht von mir, weil ich nicht vor Freude aus dem Häuschen bin, daß Raven noch lebt.«

»Nein. Ich dachte, daß es dich erschüttern würde. Daß es dir sehr weh tun würde.«

»Erschüttert, nein. Ich bin nicht völlig überrascht. Weh tut es, ja. Es reißt alte Wunden wieder auf und macht sie nur noch schmerzlicher.«

Verdutzt sah ich zu, wie sie weiter auf und ab lief.

»Unser Raven. Er ist nie erwachsen geworden. Furchtlos wie ein Stein. Vollkommen frei von jeder Behinderung durch ein Gewissen. Zäh. Gerisssen. Hart. Wild. All das. Ja? Ja, und ein Feigling obendrein.«

»Was? Jetzt warte mal ...«

»Er läuft immer nur davon. Vor Jahren ist seine Frau in die Intrigenketten des Hinkers geraten. Hat er versucht, die Wahrheit herauszufinden und damit umzugehen? Er hat Menschen getötet und ist mit der Schwarzen Schar davongerannt, um noch mehr Menschen zu töten. Er hat zwei kleine Kinder ohne ein Abschiedswort zurückgelassen.«

Jetzt war sie in Fahrt gekommen. Sie öffnete die Türen zu Geheimnissen und offenbarte Zusammenhänge, von denen ich zuvor nur die leisesten Hinweise wahrgenommen hatte. »Verteidige ihn ja nicht. Ich hatte die Möglichkeit, Nachforschungen anzustellen, und ich habe sie genutzt«, gestikulierte sie.

»Er ist aus der Schwarzen Schar geflohen. Um meinetwillen? Ebensosehr ein Grund wie eine Ausflucht, um Verwicklungen zu vermeiden. Warum hat er mich damals in jenem Dorf gerettet? Aus Schuldgefühl, wegen der Kinder, die er im Stich gelassen hatte. Ich war ein sicheres Kind. Und solange ich ein Kind war, konnte er auch ungefährdet seine Gefühle in mich investieren. Aber ich bin kein Kind geblieben, Croaker. Und in all den Jahren auf der Flucht hab ich keinen anderen Mann gekannt.

Ich hätte es besser wissen sollen. Ich habe gesehen, wie er die Menschen von sich stieß, die ihm auf eine Weise näher kamen, die nicht vollkommen einseitig und unter seiner Kontrolle war. Aber nach den schrecklichen Taten, die er in Juniper begangen hat, dachte ich, daß ich ihn erlösen könnte. Auf dem Weg nach Süden, als wir vor der Lady und der Schar flohen, habe ich meine wahren Gefühle verraten. Ich habe die Kiste meiner Träume geöffnet, die noch aus Zeiten stammten, als ich noch nicht alt genug war, um an Männer zu denken.

Da hat er sich verändert. Er wurde ein verängstigtes Tier, das in einem Käfig gefangen ist. Er war erleichtert, als der Leutnant mit einigen Brüdern aus der Schar auftauchte. Es hat nur ein paar Stunden gedauert, bis er ›starb‹.

Da habe ich Verdacht geschöpft. Ich glaube, ein Teil von mir wußte immer schon Bescheid. Und deswegen bin ich auch nicht so sehr am Boden zerstört, wie du es vielleicht gern hättest. Ja. Ich weiß, daß du weißt, daß ich mich manchmal in den Schlaf weine. Ich weine um die Träume eines kleinen Mädchens. Ich weine, weil die Träume nicht sterben wollen, obwohl ich doch nichts tun kann, um sie wahr werden zu lassen. Ich weine, weil ich das einzige, was ich wirklich will, nicht haben kann. Verstehst du das?«

Ich dachte an die Lady und an ihre Lage, und ich nickte. Ich entgegnete nichts.

»Ich werde wieder weinen. Geh. Bitte. Sag Schweiger, daß er zu mir kommen soll.«

Ich mußte nicht nach ihm suchen. Er wartete vor dem Besprechungsraum. Ich sah ihn hineingehen und fragte mich, ob ich schon Gespenster sah oder nur eine zu lebhafte Phantasie hatte.

Jedenfalls hatte sie mir etwas zum Nachdenken gegeben.

DREIUNDVIERZIGSTES KAPITEL

Picknick

Bei jeder Art von Termin beschleunigt sich auf einmal die Zeit. Das Uhrwerk des Universums läuft mit überspannter Feder. Vier Tage flutschten wie nichts davon! Und ich verschwendete nicht viel Zeit mit Schlafen.

Ardath und ich übersetzten. Und übersetzten. Und übersetzten. Sie las die Übersetzungen laut vor. Ich schrieb, bis sich mir die Hände verkrampften. Gelegentlich löste Schweiger mich ab.

Hin und wieder überprüfte ich sie, indem ich bereits bearbeitete Dokumente einfügte, besonders jene, an denen Tracker und ich gearbeitet hatten. Nicht einmal erwischte ich sie bei einer Fehlinterpretation.

Am vierten Morgen fiel mir etwas auf. Wir gingen eine von diesen Listen durch. Diese Soiree muß so gewaltig gewesen sein, daß man sie heutzutage vermutlich als kriegerische Auseinandersetzung bezeichnet hätte. Oder zumindest einen Aufstand. Weiter und immer weiter. Der-und-der von so-und-so mit Lady Dingsda, sechzehn Titel lang, von denen nur vier einen Sinn ergaben. Bis die Herolde endlich mit dem Proklamieren aller Teilnehmer fertig gewesen waren, waren die Gäste wahrscheinlich an fortgeschrittener Altersschwäche eingegangen.

Jedenfalls hörte ich etwa in der Mitte der Liste, wie ihr fast unmerklich der Atem stockte. Aha! sagte ich mir. Der Blitz schlägt in der Nähe ein. Meine Ohren stellten sich auf.

Ohne mit der Wimper zu zucken, las sie weiter. Wenige Augenblicke später war ich nicht mehr sicher, daß ich es mir nicht eingebildet hatte. Die Vernunft sagte mir, daß der Name, der sie erschreckt hatte, nicht derjenige war, den sie ausgesprochen hatte. Sie las langsam, damit ich mitschreiben konnte. Ihre Augen waren meiner Hand vermutlich weit voraus.

Keiner der folgenden Namen war mir irgendwie vertraut.

Die Liste wollte ich für den Fall der Fälle später noch einmal durchgehen, falls sie etwas ausgelassen hatte.

Was natürlich nicht der Fall war.

Am Nachmittag sagte sie: »Pause, Croaker. Ich hole mir Tee. Willst du auch welchen?«

»Gern. Vielleicht auch einen Happen Brot.« Ich kritzelte eine halbe Minute weiter, bevor ich begriff, was gerade geschehen war.

Was denn? Die Lady selbst meldet sich freiwillig zum Essenholen? Ich werfe noch einen Bestellung nach, ohne darüber nachzudenken? Mir wurde mulmig. Wieviel davon gehörte zum Rollenspiel? Wieviel fügte sie aus Spaß ein? Es mußte Jahrhunderte her sein, daß sie sich ihren Tee selbst geholt hatte. Wenn überhaupt.

Ich stand auf, wollte ihr schon folgen, blieb an der Tür stehen.

Fünfzehn Schritte weiter den Tunnel hinab, hatte Otto sie im funzeligen schwachen Lampenlicht an die Wand gedrängt. Er tischte ihr gerade irgendwelchen Bockmist auf. Ich weiß nicht, warum ich das Problem nicht vorausgesehen hatte. Ich bezweifelte, daß es ihr in den Sinn gekommen war. Sicher war dies keine Situation, mit der sie sich normalerweise auseinander setzen mußte.

Otto wurde zudringlich. Ich wollte schon dazwischen gehen, dann zögerte ich. Meine Einmischung würde sie vielleicht verärgern.

Aus der anderen Richtung ertönten leise Schritte. Elmo. Er blieb stehen. Otto war zu abgelenkt, um uns zu bemerken.

»Tu lieber was«, sagte Elmo. »Diese Sorte Ärger können wir nicht gebrauchen.«

Sie machte keinen verängstigten oder verärgerten Eindruck. »Ich glaube, damit wird sie wohl selbst fertig.«

Otto bekam ein Nein zu hören, das nicht mißverstanden werden konnte. Aber das akzeptierte er nicht. Er legte Hand an. Für seine Bemühungen bekam er eine damenhafte Ohrfeige. Das machte ihn wütend. Er beschloß sich zu nehmen, was er haben wollte. Als Elmo und ich vortraten, verschwand er unter einem Hagel aus Tritten und Schlägen, der ihn im Schlamm des Ganges zusammensinken ließ, wobei er sich mit einem Arm den Bauch hielt und jenen Arm mit der anderen Hand umklammerte. Ardath ging weiter, als sei nichts geschehen.

Ich sagte: »Ich habe dir doch gesagt, daß sie allein zurechtkommt.«

»Erinnere mich bloß daran, daß ich nicht aus der Rolle falle«, sagte Elmo. Dann grinste er und stubste mich am Arm. »In der Horizontalen muß sie ein Wahnsinnsfeger sein. Was?«

Und verdammt noch mal, ich wurde rot. Ich grinste ihn nur blöde an. Das bestätigte seinen Verdacht. Was sollte es schon. Ich hätte sagen können, was ich wollte. So ist das eben.

Wir schleiften Otto in mein Zimmer. Ich dachte schon, daß er sich die Seele aus dem Leib kotzen würde. Aber er beherrschte sich. Ich untersuchte ihn nach Knochenbrüchen. Er hatte nur Prellungen davongetragen. »Er gehört dir, Elmo«, sagte ich, weil ich wußte, daß der alte Feldwebel sich einige passende Worte zurechtgelegt hatte.

Er nahm Otto am Ellbogen und sagte: »Komm mal mit in mein Büro, Soldat.« Als er damit begann, ihm die Tatsachen des Lebens zu erläutern, ließen seine Worte den Lehm von der Tunneldecke bröckeln.

Als Ardath zurückkam, verhielt sie sich, als ob nichts geschehen sei. Vielleicht hatte sie nicht bemerkt, daß wir zugesehen hatten. Aber nach einer halben Stunde fragte sie: »Können wir eine Pause machen? Nach draußen gehen? Uns die Beine vertreten?«

»Ich soll mitkommen?«

Sie nickte. »Wir müssen uns unterhalten. Unter vier Augen.«

»Ist mir recht.«

Um der Wahrheit die Ehre zu geben, bekam ich selbst immer ein wenig Platzangst, wenn ich die Nase aus meiner Arbeit hob. Mein Ausflug nach Westen erinnerte mich daran, wie gut es doch tut, wenn man mal die Beine ausstrecken kann. »Hast du Hunger?« fragte ich. »Oder ist die Sache zu ernst, als daß man ein Picknick machen könnte.«

Die Idee überraschte sie zuerst, dann schien sie sehr angetan. »Gut. Das machen wir.«

Also gingen wir zum Koch und zum Bäcker, füllten uns einen Eimer und gingen nach oben. Sie sah zwar nicht, daß alle feixten, aber dafür sah ich es.

Im Loch gibt es nur eine einzige Tür. Sie führt zum Konferenzraum, und dahinter liegen Darlings persönliche Unterkünfte. Weder mein Quartier noch das von Ardath hatten auch nur einen Schutzvorhang. Man war der Ansicht, daß wir uns ein stilles Plätzchen auf der offenen Steppe suchen wollten.

Träumt weiter. Da oben gab es mehr Zuschauer als hier unten.

Sie waren bloß nicht menschlich.

Die Sonne war etwa noch drei Stunden vor dem Untergehen, als wir hinaustraten, und sie drosch uns direkt in die Augen. Das war hart. Aber ich hatte damit gerechnet. Ich hätte sie warnen sollen.

Wir schlenderten den Bach hinauf, atmeten Luft, die leicht nach Salbei roch und schwiegen. Auch die Wüste war still. Nicht einmal Altvater Baum regte sich. Die Brise reichte nicht aus, um den Korallen ein Säuseln zu entlocken. Nach einer Weile sagte ich: »Nun?«

»Ich mußte einfach mal raus. Die Wände erdrückten mich. Das Nullfeld machte es nur noch schlimmer. Da unten fühle ich mich hilflos. Es saugt einem den Geist aus.«

»Oh.«

Wir umrundeten einen Korallenvorsprung und trafen auf einen Menhir. Vermutlich war es einer meiner alten Freunde, denn er meldete sogleich: »Fremde sind auf der Steppe, Croaker.«

»Wirklich?« Und dann: »Was für Fremde, Klotz?« Aber er hatte nichts weiter zu sagen.

»Sind sie immer so.«

»So oder schlimmer. Na gut. Das Nullfeld wird schwächer. Fühlst du dich besser?«

»Ich hab mich schon in dem Augenblick besser gefühlt, als ich ins Freie gekommen bin. Das ist der Eingang zur Hölle. Wie könnt ihr nur so leben?«

»Es ist nichts Besonderes, aber es ist unser Zuhause.«

Wir kamen zu einem kahlen Erdstück. Sie blieb stehen. »Was ist das?«

»Altvater Baum. Du weißt, was sie da unten jetzt von uns denken, nicht wahr?«

»Ich weiß. Sollen sie es doch denken. Sieh es als Tarnung. Das ist also dein Altvater Baum?« Sie zeigte auf ihn.

»Das ist er.« Ich ging weiter. »Und wie geht es dir heute, mein Alter?«

Das muß ich ihn schon etwa fünfzigmal gefragt haben. Ich

meine, der alte Junge ist wirklich bemerkenswert, aber doch nur ein Baum. Nicht wahr? Ich erwartete keine Antwort. Aber sobald ich sprach, begannen Vater Baums Blätter zu rascheln.

»Komm wieder hierher, Croaker.« Die Stimme der Lady erklang im Befehlston, hart und ein wenig unsicher. Ich drehte mich um und marschierte wieder zurück. »Wieder ganz die Alte?« Aus dem Augenwinkel erspähte ich einen Schatten, der zum Loch hinüberglitt. Ich konzentrierte mich auf einen Korallenfächer und ein Gebüsch daneben. »Sprich leise. Wir haben einen Lauscher.«

»Das überrascht mich nicht.« Sie breitete die fadenscheinige Decke aus, die sie mitgebracht hatte und ließ sich mit den Füßen direkt am Rand des kahlen Kreises nieder. Sie zog das Tuch fort, das auf dem Eimer lag. Ich ließ mich so neben ihr nieder, daß ich den Schatten im Auge behalten konnte. »Weißt du, was das ist?« fragte sie und nickte zum Baum hinüber.

»Das weiß niemand. Das ist bloß Altvater Baum. Die Wüstenklans nennen ihn einen Gott. Dafür haben wir noch keinen Beweis gesehen. Allerdings finden Goblin und Einauge interessant, daß er fast genau in der geographischen Mitte der Steppe wächst.«

»Ja. Das denke ich mir … Während des Unterganges ist so vieles verlorengegangen. Ich hätte es mir denken sollen. Mein Gatte war nicht der erste seiner Art, Croaker. Auch die Weiße Rose war nicht die erste ihrer Art. Ich glaube, es ist ein gewaltiger Zyklus.«

»Jetzt komme ich nicht mehr mit.«

»Vor langer Zeit, selbst nach meinen Begriffen, gab es schon einmal einen Krieg wie den zwischen dem Dominator und der Weißen Rose. Das Licht hat den Schatten überwältigt. Doch wie immer ließ der Schatten seinen Makel auf den

Siegern zurück. Um den Kampf zu beenden, riefen sie ein Wesen aus einer anderen Ebene, Welt, Dimension, was auch immer, herbei, so wie Goblin einen Dämon heraufbeschwören würde. Nun handelte es sich bei diesem Wesen um einen heranwachsenden Gott. Gewissermaßen. Im Avatar eines keimenden Sprosses. Diese Ereignisse waren selbst in meiner Jugend nur noch Legende, als noch viel mehr Bruchstücke der Vergangenheit überlebten, und deshalb sind die Einzelheiten fraglich. Aber diese Anrufung war so gewaltig, daß Tausende starben und ganze Länder verwüstet wurden. Dennoch pflanzten sie ihren gefangenen Gott über das Grab ihres Erzfeindes, wo er ihn einkerkern würde. Dieser Baumgott sollte eine Million Jahre leben.«

»Du meinst, Altvater Baum sitzt auf so etwas wie dem Großen Grab?«

»Bevor ich diesen Baum gesehen habe, habe ich die Legenden und die Steppe nicht miteinander in Verbindung gebracht. Ja. Dieser Boden verbirgt etwas, das ebenso giftig ist wie mein Gatte. Auf einmal ergibt so vieles einen Sinn. Es paßt alles zusammen. Die Bestien. Die unmöglichen sprechenden Felsen. Korallenriffe, die eintausend Meilen vom Meer entfernt in die Höhe ragen. All das ist aus der anderen Welt zu uns durchgesickert. Die Wechselstürme sind die Träume des Baumes.«

Sie redete weiter, wobei sie weniger mir etwas erklärte als sich vielmehr die Dinge selbst zusammenreimte. Ich starrte sie mit offenem Mund an und erinnerte mich an den Wechselsturm, der mich auf dem Weg nach Westen erfaßt hatte. War ich verflucht, daß ich im Albtraum eines Gottes gefangen war?

»Das ist doch verrückt«, sagte ich und erkannte im selben Augenblick den Umriß, den ich aus den Schatten, Büschen und Korallen herauszufiltern versucht hatte.

Schweiger. Er hockte auf den Fersen, reglos wie eine Schlange, die auf Beute lauert. Schweiger, der mir die letzten drei Tage wie ein zweiter Schatten überallhin gefolgt war, nur selten bemerkt, weil er eben Schweiger war. Nun ja. Soviel zu meiner Zuversicht, daß meine Rückkehr mit einer Begleiterin keinen Argwohn erregt hatte.

»Das hier ist ein schlimmer Ort, Croaker. Ein ganz schlimmer Ort. Sag der tauben Bauerngöre, daß sie umziehen soll.«

»Wenn ich das täte, müßte ich auch den Grund erklären und preisgeben, wer mir diesen Ratschlag erteilt hat. Ich bezweifle, daß sie das beeindrucken würde.«

»Vermutlich hast du recht. Nun, das wird nicht mehr lange von Bedeutung sein. Laß uns etwas essen.«

Sie öffnete ein Bündel und brachte etwas zum Vorschein, das wie geröstetes Kaninchen aussah. Aber auf der Steppe gibt es keine Kaninchen. »Selbst wenn sie Prügel bezogen haben, das Abenteuer bei Kleppersheim hat zumindestens die Versorgungslage verbessert.« Ich langte zu.

Aus dem Augenwinkel sah ich Schweiger. Er rührte sich nicht. Du Mistkerl, dachte ich. Hoffentlich läuft dir das Wasser im Munde zusammen.

Drei Kaninchenportionen später hielt ich lange genug inne, um zu fragen: »Ist zwar recht interessant, das mit dem Alten, aber hat es irgendeine Bedeutung?«

Vater Baum schlug Krach. Ich fragte mich, warum. »Hast du Angst vor ihm?«

Sie antwortete nicht. Ich warf ein paar Knochen das Bachufer hinunter und stand auf. »Bin gleich wieder da.« Ich stapfte zu Vater Baum hinüber. »Alter, hast du irgendwelche Samen? Irgendwelche Sprossen? Irgendwas, das wir mit ins Gräberland nehmen und unserem eigenen Schurken aufs Dach pflanzen können?«

Daß ich im Vorbeigehen immer wieder mit dem Baum gesprochen hatte, war ein Spiel gewesen. Mich erfaßte fast religiöse Ehrfurcht vor seinem Alter, aber ich glaubte eigentlich nicht, daß er das war, was die Nomaden oder die Lady von ihm behaupteten. Er war nur ein knorriger alter Baum mit komischen Blättern und einer miesen Laune.

Laune?

Als ich ihn berührte, weil ich nach oben sehen wollte, um zwischen den bizarren Blättern nach Nüssen oder Samen zu suchen, biß er mich. Nun ja, nicht mit irgendwelchen Zähnen. Aber es flogen Funken. Meine Fingerspitzen schmerzten. Als ich sie wieder aus dem Mund nahm, sahen sie verbrannt aus. »Verdammt«, brummte ich und trat einige Schritte zurück. »Nimm's doch nicht persönlich, Baum. Ich hab nur gedacht, daß du uns vielleicht aushelfen willst.«

Mir wurde undeutlich bewußt, daß jetzt ein Menhir in der Nähe von Schweigers Lauerstelle stand. Weitere tauchten um den kahlen Flecken herum auf.

Etwas traf mich mit der Gewalt von Windwalballast, der aus dreißig Meter Höhe abgeworfen wird. Ich ging zu Boden. Wellen der Macht, der Geister schlugen auf mich ein. Ich wimmerte auf und versuchte zur Lady zu kriechen. Sie streckte ihre Hand nach mir aus, aber sie blieb jenseits der Grenzlinie …

Aus dieser Gewalt schälte sich etwas beinahe Verständliches heraus. Aber es war wie die Einsicht in fünfzig Bewußtseine gleichzeitig, die über die Welt verstreut waren. Nein. Über die ganze Steppe. Und mehr als fünfzig. Sie fügten, verwoben sich mehr und mehr ineinander … Ich berührte das Bewußtsein der Menhire.

All das erstarb. Der Hammer der Macht drosch nicht mehr auf den Amboß meines Ichs ein. Ich kroch auf den Rand des nackten Bodens zu, obgleich ich wußte, daß die Begrenzung keine wirkliche Sicherheit bedeutete. Ich erreichte die Decke, holte wieder Atem und drehte mich schließlich zum Baum um. Seine Blätter raschelten verbittert.

»Was ist passiert?«

»Im Wesentlichen hat er mir gesagt, daß er tut, was er kann, und nicht um unseretwillen, sondern für seine Geschöpfe. Daß ich zur Hölle fahren soll, ihn in Ruhe lassen soll, aufhören soll, ihm auf die Nerven zu fallen, oder ich bekomme Ärger bis zum Abwinken.«

Ich hatte einen Blick über ihre Schulter geworfen, um festzustellen, wie Schweiger meine Begegnung aufgenommen hatte.

»Ich habe dich gewarnt ...« Sie sah sich ebenfalls um.

»Ich glaube, wir stecken möglicherweise in Schwierigkeiten. Vielleicht hat man dich erkannt.«

Fast alle Insassen des Lochs waren herausgekommen. Sie reihten sich quer über den Pfad auf. Die Menhire waren zahlreicher geworden. Wanderbäume stellten sich in einem Kreis um uns herum auf.

Und wir waren unbewaffnet, denn Darling war da. Wir befanden uns wieder im Nullfeld.

Sie trug ihr weißes Leinenkleid. Sie schritt an Elmo und dem Leutnant vorbei und kam auf mich zu. Schweiger gesellte sich zu ihr. Hinter ihr kamen Einauge, Goblin, Tracker und Köter Krötenkiller heran. Die vier waren noch vom Staub der Reise bedeckt.

Sie waren schon seit Tagen auf der Steppe gewesen. Und man hatte mir nichts gesagt ...

Es war ein Gefühl, als wenn sich unter dem Galgen plötzlich die Falltür unter einem öffnet. Fünfzehn Sekunden lang stand ich mit offenem Mund da. Dann fragte ich mit leiser quiekender Stimme: »Und was machen wir jetzt?«

Daß sie meine Hand ergriff, ließ mich zusammenzucken. »Ich habe alles gesetzt und verloren. Ich weiß es nicht. Es sind deine Leute. Versuch sie zu täuschen. Oh!« Ihre Augen verengten sich. Ihr Blick wurde starr und durchdringend. Dann verzogen sich ihre Lippen zu einem schmalen Lächeln. »Ich verstehe.«

»Was?«

»Ein paar Antworten. Die Andeutung dessen, was mein Gatte vorhat. Ihr seid stärker manipuliert worden, als euch klar ist. Er hat vorausgesehen, daß man seine Wetterschliche entdecken würde. Sobald er euren Raven hatte, beschloß er, daß man euer Bauernmädchen zu ihm bringen würde ... Ja. Ich glaube ... Komm.«

Meine alten Gefährten machten keinen feindseligen Eindruck, sie wirkten lediglich verwirrt.

Der Kreis wurde enger. Die Lady ergriff wieder meine Hand und führte mich zum Fuß von Altvater Baum. Sie raunte: »Laß Frieden zwischen uns herrschen während du zusiehst, Uralter. Jemand kommt, den du von altersher kennst.« Und zu mir gewandt sagte sie: »Es gibt viele alte Schatten in der Welt. Einige stammen aus der Morgenröte der Zeit. Sie sind nicht groß genug, daher ziehen sie die Aufmerksamkeit nur selten sosehr auf sich wie mein Gatte oder die Unterworfenen. Seelenfänger hat über Untergebene befohlen, die noch älter sind als dieser Baum. Sie sind mit ihr eingekerkert worden. Ich habe dir doch gesagt, daß ich die Art und Weise erkannt habe, wie die Leichen damals zerrissen wurden.«

Im blutigen Licht der untergehenden Sonne stand ich vor ihr und starrte sie an. Sie hätte genausogut UchiTelle sprechen können.

Darling, Schweiger, Einauge und Goblin schlossen zu uns auf. Elmo und der Leutnant blieben einen Steinwurf weit entfernt stehen. Aber Tracker und Köter Krötenkiller hatten sich irgendwie in die Menge zurückgezogen.

»Was geht hier eigentlich vor?« signalisierte ich Darling, die offensichtlich verstört war.

»Genau das wollen wir gerade herausfinden. Seit Goblin,

Einauge und Tracker die Steppe erreicht haben, haben wir von den Menhiren nur zusammenhanglose und sinnlose Berichte bekommen. Einerseits bestätigen Goblin und Einauge alles, was du mir gesagt hast – bis ihr euch getrennt habt.«

Ich sah meine beiden Freunde an – und entdeckte dort keine Freundschaft. Ihre Augen waren kalt und glasig. Als ob jemand anders dahinter eingezogen wäre.

»Besuch«, rief Elmo halblaut.

In einiger Entfernung kreisten zwei Unterworfene auf Bootsteppichen am Himmel. Sie kamen nicht näher. Die Hand der Lady zuckte. Ansonsten beherrschte sie sich. Sie hielten sich weit genug entfernt, daß wir sie nicht erkennen konnten.

»Hier rührt mehr als nur eine Hand in der Suppe herum«, sagte ich. »Schweiger, komm zur Sache. Im Augenblick jagst du mir eine höllische Angst ein.«

Er signalisierte: »Im Reich geht das lautstarke Gerücht um, daß du die Seite gewechselt hast. Daß du jemanden von hohem Rang hierhergebracht hast, um Darling zu ermorden. Vielleicht sogar einen der neuen Unterworfenen.«

Ich konnte ein Grinsen nicht unterdrücken. Die Gerüchteverbreiter hatten es nicht gewagt, die ganze Geschichte zu erzählen.

Das Grinsen überzeugte Schweiger. Er kannte mich gut. Vermutlich hatte er mich deshalb auch überwacht.

Auch Darling entspannte sich. Aber weder Einauge noch Goblin lösten sich aus ihrer Starre.

»Was ist mit den Burschen los, Schweiger? Sie sehen aus wie Zombies.«

»Sie sagen, du hättest sie verraten. Daß Tracker dich dabei gesehen hat. Daß …«

»Blödsinn! Wo ist Tracker, verdammt? Schafft diesen großen blöden Schweinehund hierher, damit er es mir ins Gesicht sagt!«

Das Licht ließ nach. Die Sonne war wie eine dicke Tomate hinter den Hügeln versunken. Es würde bald dunkel werden. In meinem Rücken spürte ich ein unheimliches Kribbeln. Hatte der verflixte Baum irgendetwas vor?

Sobald ich an ihn dachte, spürte ich das konzentrierte Interesse von Altvater Baum. Und eine Art träumerische Wut, die sich zusammenballte …

Plötzlich huschten überall Menhire herum, sogar auf der anderen Seite des Baches im dichten Gebüsch. Ein Hund kläffte auf. Schweiger gab Elmo Zeichen. Ich bekam sie nicht mit, weil er mir den Rücken zuwandte. Elmo setzte sich in Richtung des Krachs in Bewegung.

Die Menhire rückten näher heran, bildeten eine Mauer, trieben … O ja – Tracker und Köter Krötenkiller vor sich her. Tracker sah verdutzt aus. Die Töle versuchte zwischen den Menhiren durchzuflitzen. Sie ließen ihn nicht. Unsere Leute mußten muntere Beinarbeit leisten, damit ihnen nicht die Zehen zerquetscht wurden.

Die Menhire drängten Köter Krötenkiller und Tracker in den kahlen Kreis. Die Promenadenmischung stieß ein langes, verzweifeltes Geheul aus, klemmte den Schwanz zwischen die Beine und verkroch sich in Trackers Windschatten. Sie blieben etwa zehn Fuß vor Darling stehen.

»O ihr Götter«, murmelte die Lady und drückte meine Hand so fest, daß ich hätte schreien mögen.

In Altvater Baums klimpernden Haaren platzte der Samen eines Wechselsturms auf.

Er war gewaltig, er war schrecklich, er war grausam. Er verschlang uns alle mit einer Wildheit, daß wir nichts tun konnten, außer ihn zu ertragen. Gestalten verwandelten sich, veränderten sich, zerliefen; aber die, die Darling am nächsten standen, blieben die gleichen wie zuvor.

Tracker schrie. Köter Krötenkiller stieß ein Geheul aus, das

Grauen verbreitete wie einen Krebs. Und sie verwandelten sich am meisten, nämlich in eben jene abscheulichen wütenden Ungeheuer, die ich auf meinem Flug nach Westen erblickt hatte.

Die Lady rief etwas, das im Geheul des Sturmes unterging. Doch ich hörte den triumphierenden Unterton heraus.

Sie kannte diese Wesen.

Ich starrte sie an.

Sie hatte sich nicht verwandelt.

Das war doch nicht möglich. Dieses Wesen, dem ich fünfzehn Jahre lang hinterhergehechelt hatte, konnte doch nicht die wahrhaftige Frau sein.

Mit gefletschten Zähnen schleuderte sich Köter Krötenkiller in den Rachen des Sturms und versuchte der Lady an die Kehle zu springen. Er kannte sie ebenfalls. Er wollte sie erledigen, während sie sich noch hilflos innerhalb des Nullfeldes befand. Tracker torkelte hinterher und machte einen ebenso verdatterten Eindruck, wie ihn der menschliche Tracker immer gemacht hatte.

Ein großer Zweig von Vater Baum peitschte herab. Er fegte Köter Krötenkiller beiseite, wie ein Mensch ein wütendes Kaninchen beiseite gefegt hätte. Dreimal mühte Köter Krötenkiller sich wacker. Dreimal scheiterte er. Beim vierten Mal schlug der Großvater aller Blitze in ihn ein und schleuderte ihn bis zum Bach, wo er eine Minute lang zuckend vor sich hinrauchte, dann aufstand und aufheulend in die Wüste davonraste.

Zur selben Zeit ging die Trackerbestie auf Darling los. Er schnappte sie sich und machte sich in westlicher Richtung davon. Nachdem Köter Krötenkiller aus dem Spiel genommen wurde, richteten sich aller Augen auf Tracker.

Altvater Baum ist vielleicht kein Gott, aber wenn er spricht, hat er die entsprechende Stimme. Als er sprach, zerbarsten Korallenriffe. Alle, die sich jenseits des kahlen Kreises befanden, rissen die Hände an die Ohren und schrien gellend auf. Für uns, die ihm näher waren, war es weniger schlimm.

Ich weiß nicht, was er sagte. Die Sprache gehörte nicht zu denen, die ich kannte, und sie klang wie keine, die ich je gehört hatte. Aber es drang zu Tracker durch. Er setzte Darling ab, kehrte in die Mitte des Sturms zurück und blieb vor dem Gott stehen, während die gewaltige Stimme auf ihn einhämmerte und violettes Flackern über seine mißgestalteten Knochen huschte. Er verneigte sich tief und erwies so dem Baum seine Ergebenheit, und dann verwandelte er sich richtig.

Der Sturm erstarb so rasch, wie er aufgekommen war. Alle brachen zusammen, wo sie gerade standen. Selbst die Lady. Doch mit dem Kollaps kam keine Bewußtlosigkeit. Im schwachen Restlicht sah ich, wie die kreisenden Unterworfenen zu dem Schluß kamen, daß ihre Zeit gekommen war. Sie zogen sich zurück, nahmen Geschwindigkeit auf, fegten durch das Nullfeld und feuerten je vier jener zehn Meter langen Lanzen ab, mit denen man Windwale zerfetzen konnte. Und ich saß sabbernd auf dem harten Boden und hielt ihr Ziel an der Hand.

Ich glaube, ich hörte die Lady mit schierer Willenskraft etwas murmeln: »Sie können die Zukunft genauso gut lesen wie ich.« Was damals für mich keinen Sinn ergab. »Das habe ich übersehen.«

Acht Lanzen rasten in einem Bogen herab.

Vater Baum antwortete.

Zwei Teppiche lösten sich unter ihren Reitern auf.

Die Schäfte explodierten in solcher Höhe, daß ihre feurige Ladung den Boden nicht mehr erreichte.

Allerdings erreichten die Unterworfenen den Boden. In

sauberen Parabeln schlugen sie in einem dichten Korallenriff östlich von uns ein. Dann übermannte mich die Schläfrigkeit. Das Letzte, an das ich mich erinnere, war die Feststellung, daß die Glasigkeit aus Goblins und Einauges drei Augen gewichen war.

VIERUNDVIERZIGSTES KAPITEL

Die Belebung

Träume. Endlose schreckliche Träume. Wenn ich überhaupt so lange lebe, wenn ich das überlebe, was mir noch bevorsteht, werde ich sie irgendwann aufzeichnen, denn sie waren die Geschichte eines Gottes, der ein Baum war, und jenes Wesens, das seine Wurzeln fesseln …

Nein. Wohl doch nicht. Ein Leben voller Schrecken und Mühen ist genug, um davon zu berichten. Und dieses eine geht noch weiter.

Die Lady regte sich zuerst. Sie griff nach mir und zwickte mich. Der Schmerz machte meine Nerven wieder munter. Sie japste mit so leiser Stimme, daß ich sie kaum hören konnte: »Auf. Hilf mir. Wir müssen die Weiße Rose von hier fortbringen.«

Das ergab keinen Sinn.

»Das Nullfeld.«

Ich bebte. Ich hielt es für die Reaktion auf die unbekannte Macht, die mich zu Boden gestreckt hatte.

»Das Wesen unter uns ist von dieser Welt. Der Baum nicht.«

Ich bebte gar nicht. Es war der Boden. Leise und rasch. Und jetzt bemerkte ich ein Geräusch. Etwas weit Entferntes, tief in der Erde.

Allmählich begriff ich.

Angst kann einen ganz schön antreiben. Ich kam torkelnd auf die Beine. Über uns trieb das Klimpern von Altvater

Baum mich zum Wahnsinn. In seinem Windspielgeläut lag Panik.

Auch die Lady erhob sich. Wir taumelten zu Darling hinüber, wobei wir uns gegenseitig stützten. Jeder schlurfende Schritt verlieh meinem zäh dahinfließenden Blut weiteres Leben. Ich sah in Darlings Augen. Sie war bei Bewußtsein, aber noch gelähmt. Ihr Gesicht war eine starre Maske zwischen Angst und Unglauben. Wir zogen sie in die Höhe und legten je einen Arm um sie. Die Lady begann unsere Schritte zu zählen. Ich kann mich an keine Anstrengung erinnern, die so gewaltig gewesen wäre. Mir fällt keine Gelegenheit ein, bei der ich mich sosehr nur durch reine Willenskraft am Laufen hielt.

Das Zittern des Bodens wuchs rasch zum Beben vorbeigaloppierender Reiter an, dann zum Brüllen eines Erdrutsches und dann zu einem ausgewachsenen Erdbeben. Um Vater Baum herum begann der Boden sich zu bewegen und aufzubäumen. Ein Strahl aus Feuer und Staub schoß in die Höhe. Der Baum kreischte klimpernd. Blaue Blitze spielten in seinem Laubhaar. Wir verdoppelten unsere Anstrengungen, über den Bach und weiter und daran entlang zu fliehen.

Hinter uns begann etwas zu schreien.

Bilder in meinem Verstand. Das, was sich dort erhob, erlitt Qualen. Vater Baum unterwarf es sämtlichen Höllenfoltern. Aber es kam wild entschlossen immer höher herauf, um endlich freizukommen.

Ich sah nicht mehr zurück. Das Grauen, das ich fühlte, war zu stark. Ich wollte nicht wissen, wie ein Dominator der Vorzeit aussah.

Wir schafften es. Ihr Götter. Irgendwie brachten die Lady und ich Darling weit genug fort, damit Vater Baum wieder seine ganze außerweltliche Macht ausüben konnte.

Das Kreischen wurde rasch lauter und wütender; ich fiel zu Boden und hielt mir die Ohren zu. Und dann hörte es auf.

Schließlich sagte die Lady: »Croaker, sieh nach, ob du den anderen helfen kannst. Es ist ungefährlich. Der Baum hat gewonnen.«

So schnell? Nach all diesen Gewalten?

Wieder auf die Beine zu kommen, es schien mir wie Schwerstarbeit.

In Vater Baums Zweigen spielte immer noch ein blauer Schimmer. Man konnte seinen Zorn über zweihundert Meter spüren. Sein Gewicht nahm zu, als ich näher kam.

In Anbetracht des Aufruhrs, der noch Augenblicke zuvor geherrscht hatte, schien der Boden am Fuße des Baumes kaum aufgewühlt zu sein. Irgendwie sah er nur wie frisch gepflügt und geeggt aus. Einige meiner Freunde waren halb begraben, aber keiner schien verletzt zu sein. Jeder rührte sich zumindest ansatzweise. Alle sahen aus wie vom Donner gerührt. Mit Ausnahme von Tracker. Der häßliche Kerl hatte seine falsche menschliche Gestalt nicht wieder zurückerlangt.

Er war rasch wieder auf den Beinen, half friedlich den anderen, klopfte ihnen freundlich und hilfreich den Staub von den Kleidern. Man wäre nicht auf die Idee gekommen, daß er noch vor kurzem unser Todfeind gewesen war. Unheimlich.

Niemand brauchte meine Hilfe. Bis auf die Wanderbäume und die Menhire. Die Bäume waren umgefallen. Die Menhire ... Viele davon lagen ebenfalls am Boden. Und konnten sich nicht wieder aufrichten.

Das ließ mich erschauern.

Ein weiterer Schauer durchzog mich, als ich zum Alten Baum kam.

Etwas ragte aus dem Boden und tastete an der Rinde einer Wurzel. Es war eine menschliche Hand an einem langen, ledrigen, grünlichen Unterarm, deren Nägel zu Klauen gewachsen; jetzt waren sie gesplittert und hatten sich an Vater Baum blutig gerissen. Sie gehörte nicht zu einem aus dem Loch.

Jetzt zuckte sie schwach.

Über mir knisterten blaue Funken.

Etwas an dieser Hand ließ die alte Bestie in mir sich regen. Ich wollte kreischend davonlaufen. Oder nach einer Axt greifen und sie in Stücke hauen. Ich tat weder das eine noch das andere, denn ich hatte das Gefühl, daß Vater Baum mich beobachtete und einigermaßen sauer war. Vielleicht machte er mich persönlich für das Erwachen des Wesens verantwortlich, zu dem die Hand gehörte.

»Ich gehe ja schon«, sagte ich. »Ich weiß, wie du dich fühlst. Ich habe mein eigenes Vorzeitungeheuer, das ich in Schach halten muß.« Ich zog mich zurück, wobei ich mich alle drei oder vier Schritte verbeugte.

»Was zur Hölle war das?«

Ich fuhr herum. Einauge starrte mich an. Er hatte diesen Croaker-hat-wieder-einen-seiner-Anfälle-Blick.

»Hab mich bloß mit dem Baum unterhalten.« Ich schaute mich um. Allmählich fanden alle ihr Gleichgewicht wieder. Einige der weniger mitgenommenen Männer begannen die umgestürzten Bäume wieder aufzurichten. Für die gefallenen, Menhire schien es allerdings keine Hoffnung zu geben. Sie waren in jenes Paradies eingegangen, das denkenden Steinen vorbehalten ist.

Später würden wir sie wieder aufgerichtet zwischen den anderen toten Menhiren in der Nähe des Bachüberganges wiederfinden.

Ich ging zu Darling und der Lady hinüber. Darling brauchte lange, um sich zu berappeln und war noch zu angeschlagen, um zu kommunizieren.

Die Lady fragte: »Sind alle gesund?«

»Bis auf den Burschen im Boden. Und der hätte es beinahe fertiggebracht, wieder gesund zu werden.« Ich beschrieb ihr die Hand.

Sie nickte. »Dieser Fehler wird wahrscheinlich so bald nicht wieder gemacht werden.«

Schweiger und einige andere hatten sich um uns versammelt, also konnten wir nur wenig sagen, das nicht verdächtig geklungen hätte. Allerdings murmelte ich: »Und was jetzt?« Im Hintergrund hörte ich den Leutnant und Elmo nach Fackeln brüllen, damit wir etwas Licht hätten.

Sie zuckte die Achseln.

»Was ist mit den Unterworfenen?«

»Willst du sie verfolgen?«

»Nein, verdammt! Aber wir können sie auch nicht in unserem Revier frei herumlaufen lassen. Wer weiß, was …«

»Die Menhire werden sie überwachen. Nicht wahr?«

»Das hängt davon ab, wie sauer der alte Baum auf uns ist. Vielleicht will er uns alle zur Hölle fahren lassen.«

»Vielleicht findet ihr das heraus.«

»Ich geh schon«, quiekte Goblin. Er brauchte einen Vorwand, um möglichst viel Abstand zwischen sich und den Baum zu legen.

»Bleib nicht die ganze Nacht weg«, sagte ich. »Warum helft ihr anderen nicht Elmo und dem Leutnant?«

Das schaffte uns ein paar andere vom Hals, jedoch nicht Schweiger.

Es gab keine Möglichkeit, Schweiger aus Darlings Nähe zu schaffen. Er hatte immer noch ein paar Vorbehalte.

Ich rieb Darling die Handgelenke und tat noch einige andere überflüssige Dinge. Eigentlich brauchte sie nur etwas Zeit, um sich zu erholen. Einige Minuten später murmelte ich: »Achtundsiebzig Tage.«

Darauf sagte die Lady: »Nicht mehr lange, dann ist es zu spät.«

Ich hob eine Augenbraue.

»Ohne sie kann er nicht besiegt werden. Wir haben nicht

mehr viel Zeit, bis selbst der schnellste Ritt sie nicht mehr rechtzeitig dorthin bringt.«

Ich weiß nicht, was Schweiger diesem Wortwechsel entnehmen konnte. Allerdings weiß ich, daß die Lady den Kopf hob und ihm jenes schwache Lächeln widmete, das sie immer dann zeigt, wenn sie deine Gedanken kennt. »Wir brauchen den Baum.« Dann: »Wir haben unser Picknick noch nicht beendet.«

»Hä?«

Sie verschwand einige Minuten lang. Als sie zurückkam, hatte sie die Decke, die jetzt noch schmutziger war als vorher, und den Eimer bei sich. Sie ergriff meine Hand und zerrte mich ins Dunkel. »Paß du auf die Fallen auf«, sagte sie zu mir.

Was zum Teufel wird hier eigentlich gespielt?

FÜNFUNDVIERZIGSTES KAPITEL

Ein besiegelter Pakt

Später erhob sich eine Mondsichel. Wir gingen nicht weit, bevor sie aufstieg, denn bei dem geringen Sternenlicht kam man nicht gut voran. Sobald der Mond erschien, führte mich die Lady in einem Bogen zu dem Ort, wo die Unterworfenen abgestürzt waren. Wir blieben auf einem freien Fleck stehen. Er war sandig, jedoch ungefährlich. Sie breitete die Decke aus. Wir befanden uns außerhalb des Nullfeldes. »Setz dich.«

Ich setzte mich. Sie setzte sich.

Ich fragte: »Was …?«

»Sei still.« Sie schloß die Augen und zog sich in sich selbst zurück.

Ich fragte mich, ob Schweiger sich von Darling losgerissen hatte, um uns nachzuschleichen. Fragte mich, ob meine Kameraden derbe Scherze über uns machten, während sie sich mit den Wanderbäumen abmühten. Fragte mich, in was für ein Spiel ich mich hier verstrickt hatte.

Jedenfalls hast du etwas dabei gelernt, Croaker.

Nach einer Weile begriff ich, daß sie von wo auch immer zurückgekehrt war. »Das erstaunt mich nun wirklich«, flüsterte sie. »Wer hätte gedacht, daß sie den Mumm dazu hätten?«

»Eh?«

»Unsere fliegenden Freunde. Eigentlich habe ich gedacht, es wären Hinker und Wisper, die wieder ihre alten Untaten versuchen. Aber es waren Hohn und Senger. Obwohl ich eigentlich gleich auf sie hätte kommen müssen. In Nekromantik ist sie sehr begabt.«

Und wieder dachte sie laut. Ob sie das wohl häufig tat? Falls es so war, so war sie es sicher nicht gewohnt, dabei Zeugen zu haben. »Was meinst du damit?«

Sie achtete nicht auf mich. »Ich frage mich, ob sie es den anderen gesagt haben?«

Ich dachte zurück und fügte einige Dinge zusammen. Die Weissagungen der Lady von drei verschiedenen Zukünften, und in keiner davon einen Platz für sie. Vielleicht bedeutete das, daß es darin auch keinen Platz für Unterworfene gab. Und vielleicht waren sie der Ansicht, daß sie ihre Zukunft in ihre eigenen Hände nehmen konnten, wenn sie sich ihrer Herrin entledigten.

Ein leichter Schritt ließ mich zusammenzucken. Aber erschreckte mich nicht. Ich dachte mir, daß Schweiger uns doch gefolgt war. Daher war ich sehr überrascht, als Darling sich ohne Begleitung zu uns setzte.

Wie hatte ich die Rückkehr des Nullfeldes nicht bemerken können? Natürlich war ich abgelenkt gewesen.

Als ob Darling gar nicht da wäre, sagte die Lady: »Sie sind noch nicht aus den Korallen heraus. Sie kommen nur sehr langsam voran, und sie sind beide verletzt. Und obwohl die Korallen nicht tödlich für sie sind, können sie doch große Schmerzen bereiten. Im Augenblick ruhen sie sich gerade aus und warten auf den Tagesanbruch.«

»Also?«

»Also kommen sie vielleicht überhaupt nicht mehr heraus.«

»Darling kann Lippen lesen.«

»Sie weiß es bereits.«

Nun, ich habe ja schon tausendmal gesagt, daß das Mädchen nicht dumm ist.

Ich glaube, Darlings Wissen zeigte sich schon in der Position, die sie einnahm. Sie setzte sich so, daß sie mich genau zwischen sich und der Lady hatte.

O ja.

Ich fand mich in der Rolle des Übersetzers wieder.

Ärgerlicherweise kann ich nicht wiedergeben, was sich zwischen ihnen abspielte. Denn später spielte jemand mit meinem Gedächtnis herum. Ich erhielt nur eine einzige Gelegenheit, mir Notizen zu machen, und die ergeben keinen Sinn mehr.

Eine Art Verhandlung fand statt. Ich kann mich immer noch an ein Gefühl des tiefsten Erstaunens erinnern, daß Darling bereit war einen Handel einzugehen. Auch an ein Gefühl der Verwunderung über die Lady, und aus dem gleichen Grund.

Sie gelangten zu einer Übereinkunft. Sicherlich ein brüchiger Friede, denn später blieb die Lady dicht an meiner Seite und hielt mich immer zwischen sich und allen anderen, solange sie sich im Nullfeld aufhielt … Und Darling blieb in der Nähe der Lady, damit sie ihre Macht nicht einsetzen konnte.

Aber einmal ließ sie sie doch frei.

Darin greife ich ein wenig vor. Zuerst schlichen wir uns zurück und ließen niemanden wissen, daß ein Gipfeltreffen stattgefunden hatte. Die Lady und ich kehrten kurz nach Darling zurück und versuchten so zu tun, als ob wir eine lebhafte und gründliche Unterhaltung gehabt hätten. Über einige der neidischen Blicke mußte ich unwillkürlich schmunzeln.

Am nächsten Morgen verließen die Lady und ich wieder das Nullfeld, nachdem Darling Schweiger, Einauge und Goblin dadurch abgelenkt hatte, daß sie sie losschickte, um mit den Menhiren zu feilschen. Vater Baum konnte sich nicht so recht entscheiden. Wir gingen in die andere Richtung. Und spürten den Unterworfenen nach.

Große Spürarbeit mußten wir allerdings nicht leisten. Sie waren noch nicht aus den Korallen herausgekommen. Die Lady bediente sich der Macht, die sie über sie hatte, und dann waren sie keine Unterworfenen mehr.

Ihre Geduld war zur Neige gegangen. Vielleicht sollten sie auch als Beispiel dienen … Jedenfalls kreisten Bussarde – echte Bussarde – über ihnen, noch bevor wir zum Loch zurückkehrten.

So einfach, dachte ich. Für sie. Und für mich, als ich damals mit den allerbesten Aussichten den Hinker zu töten versuchte, schier unmöglich.

Sie und ich machten uns wieder an die Übersetzungsarbeit. Wir waren so beschäftigt, daß ich die Nachrichten von der Außenwelt kaum mitbekam. Ich war sowieso leicht benebelt, weil sie meine Erinnerungen an das Treffen mit Darling gelöscht hatte. Jedenfalls arrangierte sich die Weiße Rose wieder mit Vater Baum. Und das unsichere Bündnis hatte weiter Bestand.

Eines fiel mir auf. Die Menhire gingen mir nicht mehr mit ihren Sprüchen über Fremde auf der Steppe auf die Nerven.

Sie hatten die ganze Zeit Tracker und Köter Krötenkiller gemeint. Und die Lady. Zwei dieser drei waren keine Fremden mehr. Niemand wußte, was aus Köter Krötenkiller geworden war. Nicht einmal die Menhire konnten ihn finden.

Ich versuchte von Tracker herauszubekommen, was der Name bedeutete. Er konnte sich nicht daran erinnern. Nicht einmal an Köter Krötenkiller selbst. Seltsam. Er war zur Kreatur des Baumes geworden.

SECHSUNDVIERZIGTES KAPITEL

Der Sohn des Baumes

Ich war nervös. Ich hatte Schlafschwierigkeiten. Die Tage verrannen. Im Westen nagte der Große Tragic an seinen Ufern. Ein vierbeiniges Ungeheuer rannte zu seinem Herrn und Meister, um ihm zu berichten, daß es entdeckt worden war. Darling und die Lady unternahmen nichts.

Raven blieb gefangen. Bomanz blieb im Höllenfeuer gefangen, das er auf sich selbst heraufbeschworen hatte. Das Ende der Welt kam immer näher. Und niemand tat irgendetwas.

Ich beendete meine Übersetzungen. Und war auch nicht schlauer als zuvor. Scheinbar. Obgleich Schweiger, Goblin und Einauge mit Namenstabellen und Querverweisen herumfuhrwerkten, um Muster zu entdecken. Die Lady sah ihnen häufiger über die Schultern, als ich es tat. Ich bastelte an diesen Annalen herum.

Ich zerbrach mir den Kopf, wie ich eine Bitte um die Rückgabe jener Bände formulieren sollte, die ich bei der Königinnenbrücke verloren hatte. Ich wurde immer kribbeliger. Die anderen begegneten mir mit zunehmender Gereiztheit. Ich begann Spaziergänge im Mondschein zu unternehmen, um meine nervöse Spannung abzubauen.

Eines Nachts stand der Mond als dicke orangefarbene Blase am Himmel über den Hügeln. Ein großartiger Anblick, besonders, wenn umherstreifende Rochen davor durch die Luft glitten. Aus irgendeinem Grund wies die Wüste an den Rändern einen lila Schimmer auf. Die Luft war kühl. Pulverschnee trieb seit dem Nachmittag auf der Brise einher. Weit im Norden flackerte ein Wechselsturm …

Neben mir tauchte ein Menhir auf. Ich sprang einen Meter in die Luft. »Sind wieder Fremde auf der Steppe, Stein?« fragte ich.

»Niemand, der fremder ist als du, Croaker.«

»Ein Komiker, wie ich sehe. Willst du was?«

»Nein. Der Vater der Bäume will *dich.*«

»Ach ja? Bis dann.« Mit klopfendem Herzen schlug ich den Weg zum Loch ein.

Ein zweiter Menhir verstellte mir den Weg.

»Nun ja. Wenn ihr es so formuliert.« Mit gespielter Tapferkeit begab ich mich bachaufwärts.

Sie hätten mich zu ihm hingetrieben. Es war besser, das Unausweichliche hinzunehmen. Das war weniger erniedrigend.

Um den kahlen Fleck herum war der Wind bitterkalt, aber als ich die Grenze überschritt, war es, als ob ich in den Sommer trat. Kein Lüftchen regte sich, obwohl der alte Baum klimperte. Es herrschte eine Ofenhitze.

Der Mond stand jetzt hoch genug, daß er den kahlen Fleck mit Silberlicht beschien. Ich näherte mich dem Baum. Mein Blick haftete auf der Hand und dem Unterarm, die immer noch herausragte, eine Wurzel umklammerte und, wie es schien, hin und wieder immer noch leise zuckte. Die Wurzel war allerdings dicker geworden und schien sich um die Hand zu schmiegen, so wie ein Baum, der als Grenzpfahl benutzt wird, um den angehefteten Draht herumwächst. Zwei Meter vor dem Baum blieb ich stehen.

»Komm näher«, sagte er. Mit ganz normaler Stimme. Im Gesprächston, mit der entsprechenden Lautstärke.

Ich sagte: »Jiks!« und suchte nach einem Ausgang.

Ungefähr zwei Fantastilliarden Menhire umstanden den

kahlen Fleck. Soviel zum Thema Flucht. »Bleib stehen, Vergänglicher.«

Meine Beine erstarrten. Vergänglicher, wie?

»Du hast um Hilfe gebeten. Du hast Hilfe verlangt. Du hast um Hilfe gewinselt, gefleht und gebettelt. Bleib stehen und nimm sie hin. Komm näher.«

»Entscheide dich endlich.« Ich tat zwei Schritte. Noch ein Schritt, und ich wäre schon am Klettern gewesen.

»Ich habe nachgedacht. Dieses Wesen, das ihr Vergänglichen fürchtet; im Boden so weit von hier, wäre eine Gefahr für meine Geschöpfe, sollte es sich je erheben. In denen, die ihm Widerstand leisten, spüre ich keine nennenswerte Kraft. Daher ...«

Ich unterbrach ihn nur ungern, aber ich mußte einfach schreien. Die Sache war die: etwas hatte mich am Knöchel gepackt. Es drückte ihn so fest, daß ich spürte, wie die Knochen gegeneinanderrieben. Zerbröselten. Tut mir leid, Alter.

Die Welt wurde blau. Ich rollte in einem Wirbelsturm des Zorns umher. Blitze rasten in Vater Baums Zweigen. Donner rollte über die Steppe. Ich brüllte noch mehr.

Blaue Strahlen schlugen um mich ein und rösteten mich fast ebensosehr wie meinen Folterer. Aber schließlich ließ die Hand mich doch los.

Ich versuchte fortzulaufen.

Nach einem Schritt ging ich zu Boden. Ich hastete kriechend weiter, während Vater Baum sich entschuldigte und mich zurückzurufen versuchte.

Von wegen. Wenn es sein mußte, würde ich durch die Menhire hindurchkrabbeln ...

Mein Verstand füllte sich mit einem Wachtraum. Vater Baum übermittelte mir seine Botschaft auf direktem Wege. Dann wurde die Erde wieder ruhig, vom *Wuuusch* verschwindender Menhire einmal abgesehen.

Großes Hallo aus der Richtung des Lochs. Ein ganzer Trupp strömte hervor, um nach der Ursache des Lärms zu sehen. Schweiger kam als erster bei mir an. »Einauge«, sagte ich. »Ich brauche Einauge.« Außer mir ist er der einzige mit einer gewissen medizinischen Ausbildung. Und wenn er auch sonst ein alter Widerborst war, konnte ich mich doch darauf verlassen, daß er ärztliche Anweisungen ausführte.

Einauge tauchte mit etwa zwanzig anderen einen Augenblick später auf. Der Wachposten hatte rasch reagiert. »Knöchel«, sagte ich zu ihm. »Vielleicht zerquetscht. Besorg mal jemand Licht. Und eine verdammte Schaufel.«

»Eine Schaufel? Hast du sie noch alle?« wollte Einauge wissen

»Schaff einfach eine ran. Und mach was wegen der Schmerzen.«

Elmo tauchte auf, während er sich noch den Gürtel festschnallte. »Was ist passiert, Croaker?«

»Der alte Baum wollte sich unterhalten. Hatte die Steine losgeschickt, um mich zu holen. Sagt, er will uns helfen. Aber als ich ihm zugehört habe, hat mich diese Hand gepackt. Hat versucht mir meinen Fuß abzureißen. Der Krach, das war der Baum; er hat gesagt: ›Jetzt laß das, so was ist nicht nett.‹«

»Wenn du mit seinem Bein fertig bist, schneid ihm die Zunge raus«, sagte Elmo zu Einauge. »Was wollte er denn, Croaker?«

»Hast du was an den Ohren? Er will uns mit dem Dominator helfen. Sagt, er hätte es sich überlegt. Hat beschlossen, es wäre in seinem eigenen Interesse, den Dominator kleinzuhalten. Helft mir auf.« Einauges Bemühungen begannen sich bereits auszuzahlen. Er hatte eine von seinen seltsamen Dschungelpampen auf meinen Knöchel geschmiert – der bereits auf das Dreifache angeschwollen war – und die Schmerzen ließen schon nach.

Elmo schüttelte den Kopf.

Ich sagte: »Wenn du mir nicht gleich hochhilfst, breche ich dir *dein* verdammtes Bein.« Also hievten Schweiger und er mich in die Höhe, aber sie stützten mich.

»Nehmt die Schaufeln mit«, sagte ich. Davon waren etwa ein halbes Dutzend aufgetaucht. Es waren Werkzeuge um Befestigungsgräben auszuheben, keine echten Schaufeln. »Wenn ihr Burschen unbedingt helfen wollt, dann schafft mich zu dem Baum.«

Elmo knurrte. Einen Augenblick lang dachte ich, Schweiger würde etwas sagen. Ich sah ihn erwartungsvoll lächelnd an. Ich hatte mehr als zwanzig Jahre darauf gewartet.

Keine Chance.

Welchen Eid er auch geleistet hatte, was auch immer ihn dazu getrieben hatte, sich der Sprache zu enthalten, es hatte Schweigers Kiefer mit einem stählernen Vorhängeschloß verschlossen. Ich habe ihn schon so sauer gesehen, daß er Nägel hätte kauen mögen, so erregt, daß er die Kontrolle über seinem Schließmuskel verlor, aber nichts hat seinen Entschluß, nicht zu sprechen, brechen können.

In den Zweigen des Baumes spielten immer noch blaue Lichter. Blätter klimperten. Mondlicht und Fackelschein mischten sich zu unheimlichen Schatten, die die Funken tanzen ließen … »Um ihn herum«, sagte ich zu meinen Leibsklaven. Ich hatte ihn nicht selbst gesehen, aber er mußte hinter diesem Riesenstamm stehen.

Jawoll. Da war er, sieben Meter vom Fuß des Baumes entfernt. Ein Schößling, der zweieinhalb Meter aufragte.

Einauge, Schweiger, Goblin, sie alle gafften und plapperten wie verschreckte Affen. Aber nicht Elmo. »Holt ein paar Eimer Wasser und feuchtet den Boden gut an«, sagte er. »Und sucht eine alte Decke, die wir um die Wurzel und die Erde drumherum wickeln können.«

Er hatte sofort begriffen. Verdammter Bauer. »Bringt mich wieder nach unten«, sagte ich. »Ich will mir diesen Knöchel bei besserem Licht ansehen.«

Elmo und Schweiger trugen mich zurück, und wir begegneten der Lady. Sie tat angemessen besorgt und gluckte um mich herum. Ich mußte eine Menge wissendes Gegrinse ertragen.

Doch damals kannte nur Darling die Wahrheit. Und vielleicht war auch Schweiger ein wenig mißtrauisch.

SIEBENUNDVIERZIGSTES KAPITEL

Schatten im Schattenland

Im Gräberland gab es keine Zeit. Es gab nur Schatten und Feuer, Licht und Quelle und endlose Angst und Hilflosigkeit. Von seinem Standort, wo er in dem Netz gefangen war, das er selbst geknüpft hatte, konnte Raven etwa zwanzig Ungeheuer aus der Unterdrückung sehen. Er konnte Menschen und Tiere sehen, die zur Zeit der Weißen Rose niedergestreckt worden waren, um diese Dämonen an der Flucht zu hindern. Er konnte den Umriß des Zauberers Bomanz vor erstarrtem Drachenfeuer sehen. Der alten Magier mühte sich immer noch, einen weiteren Schritt in die Mitte des Großen Grabes zu tun. Wußte er denn nicht, daß er schon vor Generationen versagt hatte?

Raven fragte sich, wie lange er hier schon gefangen war. Waren seine Botschaften angekommen? Würde Hilfe komme? Saß er hier nur die Zeit ab, bis die Finsternis explodierte?

Wenn es eine Uhr gab, die die Stunden schlug, dann war es die wachsende Unruhe jener, die gegen die Finsternis als Wache aufgestellt waren. Der Fluß fraß sich immer näher heran. Es gab nichts, was sie dagegen tun konnten. Sie hatten keine Möglichkeit, den Zorn der Welt heraufzubeschwören.

Raven dachte sich, daß er es anders angefangen hätte, wenn er damals den Befehl gehabt hätte. Undeutlich erinnerte er sich, daß andere Wesen vorbeigezogen waren, Schemen, wie er selbst einer war. Aber er wußte nicht, wie lange das her war, oder was sie waren. Ab und zu bewegte sich etwas, und man konnte nichts Genaues feststellen. Aus dieser Perspektive sah die Welt vollkommen anders aus.

Noch nie war er so hilflos, so verängstigt gewesen. Dieses Gefühl gefiel ihm nicht. Stets war er Herr seines Schicksal gewesen, von niemandem abhängig …

In dieser Welt gab es nichts anderes zu tun als zu denken. Viel zu ausführlich, viel zu oft, kamen seine Gedanken zu dem, was es bedeutete, Raven zu sein, zu Dingen, die Raven getan und nicht getan hatte und Dingen, die er anders hätte machen sollen. Er hatte Zeit, all jene Ängste und Qualen und Schwächen des inneren Menschen zu erkennen und ihnen zumindestens zu begegnen, die all das Eis und das Eisen und die furchtlose Maske erschaffen hatten, die er der Welt präsentiert hatte. All jene Dinge, die ihn alles gekostet hatten, was ihm lieb und teuer gewesen war und die ihn wieder und wieder um der Sühne willen in die Klauen des Todes getrieben hatten …

Zu spät. Viel zu spät.

Wenn seine Gedanken sich klärten und wieder zusammenfanden und er diesen Punkt erreichte, sandte er Wutschreie durch die Geisterwelt. Und jene um ihn herum, die ihn dafür haßten, was er hätte auslösen können, lachten und ergötzten sich an seinem Leid.

ACHTUNDVIERZIGSTES KAPITEL

Der Flug gen Westen

Trotz meiner Entlastung durch den Baum erlangte ich meine vorherige Stellung bei meinen Kameraden nicht mehr zurück. Es herrschte stets eine gewisse Zurückhaltung, die einerseits dem Neid auf meine scheinbare Freundin zuzuschreiben war, als auch dem angeknacksten Vertrauen, das nur langsam wieder heilte. Ich kann nicht abstreiten, daß mich dies schmerzte. Seit ich ein Junge war, war ich mit diesen Burschen zusammen gewesen. Sie waren meine Familie.

Ich bekam einige Neckereien zu hören, daß ich nur deshalb auf Krücken herumhumpelte, damit ich mich vor der Arbeit drücken konnte. Aber meine Arbeit wäre auch weitergegangen, wenn ich gar keine Beine mehr gehabt hätte.

Diese verdammten Papiere. Ich kannte sie schon auswendig, konnte sie fast singen. Und weder hatte ich den Schlüssel, nach dem ich suchte, noch hatte die Lady das gefunden, auf das sie ihre Hoffnung setzte. Die Querverweise zu erstellen dauerte endlos. Zur Zeit der Unterdrückung und davor waren Namen nach Belieben buchstabiert worden. Telle-Kurre gehört zu den Sprachen, in denen verschiedene Buchstabenkombinationen identische Laute ergeben können.

Das nervt – gelinde gesagt.

Ich weiß nicht, was Darling den anderen erzählt hatte. Bei der großen Besprechung war ich nicht dabei. Genausowenig wie die Lady. Aber es sprach sich herum: Die Schar rückte aus. Wir hatten einen Tag, um uns bereitzumachen.

Abend an der Oberfläche. Auf meine Krücken gestützt, sah ich die Windwale einfliegen. Alle achtzehn waren von Altvater Baum herbeigerufen worden. Sie rückten mit ihren Rochen und einer ganzen Palette der intelligenten Steppenwesen an. Drei setzten auf. Das Loch spie seinen Inhalt aus.

Wir gingen an Bord. Ich bekam einen Sonderplatz, weil ich mit meinen Papieren, meiner Ausrüstung und meinen Krükken hochgehoben werden mußte. Der Wal war klein. Außer mir kamen nur noch ein paar andere an Bord. Die Lady. Natürlich. Wir konnten uns jetzt nicht trennen. Und Goblin. Und Einauge. Und Schweiger, nach hitzigen Zeichengefechten, denn er wollte sich nicht von Darling trennen. Und Tracker. Und das Kind des Baumes, für das Tracker den Vormund und ich den Elternersatz spielte. Ich glaube, die Zauberer sollten uns andere ein wenig im Auge behalten, obwohl sie wenig hätten tun können, wenn es zu einer Konfrontation gekommen wäre.

Darling, der Leutnant, Elmo und die anderen alten Kämpen kletterten auf einen zweiten Windwal. Der dritte trug ein paar Männer und reichlich Ausrüstung.

Wir stiegen auf und schlossen uns der Formation über uns an.

Ein Sonnenuntergang aus fünfzehnhundert Metern Höhe läßt sich mit nichts vergleichen, das man am Boden zu Gesicht bekommt. Wenn man nicht auf einem sehr einsamen Berg steht. Einfach prachtvoll.

Mit der Dunkelheit kam der Schlaf. Einauge legte einen Bann auf mich. Ich hatte immer noch mit den Schwellungen und Schmerzen zu kämpfen.

Ja. Wir befanden uns außerhalb des Nullfeldes. Unser Wal hielt sich fern von Darlings Wal am anderen Ende der Formation. Um der Lady willen.

Aber sie verriet sich immer noch nicht.

Die Winde waren günstig, und wir flogen mit dem Segen von Vater Baum. Bei Morgengrauen zogen wir über Kleppersheim. Und dort kam schließlich die Wahrheit ans Licht.

Auf ihren Fischteppichen stiegen die Unterworfenen bis an die Kiemen bewaffnet auf. Panischer Lärm weckte mich. Tracker half mir auf die Beine. Nach einem kurzen Blick auf den feurigen Sonnenaufgang sah ich, wie die Unterworfenen um unseren Wal herum in Position glitten. Goblin und die anderen erwarteten einen Angriff. Sie plärrten sich fast die Seele aus dem Leib. Irgendwie brachte Goblin es fertig, Einauge für alles die Schuld zu geben. Sie legten los.

Aber nichts geschah. Beinahe war auch ich überrascht. Die Unterworfenen blieben lediglich in Formation.

Ich blickte kurz zur Lady hinüber. Ihr Augenzwinkern ließ mich zusammenzucken. Dann sagte sie: »Ungeachtet unserer Differenzen müssen wir alle in dieser Sache zusammenarbeiten.«

Goblin hörte das. Einen Augenblick lang achtete er nicht auf Einauges Gezeter und starrte die Unterworfenen an. Kurz darauf sah er zur Lady hin. Diesmal mit aller Aufmerksamkeit.

Ich konnte regelrecht sehen, wie ihm ein Licht aufging. Mit einer Stimme, die noch quieksiger war als sonst, und einem ausgesprochen belämmerten Gesichtsausdruck sagte er: »Ich erkenne Euch.« Ihm war die einzige Gelegenheit wieder eingefallen, bei der er eine Art direkter Begegnung mit ihr gehabt hatte. Als er vor vielen Jahren versucht hatte, mit Seelenfänger Verbindung aufzunehmen, hatte er sie im Turm entdeckt in der Gegenwart der Lady …

Sie lächelte ihr bezauberndstes Lächeln. Jenes, das Statuen zum Schmelzen bringt.

Goblin riß eine Hand vor die Augen und wandte sich ab. Er sah mich völlig entsetzt an. Ich konnte nicht anders, ich mußte lachen. »Ihr habt mir doch immer vorgeworfen …«

»Du hättest es ja nicht tun müssen, Croaker!« Seine Stimme kletterte die Tonleiter hinauf, bis sie nicht mehr hörbar war. Er setzte sich sehr plötzlich hin.

Kein Blitz verstreute ihn über den Himmel. Nach einer Weile sagte er: »Elmo wird Scheiße schreien!«

Elmo war derjenige, der mir wegen meiner Romanzen über die Lady am schlimmsten in den Ohren gelegen hatte.

Nachdem die Sache ihr humoristisches Element verloren, Einauge es ebenfalls überstanden und Schweiger seine schlimmsten Befürchtungen bestätigt bekommen hatte, machte ich mir allmählich Gedanken wegen meiner Freunde.

Sie befanden sich allesamt auf dem Flug nach Westen, weil Darling es ihnen befohlen hatte. Mit keinem Wort hatte man sie davon in Kenntnis gesetzt, daß wir ein Bündnis mit unseren vorherigen Feinden eingegangen waren.

Narren. Oder war Darling eine Närrin? Was würde geschehen, wenn der Dominator am Boden lag und wir uns wieder bereitmachten, einander die Köpfe einzuschlagen?

Langsam, Croaker. Darling hatte das Kartenspielen von Raven gelernt. Raven war mit den Karten der reinste Halsabschneider.

Bei Anbruch der Nacht hatten wir den Wolkenwald erreicht. Ich fragte mich, wofür man uns in Lords wohl hielt. Wir flogen direkt darüber hinweg. Die Straßen füllten sich mit Gaffern.

Rosen zog während der Nacht unter uns vorbei. Dann die anderen alten Städte unserer frühen Jahre im Norden. Wir sprachen nur wenig. Die Lady und ich blieben zusammen, und unsere Anspannung wuchs, während unsere kleine Flotte ihrem Ziel näher kam und wir den Dingen, nach denen wir suchten, immer noch nicht näher gekommen waren.

»Wie lange noch?« fragte ich. Ich hatte allmählich das Zeitgefühl verloren.

»Zweiundvierzig Tage«, sagte sie.

»So lange waren wir in der Wüste?«

»Wenn man Spaß hat, vergeht die Zeit wie im Flug.«

Ich sah sie erschrocken an. Ein Witz? Sogar ein abgedroschenes Klischee? Von ihr?

Ich hasse es, wenn sie sich plötzlich als Menschen herausstellen. Feinde sollten so etwas nicht tun.

Im Laufe der letzten beiden Monate hatte sie mich mit ihrer Menschlichkeit förmlich überschüttet.

Wie soll man da hassen?

Das Wetter blieb einigermaßen anständig, bis wir Forsberg erreichten. Dann wandelte es sich zum blanken Elend.

Dort oben herrschte dichter Winter. Kräftige, ordentlich erfrischende Winde mit reichlich Pulverschnee. Fabelhaftes Scheuermittel für zarte Haut wie die meine. Das Bombardement schrubbte den Walen fast die Läuse vom Rücken. Alle fluchten und schimpften und murrten und rückten näher aneinander, um sich zu wärmen. Wir wagten es nicht, uns des traditionellen Verbündeten des Menschen, des Feuers, zu bedienen. Nur Tracker schien ungerührt. »Stört dieses Ding denn gar nichts?« fragte ich.

Mit einer seltsamen Stimme, die ich von ihr noch nie gehört hatte, erwiderte die Lady: »Doch, Einsamkeit. Wenn du Tracker auf einfache Weise umbringen willst, schließ ihn irgendwo in Einzelhaft ein und komm nicht wieder.«

Ich verspürte eine Kälte, die mit dem Wetter nichts zu tun hatte. Wer war mir bekannt, der eine lange Zeit allein gewesen war? Wer begann sich vielleicht zu fragen, ob die absolute Macht es wert war, den absoluten Preis zu zahlen?

Ich hegte nicht den geringsten Zweifel daran, daß sie jede Sekunde des Versteckspiels auf der Steppe genossen hatte. Sogar in den gefährlichen Augenblicken. Ich wußte, daß ich, wenn ich nur den Schneid dazu gehabt hätte, in den letzten Tagen weit mehr hätte werden können als nur ihr vorgeschobener Freund. In jener Zeit hatte sich eine stille Verzweiflung in ihr aufgebaut, die um so stärker wurde, je näher ihre Rückkehr in das Dasein als Lady rückte.

Einiges davon konnte ich mir durchaus eingebildet haben, denn ihr stand eine sehr gefährliche Zeit bevor. Sie stand unter einer gewaltigen Anspannung. Sie kannte den Feind, dem wir uns stellen wollten. Aber es war nicht nur mein Ego. Ich glaube, sie konnte mich wirklich auch als Mensch gut leiden.

»Ich habe eine Bitte«, sagte ich leise im Gedrängel, derweil ich Gedanken verscheuchte, die durch den Druck eines Frauenkörpers gegen den meinen ausgelöst wurden.

»Worum geht es?«

»Um die Annalen. Sie sind alles, was von der Schwarzen Schar noch übrig ist.« Die Depression hatte sich rasch eingestellt. »Vor Urzeiten, als die Freien Scharen von Khatovar aufgestellt wurden, wurde ihnen auch eine Verpflichtung auferlegt. Falls einer von uns das hier lebend übersteht, sollte sie jemand zurückbringen.«

Ich weiß nicht, ob sie das verstand. Aber sie sagte: »Sie gehören dir.«

Ich wollte es ihr erklären, aber ich vermochte es nicht. Warum sollten sie zurückgebracht werden? Ich weiß nicht einmal genau, wohin sie gebracht werden sollen. Vierhundert Jahre lang ist die Schar langsam gen Norden getrieben, wurde mal stärker, dann wieder schwächer, alte Kämpfer gingen dahin, neue stießen hinzu. Ich habe keine Ahnung, ob Khatovar überhaupt noch existiert, oder ob es sich dabei um eine Stadt, ein Land, einen Menschen oder einen Gott handelt. Die Annalen der ersten Jahre haben entweder nicht überdauert oder sind schon zurückgeschickt worden. Aus dem ersten Jahrhundert kenne ich nur Zusammenfassungen und

Auszüge … Egal. Es hat schon immer zu den Aufgaben des Chronisten gehört, die Annalen nach Khatovar zurückzubringen, sollte die Schar sich je auflösen.

Das Wetter wurde schlimmer. Auf der Höhe von Oar kam es uns regelrecht feindselig vor, was auch gut und gerne der Fall sein konnte. Das Wesen in der Erde würde wissen, daß wir unterwegs waren.

Kurz hinter und nördlich von Oar stießen plötzlich sämtliche Unterworfenen wie Steine in die Tiefe. »Was soll das, verdammt?«

»Köter Krötenkiller«, sagte die Lady. »Wir haben ihn eingeholt. Noch hat er seinen Herren nicht erreicht.«

»Können sie ihn aufhalten?«

»Ja.«

Ich kroch zur Flanke des Wales. Ich weiß nicht, was ich zu sehen erwartete. Wir waren mitten in einem Schneegestöber.

Unten flackerten ein paar Blitze auf. Dann kamen die Unterworfenen zurück. Die Lady machte ein mißmutiges Gesicht. »Was ist passiert?« fragte ich.

»Das Untier ist schlau. Es ist ins Nullfeld gerannt, da, wo es über den Boden streift. Die Sicht ist zu schlecht, als daß sie es verfolgen könnten.«

»Wird das einen großen Unterschied ausmachen?«

»Nein.« Aber das klang nicht ganz zuversichtlich.

Das Wetter wurde noch schlechter. Doch die Wale ließen sich davon nicht beeindrucken. Wir erreichten das Gräberland. Meine Gruppe bezog die Gardekaserne. Darlings Trupp richtete sich im Blauen Schniedel ein. Die Grenze des Nullfeldes endete gerade eben außerhalb des Kasernengeländes.

Oberst Sweet begrüßte uns persönlich. Der gute alte Sweet, den ich schon längst für tot gehalten hatte. Eines seiner Beine war verkrüppelt. Ich kann nicht gerade sagen, daß er einen besonders fröhlichen Eindruck machte. Aber so war auch wohl niemandem sonst zumute.

Bei der Ordonnanz, die uns zugeteilt wurde, handelte es sich um unseren alten Freund Case.

NEUNUNDVIERZIGSTES KAPITEL

Das unsichtbare Labyrinth

Als Case das erste Mal bei uns auftauchte, stand er kurz vor der Panik. Daß ich den freundlichen Onkel markierte, beruhigte ihn keineswegs. Als sich die Lady um ihn bemühte, wurde er nahezu hysterisch. Daß Tracker in seiner wahren Gestalt umherschlich, war auch nicht gerade hilfreich.

Ausgerechnet Einauge brachte ihn zur Ruhe. Er brachte ihn auf das Thema Raven und wie es ihm denn ginge. Das wirkte.

Ich wurde beinahe selbst hysterisch. Einige Stunden nach unserer Landung, bevor ich mich noch einigermaßen eingerichtet hatte, holte die Lady Wisper und Hinker, um unsere Übersetzungen zu überprüfen.

Wisper sollte nachprüfen, ob irgendwelche Papiere fehlten. Hinker sollte seine Erinnerungen an die alten Zeiten durchforsten, ob es Verbindungen gab, die wir vielleicht übersehen hatten. Offenbar kannte er sich im gesellschaftlichen Gewirr der frühen Unterdrückungsperiode recht gut aus.

Erstaunlich. Ich konnte mir nicht vorstellen, daß dieser Klumpen aus Haß und menschlicher Ruine je etwas anderes als die Gemeinheit in Person gewesen war. Ich brachte Goblin dazu, daß er die beiden im Auge behielt, während ich loszog, um nach Raven zu sehen. Alle anderen hatten schon bei ihm vorbeigeschaut.

Sie war bei ihm, lehnte an einer Wand, kaute auf den Fingernägeln und sah überhaupt nicht aus wie die große Hexe, die die Welt seit ach! so langer Zeit gequält hatte. Wie ich schon sagte, ich hasse es, wenn sie plötzlich menschlich werden. Und sie war menschlich, und zwar reichlich. Sie schlotterte vor Angst.

»Wie geht's ihm?« fragte ich und als ich ihre Laune bemerkte: »Was ist los?«

»Sein Zustand ist unverändert. Man hat sich gut um ihn gekümmert. Nichts ist los, das nicht durch ein paar Wunder zu beheben wäre.«

Ich wagte es, eine Augenbraue fragend zu heben.

»Sämtliche Ausgänge sind verschlossen, Croaker. Ich bewege mich wie durch einen Tunnel. Meine Entscheidungsmöglichkeiten werden immer weniger, und jede ist schlimmer als die davor.«

Ich setzte mich auf Cases Stuhl und begann Arzt zu spielen, während ich mir Raven ansah. Es war zwar unnötig, aber ich vergewisserte mich lieber selbst. Einigermaßen geistesabwesend sagte ich: »Ich schätze, Königin der Welt zu sein, ist eine ziemlich einsame Sache.«

Ein leise zischendes Einatmen. »Du wirst zu frech.«

Ach ja? »Tut mir leid. Ich denke nur laut. Eine ungesunde Angewohnheit, die zu Prellungen und heftigen Blutungen führen kann. Er sieht gesund aus. Meinst du, daß Wisper oder Hinker dabei helfen können?«

»Nein. Aber es muß alles versucht werden.«

»Was ist mit Bomanz?«

»Bomanz?«

Ich sah sie an. Sie schien ehrlich verblüfft zu sein.

»Der Zauberer, der dich rausgeholt hat.«

»Ach so. Was soll mit ihm sein? Was könnte ein Toter schon beitragen? Ich habe mich meines Beschwörers entledigt... Weißt du etwas, das ich nicht weiß?«

Ziemlich unwahrscheinlich. Schließlich hatte sie mich unter dem Auge gehabt. Dennoch...

Eine halbe Minute lang rang ich mit mir selbst, weil ich etwas aufgeben sollte, das ich für einen hauchdünnen Vorteil hielt. Dann sagte ich: »Von Goblin und Einauge weiß ich, daß er bei bester Gesundheit ist. Daß er im Gräberland gefangen ist. Genau wie Raven, nur daß sein Körper dabei ist.«

»Wie kann das sein?«

War es möglich, daß sie das bei meinem Verhör übersehen hatte? Wenn man nicht die richtige Fragen stellte, bekam man wohl auch nicht die richtigen Antworten.

Ich überdachte noch einmal alles, was wir zusammen getan hatten. Ich hatte Ravens Berichte für sie zusammengefaßt, aber diese Briefe hatte sie nicht gelesen. Tatsächlich… Die Originale, aus denen Raven seine Geschichte zusammengestellt hatte, befanden sich in meiner Unterkunft. Goblin und Einauge hatten sie quer durch die Steppe geschleift, nur damit sie prompt wieder zurückgebracht wurden. Niemand hatte sich darum gekümmert, weil sie eine Geschichte wiederholten, die bereits erzählt worden war…

»Setz dich«, sagte ich und stand auf. »Bin gleich wieder da.«

Goblin starrte mich böse an, als ich hereinstürmte.»Ein paar Minuten noch. Es hat sich was ergeben.«

Ich schnappte mir die Tasche, in der Ravens Dokumente transportiert worden waren. Darin befand sich nur noch Bomanz' Originalmanuskript. Ohne daß die Unterworfenen auf mich achteten, huschte ich wieder hinaus.

Ich kann euch sagen, es ist wirklich nett, wenn man für sie Luft ist. Bloß schade, daß es nur deshalb geschah, weil sie um ihre bloße Existenz kämpften. Wie wir anderen auch.

»Hier. Das ist das Originalmanuskript. Ich bin einmal kurz drübergegangen, um Ravens Übersetzung zu überprüfen. Sie sah eigentlich ganz gut aus, auch wenn er den Ablauf dramatisierte und erfundene Dialoge eingefügt hat. Aber die Tatsachen und die Charakterisierungen sind von Bomanz.«

Sie las mit unglaublicher Geschwindigkeit. »Hol Ravens Version.«

Wieder raus und wieder zurück unter Goblins mürrischem Blick auf meinem Rücken: »Wie lang sind denn dieser Tage ein paar Minuten, he, Croaker?«

Sie ging sie ebenfalls rasch durch. Und machte ein nachdenkliches Gesicht, als sie fertig war.

»Nun?« fragte ich.

»Da könnten wir auf etwas gestoßen sein. Eigentlich auf etwas, das eben nicht da ist. Zwei Fragen. Wer hat das überhaupt geschrieben? Und wo in Oar steht dieser Stein, den der Sohn erwähnte?«

»Ich gehe davon aus, daß Bomanz das meiste vom Original geschrieben hat und daß seine Frau es vollendet hat.«

»Hätte er dann nicht die erste Person verwendet?«

»Nicht unbedingt. Möglicherweise verbot sich das aufgrund der literarischen Gebräuche jener Zeit. Raven hat mich oft damit aufgezogen, daß ich in die Annalen zuviel von mir selbst einbrächte. Er kam aus einer anderen Tradition.«

»Nehmen wir das einmal als Hypothese an. Nächste Frage. Was ist aus der Ehefrau geworden?«

»Sie kam aus einer Familie in Oar. Ich denke mal, daß sie dorthin zurückgegangen ist.«

»Wenn sie als die Frau des Mannes bekannt war, der für meine Freilassung verantwortlich war?«

»War sie das? Bomanz war nicht sein wirklicher Name.«

Sie fegte meine Bedenken beiseite. »Wisper hat sich diese Dokumente in Lords beschafft. Alle zusammen. Es besteht keine Verbindung zu Bomanz, außer seiner Geschichte. Ich habe das Gefühl, daß die Papiere zu einem späteren Zeitpunkt zusammengesammelt wurden. Aber seine Unterlagen. Was ist zwischen der Zeit, in der sie von hier verschwanden und der Zeit, in der Wisper sie aufgespürt hat, mit ihnen geschehen? Sind Verbindungsstücke verloren gegangen? Es wird Zeit, daß wir Wisper befragen.«

Wir schloß allerdings mich nicht ein.

Trotzdem war ein Funke geschlagen worden. Binnen kurzem rasten Unterworfene zu fernen Orten. Nach zwei Tagen brachte Benefiz den Stein, den Bomanz' Sohn erwähnt hatte. Er erwies sich als nutzlos. Einige Gardisten eigneten ihn sich an und verwendeten ihn als Türstopper für ihre Baracke.

Gelegentlich schnappte ich Bemerkungen über eine Suche auf, die von Oar nach Süden entlang der Strecke verlief, die Jasmine, verwitwet und in Schande, nach ihrer Flucht aus dem Gräberland genommen hatte. So alte Fährten aufzuspüren war nicht leicht, aber die Unterworfenen verfügen über bemerkenswerte Fähigkeiten.

Eine weitere Suche war von Lords aus im Gange.

Ich hatte das zweifelhafte Vergnügen, dem Hinker Gesellschaft zu leisten, während er mich auf die Fehler aufmerksam machte, die wir bei der Übertragung der UchiTelle- und TelleKurre-Namen gemacht hatten. Offenbar waren damals nicht nur die Schreibweisen uneinheitlich, sondern auch die Alphabete. Und einige Leute, die in den Texten erwähnt wurden, entstammten nicht der Sprache des UchiTelle oder des TelleKurre, sondern waren Außenseiter, die ihre Namen dem Ortsgebrauch angepaßt hatten. Hinker beschäftigte sich damit, die Arbeit noch einmal von hinten aufzurollen.

Eines Nachmittags machte Schweiger mir ein lebhaftes Zeichen. Er hatte dem Hinker mit größerer Hingabe als ich immer wieder einmal über die Schulter geschaut. Und er hatte ein Muster entdeckt.

FÜNFZIGSTES KAPITEL

Ehenamen?

Darling hat eine Disziplin, die mich in Erstaunen versetzt. Sie war die ganze Zeit im Blauen Schniedel, und nicht einmal gab sie ihrem Verlangen nach, Raven zu besuchen. Jedesmal wenn sein Name fiel, konnte man das Leid in ihr sehen, aber sie hielt es einen ganzen Monat lang durch.

Doch mit Erlaubnis der Lady kam sie schließlich unvermeidlicherweise doch. Ich versuchte ihren Besuch gar nicht zur Kenntnis zu nehmen. Und ich brachte Schweiger, Goblin und Einauge dazu, sich ebenfalls fernzuhalten, obwohl es bei Schweiger hart auf hart ging. Schließlich machte er doch mit; das war ihre Privatsache, und es war nicht in seinem Interesse, seine Nase da hineinzustecken.

Da ich nicht zu ihr kam, suchte sie mich schließlich auf. Für kurze Zeit, derweil alle anderen woanders zu tun hatten. Für eine Umarmung, um sie daran zu erinnern, daß einige von uns mit ihr fühlten. Um sich moralische Unterstützung zu holen, während sie über etwas nachdachte.

Sie gestikulierte: »Jetzt kann ich es nicht mehr leugnen, oder?« Und einige Minuten später: »Ich habe immer noch diesen Platz in meinem Herzen für ihn. Aber er wird ihn sich wieder verdienen müssen.« Das entsprach bei ihr etwa unserem Lautdenken.

Im Augenblick tat mir Schweiger mehr leid als Raven. Ich hatte Raven immer wegen seiner Härte und seiner Furchtlosigkeit respektiert, aber ich hatte ihn eigentlich nie besonders gemocht. Schweiger mochte ich, und ich wünschte ihm nur das Beste.

Ich signalisierte: »Laß es dir nicht das Herz brechen, wenn du feststellst, daß er zu alt ist, um sich noch zu ändern.«

Ein schwaches Lächeln. »Mein Herz ist schon vor langer Zeit gebrochen. Nein. Ich erwarte nichts. Dies ist keine Welt, in der Märchen wahr werden.«

Sonst hatte sie nichts mehr zu sagen. Ich nahm es eher auf die leichte Schulter, bis spätere Ereignisse dadurch in einem anderen Licht erschienen.

Sie kam und sie ging. Sie trauerte um die gestorbenen Träume, und sie kam nicht wieder.

Während der kurzen Augenblicke, in denen der Hinker durch die Umstände abberufen wurde, kopierten wir alles, was er aufgezeichnet hatte und verglichen es mit unseren Tabellen. »O Mann«, hauchte ich einmal. »O Mann.«

Da war ein Lord aus einem Reich im Westen. Ein Baron Senjak, der vier Töchter hatte, die einander angeblich an Schönheit übertrafen. Eine davon hieß Ardath.

»Sie hat gelogen«, flüsterte Goblin.

»Vielleicht«, räumte ich ein. »Wahrscheinlich wußte sie es einfach nicht. Eigentlich konnte sie es nicht wissen. Eigentlich auch niemand sonst. Ich begreife immer noch nicht, wie Seelenfänger zu der Überzeugung gelangen konnte, daß der wahre Name des Dominators hier drin verborgen wäre.«

»Vielleicht Wunschdenken«, vermutete Einauge.

»Nein«, sagte ich. »Man konnte sehen, daß sie wußte, was sie hatte. Sie wußte nur nicht, wie sie es herauskriegen sollte.«

»Genau wie wir.«

»Ardath ist tot«, sagte ich. »Es bleiben also noch drei Möglichkeiten. Aber wenn es wirklich hart auf hart geht, haben wir nur einen Versuch.«

»Sag doch noch mal, was wir sonst noch wissen.«

»Seelenfänger war eine der Schwestern. Ihren Namen kennen wir noch nicht. Ardath ist vielleicht die Zwillingsschwester der Lady gewesen. Ich glaube, daß sie älter war als Fänger, obwohl sie eine gemeinsame Kindheit hatten und altersmäßig auch nicht weit auseinander waren. Von der vierten Schwester wissen wir gar nichts.«

Schweiger gestikulierte. »Ihr habt vier Namen, die Vornamen und den Namen der Familie. Nehmt euch die Genealogien vor. Findet heraus, wer wen geheiratet hat.«

Ich stöhnte auf. Die Genealogien befanden sich im Blauen Schniedel. Darling hatte sie mit all dem anderen Kram auf den Frachtwal laden lassen.

Die Zeit war knapp. Der Aufwand ragte wie ein Berg vor mir in die Höhe. Man geht nicht einfach mit einem Frauennamen an diese Genealogien heran und findet dann mal eben alles, was man braucht. Man muß nach dem Mann suchen, der die gesuchte Frau geheiratet hat, und dann noch darauf hoffen, daß der Archivar sie für wichtig genug hielt, um ihren Namen zu verzeichnen.

»Wie sollen wir das bloß schaffen?« fragte ich. »Wenn ich der einzige bin, der diese Hühnerkrakel lesen kann?« Und dann kam mir ein genialer Einfall. Wenn ich das mal in aller Bescheidenheit so sagen darf. »Tracker. Wir setzen Tracker darauf an. Er hat doch nichts zu tun als auf diesen Schößling aufzupassen. Das kann er auch im Blauen Schniedel machen und dabei alte Bücher lesen.«

Leichter gesagt als getan. Tracker war weit weg von seinem neuen Herrn. Ihm diesen Gedanken in sein Erbsenhirn einzupflanzen war eine gewaltige Aufgabe. Aber sobald das erst einmal vollbracht war, gab es für ihn kein Halten mehr.

Als ich mich eines Nachts in meine Decken kuschelte, erschien *sie* in meinem Quartier. »Aufstehen, Croaker.«

»Hä?«

»Wir machen einen Ausflug. Per Teppich.«

»Hä? Ich will ja nicht unhöflich sein, aber es ist mitten in der Nacht. Ich hatte einen schweren Tag.«

»Hoch mit dir.«

Wenn die Lady befiehlt, hält man den Mund.

EINUNDFÜNFZIGSTES KAPITEL

Das Zeichen am Himmel

Eisregen fiel. Alles war mit durchscheinendem Eis glasiert. »Prachtvolles Wetter«, sagte ich.

In dieser Nacht hatte sie keinerlei Sinn für Humor. Sie mußte sich anstrengen, meine Bemerkung zu überhören. Sie führte mich zu einem Teppich. Über den Vordersitzen war eine kristallene Kuppel gespannt. So etwas war vor kurzem an Hinkers Teppich angebracht worden.

Die Lady benutzte einen kleinen Zauber, um das Eis abzuschmelzen. »Sieh nach, ob die Kuppel dicht schließt«, sagte sie.

»Sieht gut aus.«

Wir hoben ab.

Plötzlich lag ich auf dem Rücken. Der Bug des Teppichs zeigte auf unsichtbare Sterne. Wir stiegen in rasantem Tempo in die Höhe. Jeden Augenblick rechnete ich damit, daß wir so hoch kamen, daß es keine Atemluft mehr gab.

So hoch stiegen wir auch. Und noch höher. Wir durchstießen die Wolken. Und ich begriff, was es mit der Kuppel auf sich hatte.

Sie hinderte die Atemluft am Entweichen. Was wiederum bedeutete, daß die Windwale nicht mehr höher steigen konnten als die Unterworfenen. Die Lady und ihre Bande mußten doch immer wieder einen draufsetzen.

Aber worum ging es bei diesem Flug, verdammt noch mal?

»Dort.« Ein Hauch von Enttäuschung. Eine Bestätigung,

daß sich ein Schatten auf die Hoffnung gelegt hatte. Sie zeigte geradeaus.

Ich sah es. Ich wußte auch, was es war, denn ich hatte es schon zuvor während des langen Rückzugs gesehen, der in der Schlacht vor dem Turm endete. Der Große Komet. Noch war er klein, aber seine einzigartige silberne Säbelform war nicht zu verkennen. »Das kann doch nicht sein. Der soll doch erst in zwanzig Jahren eintreffen. Himmmelskörper verändern doch nicht einfach so ihre Bahnen.«

»Das tun sie auch nicht. So sagt jedenfalls das Axiom. Vielleicht irren sich also die, die das Axiom gemacht haben.«

Sie ließ den Teppich wieder hinabstoßen. »Vermerke es in deinen Aufzeichnungen, aber sprich ansonsten nicht darüber. Unsere Leute sind schon nervös genug.«

»Alles klar.« Der Komet ist etwas, das die Seelen der Menschen in seinen Bann zieht.

Und wieder zurück zu einer schlammigen Nacht im Gräberland. Wir flogen nur zwölf Meter über das Große Grab selbst hinweg. Der verdammte Fluß war schon nahe. Im Regen tanzten die Geister.

Wie betäubt latschte ich in die Baracke und schaute auf den Kalender.

Noch zwölf Tage.

Vermutlich lachte sich der alte Schweinehund dort draußen mit seinem Lieblingshund Köter Krötenkiller einen Ast.

ZWEIUNDFÜNFZIGSTES KAPITEL

Nichts kann mich überraschen

Etwas unterhalb meines Verstandes ließ mich nicht schlafen. Ich wälzte mich hin und her, schreckte auf, erwachte, schlief wieder ein, und schließlich kam es während der grauen Stunden vor Tagesanbruch an die Oberfläche. Ich stand auf und durchwühlte die Papiere.

Ich fand das Blatt, das die Lady einst den Atem hatte anhalten lassen, ging die unendliche Gästeliste durch bis ich auf einen Lord Senjak und seine Töchter Ardath, Credence und Sylith stieß. Der Verfasser merkte an, daß die jüngste Tochter, eine gewisse Dorotea, nicht an der Festlichkeit teilnehmen konnte.

»Ha!« krähte ich. »Das Feld wird kleiner.«

Weitere Informationen gab es nicht, aber die hier war schon ein Triumph. Wenn man davon ausging, daß die Lady tatsächlich ein Zwilling und daß Dorotea die jüngste war und Ardath tot, standen die Chancen nun fünfzig zu fünfzig. Eine Frau namens Sylith oder eine Frau namens Credence. Credence, wie Glaubwürdigkeit? So las es sich jedenfalls.

Ich war so aufgeregt, daß ich nicht mehr schlafen konnte. Ich dachte nicht einmal mehr an den verdammten Kometen und seinen verpatzten Fahrplan.

Aber zwischen den Mühlsteinen der Zeit wurde die Aufregung zunichte. Von den Unterworfenen, die Bomanz' Frau und seinen Papieren nachspürten, kam weiter nichts. Ich machte den Vorschlag, daß die Lady sich direkt zur Quelle begeben sollte. Zu diesem Risiko war sie nicht bereit. Noch nicht.

Vier Tage nachdem ich Schwester Dorotea abgehakt hatte, fand unser alter dämlicher Freund Tracker ein weiteres Juwel. Der lange Lulatsch hatte Tag und Nacht Genealogien durchgelesen.

Schweiger kam mit einer Miene aus dem Blauen Schniedel zurück, aus der ich ersehen konnte, daß sich etwas Gutes ergeben hatte. Er zerrte mich hinaus zur Stadt und in das Nullfeld. Dort reichte er mir einen feuchten Zettel. In Trackers simplem Stil war darauf zu lesen:

Drei der Schwestern waren verheitratet. Ardath heiratete zweimal; ihr erster Mann war ein Baron Kaden von Pfeilstein, der im Kampf fiel. Sechs Jahre danach ehelichte sie Erin VaterLos, einen landlosen Priester des Gottes Vancer aus einer Stadt namens Schleudern im Königreich Vye. Credence heiratete Barthelme von Springen, einen bekannten Zauberer. Mein Gedächtnis sagt mir, daß Barthelme von Springen zu einem Unterworfenen gemacht wurde, aber mein Gedächtnis ist nicht zuverlässig.

Damit hatte er allerdings recht.

Dorotea heiratete Raft, den Kronprinzen von Start. Sylith war nie verheiratet.

Dann bewies Tracker, daß er trotz seiner Langsamkeit gelegentlich doch noch einen Einfall aus seinem Matschhirn zu Tage fördern konnte.

Aus den Totenrollen wird offenbar, daß Ardath und ihr Gatte Erin VaterLos, ein landloser Priester des Gottes Vancer aus einer Stadt namens Schleudern im Königreich Vye, auf der Reise von Lathe nach Ova von Banditen erschlagen wurden. Mein unzuverlässiges Gedächtnis sagt mir, daß dies nur wenige Monate geschah, bevor der Dominator sich zum Herrscher ausrief.

Sylith starb einige Jahre zuvor im Hochwasser des Traumflusses; zahlreiche Zeugen sahen, wie sie von den Fluten fortgerissen wurde. Ihre Leiche wurde nie gefunden.

Wir hatten einen Augenzeugen. Irgendwie hatte ich Tracker nie als möglichen Zeugen gesehen, obgleich ich das eigentlich hätte schlußfolgern können. Vielleicht gab es eine Möglichkeit, uns seine Erinnerungen zugänglich zu machen.

Credence starb während der Gefechte, als der Dominator und die Lady Springen während ihrer frühen Eroberungen einnahmen. Über Doroteas Tod gibt es keine Aufzeichnungen.

»Verdammt«, sagte ich. »Der alte Tracker ist also doch noch zu etwas nutze.«

Schweiger signalisierte: »Es klingt durcheinander, aber man sollte etwas herausholen können, wenn man logisch vorgeht.«

Mehr als nur etwas.

Ohne daß ich die Tabellen gezeichnet hätte, in denen all diese Frauen verbunden wurden, fühlte ich mich dennoch zuversichtlich genug, um zu verkünden: »Wir haben Dorotea als Seelenfänger gekannt. Wir wissen, daß Ardath nicht die Lady war. Wahrscheinlich ist die Schwester, die den tödlichen Hinterhalt inszenierte, bei dem sie getötet wurde…« Etwas fehlte noch. Wenn ich nur wüßte, welche nun die Zwillinge waren…

Als Antwort auf meine Frage signalisierte Schweiger: »Tracker sucht nach Geburtsverzeichnissen.« Aber da würde er wohl nichts finden. Lord Senjak war kein TelleKurre.

»Von den für tot erklärten Schwestern ist eine nicht gestorben. Ich würde auf Sylith wetten. Wenn man davon ausgeht, daß Credence getötet wurde, weil sie eine Schwester wiedererkannt hat, die eigentlich tot sein sollte, als der Dominator und die Lady Springen einnahmen.«

»Bomanz erwähnt eine Legende, nach der die Lady ihre Zwillingsschwester getötet hat. Ist das dieser Hinterhalt? Oder etwas, das sich öffentlich zugetragen hat?«

»Wer weiß?« sagte ich. Mittlerweile wurde es richtig verwirrend. Einen Moment lang fragte ich mich, ob es überhaupt noch wichtig war.

Die Lady berief eine Versammlung ein. Unsere ursprüngliche Schätzung der noch zur Verfügung stehenden Zeit erschien nunmehr übermäßig optimistisch. Sie sagte zu uns: »Offenbar sind wir in die Irre geführt worden. In Fängers Dokumenten gibt es nichts, was uns den Namen meines Gatten verraten würde. Wie sie zu dieser Annahme kam, können wir nicht mehr ergründen. Falls Dokumente fehlen, können wir uns nicht sicher sein. Wenn nicht bald neue Informationen aus Lords oder Oar eintreffen, können wir diesen Ermittlungsweg vergessen. Es ist an der Zeit, über Alternativen nachzudenken.«

Ich kritzelte eine Notiz und bat Wisper, sie an die Lady weiterzureichen.

Die Lady las sie aufmerksam und sah mich dann aus schmalen, nachdenklichen Augen an. »Erin VaterLos«, las sie laut. »Ein landloser Priester des Gottes Vancer aus einer Stadt namens Schleudern im Königreich Vye. Das kommt von unserem Amateurhistoriker. Was du gefunden hast, ist weniger interessant als die Tatsache, daß du es gefunden hast, Croaker. Diese Neuigkeit ist fünfhundert Jahre alt. Und war schon damals wertlos. Wer auch immer Erin VaterLos gewesen war, bevor er Vye verließ, er hat jedenfalls sämtliche Spuren gründlich ausgelöscht. Als er schließlich interessant genug wurde, daß man sich für seine Vorgeschichte interessierte, hatte er nicht nur Schleudern vernichtet, sondern auch sämtliche Personen, die zu seinen Lebzeiten dort gewohnt hatten. In den Jahren danach ging er sogar noch weiter und verwüstete ganz Vye. Deshalb war die Vorstellung, daß diese Papiere seinen wahren Namen enthalten sollten, auch so überraschend.«

Ich fühlte mich etwa halb so groß wie vorher und kam mir ziemlich dämlich vor. Ich hätte wissen müssen, daß sie schon zuvor versucht hatten, dem Dominator die Maske abzureißen. Ich hatte einen kleinen Vorteil für nichts und wieder nichts aufgegeben.

Soviel zum Thema Zusammenarbeit.

Einer der neuen Unterworfenen – ich kann sie nicht auseinanderhalten, denn sie kleiden sich alle gleich – traf kurz darauf ein. Er oder sie überreichte der Lady eine kleine Kiste. Als sie sie öffnete, lächelte die Lady. »Es gibt keine Dokumente, die die Zeit überdauert hätten. Aber es gab das hier.« Sie schüttete ein paar sonderbare Armbänder auf den Tisch. »Morgen holen wir uns Bomanz.«

Alle anderen wußten Bescheid. Also mußte ich fragen.

»Was ist das?«

»Die Amulette, die zur Zeit der Weißen Rose für die Ewige Garde angefertigt wurden. Damit sie ungefährdet das Gräberland betreten konnten.«

Der folgende Aufruhr ging über mein Verständnis.

»Seine Frau muß sie mitgenommen haben. Wie sie sie allerdings in die Finger bekommen hat, bleibt ein Rätsel. Schluß jetzt. Ich brauche Zeit zum Nachdenken.« Sie scheuchte uns hinaus wie eine Bäuerin ihre Hühnerschar.

Ich ging wieder in mein Zimmer. Hinter mir schwebte der Hinker herein. Er sagte kaum ein Wort, sondern vergrub sich wieder in den Dokumenten. Verdutzt spähte ich ihm über die Schulter. Er hatte Listen aller von uns ausgegrabenen Namen vor sich, die in ihren ursprünglichen Alphabeten aufgelistet waren. Er schien sowohl mit Ersatzchiffrierungen als auch mit numerologischen Deutungen herumzubasteln. Einigermaßen verwirrt, zog ich mich in mein Bett zurück, drehte ihm den Rücken zu und tat, als schliefe ich.

Ich wußte, solange er hier war, würde ich keinen Schlaf finden.

DREIUNDFÜNFZIGSTES KAPITEL

Die Bergung

In der Nacht setzte der Schneefall wieder ein. Echter Schnee, fünfzehn Zentimeter pro Stunde, ohne Pause. Der Lärm der Gardisten, die ihn von den Eingängen und den Teppichen wegzufegen versuchten, weckte mich auf.

Trotz des Hinkers war ich eingeschlafen.

Ein Augenblick des Entsetzens. Ich fuhr hoch. Er saß immer noch bei seiner Arbeit.

Trotz des Wetters herrschte Geschäftigkeit. Während ich schlief, waren Unterworfene eingetroffen. Die Gardisten gruben und fegten nicht nur, sondern bereiteten sich auch auf etwas anderes vor.

Einauge nahm mit mir ein karges Frühstück ein. Ich sagte: »Also macht sie weiter. Trotz des Wetters.«

»Besser wird's nicht mehr, Croaker. Der Bursche dort draußen weiß, was sich hier tut.« Er machte ein finsteres Gesicht.

»Was ist los?«

»Ich kann doch zählen, Croaker. Was erwartest du denn von jemandem, der noch eine Woche zu leben hat?«

Mein Magen verkrampfte sich. Ja. Bisher hatte ich solche Gedanken vermeiden können, aber … »Wir haben schon öfter in der Klemme gesessen. Die Zährenstiege. Juniper. Beryll. Wir haben es immer wieder geschafft.«

»Das sage ich mir ja auch dauernd.«

»Was macht Darling?«

»Macht sich Sorgen. Was glaubst du denn? Sie ist nichts als ein Käfer zwischen Hammer und Amboß.«

»Die Lady hat sie schon vergessen.«

Er schnaubte verächtlich. »Laß dir von deinen besonderen Freiheiten doch nicht das Hirn vernebeln, Croaker.«

»Ein guter Rat«, räumte ich ein. »Aber unnötig. Ein Falke könnte sie nicht genauer im Auge behalten.«

»Gehst du raus?«

»Das will ich nicht verpassen. Weißt du, wo ich ein Paar Schneeschuhe herkriege?«

Er grinste. Einen Augenblick lang zeigte sich wieder der schlaue Teufel der früheren Jahre. »In der letzten Nacht haben ein paar Jungs – deren Namen ich nicht nennen möchte, du weißt ja, wie das ist – ein halbes Dutzend Paare aus der Rüstkammer der Gardisten mitgehen lassen. Der Wachposten ist doch tatsächlich im Dienst eingeschlafen.«

Ich grinste und kniff ein Auge zu. Aha. Ich bekam sie zwar nicht häufig genug zu Gesicht, als daß ich auf dem Laufenden geblieben wäre, aber sie saßen auch nicht untätig herum und warteten.

»Zwei Paare sind an Darling gegangen, für den Fall der Fälle. Vier Paare habe ich noch übrig. Und einen undeutlichen Plan.«

»Ach ja?«

»Ach ja. Du wirst schon sehen. Genial, wenn ich das mal so sagen darf.«

»Wo sind die Schuhe? Wo gehst du hin?«

»Wir treffen uns in der Räucherei, sobald die Unterworfenen abgeflogen sind.«

Murrend kamen einige erschöpfte Gardisten herein und holten sich etwas zu essen. Einauge zog ab und ließ mich nachdenklich zurück. Was heckten sie nur wieder aus?

Die besten Pläne … Ihr wißt schon.

Die Lady kam in den Speisesaal marschiert. »Hol dir deine Handschuhe und deinen Mantel, Croaker. Es geht los.«

Ich klappte den Mund auf.

»Kommst du nicht mit?«

»Aber …« Ich haschte blindlings nach einer Ausrede.

»Wenn wir gehen, dann hat doch einer keinen Teppich mehr.«

Sie warf mir einen eigenartigen Blick zu. »Hinker bleibt hier. Komm schon. Hol deine Sachen.«

Wie betäubt tat ich, wie mir geheißen war. Auf dem Weg nach draußen kam ich an Goblin vorbei. Ich sah ihn an und schüttelte einmal leicht verdattert den Kopf.

Kurz vor unserem Start langte die Lady nach hinten und drückte mir etwas in die Hand. »Was ist das?«

»Du solltest es lieber anlegen. Falls du nicht ohne Amulett hineingehen willst.«

»Oh.«

Es sah nicht besonders aus. Etwas billiger Jaspis und Jade auf brüchigem Leder. Aber als ich es mir ums Handgelenk schnallte, spürte ich die Macht darin.

Wir flogen sehr tief über die Dächer. Sie waren unsere einzigen Wegweiser. Auf dem freien Land gab es nichts dergleichen. Aber da sie die Lady war, standen ihr andere Hilfsquellen zur Verfügung.

An der Grenze des Gräberlandes drehten wir ab. Auf der Flußseite gingen wir hinunter, bis das Wasser nur noch einen halben Meter unter uns dahinfloß. »Eine Menge Eis«, sagte ich.

Sie antwortete nicht. Sie musterte die Uferlinie, die sich mittlerweile innerhalb des Gräberlandes befand. Ein durchweichter Uferabschnitt brach weg und legte ein Dutzend Skelette frei. Ich verzog das Gesicht. Innerhalb weniger Augenblicke wurden sie von Schnee bedeckt oder fortgespült.

»Gerade noch rechtzeitig, schätze ich mal«, sagte ich.

»Hm.« Sie flog weiter am Außenrand entlang. Ein paar Male sah ich andere Teppiche, die ebenfalls kreisten. Etwas da unten fiel mir auf. »Dort!«

»Was?«

»Ich dachte, ich hätte Spuren gesehen.«

»Das kann schon sein. Köter Krötenkiller ist in der Nähe.«

Au weia.

»Auf geht's«, sagte sie und lenkte den Teppich zum Großen Grab.

Wir setzten am Fuße des Hügels auf. Sie sprang hinab. Ich folgte ihr. Andere Teppiche senkten sich herab. Bald standen vier Unterworfene, die Lady und ein verängstigter alter Wundarzt nur wenige Meter vor der Verzweiflung der Welt.

Ein Unterworfener brachte Schaufeln mit. Schnee flog. Wir wechselten uns ab, jeder kam einmal an die Reihe. Es war eine Schweinearbeit und wurde schlimmer, als wir zum Gesträuch vorstießen. Es wurde noch schlimmer, als wir die gefrorene Erde erreichten. Wir mußten vorsichtig graben. Die Lady sagte, daß Bomanz unter einer sehr dünnen Erdschicht liege.

Es ging scheinbar endlos so weiter. Graben und graben und graben. Wir legten ein verrunzeltes menschenähnliches Wesen frei, und die Lady versicherte uns, daß dies Bomanz sei.

Als ich zum letzten Mal an der Reihe war, schrammte meine Schaufel über etwas Hartes. Ich bückte mich, um nachzusehen, hielt es eigentlich für einen Stein. Ich fegte froststarre Erdkrümel beiseite …

Und schoß wie ein abgeschossener Bolzen aus dem Loch, fuhr herum und zeigte hinein. Die Lady sprang hinab. Gelächter stieg auf. »Croaker hat den Drachen gefunden. Zumindest seine Schnauze.«

Ich wich weiter zu unserem Teppich zurück…

Etwas sprang mit einem grollenden Knurrlaut darüber hinweg. Ich warf mich zur Seite und versank in einer Schneewehe. Schreie und Knurren ertönten… Als ich mich hervorgearbeitet hatte, war es schon vorbei. Ich sah noch, wie ein reichlich mitgenommener Köter Krötenkiller fluchtartig über den Teppich sprang.

Die Lady und die Unterworfenen waren auf seinen Angriff vorbereitet gewesen.

»Warum hat mich keiner gewarnt?« jaulte ich.

»Er hätte dich lesen können. Mir tut es bloß leid, daß wir ihn nicht endgültig außer Gefecht gesetzt haben.«

Zwei Unterworfene, wahrscheinlich Männer, hoben Bomanz an. Er war so steif wie ein Denkmal, aber ihm haftete etwas an, das sogar ich spüren konnte. Eine Art Funke. Niemand hätte ihn für tot halten können.

Und hinauf mit ihm auf einen Teppich.

Die Wut im Hügelgrab war ein Hintergrundgeräusch gewesen, das man kaum registriert hatte, so wie das Summen einer Fliege im Zimmer. Jetzt drosch sie wie ein Hammerschlag wahnwitzigen Zornes auf uns ein. Kein Hauch von Furcht fand sich darin. Das Wesen vertraute voll und ganz auf seinen letztendlichen Sieg. Wir waren bloß Verzögerungen und Ärgernisse.

Der Teppich mit Bomanz hob ab. Dann noch einer. Ich setzte mich auf meinen Platz und beschwor die Lady in Gedanken, mich so rasch wie möglich von hier fortzubringen.

Aus der Richtung der Stadt erklangen Geknurr und Gebrüll. Helle Blitze zuckten durch das Schneegestöber. »Ich wußte es«, grummelte ich, während eine Befüchtung sich bewahrheitete. Köter Krötenkiller hatte Einauge und Goblin gefunden.

Ein weiterer Teppich stieg auf. Die Lady schwang sich an Bord und verschloß die Kuppel. »Diese Narren«, sagte sie. »Was haben sie dort gemacht?«

Ich schwieg.

Sie nahm mich nicht zur Kenntnis. Ihre Aufmerksamkeit war auf den Teppich gerichtet, der sich nicht so verhielt, wie er es eigentlich sollte. Etwas schien ihn zum Großen Grab ziehen zu wollen. Aber ich sah es. Auf Augenhöhe glitt Trackers häßliche Visage vorbei. Er trug den Sohn des Baumes.

Dann tauchte Köter Krötenkiller wieder auf und schlich sich an Tracker heran. Dem Ungeheuer fehlte das halbe Gesicht. Er lief auf drei Beinen. Aber er war noch stark genug, um Tracker auseinanderzunehmen.

Die Lady entdeckte Köter Krötenkiller. Sie ließ den Teppich herumfahren. Systematisch feuerte sie alle acht Zehnmeter-Bolzen ab. Nicht einer verfehlte sein Ziel. Und dennoch…

Mit den Geschossen, die ihm aus dem Leib ragten, schleppte sich Köter Krötenkiller brennend zum Großen Tragic. Er ging unter und kam nicht wieder hoch.

»Das wird uns jedenfalls den zumindest eine Zeitlang vom Hals halten.«

Keine zehn Meter entfernt legte Tracker den Gipfel des Großen Grabes frei, damit er dort den Schößling einpflanzen konnte. Er achtete gar nicht auf uns. »Idioten«, murmelte die Lady. »Ich bin nur noch von Idioten umgeben. Selbst der Baum ist ein Trottel.«

Erklärungen gab sie nicht ab. Sie mischte sich auch nicht ein.

Während unseres Heimfluges suchte ich nach Spuren von Einauge und Goblin. Ich konnte nichts entdecken. In der Kaserne waren sie nicht. Natürlich nicht. Es war noch nicht lange genug her, als daß sie mit den Schneeschuhen hätten zurückstapfen können. Aber als sie eine Stunde später immer noch nicht aufgetaucht waren, fiel es mir zunehmend schwerer, mich auf Bomanz' Wiederbelebung zu konzentrieren.

Die begann mit mehreren heißen Bädern, zum einen, um

seinen Leib zu erwärmen, und zum anderen, damit er sauber wurde. Die Vorbereitungen bekam ich nicht zu Gesicht. Die Lady behielt mich in der Nähe. Sie schaute auch nicht nach ihm, ehe die Unterworfenen nicht für die endgültige Wiedererweckung bereit waren. Und die war eigentlich recht unspektakulär. Die Lady machte ein paar Gesten in Richtung Bomanz – der einen ziemlich mottenzerfressenen Eindruck machte – und sagte ein paar Worte in einer Sprache, die mir unbekannt war.

Warum müssen Zauberer ständig Sprachen verwenden, die niemand versteht? Sogar Goblin und Einauge tun das. Beide haben mir gestanden, daß sie der Sprache des anderen nicht folgen können. Vielleicht denken sie sie sich bloß aus?

Ihre Worte wirkten. Das alte Wrack erwachte zum Leben, wild entschlossen, gegen einen heftigen Wind gestemmt voranzumarschieren. Er tat drei Schritte, bevor ihm seine veränderte Umgebung auffiel.

Er erstarrte. Langsam drehte er sich um, und sein Gesicht verriet wachsende Verzweiflung. Sein Blick blieb auf der Lady haften. Vielleicht zwei Minuten verstrichen. Dann musterte er den Rest von uns und dachte über seine Lage nach.

»Du erklärst es ihm, Croaker.«

»Spricht er denn …?«

»Forsbergisch hat sich nicht verändert.«

Ich stellte mich vor Bomanz auf, der gestaltgewordenen Legende. »Ich bin Croaker. Militärarzt von Beruf. Du bist Bomanz …«

»Er heißt Seth Chalk, Croaker. Laß uns das gleich klarstellen.«

»Du bist Bomanz, dessen wahrer Name wohl Seth Chalk ist, ein Zauberer aus Oar. Seit deinem Versuch, mit der Lady Verbindung aufzunehmen, ist fast ein Jahrhundert vergangen.«

»Erzähl ihm die ganze Geschichte.« Die Lady verwendete einen Dialekt aus den Juwelenstädten, der vermutlich Bomanz' Sprachkenntnisse überstieg.

Ich redete, bis ich heiser war. Der Aufstieg des Reiches der Lady. Die Bedrohung, die bei der Schlacht von Charm besiegt worden war. Die Bedrohung, die bei Juniper besiegt worden war. Die gegenwärtige Bedrohung. Während der ganzen Zeit sprach er kein einziges Wort. Nicht einmal sah ich in ihm den fetten, unterwürfigen Ladenbesitzer aus der Überlieferung.

Seine ersten Worte waren: »Also habe ich nicht ganz versagt.« Er drehte sich zur Lady. »Und du bist immer noch vom Licht verseucht, Nicht-Ardath.« Er wandte sich wieder mir zu. »Du wirst mich zur Weißen Rose bringen. Sobald ich gegessen habe.«

Von der Lady kam kein Wort des Protestes.

Er aß zumindest wie ein fetter kleiner Ladenbesitzer.

Die Lady half mir persönlich in meinen nassen Wintermantel. »Trödelt nicht«, sagte sie mahnend.

Kaum waren wir gegangen, da schien Bomanz in sich zusammenzusacken. Er sagte: »Ich bin zu alt. Laß dich von der Szene da drinnen nicht täuschen. Eine Scharade. Wenn man mit den Großen spielt, muß man ein Schauspieler sein. Was soll ich nur tun? Einhundert Jahre. Nicht einmal eine Woche, um mich von meiner Schuld reinzuwaschen. Wie soll ich denn so rasch den Überblick bekommen? Die Lady ist die einzige der Beteiligten, die ich noch kenne.«

»Warum hast du gedacht, daß sie Ardath war? Warum nicht eine der anderen Schwestern?«

»Es gab mehr als nur eine?«

»Vier.« Ich zählte sie auf. »Aus deinen Papieren habe ich geschlossen, daß Seelenfänger die Schwester namens Dorotea war...«

»*Meinen* Papieren?«

»Heißt es jedenfalls. Weil die Geschichte deiner Erweckung der Lady einen herausragenden Platz darin einnahm. Bis vor ein paar Tagen wurde allgemein angenommen, daß du sie zusammengestellt hast und deine Frau sie fortgeschafft, hat als sie dachte, daß du tot wärest.«

»Das sollte man untersuchen. Ich habe nichts zusammengestellt. Bis auf eine Karte des Gräberlandes bin ich kein Risiko eingegangen.«

»Diese Karte kenne ich gut.«

»Diese Papiere muß ich sehen. Aber zuerst Eure Weiße Rose. In der Zwischenzeit erzähl mir von der Lady.«

Ich hatte Schwierigkeiten, ihm in seinen Gedankensprüngen zu folgen. Er berührte mal ein Thema, dann ein anderes, und sprühte vor Ideen. »Was ist mit ihr?«

»Zwischen euch besteht eine spürbare Spannung. Vielleicht wie zwischen Feinden, die eigentlich Freunde sind. Liebende, die Feinde sind? Gegner, die einander gut kennen und einander achten. Falls du sie achtest, so hast du allen Grund dazu. Das vollkommene Böse kann man nicht achten. Es kann sich nicht einmal selbst achten.«

Holla. Er hatte recht. Ich hatte tatsächlich Achtung vor ihr. Also redete ich ein wenig. Und dabei ging es, als es mir endlich auffiel, darum, daß sie immer noch vom Licht verseucht war. »Sie hat sich wirklich als Schurkin zu gebärden. Aber als sie der wahren Finsternis gegenüberstand – dem Wesen unter dem Hügelgrab –, da hat sich ihre Schwäche gezeigt.«

»Für uns ist es nur geringfügig schwieriger, das Licht in uns auszulöschen, als die Finsternis zu besiegen. Ein Dominator kommt nur einmal alle einhundert Generationen vor. Andere, wie die Unterworfenen, sind nur Nachbildungen.«

»Kannst du gegen die Lady bestehen?«

»Wohl kaum. Mein Schicksal wird vermutlich darin bestehen, zu einem Unterworfenen gemacht zu werden, wenn sie die Zeit dazu findet.« Der alte Knabe hatte die Lage glasklar erkannt. Er blieb stehen. »Ihr Götter! Sie ist stark!«

»Wer?«

»Eure Darling. Eine unglaubliche Absorption. Ich fühle mich so hilflos wie ein kleines Kind.«

Wir stapften durch ein Fenster im zweiten Stock in den Blauen Schniedel. Der Schnee lag mittlerweile hoch genug dafür.

Einauge, Goblin und Schweiger saßen mit Darling im Schankraum. Die beiden Erstgenannten sahen ein wenig zerzaust aus. »Ah ja«, sagte ich. »Ihr Jungs habt es also geschafft. Ich dachte, daß Köter Krötenkiller euch zum Mittagessen verspeist hätte.«

»War überhaupt kein Problem«, sagte Einauge. »Wir...«

»Was meinst du mit wir?« wollte Goblin wissen. »Du warst ungefähr so nützlich wie Titten an einem Eber. Schweiger...«

»Haltet die Klappe. Das hier ist Bomanz. Er möchte gern Darling sprechen.«

»Der Bomanz?« quiekte Goblin.

»Eben jener.«

Ihre Besprechung dauerte etwa drei Fragen lang. Als Bomanz merkte, daß Darling ihn lenkte, brach er die Sache ab. Zu mir sagte er: »Als nächstes werde ich meine angebliche Autobiographie lesen.«

»Es ist nicht deine?«

»Unwahrscheinlich. Falls mein Gedächtnis nicht noch schlechter ist, als ich eigentlich annehme.«

Schweigend kehrten wir zur Kaserne zurück. Er machte einen nachdenklichen Eindruck. Darling wirkt immer so auf Menschen, die ihr zum ersten Mal begegnen. Für uns, die wir sie schon lange kennen, ist sie eben einfach nur Darling.

Bomanz arbeitete sich durch das Originalmanuskript hindurch; bei einigen Passagen stellte er gezielte Fragen. Er kannte den UchiTelle-Dialekt nicht.

»Damit hattest du also nichts zu tun?«

»Nein. Aber meine Frau war die Hauptquelle. Frage. Hat man das Mädchen Snoopy aufgespürt?«

»Nein.«

»Bei ihr muß nachgehakt werden. Sie ist die einzige Überlebende von Bedeutung.«

»Ich werde es an die Lady weitergeben. Aber dafür haben wir keine Zeit mehr. In ein paar Tagen ist hier die Hölle los.« Ich fragte mich, ob Tracker den Schößling hatte einpflanzen können. Das würde ja auch eine Menge nützen, wenn der Große Tragic den Grabhügel erreichte. Brav gemacht, Tracker, aber dämlich.

Allerdings zeigten sich bald die Auswirkungen seiner Bemühungen. Als ich dazu kam, Bomanz' Vorschlag bezüglich Snoopy weiterzuleiten, fragte die Lady: »Ist dir etwas am Wetter aufgefallen?«

»Nein.«

»Es wird besser. Der Schößling hat den Einfluß meines Gatten aufgehoben. Natürlich zu spät. Es wird noch Monate dauern, ehe der Fluß wieder fällt.«

Sie war niedergeschlagen. Sie nickte bloß, als ich ihr erzählte, was Bomanz zu sagen hatte.

»Steht es denn so schlecht? Sind wir denn schon geschlagen, noch bevor wir zum Kampf antreten?«

»Nein. Aber der Preis für den Sieg wird immer höher. Ich will diesen Preis nicht bezahlen. Ich weiß nicht, ob ich es kann.«

Verblüfft stand ich vor ihr und wartete auf eine ausführlichere Behandlung des Themas. Die nicht kam.

Nach einer Weile sagte sie: »Setz dich, Croaker.« Ich nahm auf dem Stuhl Platz, auf den sie zeigte, gleich neben einem lodernden Feuer, um das sich mit eifriger Hingabe unser braver Soldat Case kümmerte. Kurz darauf schickte sie Case fort. Aber sie sagte immer noch nichts.

»Die Zeit zieht die Schlinge zu«, murmelte sie einmal. Und später: »Ich fürchte mich davor, den Knoten zu lösen.«

VIERUNDFÜNFZIGSTES KAPITEL

Ein Abend am heimischen Herd

Tage verstrichen. Keine der beteiligten Parteien gewann nennenswert an Boden. Die Lady brach alle Nachforschungen ab. Sie und die Unterworfenen besprachen sich häufig. Ich war davon ausgeschlossen. Ebenso Bomanz. Der Hinker nahm nur teil, wenn man ihn per Befehl aus meiner Unterkunft holte.

Ich gab es auf, dort schlafen zu wollen. Ich zog bei Goblin und Einauge ein. Was nur zeigte, wie sehr der Unterworfene mich verstörte. Ein Zimmer mit den beiden zu teilen, ist wie innerhalb eines Daueraufruhrs zu leben.

Raven veränderte sich nicht im Geringsten und blieb größtenteils von allen außer dem getreuen Case vergessen. Schweiger sah ab und zu für Darling kurz vorbei, tat dies jedoch ohne große Begeisterung.

Erst da begriff ich, daß Schweiger für Darling mehr empfand als nur Treue und Schutzbedürfnis, und daß er keine Möglichkeit hatte, diesen Gefühlen Ausdruck zu verleihen. Mehr als nur ein Eid band ihn an sein Schweigen.

Ich fand nicht heraus, welche Schwestern die Zwillinge gewesen waren. Wie ich es erwartet hatte, fand auch Tracker nichts in den Genealogien. Es war ein Wunder, daß er überhaupt etwas entdeckt hatte, wenn man bedachte, wie gründlich Zauberer die Fährten hinter sich verwischen.

Goblin und Einauge versuchten ihn zu hypnotisieren, um seine alten Erinnerungen anzuzapfen. Es kam ihnen vor, als würden sie sich in einem dichten Nebel an Gespenster anschleichen.

Die Unterworfenen versuchten den Großen Tragic aufzuhalten. Eis sammelte sich am Westufer und lenkte die Wucht des Stromes ab. Doch sie taten zuviel des Guten, und ein Graben tat sich auf. Dadurch wäre der Fluß bald wieder gestiegen. Die Bemühungen zweier Tage brachten uns vielleicht zehn Stunden ein.

Ab und zu tauchten um das Gräberland große Fährten auf, die bald wieder unter dem Schnee verschwanden. Obwohl sich der Himmel klärte, wurde die Luft immer kälter. Weder schmolz der Schnee, noch verkrustete er. Dafür sorgten die Unterworfenen. Ein Ostwind wirbelte den Schnee ständig auf.

Case kam zu mir und sagte: »Die Lady will Euch sehen, Sir. Sofort.«

Ich beendete ein Dreimannspiel Tonk mit Goblin und Einauge. Sosehr hatten sich die Dinge beruhigt – vom Verstreichen der Zeit einmal abgesehen.

»Sir«, sagte Case, als wir uns aus der Hörweite der anderen entfernt hatten, »seid vorsichtig.«

»Hmm?«

»Sie ist in einer ganz finsteren Stimmung.«

»Danke.« Ich beeilte mich nicht besonders. Meine eigene Stimmung war finster genug. Sie mußte sich nicht auch noch an ihrer mästen.

Ihr Quartier war neu eingerichtet worden, Teppiche waren ausgelegt worden. Gobelins hingen an den Wänden. Vor dem Kamin stand eine Art kleiner Tisch; im Kamin brannte ein behaglich knisterndes Feuer. Das Ganze machte einen gewollten Eindruck. Den eines Zuhauses, wie wir es uns erträumen, anstelle dessen, wie es wirklich ist.

Sie saß auf dem Sofa. »Setz dich zu mir«, sagte sie, ohne sich umzublicken, um zu sehen, wer hereingekommen war.

Ich wollte mir einen Stuhl heranholen. »Nein. Hier neben mich.« Also setzte ich mich auf das Sofa.

»Was gibt es?«

Ihre Augen blickten in die Ferne. Ihr Gesicht verriet ihre innere Qual. »Ich habe mich entschieden.«

»Ja?« Ich wartete unruhig, weil ich nicht wußte, was sie meinte.

»Die Möglichkeiten haben sich weiter verringert. Ich kann mich jetzt ergeben und eine weitere Unterworfene werden.«

Diese Strafe war weniger grausig, als ich befürchtet hatte. »Oder?«

»Oder ich kann kämpfen. Einen Kampf, der nicht gewonnen werden kann. Oder nur dadurch gewonnen werden kann, indem er verloren wird.«

»Wenn du nicht gewinnen kannst, warum solltest du dann kämpfen?« Jemanden aus der Schar hätte ich das nicht gefragt. Bei meinen Brüdern hätte ich die Antwort gekannt.

Ihre Antwort war nicht unsere Antwort. »Weil der Ausgang noch beeinflußt werden kann. Ich kann nicht gewinnen. Aber ich kann entscheiden, wer gewinnt.«

»Oder zumindest sicherstellen, daß er nicht gewinnt?«

Ein langsames Nicken.

Ihre düstere Stimmung wurde mir allmählich verständlich. Ich habe dergleichen schon auf dem Schlachtfeld bei Männern gesehen, die eine Aufgabe vor sich haben, die sich wahrscheinlich als tödlich erweisen wird, die jedoch getan werden muß, damit nicht andere vernichtet werden.

Um meine Reaktion zu verbergen, rutschte ich vom Sofa herunter und legte drei kleine Scheite auf das Feuer. Wenn unsere Stimmung nicht gewesen wäre, dann hätte es mir hier in der Wärme gefallen können, den Flammen zuzusehen.

Was wir auch eine Weile taten. Ich spürte, daß ich jetzt nichts sagen sollte.

»Bei Sonnenaufgang fängt es an«, sagte sie schließlich.

»Was?«

»Der letzte Kampf. Lach mich nur aus, Croaker. Ich werde versuchen, einen Schatten zu töten. Ohne Hoffnung, selbst zu überleben.«

Lachen? Niemals. Bewundern. Achten. Immer noch meine Feindin, die letzten Endes nicht fähig war, den letzten Funken des Lichtes in sich selbst auszulöschen und dadurch auf andere Weise zu sterben.

Die ganze Zeit saß sie aufrecht da und hatte die Hände im Schoß gefaltet. Sie starrte ins Feuer, als ob sie davon überzeugt wäre, daß es irgendwann die Antwort auf ein Geheimnis enthüllen würde. Sie begann zu zittern.

Diese Frau, für die der Tod solch verzehrenden Schrecken bereithielt, hatte den Tod der Unterwerfung vorgezogen.

Was bedeutete dies für mein Selbstvertrauen? Nichts Gutes. Gar nichts Gutes. Ich hätte mich vielleicht besser gefühlt, wenn ich das Bild gesehen hätte, das sich ihr offenbarte. Aber darüber sprach sie nicht.

Mit sehr leiser, zaghafter Stimme fragte sie: »Croaker? Nimmst du mich in den Arm?«

Was? Das sagte ich nicht, aber ganz sicher dachte ich es.

Ich sagte gar nichts. Unbeholfen und unsicher tat ich das, worum sie mich bat.

Dann weinte sie leise und still an meiner Schulter und zitterte wie ein junges Kaninchen in der Falle.

Es dauerte lange, bis sie wieder etwas sagte. Ich wartete.

»Das hat niemand mehr getan, seit ich ein kleines Kind war. Meine Amme ...«

Wieder langes Schweigen.

»Ich habe noch nie einen Freund gehabt.«

Ein weiteres langes Schweigen.

»Ich habe Angst, Croaker. Und ich bin allein.«

»Nein. Wir werden alle für dich da sein.«

»Nicht aus den gleichen Gründen.« Dann verfiel sie endgültig in Schweigen. Lange hielt ich sie in meinen Armen. Das Feuer brannte herunter, und sein Licht wich aus dem Zimmer. Draußen setzte das Heulen des Windes wieder ein.

Als ich schließlich dachte, daß sie eingeschlafen war und mich vorsichtig von ihr lösen wollte, hielt sie mich nur noch fester umklammert, also saß ich wieder still und hielt sie weiter fest, auch wenn mir allmählich jeder zweite Muskel in meinem Körper weh tat.

Schließlich löste sie sich von mir, stand auf und legte Holz auf das Feuer. Ich saß da. Eine Zeitlang blieb sie hinter mir stehen und starrte in die Flammen. Dann legte sie kurz eine Hand auf meine Schulter. Mit leiser Stimme sagte sie: »Gute Nacht.«

Sie ging in ein anderes Zimmer. Zehn oder fünfzehn Minuten lang blieb ich noch sitzen, bevor ich ein letztes Scheit auflegte und wieder in die wirkliche Welt zurückschlurfte.

Ich muß ein merkwürdiges Gesicht gemacht haben. Weder Goblin noch Einauge versuchten mich zu piesacken. Ich rollte mich in meinen Schlafsack und drehte ihnen den Rücken zu, aber ich schlief lange nicht ein.

FÜNFUNDFÜNFZIGSTES KAPITEL

Die Eröffnungsrunde

Erschrocken wachte ich auf. Das Nullfeld! Ich war so oft außerhalb seiner Grenzen gewesen, daß seine Gegenwart mich erschreckte. Hastig rollte ich mich von der Pritsche und entdeckte, daß ich allein im Raum war. Nicht nur hier, sondern praktisch auch in den gesamten Baracken. Im Speisesaal hielten sich einige Gardisten auf.

Die Sonne war noch nicht aufgegangen.

Der Wind heulte immer noch ums Haus. In der Luft lag eine merkliche Kühle, obwohl die Feuer hell brannten. Ich mampfte gekochte Weizenkeime in mich hinein und fragte mich, was ich gerade verpaßte.

Als ich fertig war, trat die Lady ein. »Da bist du ja. Ich dachte schon, daß ich ohne dich losziehen müßte.«

Ungeachtet ihrer Sorgen in der vergangenen Nacht zeigte sie sich jetzt energisch, entschlossen und zu allem bereit.

Als ich meinen Mantel holte, erlosch das Nullfeld. Ich schaute kurz in meinem Quartier vorbei. Der Hinker war immer noch dort. Mit gerunzelter Stirn zog ich mich nachdenklich zurück.

Auf den Teppich. Heute mit voller Besatzung. Jeder Teppich war vollständig bemannt und bewaffnet. Aber mich interessierte mehr das Fehlen des Schnees zwischen der Stadt und dem Gräberland.

Der heulende Wind hatte ihn fortgeblasen. Als es hell genug war, daß man etwas sehen konnte, stiegen wir auf. Die

Lady zog den Teppich in die Höhe, bis das Gräberland seiner eigenen Landkarte ähnelte, während die Schatten verschwanden. Sie ließ uns in engen Kreisen fliegen. Mir fiel auf, daß der Wind abgeflaut war.

Das Große Grab sah aus, als ob es gleich in den Fluß rutschen würde.

»Einhundert Stunden«, sagte sie, als ob sie meine Gedanken erriet. Wir waren also schon dabei, die Stunden abzuzählen.

Ich überflog den Horizont. Dort. »Der Komet.«

»Vom Boden aus kann man ihn nicht sehen. Aber heute nacht ... wird es sich bewölken müssen.«

Unter uns huschten winzige Gestalten über ein Viertel der freien Fläche. Die Lady rollte eine Karte aus, die der von Bomanz ähnelte.

»Raven«, sagte ich.

»Heute. Wenn wir Glück haben.«

»Was machen die da unten?«

»Vermessungsarbeiten.«

Da tat sich mehr als nur das. Die Gardisten waren in voller Kampfmontur aufmarschiert und bildeten eine Bogenlinie um das Gräberland. Leichte Belagerungsmaschinen wurden zusammengebaut. Aber einige Männer waren tatsächlich mit Vermessungen zugange und steckten Lanzenreihen mit bunten Bändern in die Erde. Ich fragte nicht warum. Sie hätte es mir doch nicht erklärt.

Jenseits des Flusses, östlich von uns, schwebte ein Dutzend Windwale. Ich hatte geglaubt, daß sie schon längst wieder abgeflogen wären.

Dort brannte der Himmel unter dem Flammen der Morgenröte.

»Der erste Test«, sagte die Lady. »Ein schwaches Ungeheuer.« Konzentriert runzelte sie die Stirn. Unser Teppich begann zu leuchten.

Ein weißes Pferd mit einer Reiterin in Weiß kam aus der Stadt. Darling. In Begleitung von Schweiger und dem Leutnant. Darling ritt in eine Schneise ein, die von Wimpeln begrenzt wurde. Sie blieb beim letzten Wimpel stehen.

Die Erde tat sich auf. Etwas, das wie ein Vetter ersten Grades von Köter Krötenkiller und wie der enge Verwandte eines Kraken aussah, stieß aus der Finsternis hervor. Es raste über das Gräberland zum Fluß, fort vom Nullfeld.

Darling galoppierte zur Stadt.

Magische Wut regnete von den Teppichen herab. Innerhalb von Sekunden war das Ungeheuer nur noch ein Aschehaufen. »Eins«, sagte die Lady. Unten stellten die Männer eine weitere Wimpelschneise auf.

Und so ging es den ganzen Tag, langsam und gründlich. Die meisten Kreaturen des Dominators flohen in Richtung Fluß. Die wenigen, die die andere Richtung einschlugen, sahen sich einem Sperrfeuer von Geschossen gegenüber, ehe sie den Unterworfenen unterlagen.

»Haben wir denn genug Zeit, um sie alle auszulöschen?« fragte ich, als die Sonne unterging. Durch das lange Sitzen auf einer Stelle war ich schon seit Stunden ganz kribbelig geworden.

»Mehr als genug. Aber es wird nicht so einfach bleiben.«

Ich hakte nach, aber sie ließ sich nicht weiter darüber aus.

Für mich lief die Sache fabelhaft glatt ab. Einfach ein Untier nach dem anderen erledigen und zum Schluß, wenn alle fort waren, sich den Oberschurken selbst vornehmen. Er war zwar ein zäher Brocken, aber was konnte er im Nullfeld schon ausrichten?

Als ich wieder in die Baracken zu meiner Unterkunft torkelte, sah ich den Hinker immer noch bei seiner Arbeit. Zwar brauchen die Unterworfenen weniger Ruhe als wir gewöhnlichen Sterblichen, aber er mußte doch kurz vor dem Zusammenbruch stehen. Was zur Hölle machte er dort eigentlich?

Und dann war da noch Bomanz. Heute war er nicht erschienen. Was versuchte er sich denn noch in den Ärmel zu schieben?

Ich nahm gerade ein Abendessen zu mir, als Schweiger neben mir erschien. Er setzte sich mir gegenüber und umklammerte eine Schüssel mit Brei. Er sah blaß aus.

»Wie war es für Darling?« fragte ich.

Er signalisierte zurück. »Sie hatte beinahe Spaß daran. Sie ist Risiken eingegangen, die sie nicht hätte eingehen sollen. Eines dieser Wesen hätte sie fast erwischt. Bei der Abwehr wurde Otto verletzt.«

»Braucht er mich?«

»Einauge ist damit klargekommen.«

»Was machst du hier?«

»Heute nacht holen wir Raven heraus.«

»Oh.« Schon wieder war mir Raven entfallen. Wie konnte ich mich zu seinen Freunden zählen, wenn mir sein Schicksal so gleichgültig zu sein schien?

Schweiger folgte mir in die Unterkunft, die ich mit Einauge und Goblin teilte. Die beiden kamen kurz darauf hinzu. Sie verhielten sich schweigsam. Ihnen waren wichtige Rollen bei der Bergung unseres alten Freundes zugeteilt worden.

Ich machte mir mehr Sorgen um Schweiger. Der Schatten war über ihn hinweggezogen. Er kämpfte gegen ihn an. War er stark genug, um zu siegen?

Ein Teil von ihm wollte nicht, daß Raven gerettet wurde.

Ein Teil von mir wollte das auch nicht.

Eine sehr erschöpfte Lady kam vorbei und fragte. »Willst du daran teilnehmen?«

Ich schüttelte den Kopf. »Ich wäre nur im Weg. Sagt mir Bescheid, wenn ihr fertig seid.«

Sie sah mich durchdringend an, zuckte dann die Achseln und entfernte sich.

Spät in der Nacht weckte mich ein völlig erledigtes Einauge. Ich setzte mich senkrecht auf. »Und?«

»Wir haben es geschafft. Wie gut, weiß ich nicht. Aber er ist wieder da.«

»Wie war es?«

»Hart.« Er kroch in seinen Schlafsack. Goblin schnarchte bereits in seinem. Schweiger war gemeinsam mit ihnen herbeigekommen. Er lag an der Wand, hatte eine geborgte Decke um sich gewickelt und zersägte Baumstämme. Bis ich richtig wach war, bildete Einauge mit den anderen ein Sägeterzett.

In Ravens Zimmer gab es nichts zu sehen bis auf Raven, der leise schnarchte, und Case, der besorgt aussah. Die Menge hatte sich verzogen und nur eine Luft zum Schneiden hinterlassen.

»Geht es ihm gut?« fragte ich.

Case zuckte die Achseln. »Ich bin kein Arzt.«

»Aber ich. Ich sehe ihn mir mal an.«

Der Puls war einigermaßen kräftig. Für einen Schlafenden atmete er ein wenig rasch, aber nicht besorgniserregend. Die Pupillen waren erweitert. Die Muskeln waren angespannt. Er schwitzte.

»Eigentlich nichts, worüber wir uns groß Sorgen machen müßten«, sagte ich. » Gib ihm weiter Brühe zu trinken. Und laß mich holen, sobald er spricht. Laß ihn nicht aufstehen. Seine Muskeln werden der reinste Matsch sein. Dabei könnte er sich verletzen.«

Case nickte und nickte.

Ich kehrte zu meinem Schlafsack zurück und dachte abwechselnd über Raven und den Hinker nach. In meiner früheren Unterkunft brannte immer noch eine Lampe. Der Letzte der alten Unterworfenen ging immer noch seiner wahnwitzigen Suche nach.

Raven wurde zur größeren Sorge. Er würde von uns Rechenschaft über unseren Schutz für Darling fordern. Und ich war durchaus in der Stimmung, ihm dieses Recht streitig zu machen.

SECHSUNDFÜNFZIGSTES KAPITEL

Die Zeit geht dahin

Immer dann, wenn man es nicht will, bricht der Tag zu früh an. Die Stunden rasen nur so dahin, wo sie sich doch in die Länge ziehen sollen. Der folgende Tag war ebenfalls mit Hinrichtungen ausgefüllt. Diesmal allerdings kam ausnahmsweise der Hinker und sah dabei zu. Er schien zufrieden zu sein, daß wir unsere Sache richtig machten. Er kehrte in meine Unterkunft zurück – wo er es sich in meinem Bett bequem machte.

Meine abendliche Visite bei Raven zeigte wenig Veränderungen. Case berichtete, daß er mehrere Male beinahe wach geworden war und manchmal im Schlaf undeutliche Worte aussprach.

»Gieß ihm weiter die Suppe in den Hals. Und scheue dich nicht, nach mir zu rufen, wenn du mich brauchst.«

Ich konnte nicht schlafen. Ich wollte die Baracken durchstreifen, aber dort herrschte fast völlige Stille. Einige Gardisten, die an Schlaflosigkeit litten, strichen durch den Speisesaal. Bei meinem Erscheinen verstummten die Gespräche. Ich dachte kurz daran, zum Blauen Schniedel rüberzugehen. Aber dort hätte man mich auch nicht besser empfangen. Ich stand bei allen auf der Liste.

Eigentlich konnte es nur noch schlimmer werden.

Ich wußte, was die Lady meinte, wenn sie von Einsamkeit sprach.

Ich wünschte mir, daß ich den Mumm aufbrachte, zu ihr zu gehen, weil *ich* jetzt in dem Arm genommen werden wollte.

Ich verzog mich wieder in meinen Schlafsack.

Diesmal schlief ich doch ein; man mußte mir mit Feuer und Verheerung drohen, ehe ich wieder aufstand.

Vor dem Mittag fegten wir das letzte Schoßtier des Dominators von der Platte. Für den Rest des Tages ordnete die Lady eine Pause an. Am Morgen danach würden wir für den großen Kampf proben. Sie schätzte, daß wir noch etwa achtundvierzig Stunden hatten, bevor der Fluß die Gruft öffnete. Zeit zum Ausruhen, Zeit zum Üben und reichlich Zeit, um den ersten Schlag zu landen.

Am Nachmittag ging Hinker hinaus und flog eine Weile umher. Er hatte gute Laune. Ich nutzte die Gelegenheit, um mein Quartier aufzusuchen und mich dort umzusehen, aber ich konnte nur einige schwarze Holzspäne und etwas Silberstaub entdecken. Beides war in so geringer Menge vorhanden, daß ich es fast übersehen hätte. Er hatte hastig aufgeräumt. Ich faßte das Zeug nicht an. Ich konnte nicht sagen, welche Absonderlichkeiten sich ereignen mochten, wenn ich darin herumstocherte. Ansonsten erfuhr ich nichts.

Die Übung für den großen Tag verlief angespannt. Alle waren dabei, sogar Hinker und Bomanz, der sich so sehr im Hintergrund gehalten hatte, daß die meisten ihn schon vergessen hatten. Die Windwale zogen über den Fluß. Ihre Rochen kreisten und stießen herab. Darling galoppierte durch eine vorbereitete Schneise auf das Große Grab zu und hielt kurz vor der kritischen Grenze an. Die Unterworfenen und die Gardisten hielten ihre jeweiligen Waffen bereit.

Es sah gut aus. Es sah so aus, als ob es klappen würde. Warum war ich dann davon überzeugt, daß uns ein Riesenärger bevorstand?

Sobald unser Teppich aufsetzte, stand Case daneben. »Ich

brauche Eure Hilfe«, sagte er zu mir, ohne dabei auf die Lady zu achten. »Er will nicht auf mich hören. Er versucht immer wieder aufzustehen. Er ist schon zweimal lang hingeschlagen.«

Ich sah kurz die Lady an. Sie nickte.

Als ich eintraf, saß Raven schon wieder auf der Bettkante. »Wie ich höre, gehst du den Leuten auf den Wecker. Was nutzt es eigentlich, deinen Arsch aus dem Gräberland zu schaffen, wenn du unbedingt Selbstmord begehen willst?«

Langsam hob er den Blick. Er schien mich nicht zu erkennen. Oh, verdammt, dachte ich. Sein Verstand ist hin.

»Hat er irgendwas gesagt, Case?«

»Ein bißchen. Es hat nicht immer einen Sinn ergeben. Ich glaube, er weiß nicht, wie lange er schon hier ist.«

»Vielleicht sollten wir ihn ans Bett fesseln.«

»Nein.«

Erschrocken sahen wir Raven an. Jetzt erkannte er mich wieder. »Keine Fesseln, Croaker. Ich werde auch brav sein.« Lächelnd ließ er sich wieder auf den Rücken fallen. »Wie lange ist es her, Case?«

»Erzähl ihm die Geschichte«, sagte ich. »Ich pansche mal etwas Medizin zusammen.«

Ich wollte nur von Raven weg. Mit seiner Seele an Bord sah er sogar noch schlimmer aus. Wie ein Leichnam. Er erinnerte mich zu sehr an meine eigene Sterblichkeit. Und das war etwas, das ich nicht auch noch stärker in meinem Verstand bewegen mußte, als es sowieso schon der Fall war.

Ich mischte zwei Tränke zusammen. Der eine sorgte dafür, daß Ravens Zittern sich legte. Der andere würde ihn flachlegen, wenn er Case zuviel Ärger bereitete.

Als ich zurückkam, warf Raven mir einen finsteren Blick zu. Ich weiß nicht, wie weit Case in seiner Erzählung gekommen war. »Bleib bloß auf deinem hohen Roß«, sagte ich zu ihm. »Du hast keine Ahnung, was sich seit Juniper getan hat. Tatsächlich hast du kaum eine Ahnung, was sich seit der Schlacht um Charm getan hat. Daß du dich als tapferer und abgerissener Einzelkämpfer aufgeführt hast, war nicht besonders hilfreich. Trink das hier. Das ist gegen den Schüttelfrost.« Mit geflüsterten Anweisungen gab ich Case den anderen Trank.

Mit einer Stimme, die kaum lauter als ein Flüstern war, fragte Raven: »Ist es wahr? Morgen gehen Darling und die Lady den Dominator an? Gemeinsam?«

»Ja. Alles oder nichts. Für uns alle.«

»Ich will ...«

»Du bleibst liegen. Du bleibst auch hier, Case. Wir wollen Darling doch nicht ablenken.«

Bisher hatte ich es geschafft, meine Besorgnis über die verworrenen Auswirkungen der morgigen Auseinandersetzung zu verdrängen. Jetzt stürmten sie wieder auf mich ein. Mit dem Dominator würde es nicht zu Ende sein. Falls wir nicht verloren. Wenn er unterging, würde der Krieg mit der Lady sofort wieder entbrennen.

Ich wollte unbedingt Darling sehen und ihre Pläne erfahren. Aber das wagte ich nicht. Die Lady hielt mich an der kurzen Leine. Sie konnte mich jederzeit einem Verhör unterziehen.

Einsamer Posten. Wirklich einsam.

Case setzte seine Erzählungen fort. Dann kamen Goblin und Einauge vorbei und berichteten aus ihren Perspektiven. Sogar die Lady schaute kurz herein. Sie winkte mich zu sich.

»Ja?« fragte ich.

»Komm mit.«

Ich folgte ihr in ihre Unterkunft.

Draußen war die Nacht hereingebrochen. In etwa achtzehn Stunden würde sich das Große Grab von selbst auftun.

Noch eher, wenn wir nach Plan vorgingen.

»Setz dich.«

Ich setzte mich und sagte: »Allmählich kann ich nur noch an morgen denken. Mir flattern die Hosen schon wie Großsegel. Ich komme nicht mehr davon los.«

»Ich weiß. Ich habe überlegt, dich als Ablenkung zu nutzen, aber dazu warst du mir zu wichtig.«

Na, das lenkte jedenfalls *mich* ab.

»Vielleicht einer von deinen Tränken?«

Ich schüttelte den Kopf. »In meinem Arsenal habe ich nichts, was speziell gegen Angst wirkt. Ich habe von Zauberern gehört …«

»Diese Mittel fordern einen zu hohen Preis. Wir müssen unseren Verstand zusammenhalten. Es wird nicht ablaufen wie bei der Probe.«

Ich hob eine Augenbraue. Sie erläuterte das nicht weiter. Vermutlich erwartete sie von ihren vorläufigen Verbündeten einiges an Improvisationen.

Der Messefeldwebel tauchte auf. Seine Mannschaft rollte eine große Festtafel herein, die sie auf einem besonderen Tisch aufgebaut hatten. Das letzte Festmahl für die Todgeweihten? Als sich die Menge wieder verlaufen hatte, sagte die Lady: »Ich habe für alle das Beste bestellt. Auch für deine Freunde in der Stadt. Ebenso ein entsprechendes Frühstück.« Sie machte einen gelassenen Eindruck. Andererseits war sie auch an gefährliche Konfrontationen gewöhnt …

Ich schnaubte amüsiert. Mir fiel ein, daß sie mich gebeten hatte, sie in den Arm zu nehmen. Sie hatte genausoviel Angst wie wir anderen auch.

Sie bemerkte es, aber sie fragte nicht nach – ein sicheres Zeichen, daß ihre Gedanken nach innen gekehrt waren.

Das Essen war ein reines Wunder, wenn man bedachte, womit die Köche arbeiten mußten. Aber es war nichts Großartiges. Während wir aßen, schwiegen wir. Ich war zuerst fertig, stützte meine Ellbogen auf den Tisch und versank in Gedanken. Sie tat es mir nach. Sie hatte nur sehr wenig gegessen. Nach einigen Minuten ging sie in ihr Schlafzimmer. Sie kehrte mit drei schwarzen Pfeilen zurück. Alle waren mit silberner TelleKurre-Beschriftung versehen. Pfeile dieser Art hatte ich schon einmal gesehen. Als wir damals Hinker und Wisper einen Hinterhalt legten, hatte Seelenfänger Raven einen solchen Pfeil gegeben.

Sie sagte: »Benutze den Bogen, den ich dir damals gegeben habe. Und bleib in meiner Nähe.«

Die Pfeile schienen sich nicht voneinander zu unterscheiden. »Auf wen soll ich schießen?«

»Auf meinen Gatten. Sie können ihn nicht umbringen. Dazu fehlt sein wahrer Name. Aber sie werden ihn behindern.«

»Glaubst du nicht, daß der restliche Plan funktionieren wird?«

»Alles ist möglich. Aber man sollte alle Eventualitäten in Betracht ziehen.« Ihr Blick traf den meinen. Da war etwas ... Wir blickten gleichzeitig weg. Sie sagte: »Du solltest besser gehen. Schlaf gut. Ich will dich morgen munter sehen.«

Ich lachte. »Wie soll ich denn schlafen?«

»Darum habe ich mich gekümmert. Für alle bis auf die Wachhabenden.«

»Oh.« Zauberei. Einer der Unterworfenen würde alle in Schlaf versetzen. Ich stand auf. Einige Sekunden lang trödelte ich und legte neue Scheite auf das Feuer. Ich dankte ihr für das Essen. Schließlich schaffte ich es, das zu sagen, was mir auf der Seele lag. »Ich möchte dir Glück wünschen. Aber ich kann es nicht aus ganzem Herzen sagen.«

Sie lächelte dünn. »Ich weiß.« Sie folgte mir bis zur Tür.

Bevor ich hinaustrat, gab ich dem letzten Impuls nach,

drehte mich um – und sah sie hoffnungsvoll vor mir stehen. Ich umarmte sie eine halbe Minute lang.

Verdammt sollte sie sein, daß sie auf einmal menschlich war. Aber ich hatte das auch gebraucht.

SIEBENUNDFÜNFZIGSTES KAPITEL

Der letzte Tag

Wir durften ausschlafen, hatten dann eine Stunde Zeit zum Frühstücken, zum Friedenschließen mit unseren Göttern oder mit allem sonstigen Kram, den man eben vor einer Schlacht erledigen mußte. Das Große Grab sollte bis zum Mittag halten. Es bestand keine Eile.

Ich fragte mich, was das Wesen in der Erde wohl tat. Die Musterung erfolgte in der achten Stunde. Niemand fehlte. Der Hinker schwebte auf seinem kleinen Teppich durch die Gegend, und sein Weg schien sich häufiger als nötig mit dem von Wisper zu kreuzen. Sie heckten irgendetwas aus. Bomanz wuselte abseits des Geschehens umher und versuchte sich weitgehend unsichtbar zu machen. Das konnte ich ihm nicht vorwerfen. An seiner Stelle wäre ich Hals über Kopf davongelaufen … An seiner Stelle? War ich denn besser dran?

Der Mann war ein Opfer seines Ehrgefühls. Er glaubte, daß er eine Schuld begleichen müßte.

Ein Trommelwirbel hieß uns unsere Stellungen einnehmen. Ich folgte der Lady und bemerkte, daß die verbliebenen Zivilisten mit den Besitztümern, die sie zu tragen vermochten über die Straße nach Oar aufgebrochen waren. Auf der Straße würde es wild zugehen. Die Truppen, die die Lady herbeigerufen hatte, befanden sich laut unseren Meldungen schon diesseits von Oar und waren zu Tausenden unterwegs. Sie würden zu spät kommen. Niemand dachte daran, sie wieder zurückzuschicken.

Die Wahrnehmungen hatten sich verengt. Die Außenwelt existierte nicht mehr. Ich sah den Zivilisten zu und fragte mich kurz, welche Schwierigkeiten sich wohl vor uns auftun würden, falls wir fliehen mußten. Aber diese Sorge hielt nicht lange vor. Ich konnte mir keine Sorgen mehr machen, die über den Dominator hinausgingen.

Über dem Fluß bezogen die Windwale Stellung. Rochen suchten nach Aufwinden. Die Teppiche der Unterworfenen hoben ab. Aber heute blieb ich mit beiden Beinen auf der Erde. Die Lady wollte sich ihrem Gatten am Boden stellen.

Vielen Dank verehrte Freundin. In ihrem Schatten stand Croaker mit seinem winzigen Bogen und seinen Pfeilen.

Die Gardisten hatten sich hinter niedrigen Palisaden und hinter ihren Geschützen eingegraben. Die Wimpel wehten an Ort und Stelle, um Darling bei ihrem sorgfältig vermessenen Ritt zu geleiten. Die Spannung stieg.

Was blieb noch zu tun?

»Bleib hinter mir«, sagte die Lady mahnend. »Halt deine Pfeile bereit.«

»Ja. Viel Glück. Wenn wir gewinnen, lade ich dich in den Gärten von Opal zum Essen ein.« Ich weiß nicht, welcher Teufel mich dazu geritten hatte. Ein wahnwitziger Versuch, mich abzulenken? Der Morgen war kühl, doch ich schwitzte.

Sie zuckte zusammen. Dann lächelte sie. »Wenn wir gewinnen, komme ich darauf zurück.« Das Lächeln war nur schwach. Sie hatte keinen Grund zu der Annahme, daß sie die nächste Stunde überleben würde.

Sie begann, auf das Große Grab zuzugehen. Ich folgte ihr wie ein getreuer Welpe.

Ihr letzter Lichtfunke wollte nicht sterben. Sie würde sich nicht durch eine Unterwerfung retten wollen.

Bomanz ließ uns einen Vorsprung, dann folgte er uns. Ebenso der Hinker.

Keiner der beiden war im Plan vorgesehen.

Die Lady reagierte nicht darauf. Zwangsweise ließ ich es ebenfalls durchgehen.

Die Teppiche der Unterworfenen begannen herunterzukreiseln. Die Windwale schienen etwas aufgeregt zu sein, und die Rochen suchten ein bißchen hektisch nach günstigen Aufwinden.

Der Rand des Gräberlandes. Mein Amulett kribbelte nicht. Sämtliche alten Fetische vor dem Herzen des Gräberlandes waren entfernt worden. Die Toten hatten jetzt ihre Ruhe.

Die feuchte Erde saugte an meinen Stiefeln. Mühsam hielt ich das Gleichgewicht. Ich hatte einen schwarzen Pfeil auf den Bogen und an die Sehne gelegt, die anderen Pfeile hielt ich mit der Zielhand am Bogen selbst fest.

Die Lady blieb einige Schritte vor dem Loch stehen, aus dem wir Bomanz herausgezerrt hatten. Sie schien geistesabwesend zu sein, als ob sie sich mit dem Wesen im Boden unterhielte. Ich warf einen Blick über die Schulter. Bomanz war etwas weiter nördlich stehengeblieben etwa fünfzig Fuß von mir entfernt. Er hatte die Hände in den Taschen vergraben und machte ein Gesicht, das mich davor warnte, seine Anwesenheit hier in Frage zu stellen. Der Hinker hatte in der Nähe des Wassergrabens aufgesetzt, da, wo früher ein Wassergraben das Gräberland umschlossen hatte. Wenn das Nullfeld über ihn hinwegfegte, wollte er nicht abstürzen.

Ich sah zur Sonne auf. Etwa die neunte Stunde. Drei Stunden Zeit, wenn wir sie nutzen wollten.

Mein Herz stellte Schlagzahlrekorde auf. Meine Hände zitterten so sehr, daß ich meinte, die Knochen müßten klappern. Ich bezweifelte, daß ich mit dem Pfeil einen Elefanten aus fünf Fuß Entfernung hätte treffen können.

Wieso hatte ich eigentlich das Glück, zu ihrem Prügelknaben ernannt worden zu sein?

Ich ließ mein Leben an mir vorüberziehen. Was hatte ich getan, daß ich das hier verdient hatte? So viele Entscheidungen, die ich anders hätte treffen können … »Was?«

»Bereit?« fragte sie.

»Niemals.« Ich setzte ein kränkliches Grinsen auf.

Sie versuchte zurückzulächeln, aber sie hatte noch mehr Angst als ich. Sie wußte, was ihr jetzt bevorstand. Sie glaubte, daß sie nur noch Augenblicke zu leben hätte.

Diese Frau hatte Mumm, daß sie weitermachte, wo es doch nichts zu gewinnen gab, außer vielleicht einem Hauch von Rechtfertigung vor den Augen der Welt.

Namen huschten durch meinen Kopf. Sylith. Credence. Welcher war es? In wenigen Sekunden konnte die richtige Entscheidung vielleicht lebenswichtig sein.

Ich bin kein gläubiger Mensch. Aber ich sandte ein stummes Gebet an die Götter meiner Jugend, daß es mir erspart bleiben möge, das Ritual ihrer Namensnennung zu vollenden.

Sie sah zur Stadt und hob einen Arm. Trompeten plärrten los. Als ob niemand aufpassen würde.

Ihr Arm fuhr herab.

Hufschläge. Darling galoppierte ganz in Weiß mit Elmo, Schweiger und dem Leutnant im Schlepptau durch die Gasse zwischen den Wimpeln heran. Das Nullfeld sollte rasch vorrücken und dann erstarren. Der Dominator sollte zwar ausbrechen können, ohne daß jedoch seine Macht erhalten blieb.

Ich spürte das Nullfeld. Es traf mich hart; ich war nicht mehr daran gewöhnt. Auch die Lady taumelte. Ein angstvoller Laut entrang sich ihren Lippen. Sie wollte sich nicht entwaffnen lassen. Nicht jetzt. Aber das war die einzige Möglichkeit.

Der Boden bebte einmal sanft und spritzte dann in die Höhe. Ich wich einen Schritt zurück. Erschauernd sah ich, wie sich die Matschfontäne auflöste ... und stellte erstaunt fest, daß ich keinen Menschen, sondern den Drachen vor mir sah ...

Der verdammte Drache! Daran hatte ich nicht mehr gedacht.

Fünfzehn Meter bäumte er sich auf, Flammen umwaberten seinen Kopf. Er brüllte. Was nun? Im Nullfeld konnte die Lady uns nicht beschützen.

An den Dominator dachte ich gar nicht mehr.

Ich hob den Bogen, zog durch, zielte auf das offene Maul der Bestie.

Ein Schrei hielt mich zurück. Ich wandte mich um. Bomanz hüpfte auf und ab und kreischte Beleidigungen auf TelleKurre. Der Drache richtete seinen Blick auf ihn. Und dann fiel ihm ein, daß sie noch etwas miteinander zu erledigen hatten.

Er stieß wie eine Schlange zu. Flammen schossen ihm voraus.

Feuer hüllte Bomanz ein, konnte ihm jedoch nichts anhaben. Er hatte sich außerhalb des Nullfeldes aufgestellt.

Die Lady ging ein paar Schritte nach rechts, um an dem Drachen vorbeizuspähen, dessen Vorderbeine jetzt frei waren und sich krabbelnd mühten, den Rest des gewaltigen Leibes ins Freie zu zerren. Unsere Beute vermochte ich nicht zu entdecken. Aber die fliegenden Unterworfenen flogen schon ihre Angriffe. Schwere Feuerlanzen waren bereits in der Luft. Sie röhrten herab und zerbarsten.

Eine dröhnende Stimme verkündete: »Zum Fluß.«

Die Lady lief los. Darling setzte sich ebenfalls in Bewegung und schob das Nullfeld weiter zum Wasser vor. Um mich herum tanzten und fluchten Gespenster. Ich achtete gar nicht auf sie.

Rasch und dunkel stießen paarweise die Rochen herab und tanzten zwischen den Blitzstrahlen umher, die von den Windwalen abgefeuert wurden. Die Luft fing an zu knistern und schmeckte trocken und fremd.

Plötzlich war Tracker bei uns und brummte irgendetwas davon, daß er den Baum retten müßte.

Ich hörte Hörner losbrüllen. Ich wich einem umherdreschenden Drachenbein aus, duckte mich unter einem schlagenden Flügel, blickte zurück.

Scharen von unzulänglich bekleideten menschlichen Skeletten strömten hinter einem hinkenden Köter Krötenkiller aus dem Wald. »Ich wußte doch, daß wir dieses Mistvieh nicht zum letzten Mal gesehen hatten.« Ich versuchte die Lady auf mich aufmerksam zu machen. »Die Waldstämme. Sie greifen die Garde an.« Der Dominator hatte mindestens noch ein As im Ärmel gehabt.

Die Lady achtete nicht auf mich.

Was die Stammeskrieger und die Garde taten, war für uns im Augenblick nicht wichtig. Unsere Beute hatte die Flucht ergriffen, und wir wagten nicht, uns noch um etwas anderes zu kümmern.

»Im Wasser!« donnerte die Stimme über uns. Darling rückte weiter vor. Die Lady und ich stolperten über Erde, die immer noch unter den Anstrengungen des Drachens, sich endlich zu befreien, bebte. Er achtete nicht auf uns. Bomanz genoß seine gesamte Aufmerksamkeit.

Ein Windwal stieß herab. Seine Tentakel durchsiebten den Fluß. Er fing etwas ein, warf Ballastwasser ab.

Schreiend wand sich eine menschliche Gestalt im Griff des Wals. Meine Lebensgeister erhielten einen ordentlichen Schub in die Höhe. Wir hatten es geschafft ...

Der Wal stieg zu hoch. Einen Augenblick lang hob er den Dominator über das Nullfeld.

Ein tödlicher Fehler.

Donner. Blitze. Das Grauen auf glühenden Hufen. Die halbe Stadt und ein Streifen, der bis zum Rand des Nullfeldes verlief, zerbarsten, zerfielen, brannten und wurden schwarz.

Der Wal explodierte.

Der Dominator stürzte hinab. Während er noch auf das Wasser und auf das Nullfeld hinabfiel, bellte er: »Sylith! Ich nenne deinen wahren Namen!«

Ich schoß einen Pfeil ab.

Mitten ins Schwarze. Einer der besten Blattschüsse, die mir je gelungen waren. Der Pfeil traf ihn in die Seite. Er kreischte auf und griff nach dem Schaft. Dann schlug er auf dem Wasser auf. Rochenblitze ließen das Wasser kochen. Ein weiterer Wal stieß hinunter und schob seine Tentakel unter die Wasseroberfläche. Einen langen Augenblick überkam mich die furchtbare Angst, daß der Dominator unten bleiben und entkommen würde.

Aber wieder wurde er im Griff eines Ungeheuers in die Höhe gerissen. Auch dieser Wal stieg zu hoch auf. Und zahlte dafür, obgleich die Magie des Dominators um etliches schwächer geworden war, was wahrscheinlich an meinem Pfeil lag. Er feuerte einen wilden Bannstrahl ab, der außer Kontrolle geriet und Brände in der Kaserne der Garde entfachte. Die Gardisten und die Stammeskrieger waren nahebei in Kämpfe verwickelt. Der Bannstrahl streckte die Kämpfer beider Seiten zu Dutzenden nieder.

Ich schoß keinen weiteren Pfeil ab. Ich war wie erstarrt. Man hatte mir eindeutig versichert, daß bei Beachtung der angemessenen Rituale das Nennen eines wahren Namens vom Nullfeld nicht aufgehoben werden konnte. Doch die Lady war nicht schwach geworden. Sie stand einen Schritt vor dem Uferrand und starrte auf das Wesen, das einst ihr Gatte gewesen war. Die Nennung des Namens Sylith hatte sie nicht im Geringsten beeindruckt.

Nicht Sylith! Zweimal hatte der Dominator sie falsch benannt … Es blieb nur noch ein Name übrig. Aber mein Grinsen war leer. *Ich* hätte sie Sylith genannt.

Ein dritter Windwal packte den Dominator. Dieser beging keinen Fehler. Er trug ihn ans Ufer zu Darling und ihrer Eskorte. Er wehrte sich heftig. Ihr Götter! Die Lebenskraft dieses Mannes!

Hinter uns schrien Männer. Waffen klirrten. Die Gardisten waren weniger überrascht als ich. Sie hielten aus. Hastig flogen die Unterworfenen zu ihrer Unterstützung herbei und ließen einen Sturm von tödlichen Bannsprüchen herabregnen. Auf Köter Krötenkiller konzentrierte sich ihre Aufmerksamkeit besonders.

Elmo, der Leutnant und Schweiger gingen dem Dominator in dem Augenblick an die Gurgel, als der Windwal ihn fallen ließ. Es war, als ob sie sich mit einem Tiger anlegten. Er schleuderte Elmo zehn Meter weit durch die Luft. Ich hörte das laute Krachen, als er dem Leutnant das Rückgrat brach. Schweiger tänzelte beiseite. Ich spickte ihn mit einem weiteren Pfeil. Er taumelte, ging jedoch nicht zu Boden. Mit glasigem Blick torkelte er auf die Lady und mich zu.

Tracker stellte sich ihm auf halbem Weg entgegen. Er setzte den Sohn des Baumes beiseite, griff sich seinen Mann und begann einen Ringkampf von epischen Ausmaßen. Er und der Dominator brüllten wie gepeinigte Seelen.

Ich wollte hinunterstürmen und mich um Elmo und den Leutnant kümmern, aber die Lady bedeutete mir stehenzubleiben. Ihr Blick huschte hierhin und dorthin.

Ein gewaltiger Schrei ließ die Erde erzittern. Eine ölige Feuerkugel rollte gen Himmel. Der Drache wand sich kreischend wie ein verwundeter Wurm. Bomanz war verschwunden.

Allerdings war nun der Hinker zu sehen. Irgendwie hatte er sich bis auf ein Dutzend Fuß an mich herangeschleppt, ohne daß ich ihn bemerkt hatte. Meine Furcht war so gewaltig, daß ich beinahe meinen Darm entleert hätte. Seine Maske war nicht mehr da. Die verwüstete Fläche seines Gesichtes glühte vor Bosheit. Er dachte wohl, daß er im nächsten Augenblick sämtliche Schulden mit mir begleichen würde. Meine Beine wurden zu Gelee.

Er zielte mit einer kleinen Armbrust auf mich und grinste. Dann wanderte sein Ziel beiseite. Ich sah, daß sein Bolzen dem Pfeil auf meinem Bogen recht ähnlich war.

Das ließ mich endlich munter werden. Ich zog die Sehne bis zur Pfeilspitze zurück.

Er quäkte: »Credence, der Ritus ist vollendet. Ich nenne deinen wahren Namen!« Und dann schoß er.

Im selben Augenblick schoß ich ebenfalls. Ich konnte den Schaft nicht schneller auf den Weg bringen. Verdammnis über mich. Mein Pfeil schlug in sein schwarzes Herz und riß ihn herum. Aber zu spät. Zu spät.

Die Lady schrie auf.

Grauen wandelte sich zu haltloser Wut. Ich stürzte mich auf den Hinker, ließ den Bogen fallen und riß mein Schwert heraus. Er drehte sich nicht um, um meinem Ansturm zu begegnen. Er stützte sich nur auf einen Ellbogen und starrte die Lady an.

Da drehte ich wirklich durch. Ich glaube, unter den richtigen Umständen sind wir alle dazu fähig. Aber ich war schon seit Urzeiten Soldat. Ich hatte schon vor langer Zeit erfahren, daß man nicht lange am Leben bleibt, wenn man so etwas tut.

Der Hinker befand sich innerhalb des Nullfeldes. Das bedeutete, daß er sich gerade eben am Leben festklammerte, sich kaum selbst zusammenhalten und sich keinesfalls verteidigen konnte. Ich ließ ihn für all die Jahre der Angst zahlen.

Mein erster Streich durchtrennte seinen Nacken zur Hälfte. Ich hackte weiter drauflos, bis ich die Sache erledigt hatte. Dann verstreute ich noch einige Gliedmaßen und ließ sowohl meine Klinge als auch meinen Irrsinn ihre Schärfe an einen alten Knochen verlieren. Die Vernunft hielt wieder Einzug. Ich fuhr herum, um zu sehen, was aus der Lady geworden war.

Sie war auf ein Knie gesunken und versuchte sich Hinkers Bolzen herauszuziehen. Ich rannte zu ihr und zog ihr die Hand weg. »Nein. Das mache ich. Später.« Dieses Mal erschreckte es mich nicht mehr, daß die Namensnennung nicht gewirkt hatte. Dieses Ereignis überzeugte mich davon, daß nichts sie entwaffnen konnte.

Sie hätte tot sein sollen, verdammt!

Ich überließ mich einem lang anhaltenden Schüttelfrost.

Die Unterworfenen, die auf die Waldmenschen eindroschen, bewirkten allmählich etwas. Einige Wilde hatten sich zur Flucht gewandt. Köter Krötenkiller war in qualvolle Zaubernetze verstrickt. »Halt durch«, sagte ich zur Lady. »Wir sind über den Berg. Wir schaffen es.« Ich weiß nicht, ob ich daran glaubte, aber es war das, was sie hören sollte.

Tracker und der Dominator wälzten sich immer noch über den Boden, grunzten und fluchten. Schweiger tänzelte mit einem breitklingigen Speer um sie herum. Wann auch immer er eine Gelegenheit dazu sah, stach er auf unseren Urfeind ein. Nichts und niemand konnte das auf Dauer überleben.

Darling sah zu, blieb in der Nähe, hielt sich aus der Reichweite des Dominators.

Ich rannte wieder zum zerschlagenen Leib des Hinkers und grub den Schaft aus, den ich ihm in die Brust geschossen hatte. Er starrte mich böse an. In seinem Hirn regte sich noch Leben. Ich trat seinen Kopf in den Graben, den der Ausbruch des Drachen aufgerissen hatte.

Auch dieser regte sich nicht mehr. Immer noch kein Lebenszeichen von Bomanz. Ein Lebenszeichen von Bomanz würde es nie mehr geben. Beim zweiten Versuch hatte er das Schicksal erlitten, das er für sich befürchtet hatte. Er hatte das Ungeheuer von innen heraus getötet.

Haltet Bomanz nicht für unwichtig, weil er sich bedeckt hielt. Ich glaube, daß der Dominator damit rechnete, daß der Drache Darling und die Lady solange in Atem halten würde bis er selbst das Nullfeld verlassen hatte. Dieser Plan wurde von Bomanz vereitelt. Mit der gleichen Tapferkeit und Entschlossenheit, die die Lady angesichts ihres unausweichlichen Schicksals gezeigt hatte.

Ich ging wieder zur Lady zurück. Meine Hände hatten wieder zu ihrer gewohnten schlachterprobten Ruhe gefunden. Ich wünschte mir meine Instrumente herbei. Mein Messer würde genügen müssen. Ich legte sie auf den Rücken und machte mich an die Wühlarbeit. Wenn ich das Geschoß nicht herausbekam, würde es immer weiter an ihr nagen. Trotz ihrer Schmerzen brachte sie ein dankbares Lächeln zustande.

Ein Dutzend Männer umstanden nun Tracker und den Dominator und hieben drauflos. Einigen schien es egal zu sein, wen sie trafen.

Für das alte Übel war die Zeit nahezu abgelaufen.

Ich bedeckte und verband die Wunde der Lady mit Streifen ihrer eigenen Kleidung. »Das wechseln wir, sobald wir dazu kommen.«

Die Stammeskrieger befanden sich in heilloser Flucht. Köter Krötenkiller schleppte sich ins Hochland. Die alte Töle war genauso wie ihr Chef. Gardisten, die sich aus den Kämpfen lösen konnten, liefen in unsere Richtung. Sie schleppten Holz für den Scheiterhaufen des alten Dämons.

ACHTUNDFÜNFZIGSTES KAPITEL

Das Ende des Spiels

Dann entdeckte ich Raven.

»Dieser verdammte Idiot.«

Humpelnd stützte er sich auf Case. In der Hand hielt er ein blankgezogenes Schwert. Seine Miene war starr.

Das bedeutete Ärger. Sein Schritt war nicht so schwächlich, wie er es vortäuschte.

Man brauchte kein Genie zu sein, um zu erkennen, was er vorhatte. In seiner einfachen Denkweise machte er Darling gegenüber alles wieder gut, indem er ihre große Gegnerin besiegte.

Das Zittern kehrte zurück, aber diesmal nicht aus Angst. Wenn nicht jemand irgendetwas tat, stand ich genau zwischen den Fronten. Genau dort, wo ich eine Entscheidung treffen und handeln mußte, und nichts, was ich tat, würde irgendjemanden glücklich machen.

Ich versuchte mich abzulenken, in dem ich den Verband der Lady überprüfte.

Schatten fielen auf uns. Ich sah auf in Schweigers kalte Augen, in Darlings barmherzigeres Gesicht. Schweiger warf einen verstohlenen Blick in Ravens Richtung. Auch er stand zwischen den Fronten.

Die Lady krallte sich in meinen Arm. »Heb mich hoch«, sagte sie.

Das tat ich. Sie war so schwach wie ein Kätzchen. Ich mußte sie stützen.

»Noch nicht«, sagte sie zu Darling, als ob Darling sie hören konnte. »Noch ist er nicht besiegt.«

Mittlerweile hatten sie dem Dominator einen Arm und ein Bein abgehackt. Sie flogen auf den Scheiterhaufen. Tracker klammerte sich fest, damit sie am Nacken des Dominators sägen konnten. Goblin und Einauge hielten sich in der Nähe auf, warteten auf den Kopf und waren zur rasenden Flucht bereit. Einige Gardisten pflanzten den Sohn des Baumes ein. Über der Szene schwebten Windwale und Rochen. Mit Unterstützung der Unterworfenen trieben weitere Truppen Köter Krötenkiller und die Stammeskrieger durch die Wälder.

Raven kam näher. Und ich war immer noch nicht näher an meinem Entschluß, auf wessen Seite ich stand.

Dieser Hurensohn von Dominator war zäh. Er tötete ein gutes Dutzend Männer, bevor sie ihn auseinanderhackten. Und dann war er noch nicht einmal tot. Wie beim Hinker lebte auch sein Kopf weiter.

Nun kam Goblins und Einauges Auftritt. Goblin schnappte sich den noch lebenden Kopf, ließ sich nieder und klemmte ihn zwischen die Knie. Einauge hämmerte einen sechs Zoll langen Silbernagel durch die Stirn in das Gehirn. Die Lippen des Dominators formten fortwährend Flüche.

Der Nagel würde seine verkommene Seele fesseln. Der Kopf würde ins Feuer wandern. Sobald es heruntergebrannt war, würde der Nagel herausgeholt und in den Stamm des Sohnes des Baumes geschlagen werden. Was bedeutete, daß ein finsterer Geist eine Million Jahre lang gefangen sein würde.

Gardisten brachten auch Teile des Hinkers zum Feuer. Allerdings fanden sie seinen Kopf nicht wieder. Die feuchten Wände des Grabens, aus dem der Drache sich erhoben hatte, waren darüber zusammengebrochen.

Goblin und Einauge legten Feuer an den Scheiterhaufen.

Die Flammen sprangen empor, als freuten sie sich über ihre Aufgabe.

Der Bolzen des Hinkers hatte die Lady zwischen der linken Brust und dem linken Schlüsselbein getroffen und war zehn Zentimeter neben dem Herzen eingedrungen. Ich gestehe einen gewissen Stolz, ihn unter so furchtbaren Umständen herausgezogen zu haben, ohne sie dabei umzubringen. Allerdings hätte ich ihren linken Arm fixieren sollen.

Diesen Arm hob sie jetzt und griff nach Darling.

Schweiger und ich wurden davon überrascht. Aber nur einen Augenblick lang.

Die Lady zog Darling zu sich. Sie hatte keine Kraft mehr, also muß Darling in gewisser Weise zugelassen haben, daß sie sie heranzog. Dann flüsterte sie: »Der Ritus ist vollständig. Ich nenne deinen wahren Namen, Tonie Fisk.«

Darling schrie stumm auf.

Das Nullfeld begann nachzulassen.

Schweigers Miene verdüsterte sich. Eine scheinbare Ewigkeit blieb er unter sichtlichen Qualen stehen, hin- und hergerissen zwischen einem Schwur, einer Liebe, einem Haß, vielleicht auch der Vorstellung von einer Hingabe an eine höhere Pflicht. Tränen zogen ihre Spuren über seine Wangen. Mir wurde ein alter Wunsch erfüllt, und dabei hätte ich fast selbst geweint.

Er sprach. »Das Ritual ist vollendet.« Es fiel ihm schwer, die Worte zu bilden. »Ich nenne deinen wahren Namen, Dorotea Senjak. Ich nenne deinen wahren Namen, Dorotea Senjak.«

Ich dachte schon, daß er ohnmächtig zusammensinken würde. Aber das tat er nicht.

Die Frauen dagegen schon.

Raven kam immer näher. Also hatte ich noch weitere Probleme über all dem Kummer.

Schweiger und ich starrten einander an. Ich vermute, daß meine Miene genauso gequält aussah wie seine. Dann nickte er unter Tränen. Zwischen uns war Frieden. Wir knieten nieder und lösten die Frauen voneinander. Er machte ein besorgtes Gesicht, als ich nach Darlings Hals tastete. »Sie wird sich wieder erholen«, sagte ich zu ihm. Das traf auch auf die Lady zu, aber das war ihm gleich.

Immer noch frage ich mich, wieviel jede der beiden Frauen in diesem Augenblick erwartet hatte. Wieviel sie dem Schicksal überantworteten. Dies war ihr Ende als Mächte in der Welt. Darling hatte kein Nullfeld mehr. Die Lady hatte keine Magie. Sie hatten sich gegenseitig neutralisiert.

Ich hörte Schreie. Teppiche regneten herab. All diese Unterworfenen waren von der Lady unterworfen worden, und nach den Geschehnissen auf der Steppe hatte sie sichergestellt, daß ihr Schicksal auch zu dem ihrigen wurde. Also löste sich ihre Macht nun auf, und sie waren bald darauf tot.

Auf diesem Schlachtfeld gab es nicht mehr viel Magie. Auch Tracker war erledigt; der Dominator hatte ihn zu Tode zerfleischt. Ich glaube, er starb glücklich.

Aber noch war es nicht zu Ende. Nein. Da war noch Raven.

Zwanzig Meter von mir entfernt ließ er Case los und kam wie ein Rachegott näher. Sein Blick war auf die Lady gerichtet, obwohl man an seinem Gang schon sehen konnte, daß er eine Schau abzog, daß er eine Tat begehen wollte, durch die er Darling zurückgewinnen konnte.

Nun, Croaker? Kannst du das zulassen?

Die Hand der Lady erbebte in meiner. Ihr Puls war schwach, aber noch vorhanden. Vielleicht …

Vielleicht bluffte er nur.

Ich nahm meinen Bogen und den Pfeil auf, den ich aus dem Hinker gezogen hatte. »Bleib stehen, Raven.«

Er tat nichts dergleichen. Ich glaube, er hörte mich gar

nicht. O verdammt. Wenn er nicht stehenblieb ... Es spitzte sich allmählich zu.

»Raven!« Ich spannte den Bogen.

Er blieb stehen. Er starrte mich an, als ob er sein Gedächtnis durchstöbern müßte, wer ich eigentlich war.

Das gesamte Schlachtfeld erstarrte. Aller Augen waren auf uns gerichtet. Schweiger setzte Darling wieder ab, nahm ein Schwert auf und stellte sicher, daß er sich zwischen ihr und möglichen Gefahrenquellen befand. Fast war es erheiternd, wie wir wie Zwillinge Frauen beschützten, deren Herzen wir niemals gewinnen konnten.

Einauge und Goblin schoben sich langsam in unsere Richtung. Ich wußte nicht, auf wessen Seite sie standen. Das war mir auch egal, sie sollten sich bloß nicht einmischen. Das hier durfte nur zwischen Raven und Croaker ausgetragen werden.

Verdammt. Verdammt. Verdammt. Warum konnte er sich nicht einfach zurückziehen?

»Es ist vorbei, Raven. Es wird kein weiteres Töten mehr geben.« Ich glaube, meine Stimme wurde immer höher. »Hast du gehört? Wir haben verloren und gewonnen.«

Er sah Schweiger und Darling an, nicht mich. Und tat einen weiteren Schritt.

»*Willst* du denn unbedingt als nächster sterben?« Verdammt, niemand hatte ihn jemals bluffen können. Konnte ich es? Vielleicht mußte ich das.

Einauge blieb in einem vorsichtigen Abstand von drei Metern stehen. »Was machst du da eigentlich, Croaker?«

Ich begann zu zittern. Am ganzen Leib, nur nicht in den Händen und den Armen, obwohl mir allmählich die Schultern von der Anstrengung schmerzten, den Pfeil auf der gespannten Sehne zu halten. »Was ist mit Elmo?« fragte ich. Vor lauter Gefühlen schnürte sich mir die Kehle zu. »Was ist mit dem Leutnant?«

»Vorbei«, erwiderte er und sagte mir damit, was ich in meinem Herzen schon gewußt hatte. »Tot. Warum nimmst du nicht den Bogen herunter?«

»Wenn er das Schwert fallen läßt.« Elmo war seit mehr Jahren, als ich zählen mochte, mein bester Freund gewesen. Tränen stiegen auf und verschleierten mir den Blick. »Sie sind tot. Also geht der Befehl auf mich über, nicht wahr? An den ranghöchsten überlebenden Offizier? Oder? Mein erster Befehl lautet, daß wir jetzt Frieden haben. Und zwar ab sofort. *Sie* hat das möglich gemacht. *Sie* hat sich dafür aufgegeben. Niemand rührt sie jetzt noch an. Nicht, solange ich lebe.«

»Dann werden wir das eben ändern«, sagte Raven. Er setzte sich in Bewegung.

»Verdammter halsstarriger Idiot!« kreischte Einauge. Er stürzte auf Raven zu. Hinter mir hörte ich Goblin heranhetzen. Zu spät. Beide kamen zu spät. Raven hatte noch viel mehr Feuer in sich, als irgendjemand vermutet hätte. Und er war mehr als nur ein bißchen verrückt.

»Nein!« schrie ich auf und schoß.

Der Pfeil traf Raven in die Hüfte. In eben jene Seite, die er die ganze Zeit als verkrüppelt ausgegeben hatte.

Während er noch stolpernd zu Boden ging, zeigte sein Gesicht Erstaunen. Da lag er, sein Schwert anderthalb Meter von ihm entfernt. Er blickte zu mir auf und konnte es nicht fassen, daß ich letzten Endes doch nicht geblufft hatte.

Ich konnte es selbst kaum glauben.

Case schrie auf und wollte mich anspringen. Ich sah ihn kaum an, als ich ihm mit dem Bogen eins über den Schädel zog. Er wich taumelnd zurück und kümmerte sich dann um Raven.

Wieder herrschten Schweigen und Reglosigkeit. Alle sahen mich an. Ich schlang mir den Bogen über die Schulter. »Flick ihn wieder zusammen, Einauge.« Ich humpelte zur Lady, kniete nieder, hob sie auf. Für jemanden, der so furchterregend gewesen war, kam sie mir unglaublich leicht und zerbrechlich vor. Ich folgte Schweiger zu den Überresten der Stadt. Die Baracken brannten immer noch. Wir beide machten schon einen seltsamen Eindruck, wie wir die Frauen durch die Landschaft schleppten. »Heute abend trifft sich die Schar«, warf ich über die Schulter zu unseren Überlebenden zurück. »Ihr werdet alle erscheinen.«

Ich hätte nicht für möglich gehalten, wozu ich noch fähig war. Ich trug sie den ganzen Weg zum Blauen Schniedel. Und nicht einen Augenblick lang schmerzte mich mein Knöchel, bis ich sie absetzte.

NEUNUNDFÜNFZIGSTES KAPITEL

Die letzte Abstimmung

Ich humpelte in den Schankraum der Ruine, die vom Blauen Schniedel noch übrig war. Die Lady stützte ich mit einem Arm, und den Bogen verwendete ich als Krücke. Der Knöchel brachte mich fast um. Ich hatte gedacht, er wäre schon fast verheilt gewesen.

Ich setzte die Lady in einen Sessel. Sie war schwach und blaß und trotz Einauges und meiner Bemühungen nur halbwegs bei Bewußtsein. Ich war wild entschlossen, sie nicht mehr aus den Augen zu lassen. Unsere Lage war immer noch brandgefährlich. Ihre Leute hatten keinen Grund mehr, besonders nett zu uns zu sein. Und sie war ebenfalls in Gefahr – mehr durch sich selbst als durch Raven oder meine Kameraden. Sie war in völlige Verzweiflung verfallen.

»Sind das alle?« fragte ich. Schweiger, Goblin und Einauge waren anwesend. Und Otto, der Unsterbliche, wie immer nach einer Schlacht der Schar verwundet, mit seinem ständigen Begleiter Hagop. Ein Jüngelchen namens Murgen, unser Standartenträger. Drei weitere Brüder der Schar. Und natürlich Darling, die neben Schweiger saß. Sie ignorierte die Lady vollkommen.

Raven und Case standen hinten am Tresen, obwohl sie nicht eingeladen worden waren. Raven schnitt ein finsteres Gesicht, aber er schien sich in der Gewalt zu haben. Sein Blick blieb auf Darling geheftet.

Sie sah böse drein. Sie hatte sich besser gefangen als die

Lady. Aber sie hatte gewonnen. Sie ignorierte Raven noch gewissenhafter als die Lady.

Sie hatten eine schwere Auseinandersetzung gehabt, und seinen Teil davon hatte ich mithören können. Darling hatte ihr Mißvergnügen über seine Unfähigkeit zu einer gefühlsmäßigen Bindung äußerst deutlich kundgetan. Sie hatte ihn nicht zurückgewiesen. Sie hatte ihn nicht aus ihrem Herzen verbannt. Aber in ihren Augen hatte er sich nicht entlastet.

Dann hatte er einige sehr unfreundliche Dinge über Schweiger gesagt, für den sie offenbar Zuneigung empfand, aber auch nicht mehr.

Und das hatte sie wirklich wütend werden lassen. Da hatte ich durchs Schlüsselloch gespäht. Und sie hatte sich des längeren und breiteren und in hellem Zorn darüber ausgelassen, daß sie nicht der Preis in irgendeinem Männerspiel sei, wie irgendeine Prinzessin in einem schwachsinnigen Märchen, in dem eine Bande von Freiern durch die Gegend reitet und im Wettbewerb um ihre Hand saublöde Dinge anstellt.

Wie die Lady hatte auch sie zu lange die Position einer Anführerin innegehabt, um jetzt eine handelsübliche Frauenrolle einzunehmen. Im Inneren war sie immer noch die Weiße Rose.

Also war Raven nicht besonders glücklich. Er war nicht ausgeschlossen worden, aber ihm war recht deutlich gemacht worden, daß er noch einiges vor sich hatte, wenn er irgendwelche Ansprüche stellen wollte.

Die erste Aufgabe, die sie ihm auferlegt hatte, bestand darin, Frieden mit seinen Kindern zu schließen.

Der Bursche tat mir beinahe leid. Er kannte nur ein Rollenbild. Das des harten Kämpfers. Und das war ihm fortgenommen worden.

Einauge unterbrach meinen Gedankenfluß. »Das wär's, Croaker. Das sind alle. Es wird ein Riesenbegräbnis werden.«

In der Tat. »Soll ich als ranghöchster Offizier den Vorsitz leiten? Oder willst du dein Vorrecht als der älteste unserer Brüder ausüben?«

»Mach du es.« Er war nicht in der Stimmung, etwas anderes zu tun als dumpf zu brüten.

Das war ich auch nicht. Aber zehn von uns waren noch am Leben und von möglichen Feinden umzingelt. Wir hatten Entscheidungen zu treffen.

»Also gut. Dies hier ist eine offizielle Zusammenkunft der Schwarzen Schar, der Letzten der Freien Scharen von Khatovar. Wir haben unseren Anführer verloren. Als erstes muß ein neuer Befehlshaber gewählt werden. Dann müssen wir beschließen, wie wir von hier verschwinden. Irgendwelche Vorschläge?«

»Du«, sagte Otto.

»Ich bin ein Wundarzt.«

»Du bist der einzige echte Offizier, der noch übrig ist.«

Raven wollte aufstehen.

Ich sagte zu ihm: »Setz du dich hin und halt den Mund. Du gehörst ja nicht einmal hierher. Du hast dich vor fünfzehn Jahren von uns abgesetzt, weißt du noch? Kommt schon, Leute. Wer noch?«

Niemand sagte etwas. Niemand meldete sich freiwillig. Es sah mich auch niemand an. Alle wußten, daß ich den Posten nicht haben wollte.

Goblin krähte: »Ist jemand gegen Croaker?«

Keiner stimmte gegen mich. Geliebt zu werden ist ein wunderbares Gefühl. Es ist wirklich prächtig, das kleinere Übel zu sein.

Ich wollte ablehnen. Aber das ging nicht. »In Ordnung. Nächster Tagesordnungspunkt. So rasch wie möglich von hier verschwinden. Wir sind umzingelt, Leute. Und die Wache wird bald ihr Gleichgewicht wiederfinden. Wir müssen verschwunden sein, bevor sie nach Sündenböcken suchen. Aber wenn wir erst einmal weg sind, was ist dann?«

Niemand meldete sich zu Wort. Diese Männer standen ebenso unter Schock wie die Gardisten.

»In Ordnung. Ich weiß, was ich tun will. Seit undenklichen Zeiten hat es zu den Aufgaben des Chronisten gehört, die Annalen nach Khatovar zu bringen, falls die Schar am Boden liegt oder sich auflöst. Wir liegen am Boden. Ich schlage eine Abstimmung vor, ob wir uns auflösen wollen. Einige von uns haben Verpflichtungen angenommen, die uns in Streitigkeiten verwickeln werden, sobald wir keinen gefährlicheren Gegner haben, mit dem wir uns herumzanken können.« Ich sah zu Schweiger hinüber. Er begegnete meinem Blick. Er hatte gerade seinen Stuhl verrückt, so daß er mehr in der Lücke zwischen Darling und Raven saß. Jeder begriff diese Geste, nur nicht Raven.

Ich hatte mich in der Zwischenzeit selbst zum Vormund der Lady ernannt. Wir mußten die beiden Frauen auf jeden Fall so bald wie möglich trennen. Ich hoffte, daß wir die Gruppe wenigstens bis Oar zusammenhalten konnten. Ich wäre sogar zufrieden gewesen, wenn wir bis zum Waldrand zusammenblieben. Wir brauchten jeden Mann. Oder jede Frau. Unsere taktische Lage hätte nicht schlimmer sein können.

»Sollen wir uns auflösen?« fragte ich.

Das verursachte Unruhe. Bis auf Schweiger sprachen sich alle dagegen aus.

Ich erhob die Stimme: »Das ist ein formeller Antrag. Ich möchte, daß diejenigen mit besonderen Interessen ihrer eigenen Wege gehen können, ohne daß ihnen das Schandmal der Deserteure anhaftet. Das bedeutet nicht, daß wir uns auflösen *müssen.* Damit meine ich, wir legen offiziell den Namen der Schwarzen Schar ab. Wir gehen mit den Annalen nach Süden und suchen nach Khatovar. Jeder, der mitkommen will, kann das tun. Gemäß der üblichen Regeln.«

Niemand wollte den Namen aufgeben. Das wäre der Aufgabe eines Familiennamens gleichgekommen, der dreißig Generationen überdauert hatte.

»Also geben wir ihn nicht auf. Wer würde lieber nicht nach Khatovar suchen?« Drei Hände hoben sich. Alle gehörten zu Kämpfern, die nördlich des Meeres der Qualen angeheuert hatten. Schweiger enthielt sich, obgleich er auf der Suche nach seinem eigenen unmöglichen Traum seiner eigenen Wege gehen würde.

Dann schoß eine weitere Hand in die Höhe. Goblin hatte verspätet bemerkt, daß Einauge nicht gegen die Suche war. Sie begannen einen weiteren Serienstreit. Ich kürzte die Sache ab.

»Ich werde nicht darauf bestehen, daß die Mehrheit die andern mit sich schleift. Als Befehlshaber kann ich jeden entlassen, der einen anderen Weg einschlagen will. Schweiger?«

Er war noch länger als ich ein Bruder der Schwarzen Schar gewesen. Wir waren seine Freunde. Seine Familie. Es zerriß ihm das Herz.

Schließlich nickte er. Auch ohne Versprechungen von Darling würde er seinen eigenen Weg gehen. Die drei, die sich gegen die Suche nach Khatovar ausgesprochen hatten, nickten ebenfalls. Ich trug ihre Entlassungen in die Annalen ein. »Ihr seid draußen«, sagte ich zu ihnen. »Sobald wir den Südrand des Waldes erreicht haben, gebe ich euch eure Anteile an Geld und Ausrüstung. Bis dahin bleiben wir zusammen.« Ich verfolgte das Thema nicht weiter, oder ich hätte Schweiger einen Augenblick später am Hals gehangen und mir die Augen aus dem Kopf geheult. Er und ich hatten vieles gemeinsam überstanden.

Mit gespitztem Griffel fuhr ich zu Goblin herum. »Und? Soll ich deinen Namen auch ausstreichen?«

»Mach schon«, sagte Einauge. »Beeil dich. Tu es. Schmeiß ihn raus. Leute von seiner Sorte brauchen wir nicht. Er hat immer nur Ärger gemacht.«

Goblin starrte ihn mürrisch an. »Schon dafür werde ich nicht gehen. Ich werde bleiben und dich überleben und dir deine restlichen Tage zur Hölle machen. Und ich hoffe, du lebst noch hundert Jahre.«

Ich hatte auch nicht angenommen, daß sie sich trennen würden. »Na fein«, sagte ich und unterdrückte ein Grinsen.

»Hagop, schnapp dir ein paar Leute und treib ein paar Pferde zusammen. Ihr anderen tragt zusammen, was sich als nützlich erweisen mag. Zum Beispiel Geld, wenn ihr irgendetwas davon herumliegen seht.«

Sie sahen mich aus Augen an, die immer noch unter dem Eindruck der Geschehnisse wie tot wirkten.

»Jungs, wir rücken ab. Sobald wir wieder reiten können. Und bevor uns weiterer Ärger auf den Pelz rückt. Hagop. Halt dich bloß nicht bei den Packtieren zurück. Ich will alles mitnehmen, was nicht niet- und nagelfest ist.«

Es kamen noch Einwände und Gezeter auf, aber an diesem Punkt schloß ich die offizielle Rednerliste.

Da ich nun einmal ein schlauer Bursche bin, ließ ich die Gardisten unsere Toten beerdigen. Mit Schweiger stand ich an den Gräbern der Schar und vergoß mehr als nur ein paar Tränen. »Ich hätte nie gedacht, daß Elmo … Er war mein bester Freund.« Es hatte mich erwischt. Endlich. Und zwar schwer. Da ich jetzt alle Pflichten erledigt hatte, gab es nichts, was es noch aufgehalten hätte. »Als ich eingetreten bin, war er mein Fürsprecher.«

Schweiger hob die Hand und drückte leicht meinen Arm. Das war das Äußerste, was ich als Geste von ihm erwarten konnte.

Die Gardisten erwiesen ihren Toten ihre eigene Achtung. Bald würden sie sich aus dem Nebel lösen. Bald würden sie daran denken, ihre Aufgaben weiterzuverfolgen. Und die Lady fragen wollen, was sie denn jetzt tun sollten. In gewisser Hinsicht waren sie ja nun arbeitslos geworden.

Sie wußten nicht, daß ihre Herrin entwaffnet worden war. Ich betete darum, daß sie es auch nicht erfuhren, denn ich wollte mich ihrer als Freipaß bedienen.

Mir graute davor, was geschehen mochte, sobald ihr Verlust allgemein bekannt wurde. Im allgemeinen: Bürgerkriege, die die Welt zerreißen würden. Im besonderen: Racheversuche an ihr selbst.

Irgendwann würde jemand Verdacht schöpfen. Ich wollte das Geheimnis nur so lange bewahren, bis wir das Reich so weit wie möglich hinter uns gelassen hatten.

Schweiger berührte meinen Arm ein weiteres Mal. Er wollte gehen. »Eine Sekunde noch«, sagte ich. Ich zog mein Schwert, salutierte und sprach die alte Abschiedsformel. Dann folgte ich ihm dahin, wo die anderen warteten.

Schweigers Trupp würde noch eine Zeitlang mit uns reiten, wie es mein Wunsch gewesen war. Wir würden uns trennen, sobald wir uns vor den Gardisten in Sicherheit wähnten. Auf diesen Augenblick freute ich mich nicht, so unausweichlich er auch auf uns zukam. Wie sollten zwei wie Darling und die Lady in derselben Gruppe reisen, wenn es nicht nur ums Überleben ging?

Ich schwang mich in den Sattel und verfluchte meinen verflixten schmerzenden Knöchel. Die Lady warf mir einen gemeinen Blick zu. »Nun«, sagte ich, »zumindest zeigst du wieder Lebensgeister.«

»Willst du mich entführen?«

»Willst du lieber mit deinen Leuten allein sein? Mit vermutlich nichts Besserem als einem Dolch, um Ordnung zu halten?« Dann zwang ich mich zu einem Grinsen. »Wir haben eine Verabredung. Weißt du noch? Ein Abendessen in den Gärten von Opal.«

Einen Augenblick lang zeigte sich ein Hauch von Schalk in ihren Augen. Und ein Blick von einem Moment am Feuer, als wir uns nahe gekommen waren. Dann legte sich der Schatten wieder darauf.

Ich neigte mich näher heran, und der Gedanke ließ mich erbeben. Ich raunte: »Und ich brauche deine Hilfe, um die Annalen aus dem Turm herauszuholen.« Ich hatte noch niemandem gesagt, daß sie sich nicht mehr in meinem Besitz befanden.

Der Schatten verflog. »Ein Abendessen? Versprochen?«

Die Hexe konnte allein mit einem Blick und ihrer Stimme so vieles versprechen. Ich krächzte: »In den Gärten. Jawohl.«

Ich gab das alte, traditionelle Zeichen. Hagop übernahm die Spitze. Goblin und Einauge folgten ihm und zankten sich wie üblich. Dann kam Murgen mit der Standarte, dahinter die Lady und ich. Dann die meisten anderen mit den Packpferden. Schweiger und Darling bildeten das Schlußlicht und hielten geziemenden Abstand von der Lady und mir.

Als ich mein Pferd antrieb, schaute ich zurück. Raven stand da, stützte sich auf seinen Stock und sah verlorener und verlassener aus, als er es hätte tun sollen. Case versuchte immer noch, ihm das Ganze zu erklären. Der Junge hatte es mühelos verstanden. Ich dachte mir, daß Raven es auch bald verstehen würde, wenn er erst einmal den Schock überwunden hatte, daß nicht jeder nach seiner Pfeife tanzte, und daß der alte Croaker einem Bluff Nachdruck verleihen konnte, wenn es nötig war. »Es tut mir leid«, murmelte ich in seine Richtung und wußte nicht genau weshalb. Dann drehte ich mich wieder nach vorne zum Wald und sah nicht mehr zurück.

Ich hatte das Gefühl, daß auch er bald unterwegs sein würde. Falls Darling ihm wirklich so viel bedeutete, wie er uns glauben lassen wollte.

In dieser Nacht war der Himmel im Norden zum ersten Mal seit nahezu undenklicher Zeit vollkommen klar. Der Große Komet erleuchtete uns den Weg. Jetzt wußte der Norden, was der Rest des Reiches schon seit Wochen gewußt hatte. Er nahm bereits ab. Die Stunde der Entscheidung war verstrichen. Das Reich erwartete angstvoll die von ihm verheißenen Neuigkeiten.

Weit im Norden. Drei Tage später. In der Finsternis einer mondlosen Nacht. Aus dem Großen Wald humpelte ein Scheusal auf drei Beinen hervor. Es ließ sich auf den Überresten des Gräberlandes auf die Hinterbeine sinken und kratzte den Boden mit seiner einen Vorderpranke auf. Der Sohn des Baumes schleuderte ihm einen kleinen Wechselsturm entgegen.

Das Untier floh.

Aber es würde in einer anderen Nacht wiederkommen, und wieder in einer anderen und in einer weiteren danach …